梦萦清华园

——清华子女忆清华

主 编　张 从　黄 培

副主编　张克澄　金笠铭　陈书祥

中国水利水电出版社
www.waterpub.com.cn
·北京·

内 容 提 要

本书的作者们都是从小在清华园里长大的，他们自称"清华的孩子"或"清华二代"。在书中，他们记述了自己的父母（有的是祖父）在清华工作、生活的经历，先辈们高贵的品质和自强不息的精神，永远值得后辈怀念和学习。他们用饱含深情的笔墨，回顾了自己在清华园里的童年和少年时光，他们得到了长辈的呵护和指导，吮吸知识的营养，锻炼自己的体魄，收获同伴的友情，为自己的健康成长奠定了良好的基础。他们深切怀念着培育自己成长的老师和从小一起长大的同学、朋友。他们在这个大院里生活了几十年，对大院里的一草一木、一砖一瓦、一水一石都十分熟悉，并且充满了感情。在不同的居住区里，他们和邻居、发小们之间，有一起嬉戏玩耍的快乐，也有互相帮助的情谊，更有讲述不完的故事，这些故事也可以被称为清华的大院文化。作者们把这些故事记录下来，是对往日生活的回忆和对亲人的怀念，也是给后人留下的历史痕迹，既生动有趣，又充满深情，像一股股清泉，流淌到读者的心田里。

图书在版编目（Ｃ Ｉ Ｐ）数据

梦萦清华园：清华子女忆清华 / 张从，黄培主编
. -- 北京：中国水利水电出版社，2020.3
ISBN 978-7-5170-8444-0

Ⅰ. ①梦… Ⅱ. ①张… ②黄… Ⅲ. ①回忆录－作品
集－中国－当代 Ⅳ. ①I251

中国版本图书馆CIP数据核字(2020)第034234号

策划编辑：杨庆川　责任编辑：杨元泓　封面题字：邓　斌　封面设计：梁　燕

书　　名	梦萦清华园——清华子女忆清华
	MENGYING QINGHUA YUAN——QINGHUA ZINÜ YI QINGHUA
作　　者	主编　张 从　黄 培
	副主编　张克澄　金笠铭　陈书祥
出版发行	中国水利水电出版社
	（北京市海淀区玉渊潭南路 1 号 D 座　100038）
	网　址：www.waterpub.com.cn
	E-mail：mchannel@263.net（万水）
	sales@waterpub.com.cn
	电　话：（010）68367658（营销中心）、82562819（万水）
经　　售	全国各地新华书店和相关出版物销售网点
排　　版	北京万水电子信息有限公司
印　　刷	三河市鑫金马印装有限公司
规　　格	170mm×240mm　16 开本　30.25 印张　579 千字
版　　次	2020 年 3 月第 1 版　2020 年 3 月第 1 次印刷
定　　价	98.00 元

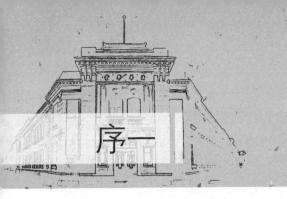

桑榆红霞映故园

贺美英[①]

《梦萦清华园》即将出版，编委会希望我为此书写一篇序。

此书的作者，清华教职工子女，多是出生于二十世纪四五十年代。我对其中有些人及他们的父母很熟悉。读他们的文章，令我回忆起往事，十分亲切。这些清华教职工后代，是一个特殊的群体，从小耳濡目染，他们都有一种"清华情结"，写出的回忆文章从一个侧面反映了清华文化，是很有历史价值的。

清华早期的教职工子弟，如王元化、杨振宁、邓稼先、宗璞（冯钟璞）等，曾写过许多文笔优美、感人至深的回忆文章，如今，这一批相对年轻的清华教职工子女接续了这一文脉，写出上百篇文章，从中选择几十篇公开出版，令人欣喜。

本书大多数文章，记述了自己的父母在清华工作的事迹。他们的父母，或教师或职员或工人，既有著名的大师、院士、学者，如张岱年、张维、陆士嘉、常迵、童诗白等，也有并不出名的普通职工，但他们都勤勤恳恳，为清华的建设和发展作出了贡献。作者闫美红的祖父阎裕昌，是叶企孙先生的助手（物理系实验员），抗日战争期间在冀中根据地，为八路军制作武器，不幸被捕，

注①：贺美英，1963年毕业于清华大学，曾任清华大学党委书记、校务委员会主任。1997年当选为中共"十五"大代表，并当选为中纪委委员。

大义凛然，光荣牺牲；作者黄培的母亲郑晏，在教务处长期从事平凡的教学管理工作，以饱满的敬业精神，细致地研究探索教学规律，为教育科研提供了宝贵的资料；作者陈书祥的祖父陈仲芳和作者裴东亮的祖父裴德润，乃清华第一代工人，他们的工作和技能受到教授们的尊重，这样的回忆文章过去不多见。再如建筑系女教授华宜玉和清华附中美术老师吴承露，本有成为专业画家或在美术院校从事教学的机会，却静下心在清华大学和清华附中悉心培育人才，他们的作品和优秀品德，过去没有得到被宣传的机会，现借由他们的子女在本书中披露，令读者受益匪浅。在回顾清华百余年历史成就的时候，我们不能忘记这些无名英雄。还有一些作者的长辈，由于历史的原因，曾受到不公正的待遇，如常迥院士，在他的晚年带病勤奋工作，为建立和发展我国的信息科学事业作出了重要贡献；物理学教授张三慧虽历经磨难，但痴心不改，几十年如一日地从事基础课教学，得到历届大学生的好评。如此种种，不胜枚举。

还有一部分文章，记述了作者本人或同学的不凡经历。

清华教职工子女，20 世纪 40 年代后期和 50 年代初期出生的，有不少在中小学时就显露了才华，又曾"上山下乡"，经受过艰苦生活的考验。

改革开放给他们机遇，他们也能把握机遇，努力学习，奋发向上，在不同的岗位上做出了业绩，如孙立哲、陈小悦、常振明、李昕、郑清治、钟道新等。他们继承了清华"自强不息，厚德载物"的传统，尽管命运坎坷，仍然勤奋乐观，志趣高远，使清华精神代代相传。对于他们的奋斗精神，我表示由衷的钦佩。

另有一些文章，描述了清华园的优美环境，回忆了作者们的童年生活，也很值得一读。清华教职工子女这个群体，是清华历史的见证人，由他们执笔，描绘清华园的一草一木，真实可信，生动活泼。无论是下围棋、打冰球、学画画、捉蜻蜓，都是那样的有趣。虽然作者们目前大多也都六七十岁了，但仍然充满童真、童趣，书中文章表现了他们对清华的热爱。

《梦萦清华园》深深地打动了我。希望同样打动读者。

2019 年 6 月

化作春泥更护花

胡显章[①]

世纪之交，由宗璞、熊秉明先生主编的《永远的清华园——清华子弟眼中的父辈》一书面世，引起了广泛的反响。它通过一批年长的成功人士对父辈们言传身教的追忆和对校园文化生活的感悟，凸显了大学作为社会的文化高地和广大师生的精神家园所具有的永恒魅力和久远的影响力。

宗璞先生在该书的序言中说："我们称自己的祖国为父母之邦，因为那是我们父母居住的地方，那水土，那习俗，那文化滋养着我们的父母和父母的父母，一直浸入我们的血肉，还要传之子孙。"她又说："对于我们这些在清华度过童年的人来说，清华园可以说是我们的父母之园。上一代人把他们盛年的岁月献给了清华大学，在池边，在林间，在荷影蝉声里，造就了多少人才。我们耳濡目染，得到的是什么，过了大半个世纪之后，镌刻在记忆中的又是什么，回想起来觉得意味很是深长。"她指出："在众多的关于清华的书中，这总不是一本不值得一读的书，因为它出自每一个作者内心中那属于永远的角落。"宗璞先生感慨说："清华园是永远的。"

是的，清华园是永远的。由老一辈开拓的事业、凝聚的传统正在承继中发扬光大。今天，一批相对年轻的清华子女接续老一辈的宗旨，以发自内心

注①：胡显章，1963 年毕业于清华大学，曾任清华大学党委副书记、校务委员会副主任。曾兼任清华大学软科学研究中心主任、人文社会科学学院院长。

的深切情愫，向自己也向他们的同辈和后人展现他们"内心中那属于永远的角落"，结集而成这本《梦萦清华园》，从中可以读出他们魂牵梦绕的对父辈和童年时光深切的怀念，更可以读出他们对父辈身上体现的清华精神的敬重和接续的信念，我们可以将它看作是《永远的清华园》的续集。

此时，我想起了清代思想家、诗人龚自珍的名句："浩荡离愁白日斜，吟鞭东指即天涯。落红不是无情物，化作春泥更护花。"无论是《梦萦清华园》还是《永远的清华园》，所表达的都不仅是对先辈的思念和对童年美好时光的留恋，更是对先辈的言传身教和曾为之献身的清华园这个精神家园的感恩，对未来的豪情，对后辈的期许。这些文字生动地展现着、延续着清华园里曾经发生的故事，都将如同春泥，厚植护花的沃土，托举着、装点着永远的清华园。

2018 年于清华园

目 录

《梦萦清华园》主编、副主编与孙立哲先生合影

左起：陈书祥、黄培、金笠铭、孙立哲、张从、张克澄

感恩先辈

新朋旧友如相问，一片丹心在纸堆

——忆父亲常迥教授

常放（执笔） 常振工 常振明

二十五年前的一个夏夜，父亲离开了与他同甘共苦、相濡以沫的母亲，离开了他时刻牵心挂念着的儿女，离开了他情系一生的大学，离开了他在最举步维艰的日子里也没有放弃的对科研和教育前景的思考。床旁边的灯光还亮着，桌上那一摞砖头一样厚重的英文书籍都还翻开着，枕边凌乱地散落着没写完的一张张手稿，他就匆匆地走了。

父亲书房的墙壁上挂着一幅书法，那是他在六十岁生日时随笔写的题为"自嘲"的诗句。父亲青年时期怀揣宏大理想，海外学成归国后，一心投入当时国内还很落后的教育科研事业。多年风风雨雨的坎坷，在人生旅程即将迈入老年之时，终获机会可以施展他多年积累的对专业远景的设想，发挥他的才干。他的"自嘲"是对已错过壮年最好工作时光的叹息，又是对自己一生从未放弃追求的感慨。

父亲的诗句语气轻松，随笔拈来，可我每次读来，都感到一种莫名的酸楚。

六十自嘲
1977 年 2 月

六十年来辨是非，沧桑几度鬓毛衰。

新朋旧友如相问，一片丹心在纸堆。

如父亲所说，他在一片"纸堆"之中，走完了一生。

一

父亲常迥，字季高，1917 年出生在一个以诗礼传家的知识分子家庭。祖父常履道是清末贡生，以诗文书法享誉乡里，早年出仕河南。祖父为官，以清廉自守，有关文献中有过他在洧县、唐河等地除暴安良、兴修水利、扑灭蝗灾等功德的记录。后因深感当时军阀误国、民不聊生，在愤世忧民而又无力回天的心境下，弃仕归隐。

　　父亲出生在河南开封，六岁时随祖父举家迁回祖籍北京房山县城。在返乡路上，祖父有诗句云："明月也随天地阔，白云与我共悠悠"，表达了他渴望退隐田园的心境。祖父晚年除致力于修编房山县地方志的工作，通常以赋诗作词抒发情怀，教育子女。父亲的出生成长正值中华民族饱受帝国主义侵略，百姓苦难深重的岁月。就在这"学通中外理，练达古今情"的家庭教育和环境熏陶中，父亲自幼聪敏好学，胸怀远志。

　　1929 年，父亲离家进入北平私立四存初中（现北京八中）。1932 年，升入北平市立第四中学（现北京四中）理科班。在那国难民愁、风雨飘摇的动荡局势下，父亲度过了他的中学时代。后来在父亲的文章《一个科技者的心声》中记录了他在北平从中学到大学求学时的一段段不平常的心境：

　　"当我在北平四存中学初中读书的时候，九一八事变发生了。从此一块沉重的石头就压在了我的心上。记得十冬腊月的一天，在校外小巷子的一个角落里，从东北流浪到北平的一家难民在呼啸的北风中缩成一团，小孩子冻得不停地哭叫。看到这个样子，我们几个同学都不约而同地脱下自己身上的毛衣塞给他们，谁也不忍再多看一眼就默默地走开了。

　　"……我到北平第四中学高中读书时，国难更加深重了，日寇的铁蹄已踏到北平的大门。每个有志青年都在寻找救国救民之道。我想自己还年青，应先学好一种救国的本领。我选了理工科，打算将来学好工程技术，用来救国……"父亲那时曾写过这样几句小诗，倾吐内心的苦闷：

忧国
1933 年

树倾巢覆无完卵，河山破碎使人忧。

奋起执戈思报国，愿将热血护金瓯。

　　父亲意识到科学落后是国运多舛、惨遭列强宰割凌辱的重要因素，于是他毅然选择了投身于科学救国的道路。从此，他怀抱一颗报国的赤子之心，开始了锲而不舍、百折不挠的艰苦求学历程。

　　1936 年，父亲从北京大学物理系转到清华大学电机工程系就读。次年七月七日，日寇在卢沟桥打响了侵吞中国的第一枪。"华北之大，已安放不下一张平静的书桌了。"父亲遂与几个同学结伴，准备背井离乡，随清华南下，继续学业。

临行前，在房山老家的祖父预感到形势的危急，到北平探望送行。父子俩走在故宫的红墙外，想到不知何时才能重逢，祖父望着中山公园门口的石狮感慨赋诗道："欲把兴亡问石头，石头无语水东流。夕阳人影桥边立，风吹杨花万点愁。"他嘱咐我父亲："好男儿不患无家可归，患所以立。"鼓励父亲要有鸿鹄之志，勿忘报国之心。

古都这一别，竟成永诀。父亲走后第二年，祖父就在房山老家病逝。

二

父亲随学校辗转武汉、长沙、广州，最终抵达昆明。1940年，父亲在西南联大工学院完成大学学业。父亲毕业后在昆明无线电器材厂任助理工程师，主持无线电发射机的设计工作，直到赴美留学。

父亲在无线电器材厂设计过不少机器。和他一起工作的郭文昭伯伯回忆说："那时的所谓设计实际上是全部包干，从工艺到制造，从绘图到调试等等，什么都要管，全面负责到底。"父亲一边勤奋工作，一边准备继续求学深造。这时，母亲也来到了昆明。

父母结婚早，但婚后聚少离多。父亲早先在北京上学时，母亲在房山老家。后来由于母亲的意愿和父亲的鼓励，母亲也到北平城里开始补习中学的课程，准备报考大学。七七事变后，父亲先随校南下，母亲在家侍奉公婆，直到将二老送终之后，才与中学好友结伴，一路历尽艰辛来到昆明。第二年，她考上了云南大学经济系。

那时，父母是同学和同事中少有的已成家的。父亲在无线电器材厂工作时，他们住在蓝龙潭无线电器材厂宿舍，那是间简陋的草房，加上旁边半间作厨房。母亲做得一手好饭菜。当时虽然物资拮据，难为无米之炊，但每到周末，父母的同学、朋友和同事们都常常会不请自来。

在那段艰苦的日子里，这些青年学子们，北望中原，云天渺渺，想到战火纷飞的家乡，感叹抗日救亡的前途。他们就常常这样聚在父母的草房里，或秉烛畅谈，或引吭高歌。虽没有鸡鸭鱼肉，可母亲拿手的一碗京味炸酱面、一张香气扑鼻的葱花烙饼，慰藉了游子的思乡之情，令大家终生难忘。以至于几十年后，父亲当年的老友，美籍华裔科学家张守廉伯伯来中国讲学时，他婉谢了官方的盛宴，执意要再尝尝母亲做的炸酱面不可。

三年后，父亲被选拔为赴美留学生。

1944年，父亲从昆明经印度乘船历时数月到达美国。在美国留学的四年中，他秉持中国学子特有的吃苦耐劳的精神，夜以继日、刻苦求索，仅一年后就在美国麻省理工学院获电机工程系硕士学位，同年入哈佛大学应用科学系攻读博士学位。

父亲在美期间，正值第二次世界大战末期与战后过渡期。战争促使无线电技术得到迅速地发展，第一台电子计算机也在此时问世。父亲选择了这一领域为专业研究的起点，为他以后从事的无线电工程教学及对信息科学作出重大贡献奠定了坚实的基础。

图 1　父亲年轻时的照片

图 2　父亲获博士学位后（1947 年），在哈佛铜像前留影

在讲述父亲于美国求学期间的研究成果时，他生前所在的清华自动化系信息教研组的回忆文章是这样记录的：

"常週在麻省理工学院就读硕士研究生期间，从事电子线路方面的研究工作。在他的硕士论文中，首次提出了将栅极接地电路应用于超高频电子管放大器。……这一创新立即得到了这一技术领域的重视，在超高频电路中被广泛采用，并被他的导师 L.B. Arguimbau 教授引入教科书中。"

在哈佛大学攻读博士学位期间，父亲从师著名天线理论专家 R.W. King 教授，致力于天线理论方面的研究。

"他对环形天线和桥式平行天线（也称折叠天线）进行了深入的研究，导出了电流分布与输入阻抗的特性，提出和实践了这些特性的测试方法。……这一研究成果，对折叠天线的广泛应用起到了推动作用，使其在国内外开始成为众所周知的一种典型的电视接收天线……"

1947 年夏，父亲哈佛大学毕业时，正是祖国抗战胜利后、中华人民共和国诞生的前夕。他一毕业，就毅然决定回到祖国，回到母校任教，这是他的理想，是他一直期待的。他带着前辈任之恭教授给清华校长和电机系主任章名涛先生的推荐信，登上了迢迢归国之途。临行前，他用几年内仅存的几十元钱，买了一些新出版的教学参考书，又买了两只"二战"后军队变卖的旧铁皮箱。装满了书的箱子，是他归国的唯一行囊。

这些书在今天早已过时，但后来我们清理父亲的遗物时，母亲还是选了几本，珍重地放在他的书架上。

多年之后，父亲患病卧床，小弟振明在床边照顾他。一天，看到父亲拿着我和振工的毕业典礼照片，沉思了许久。

然后他对振明感慨地说，他也有一顶毕业典礼博士帽，哈佛大学的。在他归国的船上，每天和同船的归国学子一起，站立在甲板上，浴着海风，迎着东方升起的朝阳。他们感受到科技落后的祖国的召唤，心中充满了建设新中国大显身手的抱负。这是一群有理想的爱国知识青年，慷慨激昂中，父亲将那顶博士帽一掷入海，随着那名牌学校毕业生的优越工作环境和丰厚薪金一起，永远留在了太平洋的滚滚浪涛之中……

四

在家乡北京，父亲迎来了中华人民共和国的诞生。

1949年1月，就在庆祝解放军进入北京城的炮声中，我在协和医院出生了。那天很冷，父亲和清华的同事及学生们一起，站在欢迎队伍里迎接解放军进城，直到天明。待他赶到协和医院时，我已呱呱坠地。

护士拿着出生登记表问他："起个名字吧。"父亲马上说："就叫'放'吧！"。他把北京解放的喜悦注入到了初生女儿的名字中，从而伴随我的一生。

我出生后，父母把家从城里搬到了清华园。

回国之初，父亲任教于清华大学电机工程系，在电机工程学家钟士模教授手下工作。

图3 父亲和不到一岁的常放在清华西院旧居门前（1949年）

这时，他感到自己终于有了用武之地，有了报效祖国的机会。他看到了祖国科学昌盛的前景。多少年的艰辛学习和深厚积累，从小的志向抱负，终可一展宏图。他潜心科研，并一心扑在他热爱并擅长的教学上，成为当时清华最年轻的教授。

1952年，根据苏联的模式，高校进行了院系调整。清华大学无线电工程系成立，孟昭英教授任主任，父亲担任第一任副主任，主持教学和科研工作，是建系的"元老"之一。

几年之内，父亲主讲过电子线路、电波天线、无线电发送设备、无线电技术基础及振荡理论概论等多门课程。他的讲课方式具有独特的风格：思路清晰、表达严谨、幽默风趣、深入浅出，听过他讲课的学生都有很深刻的印象。他很善于用启发式的教学模式，常常使学生沉浸其中，不知疲倦。有不少学生说："上常先生的课，都不希望听到下课铃声了。"

他十分注重对学生的思想方法和学习方法的培养。他常说的是："你们要把问题问个底儿掉"，"要Thinking（思考），不要只Nodding（点头）"……

我们小时候的记忆中，父亲除了吃饭睡觉，从来都是在他的书房里伏案而坐，或是读书，或是写字，不停地写。他在写教材，写适合中国国情的教材。他的书桌上永远堆着一本本的英文书籍和一摞摞的稿纸。他置身其中，乐在其中。

如果不是后来的一场场狂风暴雨，父亲还可在这个欣欣向荣的新清华，在他热爱的事业上，在他最富有创造力的壮年，全力以赴地为国家、为社会，贡献更多他的聪明才智。

感恩先辈

五

1957年的"反右运动",使父亲的命运与几十万知识分子一样,就此被彻底改变了。

在"科学文化领域实行百花齐放,百家争鸣"和"帮助党整风"的号召下,人民第一次就国家政治生活和科学文化领域中的各种问题广泛地发表自己的见解,认为"国家兴亡,匹夫有责"的知识分子自然是责无旁贷。

当时,父亲属"海归"学子的少壮派,他年轻气盛、才思敏捷,受各方的重用。他敢于开拓创新,在"清华要怎么办"的问题上有很多独到看法,许多观点并不同于当时的潮流所向。他既不赞同全面学习苏联,也不同意照搬欧美。在1957年3月的《新清华》报上,洋洋万言以"谈谈目前高等工业教育中的几项基本问题"为题,详尽地表述了他的办学观点。

在"关于培养目标问题"一节中,他总结了学习苏联进行教学改革的经验和问题,分析了"当前我国高等工科教育飞跃发展的进一步需求",认为工程院系"将目标只是放在培养一个工程师"是短视的,并列出了条理非常清楚的具体建议。

他说:"……我们国家正在迅速地发展社会主义的工业。可是我们原有的技术力量太薄弱,不能满足这样建设形势的要求。""比起工业先进的国家,我们更需要培养一批科学技术的发展者和创始人。""他们必须有独立工作的能力,有很强的专业理论基础。到工作岗位,要起着打基础的骨干作用。"他从"关于专业宽窄的问题、专业专门化的问题、修改教学计划的问题"几个方面,举实例,反复论证,提出一条条具体的建议。

1957年5—6月间,校、系组织了大大小小的教师座谈会,"诚请大家给党委提意见"。父亲以做学问的习惯和真诚的态度,知无不言,直言无忌。

他批评校领导有"脱离群众,宗派滋生,不务实事的现象"。他认为"教授应该有甄选助教和制定教材的决定权",他不同意教授"尽应付些无谓的事务工作,不能全心教研",他不同意"外行领导内行"……

他率真直言,推心置腹,带着对中国科学教育要尽快赶超世界的急切希望,带着对教育改革中一些问题的意见,也带着知识分子的自负和偏执。不管从哪个时代的视角去看,他的很多批评都是事实,他所提出的种种教学改革主张在当今看来仍属远见卓识。

但作为一介书生的他,却不知道自己正掉进一个政治旋涡。

很快，那场轰轰烈烈的"反右运动"开始了。对父亲来说，那是有生以来极其残酷和痛苦的经历。他的讲话和办学的建议，成了"资产阶级知识分子个人主义"和"走资本主义道路"的典型。

我那时刚七岁，完全不懂周围发生了什么事情，却记得家里每天都有许多人来和父亲谈话。坐在屋里的，站在院外的，有细声劝说的，有高调争论的，常常直到深夜。

最终，父亲被划为"右派"，降薪去职，又因"保密级别"不够，不能从事有密级的通信方面的科研工作，而被调离他投入多年心血的专业。甚而，他被剥夺了他擅长并极受学生欢迎的讲课机会。

六

使父亲能度过那段不堪回首的日子，使他能正视现实、甩掉包袱、脱离消沉、重获自信而振作起来的，是貌似柔弱却内心坚忍的母亲。

刚解放时，母亲在中央民族大学做教师，她十分喜爱自己的工作，她曾做过社会学泰斗费孝通的助教。她每天骑自行车从清华到魏公村，早出晚归。1951年大弟振工出世，工作家庭难以兼顾。母亲不得不选择辞去这份工作，转到清华附中做语文教师兼班主任，直到退休。

"反右运动"中，在父亲天天被批判的时候，母亲成了他唯一的精神支撑。那时，母亲也曾被领导找去谈话多次，劝其与父亲"划清界限"并"起来揭发批判"。母亲说她绝不相信父亲会反党。

在那思维无比混乱的时候，母亲用简单的话语道出了非常清醒的逻辑："他提的意见你们可以不同意，可说他向党夺权，是很可笑的！"

从来都不对人高声说话的母亲，在一次众人聚在家中"帮助"父亲的座谈会上竟然站出来，用"卑鄙无耻"来斥责那种将父亲的话断章取义并加以曲解的做法。

母亲利用一切机会列举事实：

1935年学生时代，父亲在北京积极投身"一二·九"爱国运动。

1938年清华南迁时，父亲在去云南的路上和几个同学聚在武汉，他们当时在想各种办法决定从那里奔赴延安。但当时的交通障碍使得他们逗留了数日无果，无法前往。

在美国留学期间，他与一些同学在《纽约时报》上发表署名信，抨击国

图 4　父母和我们姐弟三人在清华园家中
（1957 年）

民党当局对国内进步师生的迫害。

母亲讲述：在美国哈佛大学毕业后，父亲准备回国，临行前和导师 King 教授告别。King 教授问："你的条件这么好，留在这里工作会很有前途。你回国后，战争纷乱，如何继续你的科研？"

父亲答："我们有希望，希望在延安！"

King 教授听后，很激动，站起身来，握着父亲的手说："有志的年青人，祝你好运"！

母亲继续说："20 世纪 30 年代战乱时，他心向延安，解放前夕千里迢迢归国，全部身心投入到祖国的办学教育中，他怎么可能反党？！"

母亲常对父亲说："错与没错，现在谁也说不清了，等历史评判吧。我们一定要坚持生活下去，为了我们三个可爱的孩子。"那时，小弟振明还在襁褓之中。

30 年后，我在美国读研究生时，父亲给我的一封信中这样写道："妈妈一生辛苦，为了我，为了家，渡过不少难关。1957 年'反右''文化大革命'……都是在妈妈的千辛万苦中渡过来的，实在不易……，想你们也会感谢她的。没有妈妈的支撑，我怕是渡不过来的，我们的家也会大不一样……"

七

是的，我们很幸运，我们有一个温暖的家。

我的两个弟弟都出生在清华校医院。我们姐弟三人在清华园中度过了最美好的童年。

炎夏在清华游泳池嬉水，寒冬在荷花池的冰场滑冰。在朱自清笔下的"荷塘月色""水木清华"边捉迷藏，到纪念闻一多先生的"闻亭"上听那浑厚的钟声。

父母从没有让我们感觉到他们身负的"帽子"和沉重的精神压力。他们尽其所能，为我们营造着温馨和煦的环境，使我们能够无拘无束地自由成长。他们的爱和支持，成就了我们姐弟的今天。

那时，不管父亲多忙，全家天天一起吃晚饭，无一天例外。父亲很少问我们的学习，有空时，他会给我们讲中外历史、教我们背诵诗词。他曾带着刚上小学的振工在院子里的水泥砌的乒乓球台上打球，而小弟振明在4岁时就和振工一起接受父亲的围棋启蒙。

父母对我们的教育似乎很不经意，但几十年后回想起来，在那个对知识分子来说极不平凡的年代里，他们可真是煞费苦心了。

小学时，振工迷上了乒乓球，参加了海淀区少年体校。教练多次告诉父母，他打球很有灵性。之后振工更是十分投入，每天放学后都要在学校练球，汗淋淋地回到家，晚上在房间要照着镜子挥舞球拍，要么对着墙壁打球，说要达到上千次。母亲担心他的功课，但父亲却很夸赞他的这种执着。

1965年，清华附中初中队在北京什刹海体育馆冲刺北京市少年比赛前三名时，振工无论如何也没想到，工作繁忙的父亲会从清华坐一个多小时的公共汽车，来到比赛现场，坐在看台的一角，默默地为他加油。这是让振工几十年后都忘不了的一件小事，他说他第一次有了一种特殊的自信感。我想，也许振工那份执着抗难的自信就是从这里开始的吧。

20世纪70年代初，振工从插队了五年的山西小山村被招工当了一名铁路电气化工程局的架线工。他的工作是每天爬上十几米高的电线杆子架线，并协助调节信号。吃的是粗粮，住的是工棚，沿着宝成铁路线从一个车站流动到另一个车站，有时风餐露宿，条件十分艰苦。不管他随架线小分队搬迁到哪儿，振工都会每隔几周就收到一个邮件，不用说，是父亲寄的书。这些书都是电和电工知识的入门科普读物。有一次，父亲还给他手绘了一张图，上面是电磁高频信号转换的半圆弧原理。父亲并附信不断告诉他，任何艰苦枯燥的工作也离不开知识的力量，鼓励他在"劳其筋骨"的同时要抽空读书。初中二年级水平的振工，加上大强度的体力劳动，学习什么电学的知识和理论都实在是勉为其难啊。

1984年间，"出国再造"成潮。"文化大革命"中失去就学机会的振工决定出去闯一闯。他希望父亲能给他推荐老师和学校，他可以勤工俭学。父亲在国外有许多老朋友、老同学，都是知名教授，任教于多所大学。父亲为自己的上百个学生写过推荐信。父亲了解每个学生的水平、特长和学习方向，我就常看到他很认真地给每个推荐者推敲词句，信件都是亲笔手书。父亲的推荐信，对方从来都是毫无保留地接受，并给予最好的培养计划和条件。父亲说，这是信誉，也是责任。

那天晚饭的餐桌上，振工终于把他想出国上学的想法告诉了父亲，婉转地要求父亲帮忙介绍他的老朋友或同学，能接受他的入学申请，他会靠着自己打工来挣学费和生活所需。没想到，父亲断然拒绝了。他的理由是，振工虽完成了电视大学的学业，但他学到的基础知识不够扎实、不够规范，远未达到让他推荐的水平。看到振工的急切，我在旁边说了好多好话，但都无济于事，父亲只有一句话：还是靠你自己闯吧，我不能破了我的原则和规矩，这是信誉！

我深知父亲对我们受教育的重视和期望，对我们受"文化大革命"影响而没能受正规教育的痛心。几十年后再回想起这段往事，我意识到，当时那钻入心底的纠结对一个父亲来说是多么大的折磨。而他却始终坚持着心中那份雷打不动的"原则和规矩"。

最终，振工还是靠自己走了出去，边上学边打工挣学费和生活费，什么脏活儿累活儿都干过，生活极为艰苦。他曾每天下课后步行两个小时去餐馆刷盘子，脚上磨出了一个个血泡，还咬牙坚持着。也正是这种经历，成就了他的坚韧和战胜困难的胆识。

在他临行之前父亲对他的嘱咐，他从来都没有忘记。

振工出国前一天的晚上，父亲把他叫到书房，含着泪水，给振工写了几句勉励的话。"学然后知不足，行然后知不易，努力登攀，高峯（峰）可及。"他深知振工面临的路会是何等艰辛，自己却没能助他一臂之力。儿子远行，父亲的心境可想而知。那幅字，振工一直保留到现在。

三十年后振工几经磨难，学成后在加拿大成功创办计算机数据恢复公司。2004年，他被评为加拿大杰出华裔创

图5　父亲访问美国时与振工在哈德逊河畔（1987年）

业家。

2009 年，他应中国侨办的邀请，作为嘉宾，代表加拿大华裔参加了中华人民共和国成立 60 周年的阅兵游行庆典。

那天在观礼台上，他回忆起五十年前父亲曾带他在这里参加过国庆 10 周年的礼花之夜。半个世纪前的那个夜晚，父亲带着 8 岁的振工就站在这观礼台上，在和今天几乎相同的位置上观赏礼花。又是一个姹紫嫣红的不夜天！振工从观礼现场给我打了越洋电话，他一向不善表达情感，但我最明白他对父亲那深埋在心底的记忆，此时勾起了我无限的感慨。

八

1978 年，在全国第一届"新体育杯"围棋邀请赛上，当时还是食堂小伙夫的小弟振明，原本名不经传，却一路过关斩将，力克几位国手名将，拿到了第一届"新体育杯"围棋邀请赛第三名的好成绩，大家都认为这是奇迹和幸运。

振明的人生经历里确实充满了奇迹，但真说不上幸运。

振明自小聪明过人，确有"过目成诵"的本领。记得我上小学三四年级时，父亲总用毛笔写些唐诗宋词，挂在墙上让我们背，客厅墙上挂满了诗词书法。小家伙振明还不认得几个字，就跟着我们读。通常是我念一句，他重复一句，没有几遍，就变成他带着我念了。更使我惊讶不已的是，几个月过后，一提那些背过的诗词，他仍然能句句背诵如流，一字不差。父亲一直觉得他是很好的科技之材，希望他能成为一名出色的理工科学家。

但事与愿违，也许这一生中使父亲最痛心的便是振明由于他的原因被迫辍学了。

振明在初中毕业时成绩名列前茅，但公布高中的录取名单时，却没有他的名字。做了几十年中学老师的母亲到学校打听究竟，当时的工宣队领导对她说："他的书都让他父亲念完了，他不用念了！"这是何等道理，何种逻辑！这个回答对于那么重视教育的父亲来说，如撕心裂肺般，不仅无情，几近残酷。

在刚满十五岁还是童工的年龄时，振明被分配到食堂做了一名烧火的伙夫。

那年冬天我从插队的山西农村回京探亲，看到他小小年纪，比那煤铲高不了多少，天天起早摸黑，煤屑沾得满脸都是，心里实在不是滋味。但是，

图6 振明和父亲攀香山（1974年）

不管多累，从没听过一句振明抱怨诉苦的话，在我们面前，他还总保持着那份特有的机灵和幽默。

后来的一件事可是让全家人心酸不已。一天振明下班回家，脸上看起来好奇怪，洗净脸才看出，他的眉毛全无，额上的头发也有一片焦黄。原来是他往炉灶里添煤时，不小心被火苗燎到，他躲得及时，未酿成大祸，实在是万幸。水火无情！我泪流满面地帮他敷药，母亲一讲这件事就哽咽不止。父亲背着我们叹气，他那无奈又无助的眼神使我至今难忘。

后来的故事在余昌民先生的《清华围棋纪事》中有详尽的描述，振明从4岁起就和哥哥一起接受父亲的启蒙，认识了围棋。在我看来，这原本是娱乐消遣的游戏，它却神奇地带领振明扩展思维、认知世界，甚而改变了处境。在他的职业生涯中，也从未离开过围棋带给他的启迪。那段彷徨的日子里，父亲曾亲自带领振明拜见围棋老师，买围棋书、借杂志、查资料，甚而为他抄棋谱，这些故事，昌民兄写得真切感人。

其实，无望的父亲只是想在振明就学无门的情况下，帮他找个生存的出路。过早就很懂事的振明学棋也很刻苦，加上秉赋先天，他的棋技长得比年龄还快。这就是他一边在食堂烧火，一边参加全国围棋比赛的故事，那一年，他创造了奇迹，也给父亲带来了久违的喜悦。

恢复高考后，初中水平的振明在父亲的鼓励下考上了大学，毕业后分配到中信集团工作，直至今日。

父亲经常和我们姐弟三人讲"人生十字路口"的故事，意思是在前方道路有多种选择时，要认真对待，三思而后行。后来振明在美国商学院深造时，曾多次和父亲交流，父亲鼓励他尽早学成回国施展才能，并写了一首《示儿自勉》道："人生的幸福到底在哪里？它萌芽在追求，生长在贡献拼搏，扎根在民富国强。"

在父亲去世的前夜，振明和父亲通了长途电话，他告诉父亲："预计很快毕业，明年就可回国工作。"父亲十分高兴地说："期盼你的归来！"在十字路口面前，振明做了选择。他拿到学位后，便追随几十年前父亲的脚步，义无反顾地成为家里的第二代"海归"，只遗憾，父亲没有亲眼看到这一天。

图7　全家重聚水木清华（1984年）

回想起振明在大学毕业刚参加工作的时候，我和父亲一次闲聊天时说到他的工作。我只知道他是被分配到和金融有关的单位。我当时对"金融"二字完全无知。我玩笑地和父亲说："振明要成为一名金融家也是不错的呦。"父亲沉思了一阵，他严肃的回答使我至今难忘。他说："如果他有能力，我还是希望他做位金融'学'家好些。"

这一字之差，道出了一辈子埋头在"纸堆"里的父亲，心底对我们的期望，他希望我们成为读书人，成为"做学问"的人。

振明的工作与"做学问"关联多少我算不清楚，但我相信他没有辜负父亲的期望，用"做学问"的认真态度，做着一个对国家有用的人。

九

1966年，"文化大革命"开始了。清华园成了这场"革命"的前沿。校园里不再有读书声，高音喇叭的喧嚣昼夜不息。清华园的标志二校门被轰然推倒了。大礼堂草坪上，周围的系馆前，"造反有理"的大字报铺天盖地。一时间，所有的是非曲直全部翻了个儿。

这场经历让父亲心能苦忍，也变得坚强了。我们的家被抄，父亲被叫成"资产阶级反动学术权威"被隔离批判，工资也停发了。后来，随着全国的动荡形势，清华园也开始了疯狂的派系武斗。一个堂堂的高等学府，一时间变成了刀光剑影的战场。没有了课堂，没有了学生，父亲就如失业一样。

1970年，父亲被下放到江西鲤鱼洲农场。在艰苦的环境和劳动中，他因旧疾糖尿病没有得到医治，几个月之内体重减少了四十多斤，但仍坚持农田劳动，从未休息。他插过秧、担过粪、养过鸡、喂过猪。他忍受着极大的身体消耗，但始终保持着乐观的心境。他的打油诗"大雨落秧田，白花一片。雨淋只当水洗面，愈下愈干"曾感染了周围的许多年轻人。他不能消沉，不能放弃。

1971年底，父亲只身一人随无线电系迁往四川绵阳分校。知道那里条件艰苦，母亲很不放心。当时，我在山西插队，就找时间到绵阳看望了父亲。

出了绵阳火车站，我搭乘一辆运粮的卡车，走一个多小时才颠到了学校所在地。

父亲和所有的教师一样，住在一间单身宿舍里，厕所和漱洗间都离得很远。三顿饭都在食堂吃，稍去晚些饭菜就是冷的了。

父亲人很瘦，但精神颇好。从他的眼光里，我看到久违了的轻松和愉快。我早知道，这是因为他终于有了重新走上讲台的机会。系里分配父亲教刚入学的那班工农兵学员，他们当中有些只有初中甚而小学的文化水平。

他白天讲课，晚上编写讲义。当时没有现在的打印条件，讲义是要先在钢板上刻好蜡纸，然后用油墨印制的。每当夜深人静，总能看到父亲宿舍的灯光亮着，听到他刻钢板的沙沙声响，直到很晚。

有一天，我到他讲课的教室门外，隔着门玻璃想听听父亲的讲课。我听不清他的声音，但从黑板上的算式，看得出他是在给学员补习四则运算。虽然，在现在看来，这似乎是个玩笑。但父亲一丝不苟的板书，不时和同学交流的眼神，课堂里不断传出的阵阵笑声，使我相信了父亲前一天晚上的话："我一定能把他们教出来，不管什么样的基础，只要学，就成！"

星期天，我和父亲去赶集，那真是苦涩岁月里的欢愉。我们背着竹篓，走过水田的小径，穿过满是橘子树的山丘，再走几里地，就到了集市。每次我都挑些新鲜鸡蛋，给父亲补养一下。有一次还买了一只母鸡，熬了鸡汤，那飘满整个楼道的香味，我以后再也没有闻到过了……

✚

十年中，父亲依然心系着国家的教育事业，担心科学被唾弃，教育会断代。在那极其封闭的有限条件下，他仍然关注世界科技发展动态。我记得我们姐弟三人都多次陪他去过王府井的外文书店，一去就是一整天。他搜寻和研究相关的资料，极力跟上世界科学的步伐，并在很早的时候就潜心构筑着我国信息科学的发展蓝图。

1976年，浩劫过去，父亲此时已年过花甲。他兴奋地赋诗抒发他的喜悦和壮怀：

> 寒凝大地沃春华，惊雷动地百花发。
> 愿借东风勤努力，老树也得着新芽。

父亲的学术生命又重新开始了。他要抓紧时间，把自己的所学所知所想，倾囊奉献给社会，传授给晚辈后生，以弥补这几十年的损失。

多年来，父亲以他敏锐的目光，一直注视着信息科学的发展动态。他不失时机地在清华率先筹建和领导了信号处理与模式识别教研室，设立了模式识别与智能控制专业博士点及博士流动站，取得了在国内外都处于领先地位的多项研究成果。他担任了国际模式识别学会的主席团成员，使得我国新兴的信息科学技术的发展尽快走向世界。他急切地推动着我国模式识别学科的发展、学术队伍的壮大。

20世纪80年代初，父亲输送了一批他的学生和青年教师分别到美国麻省理工、哈佛和其他先进院校进修。麻省理工学院是他30年前学习的地方。1980年10月，他重访了这所在信息科学领域居世界领先的学校。后来，我们听李衍达叔叔讲，那次访问期间，父亲没有住旅馆，每晚就挤在李衍达老师的12平方米的宿舍里，两人讨论着如何在清华建立起自己国家的具有现代水平的信号处理实验室，他们的长谈往往到深夜。一切将从零开始。

以后日子里，父亲就从没有真正休息过了。

他带领师生深入生产第一线，从这一领域选择一大批科研题目。为解决国家的"七五"科技攻关项目——地震勘探方面的难题作出了贡献……家中的客厅，重新成为他与学生和同事们讨论问题的重要场所。

他白天的会议讨论不断，夜晚书房的灯光长时不熄，他是在和时间赛跑。

正如他诗中所说："老牛应识耕耘至，丰登需负重，正是奋蹄时。"

十一

1987 年底，过度劳碌的父亲病倒了。接到弟弟给我打来的电话，我急切地从纽约飞回北京。那是个寒冬，街上的北风刺骨，医院里的气氛沉郁。父亲瘦了，也老了很多。看到他时而清醒、时而昏睡地躺在床上，我的泪水再也无法掩忍。振明特别告诉我，父母知道我正在做博士论文的后期实验，处于准备答辩的紧张阶段，本不想让我知道父亲的病情。

后来的一个月，父亲渐渐好起来时，我开始在床边和他聊天。他会饶有兴致地和我讨论我所研究的博士论文课题。我当时是在做心脏基础电生理的实验，课题是研究心肌传导束细胞膜电位对心律失常产生的机制。我用的方法是在当时还很先进的"膜片钳"方法，把微电极插到细胞内，记录通过细胞膜的电流和电位差，寻找不同药物或其他因素对细胞的作用。父亲对我用的方法颇有兴趣，提出不少问题，让我给他解释。有的我自然解释不出，但使我宽慰的是，虽然大病一场，父亲的思路恢复得很不错了。

后来的几年中，父亲在与疾病进行顽强抗争的同时，更加珍惜有限的时光。他坐在轮椅上主持国际学术会议，躺在病榻上著书立说。每周都在病床前与教研组和有关人员商讨国家、学校和教研组的科研问题，谈他对教育发展的规划和设想。

他离世的前一周，完成了《关于'新三论'和'老三论'的一些资料》一文，勉励后辈"要始终站在科学发展前沿，放眼未来，赶超世界"。而那篇《信息科学的发展展望提纲》，父亲一直写到生命的最后一刻。

父亲为祖国的科学教育事业可谓呕心沥血，鞠躬尽瘁。

在一片"纸堆"中，他奉献了一生……

多年来，我们姐弟三人在人生的风风雨雨中，时常想起父亲的教诲，重温他做人的理念，不断吸取拼搏向上的力量。我们从小耳濡目染，从父亲身上学会了应该怎样认识自我、怎样与他人相处；学会了怎样正视荣誉和坎坷，怎样

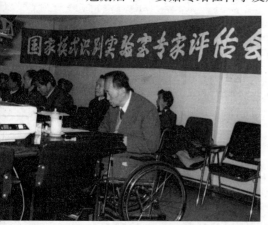

图 8　父亲坐在轮椅上主持学术会议
（1988 年）

图 9　工作到最后一刻，1991 年 8 月
去世前一天

对待事业和家庭。在父亲离去的日子里，我们姐弟三人奋斗在不同的国度、不同的领域，有着不同的事业；但相同的是：父亲对我们自幼的"不求收获，只问耕耘"的教诲和他那热爱事业、奋斗不息、宽容待人、荣辱不惊的真传却无形中指引我们走过了共同的艰难的创业之路。

不论我们走到哪里，面临怎样的坎坷和失败，不管我们身居何职，取得何等的荣誉和成功，我们都想象着有一处永无纷争和疾病的地方，父亲在那里，母亲也在那里，永远慈祥地向我们投下关注的目光……

图 10　常迥教授塑像，清华大学
自动化系立（2006 年）

作者简介

常　放：常迥先生长女，医学博士，哲学博士，美国心血管专科医生。

常振工：常迥先生长子，加拿大 CBL 计算机数据恢复公司创始人。

常振明：常迥先生次子，中国中信集团董事长。

注：本文原载于《岂敢自恃误后生——常迥百年诞辰纪念文集》，清华大学出版社，2017 年。此处略有删节。

感恩先辈

三代人的清华情

陈书祥

1917年，24岁的爷爷只身一人进了清华园，当了一名锅炉工人。他刚进清华园时，标志性建筑只有"清华学堂"，大礼堂刚刚奠基。1937—1945年抗日战争的激烈时期，清华被迫南迁，爷爷回原籍务农，1946年清华复建时爷爷又奉召重返清华园，直至1955年退休，在清华工作了整整29年。爸爸就出生在现清华学堂对面，当时还叫西柳村的一户堵姓人家。我1951年进入清华附小，1957年被保送上清华大学附设中学（初中），1960年又被保送上刚刚才扩建的清华大学附属中学（高中），是清华附中首届高中生。1963年高中毕业后我又是唯一留校工作的，至2002年退休，又返聘两年，2004年才正式退下来，一辈子没挪过窝，至今仍生活居住在清华园。

正是这样的人生经历，特别是清华园的熏陶才造就了我。今天我可以无悔地说：我是堂堂正正的清华人。

几十年的人生经历当然有艰辛的付出，但更有与其他人不同的经历，寻常生活中有许许多多的不寻常，一段段场景时时浮现在我的脑海里，记忆犹新。

■ 一、祖孙情——给予我一种人生

我爷爷名叫陈仲芳，生于1893年，原籍河北省大兴县采育镇在城营村，1952年全国行政区规划后，划为北京市大兴区长子营镇在城营村。爷爷的前两代是单传，爷爷也是哥儿一个，爸爸又是爷爷的独生子，家庭成员非常简单。1943年我出生后爷爷理所当然地把我视为掌上明珠，非常疼爱。我还不会走时爷爷总是抱着我挨家挨户串门，等我会走路了，爷爷又总领着我村东村西到处转悠，总之是一刻也不离开我，村里有的人甚至开玩笑地对爷爷说："看您得了孙子连姓什么都忘了吧！"确实是这样，从我记事起，爷爷对我就是百依百顺，"要星星不给月亮"，一定满足我一个又一个的小要求。我长大一点后，爷爷曾亲口对我说过："你小时候，我总有一种'含在嘴里怕化了，抱在怀里怕摔着'的感觉。"就连爷爷给我起的名字也蕴含着深意。当时爷

图 1　爷爷陈仲芳

爷毕竟在清华工作了20年，受清华园氛围的熏陶，特别对一些大师们的为人、风范及学识品行非常敬慕，就给我起了"书祥"这个名字，是"书香"的谐音。爷爷还不止一次地对我说："长大后也要做一个有文化的人。"1951年7月，在我刚刚8岁的时候，爷爷就把我领进了清华园，从此一刻也没有离开过。

在我上小学的最初几年，爷爷虽不识字，但每晚必定坐在我的旁边看我做作业，只看"√"和"×"。"√"多爷爷就高兴，笑容自然就写在了脸上，一定会说几句鼓励的话，什么"要努力呀""要听老师的话呀"，爷爷脸上露出灿烂的笑容、眼睛冒出期盼的目光，我至今仍记忆犹新。作业上有"×"，爷爷一定会不高兴，但他从来不呵斥我，更不会打我。爷爷不会检查我的作业，但会叮嘱我一定要把作业做完，直到得到我肯定的答复才会放下心来。每逢期中、期末考试试卷发下来，爷爷照例要翻看卷面上的"√"或"×"，卷面上全部是"√"的时候，爷爷的笑容又会全部写在脸上。

1952年，清华大学分给爷爷三区50号的两间平房，这一年的春节爷爷把奶奶、爸爸、妈妈和一个弟弟一起接来；1954年，妈妈又生了大妹妹；1956年，妈妈又生了一个弟弟。我们一家总共四个大人四个孩子，仅有爷爷、爸爸两人工作，工资又低，一家人生活十分艰辛。

1955年8月，依据国家的有关规定，已拖了两年，爷爷还是不情愿地退休了，成为解放以来第一批退休职工。

今天依然令我费解的是，据说当时清华有一个不成文的规定：凡退休人员都要搬出现有住宅，到校外去租房住，这种不合情理的事儿对爷爷的打击和折磨太大了。我小小年纪就亲眼见过，当时房管科

图 2　爷爷退休证明书

感恩先辈

的一名王姓工作人员几次三番地到我家，一次又一次地催促我爷爷尽快搬家。爷爷每次都很气愤，有时闭门不见，有时爱搭不理，有时干脆就与他大吵大闹。终于在1956年春节后的一天，爷爷对又来我家的这个王姓工作人员大声嚷道："我搬！我明天就搬！告诉你！我搬出清华，我让我儿子也离开清华！"但是，爷爷这个时候偏偏摸摸我的头，并把我拉到这个人身边，当着旁边的几个人还有过来围观的几个邻居突然大声嚷道："这是我大孙子，总有一天他会回到清华园的！"当时的场景使我至今难忘，始终就像发生在昨天一样。爷爷掷地有声的话语在我脑海里回荡了一辈子。这十分鲜明地表明了爷爷虽然嘴上说着气话，但他的内心深处依然对清华园有一种割舍不断的情谊。从此在我幼小的心灵里就种下了"长大后一定要接续爷爷，重返清华园"的种子。

爷爷退休后并未闲下来，他自我感觉身体很好，但其实他患有高血压，高压有时达180~200 mmHg，但想到儿子工作不稳定，孙子孙女又多，家里经济压力大，不能闲下来，自己又到白石桥附近的中国气象局重操旧业。不料1956年冬的一天夜里，爷爷突发脑出血，摔倒在工作岗位上。虽经清华大学、中国气象局出面抢救，生命保住了，但从此留下了半身不遂的后遗症，1959年初不幸去世了。

居里夫人说过："我要把人生变成科学的梦，然后再把梦变成现实。"爷爷一生有两个梦，早年是"书香"之梦，企盼自己的孙子改变门第，做有文化的人；晚年是"重返清华园"之梦，生根发芽，枝繁叶茂。

"书香"之梦爷爷自己做了一辈子，终因生活所迫，只能凭体力劳碌一生。爷爷对我寄予了无限希望，以他无声的教诲将"做有文化的人"浸透到我的全部神经，也深深地内化在我的血液里，并升华为我人生的伟大目标，几十年来一直鼓舞着我向前、向前、再向前！任凭条件如何恶劣，也不管阻力有多大，我的信念从没有变，锲而不舍，一直朝着早已镌刻在脑海里的宏大目标前进。1993年也正是我50岁那年参加了四年中华全国律师函授中心的学习，经过1000多个日日夜夜的拼搏，14门课程以平均分75分的成绩获得由北京大学、北京自学考试委员会共同签发的毕业证书，取得法律专业的大专学历。1996年又获得了清华大学职称评定委员会颁发的中学政治学科高级教师证书。终于可以告慰爷爷，"做个有文化的人"，您的大孙子终于实现了这个梦！

"重返清华园"之梦也是爷爷挥之不去的情结，爷爷本是清华老职工，曾两度进清华，与清华有着千丝万缕的联系。爷爷对我总有一天"回到清华园"的期望，是我从小就在心底种下的种子，我也对此不懈追求着。今天我可以骄傲地告慰爷爷："重返清华园"这个梦，您的大孙子实现了！

二、父子情——给予我一种骨气

我的爸爸名字叫陈彦荣，1929 年生，1935—1937 年在清华园东边的西柳村小学念过两年书，"七七事变"后爷爷把爸爸带回原籍又念了几年小学。所以爸爸识字，我小时候还看到过爸爸看过书、翻过报纸，但很少见到过爸爸写字，可能最多也就是小学水平吧。

1942 年爸爸 13 岁时由爷爷、奶奶包办婚姻娶了比爸爸大 4 岁的妈妈，可以想象十几岁的孩子懂得什么？虽然 14 岁就生下了我，但对我的抚养全靠妈妈、爷爷和奶奶。毕竟爷爷 36 岁时才有了我爸爸这个唯一的儿子，爷爷、奶奶的疼爱造成了爸爸比同龄人要幼稚些，虽然爷爷想方设法创造条件让爸爸上学，但爸爸还是没有念太多书，再加上爸爸目睹了爷爷成年累月地操劳，索性放弃了本可以继续追求的学业，开始帮助爷爷、奶奶干一些农活，1946 年爷爷奉召回清华后也把爸爸带了过来，当了一名抬煤工，只有在春节、暑假才能回原籍待一些日子，原籍的农活全由奶奶和妈妈料理。1949 年后爷爷仍留在清华园，爸爸则又回到了原籍。1952 年冬全家搬到清华园后，爸爸一直在清华园工作到 1956 年。全家搬出清华园后，爷爷一气之下感情用事，让爸爸也离开了清华园，又在北京钢铁学院给爸爸找了一份工作，仍是烧锅炉。1966 年初爸爸又到离家更近的中国科学院气体厂工作，离家只有成府路一路之隔，为的是和妈妈一起担负更多的家庭责任。

爸爸从小就有一个好身体，身宽体壮，身高近一米八，平时总是留一种发型，平头，头发很短，听爸爸的工友们说过：在静斋锅炉房干活时爸爸可以一个人把装有近 200 斤煤的大筐从地面扛到地下室的锅炉房，可见爸爸不仅身体好，有劲，而且肯干，干起活来从不惜力。

爸爸生活非常俭朴，在工友中是出了名的，这里可以举几个例子：

爸爸从蓝旗营到钢铁学院，坐 31 路汽车只需七分钱，往返才一角四分，但爸爸连公交车钱都舍不得花，宁可每天步行上下班。无论三伏天还是三九天，天天如此。用爸爸的话说"棒子面才一角一分钱一斤，机米才一角四分钱一斤，可以买一斤机米或一斤多棒子面啦"！

爸爸会抽烟也会喝酒，但抽的是旱烟，用纸自己卷，什么纸都行，有时甚至用捡来的报纸。平时从来不喝酒，只有年节或家中来客人时才陪着喝点，买的酒通常也是散酒而不是瓶装酒。

爸爸短暂的一生老老实实、清清白白，在"浩劫"年代里他不幸身亡，而且连骨灰都没有留下，但他诚实、诚恳、厚道、俭朴，更有一种宁折不弯的骨气。爸爸的品行也对我产生了巨大的影响，同样融入了我的血液中。

三、母子情——给予我一种坚持

图 3　妈妈刘万才

1952 年全家搬到清华后，妈妈就参加了家属委员会，干一些给职工洗衣服、拆洗被褥的活儿，妈妈负责西北区，我家搬到蓝旗营后妈妈还一直干着。从蓝旗营到西北区，一南一北足足穿行了整个清华园，单程大约 6 里，步行大约 40 分钟，每天早晨 6:00 左右妈妈必须到西北区去取活儿，她迈着两只小脚差不多要走一个小时，为的是能赶在 7:30 职工上班前把活儿取到手，一个人再把取到的活儿背回家。

我家搬到蓝旗营后，生活上遇到的最实际的问题是无电、无自来水。没有电晚上只能点油灯，说是油灯，实际上就是在一个小盘子里倒点食用油，再用棉花捻一个灯芯，用火柴把灯芯点着，就算一盏灯了。后来才买一盏煤油灯，每晚我只能在这样昏暗的灯光下学习，我的小学六年和初中三年就是这样度过的。那时蓝旗营东边也没有自来水，只在马路边有一台压水机，几乎半个营子的人吃水、做饭、洗衣服全靠它。我家有一口大水缸，可以盛 10 桶水，一般都是爸爸或我在头天的下午或晚上从压水机那儿压水，再一桶一桶往家里提，把水缸灌满，一桶水大约 40 斤，一个单程大约有 70~80 米。白天妈妈就用缸里的水做饭、洗衣服、洗被褥，那时哪里来的洗衣机，全凭妈妈用搓板搓，有时遇到较脏的衣服，如领口、袖口太黑的要反复打肥皂，还要多搓几遍，再用大盆反复漂洗三遍以上，然后搭在绳子上晒干，衣服还要熨平叠好，被褥也要缝好叠好，一天少则十几件，多则 30~50 件不等，遇到阴天下雨还要把洗好的衣服放在炉子上用烘炉烘干。妈妈就是这样背来背去、洗来洗去，为了减轻妈妈的辛劳，我作为家里兄弟姐妹中的老大，在完成学业之后，晚上送活儿的任务就全包在我身上了。每晚 8:00 以后我扛着或背着包袱送到西北区，亲手交给洗衣服、做被褥的职工们。妈妈不识字，要在衣服和被褥上缝上各种颜色的小布头，这样才不会张冠李戴。那时洗一件上衣七分钱，洗一条裤子四分钱，洗和做一床被子四角钱，洗和做一床褥子两角钱，妈妈就是这样日复一日、年复一年地辛勤劳作，都说"穷人的孩子早当家"，那时的我成了妈妈不可或缺的小帮手。

我上初中要用钢笔了，别的同学早就用上了，可我家没钱买，开始只好用蘸水钢笔，但用起来麻烦又不好用，"麻烦"是每天既要带蘸水钢笔又要带墨水，有时自己或同学会不小心碰洒墨水，洒得桌子上、地上到处都是，有时甚至还会洒到同学的衣服上；"不好用"是写出的字一会儿笔画粗、一会儿笔画细，有时墨水还会溅到纸上，作业显得很不整洁。我只好和妈妈商量，几乎用乞求的眼神说："我也想买一只钢笔！"但是家里实在没法一下子拿出几块钱来，于是妈妈同意从她洗衣服挣的钱中一点一点、一天一天地攒，今天攒五分，明天攒一角，大概用了半个多月，才攒到三块多钱，刚够买一支"华孚"牌的铱金笔。我心里高兴极了，备加珍惜，我总算有了一支属于自己的钢笔，这只钢笔一直陪伴着我到高中毕业。

1956—1959年是我爷爷患病的三年，前两年爷爷基本还能自理，最后一年只能卧床了。至今我还清楚地记得，是妈妈给爷爷喂水喂饭，是妈妈给爷爷端屎端尿，是妈妈给爷爷翻身擦背，是妈妈给爷爷洗尿布、晾晒被褥，是妈妈给爷爷修剪指甲，更是妈妈以她弱小的身躯在天气好的时候把爷爷背出屋来，让爷爷晒晒太阳，呼吸一些新鲜空气。

爷爷患病期间我正读初中，看着整天忙里忙外的妈妈，整个心都在流血。我会在课余时间全力帮妈妈看护年幼的弟弟妹妹，跟妈妈学着伺候爷爷，那些日子我是妈妈最可信赖的小帮手，早中晚给爷爷喂饭的活儿我全包了。

1959年初爷爷不幸去世，5月份我家旁边轮胎厂的一场大火又几乎把我家烧个精光。6月份二妹妹出生，就出生在蓝旗营的老爷庙，是街道居委会临时安置的。接二连三的事件并没有把妈妈拖垮，她毅然地撑起了这个家，爸爸的收入低，家中人口又多，且还都是孩子，妈妈总是精打细算，把最艰难的日子过下去。每月妈妈总是先用爸爸的工资把全家的粮食买回来，平时用的生活必需品等则用自己洗衣服挣来的钱买。

20世纪50年代末至70年代国家物质极度匮乏，几乎买不到什么，有的东西要凭"票"或"购物证"购买，如买粮食要用粮票，买芝麻酱甚至春节才供应的花生、瓜子要凭"购物证"。妈妈总是千方百计地把钱省下来，让孩子们也能享用到。

1960年我初中毕业前，妈妈原本并不同意我上高中，可我实在想继续升学，将来上大学。当时很多老师都支持我，特别是我初三的班主任张葆林老师，几次登门来做我妈妈的工作。妈妈经过激烈的思想斗争，也想起爷爷生前对我的夸奖和嘱托，希望我做有文化的人，希望我将来重返清华园。妈妈最后实在拗不过我，还是同意我上高中了。这一决定接续了我爷爷的遗愿，继续改变着我的人生轨迹。

1963年7月我高中毕业留校工作了，妈妈特别开心，心里舒坦多了。我忠实履行着向妈妈许下的承诺，从我领到的第一份工资开始，就先在照澜院买一瓶玻璃瓶装的纯奶粉和一瓶糕干粉，再由妈妈掺些许白面搅和一起打成糊糊，一口一口地喂两个小弟弟，将工资全数给妈妈，就这样持续到1984年我这个小家搬到新林院。

一位哲人说过："首先细心思考，然后果断决定，最后坚忍不拔地去做。"面对人生的重大抉择时，我选择留校是正确的，在以后家庭发生重大变故面前我也事不避难，义不逃责，更是妈妈实实在在的依靠，妈妈更有信心了，她的生活也更有奔头了。

爸爸的悲剧发生的全过程，妈妈都经历了，那是一场炼狱般的折磨，从死亡的边缘爬出来，这是什么样的勇气和耐受力啊！

当时妈妈才41岁，又同我肩并肩把这个家扛起来，继续带领我们顽强地把日子过下去。那时妈妈的一个面部表情、一个眼神对我来说都是一种无声的命令，没钱我去借钱，没粮我去找粮，没衣穿我去想办法。在我家最艰难的这一历史阶段，由于妈妈持家有方，一家人就算吃着咸菜啃着窝头也顽强地生活着，弟弟妹妹们穿着补丁摞补丁的衣服，虽不合身，但是干净、整齐。这一切都浸透着妈妈的心血，更多的是一种坚韧不拔、持之以恒的精神，这难道不是中国人的骨气吗？

我的妈妈名字叫刘万才，1925年生，病逝于2011年，享年86岁。妈妈不到一岁时，我的姥爷就去世了，她是由我的两个舅舅抚养长大的，17岁就嫁入我家，几十年来迈着一双小脚与我家风雨同舟，带着我们走过不平坦的路，不畏艰难，一路前行，在我家每个关键的历史节点上都表现出当仁不让和敢于担当的勇气。妈妈具有中国妇女的一切传统美德，是我家当之无愧的功臣。

作者简介

陈书祥：男，生于1943年。1963年清华附中高中毕业后留校任教，退休前为高级教师。祖父陈仲芳1917年进入清华工作，是清华大学最早的一批工人。

致敬我的母亲郑晏

黄培

图 1　母亲郑晏（1923—2018 年）

尊前慈母在，孩儿不觉寒。我在花甲之年还能享受母亲耄耋之年的爱，受到许多亲朋好友的羡慕。母亲郑晏（1923—2018 年）在清华大学从事教育工作近 50 年，在我的印象中，一直以来，她对我们的爱，更像是老师对学生的爱，没有溺爱、偏爱和宠爱，更多的是关爱、慈爱和挚爱，通过身体力行和言传身教，教育我们如何做人、如何做事、如何面对困难和挫折……我们三个姐弟也在她的培养教育下，通过个人努力和不懈奋斗，逐步成长为各自工作岗位上的专家，在参与将一穷二白的祖国建设成为现代化强国的过程中建功立业，事业有成。

一、平凡人生献给清华教学管理事业

我的母亲郑晏，1923 年生人，祖籍福建长乐，出生于书香世家。她的祖父郑叔忱是清光绪十六年（1890 年）进士，授庶吉士，曾长期供职于清代翰林院，后任京师大学堂（北京大学前身）教务长。她的祖母陆嘉坤曾任天津北洋高等女子学堂总教习。她的父亲郑天挺为我国当代著名历史学家和教育家，先后历任北京大学、国立西南联合大学、南开大学教授，南开大学副校长和国务院学位评定委员会历史组组长。母亲在清华大学工作将近 50 年，其中 40 多年在教务处从事教学管理工作，勤勤恳恳、兢兢业业、认认真真，人称清华教务工作的活字典，深受全校师生和学校领导的尊敬和爱戴。

母亲解放前夕毕业于辅仁大学，当年参加人民政府举办的华北大学毕业生培训班学习，分配到中央人民政府劳动部工作。那时父亲在清华大学土木系教书，姐姐和我尚幼年，考虑到我们家的实际困难，时任清华大学副校长的张维教授亲自出面，要求学校将母亲从劳动部调入清华大学。母亲有在中央国家机关工作的经历，有公共服务管理经验和社会管理经验，为了进一步提高学校的教学管理水平，学校领导把她安排在教务处教学研究科工作，从此她与清华结下了不解之缘。

1952年末全国高等院校院系调整刚刚结束，清华由综合性大学调整为工科性大学，学校工作重点是将过去沿袭欧美国家的旧教育体制逐步改为苏联五年制的新教育体制，教学管理工作成为学校最重要的工作之一。与此同时，为配合中国大规模经济建设和文化建设，国家开始有计划地培养又红又专的各类工科人才，编制和修订新教学计划成为学校组织教学过程的首要环节。蒋南翔校长亲自挂帅，母亲承担了大量教学研究工作，并参与了教育部组织的考核教师工作量和管理教学计划等多项教育改革工作。

母亲在劳动部从事的是就业安置工作，在清华从事的是教学管理工作，放弃熟悉的社会学专业改行从事教学管理工作。领导担心她有想法，而母亲毫无怨言地服从组织安排，干一行、爱一行，一切从零开始，认真学习各项教育方针和教务政策，虚心向老同志请教，刻苦钻研专业知识，遇到问题善于动脑，很快就将教务管理职责范围内的工作做得又快又好。邢家鲤担任教务处长以后，不但严格管理，还提出了更高要求，即"职员不仅做好本职工作，还能够完成其他科室的工作，相互协作，大兵团作战"。在这种高标准、严要求下，母亲逐步成长为"一专多能"的教务工作的行家里手。一位曾在蒋南翔时期担任过领导干部的老同志告诉我："当年在清华众多职员中，被蒋南翔校长尊称为'先生'的职员只有四人，郑晏便在其中。"这是校领导对母亲的尊重和对她工作的肯定。

20世纪50年代，在清华职员中母亲的文化程度属于高的，她与众不同的特点是善于动脑筋思考问题，工作中坚持从大处着眼，从小处着手，认真做好工作细节和工作程序的分解，包括遇到疑难问题怎么解决，这种工作方法在那个年代是少见的，所以领导喜欢把最困难、最艰巨、最有开拓、最有挑战的工作交给她完成。从1963年起清华拟在全校专业课中推广"英语授课"的教学实验活动，母亲进行了到堂听课、课后征求学生意见、组织旁听教师开座谈会、向授课教师反馈意见、向广大教师推广英语授课经验等一系列工作，使清华"英语授课"的教学活动走在全国教育改革的前列。

教务工作繁琐而庞杂，面对大量事务性的工作，母亲除了任劳任怨和踏实肯干外，对自己提出的要求是"杂而不烦，忙而不拖，效率高，无差错"。这四项工作要求使母亲的工作效率特别高，教务处同事形容母亲工作时的状态是"眼观六路，耳听八方"，各项工作管理得井井有条。学校行政机关多次请母亲介绍工作经验，母亲总结为"六多"，即多听、多看、多学、多跑、多说、多动脑筋，这些经验得到广泛地推广。由于母亲业绩突出，"文化大革命"前17年的工作中多次被评为学校的先进工作者，成为清华大学教职工中职员代表的佼佼者。

1978年伴随着改革开放，清华大学拨乱反正，正本清源，工作重心从"阶级斗争"转移到教学和科研的建设之中。为了尽快恢复被"四人帮"破坏的教学秩序，提高教学质量，时任校长刘达亲自签署调令把母亲调回教务处。从此母亲放弃了在清华校医院很有起色的总会计工作，甘心回到教务处重新当一名普通职员。重返她所钟爱的教学管理岗位后，母亲一如既往地勤奋工作，由于她认真负责的工作态度，扎实细致的工作作风，孜孜不倦的工作精神，不久又被清华大学树立为学习的榜样。

20世纪80年代清华大学提出建设世界一流大学的目标，逐步恢复了理科、经济、管理和文科类等学科，全面进入了蓬勃发展的新阶段，许多大学到清华学习先进的教学、教改经验，全国高教系统也经常在清华组织召开教研经验交流会，介绍先进经验和组织会务工作的任务总是落在母亲身上。那时母亲已近退休年龄，还像年轻人一样经常加班加点，甚至一些小事，诸如外地客人想买什么北京土特产，她都一一记在心上，能办到的都会尽量办到、办好，这在国家商品供应极度匮乏的年代是非常不容易的，受到全国高校同人的一致好评。

"眼里有活"是母亲工作几十年的特点，经常是哪里忙，她就出现在哪里，哪项工作没人做，她就主动承担。她看到教务处领导工作忙，没有时间按时向学校上报每周《信息通报》，就主动向处长申请承担了这项任务。每年她捕捉到的教学信息总是排在全校信息量的首位，被学校领导采纳的也最多，有时上午报送的信息，下午学校领导开会就引用了，极具参考价值。如《信息通报》出刊200期的时候，她报送的159条信息被学校选用149条，选用率达到93%；出刊300期的时候，她被评为优秀信息员，在全校信息员大会上介绍经验。母亲爱岗敬业的精神多次受到时任清华党委书记方惠坚的表扬，被评为全校的先进工作者，在全校大会上介绍经验，模范事迹刊登在校刊和学校宣传栏的显著位置，成为全校教职工学习的榜样。

母亲退休后老骥伏枥，作为教学管理专家继续在教务处工作，返聘时间长达15年。她记忆力极好，全校各院系、各专业1000多门公共课程以及各

感恩先辈

门课之间的关系全记在脑子里。理工科课程编排讲究科学性与关联性，知识点的讲授必须循序渐进，哪门课应该先讲，哪门课应该后讲，不能出现差错。那时清华为追赶国际教育的发展趋势新增了多门新型学科的课程，母亲为使编制的教学计划科学合理，亲自到教学一线去听课，教师与教务人员均评价说"郑晏编制的教学计划总是清清楚楚，从没有出过差错"。随着计算机应用技术的飞速发展，清华大学教学课程安排由人工改为计算机操作，在程序员编写程序之前，母亲将自己几十年的工作经验传授给他们，之后计算机编排的教学安排表格与母亲人工排出来的表格完全相同，这个结果让年轻同事赞叹不已，说母亲的脑子堪比计算机。

母亲直到75岁才告老还家，曾被学校授予"老有所为"先进个人的称号。几年前某个春节，时任清华党委书记陈希特地到家里拜年并慰问母亲，赠送了慰问品和大花篮，感谢母亲为清华教育事业发展作出的突出贡献，感谢母亲在平凡的岗位上做出的不平凡成绩。2018年春节前夕，中国民主建国会海淀区支部和清华支部的领导共同慰问了母亲，他们说：经查询中央民建档案，母亲是目前全国年龄最大、入党最早的民建党员。母亲几十年来坚持爱国主义，致力于建设中国特色社会主义事业，将平凡人生献给祖国教育事业的事迹令大家敬佩。

母亲一生心胸豁达、淡泊名利、默默奉献。她在清华工作了一辈子，获得过无数次表彰和奖励，但行政职务始终为职员，连科长都没晋升过。中华人民共和国成立至改革开放初期，受极左路线的影响，清华提拔干部一直有一条不成文的规定，即非中共党员不能提拔为干部，母亲因此不能提升职务。同事们为此打抱不平，认为凭母亲的文化程度、思想觉悟、工作能力和突出业绩，早该晋升职务了。我也曾问过母亲为什么不申请个高级职称，她认为自己条件不够，而且认为提拔干部和评定职称是领导考虑的事情，自己需要做的就是努力工作，为学校教务工作作出更大的成绩。前几年我翻出母亲在清华大学先进工作者表彰大会上的发言，最后一段话令我特别感动，她是这样写的："我非常热爱我的工作，为党的教育管理工作贡献我的一生，为教学一线的工作铺路搭桥，很幸福，也很光荣。我干了一辈子职员，没有任何'长'字头衔，只要工作有成绩，我就心满意足了，为党的教育事业奋斗一生是我的理想。"

母亲与许多清华老知识分子一样，尽管受过"文革"磨难，但是从未动摇过对党的信念，满怀对祖国的忠诚和对事业的执着，为祖国、为教育努力工作，不求名，不求利，默默奉献，不求索取，这就是中国老一代知识分子的优秀品质和奉献精神。

二、母亲教我为学、为人、为业

我上小学五年级的时候，在班主任兼语文老师王淑华的指引下开始写日记，其中也记录了母亲教我写日记的内容。1965年5月9日我的日记这样写道："今天妈妈和爸爸都给我讲了怎么学习。妈妈说：'你做作文和写日记总在自己的生活和学习圈子里，不是上课不听讲，就是不举手回答问题。写日记是为作文服务的，如果老写这些内容，那就没有什么意义了。'"我听从了妈妈的话，将自己的日记范围从个人扩大到班级和学校，较详细地记录了1959—1965年我在清华附小学习时的活动情况，内容涉及老师教书育人、班级逸闻趣事、学校课外活动和少先队活动情况。在清华附小百年诞辰前夕，我为校友回忆录《世纪情愫》投稿，再现了清华附小的百年风采，受到学校编委会和校友们的好评。

母亲不但重视对我"为学"的培养，更注重对我"为人"的教育，我现在还记得她通过"推子风波"教育我如何为人处世的。我初中考入北大附中后被选为班长，不久班委会决定用班费买个理发推子为男生理发，以增加班集体的凝聚力。那时我是住校生，与高中友谊班的5个师姐住在一个寝室，周日当我打开寝室储物柜准备拿钱买推子的时候，发现提前放好的推子钱不翼而飞，立刻我就傻了眼。当时一把推子的价格相当于一个人一个月的生活费，这对13岁的我来说无疑是天价，我哪里来那么多钱呀。无奈，我只好回家向母亲讲明原因，要了钱买了推子交给了班委会。

班里的同学十分同情我的遭遇，纷纷捐款将推子钱还给了我，当我满怀喜悦地把钱还给母亲的时候，遭到了母亲严厉的批评。母亲说："你担任班长就要勇于承担责任。你个人的钱被偷，怎么能够让大家共同承担经济损失？刚开学不久，每个同学都交了学费，你们班同学又交了班费，时隔不久又组织同学捐款，哪个家庭能够一而再，再而三地拿出那么多的钱？作为班长，考虑问题不能只从个人角度出发，要从全班同学的角度出发，想他人之所想。"坚决让我退回了捐款。

此事并未完结，数月后同宿舍的师姐们告诉我，是某同学偷拿了我的钱，并且鼓动我找她赔钱。我犹豫不决，于是去问母亲，母亲说："没有当场抓住偷钱的人，就不能让人家赔钱。她今后人生的道路还很长，要为她的前途着想。得饶人处且饶人。"最后还叮嘱我："对待同学要豁达宽厚，不要斤斤计较。"这句话后来成为我一生待人处事的原则。

有位名人说过：母亲对我的爱之伟大，让我不得不用我的努力工作去验证这种爱是值得的。长大以后，我与母亲从事完全不同的工作，但是母亲也在帮助我、指导我、教育我。至今我还记得进入国家统计局前母亲的叮嘱："在政府部门工作，第一是工作要积极主动、眼中有活，别人不愿做的事情，自己要主动去做。第二是工作中不能挑肥拣瘦，不要认为自己是大学生，就不愿意做那些琐碎的、不起眼的基础性工作而只想做那些出名利的重要的工作。如果你连最简单的基础性工作都做不好，领导怎么能把艰巨的、重要的任务交给你呢？"我牢记母亲的教诲，到国家机关以后，工作勤勤恳恳、踏踏实实、任劳任怨，全心全意为中央领导和社会大众开展统计信息咨询服务，每年编辑各类年鉴资料书十余本，把自己的青春年华和全部精力都献给了中国的统计事业。2011年国家统计局通报表彰全国统计系统百名优秀统计编辑，我也榜上有名，这是国家统计局30年来首次表彰优秀统计编辑，我感到无限的光荣和自豪。我为自己继承了母亲脚踏实地的工作作风、认真负责的工作态度和勤奋好学的工作精神感到骄傲和满意。

三、家庭温馨母爱甘甜

父母和谐美满的婚姻生活为我们姐弟成长营造了宽松的环境。在家庭教育中，他们将清华园传统的"东西文化，荟萃一堂"带入到我们的启蒙教育中，将清华教授家庭推崇的育人理念"人品、治学、向上"融入对我们的培养当中，他们对我们的期望是"为人正直、要做学问、奋发向上"。我们从小就知道清华校训"自强不息、厚德载物"的内涵，从小就树立了科学强国的理想。现在回想起来，父母对我们的那种阳光的、健康的、深厚的"德泽育人利物"的家庭教育，与现在的只顾着教育孩子竞争、奋斗、出人头地的家庭教育是截然不同的。

图2　20世纪50年代父亲黄熊与母亲郑晏　　图3　1970年全家在江西南昌八一广场

我们小时候清华校园里文化生活丰富多彩，每周都上映新电影，包括故事片、动画片、科教片……母亲总是让我们先睹为快。每逢节假日，北京人民艺术剧院、中国歌剧舞剧院、中央乐团、中国木偶剧团等国家级剧团轮流到清华大礼堂进行专场演出，母亲总是想办法买到各种演出票，让父亲带我们去欣赏。我看过话剧《茶馆》《吝啬鬼》《蔡文姬》《以革命的名义》、歌剧《货郎与小姐》、大型木偶剧《彼得和狼》，多次听过中央乐团演奏的交响音乐会。为培养我们的读书习惯，父母给我们买各种各样的图书，如《三国演义》《水浒传》《海底两万里》《鲁滨逊漂流记》《十万个为什么》《格林童话》《安徒生童话》……文化熏陶使我们插上想象的翅膀。为提高我们的身体素质，父母分工合作，冬天母亲带我们到荷花池的溜冰场滑冰，夏天父亲带我们到颐和园划船、游泳。为提高我们的写作水平，母亲带我们去动物园观察动物的千姿百态，父亲带我们参观天坛、故宫、自然博物馆、天文馆。虽然父母经常要加班或者参加政治学习，家务劳动也非常繁重，但是只要有空余时间，他们就带我们去接触大自然，享受大自然，为的是开阔我们的视野、活跃我们的思维、拓宽我们的知识面。良好的家庭教育、融洽的家庭环境、温馨的家庭生活，使我们姐弟三人始终能够融入社会、理解社会，保持善待自己、善待人生的乐观的世界观。

母亲始终认为，保证家庭的生活质量是她作为家庭主妇的职责。在我们长身体的时候，恰好遇到了三年困难时期，粮食和副食品的供应极度匮乏，我家许多邻居都因营养不良浑身浮肿。那时家里并不富裕，母亲为了让正在长身体的我们身体健康，有足够的营养，不但把父亲的牛奶（教授配给）分给我们三个孩子喝，还四处奔波寻找能吃的东西，如骑车去海淀万泉河的屠宰场买猪下水，到高价市场上买食品。每到吃饭的时候，也是家里最热闹的时候，我们吃着父亲熏制的猪肝、煲的猪蹄汤等令人垂涎欲滴的美味，叙述自己的所见所闻，父母偶尔插话加以评论，我们许多看法和见解就是在那个场合得到提高的。父亲是广东人，喜欢吃，也善于烹饪，做饭的任务主要由他承担，母亲则主要负责采购和烹调前的准备工作，这个习惯延续了几十年。每逢节假日家庭团聚，母亲都事必躬亲，到照澜院采购，享受节日当天忙碌而快乐的烹饪过程。看到母亲那么辛苦操劳，我曾提议以后家庭团聚改在饭馆吃饭，母亲坚决反对。她认为在家里吃饭是维系家庭温馨生活、传承中国传统文化、培养下一代建立家庭观念的重要基础，她说生活节奏再快，自制美味佳肴永远是家庭生活的一部分。父母兼顾事业和家庭的生活观念、积极乐观的生活姿态、为了幸福生活而努力奋斗的美好形象，潜移默化地影响着我们姐弟三人和我们的下一代。

母亲热爱生活，讲究生活品质，在清华园里以着装得体著称。就是九十多岁了，凡是外出吃饭或者参加聚会，一定要事先准备着装，穿什么衣服、穿什么鞋、戴什么帽子、配什么提包和头巾，十分有讲究。即便平日出门买菜、散步也都要换上熨烫平整的衣服，显出不凡的气质和文化修养。父亲活着的时候，母亲经常为他打点着装，每周都要亲自为他熨烫衣服和裤子，并用自己的审美情趣来打扮我们姐弟。这次她生病离开家前，呼吸已经非常困难了，还要求我们给她换衣服、戴帽子和纱巾，作为大家闺秀，多年的艰苦生活也没能改变她追求生活品质的美德。

母亲为人热情，是个助人为乐的热心肠，朋友、同事家里有什么急事、难事找到她，她总是毫不犹豫地予以帮助，即使是长期不联系的人也是如此。记得三年困难时期，有位其貌不扬、衣冠不整的老者敲开了我家的大门，母亲与他聊了很久，临别时还给了老人钱。母亲看见我好奇就解释说："抗战胜利后外公（时任北大秘书长）从昆明回到北平主持北大复校工作，学校分配给外公一辆黄包车和一位车夫，这位老人就是当年的车夫。1952年全国高校院系调整，外公调到天津南开大学工作，现在那位车夫家里遇到困难，我帮助他是理所应当的。"这是我第一次目睹现金捐助，印象深刻。母亲退休前长年担任教务处的工会主席，在国家物资极其匮乏的年代，一旦教务处某个同事家里有困难或者粮食不够吃，母亲就把我们穿小的衣服、家里富裕的粮票和布票送给他们。有的同事家属从外地来京探亲没有地方住，母亲就四处借房，帮助他们解决燃眉之急……母亲就是这样一位把自己的温暖和情谊带给同事和朋友的人。

母亲有江南人的血统，长相柔弱清秀，但是性格坚韧，意志坚强。母亲坚毅的性格源于她青少年时期遭受的苦难。1937年七七事变爆发，清华大学、北京大学和南开大学南迁到昆明建立了国立西南联合大学。当时身在北平的外公负责北大教职工和学生的撤离工作。日本鬼子要抓外公，他匆匆丢下五个孩子，只身一人离开北平，辗转去了昆明。那年外婆刚刚去世，我最小的舅舅年仅3岁，13岁的母亲既当爹又当娘，带着三个弟弟在日本鬼子的铁蹄下生活了八年。艰辛的生活锻炼了母亲坚强的性格和坚韧的意志。所以从小时候起，母亲就有意培养我们树立自尊和自信的品格，培养我们独立的生活能力和人际交往能力，要求我们自己的事情自己做。在母亲的培养教育下，我逐步学会了解决困难的方法，具备了较强的独立自主精神。我自己有了孩子以后，也继承了母亲的教育方式，没有过分的娇惯和溺爱，鼓励孩子自尊、自信和自立，现在我的孩子也成长为一名敢于承担社会责任和工作重担的金融业律师。

"慈母手中线，游子身上衣。"1969 年 4 月我"上山下乡"到内蒙古生产建设兵团屯垦戍边，我们团位于巴彦淖尔盟的乌拉特中后联合旗，离蒙古国边境 200 多公里，由于是"珍宝岛战役"后临时突击组建的单位，连队生活设施简陋，我们住在羊圈里。寒冷的天气，艰苦的条件，繁重的劳动……四年后我的身体彻底垮了，兵团令我病退回北京。那时北京接受病退知青的工作由街道办事处负责，可是清华大学没有这级行政机构，因此从陕西、山西、黑龙江、内蒙古、云南等地病退回京的清华子弟没有接收单位，迟迟不能办理病退手续。母亲知道后联合几位知青家长不断向清华大学有关部门反映，最后清华决定由人事处负责接收病退知青的工作，为其他病退知青回到京铺平了道路。我回到北京后，母亲带我四处求医，找过许多专家看病，每晚还给我熬中药，在她的精心照料下，我的身体慢慢康复了，我非常感谢母亲为我所做的一切。

母亲退休后才开始享受真正属于自己的空间和时间，身体健康、内心富有、快乐生活、坚持读报是母亲退休后的生活写照。2015 年是中国人民抗日战争暨世界反法西斯战争胜利 70 周年，为纪念这个来之不易的胜利，一位剧作家曾对母亲进行采访，计划写一个反映抗战期间西南联大教授及其家庭的电视剧本，请母亲讲述她的父亲郑天挺在抗战期间的抗日活动以及子女在北平的生活。后来这个剧本胎死腹中，母亲就自己动手写，又因手摔伤改为口述，由我执笔撰写了 1.5 万字的《回忆抗战期间在北平的生活》。

2017 年国立西南联大成立 80 周年，北京大学校友会网、互联网"众读"和澎湃新闻分别刊登了母亲的文章，云南电视台及系列纪录片《西南联大》总导演徐蓓到家里采访了母亲，并拍摄了电视录像。母亲面对老年生活积极乐观的态度感染着我，并点燃我与我先生的写作欲望。我们退休以后开始练习写作，目前写了 50 多万字，发表在新浪博客"二月里来 1950"上，截至 2018 年初读者点击量达到 11 万人次，非常有成就感。

感恩先辈

图 4 系列纪录片《西南联
大》总导演徐蓓采访母亲郑晏
（2017 年）

图 5 徐蓓导演与母亲
郑晏合影

　　高尔基说过："世界上的一切光荣和骄傲都来自母亲。"母爱善良如茶，香浓甘冽；母爱宽容如海，辽阔博大；母爱坚强如山，厚重稳健；母爱柔情如玉，温润优雅。虽然母亲去天堂与父亲相聚去了，但是她那乐观豁达的生活态度、传统高尚的家教美德和关爱他人的品质素养，永远是我们心中唱不完的赞歌。

作者简介

黄培：女，1952 年 2 月出生，同年随父母入住清华园，曾居住在照澜院、17公寓和新林楼。大学就读于北京经济学院。从事统计工作，高级统计师。曾任国家统计局调研员，《中国统计年鉴》《中国统计摘要》编辑部主任，为国务院领导同志提供统计信息咨询服务，现已退休。父亲黄熊，清华大学土木工程系教授。母亲郑晏，清华大学教务处副处级职员。

为父亲送行

——悼念父亲刘致用先生

刘秋凝

图1　父亲刘致用（1918—2003年）

父亲于2003年11月1日凌晨离开了我们，走完了85年的人生。

父亲走得非常突然。我们匆忙通知父亲的故交，并决定于11月7日在清华的殡仪馆举行告别仪式，为父亲送行。11月6日北京下起了小雨，天气预报说夜里将有中雪和大风。为父亲送行的多是年事已高的老人。傍晚我们分别电话通知他们：天气不好，保重身体要紧，不要来了。

当天夜里，雨转成了雪，传来了滚滚的雷声，外面的风也越刮越大。

第二天清晨，从窗户向外望去，外面是一片银白的世界。一棵倒下的大树横躺在父亲家门前的路上，完全封住了这条路。它没有从根拔起，而是紧贴着地面劈开后倒下了一半，还留下伤痕累累的另一半，就像是我重病卧床的母亲。我站在树前，被眼前的情景惊呆了，这分明是老天要留住父亲，不让他离开我们呀！

父亲是一位医德医术俱佳的医生。他的一生主要是在清华园里度过的。在我的记忆里，父亲总是很忙，下班回家后也时常有人来电话或直接到家里问病。我不记得父亲与我们一起过过春节，好像节假日里总是父亲值班。他说，让年轻人去玩吧。清华园像是一个小小世界，人们在这个舞台上演绎着自己的人生。父亲虽然很忙，但生活充满了情趣。他喜欢家里的小院，种花种菜都是行家，还是个烹饪高手，同时他还擅长游泳和滑冰。1947年他从东北迁到北京时，清华体育教研组里的人还不大会滑冰，他还教体育教师滑冰，后来总有人提起此事，作为趣谈。他的正直、宽厚、幽默、平易近人，留在清华很多人的记忆里。家人敬重他，朋友敬重他，同事敬重他。

据父亲讲，刚刚解放的时候，清华有一批梅毒病人。为了这些人能够得到治疗，父亲多次往城里的相关部门跑，申请下来一笔经费，专门用于治疗这批梅毒病人。他在这批人的病历上标上只有他知道的特殊标记。那时的校医室，医生也不多，没有别人知道这事儿，为的是保护这批人的隐私。经过悉心治疗，这些病人全部康复，有的人现在还健在。

曾经有一段时间北京地区肝炎肆虐。为防止肝炎的传染，清华在西山建了一处肝炎治疗病房，父亲多年在那里负责治疗这批肝炎病人。后来"文化大革命"期间在鲤鱼洲染上小虫病的病人也在那里治疗，当时父亲自己也得了这种病。父亲就在校医院和西山两边看病。父亲常年和各种传染病人打交道，自己虽没得病，可是母亲却没有逃过这一劫，传染上了肝炎，病得很重，也被送到西山，在死亡线上一番挣扎，最终在父亲的悉心照料下得以存活，但体质大不如以前。

有一次，父亲看到在西院住的张老师带着孩子来校医院看病，是他对面的医生接诊。父亲知道张老师是母亲的同事，也是我们的邻居。他注意到那孩子的脸色不对。他没有作声，回家后他交给母亲一个化验单，让母亲给张老师送去，让孩子抽血化验，化验结果显示这个孩子得了甲肝。由于诊断及时、治疗及时，孩子很快就康复了。可是同是母亲同事的顾老师就没有那么幸运了。她的儿子陈虎也是那段时间得的甲肝，由于没有得到及时的诊断和治疗，终身疾病缠身。我每每见到顾老师，她都要提起这件事，说那时候要是请刘大夫看看就好了。

我记得，马约翰去世前曾突然病倒，马太太第一时间给我父亲打来电话，是我接的电话，父亲赶去救治。张维副校长每找父亲给家人看病，从来都是亲自前来恭请。父亲多次说，张维这个人太客气了。

父亲对清华园里的大人物、小人物都一视同仁，认真看病。他总说，疾病面前都是一样的，不分高低。不仅悉心为清华的教职员工和家属看病，他还常给清华附近的农民看病。要知道，20世纪50年代，清华还延续着解放前的规定，只给教师看病。但父亲那时深知农村"缺医少药"的情况，常利用周末带着护士给附近的农民看病。有时候农民没钱买药，父亲还自掏腰包。那时候我家住在西院，离水磨、成府一墙之隔，那一带住着很多农民，许多人都知道清华的刘大夫，亲热地称他"大夫"。我还在初中上学时，有一天，一个家在西校门外水磨的大汉背来一个八九岁的男孩。男孩肚子疼，豆大的汗珠从脸上往下掉。父亲把他按躺在床上，按压他的肚子。孩子疼得直往父亲脸上吐吐沫。父亲说，"肠套叠！赶快去校医院，我也马上就到。"大汉背起孩子就跑。那天父亲的自行车坏了，他骑上弟弟的24寸小自行车随后赶过去。结果这个孩子得的果然是肠套叠，情况非常危险。父亲说这种情况先要灌肠，如果运气好就能解开套叠，如果运气不好就必须及时手术。这个孩子运气还不错，灌肠后套叠解开了。

　　作为在清华校园里工作的医生，父亲觉得参加医学界学术活动的机会太少了，不容易了解到国内外的最新发展情况。为此他订了许多医学杂志，关注医学进展的各种消息，弥补这方面的不足，从未间断，包括"文革"期间，尽管其间那些杂志的质量大幅下降。"文革"期间他利用空余时间把这些杂志做成了精装合订本，请曾在图书馆工作的一位高手在合订本封面和书脊上誊写杂志名称和刊号。那位先生一边写一边开玩笑地说，"现在大家都在闹革命、破四旧，也就你刘大夫还把这些东西当宝贝。"

图2　父亲晚年在学习计算机

　　父亲晚上总是在看各种资料。我读高中和准备高考时，父亲晚上跟我一起读书。西院的蚊虫很猖狂，母亲做了一个硕大的蚊帐，把两个写字台罩在里面，我和父亲一人一个写字台，面对面看书。20世纪90年代父亲曾受邀参加计算机诊断治疗的科研项目，还有清华计算机方面的两位老师一同参加。父亲负责提供医学方面的诊断和治疗素材，由那两位老师负责将信息输入计算机。那还是使用"286"的年代。父亲在那个年龄，从零开始学习计算机应用，充满了热情。父亲白天要上班看病，他们就常常下班后在我家聚集、工作。他们的项目以及发表的论文是很超前的。现在医院里已经普遍使用计算机诊断治疗了。

　　父亲曾说，在清华做医生看病的优势是，病人来源基本上是清华的老住户、老熟人，能结合病人的病史和生活工作状态作为诊断的参考，并给病人提出日常生活方面的一些建议。常听到病人说他看病比较活，可能就是出自于此。的确，病人的病情变化与生活条件和生活习惯有很大关系。家住西院的石志成和石志瑞哥俩与我家是邻居，哥哥石志成是我的同班同学。前些时候遇到弟弟石志瑞，跟我说起我父亲给他妈妈看病的事情，感激之情溢于言表。他妈妈常年卧床，父亲常去他们家里探望，病情就都记在脑子里了，知根知底，对症下药。

设备工厂的金某遇到我就说，"我现在后悔死了，当年就是没听刘大夫的话，一辈子被老二拖住了。"原来他太太怀老二时得了某种病，用了某种药。父亲劝他说："还是流产吧，这样生下来孩子有缺陷的可能性太大了。"他当时没听，结果他太太把老二生下来了，几十年过去了，这个孩子到现在生活还不能自理，造成他一辈子的遗憾。

清华园毕竟太小了。父亲时常会在路上碰到病人，要跟他讨论病情。父亲年迈时已不愿意在清华散步，而是尽量去圆明园骑车遛弯，回避熟人、病人，因为他自觉自己久不做临床医生，跟不上医学的迅猛发展了，不能给他们好的建议。

11 月 7 日为父亲送行那天，人们踩着尚有积雪的泥泞的小路，陆续来到殡仪馆。我们迎过去时，门前、路上已经有几十人，多是父亲的同事或当年的病人。有十多位是看着我长大的叔叔阿姨，如今他们都已是耄耋老人。他们都是得到消息自发前来的。我辨认着多年不曾相见的老者，还有代表行动不便的年迈父母前来的我儿时的朋友。白雪、苍松和流着热泪的老人们，说着同样的一句话："刘大夫可是好人呀！我无论如何要来送送他。"

是啊，清华的老人都知道校医院的刘大夫。他把最好的年华和医术都献给了清华的父老乡亲。

灵车远去，留下一片白雪覆盖的大地和人们对他的怀念。

作者简介

刘秋凝：女，1945 年 6 月出生。曾住清华西院 44 号。曾就读于清华幼儿园、附小、附中、清华大学工程化学系。1968—1972 年就职于锦西化工厂，1972—1979 年就职于抚顺石油二厂，1979 年进入轻工业部塑料所（后并入北京工商大学），2005 年退休，高级工程师。父亲刘致用，清华校医院医生。母亲生力，清华附中教师。

岁月留痕

裴东亮

■、我的长辈是这样走进清华园的

我的爷爷

1914年，清华大学早期的四大建筑——图书馆、科学馆、体育馆和大礼堂开始兴建，美国设计师墨菲参与了校园的设计，美国独资企业天津美丰汽炉洋行参与了校园工程建设的招投标工作，并在大礼堂和科学馆的"给排水工程和供暖工程"中标，我爷爷因此走进了清华园。

那时候我爷爷裴德润是天津美丰汽炉洋行的工人，时年24岁，年轻力壮、聪明伶俐、勤奋好学、肯于吃苦。爷爷在工程建设期间不但全面参与了两栋楼房的给排水与供暖管道工程的建筑安装，还针对北方地区冬季寒冷的特点，在处理与解决热水供暖系统、卫生间给排水系统、屋面雨水内排与外排、污水排水等问题时，做到"手到病除"，被大家尊称为"大师傅"，受到工程部管理人员和技术人员的一致好评。两栋楼房交付使用后，应清华校方"留一人在清华，负责早期建筑供暖供水设备的运行与维护，组建清华修缮部门"的邀请，我爷爷留在了清华园，并且成为清华大学最早的员工。从此我们一家人与清华园结缘，并书写了裴家四代人与清华园的历史。

图1为1935年前后在清华动农馆前电灯房全体人员的合影（"电灯房"是发电机组、自来水组和供暖设备组的总称）。

前排从左到右：裴德润（水暖工）、杜君（水暖工）及儿子、张老头（导工）、汪玉丰（运行工）、王殿奎（账房先生）、岳忠（电工）。

中排从左到右：陈仲芳（锅炉工）、李德山（锅炉工）、冯德江（锅炉工）、梁凤桐（水暖工）、岳庆（电工）。

后排从左到右：张德福（电话工）、田江（水暖工）、张玉祥（电工）、贾习贵（瓦斯工）、梁凤林（水暖工）、闫贵仁（锅炉工）、陈仲元（电工）。

图1 20世纪30年代清华工友合影

感恩先辈

爷爷多才多艺,不但擅长建筑的给排水和供暖维修工程的维修维护技能,还善于泥瓦工程,在清华园有"大工匠"的美誉。清华很多教授家里的供暖小锅炉内的紫铜受热盘型管,都是点名让裴德润师傅亲自制作。爷爷记忆力极好,有"清华地下管线活地图"之称,凡清华园里涉及地下管道的维修与修缮,都要请爷爷亲自出马,进行具体指导。

那时爷爷家住在清华北面的西柳村傅家小院(现在的清华燃气轮机实验室北侧),他性情刚直,脾气暴躁,平日喜欢喝些小酒,后来发展为嗜酒。日伪时期,清华校园被日本军队占领,出入校园都要受到日本宪兵的盘查与搜身,一次爷爷因不满二校门日本宪兵搜身碰掉他身上的怀表,挨了一个耳光,过于气愤导致患病,后半身不遂,久治无效,隔年返回原籍河北定兴县养病,从此离开了清华园。

我的父亲

我父亲裴全是清华附小第一批老校友。1946年西南联大返回北平清华大学复校,父亲继承父业在清华大学做了一名水暖学徒工,其间组织青年工人成立夜校学习文化知识并加入了中国共产党。1952年清华大学党委从工人中选拔出三人进行重点培养,其中就有时年22岁的父亲,后来他们都成长为清华大学后勤部门的干部。此后父亲在清华大学后勤部门工作时间长达数十年,工作中踏实肯干,从不张扬,一向低调,受到历任校领导的信任。父亲多年来刻苦学习文化知识,崇拜和尊敬知识分子,理解工人生活的切实需求,在清华大学是为数不多的能把脑力劳动与体力劳动关系处理融洽的后勤人。

父亲耄耋之年,我问他在清华工作那么多年,印象最深刻的是什么事?他回答说:"兴建清华大学克山农场!"

二、兴建清华克山农场那些事

翻开《清华大学九十年》(清华大学校史研究室编,清华大学出版社出版)这本书,有这样一行字迹映入眼帘:"1962年3月12日,本校94名职工赴黑龙江省克山县为本校垦建农场。"寥寥数字却蕴藏了一代清华人自力更生、艰苦奋斗、自强不息的清华精神。

决策与选址

名牌大学为什么要兴建农场?这两个看似毫不相干的词现在如果紧密地联系在一起,很可能让人觉得不可思议!但是经历过20世纪60年代初期三年严重困难的人都知道，在国家经济最困难的时期，多数人营养不良、身体浮肿、健康欠佳、肚子的叫唤声仿佛哭着喊着"我饿！我饿！……"任何领导都不能熟视无睹。

那时清华大学虽然在北京南苑、河北徐水等地搞了一些小规模的农业基地，但是对于全体清华教职员工而言，还只是杯水车薪，解决不了太大的问题。在实在挺不下去的时刻，时任清华大学主管后勤工作的高沂副校长向学校党委提议在东北地区的黑龙江省兴建清华农场，开垦荒地，自力更生，解决粮食短缺问题，依靠自己的力量改善全校师生员工的生活状况与健康状况。他过去曾经在东北地区工作过，在当地有些战友和人脉关系。此建议迅速得到了校领导的赞同与批准，就此拉开了持续两年的建设清华克山农场的帷幕。

1962年我父亲32岁，是清华大学培养出来的土生土长的工人干部，是那种听话、出活的后勤人。他先后随高沂副校长去东北地区考察了多次，最后将清华农场的地址选在齐齐哈尔市东部，距离克山县30公里的河北公社新启大队，它属于半丘陵地带，低洼处有一片水域叫月亮泡子，后面是一片沼泽湿地，布满了草根盘错的塔头墩子，远方的丘陵坡地上有一片白桦林，清华克山农场就此得名。

走出清华园，在一个遥远陌生却又与清华命运息息相关的地方开垦耕作，送回全校师生员工祈盼的粮食——东北大豆……历史赋予了包括父亲在内的94名清华职工刻不容缓的使命。

在先遣队踩点之后，1962年3月12日清华克山农场大队人马要出征了。动员大会在一员工食堂举行，校领导亲自敬酒举杯钱行，并明确指示：清华克山农场要什么，学校给什么！人员组建一律开绿灯放行！设备、农具、200千瓦柴油发电机组、帐篷、拖拉机汽车、棉衣……学校给！去农场的人口粮不限定量，敞开儿吃！家里的口粮定量不减少以贴补家用！复员军人返乡的安置问题也将一并解决。会场上一片欢呼雀跃。在甲所，蒋南翔校长对清华克山农场的干部们说："大家要记住，我们去了'三生'的地方（人生、地生、农业生产技术生），要依靠当地群众，搞好关系。每个克山清华人都要记住！这不是劳动锻炼！而是去生产粮食！粮食！……"会场上鸦雀无声，每个人都感到肩上压着千斤重担，父亲更是感到自己肩上的担子比别人更重，他表示不会辜负全校师生的重托，粮食对清华大学来讲，太重要了！

送去光明，带回粮食

那时黑龙江克山县河北公社新启大队、月亮泡子、闹龙沟是克山病的高发地区。克山病俗称攻心翻，是一种急慢性并发的心肌梗死疾病，据说医院很难治愈，病死率达98%，只有民间的个别老太婆有"挑翻"的本事，手到病除。再有就是当地的大骨节病，走路跛跛地，像鸭子，蹲下后脚跟永远不着地的那种骨骼疾病。闹龙沟位于克山县和德都县的交界地带，解放初期匪患成灾，治安混乱。为确保安全，学校允许清华克山农场从清华民兵师那里配备了五支步枪和一千发子弹，它的确起到了震慑作用（1969年我到克山县附近的德都县下乡劳动10年，曾于1976年前往克山县探访，了解到当年的情况，此为后话）。

到克山县以后，为确保200千瓦柴油发电机组落位，经校领导同意，决定首先给新启大队屯子里百余户人家输送照明用电，连同屯子东西走向几百米的路灯全部点亮照明，这可乐坏了新启大队的廉队长。廉队长时年40来岁，性格开朗直率，好交往，是个庄稼好把式，后来经他指点，清华农场这些门外汉种庄稼，打破当地"当年开荒，当年不打粮"的惯例，功不可没。

输电工程施工项目开始，挖坑、埋线杆、拉电线、屯子里出劳力，清华发电送光明。十余天后随着一声"合闸！"顿时小山村一片光明！廉队长激动地握住电工师傅的双手说："清华人给我们屯子里的老少爷们送来了光明！"

1962年3月河北公社新启大队发生了村民从未敢想的奇迹，全村灯火通明！告别了松树明子，告别了煤油灯捻！走亲访友的、邻村串门的、看灯逛景的、扶老携幼的、大家口口相传，以至于后来屯里人娶媳妇、嫁姑娘，"村里有电"都是一个必须提到的优越条件。另外村民还可以享受"不出村就能看病"的医疗待遇。清华农场两位随行的校医院大夫经常为屯里的村民治病。

说句实在话，当年清华大学领导在物资、人员上给予大力的支持，目的是要解决粮食的困扰（克山黄豆是蛋白质的主要来源）。能不能收获粮食，清华领导从上到下谁都没有把握，前面困难重重呀！

经过实地考察，庄稼把式廉队长说："当年开荒，当年打粮，想都别想！"当地种庄稼的谚语是："当年开荒不收粮，深翻起垄晒红杠，转年种收打平手，三年四年粮满仓。"一盆冷水差点浇凉了人心，怎么办？不了解当地的具体情况，当时真不知道有多难呀！

最后经过当地老乡的指点，农场决定不去开垦生荒地，不去碰那些塔头墩子、桦树林子、榛柴棵子，而是把目标放在开垦山坡上的撂荒地。撂荒地实际上是东北沦陷时期曾经开垦过的荒地，闲置多年荒废成了杂草地。开垦这样的半熟地，为秋季收获奠定了基础，这是清华克山农场当年最关键的正确选择。

刀耕火种、广种薄收，最原始的播种方式在东北广袤无垠的土地上依然使用着。三月的东北还没回暖，职工们就紧张而有序地开始了烧荒、开荒、耙地、播种……一共四个作业区，总面积5000亩①左右，折合种植大豆300余垧②。

烧荒是个又累又苦、责任重大的危险活计，俗话说："戗风点火，顺风抽烟，最怕遇到掉头风，跑了山火罪不轻。"廉队长自报火头儿，带着火笼凭着多年的经验，带着一群干劲十足的生荒子（不懂烧荒活计的人）干了起来。烧荒人每人自备一盒火柴，遇上掉头风，跑是来不及的，用火柴点燃身边的茅草，火焰自然绕道前行，自己也就能够保全了。清华农场烧荒时险些跑了山火，好在大家奋力扑救，在树林边缘把火扑灭了，有不少人燎去了半边毛发，好在是有惊无险！

东北的无霜期只有120天，播种只能播在化冻两寸③左右的土皮上，播种是秋收颗粒能否饱满、粮食亩产高低的关键。国家农业粮食纲要规定，小麦亩产400斤，大豆亩产200斤，清华农场在没有化肥的情况下，当年开荒，当年收粮，亩产100斤实属不易。

辛勤的付出终于有了丰厚的回报。克山农场的清华人圆满完成了学校当年下达的"必须拿回20万斤黄豆"的军令状，除了还清向国家粮库借调的10万斤口粮和来年播种的籽种外，储备足第二年农业生产的粮食物资，当年运回学校21万斤黄豆；第二年再创辉煌，供给学校黄豆40万斤，各种肉类10余吨。这在严重困难的时期，为改善全校师生及员工的膳食生活，解决物资供给困难，作出了重要的贡献。

清华克山农场的兴建，是在清华大学校领导的英明决策下，一代后勤人通过艰苦奋斗取得的成绩，是清华后勤人的骄傲，是他们前无古人、后无来者的一段传奇的经历。

三、黄豆及其衍生品的记忆

家里父亲骑的飞鸽牌旧自行车在墙角边停放了两年，车身落满了灰尘，也不知道他什么时候才能回家。虽然父亲年末没回家，但是一车车装满东北黄豆的汽车从清华园货场开进了清华园。

荷花池畔的清华西大饭厅建起了豆腐坊，豆油、豆腐等豆制品源源不断地进入了清华食堂和各大饭厅，各单位凭票供应的黄豆分到全校师生及员工，

注①：1亩约为666.67平方米。　②：15亩为一垧。　③：一寸约为3.33厘米。

大人脸上露出笑容，再也不用为粮票吃不到月底而惶恐了。

我和附小同学都学会了到食堂买菜的窍门，踮着脚、举着饭盆说："叔叔给我一个好吃不贵、不要肉票的假肉菜！""好嘞！"随着厨师叔叔手中勺子的一挕一扣，大半饭盆的烩豆制品就算是一份甲菜[①]啦！厨师叔叔自语道："吃吧！有的是！家底儿厚实着呢！"

记得晚上闲时，大人们总喜欢吃些炒黄豆，香喷喷的，营养价值也高。小孩子则把剩余下来的偷偷塞进衣兜里，带到学校。今天你带些，明天他带些，总是有的吃。分享时总是先用并拢的手指卡一下兜里炒黄豆的位置，用眼珠评估着跟这位同学的交情分量，然后给出黄豆，舍不得的时候会用手指尖捏上三五粒给同学，而受用者也总是用双手捧成个半圆形，凭那几粒豆子在小手中任意滚动。

我们这代 1962 年前后的小学生，谁没有吃过清华克山农场的黄豆呢？

四、清华克山农场拾零

父亲从清华克山农场回来时，正赶上五一劳动节前后。照澜院菜站成捆的老菠菜都烂了街。母亲熬了一大锅，觉得油水少些，又无肉，欠精致，心中不免有些自责。父亲见那熬菠菜，眼睛如同菠菜的颜色发着绿光，狼吞虎咽般地一扫而光，然后说道："大半年没有见到绿叶菜了！好吃！农场 94 名员工都靠大酱和少许的菜干度日。"

来家里串门的人不少，打听克山农场的新鲜事儿，父亲从旅行包里拿出火车上没吃完的干粮——两个馒头对屋里人说：都尝一尝，春小麦馒头，没过冬的麦子，吃着是不是有点发黏？我也尝了一小块，感觉比窝头好吃多了。从那以后，每逢周末，沏一壶粗茶，卷一棵大小头的东北珀荷香烟叶的旱烟，一堆人聊着克山农场的话题，这样持续了一年多！父亲讲了许多难忘的故事，可是我只记住下面的这些事……

"东北棒打狍子、瓢舀鱼"，那只是个传说！成堆的"小咬"、蚊子，一早一晚，咬得人没着没落的。烧荒是个体力活，改善伙食总得有点荤腥，于是扛枪上山打狍子、赶仗子,清华克山农场复员军人中有特级射击手,结果还真打回来一只狍子。厨房开荤，狍子肉打卤面，敞开吃！第二天烧荒干重活，那干劲足着呢！

①：甲菜，20 世纪 50 年代清华学生食堂实行包伙制即四菜一汤，60 年代改为食堂管理制。为保障学生的营养和经济承受能力，学校后勤部门按照菜品的价格和质量，制定了甲菜和乙菜的标准。甲菜包括荤菜、半荤菜、时令蔬菜；乙菜为大众素菜。后来教工食堂也采用了这个标准，并沿用多年。

离克山农场所在地新启大队闹龙沟20余里①地有个叫新中的屯子，山坡上有一块撂荒地，为了实地考察那片地是否适合开垦，父亲与两个同事骑着裸马（没有备上马鞍子的马）去了一趟，结果把屁股颠得好几天都瘸着腿走路。考察结果呢？双喜临门：一是开垦了荒地收获了粮食；二是为克山农场的一个单身职工找了个媳妇。

东北那地界儿，年年都有内地投亲靠友的，为的是有口嚼头。有个姑娘投奔姐夫一家，正赶上生产队长丧偶放了单儿，队长相中了姑娘，由于年龄相差太大，姑娘不愿意，姐夫无奈，两头为难呀！姑娘主动托人给清华克山农场捎去了口信，说愿意嫁给农场冬季留守人员中的一个广西复员军人。经本人同意和学校领导批准，在撤回农场的庆功会上，两人喜结良缘。这是清华克山农场从东北带回北京的唯一外来人。

2007年，93岁高龄的高沂副校长来清华看望老同志时，对参加过清华克山农场垦建工作的后勤人员说：你们是国家经济困难时期，供给清华粮食的功臣啊！

图2 清华后勤老前辈的合影（2007年）　图3 部分清华克山农场建设参与者（2017年）

岁月留痕，人事皆非，沉淀下来的都是传承，这是一种在清华园里生活过的人独有的清华精神传承。

作者简介

裴东亮：男，清华第三代裴姓子弟。1953年出生于清华园，1965年毕业于清华附小，1969年毕业于清华园中学。同年分配到黑龙江生产建设兵团劳动10年。自学高考到北京师范大学中文专科，曾在北京农业机械研究所工作。1992年下海经商至今。

①：1里为500米。

感恩先辈

附：从一张 1930 年代清华工友合影说起

陈书祥

　　一个偶然的机会，我从学校原副总务长裴全同志处看到一张老照片，上面有我爷爷陈仲芳，惊喜之中激发了我对老人家的思念，更引发了我的探究。裴全对我说，这张照片是他父亲裴德润保存下来的。抗战爆发后，照片中的大多数人因清华南迁昆明都遣返回原籍了，裴德润因水暖等方面技术好留在了清华。有一天经过二校门附近，他遭到日本人搜身，见身上有一块怀表，竟当众大声呵斥、谩骂，并狠狠地打了一记耳光。裴德润气愤至极，从此半身不遂一病不起，第二年返回原籍河北定兴县养病，不久去世。1946 年抗战胜利后，裴德润的儿子裴全等几兄弟重返清华园。这张照片是裴全的母亲珍藏的，1951 年裴全几兄弟把母亲接来，这张照片便被带回了清华园。

　　对这张照片，裴全是这样分析的：照片中的人全部穿当年的"正装"——长袍马褂，可能是因为一项较大工程完工，工友们为表示庆祝，才在二校门东的电灯房门前（他们长期工作和生活的地方）拍照留念。当时这个地方既兼顾着发电、供电，也兼顾着供暖的双重功能。时间段肯定在 1930 年之后，以照片中那个小孩比 1930 年出生的裴全大三四岁作参照，照片应该拍摄于1933—1934 年。据清华史科记载，自 1931 年梅贻琦任清华校长以来，相继建起生物馆、气象台、化学馆、机械工程馆、电机工程馆、水利实验馆等。而机械工程馆正好是这一系列工程中几乎是最后完工的，且又在电灯房旁边，外观颜色完全一致，最东边外墙与电灯房相通，馆一层最东边一间还是电灯房的休息室，我曾经还与一位工友的儿子一起住过这里。1951 年爷爷把我领进清华园，第一个落脚点是西体锅炉房。位置就在马约翰塑像西边二三十米的地方，当时有两间平房，一大一小，门朝东开，大房间里有两台锅炉，大的除了冬季供暖外，其他时间还要为洗澡和游泳池供应热水，小的是茶炉，专给老师们烧开水。爷爷在小房间西南角的位置支起一张双人床大小的木板床，还给我专门准备了一张旧课桌。那时我已上清华附小，回到这里好做功课。爷爷时常嘱咐我，将来也要做一个有文化的人。

　　这 18 个人是怎么汇集到清华园呢？裴全提到，水暖工、电工、电话工因技术性稍高，大多数是从外国人在北京、天津开办的洋行中招聘来的。这 18

人中有 7 人是我老家大兴采育人,村与村相距几里路,联络起来十分方便。我爷爷陈仲芳和陈仲元、岳忠、岳庆四人都是一个村的。岳忠、岳庆是亲兄弟,我爷爷和陈仲元是一爷之孙,但他们并不是一起来的。从清华学堂、清华学校再到清华大学,一百多年来清华不断走向辉煌。我们也不要忘记,在这辉煌的背后还有一大批默默无闻、踏踏实实、埋头苦干的工人们,清华的发展从来离不开他们。

回忆母亲华宜玉

石宏仁 石宏义 石宏敏(执笔)
石宏惠 石宏建 石宏贤

母亲华宜玉 1922 年 6 月生于北京。童年受过中国传统书画的教育,后学习油画,毕业于北平国立艺专西画系。1952 年起在清华大学建筑系任教,系著名画家、清华大学建筑学院教授、中国美术家协会会员、北京市水彩画会理事。2005 年 7 月 28 日因病在清华大学医院逝世,享年 83 岁。

母亲离开我们已 15 年有余,但她优雅、聪慧、慈祥的音容笑貌永远留在我们心中,她德艺双馨的生命真谛永远是我们一生受用的精神财富,并代代相传下去。

母亲的一生是一部丰富多彩又曲折传奇的大书,足够我们一辈子阅读、一辈子学习。

母亲出身于书香门第,长在仕宦之家。其祖父戊戌年间因学习优异,举为拔贡,到京城受朝廷考试,适逢戊戌变法,取消了科举取士的制度,遂入保定武备学堂,毕业后曾任保定知县等职。其父是五四运动时期北京大学地质系的学生,曾参加五四运动,思想活跃,文化修养十分深厚,英语尤其好,刚一工作就崭露头角,若不是英年早逝,后来必将成为我国地质界的杰出人才。

母亲娘家藏书充栋,诗画盈壁,家风儒雅,一向注重书香门第的风范,从小就对儿孙辈进行能书善画的传统教育,使母亲从童年起就与书画结下了不解之缘。她六岁练习书法,尤其喜欢柳体,柳体字的秀丽挺拔对她日后的画风产生了很深的影响;九岁学画,师从赵梦朱先生(1892—1985 年,近现代著名

图1　母亲三姐弟与姥姥的合影

的工笔花鸟画家）。母亲画过小写意山水画和工笔花鸟画，很早就对传统的绘画艺术有了感性认识，也给她的审美观打上了中国传统的烙印。

母亲初中就读于北京市第一女子中学（女一中），王钧初先生是她的美术老师。

王钧初先生笔名胡蛮（1904—1986年），系著名画家、美术理论家。1929年毕业于北平国立艺专，1930年参加左翼作家联盟，1932年入党，与鲁迅交往密切，并结识了美国作家斯诺、史沫特莱等人。1935年，他因频繁的活动受到国民党宪兵、特务的监视，后在鲁迅的介绍与帮助下赴苏联学习和工作。1939年受党派遣回到延安，在鲁迅艺术学院任教。中华人民共和国成立后，他曾任北京市文化局副局长等职。晚年一直从事中国美术史理论研究，主要论著有《中国美术史》等。

王先生循循善诱，常常带领学生们到室外写生。在王先生的启发下，母亲从大自然中看到了光线的魅力，看到了色彩的斑斓，看到了无所不在的美，有了最初的表现美的艺术冲动。

女一中校舍原址是座花神庙，校园里花木缤纷，春花烂漫时节令人目不暇接。母亲上初中那年的春天，教室外一排榆叶梅盛开了，粉中透白，远望如霞，近观似绢，在蓝天下分外鲜艳明快，她遏制不住想表现它们的欲望，课后画了一幅水彩写生。王先生原以为这是母亲临摹的画，当知道是母亲亲手画的写生后，他半晌无语，过了好一会儿才说："你画得真好，以后学画吧！"先生的这句话可谓一锤定音，决定了母亲一生的道路。

不久，王先生语重心长地对母亲说："画画是件极苦的事，有人上了一个台阶后，用尽毕生精力，也难再进一步，必须准备花大力气，下苦功夫，要有挨饿的思想准备……"恩师的一席话点燃了母亲心中的一盏灯，从此由一个盲目爱画画的小姑娘变成了有理想有追求、艰难险阻再大也要走上艺术道路的有志青年。

从那以后，僻静的太庙与中南海、南长街家中不起眼的角落乃至摆放的坛坛罐罐，都成了母亲画笔所及的景物，她为迈入艺术的殿堂积蓄着力量。

1937 年夏，母亲与姐姐华宜珍在女一中初中毕业，同年考上了本校高中。一年后北平国立艺专复校，姐俩同时考上该校，姐姐入雕塑系，母亲入西画系，如鱼得水，终于踏上了绘画艺术的道路。

在北平国立艺专，母亲结识了在国画系学习的父亲石介如（1915—2000年）。父亲生于山西阳高县一户农家，远祖是明代的一位将军，西征时在阳高安营扎寨，死后葬于阳高，祖坟立有武德将军墓碑，后来子孙繁衍成村，名曰石家庄。祖父粗通文墨，是农村私塾的教书先生。

父亲原名石永增，师从近代国画大师萧谦中先生（1883—1944 年），萧先生认为他的名字太俗，为他改名为石介如，寓为"个性耿介，操守如石"。在"文化大革命"中，红卫兵将其姓名反读为"如介石"，批判他仰慕蒋介石，令人哭笑不得。

母亲对国画的偏爱及两人都喜欢到图书馆看书成了他们相识的契机。除学画外，父亲还选修了音乐课。一次学校开联欢会，父亲在台上演奏二胡，父亲的风度气质与如泣如诉的二胡乐声打动了母亲的心，两人终于走到了一起。

图 2 父母的结婚照

毕业后，抗战时期的北平难觅工作，1941 年暑假前，父母终于在河北的滦县师范谋到了工作，父亲教音乐，母亲教美术，薪金微薄。当时只有一个美术教师的名额，父亲毅然舍弃了自己心爱的国画专业，把机会让给了母亲，自己改行教音乐，从此当了一辈子音乐教师。

战乱中的冀东平原，一片荒芜，落后的生活条件、封闭的文化环境，仿佛是艺术的沙漠，一切理想与追求都遥不可及，使母亲陷入了茫然的境地；加之生活的贫穷与劳顿像一块巨石压在母亲的身上，生活拮据到连一块豆腐都买不起，给孩子买衣服更成了奢望。听母亲回忆过，那时数不清有多少个夜晚，大人孩子都睡了，备课之余，她还在昏黄的小油灯下，缝缝补补、裁裁剪剪，把大人的旧衣服翻个面儿改成小衣服直到深夜。为了给长子宏仁做棉衣，母亲竟找出大大小小 34 块碎布头，用密密麻麻的针脚拼成了衣里。

长期的过度劳累，加上母乳喂养孩子，没有起码的营养补充，母亲病倒了，发高烧、不思饮食、眼黄尿黄。母亲安慰父亲说："没关系，大概是太累了，千万别去医院，休息几天就好。"母亲硬是靠着自身的抵抗力，卧床二十余天强撑过来。

此时的母亲可谓贫病交加，然而无法抗拒的艺术感染力冲击着她的心灵，她想到了安于清贫、画不媚世的元代画家吴镇；想到了"但识琴中趣，何劳弦上声"抚无弦琴的东晋诗人陶渊明，进而思索"现在的清贫仅仅是物质上的，而我一旦失去了理想，失去了对艺术的追求，我的人生将苍白乏味，精神上会变得一无所有，画我胸臆，哪需什么条件？"

母亲终于坚实地迈出了走向社会的第一步，心中的艺术之花在巨石的缝隙中顽强地萌芽绽放了。

她以苦为乐，在租住的旧民房里，把煮饭烧炕的柴香、满屋弥散的油灯烟闻作回归自然的乡土气息；把烟熏火燎、黑中透亮的屋梁视作天然油漆涂成的质朴装饰物；把占据住房三分之二面积的大炕看作学习与工作的小天地；把上支下挂的老式窗户当作贴窗花的绝好地方，亲手剪出"喜鹊登梅"贴在窗户上，门上则贴满挂钱，分外喜庆鲜亮。

母亲是学油画的，抗战时期油画颜料是一般人买不起的奢侈品，滦县更是根本没有卖的。母亲在当地买些粉末状的土颜料，用桐油与煤油调和，桐油耐干，煤油可起稀释作用，自制成油画颜料，再用当地农民自织的土布涂上胶当画布用。可惜画作很快龟裂，颜色变黄变灰，从此母亲就以画水彩画为主了。

滦县虽无什么风景名胜，但城东的滦河、城西的苗圃倒也纯朴自然。滦河边是母亲常去的地方，平平的浅滩、缓缓的流水、静静的河面上罩着一层淡淡的灰黄色，偶而驶过一只小船，摆渡两岸的客人。水波的振荡周而复始，动与静相互穿插，舒展自如。母亲注视着粼粼水波，南宋画家马远的《水图》仿佛在眼前一卷卷地翻过，她在这里画了许多白描与水彩写生。

苗圃也是母亲爱去的地方，里面有很多花木，花木丛中掩映着一个小小的凉亭，母亲在那里观察春、夏、秋、冬四季的变化及花木姿态的演变，把眼前的直观景象与中国传统绘画的技法及西洋画点、线、块、面的造型相结合，在写生中锻炼自己的眼力和手下的功力。

后来父母搬进了学校宿舍，房子中间有道用白纸糊着的隔墙。因为年久，隔墙上有很多水渍斑痕，有的像山，有的像水，有的像云。母亲不由得联想起黄宾虹先生（1865—1955年，近现代画家，为山水画一代宗师）在游蜀途中悟得"我从何处得粉本，雨淋墙头月移壁"的艺术真谛。黄先生曾是北平国立艺专的老师，教山水画、书法等课程，他常用这两句诗启发学生。父亲毕业前夕，他送给父亲一个条幅，题的就是这两句诗，父母一直将其挂在墙上，十分珍惜。

受黄先生诗句的启发，母亲决定在隔墙上画幅壁画，多次酝酿画题，最后决定画故乡北京，寄托对亲人、对青春的怀念。母亲在隔墙的右方画了颐和园的佛香阁、北海的白塔、太庙的柏树林、林间的六角凉亭、林中飞翔的灰鹤；隔断的左方则画了母亲的娘家——南长街土地庙：黑色的门楼、大门两侧"忠厚传家久，诗书继世长"的对联、门前的一对石狮子、院子里的葡萄架，还有胡同口那块"泰山石敢当"的石碑……母亲用传统水色画成，艳丽明快，满屋都照亮了。那时次子宏义已咿呀学语，母亲常对着这幅画给他讲北京、讲姥姥家，使贫困的生活平添了许多乐趣。

画画使母亲的精神无比振奋，她庆幸自己有一颗美好的心灵，能感受到大自然无穷的美，能享受到人生无比的快乐，她深深体会到一个人的现实生活愈困难，活动空间愈狭窄，为了追求理想所开拓的精神世界就愈广阔。

观念和心态的改变，使母亲充满了朝气，又肯下苦功夫，课讲得生动活泼，将写生与临摹相结合，除教技法外，还注重启发学生的美感及对美术的热爱，日后多位学生当了美术教师，母亲很快就成了滦县师范深受学生喜爱的教师之一。

1945年日寇投降了，原敌占区滦县时局动荡，学校停办，父母失去了经济来源。恰逢滦县发生了罕见的大地震，住房全塌了，暂住在学生家中；母亲又得了夜盲症，一到晚上，眼前一个大黑坑，深不见底，宽不见边，寸步难行，真乃雪上加霜，挣扎度日。

后几经辗转，始终没有安定的工作，万般无奈中父母于1946年回到北平，

感恩先辈

另谋生路。幸运的是一位老朋友得知北平艺文中学正在招聘美术老师，经他介绍，母亲成了这所北平有名的私立学校的美术老师。

一段风雨漂泊的生活结束了，虽然这个时期的作品没有保留下来，但多重磨难锤炼出的坚强毅力和拼搏精神，使母亲受用终身；心灵净化换来的通达的精神境界造就了母亲的画外之功；纯朴自然的乡土气息丰富了母亲的艺术积累，成为她日后发展的沃土，母亲百倍珍惜这段难忘的生活。

在经历了战乱和颠沛流离之苦后，母亲随着欢乐的人群终于迎来了中华人民共和国的成立。时代变化的洪流带来的各种新事物、新思潮滚滚而来，母亲也遇到了人生难逢的发展机遇。

解放后的第一个暑假，北京（解放后，北平改名北京）举办了"北京市中小学美术、劳作学习会"，到会的教师有千余人之多，会址设在艺文中学。母亲是该校的美术老师，责无旁贷地承担了大会的许多组织工作。大会结束后，市教育局在此基础上建立了经常性的全市中小学美术教师的专业学习班制度，母亲仍负责相关的组织工作，常到市人民美术工作室邀请教师讲课。

令母亲惊喜的是，她在美术工作室遇到了随解放军进京的恩师王钧初（胡蛮）先生，知道了他的传奇经历。王先生在母亲上初中时就对她关怀备至，教母亲如何画画，更教她如何做人。十几年过去了，母亲可以无愧地面对先生了，她对先生说："为了追求理想，在坚持还是退缩、吃苦还是享乐等许多人生选择面前，我选择了难者，我当像先生一样，做一个堂堂正正的人。"

经王先生的帮助，先后请到王朝闻、华君武、张仃、左辉等老同志来讲课，专业学习班办得十分出色。

不久，母亲从艺文中学调到北京市女一中；1950年母亲又调到了北京大学工学院建筑系；1952年院系调整，北大工学院建筑系并入清华大学，从此举家迁到了清华。

虽然母亲工作后一直坚持画画，但在小县城多年，无人指导，又看不到好的艺术作品，全靠自己摸索；况且她对建筑是门外汉，过去画的几乎都是表现大自然的题材，不熟悉建筑美术的特殊要求，一场前所未有的考验在等待着母亲。当时有位老先生曾十分诚恳地对母亲说："建筑是'物'，很呆板，难以入画，纵观古今中外，画建筑又留传于世的屈指可数，水彩又是绘画中的小品。"提醒母亲，画建筑水彩的路很窄、很艰辛。

放弃过去熟悉的、表现自如的题材是很大的代价，但母亲想，到建筑系教美术，必须会画建筑，这是自己义不容辞的责任；更深层次的原因是她对蕴含着丰富文化和厚重美感的中国古典建筑的热爱，从而义无反顾地选择了建筑水彩这条狭窄且艰辛的路。她坚信在艺术的百花园中，画种与画题没有艺术高低之分，艺术的真正生命在于作者的心灵，在于作品。从此母亲甘于寂寞，在建筑美术的道路上迈出了新的一步，并苦苦耕耘了大半生。

图 3　父母在清华西院 11 号家中

当时中国第一代水彩画大师关广志先生（1896—1958 年）也在清华大学建筑系任教，母亲有幸尊拜关先生为师，她恭恭敬敬地向关先生学习，看他画示范，研究他的作品，获益良多。1980 年举办《关广志遗作展》时，母亲鼎力协助，对此，关先生家人多次表示由衷的感谢。而这件事母亲从未向我们提及过，可能是觉得回报师恩是在所不辞的事，这就是母亲的为人。

踏上建筑美术的道路，母亲遇到的一个大难题是：建筑物造型复杂，透视和结构严格准确，建筑画难免过于理性、过于呆滞、过于拘谨。如何突破这一难题，形成自己建筑画作的独特风格，母亲为此不知付出了多少心血。

为了提高理论水平和外语水平，母亲常常读书到深夜，往往是我们睡了一觉，睡眼惺忪地看到母亲还在灯下看书、念外语，而父亲每每都会在一旁陪伴着母亲。母亲晚年对我们说起她成长的道路，每一步都渗透着父亲的鼓励与支持，如果没有父亲的奉献，她绝不可能取得今天的成就。

在我们的印象中，母亲似乎没有节假日，一有时间，不论是雨雪风霜，还是烈日当头，她都会背上画箱外出画画。为了捕捉大自然的瞬间变化，她能够从清晨至傍晚一直在外面写生。

一年暑假，她天天五点钟起床，骑上自行车，驮着画具到颐和园写生，揣摩表现中国古典建筑的技法。暑假过后，她晒成了一个"黑人"。一年冬天，下了一场大雪，为了感受雪天的气氛，母亲来到颐和园后山，大雪掩盖了山路，几乎看不到台阶，母亲高一只脚低一只脚地，不知摔了多少跟头。为了防止画画用的水冻住，她用酒精代替清水。

多年来母亲的足迹几乎踏遍祖国大地。在大连、昆明等地，为了表现雨景，她专门在雨天撑伞画画；在湘西，天还不亮她就上路，为的是把村寨炊烟升起、

感恩先辈

朝雾若隐若现的天然景象真实地描绘出来；在张家界未开发前，她有一次一个人背着画箱上山，当地村民劝阻她说，"山高林密有危险"，她却说，"能把我一个老太太怎么样。"

在清华"立德立言，无问西东"的优良传统熏陶下，多年来母亲刻苦实践、艰辛探索，形成了自己独特的绘画风格。

一是将自幼培养起来的中国传统绘画的审美观和技法与建筑水彩画融会贯通。

"虚实相生，无画处皆成妙境"是中国绘画传统的艺术处理手法，母亲将其灵活运用，写实与写意相结合，丰富了建筑的空间美感，达到了笔简意深的含蓄效果。

运用中国传统绘画"藏与露"的艺术处理，"景愈藏，境界愈大，景愈露，境界愈小"。母亲将这种以少胜多的方法用以表现画面的虚处，把建筑四周的景物画虚，愈空愈舍，愈显建筑的实与深。

母亲还借鉴了中国绘画的骨法用笔、一笔见虚实、一笔有多色等笔法及以水破墨、以墨破水等技法，加上她童年起就培养的书法功底，使其用笔自如，既能细致入微地画出纤挺的树枝、檐下的彩画、镂空的雀替、屋脊上的吻兽，又能大笔挥毫地画出飞动的云、充满生命力的树、起伏的远山、飞泻的瀑布，将秀丽与壮美融于一体，充分发挥了笔触的表现力。

二是深入研究西方水彩画，从中汲取营养。英国是水彩画的发源地，母亲临摹了许多英国水彩画，受到不少启迪。她的作品充分体现了水彩画水色渗化、淋漓酣畅、色彩透明的艺术特色。

图4　母亲在清华12公寓13号家中画画（台案上的石膏像是在北平国立艺专上学时，母亲在雕塑系的姐姐华宜珍为她塑的像，十分逼真且传神）

三是创作的作品多为室外写生，跋山涉水获得的新鲜生动的现场感受是室内创作所不可及的。

四是多年环境的浸染，使母亲对博大精深的中国古典建筑之美领悟极深，将其作为一生的绘画主题，给建筑这个"物"赋予了丰富的艺术内涵。

"绳锯木断，水滴石

穿。"母亲倾毕生精力铸就的厚重艺术积淀，通过感情的过滤，浓缩在她的作品中，很好地解决了用灵动的水彩表现规矩的建筑物之间往往难以处理的矛盾，创造出具有民族特色的独具一格的"建筑水彩画"，得到了社会的高度评价和众多师生的赞誉。

图5　母亲带学生室外写生

母亲将她苦心钻研的建筑水彩画技法倾囊传授给学生，在教学岗位上辛勤工作，为人师表，桃李满天下，深受学生的爱戴。母亲在风雨中、烈日下带学生在清华的二校门、古月堂、胜因院、西院……画室外写生是当时清华园的一景。

一位毕业留校的学生撰文回忆母亲，文中写道："我们的美术老师华宜玉先生，她的水彩画作品宛如她的为人：清彻，温馨，含而不露。在我的记忆中有一幕难忘的情景，那是20世纪80年代初的一个寒冬，清晨我骑车上班，远远看到一位老人在主楼大台阶前站立着，夹着画板，跺着双脚，原来是华宜玉先生在等她的学生们上室外写生课，学生们一个没到。她老人家笑眯眯地和我打招呼，我不知道说什么，推着自行车在她身旁站立了一会儿。那是华先生即将退休前的最后一班岗吧，从这以后我的'不迟到'上了一个新台阶，榜样力量的驱使嘛！"这篇文章的题目是"老师的一言一行会使学生受用一生"。

母亲心地善良，待人谦和诚恳，即使对不相识的求教者也是热心相待。

一位清华硕士生回忆："在清华虽然学的是化工专业，但因酷爱绘画，常常旷课跑到主楼顶层去看建筑系的画展。一次正好是华老师的水彩画展，深为所动，便想方设法找华老师求教，到华老师家中去过数次，每每受到老师耐心的言传身教。她看到我总是控制不好水彩重色的处理，就拿来一个深褐色的茶杯给我做示范，几笔就画出了逼真的茶杯。老师落笔干净利落、色彩饱满、一笔到位的水彩功底令我至今记忆犹新。"

一位清华发小回想起一件往事：大约是20世纪70年代末，他见我母亲在清华西门外带学生写生，就在这时，马路对面化工厂的一位工人拿着自己的一张画，走过来向母亲请教。母亲没有任何推辞就接过了画，认真看后，细细指点了一番，她让这位工人要加强基本功的训练，还特别强调，抽象画也需要有很好的基本功的。这位发小说，多少年以后，他看到了毕加索少年时的作品，才理解母亲当年的点评。

至于对清华园中的孩子，母亲更是有求必应了。一位当年的孩子深情地说："最难忘华先生在西院东树林中挥汗作画并给我讲干湿画法区别时的情景，伯母给我吃的点心真甜。"这些孩子中，后来有的成了职业画家，有的考入清华建筑系。

古元先生（1919—1996年，延安时期极具代表性的版画家，曾任中央美术学院院长、中国美术家协会副主席）1995年为《华宜玉建筑画》一书写的序言中这样评价母亲："女画家华宜玉几十年来为国家培养出大量人才。她同时又是一位勤奋的画家，对人民和山川风物怀有深厚的感情。她的作品造型严谨，笔法流畅，色彩绚丽，水色淋漓，刚柔相济，虚实隐显，博得众多观众的喜爱。她的水彩画以建筑题材为主，自古以来专门描绘建筑题材的画家不多，也许因为建筑物结构严谨，透视比例要求准确，画起来容易显得呆板。但华宜玉的水彩画，却能把建筑物的姿容巧衬在自然环境与不同季节气候中，或阴晴雨雪，或朝晖夕照，融进她的审美情趣，通过淋漓水色，渲染出丰富多彩的意境和韵味。如今她虽已年逾古稀，仍在艺圃中辛劳耕作，执着追求，继续为人们创作美好的精神食粮。"

母亲养育了六个子女，尽管她很忙，但她从没放松过对子女的教育。她常常对我们说："经济上父母很不宽裕，但父母给予你们的精神财富是无价的，你们要自强自立、正直善良、勤奋坚毅、不怕吃苦，走出更宽广的路。"

图6　20世纪60年代初的全家福

母亲更多的是用她"自强不息、厚德载物"的行动从一点一滴处为我们做出榜样。

记得长女宏敏上小学的时候，家中孩子多，还要赡养年迈的姥姥和多病的老保姆，常常入不敷出。母亲持家勤俭，用旧布给她缝了一个系带的长条布袋,装铅笔橡皮用,宏敏没有羡慕其他同学漂亮的铅笔盒,而是每年都拿回三好生奖状给母亲。

还有一次,宏敏随母亲进城看望住在南长街的姥姥,回来时长安街已华灯初放。坐在公交车上,母亲让她回头向后看,她不明就里,草草看了几眼,回家后,母亲对她说:"孩子,咱们把刚才看到的景画出来好吗?"她自然是画不出来,母亲不再多说,摊开一张纸,一会儿的功夫,长安街美丽的夜景就跃然纸上。其他兄妹也有许多类似的经历。母亲就是这样润物细无声地把做人的道理、把追求美好事物的种子播撒在我们心中。日后我们兄妹六人都学业有成,在各自的工作领域中做出了成绩。

母亲一生勤奋,在艺术的道路上艰苦跋涉几十年,留下了一步步坚实而清晰的脚印,创作出大量的优秀美术作品。作品为中国美术馆、天津美术学院及中外各界广泛收藏,多次举行个人画展,历年均有作品在国内外展出。著有《华宜玉建筑画》《华宜玉水彩艺术》《建筑水彩画选》《建筑水彩画技法》《水彩渲染》《水粉渲染》《现代建筑表现艺术》等多部专著。多幅作品分别选入《中国水彩画》《中国当代水彩艺术》《百年华彩——中国水彩艺术研究展画集》《东南亚水彩画家作品选》《亚细亚水彩画作品集》《世界水彩画大全集》等画集画刊中。

1999年母亲身患癌症,在与病魔搏斗的六年中,她始终坚强乐观,在疾病的晚期仍画笔不辍,画画已成了她生命中不可分割的一部分。病魔夺去了她的生命,但夺不去她生命的价值。她的人格、她的艺术已经定格在人们心中,定格在中国现代水彩画史上。

谨以此文献给亲爱的母亲华宜玉、父亲石介如。

我们永远怀念你们!

注:本文的史料及母亲的心路历程取材于母亲的自传:《世纪回忆录》及《创作心路》(复印本)。

作者简介

石宏敏:女,1947年6月出生。当过知青和工人,毕业于重庆医科大学,曾任清华大学医院书记、副院长、退休医师。父亲石介如,生前为首都师范大学音乐教师。母亲华宜玉,生前为清华大学建筑学院教授。全家曾居住于清华西院。

感恩先辈

永远的妈妈

孙立哲

妈妈马春浦1921年生在吉林省伊通县农村，在家中排行最小，思想单纯并且对生活充满激情和期待。"九一八事变"后，妈妈随着流亡学生逃到关内，千辛万苦走到大后方昆明，1943年在西南联大与父亲孙绍先结婚。父亲留美归国后全家一起回到北京清华大学，找到了人生的价值，期待着参与新中国的建设。

妈妈长期打坐修炼，没有病，就是吃得少没有力气。2015年10月5号因为卡了一口返流的食物送急诊后住院了，我到了医院以后妈妈已经没有之前的症状了。我6号去见妈妈，她坐在那里精神很好。我先喂妈妈吃了燕麦粥早饭，接着又订了五种鱼酱饭和酱土豆作为午饭，妈妈觉得好吃，吃了很多。我说咱们回家也做这样的饭菜吧。她不说话。我逗她说，"为什么不回答，是不是不认识我是谁了？"她说，"你是我的儿子。"我大笑了一阵。随后把立谦从机场接来继续照顾妈妈，我按计划去欧洲参加毕业典礼。

没想到，刚到布鲁塞尔，一下飞机就接到立谦和侄子明明的电话，告诉我妈妈病危了！医生接过电话说妈妈严重呼吸困难，心脏出现纤维颤动，问我是否同意气管插管，是否同意心脏电击除颤起搏。细问才知道，住院医生看到妈妈的血钠值偏低，竟然通过静脉给妈妈50多斤体重的身体里输入了1900多毫升盐水，这大约是她平常每日吃盐量的50倍，引起急性肺水肿和充血性心力衰竭，心脏眼看停跳。我在电话里告诉住院医生千万不要再输液体了，会导致肺水肿，他说现在血压降低，循环不足，必须继续多输盐水，不知又继续输了多少……

刚刚出道的医生造成了可怕的医疗事故，上级医生发现时已经无力回天。我10月9号回到妈妈身边，她已经用上呼吸机不能说话了。她身体里注入的盐实在太多了，口渴缺水，她在本子上用铅笔写大大的"水"字。妈妈最后在10月14日走了，走前医生停止了一切静脉液体，循环呼吸衰竭去世。妈妈走得让人猝不及防，令人无法接受。最后和我说的一句话就是："你是我的儿子。"

图2　1943年母亲马春浦与父亲孙绍先在昆明西南联大结婚

图1　1943年前后母亲在昆明西南联大

图3　1946年前后母亲与长子孙立博摄于昆明住宅前的草丛中，身后是洗衣盆

■、儿子的思念

　　妈妈从小宠我。她曾和我说，她生第一个孩子不懂如何教育，经常照着老一辈人管教孩子的方法，觉得不打不成材，时不时打哥哥的嘴巴子，结果打得他没有出息，只会念书不敢出头，凡是见外人的事就往后躲。我两岁的时候，妈妈扬手要打我，我不知她只是吓唬我，结果高高举起洗衣板就向她砸过去，她当时正在马桶上坐着，抬头看见我瞪着眼睛拿洗衣板砸她，大惊，小心地赔了许多好话。以后见人就说，这孩子性格刚烈，不能惹。结果，我此后一生没有挨过妈妈一次打。

　　妈妈从小保护我的好奇心。我说要当数学家，她说"好啊，你当吧"；我看见邻居唐虔自己做天文望远镜，说长大要当天文学家，她说"好啊，你当吧"；我看见同学张励生做了一把好弹弓真把鸟打下来了，说要当修鞋匠，因为皮子可以做弹弓，妈妈犹豫了一下，说"修鞋算了，还是修收音机吧"，于是给我买了一个矿石收音机让我拆装。她鼓励我在各方面培养兴趣，几乎从来不强迫我做我不喜欢的事情。妈妈的宠爱造就了我的自尊心和自信心，我一生感谢妈妈。

二、宽容善良

妈妈的善良渗透在生活的细节里。我从小就喜欢一直跟着妈妈，她上哪儿我上哪儿。父母家里都是大家庭，亲戚大都是农村人，就出来父亲这么一位教授。我懂事的时候正值20世纪50年代，记得妈妈总念叨着日子等着发薪水。发薪水这天，就到邮局去给父亲这边的亲戚汇钱，沈阳、大连、内蒙古等地都有。在沈阳铁路局当干部的屠家表叔因故去世，全家迁回农村，父亲又开始资助屠家孩子上学。发薪后的第一个星期天，妈妈照例带着我去城里锻库胡同18号，看望年迈的姥姥和瘦弱气喘的七姨。每次去总是带着吃的、用的和钱。妈妈说，姥姥没有收入，一直要养她到老；七姨夫是人力车夫，得过结核病没有力气，常常不能出车，挣不来钱，家里穷，培新姐学习好也念不起大学，要帮啊。舅舅、荣骧、荣光，还有五姨也常在这里聚会。我看着妈妈悄悄地把15元钱给姥姥，用一个旧手帕把钱包起来，放在姥姥大袄内面一个专门缝制的口袋里。还定期资助和姥姥住在一个炕上的钟玲表姐。她说，钟玲的妈妈八姨从小带她，抗日战争期间流亡到昆明，五姨和五姨父留她住在家里又帮她找了工作，她不能忘了亲人的恩情。一旦手头有点零钱，也时常接济七姨、舅舅及荣骧、荣光两位表哥。舅舅和荣光在锻库胡同结婚时我都在，妈妈是操办和随礼的主力。每次随妈妈进城，锻库胡同人进人出，大家脸上都带着笑，就像过节。

图4　锻库胡同18号门口全家合影（左三是母亲）

妈妈算术不好，每天早上醒来先躺在床上算账，口中念念有词。有时会念到"怎么这个月钱又不够了"于是就让我帮着算，其实钱并没错，只是计划赶不上变化。她的心软，见不得别人有困难，忍不住就会把手里的钱给出去帮了别人，把苦咽在自己的肚子里，只好自己紧着过日子，到了月底还要和邻居朋友借钱度日，发了薪水再赶快还上。发薪后又接着和我讨论下个月的预算。家里每个月现金入不敷出，长期没有钱买新自行车，父母都骑着老旧的自行车。我看着别的孩子滑冰，磨了妈妈两年，她才花6块钱在寄卖部给我买了一双旧冰鞋。妈妈在家实施金钱统一领导，父亲完全没有财权，工资拿回来原样上交，只有抽烟要用点钱。三年严重困难时期，三级以上的教授凭证每个月可以买两条牡丹或者凤凰牌香烟，妈妈嫌贵，经常降格，只许父亲买大前门或者光荣牌香烟。有一次父亲的老师、交大电机系主任严俊来清华看望父亲，父亲向妈妈申请5元钱在成府小饭馆请老师吃一顿饭，妈妈坚决不同意，说，"现在哪有钱下馆子，让他来家里，我做炸酱面"。父亲在老师面前无法做人，这个事情一生中说了多次。

1960年，中国经济严重困难。东北农村的大姑和老姑都来清华投奔父亲。没有粮票，只好每天凌晨在清华南门外买两个高价的馒头或者烧饼。我一大早起来先不上学，和姑姑们一前一后拉着衣襟在寒风中排长队，我也算一个人头，能买两个馒头。家中粮食不够，父亲拿起铁锹带着我去圆明园那边已经收过的白薯地里再去深挖，运气好能挖出薯须子，回家蒸了吃可以充饥。还用尿当肥料养小球藻喝，据说有营养。就在这种自顾不暇的艰苦条件下，妈妈仍然全力帮助亲友。有一天回家，我看见床上一个小盆里有三十几个鸡蛋。那时人民普遍营养不良，易患浮肿病，鸡蛋绝对是稀罕吃食。这原来是妈妈用粮票偷偷在黑市中换来的。床上摆出四小堆鸡蛋，一会儿变为三小堆，最后变成一个大堆和一个小堆。妈妈口中念叨，"你爸爸和你们孩子还有机会吃，七姨怕是快吃不上了。"我们周末带着鸡蛋去锻库胡同，给姥姥留了几个，剩下的都给了七姨。七姨咳嗽吐了血，瘦得厉害，没有精神说话。家里请来了中医，说还有治，但是必须用新鲜蜂蜜做药引子。那年头哪能弄到蜂蜜？妈妈打听到南苑农场可能有，带着我坐长途汽车，又徒步很长时间，越走越荒凉，终于找到好心人，求情说好话，买来一小瓶蜂蜜。治了一段时间，七姨的病还不见好，妈妈带七姨去协和医院做了气管镜检查，诊断为肺癌。西医说没治了，中医说麝香能治。妈妈又到处淘换麝香，终于辗转从东北搞到一个完整的麝香孢子。我陪着妈妈最后一次见七姨时，她已经瘦成"皮包骨"

了，头朝里躺着，肩胛骨下方顶出来一个大肿瘤。

妈妈热心在外面帮助亲友，外松内紧，家中经济困顿不被外人知。1961年我们搬入清华17公寓，粮食定量，饭票、菜票锁在抽屉里贵若生命。每天只许买定量的馒头和玉米糕，不许买糖三角，因为每个要加三分钱菜金。我看邻居方胜吃糖三角，馋得不行，就在妈妈开抽屉的时候偷走了一些饭票和菜票。我中午下学和方胜边走边吃糖三角，突然抬头看见父亲骑车过来，撒腿就跑，最后被父亲逼在墙角，问我背后的手里藏的是什么。他看到我手上不过是吃了一半的糖三角，回家伤心得落泪，和妈妈说咱家的孩子连个糖三角都吃不上，你每个月多给自己家留点钱吧。当20世纪60年代缝纫机已经在清华教授家中普及的时候，而我家却还买不起这个大件物品。有一天妈妈回来高兴地对我说，她和邻居储齐人的妈妈发起了一个互助会，十家人每家每月存10元钱，凭抓阄先后拿到当月存的100元。等轮到我家时，我家才终于买上了缝纫机。

妈妈的善心善举对我产生了深刻的影响。

我四岁的时候，在新林院大操场看见一个穷人。冬天穿着单裤，上身穿的是一件脏兮兮的露出棉花的薄棉袄，站在寒风中瑟瑟发抖。我问他为什么不多穿点衣服，他说家里穷，没有。我想起每天睡前妈妈给我讲的各种古人做善事的故事，就说，"你等等，我家有"。跑回家把衣柜里父亲的一件大衣和一个棉背心卷在一个大包袱皮里，拖到操场给了穷人。那时衣服缺少、极其珍贵，父亲下班回来说第二天要进城，让妈妈赶快找大衣。我偷偷告诉妈妈，把父亲的大衣送给没有衣服穿的人了。妈妈说，"啊，这还得了！"，但是随后她还是决定掩护我，向父亲编了谎话，说"大衣借给同事了，你先穿棉袄进城吧"。1962年从上海来了一个三十多岁的男人，父亲说这是我三爷的儿子，让我叫叔叔。他们说话间我听出来，"七七事变"以后关内、关外断了交通，父亲正在清华上大学没有钱，串着学生宿舍卖邮票度日，眼看断了顿，三爷卖了两石粮食换成银元，托人冒着风险带到北京供父亲上大学。叔叔说现在上海供应紧张，国家发了工业券连肥皂都买不到。我知道我家的抽屉里藏着好几块肥皂，就悄悄都给了他。妈妈后来知道了也没有说我，只是深深叹了一口气，说，"咱家也要洗衣服啊"。同学陈冲和我打闹，无意间撞倒了一个装满镶边瓷器的玻璃柜子，几十件精美的瓷器全部打碎了。我们认为闯了大祸，不知所措。结果妈妈回来看见我们害怕的样子，不但没有严厉责备，反而说，"已经砸了就不要着急了，反正我们也不经常用"。

我在延安插队期间，妈妈支持我当赤脚医生，给我买药、买针灸针、寄药、寄书。1969 年 4 月我送史铁生从乡下回京治病，偷了家里一个 70 元的存折，用母亲印章取了钱到城里买了药和一些二手医疗器械，准备带到村里。妈妈和大表哥马荣骧去银行报失查询，看到取款单印鉴齐全，知道家中必有内鬼。当时只有我一个人能拿到印鉴，于是怀疑是我干的。妈妈问了我一句，我坚决否认，后来这件事不了了之。我又指使妈妈伪装麻醉科医生，到八面槽医疗器械商店买了 6 根硬膜外麻醉导管，妈妈进去照我多次踩点后总结的经验，说早上从通县县医院出来走得急忘了带介绍信，病人急需，介绍信下次带，终于买了来。这 6 根导管成为我日后在土窑洞里做大手术的重要用具。妈妈去鲤鱼洲下放后又把我委托在姐姐家，明慧姐姐安排我在医院见习两次，大大开阔了我的眼界，对我之后的赤脚医生道路起到了关键作用。妈妈去江西鲤鱼洲农场前把家里的全部存款 200 多元都留给姐姐，被我以各种同学聚餐、生日礼品等名目要了出来，在城里旧货寄卖部买了医疗器械，装备了关家庄医疗站。姐姐姐夫联名写信给妈妈，说立哲太能花钱，数百元眼看用罄。妈妈回信说，这孩子在延安太苦，让他花吧。妈妈和姐姐对我及关家庄医疗站的成长起到了关键作用。

有件事情记忆犹新，当时我准备在农村窑洞里开刀治疗急腹症胃穿孔，因医疗条件不足并没有成功的把握。驻队领导警告我不可妄为，出了事故会进监狱。但是受到母亲言传身教的爱心驱使，当时的情况可谓"箭在弦上不得不发"。最终，一切似有天助，手术成功了。之后医疗站的发展越来越好，我竟然被选为"知青模范""学毛选尖兵"，1971 年进入延安知青赴京汇报团，随组织回北京担任主讲成员。

汇报团到京当晚，人民日报记者拿着即将发表的关于我的特别报道文章清样给我看，告诉我"后天见报"。我当晚回清华的家，在蓝旗营小路上看到前边走路的小老头形态熟悉，似曾相识，快走几步超过去后扭头一看，原来是父亲！他低着头走路，身体又黑又瘦又小，缩了一大圈。我叫了一声爸，他见到是我眼睛亮了一下又暗下去，说的第一句话："实在惨透啦。"之后便再也无语。我说"不要紧，天要亮了。"到了家，我的第一句话："后天见报"！两天以后，父亲一大早就出去到邮局买了人民日报，果然看到大标题：一个活跃在延安山区的赤脚医生：记北京知识青年孙立喆。儿子的名字赫然在报上出现，只是名字的"喆"字变成了"哲"字。他和妈妈关在屋里反复看，一边看一边互相说，这可是党报啊，这可是中央的声音啊！后来，清华

感恩先辈

园里许多人都知道了报上的消息，态度、眼神、话语都有了明显转变。电机系和学校政工组不约而同停止了对父亲的审查。甚至各个系里开始争相请父亲去作报告，让他讲如何教育子女，培养出学习毛选的标兵。也许善有善报，否极泰来，父母支持儿子为贫苦农民看病，无意之中改变了他们的政治境遇。后来延安地委还请父亲作为知青代表去访问，村里老乡们排了长龙请父亲吃饭。回家后妈妈问父亲见了儿子说了什么话，父亲说，别提了，一天吃二十几顿饭，根本见不到儿子，晚上不知他什么时候回来，早上醒来时他已经走了。

图5　1975年父亲受邀来到延安，在关家庄村与我的房东干妈——康儿妈（右一）及老支书樊富贵合影

图6　1976年父母（坐者右一、右二）与家人亲戚等在清华大学合影

　　我上报的事情令妈妈简直喜出望外，无法掩饰喜悦之情。我的清华发小张克澄回忆，路上碰见我妈妈，问，"立哲现在怎么样？"妈妈退了一步，

好像见到外星人。她的回答令人啼笑皆非："张克澄啊，你关不关心国家大事？看不看报啊？立哲上了《人民日报》，这可是党报，全中国都知道了，世界上好多人都知道了，你还不知道？"这话说得的确夸张，但她心里高兴的程度可见一斑。

我从唐山参加完抗震救灾后回到陕北，1977年突然患了亚急性肝坏死，全身黄成金丝猴，险些丧命，住了一年多医院，妈妈从1977年开始天天来医院为我送吃的，又找医生又找药。妈妈日夜揪心操劳，绝非笔墨可以形容。

图7 1997年史铁生（右三）来美国旅游住在我家，左一、左二是吴北玲留下的一对儿女，孙婕妮、孙捷声

图8 1979年全家在清华大学家中合影，祝贺我考上首都医科大学外科研究生。母亲（前排右二）抱着长孙明明，我（后排左一）怀里抱着侄女孙月月

三、美国新生活

图9　母亲来美国照顾孙子，左一吴北玲

　　1982 年到了美国，我们没有钱，还要养孩子。妈妈照看儿子声声，说用一次性尿布太贵，还是洗尿布吧。这个期间妈妈最大的享受是周末去旧货市场和家庭杂品摊找便宜旧货。看到一件衣服，就念叨着国内亲人的名字，"这件五姨能穿""这件淑媛合适""这件给丙香""这大衣暖和，东北亲戚穿了暖和"。妈妈惦记亲人，为他人着想已经成了生活中的习惯。

　　妈妈在美国继续鼎力支持我们。我来美国是持公务护照从澳洲偷跑到美国念博士学位的，到美国不久就收到教育部文件，勒令我立即回国。妈妈在中国到处找人求情，特别是通过山东海洋学院赫崇本伯伯找到其老友童第周等人大常委及教育部黄辛白副部长反复陈情，终于同意我留在美国学习。那时美国家里来了许多亲友，生活困难，大家到处打工。我们在美国包饺子卖钱养家。手工太慢，需要饺子机，妈妈通过赵德本叔叔在第一机床厂订购饺子机，又办理各种复杂的海关手续发运到美国。我们翻译需要买铅字打字机，妈妈到处找人买了运到美国，又在国内买到了巨大沉重的光学照排机发运到美国。我在美国的艰苦创业中都有妈妈的支持，妈妈简直没有办不成的事情。这些事回忆起来匪夷所思，必是母亲的善行感动上天，神佛在天保佑。不过，父母在美国没有享什么福，一直陪着我们工作奋斗，父亲翻译校对，妈妈带孩子。养育支持儿女，构成了父母的生命价值，父母爱孩子，只有付出，不求回报，无数实例举一漏万，不可

图10　1991 年母亲陪父亲回访当年父亲留学的麻省理工学院

胜数。原来认为父母为孩子做的一切都是理所当然的，而当自己做了父母，年龄越大，对父母的恩情体会越深，父母之恩一生都无法报答。

妈妈一直遗憾我初中毕业没有受到正规教育，每天打工拼命挣钱，没有拿到正式学位。我50岁以后发愿改变这种情况，重新走入课堂，与小我二三十岁的同学一起在学校正式学习，同时兼顾中国、美国的公司业务。前天立谦问我到底念了多少学位。经过统计，如今共计8个正式硕士、博士学位，是世界各地27个学校的正式校友。同时也和父亲一样，在麻省理工学院拿了两个学位。我在心里和父母说，我要接续书香传承，永远做个学生，永远上进，让父母在天上为我骄傲。

妈妈对孩子的成就真心高兴和骄傲，视孩子为一生最大财富：大姐明慧是人间爱心模范、孙家大功臣，妈妈见人就夸她；立博的功课历来在学校里名列前茅，许多清华家长都羡慕；立谦病好了成了大学的体育健儿，对父母又孝顺，让妈妈深感高兴。

图11　2005年家庭照，媳妇张瑾（前排左一）对婆婆关心备至，提供各种生活帮助

四、凤凰涅槃

亲爱的妈妈，你的一生经历了苦难，活出了精彩，不愧为真正的母亲，我们都为你骄傲。你为世间留下了真情，无数人都思念你，许多朋友和东北的亲戚们都

来清华为你守灵，给你行礼。清华的朋友来信，说你是清华园里的奇人。你的儿女子孙身上流着你的血，心中存着你的精神，都努力上进，为老孙家、老马家争气。你的亲戚朋友受到你的鼓励和帮助，把你的音容笑貌和博爱心肠都收藏在永远的记忆中。我们心里相信你已经走向通天之路，奔向人生永恒。

妈妈，你的爱心永在，你的精神永在。你没有走远，你的音容笑貌一直伴随着我们。我们永远思念你！

作者简介

孙立哲：原名孙立喆，男，1951年11月生，知识青年典型人物。曾住新林院和17公寓。1979年考入北京第二医学院研究生，1982年赴澳洲留学，1983年赴美留学，1986年在美国创办万国图文电脑出版公司，1991年回国创业。现为北京华章图书信息有限公司董事长，20世纪90年代以来，通过其公司向国内引进、翻译、开发和出版了万余种图书。父亲孙绍先，电机工程学家，清华大学教授。

有容乃大真平和

——记父亲童诗白

童 蔚

2005年7月24日早晨7点多，我弟弟童朗在协和医院父亲床前值完了夜班，疲惫地站起身，此时我叔叔已经来接早班了。叔叔还没坐下来，弟弟背起书包还未转身离开，他们几乎同时注意到，监控仪上，那些绿色的线条迅速地下滑，只有一根线条还保持着原状。医生赶来时父亲的血氧消失殆尽，这意味着他已然离开了这个世界。当我和母亲等亲人到达时，我知道由于安装了心脏起搏器，父亲离世时，心脏仍然继续跳动着发出信号。从此，他的心跳对于我们家人来说，仿佛依旧存在……

■、严父慈母的家庭教育

我的父亲——电学教授童诗白是满族后裔。如今细想起来，这个少数民族基因和身份对他的人格形成影响很大。父系一边的始祖叫"索霍济巴彦公"，至今已传至第24代。这支女真族部落居住在松花江和乌苏里江以北。第二次鸦片战争，清廷落败后，沙俄先后割走黑龙江以北60多万平方公里及乌苏里江以东40万平方公里土地，其先祖最早的发源地已悉入沙俄版图。

图1 全家合影（1938年摄于上海）
前排左起：童诗白的母亲关蔚然、父亲童寯；
后排左起：童林弼、童诗白、童林凤

中国人很讲隔代相传，我父亲传承的是他祖父恩格的心智。恩格是清末最后的进士并在家乡开启了文化启蒙，大力办学。像他一样，父亲也热心教育，热衷于为他人传授知识、答疑解惑。父亲出生后不久，我祖父20岁那年，报考了唐山交大和清华学堂，交大考第一，清华考第三，两校均考取了，祖父最终选择了清华。祖父进入清华学堂读书。出于年轻人的羞涩，我父亲作为幼小儿子的存在，一直是这位读书人内心潜藏的一个秘密；他的另一层顾忌，是怕清华不录取一个已婚的学生。

我祖母和祖父的个性、相貌，迥然不同。祖母的眼睛很慈和，这慈和之中又带有坚韧。在祖父赴美求学、游历欧洲以及回国后离家于建筑事务所任职期间，祖母一人带大三个男孩，渡过了在上海日伪占领区居住的各种难关。祖父的相貌与祖母相反，极其威严，就像那句箴言——"天将降大任于斯人也"！严厉，是他的第一表情。他晚年瘦骨嶙峋，像一具雕像，眼里的光芒——是纯粹、坚毅乃至容不得一点沙子……祖父是智者、建筑师、教育家，被称为"中国建筑四杰"之一。父亲晚年，时常沉浸于对母爱的回忆：祖母在他念初中时给他补习过代数；祖母发现他喜欢音乐，说服祖父给他买了一把小提琴（德国旧琴）；祖母赞同他对无线电的兴趣爱好，拿出零用钱，让他买元件，组装矿石收音机。到底是师范出身的祖母，懂得在孩子智力萌发时及时引导。有时候，父亲淘过了头，闯了祸，祖母就让他先躲起来，等家中风暴过去了，再让他进屋……回忆祖母的时光，像冬夜围炉讲故事，温暖的情愫环绕于室内，这样的温情，均来自我祖母的馈赠。试想，若没有母爱，只有"严父"，我父亲童诗白为人处事的协调性，可能就不会那么好。

毕竟祖母给了他最初的理解与支持，这一点尤为重要。因为祖父很严厉——"父亲从来没有夸过我"，"父亲点点头，就算最大的肯定了"，这种话我父亲可说过不止一回，可见他是多么在意自己父亲的鼓励，也许正是因为这一点，祖父的严厉无形之中也激励着他。

二、变化之中找准方向

父亲晚年，我曾做过一个梦——那是一个有星星的夜晚，我跟随他，登上 17 公寓 5 层楼，推开那扇木门，仰望星斗满布的夜空——天穹渐渐升高，犹如拱形的清华大礼堂的屋顶镶嵌蓝宝石星星，整个穹顶缓缓移动、飘浮着……父亲转身，指给我看，在那不远处，有一些建筑物。在梦中我得知，那些就是一公寓、二公寓、13 公寓、15 公寓，但是它们又比现实中的楼宇巍峨壮美不知多少。父亲显露出欣喜的神情，似乎告知我，那些建筑都是他设计的……醒来后，我意识到，父亲最初的梦想，是成为建筑师。是的，他念的第一所大学是之江大学，读的是土木系。父亲说过，祖父留美时，曾经寄回一个皮书包，里面有彩色画笔、绘画书。祖母很郑重地交给他，那是一种不言自明的暗示。可惜，父亲的美术细胞并没有在此番鼓励下发扬光大，几门功课里，画画的成绩比较差。可他心里又有了这样一个既定目标。因为兴趣不在，读土木系时，父亲的专业成绩平平。曾见过一张他当年的绘图作业，老师写道："你粗细不分！"那张作业老师只给了他 75 分。

一个人念自己不擅长的学科，也能通过，但这只证明其智商水平。而若要想做出一点成绩，若没有兴趣的帮助，很难发挥出潜能。1942 年，他从上海之江大学毕业后，到西安黄河水利委员会工作，靠绘图挣钱，仍不足以糊口，又在夜校兼职，这时发现自己处于困顿之中，在生存的压力下，父亲决定把对无线电的兴趣，转变为求生的尝试。他来到西南联大，念第二所大学，这回读的是电机系。我想，人生之爱好，也许就是最好的有备无患；命运之轮的旋转，只为了发挥出作用。父亲到西南联大求学一事，让我们看到，当年的教育机制，其方向性、灵活性、原则性，都与现在不同。父亲多次提到西南联大的恩师马大猷先生。"是马老领我走进电子学的宫殿！"他总这样说。1943 年，他刚入西南联大时，是"借读生"身份。学电工原理用英文教材，买不到书，全系只有前几届同学留下的两三本。学生只能课上听讲，课下对笔记。课程考试分为两种：一种基本题，考查学生对内容的掌握程度；一种是提高题，用以判断学生的思维能力。电工原理课程每两周考一次试，父亲初来乍到，很多知识没弄懂，很沮丧，是马先生适时给予他鼓励。于是他采取集中精力攻读的方式，课上课下"打歼灭战"，终于闯过难关，1944 年转为西南联大正式生。值得一提的是，实用电子学期末考试，父亲得到马先生轻易不肯给的 90 分，这大大激励了他在电子学领域继续钻研的志向。据父亲的好友、西南联大的同学王先华教授回忆，童诗白念书好的本事就在于开夜车。深夜瞌睡一会儿，醒来接着做题，时常做到天亮。其他睡觉的同学，有难题没完成的，早上可以抄他的答案去交作业。

2005 年的一天，我四叔跟我说，学电学很辛苦，计算机现在是年轻人的领域。父亲还有我的叔叔婶婶们以及我弟弟们选择的——这一日新月异的学科，在今天，好比火箭飞向太空发展之迅猛；但是明天，科学将点亮另一盏明灯，照亮另一片天地，将会有大批的青年学人趋之若鹜。由此我意识到，当年父亲转行学电，是明智的；他留美学成后选择归国，也许也是明智的。那时电子学在国内相对空白，凡有空缺的地方，凡占得先机、得天时地利人和，则可能大有所为。那么，他在学电之前，先学建筑，可以看作是为了更合适他的学科到来之前，先做一场试炼。我想起一段英文，用来比拟他那时的境遇再合适不过。

"May be God wants you to meet a few wrong people before meeting the right one, so that when you finally meet the person, you will know how to be grateful."（在遇到最好的之前，上天也许会安排我们先遇到别的人；在我们终于遇见心仪的人时，便应当心存感激。）

最终，父亲爱上电子学和我母亲，可以说是他的幸运！

三、她远远走来了

在她即将进入父亲的视野之前，父亲在美国伊利诺伊大学读电机系博士。在她没出现前，父亲经常和一个女生打网球，母亲后来说，"那女孩挺漂亮的"。可是母亲（当然，那时还不是我母亲）一出现，球抛过来要出界了，父亲也不去接了。后来，他就不怎么打网球了。

也不知道为什么，父亲很快喜欢上了她。这个同为西南联大的学生叫郑敏，在西南联大时她读哲学，1948 年赴美在布朗大学攻读英国文学硕士学位。当时，规定的两年时间到了，她修完了所有的课程，可是论文还没完成。按校方规定，逾期必须先离开布朗大学。情急之下，她申请念博士预科，就这样，伊利诺伊大学接受了她的申请，她来到父亲当时念书的这所学校。

父亲那时人很瘦，嘴唇厚厚的，看起来木讷，他属于内秀的那一类。其学业已近完成。母亲那时面临三件"大事"：其一是经济，1949 年后，美中断交，一切经费都必须靠自己；其二，要尽快完成论文，拿到学位；其三，她和之前的男友分手了，感情上有些苦恼。但是，母亲这个人很能随遇而安，她自信，属于越挫越勇的那种。她不会表露出内心的感受，为人很自尊。然而，以父亲识人的眼光，他一定能看出母亲当时有难处。父亲所做的类似"英雄救美"的故事甚至可以写出一段传奇。一见面，父亲就劝母亲加入他们几个男生的"膳团"。他对她说，"明天我帮你搬家吧！我有车。"第二天，父亲推来一辆旧自行车帮她搬家，这样她就可以搬到便宜的宿舍了。奇怪的是，父亲和她见面没多久，有一天，居然对她说，"没想到，原来你也有头皮屑呀"……这让人很难想象，其一，父亲是谨慎的人，这样说很失礼；其二，她特别爱漂亮，他说这种话，她却没有生气……也许，这就是一种缘分。其实，两人同为西南联大校友，应是彼此相识的基础。再则，两家人的文化背景相似、相通；所以，当年他们相见时，就是两颗心最近的距离。

每每轮到父亲做饭的日子，母亲就帮他洗菜、打下手。她热情、外向，她总是说啊、聊啊，可以想象，父亲是如何手忙脚乱地做完一餐饭。父亲第一次约她出去吃饭，也有趣事发生。她远远走来了，手里捧着一摞书，一见面，就跌倒了。母亲后来说，"真是莫名其妙，心里窘极了！心想，怎么一见面就摔了一跤？"现在回想起来，父亲当时应该说："平身！平身！"

也许这也是一种缘分，所以我父母认识不到三个月就决定结婚了。父亲完成了学业，即刻找到一份好工作——在纽约布鲁克林理工学院任教。父亲请导师当主婚人，那位洋博导可是吓坏了，他谆嘱父亲，"人生大事可要慎重再慎重！"遇事一向谨慎的父亲，这回则是慎重又果断。父亲每遇大事就显出这一面，平时总显得"柔色以温之"，属于比较温厚的那种。父亲到了纽约写给母亲一纸"求婚信"，信里似乎没说什么，然后画上两副碗筷，中间有花纹的碟子里盛着一尾鱼。这一回他念土木时的绘画课总算派上了用场。或许这还暗示了，他们一见面不就在一起做饭吗，那么从"膳团"朋友到终生伴侣，也是一种顺其自然。1951 年冬天，两人在纽约结婚。出席婚礼的有父亲的导师、同窗好友罗元梓、刘瑞文……婚礼的情况我如今所能了解到的已不多了。

图 2　婚礼照（1951年冬摄于纽约）
左边：童诗白夫妇；中间：伴郎（罗元梓）及伴娘；
右边：童诗白的博士生导师夫妇

　　我父母的婚姻模式是追求各自事业上的发展。但在生活层面，还是父亲照顾母亲多一些。父亲可能与一般老先生有所不同。他一直精心管家，每天都记账，账本一直写到他生病入院的最后一个月，里面有许多歪歪扭扭的数字。另外的一点是，母亲遇到事业方面的问题总爱讲给父亲听，听听他的意见，但大主意一定是自己拿。父亲则完全相反，他从不和家人讲工作上的人与事，而关乎事业上的事情更是他人无法动摇的。比如父亲和张维老教授等人的交往很多，可是他们的交往就像"地下工作者"一样，"很保密"，我们除了知道去筹建深圳大学是张维先生钦点的，其他的细节则一概不知。其实，父亲对老前辈、老朋友的友谊十分珍视，只是由于特有的个性，他很少和家人交流。而他对自己的家族长辈则保持满人特有的孝敬，每到过年都带着点心匣子和新的日历去探望他的姨妈，那是一位伟大的满族妇女，她的坚韧精神激励着他。

四、"一本书主义"

所谓"一本书主义",是一个大约的概念,也是老一辈知识分子的追求。他们著书立说,追求精准、卓越和持久。所谓"一本书主义",对父辈而言,是指一本书下面,有众多的书山学林作为立柱支撑;是作者每日"食书"的结果。父亲出第一本书的情形,也许值得回顾一下。时间退回到1961年,日常的饥饿持续了很久,清华的高知家庭有一些补贴,我们家也有过到"老莫"吃死猪肺那样的经历。记得,家里有一个木盘子,里面摆着几个塑料苹果,那是母亲喜爱的陈设。一天,一位客人进屋后,想都没想,一把攥住了苹果。那时,人们饿到真伪难辨,等这位客人缓过神来,大家都觉得尴尬之极。苹果很快被藏了起来,以免再戏弄他人。在发生"苹果事件"这般寒苦的岁月中,父亲每晚开夜车编写教科书,常常写至天明,又赶去上课。书出版了,人却落下老寒腿的毛病。因为中年操劳过度,晚年的父亲病患不断。但是,一个人一生最重要的成果往往是在逆境中建立的,唯有那些坚韧的人,才是成就的缔造者。

在《纪念伯父童诗白:天空没有留下翅膀的痕迹,但他已经飞过》一文中,科学家童文写道:"童诗白是教材的高产作家,他亲自主编的教材有12套,共19本,800余万字。由他组织电子学教研组其他教师编写的教材、专著和翻译国外著名教材有十余套。主要论著:①《电子技术基础》(第一至第三册),1961—1963;②《常用电子管》《离子管》《晶体管手册》,1962;③《电子电路设计》,1962;④《晶体管脉冲数字电路》(上/中/下册),1971—1972;⑤《晶体管电路》(上/下册),1973—1974;⑥《晶体管电路习题解答》,1980;⑦《模拟电子技术基础》(上/下册),1980—1981;⑧《模拟电子技术基础(第二版)》,1988;⑨《电子技术基础试题汇编(数字部分)》,1991;⑩《电子技术基础试题汇编(模拟部分)》,1992;⑪《现代电子学及应用》,1994;⑫《模拟电子技术基础(第三版)》,2001;⑬《模拟电子技术基础(第五版)》,2015。其中:20世纪60年代初,童诗白编写了我国最早出版的两套电子学教材。70年代初,童诗白编写的《晶体管电路》和《晶体管脉冲数字电路》两套教材,发行了100万册以上。80代初,童诗白组织100多位老师投稿编写并出版了《电子技术基础试题汇编(模拟部分)》和《电子技术基础试题汇编(数字部分)》两本书,共250多万字,试题数达7000余道。

此外，他撰写或主编的书，获得过不少重要的奖项。"据我所知，祖父在"文革"期间，仍然坚持每天去图书馆闭关念书，从未间断。他最重要的著作是《江南园林志》，本应20世纪30年代出版，后历经历史变故的大坎坷，于60年代才首次问世。一个人，只有写下真正重要的著作，才能体现"一本书"产生的广泛而持久的影响力。

五、心脑并用上讲台

上述的文章还写道："童诗白是一位杰出的教学大师，在清华的讲坛上，每年给5个系近1700多名学生讲电子电路课程，45年来，近7万多学生直接聆听过他的教诲。与写教材同时，童诗白开创了中国第一个电视大学的课程，一时间，他成为家喻户晓的'名人'。"

而我只知道讲课是父亲的看家本领之一。他曾如此表述过："不知是否也有老师和我有同样的经历：一堂课下来，讲完了所有该讲内容，强调了重点，做了小结，布置好习题作业，这时，正好下课铃声响起。嗬，感觉好极了！"接下来他谈到反思——"我们不能满足于讲课学生能听懂，笔记好记，考分很高；老师不出教学事故，而'自我感觉良好'。"

父亲扪心自问，"为什么有的时候教师的一句话，学生能记一辈子。有些老师大声疾呼的'重点'，学生却忘得一干二净……"他认为，需要研究教学法，研究学生心理，要在"一桶水"中提炼出有高度营养成分的"一杯水"。这些话，包括他对教师这一职业的理解——教师"应该具有5种精神：乐教、奉献、钻研、自律和团队精神"，在今天听来，不免让人感觉有些"过时"，却也仍旧洋溢着"老清华人"的声音，就像那顶悬于闻亭里的铜钟，曾经鸣响、绝唱，却也沉寂为一种景观。

当他不能上讲台时，也没有显出大消沉，而是平和以面对。从反右派斗争到"文革"，父亲内心的立场是旁观的，他的热情只倾注于电子学。他甚至不会像祖父那样敏感——有同事受到"引蛇出洞"的蛊惑，准备大提意见时，祖父利用上厕所的时机，叮嘱那人"不要再说了"，此人免受一场人生劫难，从此对祖父"一句话"的挽救，感激不尽。父亲在"文革"期间，在家里学蒸馒头，很科学地称几两面、兑水，然后耐心揉面，脸上挂着无奈的微笑；到昆明湖学游泳，坚持了很久，最终也没学会。在清华停发工资的日子里，父亲在外面散步时拉着我的手说，"现在全家人就靠你妈妈了。"

六、此去天上有新日

我想，父亲的最大特点，是在协调世界上不同的事物方面展现出的惊人能力。童年时，父亲和自己的母亲相依为命，在旧式大家庭里生活，往事艰辛而繁复，却练就了他处事圆熟的本领。父亲一生引以为傲，多次跟我说，"我从来不让我母亲操心。"我以为，他是男人之中具有菩萨心肠的人。在祖父外出读书时，他安慰祖母，在心理层面上很早就懂得"交流"的技艺。他小时候住过北平胡同，后来迁居上海里弄，这期间他热衷和小伙伴们玩耍，经常玩的是拿着树棍表现战争场面，或在极窄的弄堂里踢足球，他已然有点儿像个"孩子王"了。再后来，他情迷小提琴。热爱音乐使他于1946—1947年在清华任助教期间，加入清华管弦乐队，琴声伴随到老年。当年的琴友、校友，时常在一起联欢，父亲俨然就是台前幕后的"总指挥"。

当父亲把这样一种引领众声喧哗的能力运用到事业上的时候，他可以团结一班人，努力做好事业，乃至创建工业电子学教研组，基础得以奠定，人才得以继续。说他是一个天生的"奠基人"，主要因为他承袭了先祖良好的文化传统，又具备审时度势的眼光。他懂得一切的科学、一切的创造都在于变通。在完成了国内两所大学学业，又在美国仅用三年读完博士，继而执教若干年之后，一个有着坚实基础的知识分子做出了自己的人生判断和选择。

在美期间，父亲加入华罗庚等人组织的"中国留美科学工作者协会"，上了美国人的"黑名单"。如果那时他留在美国，可享受各种优厚待遇，事实上他当时已在纽约的布鲁克林理工学院任教，这里也是他研究晶体管的肇始；而要返回祖国，则会受到威胁、限制和恐吓……那位分管留学生的"大胡子"院长找他谈话："我们美国与你的国家目前处于完全隔绝的状态，按照美国宪法，你们一概不得擅自离美；如强行离开会被罚款甚至监禁。"美国当时正处于麦卡锡时代，作为留学生的父亲，自然愈加渴望返回祖国，这就是历史。当年，那位美国院长接下来说的话，着实让父亲大吃一惊："你看，我们美国培养你那么多年，你回去帮共产党打我们美国人，说不定你一个人的作用，要顶一个师，顶成千上万个士兵呢，我们怎么会放你回去？你还是老老实实待着吧！"父亲心想，我一个人能顶成千上万的士兵，这样的说法可真夸张，也许是指我回去从事教育事业吧？

1954年，日内瓦谈判会议之后，这批留美的中国学生才真正冲破"重重阻力"。父亲记得，1955年6月，他们从旧金山乘船经香港至深圳，从罗湖桥踏上返家的路。父亲又回到了清华，从此教了几十年的书。说到底，他一生都在寻求和构建一种"模式"。这种模式，使他能够融入其中，发挥自己的才能；这种模式，包容一个"老清华人""行重于言"的准则，展现一个"海归"的意志与决心，激励个人的组织才能与团队精神。为此，他呕心沥血、外柔内刚，一直以来都处在不会放弃的坚毅执着之中，从而变得更加坚强。况且，他一生所追求的是内在的强大与外表的谦和，当一个学者修炼好这样一种"内圣"的功力，他的进取心和影响力势必会得到发挥和回报。这也是童诗白作为一个"老海归"，能够成就一番事业的根源。

直到那一天的早上7点14分，父亲携带他腹部那个马蹄形的胎记离开了尘世。在这之前，我就看到过它，形状如是，只是颜色和我想的不一样，是暗紫红色的。也许经过85年时光的浸染，色泽已然暗沉。我愿意相信，当他是个婴儿时，婴儿的白皙和胎记的朱红形成鲜明的对照，也许这是我祖母给予他更多疼爱的原因……

一封寄往天堂的信

我的父亲：

也许，您不能明白我为什么会写这封信。因为每到黄昏，我取信时，经常还会收到寄给您的信件。当收信人不在时，人们通常会将其转回邮局，请邮递员寻找新的地址。您一定不知道，在家中那些等待您回复的信件，已然很多了，可我们不知道地址，当然也无须知道如何办理这样的手续……那么，就从信件说起。记得那天我打开门，看见您手里举着什么，走近来，仔细一看，发现您手里什么都没有。原来您以为捏着几封信，可惜它们全都掉到楼道里了。那时您刚完成眼科手术，这事真让人绝望！父亲已然不能读信了，可是您却还能写信。用一把尺子比着，完全调用心力默写那些字迹，就这样，一个近乎完全失明的人完好地保持了写信的爱好。妈妈和我，时常为您读信。我想，因为您爱好写信，愿意收到信件，乃至今天，仍有一些信件陆续寄来……

感恩先辈

我的父亲，您是一种存在、一种温暖，我们一直都难以表露出悲哀。当我写这篇文章时，我的小孩对我说，"其实阿公，根本就不会在意您写不写他，那不是他关心的重点。"我们每个人都无法知道，一个离世者最后一刻的最后一缕思绪是什么。当一个人不能说话时，其思维仍是存在的；当一个人明确的意识消失时，其最后的潜意识是存在的。我想，您最后的意识，就是不希望我们悲观、绝望，当您一个人渡向彼岸时，您盼望着我们坚强。

当您像刚到来的婴儿一样，孤独无助的时刻，我们却感觉到神奇的意志。那就是，为什么我们全家人，在您离去后一滴眼泪都流不出来。我们感觉和您在一起的时间，仍然延续……在那个特殊的时刻，当有人掀开您脸上蒙着的白布道别时，我甚至幻觉，您会说一句笑话，然后坐起来……那真是一种亦真亦幻的错觉。于是，我又想到，一位长者在接近死神时，让其后代感觉到的是力量，是温暖，而不仅仅是悲痛，就是这个人的修行已然到达相当高的层次了。

还记得吗，那天当您必须去医院，却发现自己竟然无力行走时，您轻声对我说，"童蔚啊，我怎么不会走了呢？"我立刻意识到，我们每个人初来世上和最后离开都需要他人的扶助。我愿意搀着您迈过那道门槛。此后的日子，每天去医院的路上，我都听光良的那首《童话》，直到那音乐声渐渐减弱了，然后又重新开始……我想到一个人做人的成功之所在就是，即便在他最最虚弱的时候，也仍然给他人以温暖……

如果温暖是一种体能，那么当其变为寒冷时，曾经的温暖是否能转换为另一种存在？而这存在，是否依然能让他人所感知？如果是的话，那么生死在您身上是合二为一的，以至于您心灵的磁场从未消失。如果不是的话，所谓的"物质不灭"，就需要进一步限定、修订。

当我写这封信时，我还会有一些抱怨的心绪。我想起，您对儿子童朗总是过于严厉，难道这是继承了祖父的"教子传统"？我想起，我小时候总是恳求您给我讲故事，您总是心不在焉，一本书，在我不断好奇地寻问"后来呢？……后来呢？"中很快就讲完了。我感到相当的失望。那时，您为什么不跟我说，有重要的工作要做。所以直到现在，我还迷恋小人书，那原本只是儿童的精神依托。但是，您一定知道，我的失落还是有限的，因为有艺术的补偿。我和我的小孩都是在小提琴声中成长的。在小外孙临睡前，您给他播放古典音乐。家里存有您收集的各种音乐版本的唱片，以便有一天我们继承这种爱好。父亲，在我很小的时候，您曾经每周带我去清华大礼堂看电影，那真是一种狂欢的欣喜，尽管那时，许多电影我还看不太懂。我想，这就是您的养育方式，一切尽在潜移默化之中……

当我写这封信时，我不禁想到文章中还有许多人和事没有提及：那些曾给您支持的同事和友人。比如一位张师傅，在您住院时，每每从家中烧好菜，绕过病房值班人员，送到您面前。还有，那篇庆贺您执教 50 周年（1946—1996 年）大会的报道，其中的一段，我最近才见到：

"童先生矢志报国，几十年无怨无悔，是一代教学大师，虽然他不是院士，但是作为我国电子学学科和课程建设的奠基人之一，童先生为祖国的教育事业，为清华的教学改革与发展所做的杰出贡献，远远超出了一个'院士'头衔所能包含的内容……"（见《薪尽火传乐未央》）就在同一天，您从当年的系主任胡东成教授的手中接过一块铜匾，上书："春风化雨，桃李芳菲"。胡东成先生是您的学生，我想许多下一代学人的成就也是对您辛勤一生的充分肯定——如同您曾获得过国家级教学成果特等奖、全国优秀教师称号。系里的多位教授和常丽英秘书告知过我有关您的点点滴滴，对于我来说都是非常新奇的。因为我对科学不了解，对您的了解更多只停留在生活层面。

您一定不会忘记，每逢春夏相交，清华校庆的当天，当年"清华音乐联谊会"的乐友——茅源（50）、陈平（50）、虞锦文（50）、资中筠（51）都来家中聚会。茅先生是作曲家，演奏他的《新春乐》，您和资中筠合奏莫扎特的奏鸣曲，其间还有其他校友们一起来热闹，都是古典音乐发烧友。记得，2005 年的那次聚会，约有近 20 人，我们都惊讶于您完整地演奏莫扎特的奏鸣曲，在我听来，那首乐曲更像命运之交响、更像欢乐颂，更具生命悲剧来临之前的大喜悦。其实，您还教过周崧叔叔拉小提琴，后来周先生成为中央乐团的首席，之后这位在我眼中的"外星人"又去钻研养蜂技术，成为这一领域的第一人。您知道吗，因为您的交往，我的视野也随之扩展，从音乐到科学再到发明创造，而创造才能是我们全家人最最看重的。

当您最后对我说出一个"好"字，我想，在您心里，一定是将"女" 和"子"

合成一个字。您以"好"字说我，我感觉惭愧。这不是虚词，因为我还不会做一篇面面俱到的文章。这是两代人之不同，也是您和祖父的不同。祖父曾说您，是个"滥好人"。那是指在特殊时期，您难免受困于外界压力，难以逃脱他人的操纵。我记得，您和妈妈经常讨论对策，消耗了大量精力。事实上，您一生没有做过任何伤害他人的言行，无论宠辱，为人处事持有自己的准则。只是，祖父并不特别理解您，以您身处的情况，不可能像他那样决绝的"清高"。但是，在关键问题、大是大非上，您的道德水准并不比祖父差。记得，巴金先生寄给母亲的《随想录》，您躺在床上一边看一边流出滚滚的泪水……您有许多正义感和同情心无处释放。可是，作为一个科学家，您无法同时涉足多个领域，所以当一个人能像您那样，倾其一腔热血，教书育人乃至牺牲无悔，我以为，已然足矣，足矣……

父亲，请原谅我的叙述无法做到足够充分。还没谈及母亲对您的思念，家族人对您的深爱……或许，我的文章还有一点"跑调"的嫌疑。那又怎样呢？人世间的笔墨，其实有两种：一种，写在纸上；一种，写在心里。写在纸上的永远抵不过写在心里的。所谓"公道自在人心"，所谓"语言是贫乏的"，正因为我们看重文字，也愈加知晓文字之有限。

而当"无限"已然开始了，就不会终结。当您离去后，一条回忆的轨迹抵达我的内心，从此我开启了对您、对您一生钟爱的清华园的回忆……

女儿 童蔚

图3　昔日清华乐队校友又在一起演出（20 世纪 90 年代）

图4　1996 年清华校庆日正值西南联大电机系 46 级毕业生毕业 50 周年，童诗白和部分同窗校友留影于 17 公寓。右起：毛恒光、赵骥、王先华、童诗白、傅书逿、张慕林、陆钟祥、王祖遽、刘金铎（1996 年）

图 5　作者童蔚与父亲在清华大礼堂前（1997 年，童朗摄）

图 6　童诗白夫妇与儿女小聚（1997 年）

作者简介

童蔚：女，1956 年 10 月出生，诗人、散文作家。出版过若干诗集并主编过散文集。
　　原《中国妇女报》副高职称编辑。

毕生耕耘终无悔

——纪念先父吴承露百年诞辰

吴逸

图 1　先父吴承露照片

2018 年 2 月 28 日，是父亲百年诞辰纪念日。那从未忘怀的音容笑貌，久久浮现于眼前……在我所有的记忆里，父亲总是乐呵呵的，从未见他有愁眉不展的时候，平时总是步履匆匆，难得见他有悠哉漫步的闲暇。父亲这么多年从不缺课，周末不是学生来访学画，就是他带学生去公园写生。

在人才济济、藏龙卧虎的清华园里，他只是一个普通的中学美术教师，但校园里认识他的人是那么多，从我幼时记事起到他老人家去世十余年后，我的耳边听过太多对他的夸赞，看过太多父亲的学生以饱含深情的文字表达对他的怀念。

2015 年清华附中百年校庆，校方组织了纪念父亲的专题座谈会。会上，一位七十多岁的老校友接受采访时饱含热泪，几乎是在喊着说：吴老师，我要你快健健康康地回来……

听父亲说，我家祖上曾是著名的吴氏太极拳的创始人，我爷爷也曾主持过一家国术馆，那时吴家门里弟子云集，按照家训，吴氏后代必须继承祖业——练功习武，父亲和姑姑从小受到爷爷的严格训练。然而父亲的志趣不在武术，而是痴迷美术，他经常去看他称为大哥的国画家郭传璋作画，十岁正式拜郭大哥学艺。两年后又随爷爷的好友——从荷兰留学归来的水彩画家衡平学习水彩技法。衡平先生是北京最早从事水彩画的老前辈，不仅画技超群，更难能可贵的是，他不求名利，终其一生以教书为业。早年他曾任教于晚清的旧式学馆，民国之后一面在中学教书，一面致力于美术教学研究和各类学校美术教材的编写。

父亲在衡平老师近乎严酷的训导下，刻苦学习十二年，专业水平达到了新的高度。父亲对老师不以卖画为生，终生坚守简单纯朴的生活方式十分仰慕，他也追随着先师的理念，淡泊名利，终其一生以教书为业。

此外，父亲也曾师从毕业于英国皇家美术学院的水彩画家关广志先生学习古建筑绘画技法。经过父亲多年的潜心钻研和努力实践，他的水彩画技艺逐渐走向成熟，以至于达到了几可乱真大师的地步。

在学画的同时，父亲还积极协助衡平先生编写、绘制美术教材，积累了丰富的经验，为日后的中学美术教学工作打下了坚实的基础。

1934年父亲考入国立北平艺专。毕业后又得到在故宫武英殿国画研究院继续深造的机会。这期间有机会近距离鉴赏、临摹古代书画真迹，并相继得到国画大师齐白石、张大千、黄宾虹、李苦禅的悉心教诲和亲授真传，无论绘画技艺还是艺术境界都达到了新的高度。

20世纪40年代前期父亲曾租住颐和园养心轩进行写生创作。其间恰逢张大千先生也在园内作画，大千先生虽已是中外闻名的国画大家，但由于传统国画历来不太注重对西方透视技法的研究，所以他老人家在画古建筑题材时苦于掌握不好透视关系。而父亲是西画科班出身，此番在颐和园写生正是以画古建筑为主。于是大千先生作品中如出现古建的题材便请父亲代笔。为了表示感谢，大千先生破例允许父亲深夜进入他的画室看他作画。当时大千先生白天作画多为应酬官场，真正创作则在半夜。有机会观摩大师作画，父亲获益匪浅。张大千也极看重父亲的天赋，称赞他是"一手中西均擅长"。分手时曾邀请他同往敦煌研究所进行莫高窟壁画和佛造像的临摹工作，父亲因顾及家中老人病重而遗憾未能成行。

父亲一生有幸受教于多位名师，同时受到中、西方绘画技艺的熏陶，形成了自己博采众长、兼收并蓄的画风和宽阔的艺术视野。在他的艺术高峰期创作的一组水粉古典园林建筑系列，得到业内人士高度评价，多次在全国巡回展出，这是他师从关广志先生之后得其精髓的力作，堪称精品。若干年后这组作品在古建筑修复工作中发挥了重要作用。由于父亲对国画无论是工笔重彩还是写意山水都曾下过一番苦功，所以绘画时经常在西画中揉进国画的构图和意境，同样在国画中也注意借鉴西画的色彩与笔触。例如他的花卉写生，着重以西画的色彩经营画面，而从国画的线条入手，画面色彩丰富，水分饱满，线条勾勒生动活泼。多年来形成了自己中西融汇的风格，积淀了学贯中西的功底。

那段时间，由于家中老人瘫痪在床，父亲需要承担全部家庭生活费用和资助弟弟求学，他日夜勤奋作画，积累了大批作品。20世纪40年代初期与画友田宇高、明德均、崔家生、赵铨等人在中山公园的兰室、水榭等处陆续举办了三年画展。就在父亲中西融合的画风日趋成熟之际，他却秉承师训毅然选择了职业教育的道路。40年代初期，他曾在北京的中小学先后教授美术和体育。解放初期，清华附中的前身成志学校公开招聘教师时被择优录用，由此父亲全身心地投入教育事业，一干就是终生！

图2　1950年成志学校教师合影，前排右一为父亲吴承露

在成志学校，父亲自编教材，用多种方法培养学生的美学素养。例如：在平面纸板上绘制不同的图案，学生只需沿实线剪开，沿虚线折叠便能做成不同建筑的立体造型，再施以颜色装饰；将完整的白粉笔雕刻、黏合，做成各种款式的帆船、军舰；制作多层镂空套色挂件；学习蓝印花布和扎染方巾的制作……如今已80岁高龄的49届老校友李曾中在回忆文章中写道："我们都喜欢上吴老师的美术课，我学会了写仿宋体美术字，还有素描基础、透视理论、四方连续等。他不断地发给我们制作建筑模型的画稿和制作美术摆件的资料，加强我们的兴趣和动手能力。我做的军舰模型受到了吴老师的表扬，这使我更加热爱美术和劳作课了！"李学长将当年的作品一直保存至今，并

感恩先辈

在百年校庆时献给了母校。

在那个时期，他还和全校师生一起，积极地参加了解放初期的护校运动和反饥饿、反内战运动游行，参加过开国大典、抗美援朝宣传，以及带领学生制作慰问志愿军的礼品等各种爱国运动。

父亲的绘画水平和教学方法多年来受到同行的关注重视。1952年全国院系调整时，清华大学建筑系主任梁思成先生三次聘请他到建筑系任教，天津大学建筑系也提出高薪聘请，他都以正在编写美术教材而婉言谢绝了。他认准培养美术人才必须从中小学教育抓起。名声与利益，他始终看得很淡。

1960年清华附中从只设初中的子弟学校扩大为初、高中齐备，面向社会招生的完全中学。1961年9月新教学楼竣工，当时正值国家困难时期，面对着屹立在杂草荒芜中的教学楼，全体师生开学后的第一课就是积极投入轰轰烈烈的建校活动。万校长肩上挎着粗粗的麻绳，弯着腰和学生一起拉压跑道的石碾子，父亲则头戴旧草帽，吹着哨子、挥舞着小旗指挥卡车卸炉渣，这个画面我至今记忆犹新。修跑道、挖沙坑、栽树、种松墙，这些全是师生们自己干的，当时条件虽差，但校园里洋溢着青春的激情，建校劳动使学校全体形成了团结向上的凝聚力。

图3　父亲与万邦儒（左）校长

父亲对学校的建设投入了极大的热情。他配合着学校的活动，每月为教学楼门厅绘制不同内容、不同形式的巨幅壁画。他还和建筑系的宋泊老师合作，共同设计了教学楼正面门楣上的一组大型汉白玉浮雕，他亲自挑选本校学生做模特，并带领美术组的全体男生参与了浮雕的全部制作过程。在那段忙碌的日子里，父亲几乎住在学校。当这组师生共同创作、付出巨大心血的大型汉白玉浮雕出现在教学楼门楣上时，那熟悉的人物形象生动活泼，浮雕所表现出的丰富多彩的校园生活极具强烈的艺术感染力，深深吸引着每一位过往的老师和同学。浮雕中阳光少年的形象是一代清华附中学子朝气蓬勃、全面发展的写照！教导主任曾提出将我也当成模特，父亲拒绝了。他对我说，只希望在每年书写三好生奖状时能有我的名字。

父亲对小他十岁的万邦儒校长十分钦佩和尊重，全力配合万校长的工作并且知无不言。他曾直言不讳地对万校长说："课间十分钟你一定要尽可能地到同学们中间去，掌握大量第一手资料，让学生尽量认识你。不要让学生连校长长什么样都不知道。"同时也像老大哥一样关心他的身体。万校长开会讲话时声音洪亮、易激动，父亲时常往台上递纸条，提醒万校长注意身体，避免激动。

在学校工作一生，父亲从来不认为自己仅仅是个美术老师，而是把自己当作一个教书育人的教育者。那时父亲曾经同时任两个班的班主任，还兼年级主任。百余学生的品德学习、衣食住行他都要关心。他还忙里偷闲地把全校各班免体学生组织起来，下午课后教他们打太极拳。在运动会上，这些从不参加任何体育项目的学生穿着飘逸的白绸裤褂列队入场，在音乐的伴奏下缓缓抬手起式，成为运动会上一道靓丽的风景。

运动会结束后父亲用自行车往家里运大包的印刷品。晚饭后用工整的书法给获奖运动员写奖状，每年期末的三好生奖状他也是这样一直写到深夜。每年要画学校舞蹈队、合唱队的演出布景，学校各种竞赛宣传活动，各种年、节的校园装饰。此外还有排得满满的美术课，更有占了父亲所有业余时间的美术组。常有老朋友和学生拿来自己新出版的画册请他指教，得知父亲连一本自己的画册也没有时，朋友们惊讶、责备地说：你整日忙活的这些杂事难道非要你亲自动手？你有时间画画自己的作品不好吗？父亲似乎忘记了自己还是个画家，可那时他根本没有时间创作自己的作品，手头的画稿都是带学生写生时画的样品。

我作为附中的学生，深知同学们都喜欢上美术课，也都知道上美术课前，要将黑板擦干净，把卫生工具放进后面的柜子里，检查桌椅是否排得整齐，捡干净地上的纸屑……同学们毫不回避我地说，"别让吴老师进教室老检查这些，赶紧上课……"

美术课上他使用的完全是自己在教学实践中编写并不断改进的教材。父亲说美术就是训练眼睛的观察能力、脑子的思考能力和手的表达能力。上课时，他一挥手迅速在黑版上画一个圆形，在圆形里再徒手画出几条笔直的线，就这样在圆里勾出了永字八法的宋体字笔划。有时候在黑板旁边画一个圆点，然后从原点向不同方向瞬间画出几条笔直的虚线，每条虚线的一端是各种简笔画人物，原点的旁边画了一盘热气腾腾的大包子，所有的眼睛都垂涎地看着包子。父亲在旁边写下两个大字：焦点，这就是今天上课要学的内容。学生们无不惊叹，立刻就被吸引住！无论多淘气的孩子或多闹的班，上他的美术课从来都很听话。他教学生写各种美术字尤其是宋体字的写法。父亲在教案中写道：宋体字的字形庄严、美观，在公共集会、展览会场是被群众认可的必不可少的字体。在那个时代，所有宣传文字都要用手写，掌握这个技术十分实用。常有从事各种工作的父亲的学生毕业后告诉他，他们掌握宋体字的写法后，在社会上得到广泛应用，在单位也颇受重用。

他在美术教学中十分重视培养学生对"形"的概念，他说：我们日常生活所能看见的一切物体，都是由一个或几个"形"组合而形成的。他强调作画时首先要认真观察和分析所要画的物体是由哪几种形体组成的。他主张要训练观察、分析物体和记忆、表达的能力。他教学生透视与六面体的概念，并熟练使用六面体的画法，训练学生将自己家里的家具按照房间的布置画出完整的平面图。他还训练学生掌握头型画法的基本功。通过画头型侧脸凹凸的边线，准确地表现出老、青、幼不同年龄的特征。这样一条简练的曲线看似简单，画好却极不容易。还有临摹花瓶或者瓷碗，对称形的静物写生，并初步介绍器皿上各种纹样的变化规律及画法。

父亲经常说：脑的想象是很快的，能想得很多、很美好，而手远远赶不上脑的"畅想"；手的能力是一点一滴、实实在在地靠劳动获得的。脑总是想在前，但是虚的；手总是慢慢地跟在后，但是实的。脑回过头来看手的成绩，总是不满意，认为不如脑想的美好，这是好事。要永远不满足自己的成绩才能进步。如果看到自己的成绩很满足，说明脑子在向后退，和手"站"在一个起点上，不再有更高的要求了。

他的课堂语言生动、风趣，态度亲切、和蔼，还经常编出一些口诀，让学生记住绘画中的规律。课堂上时而寂静无声，时而欢声笑语，气氛十分活跃。同学们都觉得美术课的时间过得真快，到下课时大家还余兴未绝、恋恋不舍。

父亲绝不会想到，从他轻松有趣的课堂上，走出了科学电影制片厂的摄影师、八一电影制片厂的总美术师、青年艺术剧院的美工、中央电视台西游记组、春晚舞台的美术师、清华大学建筑系的教授、耶鲁大学戏剧学院的教授和奥林匹克公园的总设计师等一代栋梁之材。更有众多的学生将当年在课堂上学到的美术基本功应用在不同岗位的工作实践中，并取得了显著的成绩。

指导美术组是父亲在工作中坚持多年的"重头戏"，组里的学生是他一个一个精心挑选出来的有天赋、肯吃苦的学生。为了带他们外出写生，他多次谢绝了到北京景山少年宫教儿童画的邀请，虽然少年宫报酬优厚又有专车接送。但父亲说，那些孩子很多是保姆、警卫陪同的高干子弟，只是学着玩。他觉得时间和精力要花在这些有前途的学生身上。周末他坚持骑自行车带他们到郊区去写生。记得那时的老师、学生都很简朴，旧自行车上跨着破马扎，随身背的布包里能有张麻酱饼就很好了。

上小学时我曾多次坐在父亲的自行车大梁上和他去颐和园写生，在后山的多宝塔附近，学生们围在父亲四周画画，外圈是越来越多的围观游客，经常有外宾也挤进去观看，并比划着手势要求画几笔。常有学生来家里请父亲看画，我印象最深的是有个很贫困的学生王某拿着未曾干透的水彩请父亲看，他几次阻止父亲用手指触碰画面，后来父亲觉得颜色不太对，这个学生只好尴尬地承认，才画到一半，发现水没带够，无奈之下往水里加了点尿。那时父亲经常贴补有困难的学生，如来家里一定留他们吃饭。我本是家里的老大，但多年来我还有个"大哥"名叫刘永森，是父亲的学生。他父母早逝，父亲待他如同亲生儿子，教他学画画，关心他的工作、婚姻，现在他已从美术设计岗位退休多年，他的儿子是北京建筑设计研究院总建筑师，而孙子在美国也考取了美术院校。一家三代都从事美术事业，是父亲非常骄傲的"大儿子"。父亲老年时，在他面前已经不再是老师，父亲信任他、依靠他，将他当成可以倾诉任何心里话的亲人。

图4　20世纪70年代父亲教
　　　学生画石膏像

感恩先辈

091

"文革"后的美术组重新恢复活动时，我已经下乡插队，不太了解当时的情况了。记得现任耶鲁大学戏剧学院设计系教授王如骏在回忆中说："周末经常去公园、郊外写生，天不亮就从清华西门集合出发。行至后山的门洞时，朝雾初散，阳光射透林荫，我们一行人的嬉笑声伴着百鸟的鸣唱，加上老师慈祥的话语在后山回荡。回想起来如梦一般美妙，那是何等幸福啊！很多古建筑的知识，老北京的地理、民俗，我都是从吴老师不经意的闲谈中获得的。到香山画红叶，吴老师指给我们看'西山晴雪'的石碑，还有离清华不远的'蓟门烟树'。其他还有见证了一寸山河一寸血的抗日战争第一枪的'卢沟晓月'。"

图 5　20世纪70年代父亲与美术组部分学生

"吴老师主要是教我们构图、透视和如何用色彩表现光影。他耐心地给我们讲解古建筑结构，如柱身、柱础及斗拱等，还有像滴水和瓦当等的细部图案。吴老师向我们介绍这些凝聚着我们祖先千百年智慧结晶，不仅提高了我们的学习兴趣，也培养了我们的观察能力。虽然，吴老师并未刻意对我们进行爱国主义教育，但在他的讲解中，我们对祖国的传统艺术更加了解也更加热爱了。吴老师传递给我们质朴的情感，对美的追求和对生活的热爱。"

"吴老师一生曾遇多位名师，也不缺少显达的机会，而他始终淡泊名利，选择了基础教育这个终生事业。更可贵的是在经历各种忧患之后，他一如既往地待人以诚，矢志不渝。"

清华大学建筑系教授程远回忆说："吴承露先生属于绘画的多面手，铅笔写生、水彩、水粉、写意国画、书法均为一流。一次到圆明园西洋楼写生，吴先生做示范。对受光面他基本不画，仅用轻松飘逸的线条表现轮廓，而后以果断浓厚的笔触刻画其暗部结构，一会儿，那横卧的曲线大理石便跃然于纸上，取舍有度，松紧得当，没有废笔，令我们赞叹不已！"

程远还说："真正有功夫者，那杯用于调色的水，画完之后水彩颜色是透明的。吴先生并不太表现树叶中间的那些细节，而首先强调树叶边缘与天空的接触部分，将此处造型特征抓紧，让其与天空形成明度对比。其二，把茂密树叶中透露天光的显眼空白刻意地保留下来，而其余则视而不见，统统予以概括。于是乎，主次有序的树冠景象便尽在眼前了。画草，千万不要一根一根地进行局部地排列描绘，而是用后面色度较深的层次，将前边亮草的整体造型特征给'挤'出来。然后，由于笔头尖部的色彩重而尾部色彩浅，竖起笔形，用浅的尾部摁一下刚画过的后面层次，继而再用笔尖的深色刻画前面草的暗影部分。如此，画面既有草的整体大层次的样貌，又具备局部细节的造型特征，非常完美。"

父亲中年时曾有不少得意之作，多次参加全国巡展，也有机会出版自己的画册，但他从不卖画，也不热衷于出画册，觉得自己满意的东西留着常看看，内心会感到极大的安慰，父亲说他的老师就是这样。"文革"中红卫兵贴出大字报，表示这些封资修的东西必须彻底销毁。在那种强大的压力下，父亲将多年积累的作品从箱子里、柜子里、床底下，一摞一摞地搬到院子里，还有一些多年搜集的美术资料、手稿、线装书等，摞在一起有两米多高。其中有颐和园、北海、故宫的全套水粉建筑画，潭柘寺的八大金刚，黄山、泰山的水墨山水及人物，花鸟写生等。父亲咬咬牙划着了火柴，火苗顿时蹿得老高，发出噼啪的响声，父亲面无表情，不断喃喃自语道："不惹麻烦！不惹麻烦！"烧了很长时间，多年的心血之作化为大堆灰烬，浓浓的黑烟过了好久才消散……

1977年北京教育系统开始评选特级教师，父亲的名字出现在第一批入选名单里，是北京市唯一上榜的美术教师。后来又出新规，音、体、美作为"小三门"不评特级教师，最终只评了个模范教师。对于生活中的名利、得失，父亲从不计较，也没有任何怨言。

1982年，父亲离开了他奋斗一生的教学岗位，第二年就因脑血栓导致半身瘫痪。这对于一生总有干不完的事、闲不下来的人是一个很大的打击。但是父亲仍然保持着乐观豁达的性格。入院后，医生为了测验他思维是否清楚，拿出一个画有不同几何图形的纸板，让父亲看后回答板上有哪些图。父亲迅速作出了正确回答，大夫很惊讶，父亲笑着说我们搞美术的，看什么东西都是由几何图形组成的，这么简单的东西我一看就记住了。同病房有一个老人在看新出版的《大众电影》，后来当我再去病房探视时，三个老人在父亲的指导下画刘晓庆的素描肖像。很快，父亲的病床前有医护人员的孩子来学画。父亲还热心地给神经外科病房画黑板报，并被评为院里的优秀板报。住院期间，开朗、热情的父亲和所有病友、医生都成了朋友。

病体未愈，他就挣扎着起来整理他的教学笔记，多年来他的教案只是简单地写在记事本上，经验则全在脑子里。父亲是左侧肢体不便，他弯曲着左臂，右手重新拿起笔，把多年积累的教学经验总结成《青少年书法入门》和《青少年绘画入门》两本教材。教材中毫无保留地详细写明了所有教学经验和注意事项。他希望将一生的教学经验做一个系统地总结整理，能让更多的教师和青少年受益。

他在《青少年书法入门》的笔记中写道：书法作为我们民族古老的传统文化有其独特的价值。它与诗文同理，与美术同源，与音乐同妙，与体育同德，对青少年的智力开发有百利而无一害！

新教案中所有的图都重新画过，每一个字都自己写，反复修改后又誊写多遍，这对于一个半身不遂的老人是很困难的。于是他指挥保姆帮忙裁纸、打格子。在书的出版过程中，前后参与此项工作的两个保姆有了平生第一次接受美术熏陶的机会。后来山东姑娘小丽考取了成人教育的美术专业，三年学习期间，父亲一直辅导她的作业，现在她在一家美术公司做平面设计。另一个湖南姑娘小伟则开了一家工艺品小店，现在已有了几家自己的连锁店。

初59级汤纪予是父亲学生，毕业后若干年的一天，她带着爱人樊康到家里向父亲求教，因为樊康报考建筑系需要加试美术。父亲一口答应并表示辅导两周后有把握考上。果然，樊康如愿考上了清华建筑系。多年后他们有了自己的女儿樊嵘，这是一个喜欢绘画但是不幸患有先天聋哑的女孩。汤纪予带她到我家学画，血栓复发刚见好的父亲爽快地答应了。他非常用心、无比慈爱地教这个孩子，不知不能用语言沟通的这祖孙俩是怎样交流的。在父亲的辅导下，樊嵘的画技有了很大的提高。1994年报考长春工艺美术系时，父亲辅导她画的一张《葵花》作为入学考试作品被通过。现在樊嵘已经是一个小有名气的美术编辑。一家两代三人都和父亲有着不同方式的接触，他们对父亲怀着深深的感恩之情！樊嵘通过回忆将当年向父亲学画的场面画成素描送给学校。

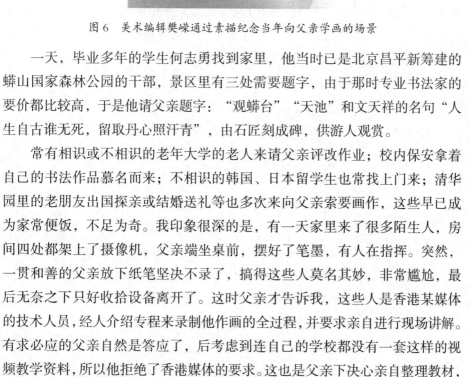

图6　美术编辑樊嵘嵘通过素描纪念当年向父亲学画的场景

一天，毕业多年的学生何志勇找到家里，他当时已是北京昌平新筹建的蟒山国家森林公园的干部，景区里有三处需要题字，由于那时专业书法家的要价都比较高，于是他请父亲题字："观蟒台""天池"和文天祥的名句"人生自古谁无死，留取丹心照汗青"，由石匠刻成碑，供游人观赏。

常有相识或不相识的老年大学的老人来请父亲评改作业；校内保安拿着自己的书法作品慕名而来；不相识的韩国、日本留学生也常找上门来；清华园里的老朋友出国探亲或结婚送礼等也多次来向父亲索要画作，这些早已成为家常便饭，不足为奇。我印象很深的是，有一天家里来了很多陌生人，房间四处都架上了摄像机，父亲端坐桌前，摆好了笔墨，有人在指挥。突然，一贯和善的父亲放下纸笔坚决不录了，搞得这些人莫名其妙，非常尴尬，最后无奈之下只好收拾设备离开了。这时父亲才告诉我，这些人是香港某媒体的技术人员，经人介绍专程来录制他作画的全过程，并要求亲自进行现场讲解。有求必应的父亲自然是答应了，后考虑到连自己的学校都没有一套这样的视频教学资料，所以他拒绝了香港媒体的要求。这也是父亲下决心亲自整理教材，自己出书的重要原因。

父亲做这些事都是不收费的。记得一个学生很感慨地说："我这一生和

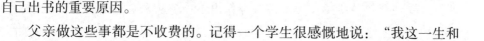

三位老师学过绘画，唯独对吴老师印象最深，他是教学效果最好，也是唯一坚决不收费的老师。"

图7　北京市前副市长胡昭广亲自为书画展题名并参加了画展开幕式

　　1994年5月，清华附中、清华附中校友会和北京市教育局、北京市海淀区教育局等有关方面，在中国美术的最高殿堂——中国美术馆，为执教40年的父亲举办了"吴承露书画展"。这是中国美术馆历史上首次为中学美术教师举办个人画展。当时，由时任北京市副市长的胡昭广亲自为书画展题名。

　　开始交涉时，美术馆只答应将展览安排在一个画廊里，当他们看到部分作品的照片后很受触动，主动提出改在正规的展厅里布展。

　　两间展厅，外厅是水粉、水彩，内厅是书法、国画。展柜里还有他的手书笔记、示范画稿及新出版的两本教材。西画是地道的正统风格，国画则笔法各异。大家很难相信，这些不同风格的作品出自一人之手，更何况作者是一位中学美术教师。一位美院的教授看完展览后说："别的展厅作品风格基本一致，只有这个展厅的作品有不同门类、不同技法，这是一套完整的美术教材啊，吴先生是真正的美术教师！"美术馆的领导表示这种古典的正统画法如今已经很少见了，他号召馆里工作人员都去看这个画展！展览期间每天都有几百名观众前来参观，来得最多的是父亲的学生。尽管他们分布在各地，但是老师办画展的消息通过报纸、电视，通过同学之间的奔走相告，传播得飞快。年龄不一的学生们涌向美术馆。学生们献花篮，送贺卡，与吴老师合影，与其说是看画展，不如说是同学们相聚看望恩师，美术馆成了他们联谊的大课堂。受观众热情所感，美术馆领导作出了一个从未有过的决定，破例免费延长展期两天。即使这样，当时的教育局长陶西平还是遗憾地说："时间太短了，应该号召全市的教师来参观。"他与副市长胡昭广在展厅里一张一张地仔细观看，还不时地向父亲了解询问，足足徜徉了半天时间。

父亲的作品在"文革"中几乎全部被烧毁，这次参展的作品大多是退休后陆续画的。作品中有一张《观音牵（牵）垫》的水粉，这个雕塑的原型是父亲的一个学生送来的，他们设计了这个观音形象，感觉不理想，就弃而不用了。这个唯一的半成品到了父亲手里，他就用彩笔给这个褐色的"观音"穿上了青铜风格的衣服，背景画成石窟环境，这个形象立刻变得生动起来。一位南方观众说他看过各种观音形象，但这个有着现代模特身姿的观音从来没有见过，他提出巨资购买，并说"这位先生的画如果拿到东南亚一定可以赚大钱"。

另有一张《仙人承露》的作品，和父亲名字相仿，是一位向父亲学画的朋友到北海照的。父亲画了这个头顶盘子承接露水的形象，后面画了松树，背景是夕阳晚霞，以表示自己"夕阳无限好，为霞尚满天"的心态。

看画展的还有父亲多年未曾联系的老朋友、亲友、教师，文娱、书画界人士，外国友人以及僧人，残疾书画家等。精装的签到簿，写了满满八大本。老校友王秉礼在签到簿上代表全班写道：

喜庆人生古稀　耕耘毕生美育　书写真善哲理　彩绘神州壮丽

无求功名评说　磊落豁达克己　呕心沥血园丁　代代桃李赞誉

多年来，万邦儒校长一直挂念着为父亲办画展和为音乐教师王玉田开作品音乐会。音乐会终于在王老师生命的最后阶段开成了。而父亲的画展开幕时，万校长却溘然长逝。为感谢和怀念万校长的知遇之恩，父亲在展厅的最后位置为万校长撰写了行草书法"仰无愧天，俯无愧人"，以此告慰万校长自己的画展成功举办！

1997年，在香港回归之际，应中国国际友好联络会和中国书画家联谊会等单位的邀请，父亲作为被邀请的百位画家之一向组委会捐赠了自己的书画作品，与祖国共同见证了香港回归的伟大时刻。

父亲血栓后行动不便，但是酷爱观看体育节目。家里电视除了新闻联播就是体育频道。80多岁的老爸，看比赛时全心身投入，全然没有了老年人的矜持和稳重，不仅口中念念有词，有时还用右手比划着挥动球拍，或抬起老腿下意识地做出射门的动作。在我看来，那些球员长相都差不多，而父亲却能从匆匆闪过的身影中叫出他们的名字，而且将能叫出名的运动员一概称为熟人。有一次他从卫生间返回客厅的路上不小心摔倒了，自己爬不起来。等我中午回家时他已经在地上坐了不知多长时间了，我既着急又心疼。但是他却淡然地跟我说："没关系，我摔倒的地方还可以看电视，我已经坐在这儿看完一场球了。"

父亲一生豁达乐观，对自己的身体十分自信，他老人家对能在家门口看奥运充满了期望。有时偷偷喝酒或者不按时吃药时，只要我们说："您不想看北京奥运了？"他马上就听话了。但是天不遂人愿，老父亲于2004年，突发心脏病驾鹤西去，由于老人已享87岁高龄，尤其是临终并无太多痛苦，所以家人也没有太过伤感，只是在骨灰下葬时，看到手巧的表哥拿出一个用彩纸粘糊的小电视时，我不禁悲从心头起，眼泪夺眶而出，那精巧的电视屏幕上画着彩旗气球，画面中央赫然写着：北京2008奥运会胜利召开。我们将这个精美的"电视"随老爸的骨灰放在一起，与早几年故去的母亲的骨灰合葬，入土为安。

父母的墓碑是提早准备好的，碑上的文字是父亲亲笔题写，父亲生前还认真地自拟了一副挽联：

> 奋斗终生　仰无愧天　有求必应先人后己
> 自强不息　俯无愧人　有问必答不求名利

这既是父亲的座右铭，也是他一生当之无愧的真实写照。

2015年，父亲辛勤工作一生的清华附中迎来了自己的百年华诞，在诸多的纪念活动中举办了"追思吴承露老师座谈会"，为父亲举办了画展并出版了生平介绍和部分作品的纪念画册。校长王殿军在纪念册前言中写道：在清华附中的历史上，有一位用自己的一生带领学生徜徉在艺术殿堂，不断寻找美、发现美、创造美的学者型老师，他就是吴承露老师。

2018年是父亲百年诞辰，很多学生表达对先师深切的怀念。初61届校友朱天华，以一副骈文联句概括了老师一生对美的不懈追求。

纪念吴承露先师百年诞辰

启蒙育贤

承传于名门之下　得画坛泰斗之携生花妙笔融东西
风流尽在真善美寒潮袭来不失大师风范
露润于水木之中　授师法天然之道彩墨丹青洒田圃
岁月无痕赤橙蓝桃李劫后方显先生性情

今天，父亲为之付出一生心血、奉献出全部生命的美丽校园，正以崭新的姿态迈向新的发展阶段。作为一名职业教师，看到自己的学生遍布海内外，桃李满天下。这是对父亲奋斗一生的最好回报！

作者简介

吴逸：女，1947年11月出生，1948年起陆续住在清华西院13号、东四楼102号、东六楼404号。1955—1967年在清华附小、清华附中学习。1968年在山西省太谷县插队，1975年就职于山西太原生物研究所，1983年就职于中科院植物研究所，1986—2003年于清华大学生命科学与技术系任实验师。父亲吴承露，清华附中美术教师。母亲梁迺英，五道口商场经理。

忆先辈，忆清华

闫美红（阎美红）

作为三代都是清华人的我家，在清华大学106年校庆后组织了一次有意义的家庭聚会——走进清华大学校史馆。这里陈列了很多清华起初的前辈们的旧物，他们是第一批清华人，看着这些遗物追思当年清华人是怎样舍家弃业走向抗日前线，为民族解放事业抛头颅洒热血甚至奉献上生命，这是怎样的英雄情怀啊！其中也包括我的祖父——清华大学物理系工作过的阎裕昌先生。看着祖父生前在清华物理系工作留下的遗物，我不禁对这位从未谋面的亲人肃然起敬。

关于祖父，我是陌生的，因为我们虽有血缘关系却不曾有见面的机会；但对于祖父我又是那么熟悉，因为有很多先辈在回忆中都会提到他，而我也会备感骄傲地觉得这就是我的祖父，我的祖父就应该是这样的。

我的祖父阎裕昌，号锡五，1896年10月13日生于北京郊区，幼年曾读过几年私塾。1919年进入清华大学，在这座知识殿堂的熏陶下，他不断充实自己，以自己的正直、勤奋、高超的手艺和刻苦钻研的作风赢得了师生的尊敬，被校长梅贻琦和理学院院长叶企孙提升为仪器管理员，成为物理系一位负有专责的教学辅助人员。当年清华物理系毕业生王淦昌回忆说："阎裕昌先生是我在清华学习时的物理系技术员，是由叶企孙老师一手提拔起来的。主要是因为阎先生为人忠直、工作勤恳、手艺高超、思想敏捷，我们学生都从他那里得益不少。我毕业后一年里当助教时，在吴有训老师的指导下做'北京地区大气放射性'的研究工作，受阎先生的帮助很多，每上第一堂物理课时，授课教授都要介绍他的贡献。"

图 1　祖父的故事上了中央电视台的节目

1937 年"七七事变"后，清华南迁，为保护北平校产，成立了清华平校保管委员会，阎裕昌便是其中的一员。他同美籍教授温德等人一起挑起了保护校产的重责。不久，北平沦陷，清华被日军占据。有一次，日本兵在校园内肆虐，想霸占物理系仪器设备，威逼阎裕昌交出各房间的钥匙。阎裕昌据理抗争，没有听"鬼子"的命令。敌人恼羞成怒，对他拳打脚踢，打得他头破血流，满身伤痕。他回到家中，愤恨地对家人说："一定要打日本鬼子，将这些强盗赶出中国去！"当时物理学系实验室里存有极贵重的稀有金属"镭"，阎裕昌深知此物的珍贵，也知其有放射性，对人有伤害，但为了不让它落入敌手，竟冒着生命危险转移到家中，又设法送往天津，交予叶企孙教授。1937 年"七七事变"后清华南迁，阎裕昌开始走上革命道路（改名门本中），1938 年春参加抗日战争，从事军工生产研究工作，将他掌握的知识投入到晋察冀边区和冀中区的战斗中，制造出军事级别的烈性炸药，遥控起爆技术，炸毁日军从北平到沧州、从北平到石家庄的铁路，为装备简陋的八路军提供犀利的作战工具。他在吕正操领导下的冀中军区制药厂（实为制造炸药地雷研究）任技师，时年 41 岁。张奎元回忆说："门本中来后，教我做雷管，又教我什么叫并联，什么叫串联，什么叫串并合联，在地雷上如何使用电雷管，最后认为串并联最为合适。雷管经过多次试验，确实可靠之后，开始训练军分区的工兵，去炸日寇的火车头。直到敌人扫荡频繁，迫使我们不能工作，各军分区已经炸毁日寇火车三十余辆。"

1941 年 12 月，日本偷袭珍珠港后，美国对日宣战，华北战场上抗日战争进入最惨烈的阶段。1942 年 5 月 1 日，日寇在冀中地区开展铁壁合围的疯狂扫荡，大肆烧杀抢掠，实行"三光"政策。同年 5 月 8 日，祖父阎裕昌为掩护制药厂设备，不幸被日寇所俘，严刑拷打和威胁利诱，均遭到他的大骂和严辞拒绝。凶残的敌人最后用铁丝穿透他的锁骨游街，问老百姓谁认识他，大家都认识他，教他们做炸药做地雷的门技师，但没有一个人揭发他。他一路高呼：日本鬼子一定失败，日本鬼子是中国人民的死敌！最后残暴的日寇割下了他的舌头，用活埋的方式杀害了他，时年 46 岁。当时家中亲人还以为他去了昆明，和他失去联系达 8 年之久。

1946 年夏，晋察冀军区根据他的革命业绩和贡献，按照中国人民解放军营团级抗日牺牲将士为其追授"革命烈士"称号。阎裕昌烈士的不朽功绩和浩然正气得到了各方面人士的高度赞誉。吕正操在《冀中回忆录》一书中写道："门本中（阎裕昌）同志是爆破研究室的主要负责人，到根据地后有人叫他门技师，有人叫他工程师。门本中（阎裕昌）同志在敌人面前坚贞不屈，敌人用各种方法未获得半点效果。阎裕昌同志未吐露半点秘密，堪称民族英雄，革命军人的模范，是中国爱国知识分子的一个典型人物。他为冀中区和晋察冀边区的军工生产贡献出了自己的一切，用以告慰神圣的祖国。这一功绩，将与地雷战的威名一起流芳于世。阎裕昌烈士虽死犹生。他的事迹是千百万爱国知识分子投身抗日洪流的一个缩影。"

图 2　祖父的革命烈士证书

1938 年清华先后向冀中输送了十几位知识人才，同年去冀中的除祖父外还有清华物理系的高材生熊大缜（后改名为熊大正）。熊大缜 1913 年生于上海，祖籍江西南昌冈上月池熊家。1931 年由北京师范大学附中考入清华大学，第二年入物理系，为该系第七级毕业生。

1935 年毕业后留校，1937 年考取赴德国留学名额。此时七七事变爆发，清华大学准备南迁昆明，叶企孙全面负责图书资料和仪器设备的抢运工作，熊大缜放弃出国，推迟结婚，做了叶企孙的重要助手。抢运工作还没有结束，北平沦陷，日军进入清华园，叶、熊被迫转至天津。1938 年初，冀中军区二分区参谋长中共党员张珍受上级派遣潜入北平，他找到他在辅仁大学的同学孙鲁，告之冀中急需人才，动员他与自己一起工作。春节，孙鲁回天津老家，在英租界找到熊大缜，并向他介绍了冀中抗战情况。于是熊大缜找到叶企孙，郑重提出自己要到根据地参加抗日。熊大缜到达冀中军区后改名熊大正，先在修械所工作，后被任命供给部部长，为解决利用氯酸钾制造高级烈性炸药问题，熊大缜提出成立技术研究社，报请冀中军区党组织，获批准，由他担任技术研究社社长。研究社有阎裕昌（门本中）、张方、汪德熙（汪怀常）、张奎元、葛庭燧、胡大佛等。

张方在《敌后军工生活回忆》中写道，二十世纪五六十年代，仅有一本《把一切献给党》描述的是新四军军工吴运铎的事迹，但是华北平原上、太行山脉中成千上万抗日敌后军工英雄方面的事迹却没有一本正式出版的书；"文革"后至今日，只公开出版过几本关于太行山脉军工的书籍。仍然没有关于纪念晋察冀敌后根据地抗日知识分子、能工巧匠和军工技师们的书。叶企孙一生未婚，无儿无女，却培养无数人才。中华人民共和国成立后 23 位"两弹一星"功勋奖章获得者中有半数以上曾是他的学生，堪称"大师中的大师"！

图 3　1926 年梅贻琦与物理系教师合影。
前排左起：郑衍棻、梅贻琦、叶企孙、贾连亨、萧文玉；
后排左起：施汝为、阎裕昌、王平安、赵忠尧、王霖泽阎裕昌去世后，沦陷的北平鱼龙混杂，家中遭受汉奸的监视，一次汉奸带鬼子去家里打探八路军底细，被性格刚烈的奶奶骂了出去。阎裕昌的家人们为了避免被出卖，不久之后也举家前往位于冀中根据地的张家口。只是他们在那里并没有看到自己的亲人，得到的却是阎裕昌壮烈牺牲的消息。奶奶是家庭主妇，父亲阎魁元挑起生活重担，下面两个弟弟，大弟弟14岁、小弟弟才4岁，生活的艰苦是可以想见的。阎家人在张家口艰难度日直到1947年，南迁昆明的清华大学回北京后，他们才随众重返故园。

图4　祖父阎裕昌照片

图5　父亲阎魁元聘书

阎裕昌的儿子阎魁元接替父亲继续在物理系工作，负责电路实验维护工作。父亲酷爱无线电，在那里他结识了和自己同龄的电机系副教授常迥，二人都对电子学很感兴趣，很快就成了挚友。"常老师个子瘦瘦高高的，看起来很睿智。"阎禄德（我哥哥）说，"我父亲当年负责实践，常老师做的是理论，二人君子之交，相互学习。后来我父亲去了照澜院合作社管辖的无线电修理部工作，常老师经常去那里和我父亲讨论，他也经常到我们家里拜访。"父亲酷爱电子学，日常的工作也促使他汲取更多的知识。父亲是一位低调、谦和、质朴的人。小时候由父亲自己组装的一台电子管收音机，伴随我们走过童年时代。孩子们淘气打坏了收音机，他不会训斥孩子而是默默地修好它；

感恩先辈

家里的葡萄熟了，他不让家人摘下来吃，而要先留一些给祖父的老师叶企孙先生。他像他的英雄父亲阎裕昌一样，怀揣一颗淳朴的爱国心，在自己的岗位上默默地奉献着。父亲又是一位原则性很强的人，工作是工作，生活是生活，他从不和孩子们谈他工作上接触到的人。"文革"期间，他走过江西鲤鱼洲泥泞的路；在江西鹰潭采石场背过石头，当时年龄快 60 的他仍坚持着。"峨峨泰山，洋洋江河"，也许我们应该遵从父亲的意愿，让这样一段故事一直留在书中。

说到祖父和父亲留给我的财富，最重要的就是自食其力，人要靠自己，托关系走后门都不是正道，我父亲和我说："别指望我给你们提供多大的帮助，你们将来有多大能耐全都要靠自己。"我也这样教育我的儿女，我们家的烈士证从来没有用过，我们靠的都是自己的能力。父亲将阎裕昌烈士证、照片、资料一起锁在自己的箱底，平时不让别人触碰，直到 2014 年底父亲 97 岁肺炎入院，反反复复未见好转。弥留之际他仍然挂念着这个箱子。父亲从昏迷中醒来，第一句话就问："我那箱子还在不在？"我哥哥说："保管得好着呢。"他点了点头，没过多久就闭上了眼睛。一张庄严厚重的革命烈士证、一些珍藏多年的泛黄了的历史资料，是父亲留给我们的遗物。

我哥哥（阎禄德）在父亲去世后，将这些珍贵的历史资料无私地捐赠给了学校档案馆，让后人有机会了解到什么是真正的自强不息，什么是行胜于言。匆匆八十年，煌煌六十载，我们未曾忘却。明天的学堂路依旧会人潮涌动，枪声书影里的清华儿女早已将自强不息的呐喊烙进了一代又一代清华人澎湃的血脉中。父亲留给我们的绝非金钱，而是宝贵精神财富！记得"文革"初期，一批穿军装、戴红卫兵袖章、手持武装带的人，突然冲进我家，进门就问我父亲"你什么出身"？父亲拿出革命烈士证说："革命烈士出身。"一群红卫兵看后才算告退，家中材料得以完整保存，也是祖父在天之灵保佑的结果！

我是生长在清华的第三代人，经历过上山下乡插过队，1974 年 4 月在北京铁路卫生学校学习，毕业后分配在北京铁道部铁路医院东华门门诊工作，1987 年 12 月调回清华大学校医院（现名清华大学医院）工作。我经历过抗击非典，评审二级医院，于 1993 年晋升主管护师。现退休在家的我，每年 4—5 月都要按照父亲留下的遗嘱："忠厚传家，一定永久祭先辈，教晚辈，是祖上遗教……"到清华烈士纪念碑前祭扫，把故事一代一代讲下去，领略生命华彩，珍藏历史记忆，传承他们的精神财富，希望我们的祖国强大，再强大！

作者简介

闫美红（阎美红）：女，1955 年生于清华园，曾住清华大学南 5 楼。1987 年任职于清华大学校医院，技术职称主管护师，曾任护士长，2006 年荣获卫生部颁发的从事护理工作三十年荣誉证书。父亲阎魁元原清华物理系职员，印刷厂离休干部。母亲郑秀荣，曾在清华幼儿园工作。

百年一梦

——父亲张骏骥和他的文学之梦

张 比

图 1　张骏骥 1936 年毕业照

我的父亲张骏骥，字伏斋，1912 年生于河北丰润（今唐山市），2008 年病逝于北京。他 1936 年毕业于清华大学中文系，1946 年回清华工作，1976 年离休。终其一生，和清华有着不解之缘。

清华大学中文系成立于 1926 年，距今有 90 余年历史，父亲享年 96 岁，已接近百年。但曾经名师荟萃的清华中文系，有 30 多年停办的历史阶段，难以重现往日的辉煌；父亲以弱冠之年考入清华，一生坎坷，未能实现自己的文学梦想。古诗云："人生不满百，常怀千岁忧。"父亲他们那一代知识分子，经历了动乱年代，是常常抱着忧患，思考个人和国家命运的。但个人的命运和国家的命运一样，是由时代决定的。美丽的梦想往往被无情的现实击碎。本文就拾取一些碎片，来记叙父亲百年人生中的一些与文学有关的小故事，或许有助于了解从那个年代走来的清华学人的历史命运。

以下每一节标题的前半句都从父亲生前创作诗词中摘取，其含义将在文中略加解释。

感恩先辈

105

一、故国风高画角哀——爱国情怀和最初的文学梦

河北丰润地处冀东平原，以文化昌明、人才辈出而著称，历史上素有"南无锡、北丰润"之说。这里曾哺育了三国时期东吴开国重臣程普、清代文学巨匠曹雪芹、晚清北方国民革命的重要领袖丁开嶂等一批先贤圣哲。近代的丰润籍文化名人有：作家张爱玲的祖父张佩纶（清末官员中"清流"重要代表人物），剧作家宋之的，著名作家、曾任河北省长的李尔重，曾任北京文联主席的管桦，曾任中国文联副主席的诗人李瑛等。世居邻县乐亭的李大钊先生曾在 1909 年就读于这里的丰滦中学（后改名唐山市一中）。而我的外祖父王喆在留学日本后担任过河北省督学，并在 1915 年回乡任丰滦中学校长。

父亲在丰滦中学读书的时候，正是九一八事变发生前后。在民族危亡的时刻，先辈们的爱国精神激励着他和同学们。他曾与同学们一起上街游行，宣传抗日救国。此时，他阅读了鲁迅等作家的文学作品，寻找着自己的精神归宿。同乡前辈、著名古人类学家裴文中先生在学习地质学之前，也曾发表过数篇小说并受到鲁迅的褒奖。父亲此时，也正是一个文学青年，开始有了自己的文学梦。

他来到了北京，先是考入辅仁大学英文系，师从英千里先生（英若诚之父）。但辅仁是教会学校，浓重的宗教气氛和西洋风气使他很不适应。他始终不能忘记自己的中国文学梦。到了 1934 年，他毅然中断了辅仁大学的学业，改考清华大学中文系，作为插班生被录取。

那个时候，日寇早已占据中国东北，并步步紧逼华北。在家乡冀东，正在策划"防共自治"。北京城内的气氛日益紧张，故宫的文物已开始南迁。"华北之大，已经安放不下一张平静的书桌了。"父亲路过北海，写下了这样的诗句："独怜宿莽满城台，故国风高画角哀。"故国风高，敌寇日近，爱国的文学青年就是在这样的时刻进入了清华园。

二、先生不知何处去——清华中文系的老师

1926 年，清华学校大学部设国文系。1928 年清华学校改为国立清华大学后，国文系改称中国文学系，系主任最早为吴宓兼任，1928 年以后是杨振声兼任（杨任文学院院长）。1930 年杨振声离校，朱自清接任中国文学系系主任，

1931 年朱自清出国休假期间由刘文典代理。此后数年，系务均由朱自清主持。长期任教的教师有教授朱自清、杨树达、闻一多、刘文典、俞平伯、陈寅恪（与历史系合聘）、王力、专任讲师浦江清、教员许维遹、余冠英等。1932 年底，教授会通过了《中国文学系改定必修选修科目案》，于 1933 年施行。此方案继续了新文学及外文方面的课程，但开始侧重于古典文学的研究，增开了"国学要籍"系列课程，并根据学科建设自身的规律将全部课程分为中国文学与中国语言文字两类（1936 年起正式分为两组），以培养古典文学研究人才和语言文字学研究人才。父亲喜爱古典文学，故学习的重点在古典文学而非语言文字学。

陈寅恪先生曾任清华研究院导师，是中文系和历史系两系合聘的教授，是父亲最钦佩的师长。据父亲回忆，先生那时在西院 36 号居住，每逢上课，身着灰布长袍，夹一布包，包内裹书，步行到教室，在黑板写上授课题目，然后徐徐讲来，条理清晰，旁征博引，言必有据。陈先生 1969 年在广州去世后，父亲叹息不已。1990 年后，父亲看到一本《陈寅恪的最后二十年》，反复阅读，并有眉批。后又陆续购得《陈寅恪诗集》《陈寅恪先生编年事辑》《吴宓与陈寅恪》《陈寅恪读书生涯》等。他在《陈寅恪诗集》扉页上写道："昔尝受业门下，不闻先生谈己作，更无一首示人。今幸能读先生遗著。慨何可言，呜呼。"

闻一多先生主要讲授先秦文学和楚辞。据父亲晚年回忆，闻先生讲课时十分风趣幽默，常持一大烟斗，先问学生：谁抽？学生说：不抽。他说：那我就自己抽啦！闻先生讲课风格和朱先生不同，朱先生比较沉稳，声音不大，平铺直叙，但十分严谨；而闻先生则声音洪亮，任意发挥，有时掺杂一些笑话，令学生捧腹。闻先生曾经学过美术，而且擅长篆刻，抗战期间在西南联合大学生活十分艰苦，曾刻字卖钱养家糊口。1946 年因反对独裁和内战，支持民主运动，被国民党特务暗杀。父亲说：闻先生在清华以自由主义者著称，没有想到后来转变为民主斗士。"文革"中父亲被抄走许多书籍，后来赔偿给他一部《闻一多全集》（四册）。父亲于该书后记曰："昔尝从闻先生受诗于新台鸿字解说甚详，清华学报曾经刊载唯不如此集所收之精且博。'文革'期间向之所藏书被车载而去，今者特于图书馆藏复本中抽出一部四册，书记顾君办此事，负责人杨君于九一年四月十三日送来。伏斋记。"

俞平伯先生也是中文系的教授。父亲经常提起俞先生，说俞先生细腻如水，讲课娓娓道来。父亲的毕业论文就是俞先生主审的，给了较高的分数。俞先生还亲题扇面赠给父亲，但后来损毁了。

与父亲关系最密切的还是朱自清先生。朱先生仅比父亲大 13 岁，但对父亲慈祥如长辈，一直关心备至。因朱先生平易近人、爱护学生，父亲时常向他请教，而朱先生也对这个河北东部来的农村青年不吝赐教。父亲非常敬仰朱先生的道德、文章，有志继承朱先生的衣钵。在那个"毕业即失业"的年代，朱先生知道父亲毕业后没有门路就业，多次写信为父亲介绍工作。抗日战争爆发后，朱先生去昆明西南联大，而父亲在北方教书谋生，经常失业。抗战胜利后，清华复校回到北京，朱先生立即将父亲召回清华园，推荐到校长办公室任秘书，后改任附属成志学校教务主任。而不久，朱先生却因贫病溘然离世。父亲曾写诗纪念朱先生："我和先生谈了心，先生说我苦命人。先生不知何处去，我今还是苦命人。"朱先生只活了 50 岁，父亲活了近百岁。但在动荡的时代里，他们其实都是苦命之人。

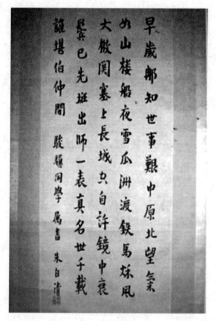

图 2　1936 年朱自清先生在我父亲张骏骥毕业前题赠的陆游诗《书愤》（此时正值抗战爆发前夕，朱先生题写此诗的用意是坚信抗战必胜，鼓励父亲坚持民族气节。原件曾在"文革"中被抄家时丢失，后找回）

三、看他多似云中龙——清华中文系的同学

清华中文系于 1930 年有首届本科毕业生 2 人。到 1937 年培养本科毕业

生共 8 届 59 人，平均每年不到 8 人。父亲这届，人数稍多，但也十几人而已。同学中，除父亲外，还有孙作云（辽宁复县）、董同龢（江苏如皋）、旷璧城（女，湖南醴陵）、蒋南翔（江苏宜兴）等。父亲和孙、董、旷等同学关系较好，与蒋来往不多。

因为与孙作云同是北方人，父亲与他很谈得来，有时还同去校门外的小饭馆打打牙祭。孙作云最敬佩闻一多，从闻师学习先秦文学，对楚辞研究尤下功夫，被闻师认为是自己的衣钵传人，毕业后继续在清华研究院学习，后辗转在各大学和博物馆工作。1952 年后，孙作云来到位于河南新乡的河南师范大学，潜心研究中国古代神话传说、民俗和《楚辞》《诗经》，成为著名民俗学家、民间文艺学家、历史学家。"文革"中受到迫害，"文革"结束后勤奋工作，不幸积劳成疾，于 1978 年逝世，终年 66 岁。

董同龢则师从王力先生，研究音韵学和汉语方言，也是赵元任先生的再传弟子。毕业后考入中央研究院历史语言研究所语言组，后随史语所迁云南昆明，从李方桂学音韵学，参与史语所云南省及四川省方言调查，1949 年，39 岁时发表《等韵门法通释》。后随史语所迁台湾，升任研究员。任台湾大学中国文学系教授。记录闽南语，撰《记台湾的一种闽南语》。1954 年，出版《中国语音史》。1957 年，47 岁，发表《厦门方言的音韵》，开始调查台湾南岛语。1959 年，赴美国华盛顿大学任客座教授。1960 年，50 岁，发表《4 个闽南方言》，出版《高本汉诗经注释》中译本。1963 年，撰成《邹语研究》。1963 年 6 月 18 日在赴乡村做语言调查时患病逝世，享年 53 岁。董同龢是享誉海内外的语言研究学者，其学生有三位当选为台湾"中央研究院"院士。

旷璧城是个典型的湖南女性，性格开朗，作风泼辣。她长期从事中学教育，曾协助傅任敢先生创立清华中学。1949 年后，加入中国共产党，任著名的长沙一中校长。她坚持教育原则，强调学生的全面发展，爱护学生，反对违背教育规律的"大轰大嗡"，因此在 1959 年以"右倾错误"受到撤职处分。在平反后，她仍然奔走疾呼，要求各级领导重视教育，倡导素质教育。1980 年后，她和我父亲恢复了往来，每次来京，都到我家与父亲畅谈，一直到 2000 年后，达 20 余年。她终身未婚，以学生为自己的子女，桃李遍湖湘。她逝世以后，亲属和学生出版了《旷璧城纪念文集》，纪念这位著名教育家。

父亲曾在诗中评价他的同学"看他多似云中龙"。其实，以上几位也都经历坎坷，有的英年早逝，有的受到打击迫害。总的来说，清华中文系毕业生的成就并不算大，比起他们的老师相差甚远，比起清华外文系、历史系的毕业生，也有相当的差距。

同班同学中名气最大的当属蒋南翔。学者谢志浩曾在《一言难尽蒋南翔》中说："1932年，出生于江苏宜兴高塍镇的蒋南翔，考取清华大学中文系。此时，北平正处于文化古城时期的'黄金时代'，上年的九一八事变引发的学生运动已经平息，而'一二·九'运动尚未来临，华北之大，尚能安放得下一张平静的书桌。中文系学友旷璧城、孙作云、董同龢，都是典型的读书种子。""蒋氏在作文《梦游清华园记》里面，会梦到二十年之后，入主清华大学吗？可见，人生宛如一梦。1952年后的蒋南翔，还记得父亲的名字，和父亲握过一次手。此后再见面，是1985年，"一二·九"运动50周年纪念大会，他们共同坐在主席台上。三年以后，蒋南翔逝世，享年75岁。父亲对这位老同学的评价不低，认为在几十年的宦海浮沉中，蒋氏能够坚持自己的信念一以贯之，也算难能可贵了。1988年5月24日，父亲参加了蒋南翔丧礼，回来后写诗一首：

> 相逢无一语，仅记姓与名。
> 君是高轩客，俯视布衣翁。
> 我手糊我口，不忧在底层。
> 高高居上位，百诺一呼声。
> 人各有其志，三军可夺旌？
> 今日君去矣，思之泪纵横。
> 荣辱非所计，恩怨更无从，
> 回首又挥手，泾渭自分明。

四、当年枉负寒窗烛——毕业论文也是最后一篇学术论文

河北唐山地区古称滦州（唐山市是1938年才建市的），明清以来，是皮影戏盛行的地方，父亲自小多次观看过皮影戏，留下了深刻的印象。因此，在撰写毕业论文时，选择了以《滦州影戏述要》为题。为此，他在1936年毕业前到河北丰润、滦县一带，访问民间流传已久的皮影戏影班和艺人（影匠），并查阅大量资料，经过精心整理、考证后写出了毕业论文。父亲的毕业论文由俞平伯先生指导并审阅，成绩82分。

这篇论文在旧式纵书扁格稿纸上用楷书书写，每页10行，每行25字，全文26页，共6500字，第1—2页为引言，正文共六章：

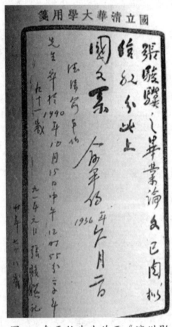

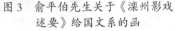

图3　俞平伯先生关于《滦州影戏　　　　图4　《滦州影戏述要》原稿影印件
　　　述要》给国文系的函

这篇论文在父亲毕业后，就静静地躺在清华大学图书馆的库房里。直到六十年后，清华大学国际汉学研究所的葛兆光教授，从清华大学旧图书馆昏暗的四层阁楼中发现了一批20世纪30年代文科专业的毕业论文原稿，从中挑选了一些他认为有价值和代表性的论文，选编成一部《学术薪火——三十年代清华大学人文社会学科毕业生论文选》，1998年由湖南教育出版社出版，其中就有父亲的《滦州影戏述要》一文。葛先生还为此书在《读书》杂志1997年第八期上发表一篇文章《学术的薪火相传》（也是《学术薪火》一书的代序），对选编工作的过程和意义进行了阐发，认为20世纪30年代清华大学文科的毕业论文无论在选题和质量上都远高于现在，是现代学术研究的薪火，其中有两处提到了父亲的这篇论文。一处说："一些论文对实存的

感恩先辈

社会资料与语言资料做了相当有用地调查，容纳了相当丰富的社会资料，滦州影戏的组织形式与演出体制、北平电影业的影院设施与广告宣传、30 年代北平警察的状况、松江方言的发音系统和语汇习惯，至少对后来的研究者也相当珍贵。"一处说："中文系的《说文声系》《泰州方言正字》《滦州影戏述要》，社会学系的《北平市电影业调查》《生育节制与中国》，政治系的《保甲制度》《中东铁路的概况及其由来》等，放在今天仍是学者的首选课题。这些课题其实和国际关注的问题接得很紧。研究课题的选择本身就是一种本事，它实际显示着一个学生的问题意识是否敏锐与学术视野是否开阔，缺乏这种意识与视野，题目的选择中就会露出平庸和狭隘。从资料上看，除了少数之外，大多数论文的广征博引，杂采旁通，则使我感到惊讶。"

葛兆光先生还说："我很感动，在那个时代中还有那样的学生，把这种纯粹的知识当作自己的事业，把这种枯燥的而不能当下实用的学术当成一个严肃的理想。""它们似乎在提醒着我们，那个年代里，有'九一八'、有'七七'、有长征、有西安事变、有内忧、有外患，但在北平西郊绿草如茵的清华园中，还有另一个关于学术、知识、思想的教育的历史。"

无独有偶，1999 年 7 月 19 日的《唐山劳动报》上，有一位史志研究者唐向荣先生发表了一篇题为《他将滦州影带入学术殿堂》的文章，又一次介绍了父亲的这篇毕业论文，称自己 1960 年采访丰润的一个皮影剧团时，听一位老艺人介绍，20 世纪 30 年代曾有一位清华大学姓张的学士访问过他，并由他介绍，访问了几个影班和影匠，看了几十部影卷，老艺人说："那位学士特别有礼貌，问得特别仔细，从来没有看见过有大学问的人这么看重咱们这土玩意儿。"如果唐先生记述得不差的话，这位张学士应该就是父亲无疑了。唐向荣的文章称父亲的论文"内容的宏博，结构的严谨，资料挖掘的深广艰辛，从篇章的安排上就略知端倪"，又称该文"对于学术界一向很少注意的一种民间艺术，能够提出这样一种学术思路和纲目框架，就已经是开拓性的贡献了"。

近年来，国内外一些研究皮影艺术的学者在其研究工作中，把父亲的这篇论文，当作了研究滦州影戏的重要成果和参考文献，在他们的论著中多次引用，例如李跃中在其著作《中国皮影》中说："三十年代，以滦州影戏为调查研究对象，产生了一批珍贵的研究成果，有顾颉刚《滦州影戏》、金受申《滦州影戏》（《立言画报》1938 年 10 月 8 日）、张骏骥《滦州影戏述要》（葛兆光编选《学术薪火——三十年代清华大学人文社会学科毕业生论文选》，湖南教育出版社，1998年）、高云翘《滦州影调查记》（《剧学月刊》1934年第3卷第11期）、汤际亨《中国地方剧研究之一：滦州影戏》等。这些文章对滦州影戏的源流、班社、流派、剧目、影卷形态都做了较为详细的调查，为后人了解滦州影戏提供了珍贵的史料。"河北大学中文系的姜剑云教授等人认为，《滦州影戏述要》堪称大学毕业论文的写作范本，拟将此文编入他们编写的《新概念大学语文》教科书中。

如果条件允许，父亲完全可能沿着这条学术道路走下去，在民间戏剧研究方面取得更大的成绩。可惜，后来的战乱和政治运动打断了他的研究，这篇论文也就成了他最后一篇真正意义上的学术论文。

五、人生最苦是蹉跎——图书馆专家梦未能实现

抗日战争爆发后，父亲在保定、天津、唐山等地教书为生，时常失业，自然无缘实现他的文学之梦。1945年，抗战胜利，传来母校即将回北京的消息，父亲也和老师朱自清先生取得了联系。经老师介绍，他于次年回到母校，先后担任校长办公室秘书、附属成志学校（含小学、初中）教务主任，1952年调到图书馆从事中文编目工作，直到1976年退休（后改离休）。

那时的清华，虽经院系调整，已改为工科大学，但全部文科类的藏书并未调走。北京大学也曾来要过这批图书，但新任校长蒋南翔表示，需要时可来借阅，还是保存在清华为好。因此，大批文学、历史、考古、哲学等学科的书籍仍然保留在清华，使得包括父亲在内的一批文科出身的老知识分子有了用武之地。父亲有文学、历史的底子，又钻研了版本学、目录学等图书馆知识，一时如鱼得水，又做起了图书馆专家的梦。

父亲是一个踏实敬业的人，工作从不迟到早退，也基本上不请病假，每天8小时稳稳地坐在椅子上，查看图书，编写目录卡片。在1957年前短暂的几年平静时期，特别是1956年党中央发出"向科学进军"号召前后，父亲更是热情高涨，不知疲倦地工作。对中文书籍，他经过翻阅，很快即可把分类、作者、出版时间、地点等记住，很快做出规范的卡片。他还经常指导、帮助年轻同事，给他们讲解有关业务知识。从1954年起，连续几年都被评为图书馆的先进工作者，还被评为图书馆唯一的校级先进工作者，获得证书和奖品。工资也几乎每年都晋升一级。受到表彰奖励后，他的工作更加勤奋，在高校图书馆界也有了点知名度。内蒙古大学等高校图书馆的同行来清华图书馆参

观学习，领导让父亲陪同参观并讲解，由于他对业务熟悉、讲解详细，同行十分满意，回去后还写来了感谢信。

1957 年后，父亲不幸蒙受冤案，直到 1979 年 1 月平反，长达 22 年未能正常从事业务工作。仅在平反后几年，参加了古善本图书的编目和整理。这时，父亲已年近古稀，但他仍然以超过年轻人的热情和干劲，发挥了熟悉文史知识和目录学、版本学的特长，出色地完成了任务。但此时，他已经是超过退休年龄的返聘人员，不能评聘专业技术职称，他的图书馆专家梦也就中止了。因他是 1949 年以前参加革命工作且条件符合，可享受离休干部待遇，得以度过平静的晚年。

六、枝头红意已无多——书法和诗词

父亲的大学老师陈寅恪、朱自清、闻一多、俞平伯等人不仅是著名的文史专家，而且都是杰出的诗人，对父亲有很深的影响。父亲一生酷爱古典诗词，能够背诵许多唐诗宋词和其他朝代的诗歌，他在练习书法的时候经常不用查看原文，靠记忆直接书写一些古文和古典诗词。1936 年的《细流》杂志发表了他的论文《读清真词》，就是对宋朝著名词人周邦彦词的研究成果，这大约是他最早发表的学术论文，可惜现在查不到原文了。他自己也创作了一些诗词，但大都是随写随放，没有收集在一起。子女在他生前曾经建议他把自己创作的诗词作品整理一下，留给子孙后代。可是父亲对自己写的诗词并不很重视，始终没有做这件事情，以致他去世后能够留给我们的诗词数量很少。在他去世后，经过子女的搜集和整理，仅得 95 首。正如他在一首诗中所说："枝头红意已无多"。

1932 年夏天，父亲到北京参加高考，一个人走在北京的街道上，途经北海，路灯昏暗，行人稀少，父亲想到刚刚去世的祖父，想到前一年发生的九一八事变，家国不幸，心绪低沉，回到住所后写了以下两首诗：

其一

一片乌云压古城，街灯无焰少人行。

今宵便有团圆梦，知在红楼第几层？

其二

独怜宿莽满城台，故国风高画角哀。

最是依依池上柳，今朝犹自待人来。

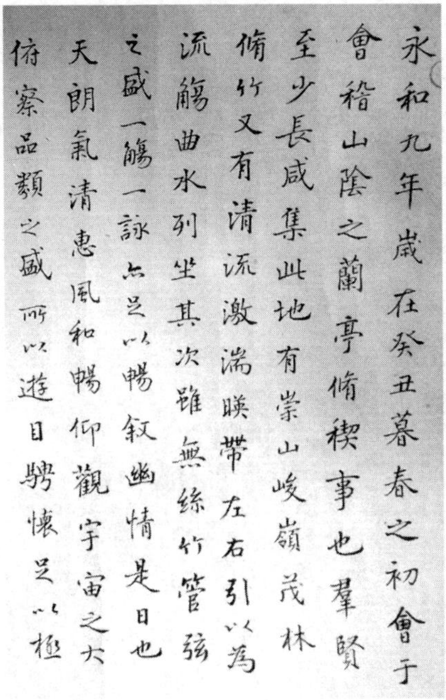

50多年以后，父亲对这二首诗记忆犹新，把它们写成了书法作品。

"文化大革命"期间，父亲和母亲被发配到江西鲤鱼洲农场劳动，六个子女中的五个先后下乡或毕业分配到外地，一个去了东北，三个去了西北，一个去了山西，一家人被分到了六个地方。1971年后，父母从江西回到北京，可是子女们大都不在身边。1982年5月，父亲年满七十，想到自己一生蹉跎，子女远在外地，感慨万端，写下了一首七言古诗：

图5 父亲晚年书法临帖作品

（临帖内容：永和九年歲在癸丑暮春之初會于會稽山陰之蘭亭脩禊事也羣賢至少長咸集此地有崇山峻嶺茂林脩竹又有清流激湍暎帶左右引以為流觴曲水列坐其次雖無絲竹管弦之盛一觴一詠亦足以暢敘幽情是日也天朗氣清惠風和暢仰觀宇宙之大俯察品類之盛所以遊目騁懷足以極）

老妻沽来酒一瓶，祝我初度七十龄。举杯欲饮手暂停，不觉两眼泪纵横，百感交集心怦怦。早岁荒疏学无成，不期寿考贵立名。放眼纵观诗书史，丰华瑰丽真精英。闻说古昔有贤圣，文章司马赋屈平。李杜韩柳欧苏曾，老至空存影与形。日月流逝人易老，青春蹉跎人已翁。生不逢时遭大凶，敌侵自西寇自东，瞻星望月盼时清。厨下时常缺米盐，阿妹哭姐弟呼兄，含辛茹苦不相离，风狂雨骤江海倾。床头败絮冷于冰，朝朝暮暮耐贫穷。携妻将雏走四方，可怜无知小儿女，流放江西数千里，大儿糊口出关东，颠沛流离不计年，一家骨肉不团圆。忽然地覆天翻转，一巢颠覆卵尽崩。小儿求食陕之西，相见相亲苦不早，苦不早分可奈何，天若有情天亦老，今夕对酒当高歌。一歌与君共白头，再歌同室又同舟。吁嗟呼，同举箸，共倾杯，虽不醉，且伸眉，胡不为？

这首诗概括了父亲清贫和颠沛流离的一生，以及父亲对母亲与他同甘共苦的感激和对子女的思念之情。可以说是一代知识分子当时生活的真实写照。

父亲离休以后，除了阅读和写作古典诗词外，最大的爱好就是书法。他曾经在清华老年大学教授书法课程，受到老年学员们的欢迎和好评。他的作品也多次在书画展览和比赛中获奖。清华老年书法协会负责人金德年先生曾经对他的书法作品给予很高评价。

父亲在清华学习、工作和生活 64 年。虽然由于时代的原因，他的文学之梦没有实现，但他作为一个正直的爱国知识分子，一生勤奋学习，努力工作，严格教育子女，并没有虚度百年人生。但愿他的后辈们，在安定和谐的新时代，都能实现自己的美好梦想。

作者简介

张比： 男，生于 1945 年 6 月。父亲张骏骥，曾在清华大学校长办公室、成志学校、图书馆工作。母亲王郁芳，曾在清华大学合作社、职工业余学校、设备工厂、清华附小工作。作者本人曾就读于清华附小、北京 101 中学、清华大学工程物理系，毕业后长期在东北工作，退休前为华北科技学院教授(编审)。

梦里依稀慈母泪

——回忆母亲王郁芳

张 从

年龄渐老，睡眠不好，爱做梦，梦里出现最多的是母亲，我常梦到她慈祥的面庞，醒来不觉泪湿枕巾。母亲去世已 26 年，如果活着今年 102 岁，早就应该写篇文章纪念她老人家了。

■、母亲的家世

母亲王郁芳，1918 年 1 月 3 日出生于河北丰润县胥各庄（今丰南县）。外祖父王喆，早年留学日本，归国后历任永平中学校长、直隶省督学，不幸英年早逝，其弟（我应称二姥爷）为人强势，欺负孤儿寡母，独占了家产。所幸母亲的堂兄王力行为人善良正直，对她非常同情，资助她读书，使她得以毕业于滦县师范（直隶省第三师范）。王力行曾就读于燕京大学，参加过"一二·九"运动，后投奔延安，解放后在海军工作，"文革"前转业到上海科技大学任党委副书记，"文革"中不幸去世，平反后母亲曾去上

图1　母亲年轻时的照片

海参加追悼会。母亲还有一个亲弟弟，抗日战争中为共产党地下联络员，被汉奸告密，遭日本鬼子杀害，是革命烈士。母亲和父亲结婚后生过一个男孩，因病夭亡。1945年生下哥哥张比和我（双胞胎），后又生下张多、张庶、张加、张早四个孩子。

二、母亲带领我们躲避轰炸

1946年抗战胜利后，清华回到北平，父亲经老师朱自清介绍，到清华工作，不久就把母亲、哥哥和我接到清华，住在普吉院。1948年末，北京和平解放的前夕，解放军已经解放了清华附近的农村，国民党军队为了进行威胁，派飞机到清华上空盘旋。那天下午，听到天空中飞机的声音，母亲连忙拉着我和哥哥跑出门外，随一群人来到附小北边的坡下躲避。时值冬天，地下的干草很硬，扎到了我的屁股（当时我还穿开裆裤），我就叫了起来，母亲可能也觉得这个地方不安全，果断地拉着我和哥哥向西走了几十米，到另外一处躲避，原来在那里的一群人也跟着我们转移到新的地方。刚刚离开不久，就听得上空飞机嗡嗡的声音，离开的地方轰的一声，升起了一股浓烟，母亲把我们兄弟压在身底下，身上落下了很多黄土。飞机转了几圈就飞走了。我们回到家里，连耳朵眼里都是黄土，用毛巾擦了许久。后来我们再到那个地方去看，在我们离开的那个地方出现了一个大坑。听说那天国民党空军一共在清华扔了4颗炸弹，但未炸死人。时间已经过去快70年了，我和哥哥还健在，感恩母亲给了我们第二次生命。

三、母亲的工作

我家来到清华后，母亲又生下了三妹和四弟，一直在家抚养孩子。20世纪50年代初

图2　母亲在清华参加工作时的照片

感恩先辈

期，在吴晗的夫人袁震的动员下，母亲走出家门，参加工作，她最早在清华合作社任会计，后来清华成立了职工业余学校，为文化程度低的职工补习功课，母亲任语文教师。业余学校地点在三院，就是现在新图书馆的位置。母亲的工作非常认真，对学员耐心讲解辅导，一篇作文要修改多次，有时遇到写得好的作文，就拿回家里，当故事给我们讲。清华的老工人大多上过她的课，在校园里，走到哪里都会碰到她的学生，尊敬地叫她"王老师"。她的同事有张美文（国民党高级将领张发奎之女）、朱培宜、顾越先等。业余学校停办后，母亲被调到设备工厂任会计，依然兢兢业业地工作，账目从无差错，与厂里职工的关系相处得也很好。20世纪60年代初期，由于附小缺少教师，母亲是师范毕业的，又被调到附小任教师。她是个多面手，曾经教过语文、自然、手工、珠算等，工作认真负责，对学生关心爱护，和同事团结互助。我经常看到母亲把作业拿回家里，批改到半夜。2016年，我去参加附小101周年校庆活动，遇到一位80岁的老教师，和我说起当年母亲对她的帮助，热泪盈眶。还有一些附小校友，在清华附小百年校庆纪念文集中，也提到了母亲对他们的教诲。"文革"期间，附小停课"闹革命"，书记、校长等遭到打击迫害，母亲也受到很大的压力。1969年，清华数千名教职工被迟群、谢静宜等送到江西鲤鱼洲农场劳动改造，我的父母也先后被发配到那里，住在草棚里，无论刮风下雨，都要下水田劳动，吃得也很差，我看到一张母亲当年的照片，本来白胖的她变得又黑又瘦。从江西回来后不久，母亲就退休了。

四、对子女的关爱教育

母亲对自己的六个子女无微不至地关心和爱护。我和哥哥小时候奶水不够吃，母亲就变卖了自己的首饰买牛奶和奶粉喂我们。1958年，父亲蒙受不白之冤，被降职减薪，母亲精神上受到很大压力，家庭生活也一下子变得艰苦起来。母

图3　父母和部分子女在西院合影（20世纪70年代）

亲省吃俭用，精打细算，安排着全家的生活。三年困难时期，父母带领我们在院子里种了一些瓜菜，填充我们经常挨饿的肚子。那时买衣服要布票，而且相对较贵。母亲就找出自己和父亲过去的旧衣服，自己裁剪，改成小衣服给我们穿，有时到成府去买块布头，做成衣服，也能省点钱。我们的棉衣、棉裤、鞋子，也都是母亲亲手做的。我上中学时正值困难时期，我和哥哥住校，伙食很差，每到周末，母亲就让我们回家，千方百计做点好吃的给我们增加营养，而她自己却得了浮肿病，腿上一按一个坑。大学一年级时，由于总穿一双球鞋，我得了严重的脚气，双脚溃烂，母亲亲手纳了鞋底，做了一双布鞋，送到我宿舍。1980年，我在上研究生期间突然得了一场病，母亲又跑到城里，把我接回家，精心照料，为我找医生，熬汤药，最后我终于恢复了健康，完成了毕业论文，按时毕业。

母亲对子女教育是严格的，总是教育我们，不要和别人比吃穿，要比学习、比品德。在她的教育下，我们兄弟姐妹都努力学习，在校期间经常被评为"三好学生"。1963年夏天，哥哥和我分别考上了清华和北大，接到录取通知书后，母亲高兴地流下了泪水。三妹张多和四弟张庶都很懂事，虽然学习成绩很好，但看到家庭困难，就报考了中等专业学校，都被录取了。"文革"后期，我们一家八口人，分布七处，父母在江西鲤鱼洲，哥哥张比在东北，我在陕西汉中，三妹张多在太原，四弟张庶在华山，五妹张加到陕北插队，六妹张早在清华附中上学，后来在北京郊区下乡。母亲在艰苦的条件下，还总惦念着六个子女，回到北京后，经常给子女寄东西。哥哥和我有了孩子后，她又不辞劳累，帮助我们带孩子。

母亲经常教育我们说，"咱家是普通平民，没有背景，没有后门，一切要靠自己努力，自力更生"。在她的教育下，我们兄弟姐妹都靠自己努力奋斗，在各自的岗位上为国家做出奉献。如今，我们都退休了，虽然还有几个兄弟妹妹远在外地，但都生活得很安稳。

五、母亲的晚年

母亲退休以后，为了圆自己的大学梦，曾经上过海淀老年大学的文史专业，认真学习了几年，得到了毕业证书。她还热心公益事业，担任楼长，经常打扫卫生，为邻里服务。母亲为人善良，助人为乐，有时在校外遇到外地人说丢了钱，她就掏出自己身上的钱给人家；有时在食堂遇到有人忘记带饭票，她就把自己

感恩先辈

的饭票给别人，从来不让别人还；邻居家谁有了困难，她也热心帮助。一次，她去校医院看病，看到一位老教授由于年老体弱，动作迟缓，遭到年轻护士的呵斥，母亲就告诉护士，这是位老先生，80多岁了，态度要好一点，护士接受了她的意见，改进了工作态度，那位老先生也对母亲非常感谢。

图 4　母亲和父亲在西八楼家的阳台　　　　图 5　母亲退休后和父亲在自清亭

　　由于一生操劳，又总是想念外地的子女，母亲在 60 多岁时得了阿尔茨海默症，开始的时候只是健忘，丢三落四。那时我从外地回北京探亲，由于不懂医学知识，有时还埋怨母亲，现在想起来非常后悔。1990 年前后，父母到西安居住了一段时期，先后住在四弟张庶和我家，我们带他们到一些名胜古迹参观游览，父母都很高兴，但那时母亲的病情已经更加明显。

　　1989 年，我参加了国家机关公务员试点考试，报考了某国家机关，在几百名考生中笔试成绩名列第一，并通过了面试、体检和政审，即将调回北京，母亲非常高兴。可是事与愿违，由于该单位人事部门的限制，最终没有办成，母亲十分失望。直到 1994 年，我调到北京农业大学（现中国农业大学），才圆了我和母亲的梦。当年 3 月 14 日，我匆匆赶回北京时，母亲已经病危，我回到家里，望着病床上的母亲，大声呼喊着："妈，我回来了，我回来了！"可是，母亲已经听不到了，只看到她的眼角流出了几滴泪珠。我们赶紧把母亲送到北医三院，但已经无力回天，又转回清华校医院，我们兄弟姐妹守护了母亲几天，3 月 23 日，母亲离开了我们，去了天国。

　　"树欲静而风不止，子欲养而亲不待。"现在的生活条件，已经比老一辈在世时好太多了，但一生勤劳善良慈祥的母亲在晚年却没有多过上几天幸福时光就过早地离开了我们，这让我们痛心不止，遗憾终生。希望今天的青年人和中年人，趁父母健在的时候，好好孝敬他们吧！不要等到父母离去，才想起应该多陪陪他们，到那时就追悔莫及了！

我的母亲只是清华大学的一个普通的职工，她几十年如一日地辛勤工作，把自己的一生献给了清华。清华大学还有很多母亲这样的普通职工，在不同的岗位上为大学的建设和发展默默地奉献，为清华这座大厦添砖加瓦，我们在纪念那些著名大师的同时，也不应该忘记清华园里这些平凡的人。

如今，父母二老安睡在离清华不远的西静园墓地。每年春天，那里的桃花盛开，我都要捧上一束鲜花，来到墓碑前默默地缅怀：敬爱的父亲母亲，你们安息吧！

作者简介

张从：男，生于 1945 年 6 月。父亲张骏骥、母亲王郁芳，曾在清华大学工作。作者本人曾就读于清华附小、北京 101 中学、北京大学，毕业后长期在陕西工作，1994 年调回北京，退休前为中国农业大学教授。

记父亲二三事

张克澄

图 1　父亲、母亲、姐姐和我

一、白金的故事

"二战"接近尾声，盟军从西面迫近柏林，父亲离开柏林到哥廷根和妻子及女儿团聚，租住在母亲师兄玻尔教授家。

盟军一踏上哥廷根，归心似箭的父母以及共患难了几年的刘先志夫妇和季羡林立即着手准备回国。父亲联络到了一份在瑞士的短期工作，也拿到了签证。

玻尔夫妇设宴为父母践行。席间，教授提起时局不胜悲观：战争即将结束，德国也许将不复存在……父母想不出什么话可以宽慰他，气氛一时很压抑。少倾，玻尔太太捧出一个绒布包放在桌上，忽然掩面啜泣，弄得父母手足无措，不知发生了什么。玻尔揽住太太的肩膀说：盟军有令，德国人不许持有贵金属，我们可能被抄家……这是我们多年以来积攒下来的白金，原来是为了儿子长大后教育用的，现在已经顾不了那么多了，恳请你们把这些白金带出德国。如果德国能平安渡过这个劫难，大家都平安，你们再设法还给我们，要是德国亡了，要这白金也没用，就算送给你们了吧！

父母一听这话就蒙了，这突如其来的托付让他们一时反应不过来，这么多白金，这是一笔巨款呀，责任太大！母亲陆士嘉素具侠肝义胆，心想，既然赶到点上了，人家有难，这个忙是必须要帮。不就是带点白金嘛，将来真如玻尔教授所说大家平安，再想办法还给他们便是。父母交流几句，便接了过来，共1.75公斤，沉甸甸的。

父母带着这白金出了德国，途经瑞士、法国、越南、中国香港，漂洋过海出关进关若干次，一路畅通无阻回到了中国。

战后的德国虽没有灭亡，却被苏美两大阵营人为分成了东西德两个国家，互不往来；后来又建起了柏林墙，更是咫尺天涯。中国和东德属一个阵营，哥廷根位于西德属另一个阵营，彼此不通音信，无法物归原主。东西倒是带出来了，却成了父母的心病。

光阴似箭日月如梭，转眼十年过去，到了1956年。东德德累斯顿高等工业学校的霍夫曼教授访华，照例由父亲接待。有此便利，聊天时想起来，便询问，认识玻尔教授否？不承想这位教授竟告知玻尔教授现在是西德科协主席，彼此不但相识，而且不时在西柏林开会见面！父亲大喜：我这里有些玻尔教授的旧物，请你带回去转交给他，可以吗？霍夫曼教授的答复出奇痛快：没问题！竟连带什么东西都没问起。

父母赶紧分别向自己所属的党组织汇报此事；清华接谈的是何东昌，北航接谈的是武光。答复完全一致：好事，展现了中国人做事有始有终的诚信，应该物归原主。

不数月，父亲收到了玻尔辗转寄来的信，不仅感谢他们送还白金，还承诺如果父母将来送女儿（姐姐在德国出生，不知后来有了我）去德国留学时，愿意负担她的学费和生活费。

压在父母心上的大石头终于落地。

"文革"期间，海关总署来车来人将母亲从家中带走。到了办公室，一位季科长开门见山："陆教授，您曾经托人将白金带出国，有这回事吗？"

母亲点头承认。

季科长接着说，您入境和出境时都没有申报，按照海关规定，这属于走私行为。

母亲一听就急了：我还觉得是学雷锋做好事呢，怎么成了走私了？遂将事情的来龙去脉说了个详细。末了说，受人之托忠人之事，这白金本来就是人家的，我们不过是代人保管。你们看该怎么处分我吧？

季科长笑着解释，您误会了！我们请您来，是想了解情况、发现问题、堵塞漏洞，没有要处分您的意思，我们好奇的是，您是如何避开海关的火眼金睛的呢？

母亲松了一口气说，东西是人家的，心里没当回事，过海关时既没想过申报也没觉得是走私，一点都不紧张。我想那位霍夫曼教授也是同样的反应。

季科长反应过来了：看来外宾这里是个漏洞，要加强管理！

中国恢复在联合国的合法席位后，父亲担任了首任联合国教科文组织执行局中国委员，常去巴黎开会。有此便利，萌生了重访德国（西德）建立中德文化交流的想法，经汇报争取，终于成行。

父亲到访，玻尔教授把自己的弟子全部叫到家里宴请父亲。劫后多年重逢，见面时两人百感交集，紧紧拥抱，老泪纵横。玻尔并没有马上向学生们介绍父亲，先牵着父亲的手走进地窖，取出了一瓶年份最久远的1842年的摩泽尔葡萄酒。学生们一片惊叹，这可是教授的镇窖之宝，这么多年来只闻其名未谋其面！

玻尔教授亲自开瓶，给每人倒上一点，然后举杯郑重地向大家介绍：这位，就是我常常跟你们说到的诚实的中国人，张！今后不管他有什么要求，你们都要尽力帮助！今天，让我们为张干杯！为德中友谊干杯！

学生们这才知道父亲就是教授口中常常念叨的、多年后归还白金的中国人，其夫人还是大名鼎鼎的普朗特教授的学生。"诚实、大义"从此成为父母身上的标记，在德国学术界迅速传开。

20世纪80年代，时任教育部部长的何东昌率团访问西德。父亲知道后，请他到家里来一趟。何部长行前事多，一时抽不出时间，心想回来后再去也不迟。

待他访问归来，到了家放下行李便急匆匆赶来家中。进门就连说张先生真后悔走前没来，差点误了大事。原来，何一行在西德参观访问时，多次遇到一些感兴趣的敏感单位不对中国代表团开放，令他们十分扫兴。闲聊时，德方领导问起既然是教育界人士，张为什么没来？机灵的何东昌立即意识到父亲在德国的影响力，马上说张维先生原是要来的，因为事情多脱不开身；我是他早年的助教，他嘱咐我向德国的老朋友问好，您认识张教授？那位一听，态度大变，马上说我是玻尔教授的学生，是西德现任的科协主席，西德好多大学校长、研究所所长都是玻尔教授的学生和朋友，老人家交代我们，张的要求，我们都要尽力帮助。既然您是张的朋友，有什么要求，只管提吧！此后，何一行打着父亲的招牌，畅通无阻地完成了访问。

父亲听了，笑眯眯地从屋里拿出一个信封说，我本来写了这份名单要交给你的，可惜你走前太忙，没能带上。

何东昌打开一看，正是要参观单位的负责人名单。他幽默地说，张先生，我这部长头衔没您的面子大啊！幸亏我反应快，不然好多地方都看不到，这趟就可惜了。

宋健听说此事，率中国工程院代表团访德时，坚持邀父亲同行，访问一路顺畅，颇有收获。

20世纪90年代，父亲赴普林斯顿高等研究院访学半年，考察研究工程教育。其间抽空去MIT闲转，本不想惊动任何人。不意在图书馆见到几本好书，爱不释手，遂致电师大附中学弟林家翘，欲请他代借，却无人接听。情急之下，向馆员索查教员名录，希望能找到熟人施以援手。突见一玻尔教授名字，即致电询问：请问您与哥廷根的玻尔教授可有关系？对方告之是其儿子。父亲大喜，亮明了身份。小玻尔闻之，立即奔来相见。不但帮忙借了书，一起吃了顿饭，还告诉父亲自己来美留学的费用正是用的那些白金。

父母相继去世，故事本应到此结束，然而余绪仍在。

2002年10月，清华工业工程系的郑力教授和几位同仁访问亚深高等工业学校。到达当天，便有亚深高等工业学校的一位老教授请他们一行到当地一家最古老的餐厅举行晚宴。餐厅非常漂亮，又有历史感，大家颇有受宠若惊之感。老先生来了就问：张在哪里？看到张伟，一脸惊讶，但也没说什么；席间还向郑力等介绍了亚深的历史以及亚深与清华的关系，讲了不少我父亲的故事。事后才知道，那位老教授是把张伟当成张维（汉语拼音也是 Wei Zhang）了！

二、问路

中华人民共和国成立后，科学外交离不开周培源的贡献。父亲在 20 世纪 50 年代后半期被选中协助周老做这方面的工作，长达近 40 年，跟他能熟练掌握英、德两门外语有很大关系。

父亲在师大附小、师大附中打下了良好的英文基础，交大全英文教学，后又考上 1937 年第五届中英庚款生，去帝国理工学院，一年念完了硕士，英文应该说是过关了。

当父亲去德国探望未婚妻、我母亲陆士嘉时，在柏林遇到了他一直感兴趣的国际上先进的薄壳理论权威特尔克（Turlk）教授，非常渴望能在德国接受这方面的教育和从事相关研究，遂向中国驻德使馆询问，作为庚款生，是否可能转学到德国来？使馆工作人员查明父亲确是英庚款生，二话没说就帮他办了手续，从英庚款生转为德庚款生。于是他就在德国留下，后来读完了博士又工作了几年，直到"二战"结束回国。人留在德国了，其他的事就是写信给英国导师说明情况，写信给留在伦敦的同学卢嘉锡请他帮忙把东西寄到柏林，等等。这种在今天看起来匪夷所思的大事，在没有计算机和互联网的 20 世纪 30 年代末，却只用了几十分钟，几张邮票就办了。

人留在德国，语言成了头等大事，找老师练德文自然不在话下。师傅领进门，修行在个人，如何能尽快熟练掌握，就看自己的招数了。

父亲上街买了张柏林地图，先在图上找到自己的住处，然后把住处附近的几条街道，街名和相互关系查得清清楚楚记在脑子里，就开始上街进行自己的德语练习了。

——请问，A 街怎么走？

——先生，您能告诉我 A 街在哪里吗？

——太太，这里是 A 街吗？

感恩先辈

——对不起，我要去 A 街，是这前面拐弯么？

——谢谢您，先生，今天天气真好。

——谢谢太太，您这衣服真漂亮……

一条 A 街，来来回回能问出好多问题。问完了张三问李四，问完了 A 街问 B 街，同样的地点同样的问题不同的人会有不同的回答，一个句型跟男女老少反复练，问路问时间问天气……只要敢张嘴，大街上来来往往的人都是老师。碰上热心人，还会纠正他的发音、句型什么的。

能张口了，回到家，只要房东老太太闲着，父亲就跟她练，厨房里的东西，见什么问什么，叫不出名的就连指带比划。一回生二回熟，吃喝拉撒这点东西，慢慢就难不住他了。

专业名词呢？逛旧书店。有不会的问店员，大多有问必答，渐渐也能问到点子上了。

从小一直是班上年龄最小、功课最好的学生，16 岁就考上当时国内最好的交通大学的父亲，勤奋自不在话下。听说既然上了路，读写再加把劲，他的德文一年之内就从白丁进步到基本可以和特尔克教授口头简单交流、读写大体无障碍的程度了。

多年后，陪同周培源和洋人打交道时，每当洋人惊讶于父亲的德文程度，周老总会得意地介绍自己的助手："Dr. Zhang 的德文，比德国人还好！"虽是戏言，却多少反映了父亲的德文水平。

当然，问路也要有技巧。首先你得让人乐意。有时候碰到一些脾气不太好的或者心里有事的德国人，还得哄人家高兴。如果是带着孩子的女士或先生，父亲一定会先赞美他们的孩子是多么的活泼可爱，这时候的父母大多都是笑盈盈的。当然也有例外，有一次父亲碰到一个绝对是德国人的家伙，刚一开口，那家伙拔腿就跑，莫名其妙。

其次，一定要找对人，如果你找了个不会德文的高鼻子蓝眼睛算你白搭，甚至可能会遭到白眼。父亲后来跟我们说，就在那段时间他练就了如何辨别欧洲几个主要民族的本事，说鼻子是一个主要观察部位，还有就是眼睛和头发的颜色，通过不断总结基本能判断出一个陌生人来自什么地方。

我对此感到怀疑，认为父亲有夸大的嫌疑，直到后来与父亲的学生吴季松无意中聊天的时候才知道这是真的。吴季松曾三次陪同父亲出席联合国教科文组织的活动，有时候转机在候机室闲来无事，父亲会跟他们玩猜其他旅客是什么人的游戏，十有八九父亲是对的。

吴季松补充道，别小看这点，张先生的这个绝招往往能起到关键作用。国际组织中也是互相抱团的，谁跟谁是一伙我们有时也搞不清楚，尤其是犹太人，他们进入到各个领域，而且希望把控局面。一旦我们和他们竞争席位，判断谁是犹太人就很重要。有了张先生这个绝招，基本能把对方的来头搞明白。

听到这里，我又想起，二十世纪五六十年代及八十年代初，父亲作为中国科协主要成员曾几十次参加国际会议，这里有他外语胜任的因素，也与他善于与人打交道的能力有关。父亲总能在很短的时间内把气氛搞融洽，给对方留下好印象，为下一步工作做好铺垫。

记得20世纪80年代初期，中国科协支持父亲竞选世界工程师联合会副主席职位，这个职位中国人还没涉足过，需要有6个该组织中前主席或副主席的人推荐，这对于刚加入该组织的中国科协而言确实是个挑战。

一天我去楼上书房，见父亲正在写信。刚要离开，他放下笔跟我说，"我正在竞选世界工程师联合会副主席，我本来就随便一试，如果人家支持我，我就去竞选，如果没人理我，就算了。初步一试后我很容易拿到了4票，我想我可以去争取争取。剩下的2票我心目中有四五个人选，我打算给他们每人写一封信探探口气。其中最没有把握的是一个美国人。这个人很热情，活动能力很强，他要是支持我，我这希望就大增，但是我跟他只有一面之交，给人写这么个信，让人推荐，有点贸然。可我不想放弃，这家伙能量大，看看效果怎么样吧。"

没想到时间不长回信就来了，"张，我非常支持你，而且我肯定要投你的票，我到现在都记得你在内罗毕机场给我讲笑话时候的表情。你给我讲的那个笑话是我现在兜里笑话中的No.1，我每次想要活跃气氛的时候就讲这个笑话，肯定满堂彩，我对你印象太深刻了，我一定要推荐你。"

那一年，父亲很顺利地当选，是首位中国人坐上这个位置。

20世纪50年代初学习苏联，时为清华大学最年轻教授的父亲恶补俄文，很快达到能读写的程度，有力配合了苏联专家的工作。由于无苏联街可逛，比起德语、英语，他的俄语口语程度不高。

70年代初，父亲担任了联合国教科文组织执行局首任中国委员，常要去巴黎开会。法语是联合国官方语言之一，他感到不会法语工作上有许多不便，就下决心学习。这时他已年过花甲，身份也不同，自然无法再拿份地图上街去练习。父亲自己制作了好多单词卡片，20个一扎用橡皮筋捆起来放在兜里，见缝插针学习。一段时间后，基本上能自己用法语解决简单的衣食住行问题，不用翻译老跟着了。

三、如烟往事

有些事，刻在心上，任岁月流淌，也不会忘却；每每忆起，仍然清晰如昨。

1966 年 6 月，父亲既是"黑帮"又是反动学术权威，不知根据什么，银行户口就被冻结了。母亲不甘心，找出一张 600 多元的定期存折，嘱我去清华储蓄所取 50 元试试。填好单子交进去，眼看着第一关审核第二关复核过了，等着放款，不料却有第三个人，一手拿着单子，一手在另一张纸上顺着捋。正在胡思乱想，还有手续？忽见那人站起来问："谁取张维的钱？"我急忙举手，只听一声断喝："张维的账号冻结了！别想蒙混过关！"顿时四周一片静默，所有人的目光都集中在我身上，众目睽睽之下，真恨不得挖个地缝钻进去。

事情愈演愈烈。

那年的 8 月下旬，我从城里回来，家里一片狼藉，客厅里散乱着书，一上楼就见父亲被两个红卫兵用棍子按着头弯腰站在走道上，其他红卫兵正在各屋翻箱倒柜，一个熟悉的声音传来，"再去那边看看！"定睛一看，竟是一个近亲！逢年过节他随父母来我家做客，我俩年纪相仿，常在一起玩。见我回家，他匆匆带着人离开了。

不久，父母每月只发生活费，入不敷出，想变卖点物品，家中值钱的东西，诸如礼品、相机、电视机，甚至父母从德国带回来的不锈钢餐具几经抄家，早已不知去向。母亲一向不戴首饰，家里也没金银美钞，举目四望，只剩下书，想卖也没人要。

这时接到房屋造反派的命令：腾地方。原来一家独住的小楼要搬进另外三家。

家具往哪儿搬？看着满满的家当母亲几乎崩溃，父亲却像发现了新大陆似的高兴，家具能卖钱！就这样，席梦思床架、沙发还有樟木箱子等陆陆续续贱卖，暂缓了家里的经济状况。

俗话说，坐吃山空，何况区区这点钱！

一天，父亲小声对我说，咱家没钱了，你和我一起找找吧。他带着我搜遍了楼上楼下，终于在楼下一堆杂物中找到一元钱。我们坐在冰冷的水泥地上，父亲举着那一元纸币，沉痛地说，"克澄啊，这可是咱家最后的钱了！今后，要是能有那么一天，咱家又有了钱，可要省着花，千万不能忘了今天。"

几十年过去，情况早已今非昔比，此景却刻在我心中，闭上眼就能看见当时的那一幕，屁股仍能感受到当年的凉意。

1968 年底，响应毛主席号召，我去山西插队，临行前向仍被关着的父亲告别。父亲瞅准一个机会对我说，"你记着，我要是死了，就是被人害死的！我绝不会自杀，一定要等着看到结果。"

人在山西，始终放心不下母亲的心脏病和父亲的命运，趁着春节回北京探亲。家里已经没有我住的地方。我和父母三人挤在楼上那间屋，聊到半夜才睡下。刚躺下不久，楼下传来敲门声，是查户口的。来人拿着户口本，上下打量了父亲好一会，方才开口问道：

——谁是张维呀？

——我是。

那人又打量了父亲好一会儿，鼻子里哼了一声，哦，你就是张维。然后又指了指我。

——这是谁呀？

——我儿子。

——在哪儿工作呀？

——山西插队。

——回来干什么？

——他妈妈身体不好，回来看看。

——有介绍信吗？

——有。

看了一眼介绍信，那人冲着我厉声说："这是社会主义国家，你妈妈有国家照顾，不需要你这类孝子贤孙，赶快回山西抓革命促生产去！马上给我回去！"

父亲随大批教师下放到江西鲤鱼洲五七干校。那里是血吸虫疫区，在田间劳动的人大多染上了不同程度的血吸虫病。父亲因被扣上"特务嫌疑"的帽子，只允许喂猪，不准许下水。虽然酷暑难耐长了一身痱子，却幸免于难没有患上血吸虫病。

干校因血吸虫病难以为继，撤回北京，父亲被派押运行李，搭闷罐车走走停停，一周才到达。时值盛暑，又闷又热，痱子发展，背上长满了大大小小的脓疮，回到家只能趴在床上哼哼，母亲和我隔一会儿就要用温毛巾给他擦去脓水，折腾得一夜不得安宁。

干校在北京郊区继续办，父亲的背疮疼痛难忍，我自告奋勇去找小组长请假。此人乃父亲的学生，留校当助教，过去常来家请教，和我很亲近，我想请假应不是难事。不料他听了我的申述后，却把眼一瞪，手指着我厉声喝

感恩先辈

道：你回去告诉张维，明天早上 6 点准时到停车场集合，一分钟都不准迟到！我从来没见过他发过狠，心惊肉跳了好长时间。

正不知此情此景何时是个头，1971 年父亲突然被宣布"解放"，任校革委会副主任。

这突如其来的解放，让父母丈二和尚摸不着头脑。事后很长时间才知道，得缘国务院成立科教组，钱学森、迟群同为组员。两人此前不识，交谈时钱问迟，你在清华工作，张维怎么样了？迟完全不知张维何人，反问道，你和他很熟吗？钱回答，我们从小一起长大，来往也多，他能有什么事啊？见有钱作保，迟回到清华就着人查张维何许人也，遂被解放。

1972 年，尼克松要访华。学校通知和我家合住的另三家紧急腾房，说尼克松会来清华看望张维。父母听到这个消息后面面相觑，这是从何说起，又该跟谁去解释？不容置疑，校务部门送来 10 斤大白，让把屋子刷白；又开了介绍信，让去北郊木材厂买家具，要求把家布置妥当，不能给国家丢脸。

前车之鉴，母亲担心哪天又被紧急腾房，买回的家具除了沙发外全是折叠型的。真可谓"一朝被蛇咬，十年怕井绳"。

结果，尼克松压根没来。

辗转听说，谢静宜不知从哪儿得的信息，说我父亲和尼克松是同班同学。父母不禁哑然！他们从未留美，同学从何而来？

1975 年，邓小平重出主持工作，各方面工作都有起色。迟群、谢静宜领导的革委会却天天开会研究如何整人，父亲很反感，不愿与其为伍，便找我大爷张度商量对策。大爷建议惹不起躲得起，你就说自己思想改造得不彻底，要求向工人阶级学习，下到车间去！父亲依计而行，打了报告，下到清华设备厂劳动，直到"文革"结束。

当然，人性不总是恶的，恶中遇善，难能可贵。

父亲得背疮后去校医院治疗，因被定为资产阶级反动学术权威和特务嫌疑分子，医生护士都躲得远远的，没人给他看病。同为"黑帮"的校医院原院长、一级教授、英国皇家医学学会会员谢祖培正被罚扫地，悄悄给父亲使了个眼色，低声说下午 5 点以后再来吧。父亲会意，如期而至，谢祖培引父亲到无人处给他处理了患处。后又按此换了几次药，病痛基本解除。父亲将此事记了一辈子，到晚年向我提起，还感念不已。

事已过去半个世纪，年轻人听了觉得是天方夜谭。故写此文，为当年的清华作一注脚。

作者简介

张克澄：男，1947年3月，父张维，母陆士嘉。美国硅谷计算机高级工程师。曾住10公寓14号。

说说母亲

张克澄

"干妈是我见过的最完美的人！在她的人生字典中，没有自私，只有忘我，可惜，这样的人现在少见了。"

晶晶姐是母亲1946年在上海同济大学收的干女儿，她的父亲孙德和同为留德生和父亲同在同济谋事，母亲和孙德和夫人很投缘，又因晶晶姐清秀乖巧，遂收她为干女儿。

晶晶姐把母亲在她访学德国时给她的信，翻箱倒柜找了出来，递给我时，说了这番话。

短短一句话，引起我对母亲的回忆和长长的、无尽的思念。

母亲是个脾气极好的人，对人永远客客气气，说话轻言细语，印象中几乎没有发脾气的时候；即使要求我们或保姆帮她倒杯茶水也是如此，从提要求到欠身接过杯子一连串几个"请，谢谢"。小时我想犯得着对保姆和子女这么客气吗，这不是我们应该做的吗？母亲知道我的想法，总说，"要谢，只要帮助过你的人就应该谢，无分大小尊卑"。家里人针对她谦让的特点，叫她"陆常左"，她听了笑笑，并不生气，却照样我行我素。

母亲的这种老派知识分子的印象烙在我心中，觉得她活得就是她自己，非常自然。最近几年，因为写父亲的传记，大量接触熟悉他们的人和事，无意中获悉了母亲的一些事，原来她还有这样一面……

一、平等待人

父亲的得意弟子黄克智的夫人陈佩英和母亲来往密切，陈阿姨和我们讲了这么一件事：某天她来找母亲，老保姆杨奶奶告诉她，母亲出去了很快就会回来，请稍坐会儿吧，她听了杨奶奶的话，一边和杨奶奶聊天一边等候母亲。杨奶奶盛赞父母的为人，说张同志、陆同志这样的人是她这一辈子遇见的最好的人，每次发了奖金或拿了稿费总要按比例分一部分给她。这件事给陈阿姨很大震惊，她说对保姆好她能做到，但从自己的奖金和稿费中拿出一部分来奖励保姆她想都想不到。末了，陈阿姨感慨地说，"我这辈子最敬佩的人就是张先生、陆先生了，尤其是陆先生，作为一个女人能做到这一步，心胸真的很宽广，不简单。"

这件事，我这个儿子却不知。

■、婆媳关系

二哥（堂兄）在讲家族历史时也提到了早年的母亲。

他说在天津居住时每次随众人进祖母房间请安后，母亲总是低声问起他的功课来，这样他们聊着聊着就走出了祖母的房间。二哥的意思是，母亲在祖母面前不自在，借着说功课避了出来。

唉，婆媳关系历来是最常见的一个社会话题，作为儿媳，母亲也概莫能外。

祖母是个非常有魄力的人，出身于挂过"千顷牌"的河北籍家，见过大世面。因为祖父早逝，独自将四个年幼的孩子拉扯大，并相继把他们培养成大学生，甚至把父亲送往国外留学，在当时的社会，鲜见有这般能力和魄力的女人；祖母因此在家族中享有至高无上的权威。

由于多年操劳加上战乱惊吓，祖母在父亲留学期间瘫痪在床，大伯远在抗战后方，饮食起居全由大妈和两个姑姑照顾。父母回国后，因双双拿到德国名校的博士学位，被北洋大学同时聘为教授，是该校历史上第一对教授夫妇，母亲也是北洋大学历史上第一位女教授，极受师生瞩目。据母亲当时的学生回忆，"相比那些老夫子而言，陆先生的出现就像一阵清风吹拂着那些学生懵懂的心，她青春靓丽、亲切和蔼又有学问，像家中的姑姑、姨妈一样让人亲近，打开了一扇不同以往的窗户……"

然而，学校归学校，家庭归家庭，祖母才不管你喝了多少洋墨水拜了什么洋庙，只要是我家儿媳妇就要尽儿媳妇的职责。母亲毫不例外地和大妈、姑姑轮流值班为祖母梳头、洗脚、洗澡、剪指甲等，这对于母亲来说不啻于学术难题。面对此题，她没有抱怨，放下身段，尽职尽责，虽然有些笨手笨脚，倒也低眉顺眼，祖母尽管有些不满意，也未苛求。

周围不少人等着看笑话，洋博士伺候旧式婆婆，会是一种怎样的结局？然而笑话终未出现，母亲始终和家人保持和睦关系。这样的日子持续了将近一年，直到母亲随父亲一同应聘到清华大学为止。听说这些后我猜想，父母离开北洋来清华是不是有摆脱祖母的因素在内呢？

为什么这么说？因为在北洋大学母亲是教授身份，而旧清华却规定：夫妇不能同时在校任教。因此父亲被聘为机械系教授后，母亲就不能再被航空系聘为教授了。当时的工学院代理院长陶葆楷和机械系教授钱伟长非常清楚母亲的实力，他们想尽办法把母亲招揽过来，最后安顿在清华大学和资源委员会合作的水工实验室做研究员，同时在航空系和土木系兼课。我和陶葆楷儿子一般大小，小时候常去他家串门，每次陶伯伯看见我都要重复，"你父母厉害，德国回来的博士！"看来父母在学问方面确实让大家服气。

虽说同样是教书，但研究员和兼职教授与当时的教授地位是不可同日而语的。可以说，母亲从北洋来到清华是委屈了。解放后这条规定被破除，母亲因此成为清华大学历史上第一位女教授，扬眉吐气走上了航空系讲台，此乃后话。

二哥的话勾起了我的回忆，在我成年成家后，母亲有一次无意中说起祖母很封建。当时母亲生下我满月不久，父亲早起给母亲做好早餐吃完一同去上班，这事不知怎么让祖母知道了，大怒，认为媳妇应该伺候男人，哪能让男人下厨给媳妇做饭？当然，祖母没有为难母亲，而是把父亲叫进房间训斥了一番。一贯听话的父亲虽当面没有反驳祖母，但背地里却不以为然，该伺候媳妇还伺候媳妇，只是不能再让祖母知道罢了。

二哥说祖母旧式规矩甚多，训练得两个姑姑也是如此，后来又因为常年卧床不起，脾气变得越发无常，家中大小在祖母面前顾忌很多。每天早晨请安后照例就是请示日常琐事的处理，母亲无意纠缠于此，关心侄儿功课并借此回避了这道程序。祖母因为一贯重视教育，对二儿媳这种行为也就睁一眼闭一眼了。难为了我那老实的大妈，同样出身于挂过"千顷牌"的河北贺家，却一直跟在身边伺候瘫在床上的婆婆整整 18 年。

三、笑声先闻

据钟士模的二公子钟道隆回忆，"张伯母笑声爽朗，人未到笑声先闻"。我听完后很纳闷，因为自我懂事以来从未见母亲开怀笑过，道隆兄的描述和我的印象对不上。

最近求证晶晶姐，她也说，"干妈满面春光，永远都是笑盈盈的，我那时特爱和干妈在一起"。

我猜想，自"三反""五反"开始，父母对接踵而来的各种运动经历了兴奋、积极、迷茫、不解，消极甚至是抵触，直到"文革"，长达二十年，或许丢失了她爽朗的笑声？"文革"后，母亲倒是常笑，但那是饱经沧桑后沉稳的笑了。

四、普朗特学生

母亲的学术水平比父亲高？这个说法不知什么时候传出来的，而且愈演愈烈，就连父亲在家有时也说，你妈比我厉害，在德国学术界她的地位很高，我跟着她沾光。

盖因母亲师从世界流体力学鼻祖普朗特教授，是普朗特唯一的女博士生，也是唯一的亚裔学生、关门弟子，她的师兄中有赫赫有名的冯·卡门、铁木辛柯等，如此一来，母亲在力学界学术地位确实很高。当她来到清华时，清华园里的一些大教授如周培源、钱伟长以及后来回国的钱学森、郭永怀等，他们不是冯·卡门的学生就是铁木辛柯的学生，从学术辈分上来说，母亲是他们嫡亲的师姑。

我小时候只要遇见张光斗，他总是摸着我的脑袋说，你应该姓陆，叫陆克澄！

周培源的女公子周茹苹回忆：小时候，对于父亲和母亲王蒂澂称呼陆先生很不理解。她父母对其他的朋友，都是直呼其名，像张奚若夫妇年长周王很多，但都以奚若、杨大姐相称；金岳霖称老金；陈岱孙称岱孙；吴有训称正之；梁思成夫妇自然以思成、徽因相称。……但从来都客气地称呼我父母为张维、陆先生……

按理说周老是父亲张维的老师辈，他在尊称母亲为陆先生的同时偶尔也称父亲为张先生，父亲说是沾了母亲的光，事实也确实如此。

五、母亲很厉害

钱学森之子钱永刚曾经问我，"张伯母怎么那么厉害？我从小到大只见过她一个人敢对我父亲那样说话，没有第二人！"

嗯？

他说有一次陪父亲钱学森来我家串门，在聊天的过程中母亲向钱推荐一个人，母亲说了好一段那人的优点，钱学森听着，眯眯笑，不作声。母亲独自滔滔不绝，见钱没反应，很不高兴，站起来，几步走到他跟前，指着他的鼻子说，"钱学森，人家都说你骄傲，我原来还不信，现在看来你真的是骄傲！"永刚被这前所未见的场面惊呆了，却只见钱学森不急不恼，笑眯眯地轻声说，"那个人是不错，但没有你说的那么好！"

回家路上，永刚不解地问他父亲，"张伯母跟你急成那样，怎么不见你生气？""老同学了，我还不知道她的脾气？我才不生气呢。"

母亲这么厉害？我没有在场不清楚，但我知道母亲在他们那一辈知识分子中是有相当的威信的。

20世纪70年代初，中国科学院光学精密机械研究所受控热核反应实验站在安徽成立，我有幸成为建所元老，从车站接人到安置桌椅板凳全都干，也常随陈春先到北京出差。

有一天领导派我随物理所的卡车去北京站办理图书资料托运手续。

车队调度告诉我，卡车上已经有其他随行人员了，为了赶时间，你先搭所里的小车到北京站吧，办完事后坐公交车回来。我毫无异议。

出得所大门，小车司机叮嘱我，这车是接马所长去北京饭店赴宴的；马所长一贯不喜欢人家搭他的车；万一怪罪下来，你别吭声，我来跟他讲。

果不其然，马大猷见车里有人，扭头就回10号楼他家里去了。司机急忙追进去，好说歹说，保证我不跟车回来，他才出来，侧身进车时瞪了我一眼，气哼哼地坐进前座，一路上没再张口。

手续复杂，一切办妥已过了8点；天上飘起了雪花，辗转换了好几趟车，加上走路，回到家已是十点半。

母亲熬了姜糖水在等我，说是已热了好几次，怎么这么晚才回来？如此这般大概一说，母亲说了声"这个小马"，嘱我赶快盖好被子发发汗，免得感冒，便上楼了。此日星期四。

星期日上午9点，有客敲门。我应门时惊见乃马大猷！他见我也是一愣。母亲一边下楼，一边笑着说：眼熟吧？这是我儿子，是你们所的员工，前几天被你赶走的那个！他是去给公家办事，搭你的车，你摆什么谱呀，下那么大的雪，差点冻病了！

简单的几句话说得马大猷大惊失色，赶紧解释说真不知道，真对不起，等等。母亲也没再穷追不舍，问他：东西带来了？

马大猷忙不迭地掏出一副耳塞。原来，父亲睡觉打呼太甚，母亲偶然抱怨，马大猷是搞噪声的，工作中常用到耳塞，连忙推荐德国耳塞隔音效果不错，并亲自送到家里来。

周一上班，马大猷到一室找到我，进门就埋怨：你这个孩子，到物理所工作也不上我这儿报个到，害得我在陆大姐面前出这么大的洋相！

六、母亲很诙谐

有一次我随父母散步，碰见黄万里。母亲叫住他，"黄万里，听说你那个病跟我吃一样的药？"黄先生不好意思地说是。母亲笑了："真跟我吃一样的药？我是女的呀！"

看着黄伯伯顿悟的表情，我憋着不敢笑，迷信也不能迷成这样呀！

还有一次季羡林来我家，送了父母一本他写的书，好像是关于梵文的。母亲翻看着，跟他开起了玩笑："季羡林，这梵文你到底学得怎么样？你可号称中国懂梵文第一人啊，你说它是一，大家就跟着说是一，你说它是二，没人敢说是三，你可不能误人子弟呀！"

季羡林乐呵呵地表示，谨记、谨记！

母亲像一本书，没有到一定年纪读不懂；当我开始读懂她时，母亲却已经远在天国了。

深深地想念母亲！

注：孙德和，院士，黑色冶金设计院建院总工程师，新中国冶金事业奠基人之一，中国科技大学退休教授。父母留德时的老大哥，长女孙静远（小名晶晶）1936年出生于柏林，后被父母收为干女儿。

回忆父亲张三慧

张卫平

一、家乡、大家庭

父亲是河南巩县（今巩义市）人，1929 年出生在县城以南十几里地的水地河村。

先祖父张合志，字鹏远（1897—1978）。祖父是家中的四弟，老么。早年毕业于保定高师生物系。祖父高寿，除生命的后二十二年陷逆境身不由己，一生从事教育。他年年将在外教书所得寄给在家乡持家的三哥。这些现金来源，除了供第二、三代子孙念书，还置买田地和建窑洞。因丘陵地貌所致，巩县的百姓居所曾以窑洞为主。我 1983 年携新婚妻子回老家"认门"，住过祖父留下的旧窑洞。时值盛夏，窑洞内凉爽宜人，据说冬天则很暖和。窑洞现在已经基本退出历史舞台了。一大家人辛勤劳作，辅之祖父在外执教，挣得家境小康，是道地的耕读之家，大家庭里两代人（包括母亲）出了上十名教师。

二、小学和中学

父亲自幼聪慧，7 岁入初小接受启蒙教育，自此一生向学。据祖父讲，他幼时在麦场睡觉，一夜背会九九乘法表。孩提时油灯下祖父教的诸多儿歌，父亲八十岁时能一字不差地背出一首："小小子，上南洼，刨个坑，种西瓜。先长叶，后开花，接着结了个大西瓜。小小子抱瓜回到家，爹吃着好，娘吃着好，小小子乐得笑哈哈。"巩县教育志记载，1941 年全县小学生学术比赛，比赛项目含算术、国语、历史、地理、图画。县立第一高小获

图 1　父亲年轻时照片

总分第一，"学生张三慧得'学术优秀'奖章一枚"。同年，县里又举办儿童演讲比赛。评议结果："第一高小学生张三慧获第一名。"校长老师等大喜，

祖父亦不免得意洋洋，云：此子可教。

1941年，父亲高小毕业，来到祖父执教的前育德中学，当时的河南巩县国立一中一分校念初中（初22班）。1944年，父亲初中毕业，以年级第一名保送地处河南淅县西峡口的国立一中高中，入高25班。入学半年后，时值抗战末期，日寇图穷，疯狂西侵，豫中吃紧。不得已，学校西迁。老师学生每人发两个月的伙食费，自由结伴，背行囊徒步从豫西翻秦岭到西安，坐火车到宝鸡，再徒步二翻秦岭到汉中，最终到达陕西城固县东关的战时临时校址。不算火车的部分，徒步跋涉一千余里，跨月余，历尽千辛。年少不知愁，父亲回忆中对此段生活竟没有半分抱怨，只是感慨道：当时国难当头，国力维艰。但国民政府仍立足国家长远福祉，拨出可观的教育经费，办国立大学如西南联大及遍布未沦陷各省的国立中学，免费供有志学子读书，为光复后重建国家培养可用之才，此诚大智慧也。

三、清华四年寒窗

1947年父亲高中毕业，赴上海、南京两地参加高考。当时各大学独立招生，父亲被三所大学同时录取：上海交大、中央大学（今南京大学）和清华大学。清华大学副校长滕藤教授是父亲的清华同年，退休后外出旅游几次与父亲同团，一见面必说你是1947年清华上海考区的第一名，报上登的。父亲选择就读清华物理系。祖父曾问他为何作此选择，他答道：爱因斯坦的相对论，将给物理学带来无限的前景。我要到美国留学学物理，清华的机会最大。自此到2012年在清华大学校医院离世，父亲在清华和物理学打了65年的交道。

当时清华园里物理学大师荟萃，父亲从王竹溪、周培源、孟昭英、王淦昌、彭桓武诸师，如沐新雨。中学打下的扎实的基础，辅之"未敢稍懈"的自律，使父亲得以充分发掘清华得天独厚的学习环境。他曾经跟我说当时班上学习有"五虎将"，言外之意他是五虎之一。曾任科学院院长的周光召与父亲大学同班，是一只"老虎"。父亲同学中还有科学院院士何祚麻和工程院院士高伯龙，大概都是老虎吧。父亲的学号是36396，每次考完试，教务处按学号公布成绩，第一名最高分常被36396领走。但细考他四年的学习成绩，没得过一个100，90分以上不到三分之一，学年平均分只有82.8、85.1、85.2和87.0。清华授业育人的严谨几至苛刻的学风可见一斑。

1985年，作为恢复理工合校的一步，清华建应用物理系，礼聘时任科学院院长周光召担纲系主任。成立大会上，周光召应邀讲话。清华校报日后登载讲话全文，其中一段提到父亲。周院长说，"我对清华办好物理系有信心，因为清华有非常优秀的教师资源。比如，我的大学同班同学张三慧，当年功课比我好。"周先生当然是在自谦。同年，父亲被特批晋升正教授。听说是北京市唯一一个因教学贡献突出而晋升教授的。

四、袭大师学风

1980年，父亲的一位学长退给他一本大学期间他修王竹溪先生《热学》时的作业本，上面还有王师的点批。父亲在扉页上写下如下文字："早年从吾师王竹溪先生学热学，先生爱生之真切，教学之负责，治学之严谨，印象殊深，几十年未曾稍忘，常奉为圭臬，奋力相从。今值新长征伊始，忽由学长夏学江同志处复得此习题本，欣喜万分。谨心祝吾师身体健康。自当再激老骥伏枥之志，尽瘁暮年，以期不负吾师之厚望也。"这本作业本原件现存清华校史馆。其中一道题要求计算一百零八个答数，每个数字要精确至小数点后六位。当时没有计算机，只能用八位对数表一一计算。已经发黄的作业本上数字与文字（英文）工整清晰，页面无任何草率的痕迹。学生这样做功课，老师批改却愈加认真。王师的批改即是实例。他曾仔细对过每个答数，甚至用铅笔标出其中一个答案的第六位数字有误。作业本中一页上还有父亲当年注释："From exercise of 顾之雨"。他讲这是因为当时清华授业以诚信为要，这道题他是参考了顾同学的解答才做出来的，故向老师注明。

考父亲成绩单，《热学》课是1949—1950学年修的。那时，国家、社会的变化翻天覆地。清华园亲历两重政权，一夜间从国统区变为"明朗的天"的解放区。老师、学生自然不免卷入政治。但在做学问事上，先生和弟子，依然淡定如常，雷池不越。必是多少代沉淀的知识分子秉性和传统使然，令人起敬。父亲讲他事后常用王师范例教育学生，以期清华的严谨诚实的治学之风世代相传。据他说，学生们反应强烈。

五、承大师厚爱

父亲还不无得意地讲过一件与周培源先生有关的小事，也可作为当年清华的大师们上讲台教基础课的注脚。周先生是他理论力学课的老师。一定因

感恩先辈

为是得意门生，有一次考试，周先生监考，路过他身旁停了下来，稍事迟疑，终于小声指点说：你这儿错了。父亲一身冷汗，心想周先生爱生心切，不免"徇私"，不然不知要扣多少分。

周先生后来去了北大，最终变成了国家领导人之一。我父亲则在清华教普通物理。一直到 20 世纪 80 年代后期，父亲才在一个什么会场上又见到周先生。他说他走上前去问候，周先生说：你也来了？父亲事后说，这是周先生客气，他大概不会记得三十多年前的学生了。我和周先生说来也有渊源。周夫人王蒂澂是清华附中的老师，教过我英文，是一位非常和蔼的老太太，慈祥极了。当时不知道她年轻时曾是北师大的校花！

图 2 清华大学物理系 1951 级部分同学，明斋前，1951 春（人名由顾之雨先生根据回忆提供）
前排（蹲者）左起：黄源偶、黄毅英、李崇桂、陈遂、胡仁芝
后排左起：毛世琦、甘高才、李赋镐、高伯龙、吴乾初、陈志全、杨士莪、张三慧、龙唐、
　　　　　郑仁圻、刘秉正、李功平（高个者）、陈印椿、宋从武、顾之雨、郭长志、周光召、
　　　　　杨光庆

父亲 1951 年大学毕业之后就一直没有离开过清华园。观其后六十年的育人生涯，他的确没有辜负老师们的厚望。

图 3　清华百年校庆暨物理系 51 级毕业六十年部分老同学合影（2011 年 4 月）
前排：杨帧、顾之雨、郑仁圻、张三慧　　后排：蔡荣业、黄源倜、何莘

六、国家的召唤

父亲大学四年，恰腰跨 1949 年，是中国改朝换代的大时代。他回忆道，在解放战争节节胜利的形势下，他的政治热情不断高涨。心中确信，中国历史上最辉煌的篇章即将在眼前展开。他于 1949 年 9 月加入共青团，一年半后自荐当选为团支部组织委员。1951 年夏，清华受命创办工农速成中学，从低文化层次的工人、农民和士兵里迅速培养大批干部参与执政。校团委给各支部下达通知，征求毕业生报名参加速中的创办。那时 1951 级即将毕业，同学们都开始考虑毕业后的去向。父亲深信"知识分子要改造资产阶级思想，向工农兵学习，为工农兵服务，和工农兵打成一片"的训育，得知校团委的通知后，毫不犹豫地在第一时间就报了名，还暗自庆幸团支委的身份，"截留"优先得到这样一个报效国家的机会。

因为是班里的学习尖子，他毕业后的去向也有各种传说。他事后曾听说周培源师曾推荐他去苏联留学，因他自愿参与工农速成中学创办而作罢。孟昭英师曾招他去科学院电子所工作，被他以工作已定而婉拒。父亲后来记录了一段与孟师的情谊：父亲 1990 年到美国访问需要推荐信，他借拜年的机会请孟师拨冗。孟师当时年逾八十，正受邀参与诺贝尔奖的评审，很忙，师母遂挡驾。父亲正在窘迫之中，孟师插话："别人的不写了，但他这一份要写。"师生情谊立见。

感恩先辈

七、工农速成中学的 6 年

之后的 6 年，父亲与其他年轻志愿者同事们一起全心全意地投入了他们认定的事业。工农速成中学的工农兵学生来自全国各地，两百多人中大多数只有小学水平。本着真心学习他们优秀的政治品质、努力为他们服务的信念，年轻的速中老师们把多数比自己年龄还大的学生接进坐落在清华内的校址，从食宿到上课再到课外活动，都精心安排。父亲回忆说，当时想的只是生活思想上如何与学生们打成一片，教学上如何千方百计让他们弄懂学会。他的努力没有白费，从近年来速中校友的回忆录中看出他很受学生的爱戴。速中校史组 1984 年给校友发问卷，提名印象最深的老师，速中的学生大都填的是张三慧。

父亲这种表现自然也颇得领导的赏识，并于 1952 年入党。他积极改造思想，努力与工农兵相结合的行为被推举为模范。校党委安排他给全清华毕业生做报告；北大一团支部邀请座谈经验，团市委授予"优秀团员"称号。在学校里他担任物理教学组组长，因教学优秀，他二十出头，职称就提为中教二级。被北京市教育局评为优秀教师，给中学老师讲示范课。当时政策还鼓励能者多劳，按劳付酬。在巨大的精神支持下，加上年轻不知道累为何滋味，父亲每周上二十多节课，月工资竟达五百多元，等于两个二级教授的收入了！

八、留在清华

1959 年，工农速成中学停办，绝大部分教职员工调出清华。被定"右"之后的父亲奇迹般地留在清华，被调入基础课物理教研组工作，从实验室助教做起。

2011 年 4 月，我回国陪父亲到北京肿瘤医院做化疗。在车上，他讲起一件五十多年前的往事。他说，就在反右开始前两周，大概出于量才使用的考量，速中的书记通知他，已决定把他调离速中，去研制高技术武器的单位工作，也就是后来的"二炮"，过几天就办手续。后来发生的事情自然使该调动流产。回忆这件事时他还是那么平静，但多了几分惆怅。参加一场大事业的机会与他擦肩而过：23 位"两弹一星"的功臣中有 14 人是他清华的前辈甚或是大学的同班同学，而且学物理者众！

九、努力脱胎换骨

在 1959—1979 这二十年间（一个人黄金的 30 岁到 50 岁），看父亲留下的文字和观察他的举动，能揣摩他的内心，猜到他秉持的信条：自己错了，是个"罪人"（父亲日记），必须诚心改造，努力表现，最终脱胎换骨，争取早日事业回归和政治重生。行动上则处处积极，寻找机会。父亲的日记提到，划右初始，他就被"荣幸地"任命为右派学习小组长。一日，人民日报指谪某印度报纸刊登丑化毛泽东的漫画，父亲由衷愤怒，在系馆贴大字报严词声讨。像类似表忠的行动后来应还有发生。1959 年 9 月，划右仅 19 个月后，他就因认罪深刻，改造出色而获第一批摘掉右派帽子。虽然仍属另类，但父亲因此而受到极大鼓舞，乃至激发他回到党内的梦想。1961 年 10 月 1 日的日记载毛选四卷出版。同月 23 日日记中就有"四卷看完一遍，又把三卷的后几篇看了一遍"的文字。1962 年，他正式递交重新入党的申请书。此举连领导都有些措手不及，只好告知"还不便公之于众"（父亲日记）。

工作上，已有十年教龄的他从辅导试验课做起。不久便安排讲大课，更不曾怠懈。习惯紧跟然后事事追求极致的父亲，认真领会学校的意图，功夫下在把教学大纲规定的内容在课堂上讲清讲透，让学生在规定课时内就能掌握内容，从而回避课下苦读。一次，学校为检验教学改革效果，对他教的电 604 班突然袭击考试，全班竟无一人落马（不及格）。为此他成为全校教学改革贯彻"少而精"教学原则的标兵，被授予"优良教学工作者"称号。学校还把他的教学思想和方法总结成篇，向全校推广。全国各地高校来的取经团，他被遴选上台代表清华介绍经验。据无从验证的传说，学校甚至在"文革"前有晋升他为副教授的意思。记得我们全家 20 世纪 60 年代时还在颐和园疗养过一个星期左右。现在依稀回忆起来，那真是天堂般的一周，此待遇也一定与父亲出众的工作成绩有关。向"摘帽右派"授奖，推广其工作经验，举家疗养，乃至被考虑提升职称（若属实），当时应属罕见。用他自我调侃的原话形容就是："当时在清华又红了一阵"。

1961 年，父亲还与数学系的程紫明、化学系的章臣懿等被派至清华附中高中预科班兼课，培养尖子学生直升清华大学。这些中学生们几十年后仍对当年这些大学的老师们出色的教学难以忘怀。学生石宏敏和王至元亲口跟我

感恩先辈

143

说父亲的物理讲得实在好，出神入化。另一位预科学生仲维光是自然辩证法研究生，侨居德国，2011 年写文章提到父亲五十年前讲授的物理学方法，对他启发尤深。2012 年在父亲的告别仪式上，来自附中高中预科班的十几位老学生，都年逾花甲，围在父亲的遗体一周，挥泪向他做最后的告别。

十、"没受大罪"

1966 年初夏，"文革"如迅雷骤雨，突如其来。几乎一夜之间，全国沸腾。清华一如既往，又成风口浪尖。父亲当时是"摘帽右派"，已属落水。有一天，见他大白天关着门，躺在里屋，不讲话，这是在我记忆里从未有过的情形。我很害怕，问母亲怎么了，她说有人贴父亲大字报了，说他是党委和领导"招降纳叛"的对象。他一定是陷入了极端的迷惘，因为近十年的努力改造看来又错了。

1967 年前后的"清理阶级队伍"运动中，各单位天天晚上开会到十点。11 岁的我躺在床上，一定要等到父亲上楼梯沉重的脚步声响起，才敢睡去，生怕父亲发生意外。这是我经历的唯一的一个感到害怕的时期。

作为已被打倒的另类，父亲不是运动的直接对象，家里虽然被抄，人扫过厕所、烧过锅炉，还曾被少不更事的学生辱骂，但用他的话讲，"没受大罪"。

十一、五七干校

1969 年，他到江西鲤鱼洲清华大学五七干校劳动。父亲又把这当成磨练自己、向党表白的机会。仗着 39 岁的年轻体魄，秉苦心智、劳筋骨的信念，他烈日下挑百多斤的稻米，改良土壤挖地三尺，插秧时虽腰伤不下战场，特大暴雨时冲进危房把同事抱起来"扔出"窗外。鲤鱼洲是血吸虫的疫区，水田是血吸虫的领地。父亲分派管水，自称水官，非但没有怨言，还常利用沿水渠来去巡视的机会编快板书，现编现演，鼓舞五七战士的士气，父亲是诚心地接受筋骨的磨练，坚信这是组织对他的考验。

也可能诚心真能感动上天，他管了半年水，没有染上血吸虫病，而且第一批从干校返回北京。我去北京站接他，他黝黑精瘦的面孔，让我吃了一惊，平生第一次觉得父亲老了。

十二、倾心物理教学

1976 年的金秋季节，几十万人长安街载歌载舞，庆祝打倒"四人帮"。1977 年底，邓小平复出，改革开放启动。在父亲的有生之年，这是他经历的第二个国家历史上的大拐点。与第一次不同的是，这一次带给他的是真正的机会、成功和荣誉。这一年他 47 岁。

"文革"结束，父亲即被任命为物理教研组教学大组长。他根据自己的经验对课程各部分的课时安排、教学难点、例题选择、习题布置以及要求都详尽地写出资料，供老师们参考。他还经常旁听讲师讲课，中肯地提出意见。他在自己亲身的教学中则坚持认真严谨同时积极创新。

1978 年，为追赶世界先进水平，他率先在国内采用著名美国加州大学伯克利分校的物理教材 Berkeley Physics Course Series，开 1949 年后国内使用英文原著教材并用英文授课的先河。学生反应可用"热烈"一词形容。不少邻校的物理老师同行也来清华旁听，吸取经验。为使教材更适合中国的教学大纲之用，他继而自编了英文版讲义 Electromagnetism 和 Introduction to Quantum Physics，也用英文授课。据说有的学生和老师对此举最初并非完全认同，担心同学的接受程度。父亲则认为，在国内，如果清华大学都没有能力这样做，或有能力但不追求高层次的施教，其他高校又当如何？中国的高等教育如何达到国际一流？

父亲的做法得到了学生们的充分认同。物 73 班署名"一部分同学"写信给他说："对您卓越的教学方法和对学生的高度责任感表示衷心的感谢。我们永远铭刻在心。"物 71 班的庞静同学 2012 年发表回忆文章，提到了父亲用英文上课的旧事："大学第一年普通物理是在西区阶梯教室上的。张三慧老师一上来就用英语开讲。因为当时百废俱兴，学校还没有准备好物理教材。张老师选用了美

图 4 父亲用英文讲课，1990 年 5 月

感恩先辈

图 5 父亲与帕赛尔教授在哈佛大学会面（1992 年）

国伯克利大学的物理教材。当年教我们的英语老师们大部分是英音或俄语口音。纯正的《英语 900 句》的美式英语很少在课堂里听到。他把粒子运动和波的传播讲得非常精彩。可惜我已经不记得他是如何讲得那么精彩了。但我记得他从头到尾都是用英语讲的。"北京日报和中央人民广播电台对他的敬业和创新都曾有报导（见 1984 年 7 月 27 日北京日报和次日的电台全文转播）。

父亲在教学中慈威并用，一方面师承老一辈门风，对学生要求极为严格。另一方面又尽力照顾全局，尽力使所有学生都受益。《清新时报》1984 年 4 月一期报导，物理系 86 级叶青同学回忆道，张老师为了让同学们准备李政道主持的 CUSPEA 计划考试，"用他那还算流利但发音欠准的河南英语"教我们普通物理，讲义也是他用英文编写的。张老师"要求严格，作业量大，考试又难，加上他在讲义上的署名是 S.H. ZHANG，于是他就有了'死活张'的尊称。"学生们不免时时调侃老师，父亲的英文发音也见仁见智，字里行间流露的却是对老师的敬意。

1987 年，父亲致函《电磁学教程》的著者，诺贝尔物理奖获得者，著名哈佛大学物理学教授帕赛尔（E.M. Purcell）。他对帕赛尔教授采用相对论讲解电磁学的新径十分信服。信中交流了父亲在清华讲课中两次尝试这个方法的体会，并请教了若干问题。父亲与帕赛尔教授素昧平生，但令他吃惊的是帕赛尔教授很快回信了。帕赛尔教授在信中说："接到您的来信时，我无法找到合适的语言表达我的心情。感动我的不仅仅是您于我的过奖，更令我欣慰的是：不少我的中国物理教学界的同行，认同由相对论导出电磁学是一条既具有启发性而又非常有效的途径。"

父亲在 1992 年访问哈佛大学时曾与帕赛尔教授愉快地会面。大师于五年后辞世，为了纪念这位同行和前辈，在所有父亲著的《大学物理》教材的前言中都有他们的合影和帕赛尔教授来信的全文影印。

十三、著书立说

2010 年 8 月，父亲在北医三院动第二次腹腔手术，我服侍在侧。父亲术后恢复良好。一天午睡后，他提笔写下打油诗四句，自侃："八十一岁，九套教材，辅育青年，不算白来"，并一一列出书名和版本。一年半后，父亲离世。告别仪式上，清华大学出版社理科室主任石磊和编辑朱红莲含泪与我握手致哀，与父亲亦师亦友的情意真挚感人。父亲病重不起时，也是这两位老师来到家里，与我们洽谈父亲过世后书的版权事宜。他们说，张先生著的《大学物理》教科书是清华的品牌，教材中的精品，迄今印数过两百万册。出版社已与物理系谈妥，由物理系牵头安排今后的修订和再版，确保品牌的传世。石磊老师还说，能把物理学的概念讲清楚的人不少，但张先生科学著作流畅和引人入胜的文笔是他的书的特色，鲜有同行能望其项背。石磊是出版业的行家，我亦不免偏心，赌评论不为谬誉耶？

父亲的写作生涯从 1984 年任清华大学基础物理教研组主任始，至 2011 年夏病重放手，27 年间未曾间断。计出版八本科普著作（科普著书始自 1970 年代）、九套物理教材，主译一本美国物理教材名著，在《大学物理》《物理通报》和《物理与工程》等杂志上发表论文四十余篇，另还受邀参与了《物理学词典》等四本英汉技术类词典的翻译。

父亲在教研组主任位，谋教研组主任政，他认为以清华大学的地位，物理系应该有自己的教材。另外，我揣测，父亲也是"利用"平生第一次手中的权力和掌控的自由度，真正做一件自己愿意做而且能做好的大事。遂由父亲担纲，教研组的老师们分工合作，开始著书。只记得有一阵，家里物理教研组的老师出出进进，大都拿着大摞大摞的稿子。我回家时最常见到的情景就是父亲在伏案工作。夏天只穿一个背心，冬天上身穿毛衣，腿上盖一层厚厚的毯子。我 1987 年出国，1995 年第一次回国探亲，以至于以后每年两到三次回清华，直至父亲去世前半年，他伏案著书似乎是家里一帧定格的动画，说几十年不变绝不为过。孙儿女们回国探望祖父，印象最深的也是这样一帧画面。

感恩先辈

十四、父亲病了

但这一天终于来了。2008 年 1 月 5 日，我接到姐姐来自北京的电话。父亲在河南老家省亲时脑血栓发作，住进巩县医院。我于 1 月 8 日清晨从芝加哥直接赶到巩县。病情稍稳定后陪他于 1 月 11 日回北京，继续治疗。治疗效果良好，所幸没有留下任何后遗症。大夫说这是因为他身体底子好，有本钱。

2009 年 9 月，姐姐再报不安，父亲在常规体检时查出尿管癌，立即送医院手术治疗。我赶回家时，手术已做完。2010 年 4 月，他查出癌症转移腹腔，再行微创手术切除（即不必打开腹腔），手术相当成功。他甚至还在夏天去英国旅游了十天。但 2011 年 3 月，癌症进一步转移，决定使用放疗。在北京肿瘤医院做了 35 次放疗，他都乐观地积极配合。最后一次走出放疗室时，他兴奋地伸出手指做成 V 字形，照相留影。

十五、望子成龙

父亲不能免俗，望子成龙的心肯定有。但在我的记忆中，他直接过问我的学习只有两次。一次是"文革"初期，学校停课近两年，我十岁出头不懂事，正乐得与小伙伴们整日玩得昏天黑地。父亲却规定我每天用方格纸（四百个格）抄写一篇钢笔字，他每天回来检查讲评。我记得伙伴中没有一个有此"累赘"，但又不敢违命，只好每天比他们晚出去一小时，乖乖把字写完再出去玩耍。偷懒的办法是找标点符号多或多由短段组成的文章抄，这样字就少写一些。绝不敢说后来字写得多好，但的确时时受到称赞。前几年抄送朋友一篇文章，他说你肯定是用这笔字写的情书把当年的女朋友现在的妻子"骗到手"的！各种艺术形式中，我特别喜欢书法作品也一定缘于此。

"文革"中的 1971 年，在清华附中初二第二学期时成绩册上的英文课成绩单到家的第二天大清早，父亲揪我耳朵把我从梦里叫醒，指着 64 分问我怎么回事。大概记得我回答说这年头谁还学英语啊？父亲当然不满意我的回答，不过的确没挨耳光。后来下个学期下了大功夫，期末英文考试全班两个 100 分，我是其中之一，这两份成绩单至今还保留着。1977 年底，"文革"后第一次高考。清华近水楼台，消息快。我当时在朝阳区上班，每天来回挤公交车三小时，所以只能利用晚上和周末时间抓紧复习。记得快要考试了，父亲每天吃过晚饭后就坐在桌旁，或在屋里来回踱步，很少说话。我和姐姐复习到几点，他就陪到几点。数理化三门，有问应声必答。用"指哪打哪"形容，一点不夸张。我自己好为人师，这几年在美国社区的中文学校客串，教 SAT 数学辅导班，每周星期天午后上课，上午做些准备。虽然只教数学一门，也每每被一两道中学的题难住，必须绞尽脑汁苦想才能应付，与"指哪打哪"相去甚远！

回到 1977 年高考。因为是初中的底子，时间实在不够了。只好断指，放弃有机化学部分。考试勉强过关，录取我的是兰州铁道学院的铁道工程系。他听到消息后，立刻骑车到城里，见了招生的老师，详细了解了学校的情况后打电话给我。他说兰州虽然远，专业似也不那么时髦，但世事难测，这上学的机会千载难逢，不可犹豫。我听了父亲的话，1978 年 3 月到兰州上大学，有幸成了颇有些历史感的"七七级"的一员。

四年后，我大学毕业前报考清华水利系的研究生。挟四年死读书的功夫，考试顺利通过。当时发了个电报给父母，请他们放心。最后一次从兰州回北京时，父亲兴冲冲地到车站接我，路上只简单问了问毕业离校的情况，考试的事根本没提。回到家，母亲告诉我，我考试的那几天，父亲天天早上在阳台上晒被子，说是晚上常常梦到我考场失误，无缘进清华，惊醒后总是一身冷汗！

十六、父亲的遗物

图 6　父亲和母亲

我整理父亲的遗物时，发现五六个笔记本。每个约半寸厚，纸页属劣质，黄黑黄黑的，一望即知是中国"文革"前的产品。笔记分力学、电学、光学等学科，记于 20 世纪 60 年代。字迹为钢笔正楷，文字、图、表、公式，非常工整，几无涂改。内容涵盖物理概念到习题到解答到眉批心得。实实在在就是手写的物理书！父亲 90 年代以后，一发而不可止，出版九套大学物理教材，包括一套英文版，印数达几百万册。看来是从 60 年代就开始努力了。

父亲一生中，课堂教室是圣地。下面的两件

往事都与课堂有关。父亲弥留时，顾秉林校长到医院探望，讲到1966年他做学生的时候。当时"文革"初起，学校章法已乱。有一天他去上课，坐下后发现课堂里只有两个人。坐在台下的学生是他，站在讲台上的教师是父亲。五十年过去了，他变成了父亲的同事和领导，但这件事他一直记得特别清楚。另一次是2003年，母亲重病在北医三院的急救室抢救。我接到病危通知，从美国赶回。当夜留在医院陪护，凌晨三点噩耗成真，我稍作料理后回家已是五六点钟。我安慰父亲，他说他已有思想准备，能扛住。只是七点半钟还有一堂课，没有时间找人代课了，他必须去上。就这样，74岁的他上课回来才和我们一起处理母亲的后事。我现在想，当时课堂里绝没有一个学生知道老师家里发生了什么，还有父亲这一夜是如何度过的。

结语

图 7 祖孙三代于芝加哥（2009 年）

父亲的追思会上，我代表子女送挽联，表达了我们对慈父的怀念：

笔耕言传泽被百万学子（出版社说他的教材印数达百万册）

庭训身教恩及两代子孙（我们三个子女都曾有孙辈托由父母照看经年）

行笔至此，抚案回首，音容笑貌犹在，人已间隔阴阳。

泪已尽，唯有感恩与怀念。

作者简介

张卫平：男，1956年出生。父亲张三慧，清华物理系教授。母亲张民慧，中学老师。曾住二公寓，上清华附小，清华附中。1972年初中毕业后插队。1978年入兰州铁道学院本科，1982年入清华水利系念硕士，1995年在美国西北大学获博士学位。曾从事电子产品开发、工厂管理。现住美国芝加哥，从商。

五进清华，一生情缘

——父亲张岱年与清华的故事

张尊超　刘黄

想到父亲，想到清华，在我的记忆中会立刻浮现童年印象中的深刻一幕。

1948年，清华大学解放前夜，国民党军队的飞机不断轰炸清华，阻挠清华大学提前解放。在飞机声和炮火声中，清华大学教授们组织起护校委员会，保护校产、文物、图书，要将清华大学毫发无损地献给新中国，父亲张岱年也积极参与其中。

这是个危险工作。当时我家住清华西院，经常被飞机轰鸣声、炸弹落地声和远处的炮火声所包围。一天，飞机又来了，听到炸弹声传来，爸爸一跃而起冲出家门。妈妈阻拦他："现在太危险，等过了这一阵，飞机走了再去吧。"爸爸说："不行，我一定要准时去护校值班。"

爸爸刚出门，一颗炸弹就在很近处落地，"轰"的一声，我家的后墙应声坍塌。妈妈说："屋里也不安全了，快跑！"拉着我跑到外面的防空壕里。这正合我意，那时我很小，还没满4岁，总闹着出去看飞机，飞机飞得低，看得很清楚。

这时爸爸的身影正疾奔在西院和工字厅之间的空旷草地上。突然，一颗炸弹落在离他不远之处，升腾起高高的烟土柱子。接着好像是在追着他，又一颗炸弹就落在爸爸身旁，硝烟腾空而起，顷刻笼罩住他。我大叫："爸爸呢，爸爸呢，看不见爸爸了，我要去找爸爸！"就要往外跑，妈妈一把按住我。好在一场虚惊：待硝烟散尽，父亲仍在毫无遮掩的草坪上向工字厅疾驰而去。

他回家后，我们问他伤着没有，他说炸弹炸了一个大坑，距离他仅两丈多远，幸好飞起来的土块没有打中他，只是浑身上下弄了满身土。

我儿时的记忆大都已忘记，但这一幕终生难忘。父亲一生远离政治，沉浸学术，唯此时，自觉自愿为祖国奉献身心。

在父亲九十五年的生命中，机缘际会，他五进清华。

感恩先辈

一进清华

遥想当年，第一次迈进清华大学汉白玉校门时，父亲还是青葱少年。

1928 年，父亲以优秀成绩从师大附中毕业。正是这一年，清华学校大学部更名为"国立清华大学"。据说，"国立清华大学"是彼时最牛的大学，其录取比例甚至低于当时的北大，煞是难考。

少年父亲当时颇得意于自己的实力，师大附中尖子生，数语外全能，此时不彰显个人实力，更待何时？他放弃免试保送北师大资格，报考清华大学，毫无悬念一举而中。1928 年夏天，19 岁的父亲如愿升入清华大学。

但一个月后，他却闪电退学。

原因是：这一年国民党在清华大学始推国民党的政治教育，派员对学生军训，出操跑步喊杀。父亲面对两位国民党军官，面对各种思想行动强化统一，实在无法忍受，他后来写道：军训"十分讨厌，我当时实在受不了"。

悍然退学引起家庭轩然大波。爷爷张濂怒不可遏，对平素执中致和的儿子采取极端方式处理这件大事十分不满，狠狠地训斥了父亲。

其实爷爷不必大动肝火，当年父亲勇敢退学，是因为他没有后顾之忧，还有无数优质的教育资源可以选择：本来，他拟再报考北大，因北大这一年推迟招生，他又重考北师大，并被教育系顺利录取。清华大学退也退了，又有北师大接着，老父同意不同意，最后也只好对儿子让步。

父亲的这段经历颇让今人对二十世纪二三十年代的中国教育刮目相看：学生竟敢因不喜军训退学，复又可以凭借实力进入其他名牌大学，教育环境可谓宽松。

这一次，父亲于清华大学可算是惊鸿一瞥，爪印留痕。

父亲毅然转身离去时，他一定不知道，这只是他和清华大学一生渊源的开始。

二进清华

有意思的是，五年之后，不肯当清华大学学生的父亲，却走上清华大学的讲台，成为哲学系的教员。

1933年暑期，父亲从北师大毕业。

大学里，经常从教育系逃课到图书馆的父亲，潜心研究哲学，发表了许多高段位的文章，被学界看好。其中有《关于老子年代的一假定》《先秦哲学中的辩证法》《唯我论》、张如心《哲学概论》的评论、《"问题"》《秦以后哲学中的辩证法》《斯宾诺莎300年诞生纪念》《评冯著〈中国哲学史〉》《胡适的新著〈淮南王书〉》《知识论与客观方法》《辩证法与生活》《哲学七则》《哲学的前途》《维也纳派的物理主义》《万物一体》《颜李之学》《辩证法的一贯》《谭理》《关于新唯物论》《姚舜钦著八大派人生哲学》《哲学十一则》《相反与矛盾》《论外界的实在》《批评的精神与客观的态度》《世界文化与中国文化》，并节译《苏俄的哲学》、翻译《哲学的将来》。父亲赞佩大同理想，这些文章多用"季同""宇同"或"张季同"署名。父亲这些文章受到学界大佬们的青睐。

在自传里，父亲写道："因我当时已经发表学术论文多篇，颇有新意，所以一经冯友兰先生、金岳霖先生推荐，梅贻琦校长随即批准了。"此事大伯张申府亦有功焉，"1933年我去清华，大哥正在清华哲学系做教授，他介绍我去当助教"。

以学问为敲门砖，经冯友兰、金岳霖、张申府三位名教授强强联手推荐，父亲一毕业便"好风凭借力"，直入清华大学做了助教。在这座充满大师、充满思想、充满自由精神的学术圣地，开始他的哲学生涯。

这是父亲的"二进清华"，其重大意义在于：在这里，父亲正式迈入中国哲坛，耕耘一生、苦乐一生。中国哲学文化界也从此成就又一位大家。

秋季开学，24岁的父亲从学生变为老师，首次站上清华三院的讲台给学生开讲"哲学概论"。讲课给父亲带来快乐，像他日后所写，"我在三院讲课多次，当时感到讲课的乐趣"。

有幸听过些名师讲课，惊奇于一个现象：明明一个普通人，一旦迈上讲台传播思想，整个人立刻变得光彩夺目、魅力四射。遥想父亲也必如此。他不一定是风度翩翩型，但一定是儒雅沉静、腹有文章气自华型，像熊十力所夸的"贤者气象"。虽然年纪和他的学生相差无几，却镇得住台。

父亲上课并不以口辩为能，而是以学识深湛、立论剀切、思维缜密以及思想新锐赢得听众。虽然平时说话有时略口吃木讷，课堂之上却旁征博引、口若悬河，深得学生欢迎，对此有冯友兰先生文字佐证："其时，张先生乃刚毕业之大学生，又非出自哲学专业，选课者除哲学系一年级新生之外，亦有其他系高年级生，均翕服无闲言。"究其原因，"盖张先生真正是一位如司马迁所说的'好学深思'之士，对于哲学重大问题'心知其意'。讲课者言之有物，听课者亦觉亲切有味矣"。

父亲的思想深湛新锐。在深入研究比较后，父亲认为，辩证唯物论放射着真理的光辉：它解决了西方近代哲学中唯理论与经验论的争论，准确说明感性认识与理性认识的关系；解决了物质与精神的关系问题，既肯定物质是本原的，又承认精神对于物质的能动作用。

同时，父亲进一步形成自己的哲学理论体系："唯物、解析、理想综合为一"，被时人称为"解析的唯物论"或"新唯物论"。其基本观点为：以唯物（父亲称之为"物本"论）为基础，吸取西方的逻辑解析方法，以及中国古代哲学关于人生理想之深邃思想的哲学体系。

父亲将自己的唯物的、解析的、理想的"新唯物论"哲学引进课堂，详细讲解。多年后，一位清华校领导说，父亲是把辩证唯物论引入清华讲堂的第一人。在父亲之前，大伯张申府也曾经给学生们介绍过唯物论、辩证法，但系统讲授辩证唯物论哲学，父亲是首开先河者。20世纪30年代，他为学生们打开了一片崭新的哲学天地。

父亲讲课受到学生追捧。除授业解惑功能圆满完成，又开拓了学生眼界之外，还来自他的认真和用心。父亲格外用心揣摩，尤其他初为人师时，如何把学识有效传达给学生？多年后，我们发现了一份父亲初登讲台时为自己制订、此后又不断修正的教学方准，深为惊叹：

教学 民国二十二年草 二十七年更定

一、应尽其所能，殚精竭力以使学生得受益；

二、审知学生之程度，重视学生之聪明才力，勿卑视学生之潜能；

三、将时间分配妥当，一小时或二小时一问题或一章；

四、开端列目的、目次、讲法；

五、依条理讲，一二三四如表解，摘要分条写于黑板，注意层次；

六、一字一字，一句一句皆须清楚；

七、要句特重。引用名著中之极扼要简赅之句，译出述明；

八、不易讲明之症结所在，特别详说，务仔仔细细，维肖维妙；

九、在每讲一章前，提出数中心问题，引起注意力；

十、每章讲完，作一撮要，示总概念；

十一、与时俱新。在所讲范围内，如有新说新潮发生，必使学生知之。

以下又有：

申知学生需要与兴趣。

分别难易，难懂者反复说明，易解者简述数语即了。

这篇教学方准，站在学生的角度，针对学生的心理制订课堂节奏、授课之道，今天看来仍然极具价值。无论为人为文为学为师，父亲都是个认真负责肯于钻研，把事情做到极致的人。

正是在20世纪30年代的中国哲坛，父亲潜心写作、奋力授课，种下新唯物论的参天大树。

1934年，旧历年刚过，正月初九，爷爷张濂突然病危，父亲得知消息匆促进城探望，2月27日，家人把病情加重的爷爷送进城里的德国医院。第二天就是元宵节，城里的大街小巷一派过节气象，家里人却焦急担忧。正月十九，爷爷去世，52岁，正值壮年。

从初九发病，前后不过十天，而住进医院还不满一周，爷爷便遽然离世。万种伤痛，父亲在日记里只记了四个字："老父弃养"。

丧事办完，爷爷不在了，他的家也不在了，丧父之痛加孤独凄清，父亲的情绪遭到了很大的打击。

4月23号，父亲复回清华教课。至初夏，终于身体、精神两不支，郁郁成疾。坚持到暑假，他向清华请辞养病，告别了自己刚刚登上一年的讲台。

三进清华

图1 父亲年轻时照片

离开清华大学的两年里，父亲完成了两件大事：第一，完婚；第二，完成传世之作《中国哲学大纲》。

第一件大事仍然与清华大学有渊源。1935年，父亲和母亲结婚。母亲冯让兰是百分百的清华家属，她是冯友兰先生的堂妹，从14岁在开封上中学之际，母亲就住在任河南大学教授的冯友兰家里，冯友兰多次作为家长，为妹妹出席学校的家长会。后来，冯友兰进入清华大学，而母亲也考上北京女子师范大学，便仍然住在冯家。父母二人的月老，就是冯友兰和同为清华大学教授的大伯张申府。

感恩先辈

155

婚后不久，父母搬离清华，在西单辟才胡同二条二号租住。宽敞明亮的北房中，父亲辟出自己的专用书房，宁心静气，用短短一年多时间写完了开创性的《中国哲学大纲》（《中国哲学问题史》）。62 年后，即 1997 年，在北京大学中关园寓所的逼仄蜗居，父亲回忆当年："房屋宽敞，书也放得下，每天研究写作，不用教书，只是不停地写，用了一年半时间写出了《中国哲学大纲》"。

1936 年，由冯友兰联系，父亲重回清华大学哲学系，继续担任助教，讲授"哲学概论"和"中国哲学问题"两门课程。而"中国哲学问题"就是以他刚刚完成的《中国哲学大纲》为教材。

1934 年，胡适和冯友兰两人已经各自出版了《中国哲学史》，父亲均细细拜读。这些年间，父亲已经对中国哲学问题有了深入地研究，对写作中国哲学史也早已开始了大量的前期准备。

从这一段时间他所发表的《先秦哲学中的辩证法》《秦以后哲学中的辩证法》《中国知论大要》《中国哲学中之非本体派》《中国元学之基本倾向》等众多文章已然可见中国哲学史之端倪。

对胡著哲学史，父亲并不太恭维。他对胡适先生的钦敬，止于胡对白话文的积极推进。他对友人说过：胡适先生对白话文的贡献，堪与"文起八代之衰"的韩愈的贡献比拟，评价可谓很高。

但他大赞冯友兰的《中国哲学史》："考察之精，论证之细，使我深深敬佩！"

敬佩之余，父亲内心自知，有冯先生在前，自己于中国哲学史著述立论的难度无疑翻番。

蹈别人之窠臼是父亲之大忌，空所依傍的创新才是他心所系，父亲决定另辟蹊径，以中国哲学基本问题的源流迁变为基本构架，将中国传统哲学体系化，做出一部思想史。

这个计划的难度比今人想象的要大得多。父亲自知，当初确定这样的目标，无疑是自我挑战。

在当时，很多人只认西方哲学范式，甚至不承认中国有哲学，遑论哲学史？几千年中国思想发展的历程中，本没有"哲学"一词，古贤们依各自的观察体验思考各自说话，大而化之，有感而发。在汗牛充栋"浑融一体原无分别"的千年中国学术著作中，仅仅捋出中国古哲们所论的主要问题已属不易，何况后续之分析、归类、整理、研究？

父亲所作的《中国哲学大纲（中国哲学问题史）》，恰恰就是要用准确的语言解析古代的学说概念，科学界定各个时代各个流派的传承演变，阐释出每种思想的独特体系，摸清五千年中国思想发展源流，最后整理出中国哲学之体系大貌，件件谈何容易。

《中国哲学大纲（中国哲学问题史）》不只是厘清，更是重构、是创建。

他后来说："当时的中国哲学史著作，主要还是对代表人物、学派的分类、分期的叙述性研究，真正旨在清理并重构这个传统哲学体系，特别是以问题和范畴为纲，研究中国哲学史的著作，似乎还没有。要弥补这项缺憾，成为我撰作此书的最初动机。"

这是一个开创性的工作，前无古人。在今天，大约是一个课题组的中长期任务了，可想父亲的工作量何其巨大。父亲却仅仅用一年半的短短时间，完成了这个里程碑式的工程，为中国学界贡献出以古代学术问题和范畴为纲的中国哲学思想史。

只是这部书命运多舛。书稿甫成，商务印书馆立即准备正式出版，却因民族多难，蹉跎至 20 年后，才不得已用笔名"宇同"问世。而等到正式冠以张岱年之名出版，已经是 1985 年。

好在《中国哲学大纲》完成后，父亲便将其印成讲义作为教材在课堂宣讲。我们很阿Q地想，幸亏有清华大学这个讲台，才得以及时让父亲的思想硕果多多少少传递给世人。这对父亲能不能算是一点小小的安慰？

对于父亲来说，20 世纪 30 年代的清华大学还是他提出"综合创新"思想的见证者。

1933—1935 年间，中国兴起文化大辩论：一方是全盘西化派，另一方是复古派。两军对垒，各有大旗各有背景，中间却杀出年轻的父亲，提出辩证的唯物的宏阔观点："文化综合创新论"。"在现在中国，全盘接受西洋文化与谋旧文化之复活，同样都是死路一条。"

父亲在《世界文化与中国文化》《西化与创造》《关于中国本位的文化建设》《哲学上一个可能的综合》等多篇论文中，独辟"文化创造主义"方向："如欲中国民族将来在世界文化史上仍占一地位，那只有创造新的文化"；"唯有信取文化的创造主义而实践之，然后中国民族的文化才能再生，唯有赖文化之再生，然后中国民族才能复兴，创造新的中国本位的文化，无疑的，是中国文化之唯一的出路"。

父亲对综合创新做出十分详细地阐述："创造的综合即对旧事物加以'拔

夺'而生成的新事物。一面否定了旧事物，一面又保持旧事物中之好的东西，且不唯保持之，而且提高之、举扬之；同时更有所新创，以新的姿态出现。""创造的综合"，"是否定了旧事物后而出现的新整体"。父亲说："真正的综合必是一个新的创造。"

正值父亲大显身手之际，1937年7月抗战爆发，学校仓促南下，父亲又一次被迫脱离清华。清华大学匆匆组织副教授以上教师随校南迁。而父亲这一群助教们，被留在北平苦苦"待命"，直"待"到1945年日本投降。漫漫八年，艰苦卓绝。

四进清华

抗战胜利，远在西南联大任教的冯友兰舅舅的书信第一时间飞来。信函为父亲带来两个大好消息：一是清华大学即将复校北平；二是聘请父亲仍回清华执教。

1946年开年，1月23日，回到北平的冯友兰，向校长梅贻琦正式递交教师聘任函："兹谨推荐任华、张岱年二先生为本校哲学系副教授，自三十五年度起。"（注：此处为民国三十五年）

1946年8月，父亲第四次又回清华园。

哲学系安排父亲讲"哲学概论"和"孔孟哲学"两门课，时值冯友兰赴美讲学，他又代执冯先生的"中国哲学史"课程。

吴小如教授这样回忆："人们都知道季同（父亲字季同）师是治中国哲学的大师，其实先生对西方哲学亦有极深湛的研究。'哲学概论'这门课，主要讲的是西方哲学。先生从柏拉图、亚里士多德讲起，一直到罗素、杜威……我的那一点点肤浅的西方哲学知识如康德、黑格尔、叔本华、休谟等的基本观点，都是在季同师班上学来的。"

图2　父亲第四次回清华园（1946年）

1949年解放后，经学生们要求，"校方同意"，父亲再次开讲"辩证唯物论"。

这次父亲继续受到热捧，影响范围扩大至校园之外。据说，在清华大讲堂开课时，连窗台上都坐满了人，而讲堂外，草坪上停满了小汽车——那时候坐小汽车的基本是高干。妈妈对那些小汽车很好奇，曾经问他，都谁来听课啊？父亲说，"那我不知道呀"。的确，这不在他的关心范围之内。

不过，讲了一年后，父亲向领导提出：这课最好由党员来讲，便金盆洗手停了。父亲用文字回忆过原因："辩证唯物论课程听者甚众，次年，我又讲过辩证法、新民主主义论等大课。当时清华开设全校必修的大课，第一课由金岳霖先生讲唯物论，由我讲辩证法。此后又让我讲新民主主义论。但是后来发现，讲辩证唯物论必须联系中国革命实际及中共党史，而我对于党史及当时政策都缺乏信息来源，难以联系实际，因而到50年代初便决定不再讲辩证唯物论课程了"。

从1946到1948年的两年间，父亲担纲三门课程，涉及中西方哲学，倾情投入，倍感繁忙，几无暇著述。他一反高产常态，只做得《孔学平议》《评〈十批判书〉》《中国哲学中之名与辨》《评〈新知言〉》。

但寥寥数篇，件件精品。以我们孤陋之见，其中《孔学平议》更是出彩。本文出炉于1946年5月，为纪念孔子诞生2500周年而作。短短2300字，材料扎实周密，更棒的是观点独到。

中国几千年封建社会中，作为至圣先师，孔子一直被顶礼膜拜，不得妄议；进入20世纪，五四运动风起云涌，"打倒孔家店"又成为时尚口号风靡天下，尊孔反孔各自征战。

唯父亲此篇一反社会主流，开宗明义："传统思想对于中华民族的文化与生活，有其功绩，有其罪过"；"尊孔的时代已经过去了，反孔的时代也已经过去了"；"孔子对于中华民族的精神发展作出了巨大的贡献，但是儒学独尊的时代已经过去了……现在中国最需要的，一是民主，二是科学。这都是孔子学说中所不具备的。"父亲说得何等之好！

自1942年起，父亲开始将历年所思整理成文，想继《中国哲学大纲》后撰写另一本"大书"《天人新论》，拟分为方法论、知论、天伦、人论四部，系统阐释自己的哲学基本理论体系，"将欲穷究天人之故。畅发体用之蕴，以继往哲，以开新风"。

因每日"躬役柴米之劳"，生活艰难，父亲写作断断续续，至1944年仅断续完成《哲学思维论》《知实论》《事理论》和《品德论》。1948年战事愈烈，而且课务繁重竟无暇隙，怕昔日所思日久遗忘。他以张氏特有的极简手笔，将昔日所思著成一篇概述，表述了独抒己见的十项主要哲学理论观点，名《天人简论》。《天人简论》内容极深而文字极少，不足九千，与以上《哲学思维论》《知实论》《事理论》和《品德论》一起，合称为《天人五论》。

他说："当时著论，直抒胸臆，无所畏惧，譬如鸢飞戾天，鱼跃于渊，驰骋独立思考，近乎洸洋自恣"；"这些观点的基本倾向是，在理论上是唯物的，在方法上兼综了逻辑分析法与唯物辩证法。这些观点总地看起来，既肯定客观世界的实在性，又昂扬人的主体自觉性。"

1947 年，他在《哲学与文化》自序里写道："近十年内，我的思想并无大变，始终信持唯物论。不过，近数年来，却亦深切感到理性主义之重要……最近于真理而有时代意义的哲学，将是以唯物论为基础的理性主义，或强调理性作用的唯物论，更以为哲学实以澈底的批评为能事"；父亲正式宣告："因而愿将自己的思想称为新批评哲学，亦可名为唯物的批评哲学"。至此，相比后来的主流意识形态，父亲的批评的唯物论体系成立，学界有人称之为"创新的唯物论"。

和前三次不同，四进清华的父亲，积极投身于政治活动，这于他是前所未有的。

在父亲心中，激情迎接地平线上光芒万丈的新中国，也许有更深层的理由：中国共产党以辩证唯物论为理论大旗。父亲是不是已经将其引为思想同道？

解放后，1950—1952 年间，父亲很拼。他每周在清华教授"近代思想史"、"辩证唯物论" 6 至 7 课时，在北师大兼职讲"新哲学概论"，每星期四上午三个课时，又被辅仁大学邀请，开讲"辩证唯物论与历史唯物论"，父亲坐公交几校奔波，全无暇隙，但他精力充沛，从未感到疲劳。多年孜孜以求的建设新时代文化之梦正在实现，能够为此献身，他欣然。

1952 年院系调整，一纸命令，清华大学哲学系全部归入北京大学。自此，父亲离别清华大学，家也搬到了北京大学。

五进清华

20 世纪 80 年代，清华大学复建文科，已经进入古稀之年的父亲对清华感情不变，再次接受邀请，兼任清华大学思想研究所所长，五进清华。在生命的最后二十年，父亲多次力倡文化的综合创新论，同时不遗余力地高调倡扬"中华民族精神":"自强不息,厚德载物",今天这已成为社会共识。

图3　父亲在20世纪80年代 照片　　　　图4　20世纪80年代父亲五进清华

图5　左起:张尊超、张岱年、张岱年夫人冯让兰、张岱年孙女、刘黄

在思想文化研究所工作期间,父亲为清华大学的文科复建作出了极大贡

献。直到生命的最后一年，他还为清华人文学院成立十周年题词："融会中西，贯通古今，渗透文理，综合创新"，父亲希望"综合创新"成为中国文化的发展方向。

父亲张岱年，一生都和清华大学有不解之缘。

作者简介

张尊超：男，1945 年 2 月出生，方正集团教授级高级工程师，现已退休。曾住清华园乙所、清华园旧西院 14 号甲和清华园新林院 41 号。父亲张岱年，哲学家、哲学史家，曾任清华大学哲学系教授。

刘　黄：女，1951 年 10 月出生，中共党员，媒体记者、编辑，张岱年儿媳，现已退休。

从清华园走出去的奶牛专家

——回忆父亲赵海泉

赵景清

父亲赵海泉祖籍浙江绍兴，1917 年 3 月 20 日出生于河南开封，2000 年 2 月 17 日去世，他的父母亲在他八九岁时就因故双亡。当时在开封唯一的亲人姨妈带着他到一位律师家帮工，姨妈以自己少挣钱为条件请律师给父亲提供免费的饭食。律师见他聪明伶俐，就训练他写大字，抄写法律文书，父亲小小年纪就练出了一手好书法。可是在别人家，经常是吃冰凉的剩饭，看人家的冷眼。父亲的好朋友小学同学杨安平家世显赫，是当地有钱的财主，他家出钱资助我父亲上完了小学、中学。

据母亲说，父亲从小有才，会写文章。小学时曾经作《寄人篱下的生活》一文，同学郝敏徽把他的字和文章拿给自己的爷爷（满族贵族和硕世袭亲王第十四代、清末的举人清芬）看，郝爷爷大加赞赏，从此父亲和郝家结缘并接受了资助。虽然门不当户不对，郝爷爷也还是做主把长孙女嫁与了父亲。婚后，父亲带母亲离开了开封。再后来，日本人发动了侵略战争打进中国，从此，他们和爷爷清芬永别了。

图1　父亲年轻小照　　　　图2　母亲年轻小照

1937—1942年，父亲在南京中央大学工作，工作之余完成了南京中央大学畜牧兽医培训班和全国农林部高级畜牧技术人员训练班的学习并毕业。他是靠业余兼职做学校的会计供自己读完了全部课程的。当时讲课的老师是留美回国的教授，所以父亲的课堂笔记基本上是英文的，可见他学习多么刻苦。

抗战开始时，父亲做南京中央大学撤离前的物资和人员的善后工作，在日军进城开始大屠杀的最后时刻，在一片火光中乘军车离开了南京。

抗战期间，父亲曾经先后在南京中央大学的成都后方办学处、南京中央大学畜牧兽医系、西康农业研究所和四川华西坝四川大学工作。

图3　抗战期间父亲在四川和李炳坦等人合影

在抗日后方美方投资和领导的西康省农业改进所当技师的时候，他和同事们进行了荷兰公牛与西藏牦牛的杂交改良试验，明显地提高了牛的产奶性能，为以后中国的奶牛改良打下了基础。据说，抗战期间他工作的四川大学是当时中国唯一能给教授们提供早餐牛奶的学校。

1946 年，父亲受到清华大学校长梅贻琦赏识并聘用到北京清华大学农学院实习奶牛场当技师。

那些年，清华大学的牛奶用半磅小瓶子装着，每天由送奶工放到教师家的门口，纸盖子下面有一层厚厚、香香的奶油。

因为看不惯国民党的腐败统治，父亲于 1948 年参加了中国共产党的地下组织活动，随后入党，是清华大学最早的党支部和后来校领导班子成员。在解放军进驻北京前，他奋不顾身和同事一起抓了一个企图在清华校门搞爆炸的特务。气急败坏的特务在他的水杯里下了毒药，经校医院的刘致用大夫和朱耆寿大夫的抢救才转危为安。

1952 年，全国校系调整，父亲放弃了留在清华大学当总务长的机会，选择为国家从事奶牛事业并被政府委以重任。

他走出生活相对安逸的清华园，艰苦创业白手起家，组织养牛个体户创建奶牛场，参与组建了北京市西郊农场，创办了北京市南郊农场和北郊农场，并在北郊农场（中越人民友好公社）任场长兼党委书记。1957 年，在南郊农场主持创建了中国第一个种公牛站；1963 年，带领北郊农场技术人员研制成功牛冷冻精液。冷冻精液人工授精技术的推广，对提高我国奶牛生产性能和遗传水平起到关键作用。

图 4 父亲在中越人民公社工作（1963 年）

为了培养北京种公牛，1955年父亲从内蒙古海拉尔买回一批荷兰奶牛。经过多年努力，大大提高了北京黑白花奶牛的产奶量。

在那个刚刚结束了战争、百废待兴，各种政治运动不断干扰的年代，这一切都是从零开始慢慢走上正轨。因为工作出色，1962年父亲当选北京市人大代表。但是，也就是从那时起，他因忙于工作周末都很少回家，因为忙，染上了吸烟的嗜好，给后来肺部的病变埋下了隐患。

自从父亲调离清华，母亲又因身体不好从单位退职，我们就搬家到北院一号的一间小房子。父亲一人工作的收入不仅要养活全家七口人，还经常接济母亲的亲戚。那段时间，生活虽然艰苦，但母亲特别聪明能干，特会勤俭持家，我们小时候的衣服、鞋子，甚至上学用的书包什么的都是母亲亲手缝制。母亲虽然没什么文化，但是她聪慧又睿智，父亲虽然在外工作非常严肃、严厉，但在家里爱逗母亲和孩子们开心。他对几个女儿疼爱有加，用一个印刷精美的小本子记下每个女儿的出生日期、阴历时辰等和孩子有关的重要事件。出门在外经常写信和女儿沟通思想。一家人互敬互爱，在艰苦的环境中倒也过得其乐融融。

1964年，父亲被派到越南去援建奶牛场并担任专家组组长，在战争期间，冒着被飞机轰炸的危险（曾经带回一片离他只有100米的炸弹弹片），为越南的奶牛事业的大发展立下了功劳。为了表彰他的工作，越南政府授予父亲胡志明劳动勋章和友谊纪念章。

图5　父亲在越南接受胡志明劳动勋章和越南友谊纪念章

记得，乐观开朗的父亲只和我们讲些在越南的奇闻逸事（比如中国专家圈养的猴子如何淘气专爱看人洗澡，越南人如何吃老鼠和各种虫子之类的趣事），很少渲染战争中频繁跑防空洞的紧张、恐怖情形。

感恩先辈

那些年，因为出国人员有双工资，我们家的经济困境有了点改善。中国的"文化大革命"开始后，父亲被叫回国参加运动。好在运动前父亲有两年不在国内工作，和下层群众的矛盾不大，虽然被揪斗、批判为走资本主义道路当权派，也只是被贴大字报和站在桌子上批斗了几天，没有挨打。

"文革"后期物资供应非常匮乏，为了改善人民生活，1975年父亲被当时的北京市革委会重新启用，重整被当作走资本主义道路而破坏了的养牛事业。改革开放以后，他工作热情高涨亦卓有成效，是第一批出访西方国家进行畜牧业考察的专家之一。1978年，他担任北京十二国农机展览会北京团团长，带领国内著名专家学者与多国代表团举行了座谈，成功引进低温液氮容器制作与精液储存、前列腺素生产制作、胚胎移植、犊牛早期断奶等多项先进技术，对推动我国奶业的进步发挥了巨大作用；1979年，受农垦部委托，他主持了二十城市奶牛业调查展工作，摸清了当时的奶业现状，经采取措施，有力推动了中国奶牛业的发展。

他和同行的专家们合作，组织成立了中国北方地区15个省市的黑白花奶牛育种协作组，领导北方奶牛业的科技人员进行奶牛科学育种工作，成功进行了黑白花奶牛液氮冷冻精液的研究推广，为中国发展优质高产的奶牛业立下了功劳。1982年他担任新成立的中国奶牛协会的副理事长兼秘书长。

图 6　黑白花奶牛育种协作组的专家们

为了表彰他及其团队的贡献，这个集体获得 1987 年农牧渔业部科技进步一等奖和 1988 年国家科技进步一等奖。他担任北京市黑白花奶牛育种组长期间，北京市黑白花奶牛育种组在他的具体领导下，数年中系统地搞起了优质种公牛育种、饲养管理、建立奶牛谱系档案、培训育种技术员、出版育种资料汇编、创建生产性能测定制度等好多事情。

父亲为人耿直正派、不会阿谀奉承。有时，为了坚持正确的理念，甚至不怕得罪上级领导。"文革"后期，北京市主管农业的领导认为为了喂养小牛而向百姓买草是助长资本主义，不能收草就得杀小牛。父亲不惧强权，据理力争，终于为小牛争得了生存的权利，为恢复给市民扩大牛奶、牛肉的供应奠定了较好的基础。

他严于律己、从不以权谋私。1949 年父亲被评为十三级干部，有个同事因为名额限制没评上，情绪低落，他就主动让给别人一级工资，这一让就是几十年。有时，即使是一句话的事情，也不愿意利用自己的工作权力与时任中央领导王震等人私交很好的便利条件，给自己的子女找工作、换工作，给自己换大房子。

在父亲艰苦奋斗、勤奋工作、谦虚谨慎，母亲热情大方、同情弱小、乐于助人等优秀品质的潜移默化的影响教育下，几十年来，我们赵家姊妹都以严于律己、为人正派为做人的准绳，本分做人，认真工作，在各自的工作中任劳任怨，兢兢业业地耕耘，并培育了我们的下一代，让父母留下的良好家风传承下去。

谨以此文纪念亲爱的父亲赵海泉。

作者简介

赵景清：女，1955 年在清华校医院出生。曾住清华北院、西院。清华附小、清华附中毕业，1983 年毕业于中国人民大学二分校，当教师退休。父亲赵海泉，1946—1952 年在清华大学工作。母亲郝敏慧，家庭妇女。

感恩先辈

附： 西院邻居余小东给赵景清的一封信（此信补充提供并纠正了上文部分信息——编者注）

赵景清：

看了你的文章颇有一些感触，小时候就知道你爸赵海泉是牛奶场场长。那时的场长在男孩子们的心里是一个好大的官儿呢，偶尔见到你爸回来，我们心里总是带着几分崇敬。所以给你起的外号也具有农牧色彩。这是我后来想起来的，没有外号就不能叫发小儿。你文章所说的你爸在中央大学期间参加全国培训，1937年在南京的全国畜牧技术培训应该是中国的第一次高水准的全国畜牧培训班，讲课的老师之一应该是虞振镛教授，你爸应该是他的得意弟子之一。

虞振镛是1911年8月第三批清华留美学生，1915年毕业，获硕士学位，我国最早留洋专攻乳牛学的人，亲自选购运送优良牛种回国经营奶牛场的第一人。他不但专攻奶牛学，同时还从事管理牛奶场，自己还有当时国内最先进的奶牛场。无论是从奶牛培育和近代奶牛场的管理上，你爸应该是受益匪浅，从虞振镛那里学到了很多东西。虞振镛解放后退休住在科学院女儿家，听说你爸还请他去当时的东郊农场（北郊畜牧场）还是双桥农场当顾问，这点我不是很确定。我估计你爸在20世纪50年代年始终保持着与他交往。抗战胜利后1946年"中央大学"回南京，清华北平复校。你爸到清华来工作，我估计应该是你爸在南京碰到虞振镛，由虞振镛写推荐信介绍给梅贻琦校长的，这是当时流行的推荐方式。另一种说法是：抗战期间虞振镛在清华北门外的奶牛场，一直是他家住在成府的亲戚帮忙照看，奶牛场不景气。抗战后，为了恢复生产，虞振镛邀请你爸北上到他的农场帮忙。你们全家刚来时就住在北院北边的奶牛场里的一套平房里。虞振镛后来将奶牛场卖给了清华大学，你爸随之也来到了清华，来清华后不但管理奶牛场，还建立起来了养鸡场，旧址在气象台南边一带，后改为清华模范农场，农场还包括玉泉山脚下的几百亩水稻田等。当时清华奶牛场在防疫和疾病控制是在国内领先的。进入奶牛场必须严格消毒，佩戴口罩，这对于当时盛行的王小二放牛郎的中国养牛方式来讲，是难以想象的。

1939年在清华大学加入中国共产党的王松声努力扩大党的活动范围（1949年前后，王松声参与组建了北京市委，后主管北京市的文艺工作），在清华建立了两个地下党组织的外围组织，在学生中成立了新民主主义青年联盟，估计有二三百人，多属单线联系。后来成为中共领导人的朱镕基、齐怀远等都是这个组织的。在清华职员范围内成立了共产党的外围组织——集学会。集学会以清华图书馆的部分青年职员为骨干，考虑到学校的学生和教师都要去图书馆看书，则以此为据点，发展和扩大共产党的影响。此外，还吸收了一些在院系办公室和校行政办公室工作的青年职员为社团成员。集学会男青年主要是组织会员到学生中间演出解放区剧目，女青年主要任务是当演员、图书宣传员和交通员。后来清华去解放区的学生多为他们宣传的，同时在学生和职员中间发展共产党员。你爸开始是集学会的会员，后来加入中国共产党。你写的是1948年入党。1948年底解放军进驻清华，公开了清华在校共产党员近二百人的名单，估计你爸的名字在里面。有可能你爸是在清华图书馆或清华农场两地之一的地方入党宣誓的，清华职员中很多是在图书馆入党宣誓的。北京解放后，你爸参与了与彭珮云开始的清华体制改造，彭珮云后来调走了。我觉得你爸当时应该是割舍不下自己的专业，没有彻底从政，否则是有机会进入市委部门弄个一官半职的。清华职员入党的人当中，在解放后很多人充当了北京市、各区县一级的领导官位。

　　你爸离开清华的时间应该是在1952年。当时全国院系调整，北京供销合作社接管了中央一些在京部委和清华等院校办的12家奶牛场，成立了"西苑牧场"，后改为"北郊畜牧场"，有四百多头牛。当时你爸是全国少有的乳牛学理论和奶牛场管理经验的双料专家，同时还是共产党员。估计你爸看到了奶牛事业的大发展。北京农场归北京市农场管理局和中国农垦部北京农垦局双层管理。中国农垦部的领导是王震，你爸在北京农垦局、农垦部畜牧司都任过职。后来的情况你应该比我清楚了。听说那时你爸还邀请虞振镛教授去东郊农场（北郊畜牧场）还是双桥农场当过顾问。具体情况我回忆不起来了。

　　解放前中国奶牛专业最有名的是南京中央大学、四川华西大学，清华虞振镛和他搞的奶牛场。当时清华除了虞振镛外，清华的畜牧奶牛专业的影响远不如另外两所大学。我不清楚你爸为什么离开了有名的南京中央大学而来到专业名气不大的清华？你爸既然在南京中央大学、四川华西大学都干过，已经是非常有水平的应用技术专家了，我估计是虞振镛眼看着以前自己办的奶牛场要不行了，才向梅贻琦校长推荐你爸来清华管理奶牛场的。所以你爸不应该简单称之为"从清华走出去的中国奶牛业专家"，他来清华时就已经是专家了。你老爸参加了中国最早的奶牛业专业推广研修班，是中国第一批具有近代科学乳牛专业发展的参与者和开创人，在中国乳牛专业和奶牛场发展上都应该是开山级人物。

感恩先辈

成长经历

清华园的童年回忆

陈致泰

  抗战时期我家住在云南昆明，爸爸陈定民教授在西南联大教授法语。国立西南联合大学 1938 年 4 月成立，是中国抗日战争期间设于昆明的一所综合性大学。1945 年抗战胜利以后，国立北京大学、国立清华大学、私立南开大学的教职员工陆续返回原址。1946 年爸爸带着我们全家人经越南先回老家浙江绍兴探望他阔别多年的老母亲，返回北平前，妈妈在杭州生下了妹妹陈致杭，妹妹满月后全家住进北京清华园西院 31 号。1949 年中华人民共和国成立，我们家搬进了清华胜因院 38 号。1952 年全国高校院系调整，爸爸调到北京大学西语系教书，我们搬到刚刚建成的北大中关园居住。

  在清华园居住的 6 年里，我对清华的记忆完全是儿时的记忆，是 7 岁之前的记忆，但是这段美好生活的记忆是刻骨铭心的，既印下了风景如画的自然风光，也让我知道什么是残酷的战争。

  我家先是住在清华西院 31 号。那是一个四合院，下面几张照片是当年在院子里拍的，时间是 1947 年夏，妹妹陈致杭还不到一岁。我个人照片的背景是我家正房，其余几张照片的背景是我家东西房。从照片上看，院内的树木不少，院子宽敞干净。我不记得房子内部的格局了，也不记得每个人是住在哪间房屋，更不记得谁是邻居。印象较深的是吴晗伯伯那时也住在西院，经常到我家来做客，我爸爸也经常去他家。后来从爸爸的自传中我才知道，当年爸爸参加了历史系教授吴晗组织的国统区民主爱国运动，积极迎接解放军入城，那时他们来往较多主要是从事这些活动。

图1　1947年夏天摄于西院31号
前排左起：陈致杭、陈致远、陈致泰
后排：妈妈郑坤常、爸爸陈定民

图2　1947年春摄于西院正房，
作者陈致泰

图3　1947年春摄于西院，左起：
陈致杭、陈致泰

图4　1948年摄于西院，陈致泰、陈致远与父母

　　我对西院东南面的"荒岛"情有独钟，后来才知道它是赫赫有名的近春园遗址。小岛四周由水环抱，北面有一个石桥通向岛内，我们时常经过这座桥。岛上夏日大树枝叶繁茂，郁郁葱葱，山花烂漫，溪水潺潺，溪水旁生长着嫩绿的西洋菜，采摘西洋菜和溪涧戏水是我们最大的乐趣。妈妈用西洋菜烧的

排骨汤润滑可口。岛上冬日银装素裹，河水结冰如玉带缠绕小岛，爸爸看到有很多人在冰上滑冰、玩耍，兴致勃勃跑到北京城里的东安市场给我们买了旧冰鞋。我们滑冰一般都不用家长带着，虽然自己年龄很小，但也是自己穿冰鞋。记得有一次有个大学生看我冰鞋带系得不紧，还帮我系好。初学滑冰时，我在冰上摔了不少跟头，不过那时年龄小，不怕摔，也没有摔坏过。

我对西院最深的印象是逃国民党军的空袭。我们在昆明居住时，逃日军的空袭警报是常事，那时我年龄太小，没有记忆。在西院居住时，我已经开始记事，对逃空袭的生活开始有了印象。1948年清华大学所在的海淀区已经被解放军接管，而北平城还在傅作义的控制管辖下，蒋介石的空军不断地轰炸海淀区。警报的汽笛一旦拉响，妈妈就抱着我妹妹跑，爸爸背着我跑，哥哥自己跑，跑到当时的清华生物馆的地下室躲起来。有时跑得着急，没顾得上带水和食品，在地下室停留的时间一长，饥渴难忍；冬季天寒地冻，还有寒冷的煎熬，在地下室眼巴巴翘首等待解除警报。最可怕的是在一个白天，当时我在家里，那天不知道为什么没有拉警报，一架国民党飞机突然飞到了西院的上空，在西院北面，紧靠围墙内的地方扔下了一颗炸弹，炸弹爆炸震天动地，家里的玻璃都被冲击波震碎了，我们吓得惊慌失措，炸弹只要投偏一点就要炸到西院，它的爆炸力足以毁灭整个西院，我们和所有的西院居民可以说是战争的幸存者。那个炸弹坑留存了很长时间，夏天大雨过后成了个水坑，每次我经过那儿都要看上几眼，回想那场可怕的战争经历。这个炸弹坑在"文革"后被填平了，其实这个历史遗迹应该留存，让大家知道珍惜和平的重要性。

在西院的生活还有些零星的记忆，那时进城玩耍和购物是十分奢侈的事情，没有公交车和其他交通工具，马路上主要跑的是大马车，进城只能乘坐清华的专用校车，在西门外上车，学校每周定时接送大家进城，我们一年也难得进城一次。

刚解放的时候，成府镇的新领导天天站在老乡的房顶上喊话，那时没有扩音器，只能用喊话筒，虽然西院和成府之间隔着至少一到两公里，但是当时汽车少，又没有噪音，在西院能听得很清楚。开头那句就是：老乡们！注意啦！之后就是当时要喊话的内容，宣传当时的新闻和政策。

解放后，解放军从国民党军队缴获了大批的美式军用物资进行拍卖，爸爸给我和妹妹买了两张可折叠的木腿帆布行军床和两床军用毯子，毯子上面还印有 USA 的字样。我妹妹睡的那张床是瘸腿的，我的军毯一直用到"文革"，后来又转送给了妹妹。

1949 年中华人民共和国成立，我们家搬到了清华胜因院 38 号。胜因院的房子全部是西式的小洋房，有平房也有二层小楼，现在我还记得我家房子内部的结构：房子有前后两个门，前门有落地的带分割框架的玻璃门，后门设在厨房的西面。前门口有一个窄的台阶，台阶旁边还有一个小花池。前门进去是客厅和餐厅，中间用木质的吧台隔成两个厅，客厅的东面和后门是几间卧室，西北是厨房和保姆的卧室，西面还有院墙，造型很美观。

下面这张照片是爸爸的得意之作，也是我们家留存下来的唯一一张珍贵的胜因院 38 号照片，可惜照片背景只拍到房屋的前门和台阶。

图 5　解放初期摄于清华园胜因院 38 号前门
左起：陈致远、陈致泰、陈致杭

我们家周围住的都是清华大学的著名教授，东面是水利发电学家施嘉炀，西面是著名社会学家费孝通，北面有英语教授李湘崇和应用数学与计算数学家赵访熊。

在我家和施嘉炀家之间有一块较大的三角空地，我们在上面种过白薯、鬼子姜、花生、玉米等农作物。虽然房屋十分舒适，但是老鼠太多，于是我们家养了一只漂亮的猫咪，大猫生了几窝十分可爱的小猫，它们住在西面的一间空房里，很会捉老鼠，自从家里有了猫，屋子里再没有发生过鼠害。猫每日在外面跑，晚上回来住，给它喂些剩饭剩菜，十分好养。

我哥哥陈致远十分淘气，邻居费孝通教授家种了桃树，哥哥偷吃了他家一个小桃子，被保姆告了状，挨了爸爸一顿打。

在胜因院居住期间，我在清华幼稚园上学，每日我带着妹妹一起上下学。当时幼稚园在清华工字厅南面的小山坡下，园内的玩具也不多，老师主要是带大家做游戏，印象较为深刻的是学习折纸，我学会了折衣裤、小船、飞鸟、纸盒、宝塔、花篮等。

我们常在清华园里玩耍。有一次我和哥哥还有他的几个同学一起去钓鱼，回来时路过校内的万泉河。万泉河是清河的一条支流，从西校门进入清华园，在二校门处有一座可以行车的桥，还有一个不到一米宽的木质独木桥，在二校门和西门之间，没有栏杆，哥哥过桥时高唱解放军军歌"向前！向前！向前！我们的队伍向太阳……"没唱几句歌声突然停止，我一看，哥哥掉到河里了，吓得我一路哭喊着跑回家叫父母。父母尚未赶到时，哥哥的一个同学十分机智地把手中的钓鱼竿伸过去递给哥哥，几个同学一起把哥哥拉上来了，现在回想起来真有些后怕。

我们还经常去清华航空馆前面的停机场玩，当时清华有航空系，为了便于学生学习，有关部门将一些退役的飞机运到学校，都是一些小型的飞机，有的十分破旧，我们爬上爬下玩得十分开心，几乎所有的飞机都玩遍了。

1951年我入学到清华附小，1952年转学到北大附小读书。清华园里的小山、小河等自然风光，以及掩映在郁郁葱葱树木之中的古建筑群，给我的童年生活留下了十分美好的回忆，这是当今生活在高楼林立的水泥建筑中的孩子无法感受的。

作者简介

陈致泰：女，1944年10月出生。1946—1949年住西院31号，1949—1952年住胜因院38号，北京理工大学毕业。1968—1981年国营红光化工厂技术员，1981—1999年原化工部第二设计院高级工程师，主任工程师。父亲陈定民，清华大学外文系法语教授，母亲郑坤常，在清华家庭妇女会工作，清华附中教师。

成长经历

我的思想启蒙

程远

凡是现实的，都是理性的；凡是理性的，都是现实的。当"真"的概念直接和它的外在现象处于统一体时，理念就不仅是真的，而且是美的了。因此，美的定义是：理念的感性显现。

——黑格尔

1972年，我全家从四川清华大学绵阳分校归来，北京的老住宅早被其他人占据了，只好搬至清华校园靠北的单人宿舍楼。多了一个我，五口人一间太挤，上面又调拨了旁边原打电话用的小屋，我就居住于此。

小屋的长宽均仅够放一张单人床。床头高高上方，有个尺余方圆的小窗。每天清晨，西边化学馆三楼玻璃窗的旭日总会准确地折射到屋内，辉映得满墙壁橙红橙红的。

小屋最怕吸烟，假设有三个人同时点燃香烟，不出半分钟，就得集体仰面于床上紧急躲避着烟气的压制。随之，不管外面有多么寒冷，都需有个人飞身蹿起，将上方那个小窗打开，一股烟柱如同白龙一般，滚滚旋转着汹涌而出。

别看此处空间小，可从早到晚三教九流络绎不绝。什么吹嘘经历的、发社会牢骚的、关心政治的、学数理化的、玩羽毛球的、看名著小说的、打桥牌的、拉手风琴的……无所不包，无所不有。

而这些聊天者中，有个老高三学生叫徐经熊的，最令我钦佩。我与之邂逅，纯属偶然，在回家路上两溜儿黄昏大白杨旁。虽说双方素未谋面，经熊兄却毫无初见的客气，出口闭口竟大段大段背诵西方哲学经典原话。比如他说："黑格尔讲，'艺术美要高于自然。因为艺术美，是由心灵产生的，所以，心灵和它的产品比自然现象高出多少，艺术美也就比自然美高多少……'"又引用康德："一个审美判断，只要掺杂了丝毫的利益计较，就会是很偏私的，而不是单纯的审美判断……越是归纳推理，就越接近哲学；越形而下，就越属于艺术。"

分别时，天已漆黑，我瞄了下手表，实实在在的三个小时。其所谈虽然自己基本未懂，却感觉非常深刻。

不久，从冰球悍将"大里鼓"（绰号）那里获悉："此人，胸罗甚博，乃是怪才。上至天文地理，中至政治经济，下至古今中外野史，触类旁通，无所不知、无所不晓。更为厉害的，是他具有过目不忘之才。有一回晚上八点钟，他在我家看上本斯宾诺莎的《神学政治论》，想借。我说，'不行，这本书是我母亲的，明天必须还'。他讪讪离去。谁知半夜11点半，门'咚咚'响了。打开一看，是他，恳切地说：'你借了吧，太想看了。'我还是坚决予以拒绝。最不愿意见到的状况，不出所料再次发生了，半夜两点半，当然拍门的还是他。我妈从里屋大声喊道：啊呀，千万、千万，你千万赶紧把这本书借给他吧！"

如此追求学识所产生的神秘光环，便使我与之交成了朋友。难听点儿讲，经熊兄完善了我一生的狡辩系统；往好听点儿形容，他属于我的"思想启蒙"者。

头回拜访经熊兄的住所发现，此处比自己那间电话室大出三倍有余。十二平方米的宿舍内被布帘隔成两半，母亲睡在里头，他床紧靠屋门。

望见他床前小书桌上放着的《日瓦戈医生》，我已然点头称许了。继而看到其旁侧还摆置着"微积分"算题，上面划有一个很大、拉长的S符号。嗬！

随手又翻览他枕边那几本大部头哲学书籍，每本足有六七百页厚，里面居然用红线从头画至书尾，而且字里行间尽是批语。不由得想起了列宁。

其实，我为强化自己的艺术涵养，也曾阅读过哲学书籍。但除去车尔尼雪夫斯基的《美在生活》和咱领袖的《实践论》《矛盾论》外，还从未把一本哲学论著看过有五分之一的。在遇到经熊兄以前，我的最高哲学水准仅维持在辩证唯物主义的"螺旋向上发展"。而真正能够融会贯通的，也只停留在：你要想知道梨子的滋味，就必须亲口尝一尝……

聊天过程中，我得知他已把新华书店里所有的书籍一本不落地翻览了个遍。如此嗜书如命博采广取的精神头，实在是忒厉害忒不可思议了！

鉴于此，我虚心请教："嗨，你看像我这样水平的，应该先读些什么书，来增补自己的哲学底蕴呢？"

经熊兄居然推荐了康德，言之："这位，可算是对近代哲学史贡献极大的人物，观念属于承前启后，首次调和了唯心与唯物之间的矛盾。所起到的历史意义，甚至比黑格尔还要伟大。"

经熊兄继续："有位国际权威人士评价，'神说，哪里若有了光，哪里就有康德哲学。'康德哲学体系主要体现在'三个批判'之中，即'真理''伦理'与'艺术'三个领域。其中，他在《判断力批判》书中言明，于自然与自由之间，有一个中间地带，那就是美和艺术世界。"

"啊，这么伟大。"我深受感动。

告别经熊兄后，我便四下里寻找这本书。由于当时社会的禁令，哲学书籍基本归为反动性质，被烧、被毁，几近绝迹。但我执着，到处留神，最后终于从一个部级干部子弟手里，借到一本。

这可害苦了我。

此书虽不厚，却涩得要命，里面净是些什么"合目的性"颠三倒四之类的术语。真的，只要你患有精神衰弱失眠症，端持着它假装看上半个小时，保险便会痊愈。如嫌不累，在此抄录一小段请你鉴赏一下，如若看完眼皮不麻痹，那说明您已然位于学者之列了：

"隶属于超验原理的自然的合目的性概念可以从人们在自然的研究中先验地信赖的判断力的诸原则里充分地看出来，这些原则只涉及经验的可能性，因而只涉及对自然认识的可能性，但不仅是一般而言的对自然的认识，而是通过诸特殊规律的多样性所规定的认识……"

伟人，连标点符号都吝啬。

我采取各种方式来消化这本书。从头看，从尾看，从半截看，几乎看了有几个月，愣是没把意思给串联起来。除去"壮美"与"优美"。

一年以后，我毕竟有所进步，这才由衷地向经熊兄发起了牢骚："嘿，哪怕，您当时先推荐朱光潜的《西方美学史》呢，也好有个宏观、简易的过渡呀。"

经熊兄哪理会这些，竖起手指，一板一眼地回复道："读书，要具有恒心。其要义，三复必不可少。"

"可我，也看不懂呀。"

经熊兄一乐，给了句箴言："读书者应该明白，博学约取。好求知，不求甚解。"

说得我脑壳直大。

我虽然佩服经熊兄，却怕他来。因为累啊，寻常人谁跟"抽象概念"瞎较劲呢！

平日里，我已在清华附中开辟出美术奋斗场所，每晚都要 11 点半以后回归蜗居"电话房"。可这位，偏专捡这个时间段登门造访，真是防不胜防啊。

我是个很懂得尊重他人的人。每次会面，睁大双眼正经八百地听着他的旁征博引，还不能打哈欠，劳神费心不是一般的煎熬。

可总这么听他的灌输，确实顶不住，我这老初一的又没他"水儿"多，咋办？

我终于琢磨出个招，是从"文革"初期辩论旁观来的，叫做"抓住一点，不计其余"。觉得对方哪儿错了，一定要死缠活绕、反复抬杠、玩命狡辩、决不放弃。如此，就缓冲了由于自己"单听"所引起的枯燥感。

此方法一旦实行，还挺管用，我俩见招拆招昏天黑地争吵了有一个多小时，胜负可谓伯仲之间。

却突然，经熊兄安静下来。随即，他竟然从后往前倒命题，重新捋顺两人所争论的来龙去脉：你刚才所说，是打这引起的……这，又是从那引起的……那，又是由那、那引起的……

嘿，当时，我只是为了不输，争辩得脑袋瓜子都快爆炸了，谁还会记得那些争吵过程中的顺序呀。耳闻着他丝丝入扣回忆得全对，我嘴型张得大大的，一时间发不出任何声音来。

被镇。

任何人，都有显示自己的权利。当我把他那些自己并未听懂的话，现学现卖照葫芦画瓢传至周边时，却赢得了一些年龄更小成员的尊敬。

东边隔壁，住着一对中年夫妇。女的很厉害，一个系的书记。她偶尔半夜会隔门窃听，是唯恐有什么"反动"言论吧。

过了不久，她对我的母亲讲："这帮小子，将来一定有出息！"

后记

1977 年全国恢复高考，经熊兄凭借着雄厚的美学底蕴，未上本科，而直接考取了社科院著名美学家李泽厚先生的研究生。

以后，我俩联系少了。听说他曾进入中南海充当过"经改"顾问。后来又去一个研究所当头儿。再后来回到清华大学，成为经济学专业的教授。

图 1　作者（右一）与徐经熊（右二）在　　　图 2　作者在中国美术馆《师程画远》画
清华建筑系与北大某系研讨会上（1996 年）　　展开幕式上（2018 年）

图 3　作者在个人巨幅画前（2018 年）

作者简介

程远：男，1952 年 2 月出生，居住于中央美术学院，1957 年搬至清华园西
　　　院居住。1969 年赴陕北延川插队。1982 年毕业于中央工艺美术学院。
　　　1984 年进入清华大学建筑学院任教师，现为教授。曾担任清华建筑学
　　　院美术研究所所长，建筑学院学术委员会委员，中国建筑学会建筑美术
　　　专业委员会副主任。出版《程远建筑美术教学精粹》《水彩》等著作十本。

附：是往事回忆更主要是文学创作
——徐经熊读程远文章《我的思想启蒙》感言

首先要衷心感谢程远贤弟关于我的那么多溢美之辞，实在是承受不起啊。尽管青年时期的学识积累会存在一定的年龄差因素（我大他五岁嘛），但文章还是过分夸大了我对他思想成长的影响。

在那个特殊年代，我曾与不少清华子弟有过跨年级的交往交流，但为什么是程远回忆文章含有那样多的哲学美学内容呢？或主要与他本人的求知兴趣偏好有关（我后来很快从哲学美学转向经济学也间接表明这一点），至少一个巴掌拍不响吧。他讲我讲、他问我答，才有了他的哲学讨论回忆。文章详写了我之所讲所答，对于他自己所讲所问却语焉不详，然而在思想讨论和探索中，发问和提出问题往往才是更关键的！可惜我的有些方面记忆力特差（外语总学不好），过往与人交流的诸多细节早就忘光了，我喜欢的是选择式记忆和跳跃式联想，说我"记忆过人"绝对是误解。因此，我既不能证实也无法否认程远文章细节的真实准确性；然而，如果是艺术家程远更善于选择记忆和跳跃联想呢？

所以，我愿意认为，程远的《我的思想启蒙》一文主要不是往事回忆录，而是他创作的对话体哲理文学作品！即程远运用我们俩对话问答的方式，借用我的口吻，表现他自己哲学美学思考的深化提升过程；好比柏拉图在哲学对话录中往往将自己的许多见解借用苏格拉底之口说出，让后人搞不清究竟哪些是苏格拉底的观点，哪些是柏拉图本人的见解及其深化；自然，我们俩的哲学境界与苏格拉底、柏拉图相比或有天壤之别……因此，并不是我当时对程远产生了多大思想启蒙影响，而是他自己进行了自我思想启蒙。我们每一个人的思想成长成熟，不是都最需要经历艰难的自我启蒙吗！

清华往事

高北刚

从1957年到1973年，我们家在清华住了15年，从而也与清华结下了不解之缘。

成长经历

我是在小学四年级第二学期，也就是 1958 年春天由育英小学转学到清华附小的，同我一起转来的还有大妹妹高令琪。并且从我们俩开始，我们家的其他几个孩子——高令远、高朗、高晓武、高小刚，也都在清华附小、清华附中上的学。时至今日，虽然 50 多年过去了，我们家也早已搬离清华，但是那时的印象，却总是如影随形地浮现在眼前，那么鲜活，那么生动……

图 1　1959 年夏天在九公寓 24 号楼下　　　图 2　1965 年夏天在九公寓楼
前排：妹妹与弟弟；后排：妈妈、姥姥、　　　　下，作者和父母
爸爸（作者不在场）

一、爬大坡

20 世纪 50 年代的清华，位于北京的郊区，以至于我们这些从小在清华园里长大的人，在后来的很多年里，到了城里都不知道怎么坐车。而当时的附小和附中，又是清华的郊区，它们一同坐落在清华园的西南角上。附小的校园内是几排低矮的平房，校园的北面是操场，操场中间一棵年岁不详、华冠如盖的老树，孤零零地守着一条短跑的跑道，跑道长度不足 100 米，没有标志，只有在用白粉撒上线的时候才看得出来。操场的西面和北面被一条大沟包围着，踢足球、打篮球的时候，如果球掉了下去，还得派人去捡。操场的北缘，与大沟的交界处有一条小路，沿着这条路可以下到沟底。一年四季，除了寒暑假，每天早上、中午、下午，上学放学的四个时段，小路的上空、路旁茂密的树林里，都回响着欢快的笑声。因为坡度较大，人们在小路上铲出一些台阶，但走的时间长了就又变成了疙里疙瘩，平常是土坡，下雨是泥坡，下

雪又是冰雪坡。由于是上学放学的必经之路，大家走得多了，也就走出了经验，路滑的时候就踩着地上的草根、树根走。1958年底一场大雪，小路上布满了厚厚的雪，变得更加难行，有时还要手脚并用。但是放学就简单了，只要往地上一蹲，刺溜一下就下去了，比坐滑梯还刺激。

不知从什么时候起，大沟变成了历史，上学放学用不着爬坡了。

二、学游泳

如果没有记错的话，我应该是五年级在颐和园里学会游泳的。在此之前，有过几次非正规的下水经历：在西苑机关的澡堂子里练习睁眼潜泳，在装置消防栓的一米见方的水井当中站立，还有就是在颐和园的游泳区，趴在姨夫的背上。1958年的夏天，也就是五年级的暑假，我们几个同学经常一路步行从清华大学走到颐和园游泳。

当时，我们家住在清华九公寓一个门洞的二楼。爸爸妈妈上班，家里六个孩子全靠一个河北廊坊农村来的刘大娘管着。她把门锁起来不让我出去，结果我每次出去都要从阳台上翻到对门儿的阳台上。对门儿住着张典教授老两口，见到我总是无任欢迎，并且立马放行。他们家的客厅，简单空阔，一尘不染，只有一张吃饭的桌子和几个凳子，别无他物。不过，说起翻阳台来，当时我的那点儿本事，比起我的几个弟弟妹妹后来干的那些事儿，就是小巫见大巫了。他们索性直接跳下楼去，根本用不着翻阳台到对门儿家！

像其他事情一样，游泳也是在无师自通的情况下学会的。先是一口气憋住，闭上双眼，对准前面的同学，拼命向前。两米……五米……十米，后来又学会了把头抬起来唤气，后来就可以以深水区的标志杆为目标，游更远的距离了。一开始时，我的蛙泳姿势完全不正确：双腿并拢往后蹬，蹬到头再分开、收回。但就这种姿势，照样能往前走。

当时在暑假期间，颐和园好像是对学生免费开放。去一次颐和园，只有存取衣物要用到钱，所以，如果兜里有一毛钱也就够了。回来的路上，总要路过一个冰棍厂，而我们也总要走进这个只有几间破房子的大而无当空空落落的院落，把几张小小的揉皱了的纸币送进一个黑咕隆咚的方形窗口，买上几只两分钱和三分钱的、只有糖和色素的冰棍。当时在我们看来，这就是最值的了。要知道，当时街上卖的奶油冰棍和豆沙冰棍都是五分钱一根儿！

1958年8月，清华大学自己的游泳池落成，我们就移师清华，天天泡在游泳池里。经过切磋琢磨，当年我创造了一气儿游出 400 米的记录。张克澄见证了这一历史时刻：我在水里游的时候，他跟着我在岸上跑来跑去，兴奋莫名。

说到游泳，还有一件不得不提的事情。记不起是初一还是初二了，但反正是夏天，我们一大帮同学在大考结束之后，路过游泳池，就下去游泳。当时天是阴的，时而下着小雨，池水较凉，并且如同当时一般的游泳池那样，池水用的时间长了，有些发绿，不透明。池子里绝大部分是我们的同学，有的在深水区，有的在浅水区活动。突然，浅水区中间正在打水球的同学大声叫了起来，说是踩到了什么东西。所有的人都聚拢过来，有人再次用脚探测，说是像皮球，可皮球怎么能沉底？有人提议用水闸的闸板把这件东西翘起来，于是就有人把西边的水闸闸板卸下来一块推过来。但水的浮力使得又大又厚的闸板根本插不到水面以下，更遑论水底。又有人建议潜水去摸，于是有人就去摸。我也试图潜水，但可能由于紧张的缘故，怎么也潜不到水底。就在大家围在周围七嘴八舌又束手无策的当儿，不知是谁找来一个文弱白净的大学生，还带着个眼镜儿。这个大学生胆子还真够大的，他潜到水底去摸，不一会儿就站了起来，手里还拎着另外一只手臂，接着是头部和肩部露出水面——是一个小孩儿！这可是谁也没有预料到的结果。可能是既恐怖又神秘的气氛酝酿得太久的缘故，随着谜底的揭开，所有的人，第一反应反倒是四散逃命。因为这个被溺者出水的位置离西面的斜坡最近，所以从斜坡上去就成了最佳路线。大学生就在我的身后，一边往岸边走，一边口里叫着："接一下，接一下！"可这时我已被吓得魂飞天外，根本顾不上帮他。斜坡上长满了青苔，又湿又滑，我只好抓住头上垂下来的柳枝，手脚并用，好不容易爬上了岸。最后，这个小孩儿也不知是怎么被弄上岸的。有人给他做了人工呼吸，采取了一些急救措施，结果还是没有抢救过来。我们上岸之后，换好了衣服，长久地坐在游泳池岸边，看着绿幽幽空无一人的水池，心情沉重，一句话都没有。自此之后的一两个礼拜，我们都没有游泳。后来听说，这个小孩儿十一岁，家在北航，是考完试之后和弟弟一起来清华游泳的，结果一跳就没有出来，是呛了水。而弟弟在岸边等了许久没见哥哥出来，以为哥哥是从另外一个地方溜走了，因而也回了家。这个小孩被救出来的时候，已经在水里泡了两小时以上了。而由我们造成的时间延误可能是半个钟头。这是我们第一次见到死人。

时光荏苒，一晃就是一个甲子。现在我住的地方，楼下会所就有两个游泳池，室内一个，室外一个，池水清澈透明。我不仅天天坚持游泳，而且和60年前一样，还在不断地学习、改善，和老伙伴们切磋琢磨。这可真算得上是"活到老学到老"了！不过，转念一想，这也不正说明我的天资愚钝吗？但是，不管怎么说，现在的学习条件比起当初好得太多了，还可以上网学。

三、音乐课

记忆中，音乐教室是在校园最北面的一排房子里，外面就是操场，但我们看不见操场上的动静，因为面向操场的窗户尺寸不大，位置又高，常年关闭。可能是因为南面有老师办公室的遮挡，这间教室的光线比别的教室要差些。音乐老师姓刘，方脸，黑色的眼镜，背总是有些佝偻。我喜欢音乐课，喜欢刘老师弹着一架旧风琴教我们唱歌，喜欢他手里拿着一根指挥棒指挥的样子，更喜欢他用一台手摇留声机给我们放唱片，虽然音质不太好，吱吱呀呀的。

那个时代的很多歌现在基本上都会唱，从"我们的田野"到"喀秋莎"……究竟是怎么学会的，我想，来源大体上就这么几类：一是广播，二是音乐课，三是出版物，四是我父亲。说老实话，虽然正儿八经学到的歌曲占比并不高，但音乐课赋予我们的基本素养却是终身受用的。

郭沫若词、马思聪曲的中国第一首"少先队队歌"，就是在音乐课上照着歌本学的。说实在的，这首歌我不喜欢，唱起来像是念经，尤其是那一句"团结起来继承着我们的父兄"，中间的"继承"两字居然是断开的，像是大喘气。而后来成为少先队队歌的那一首"我们是共产主义接班人"，虽然在几十年的时间里都只是一首普普通通的歌曲，但每每唱起来却总让人热血沸腾，情不自已，以至于70年代在青海当工人的时候，虽然都已二十大几，早已是团员了，但是在一次拉练的路上，我们上百号人仍然把这首歌吼得响彻云霄。当然，这是题外话。

四、搞卫生

在附小的网站上，看到校友何晓红的一篇文章，其中有一段是生炉子的往事。在我的记忆里，这是六年级以后才发生的事情。那时的值日是轮流的，轮到你的时候，如果是冬天，天蒙蒙亮就得到校，不仅要生炉子，而且还要打扫院子。

六年级以后，我们已经从北面一排搬到中间一排。这一排平房的南面是一个挺大的院子，院子中间有一个旗杆。这里是全校活动的中心，很多次早会是在这里举行的。我记得，毛主席辞去国家主席的职务而由刘少奇任国家主席的通知，就是在这里由顾蔚云校长宣布的。我做值日生打扫这个院子的时候，总是搞得暴土扬烟儿，灰头土脸，不像是在打扫卫生，倒像是在"刮地皮"。结果是，扫到院子中间用簸箕撮走的多是土和石头，被扫帚扫过的地面上还是土和石头。这样下去，不用多久，院子不就变成坑了吗？这的确让我觉得困惑。

现在推敲起来，这段往事也许是我搞错了。很可能是，打扫院子的工作没有硬性规定，完全是我自己额外尽的义务。

班里隔一段时间要进行大扫除，把所有的椅子放到桌子上，也是弄得暴土扬烟儿，最后洒上水。最有技术的活儿要算擦玻璃，先用湿抹布擦，再用报纸擦，最后用半干的抹布再擦一遍，这样就擦得光明锃亮。用报纸这个主意可能是老师告诉我们的，后来在家里、在中学，每逢打扫卫生都用这个办法，屡试不爽。

五、瞎折腾

"瞎折腾"从 1958 年秋天就开始了。当时我们可能刚刚升到五年级。第一件事就是大炼钢铁。为了这件事，全校停课大概有两个礼拜。刚刚开始的时候，我们被派去捡废铁，在清华园、蓝旗营、五道口到处转悠，但基本上是无功而返。后来又跟着老师在院子里用耐火砖盘了两个炉子，再把废铁和焦炭按一定比例丢到炉子里，用鼓风机吹着加热，用铁钩子在里面搅和。这种工艺被称之为"炒钢"。我最羡慕的是拿着铁钩子在炉子里来回扒拉的关培超老师，我真想去扒拉两下，但这个要求甚至连说出口都难。然而，当第一批钢炒出来的时候，我终于接到了一个像样的任务——将样品送到清华大学热电厂土高炉群去鉴定。我和另一个同学领命之后，在黑咕隆咚的晚上骑着车，越过颠簸的小路，把几块无规则外形的蜂窝状的东西送到清华热电厂，小土炉群那里有炼钢"专家"，可以鉴定炼出来的是不是钢。鉴定的手段很简单，就是看砂轮打出的火花是什么颜色什么样子的。这一次搞到深更半夜，我们几个同学都怕这时回家打扰了家里人，正巧同学马福兴家没有人，结果就在他家的一张大床上凑合了一晚。……炼钢收场之后，人们把这次炼出的 250

公斤钢渣锁到一间小屋子里。我们经常在课间休息时，用手遮挡着阳光往里看，直到一两年后这些钢渣突然消失为止。

第二次"瞎折腾"就是轰麻雀。为此，1958年春，某日，我们全班出动了一天时间。实际上也可能不止一天，但在我的记忆里，只有这一天是清晰的。我记得出门的时候，我爸给了我一只红色的大鞭炮。从小长到这么大，我还从没见过这么大的炮仗呢，有两个二踢脚那么粗。除此之外，随身装备还有一支自制的弹弓。至于带没带锅碗瓢勺等带响的东西就全然没有印象了。但是按照推理，这些东西应该是必备的。那些日子，全国各地到处都在制造着噪音，迫使麻雀不停地飞，不能落地，让它们累死，报纸上也天天宣传这个地方消灭多少麻雀，那个地方消灭多少麻雀，但我们班却是怎么出去怎么回来，没有亲手消灭掉一只麻雀。我曾寄予厚望的那只炮仗，在新林院操场上人最多的时候响了一下，但却没有产生我希望中的那种戏剧性的音响效果，没有震落一只麻雀，甚至也没有人朝这儿望上一眼，因为毕竟环境太嘈杂了。

然而，峰回路转，收获却在最后时刻出现了。当我们班在5区旁边的马路上集合准备收摊儿的时候，百无聊赖之中，我举起了弹弓，瞄准一棵小树，"嗖"的一声，石子不偏不倚，打中的却不是树，而是树后的一个小脑瓜。小脑瓜的主人经过两秒钟的静默，终于"哇"的一下哭了出来。为此，我又被老师狠狠收拾了一顿。

但事情并没有到此结束。事发几十年后，在一次家庭聚会上，我的弟弟高小刚把他的同学——张大伟带来了。这个人我早有耳闻但又未曾谋面，一米八几的大个子，说起话来大嗓门，有些结巴，北京人民医院的主治医师（现在是主任医生），也是附小的孩子。他一见面就大声嚷道："高……高北刚，你知道吗？当年你那一弹弓，打的不是别人，就是我呀！"

六、荒岛

图3　作者近照

荒岛西边有一个树林，一直延伸到西院的旁边，石宏敏的家门口。这片树林是我们从附中放学必经的路线之一。夏天，在树林中，从环绕荒岛的幽静的水边走过，可以看到满塘荷花的盛开，闻到荷叶的清香。大考的前夕，吟咏着华章，在水边徜徉；冬天，水面结冰，石宏敏从家里背来好几双冰鞋，让我们这些没有冰鞋的同学学滑冰；秋天，这里是满地的金黄，遍地腐殖质无人去管；而春天的画面，在我脑子里印象最深。由于当时北京的地下水位还很高，一到开春，白天在暖和的阳光下一照，这里的地面就开始翻浆。早上还好，地面是冻住的，可是到了下午就变得松软难行。遇到一摊泥水的时候还要跳过去。钟虎的跳跃姿势往往最为夸张：总是像猫一样往前那么一蹿……。这段路走下来，每人的鞋上都会沾满泥……

前几年到清华，又到这里流连。依然是一片树林，但已丧失了野味儿；依然是一条路，但已消退了泥泞，变成了通途。

作者简介

高北刚：男，1947年11月出生，1957—1973年居于清华园。1976年毕业于西安交通大学机械系。毕业后曾在青海大学、中科院高能物理研究所工作，获高级工程师职称。1994年到香港定居，现从事普通话教学工作。父亲高沂，曾任清华大学副校长、教育部副部长等职。

清华附中美术小组往事

胡洁　钟铃　张燕

一、"偷"石膏像

在那个特殊的年代，受社会大背景的影响，绘画艺术成为被批判的对象之一，清华附中美术小组的孩子能接触到的绘画题材主要是工农兵形象，绘画的形式也仅限于黑板报。但是，这些孩子探索艺术的好奇心并没有被时代所泯灭，反而成为激发探索欲的触媒，胡洁、钟铃、关道询、卢元便是这些孩子的代表。

胡洁和关道询的父母都是清华大学土木建筑系的教师，土木建筑系位于著名的清华学堂大楼里。"文革"期间清华大学停止对外招生，教师被下放到工厂、农村进行劳动改造，造反派将土木建筑系美术教研室的画材悉数尽毁，当年被弃置的清华学堂土木建筑系美术画室成为还是中学生的胡洁和关道询探奇秘密的"基地"。

一天，两个男孩怀着忐忑的心情，偷偷地踏上了清华学堂陈旧腐朽的木楼梯，整栋建筑空无一人，学堂U形大楼的两只臂膀像是通向不同时空的深邃密道，黑暗幽长，望之令人毛骨悚然、不寒而栗。木地板上发出"咯吱咯吱"的颤抖，风吹动窗棂的"哐啷哐啷"声在耳边不断回响，他们摒住呼吸，蹑足潜踪地向二楼美术画室走去。当他们推开半掩的门，突然间被眼前的景象惊呆了，阳光洒落在宽阔的深色木地板上，满地散乱着明晃耀眼的白色碎块，仔细看，是画素描的人体立像被拦腰斩成几节、断裂摔在地上。倒下的画架堆叠着挡住他们的去路。满目疮痍，分不清楚到底有多少尊立像被损毁。想象得出，在石膏像触地那一刻，一定发出了很大响声。两个男孩在门口愣了好一会，然后他们试探着、尽量绕着地上的障碍继续前行。一个特别的石膏块深深地吸引着他们，捧起来细看，是个摔坏鼻尖的美丽头部。胡洁仔细地打量着头部残留的发髻，用指轻触额头连着直鼻梁上的砸痕。然后他们蹲下来，搜寻并反复拼接其他断裂的碎块。他俩似乎在头脑里搜索着什么……琢磨了好一会，他俩几乎同时喊出来："维纳斯！"难道这就是那个女神维纳斯吗？胡洁和关道询曾经无数次在家中看过那幅女神的素描画，也曾和小伙伴一起讨论过女神的断臂怎么安，听说这里有她的塑像，今天特意过来看看，没想到，当面对真正的女神像时，却是女神在眼前消失的时刻。

两个失望的少年寻觅着走近静物台，这里平日摆放着巨大的石膏头像，现已空无一物。窗开着，遮光帘布被风掀动着。站在敞开的窗前许久，是胡洁和关道询两人的逆光背影。他们的脸齐向楼下转去，想寻找被抛掷散落在窗下的碎块，一棵大树冠恰好挡在眼前。"哎，咱俩再找找吧，听说画室里还有个大卫头像。"一个寒颤，胡洁感到冰冷，风吹在脸上，阳光下感觉不到一丝温暖。

两个男孩在石膏碎块中慢慢挪动着脚步，猛然间，他们的目光落在资料柜前散落一地的碎纸片上，原来是被拆分成七零八落的西方古典油画画册，画页里的油画很漂亮，大部分没见过，外文说明也看不懂，有几个字母好熟呀，胡洁在家长的书架上见过有这种字母的书，母亲曾做过苏联专家的语言翻译。他寻思：这应该是苏联的美术画页。这是他们从未见过的绘画形式。这些充满异域风情的画作像是充满魔力的巨大磁场深深地吸引着两个男孩，他们拾起地上残落的画页聚精会神地看着、看着……不知不觉间一个小时、两个小时、三个小时过去了……他们完全沉浸在西方古典油画的艺术中无法自拔，一遍遍翻看着这些残破的画册，像是看到了一个新世界，陌生而激动。

不知过了多久，两个男孩终于清醒过来，想起了此行的目的。天色渐晚，关道询站起来活动着发麻的腿，眼睛不停地往角落里搜索着，忽然他的声音有些异样："这里还有东西！"只见柜顶隐藏着什么。一阵惊喜过后，他俩推动静物台，踩着台子从高处小心翼翼地取下密封纸包，轻轻弹掉浮尘，两尊白色石膏小头像露了出来，一点破损也没有，虽然还不敢断定它们的名字，但是这意外的收获太让人兴奋了。他们决定将这两尊能抱得动的头像带回附中美术小组。于是他们用报纸仔细包裹好头像，轻手轻脚地放在自行车的后座上，一个人推车，一个人手扶，离开了清华学堂一片狼藉的美术画室。头像就这样悄悄地被运回到清华附中。自此，这两尊从清华大学土木建筑系"偷"回来的石膏像，成了清华附中美术小组的一组西方静物石膏像。

二、秘密作画

图1　"阿格里巴"与"塞内卡"
（作者 胡洁 1975年）

胡洁和关道询从清华大学土木建筑系"偷"回来的两尊小石膏像，引起附中美术小组孩子们的雀跃，石膏头像曾经是西方学院派教学中常练习的素描题材。孩子们白天公开画黑板报，把石膏像盖上白布藏在角落里，晚上才敢摆到正中的静物台上，围绕着这来之不易的石膏像画素描。他们还把家里能找到的美术作品带过来，如程远从家中带来了列宾美术学院的画册。王如骏是美术小组的小老师，带领大家关起门，一起围坐在石膏像旁讨论研究临摹。

在那个特殊年代，无论是欣赏追求西方美学、画欧洲石膏像、研学中国古典美学，都是属于所谓的"封、资、修"范畴。为了防止意外发生，画室的门总是被孩子们在里面插得严严的，窗户经常挂着厚重的布帘。孩子们像秘密工作者一样，绘画变成了既美好又刺激的活动。对于这些活动，吴承露老师心照不宣，有时还会亲自指导孩子们练习。尽管吴老师不是每次都参加这些活动，但这些孩子的勤奋，使他感到特别欣慰，一直默默地支持这些热爱绘画艺术的孩子们，成为附中美术小组最强有力的后盾。

三、家人当模特

中学阶段的胡洁、钟铃、卢元三个人经常在一起画画，共同的爱好和志向在他们中间播撒下了友谊的种子。因为孩子的家长都是世交或者老相识，所以他们不满足于仅在附中的教室里练习作画，经常私下结伴，串门到彼此的家中画画，各家的成员便成为他们作画的模特儿。钟铃的父亲是外语系的教师，长得轮廓分明，卢元和胡洁就经常去他家写生，请钟铃的父亲作模特儿。不仅如此，钟铃一家人都当过三人素描的模特儿。钟铃和卢元还曾经追着胡洁的小姐姐画了许多次画像，因为小姐姐有双漂亮的大眼睛。那时少小年龄的他们还很青涩，却已知道什么是美。

图 2　人像素描写生　（作者 胡洁 1977 年）

孩子们画画非常投入，常常一坐就是一整天，丝毫不知疲倦。一次，三个男孩到胡洁家练习画画，请他的小姐姐做模特儿，从早晨一直画到傍晚，胡洁的母亲下班回来看见三个孩子还在围着姐姐练习，不禁感叹地说："这几个孩子也不知道累啊！"是啊，在那个特殊的年代，绘画给孩子们提供了最重要的精神给养，男孩们画完还在一起评论，欢声笑语，幽默诙谐，特别惬意。

四、大哥程远

在清华附中美术小组孩子们的心中有一位精神领袖，那就是长他们几岁、比他们有社会阅历的程远大哥，他具有哲学家的气质和坚实的绘画功底。程远的父亲是清华大学建筑系的美术教师，程远曾经下乡插队，从事钳工劳动，当时流行一句俗语"紧车工、慢钳工、溜溜达达是电工"，程远便是"慢钳工"中的一员。他常常身穿一件白色的跨栏背心，由于穿着时间过久，白背心薄得像一层纱，朦朦胧胧，上面还布满了窟窿眼儿，他戏称之为"钳工背心"。他对绘画艺术的追求执着而全面，他不满足于对绘画技巧上的追求，而是广泛地涉猎文学、美学、哲学等各个与绘画相关的艺术领域。程远还常常与大家分享绘画、读书的心得。那时孩子们虽然不能完全明白他阐述的意思，但是程远家成了几个追求绘画艺术男孩心中最最神往的精神殿堂。每当他海阔天高演讲时，孩子们都仰望着他，很安静地听着他撞击灵魂的话语，并以能到他家聆听精神领袖侃侃而谈为人生荣耀。1977年程远被中央工艺美术学院录取，毕业后成为清华大学建筑系美术教授。

五、拜"访"大师

在动荡的岁月中，胡洁、钟铃这些清华附中美术小组的孩子不但自己勤于练习，而且保持着对绘画的极大热情和旺盛的求知欲，他们经常走访名师，求得指点绘画一二。胡洁和钟铃走访请教过很多大师，如清华大学的王乃壮教授、曾善庆教授和华宜玉教授。印象最深的一次是去曾善庆教授家拜访。当时他看了两个孩子的作品后觉得他们很勤奋用功，就神秘地跟两个孩子说："我给你们看点好东西。"他从书架上拿下一本画册，指着画中一个男人问他俩："你们从他的眼睛中看到了什么？"两个男孩顺着曾教授手指的方向看去，只见那个男人歪靠在一艘将要沉没的船上，周围是一望无际的大海……孩子们不明白曾教授的问题，摇了摇头，曾教授笑了笑说："孩子们，画中的男人是一个濒临死亡的人，你们在他的眼中应该看到，人面对死亡时的绝望与挣扎，透过他眼中黑色的阴影体会人性的精神。"孩子们一下子听傻了眼，再次静静注视着那幅油画，仿佛真的听到了大海的咆哮声与男人绝望的嘶吼声交织在一起。"哦，原来人像绘画中还蕴藏着如此深刻的道理和学问。"顿时豁然开朗。拜访曾教授的经历使得两个孩子明白，绘画不单单是停留在结构、块面、黑白的形式美层次，而是要融入作画者的精神与情感之中，这样创作出来的人像才是具有精神内涵的饱满形象。这次的求教像是金石点睛，开阔了孩子们的眼界。后来两个男孩才知道这幅带给他们巨大震撼的油画是德拉克洛瓦的《但丁和维吉尔共渡冥河》。

图3　藏区水彩写生系列之四　（作者 钟铃 2006 年）

图4　藏区水彩写生系列之十一　（作者 钟铃 2006 年）

成长经历

193

六、外出写生

吴承露老师经常组织附中美术小组外出水彩写生，清华大学的荷花池、体院往北的农田、从颐和园到香山的西郊园林等，都留下过吴老师和同学们的身影。那时候孩子们外出写生的交通工具是自行车，往往是从附中校园出发，一路向西行，骑车途中看见好的景点就停下来习画，初冬天气非常冷，冻得手都伸不出来，这些丝毫没有减少孩子们作画写生的热情。春暖花开的时节，大家结伴外出，常常是晨出夜归。孩子们总是先看吴老师怎么作画，然后自己动手写生，虽然周围的氛围有些紧张，未来的前途并不明朗，但是孩子们觉得这样的日子开心灿烂。

张燕亲身经历过与吴老师和同学们一起风景写生。那是夏日清晨，在清华荒岛荷花池岸边，孩子们围拢到年近花甲、戴着眼镜的吴老师身后，全神贯注地观摩老师作画。荷塘如此宁静，甚至听得见草丛里虫子瞬间跳跃声。吴老师作画极快，涂涂洒洒，不一会儿就画好了。他放下画稿，鬓角已渗出了汗水，他掏出手绢擦拭眼镜，然后向同学们叮嘱绘水彩画的要点，孩子们随后四散开，各自找到心中美景。

尝试着学老师那样作画，对于初学者来说，画水彩写生是很困难的，许多因素都会影响绘画效果。因为经验不足，有个女孩很焦虑，吴老师走到她的位置，接过女孩画着一半的画，观察了一会，用笔沾上色，趁湿点上几笔，色彩立刻融入画面，待色彩快干时，快速点上几笔重色，一棵美丽的大树跃然纸上，让观看的女孩惊喜异常。吴老师面对学生的困惑，和蔼亲切，直接示范，身体力行。

在人们日常所能见到的风景绘画作品里，太阳永远是红色，这成为那个时代的固定模式。张燕在一次写生时观察天空：彩霞满天，太阳白亮耀眼并不是想象的红色，她就在纸上应画太阳的位置留了空白。由于固有概念与现实认知上的反差太大，让她内心很纠结。当张燕拿着习作忐忑不安地请教吴老师时，吴老师解释道："这就画对了，在人的固有概念中树是绿色，太阳总是红色。可你仔细观察，会发现在不同气候、时间、视点和光照条件下，颜色是有变化的，每人感受也各异。"听了老师的话，张燕看看前方树冠色彩，又回望头顶的遮荫树冠，透过浓密的深色叶，少许金色的光斑点缀其中，张燕立刻明白了。吴老师鼓励她用自己的眼睛去观察分析客观的事物，独立思考，将现实中感性美与理性美结合起来。老师的教导如春风化雨，使她打开心灵之眼。

图 5　照澜院住宅水彩写生 （作者 张燕 1981 年 ）

七、忆吴承露老师

支撑清华附中美术小组的灵魂人物吴承露老师，是中国著名画家和美术教育家关广志先生最得意的学生之一。关广志先生早年留学英国，接受西方绘画教育。吴老师曾经跟随关先生学习水粉和水彩，练就了精准的西学透视，同时又擅长国画，吴老师的绘画兼具中西特色，张大千先生曾经称赞吴老师"一手中西均擅长"。

自从 1945 年吴承露老师应聘清华成志学校美术教师起，1949 年后他执教于清华附中，婉言谢绝了清华大学及天津大学的邀请，坚持在附中从事美术基础教学。在那个特殊年代，吴老师顶着巨大压力，内心始终遵从一个教育理念：优秀人才是由丰富知识及高尚人格组成。人才教育不仅仅是知识教育，人格教育也很重要。知识可以随着年龄不断获取。而人格的形成恰在少年阶段。他认为清华附中的小三门课，即体育、音乐、美术是培养人格的重要一环。他曾说："数理化是知识教育，音体美是人格塑造，如果中学阶段只有数理化教育，没有音体美的培养，会缺少对世界的想象力及创造力，对于孩子人格的培养将是严重缺失，一定要重视孩子中学阶段的音体美教育。"秉承着这种信念，吴老师在中学美术教育岗位兢兢业业、坚守一生，将全部的爱献给清华附中，他是一位真正具有远见卓识的教育家。

吴老师在四十多年前，亲手建立起清华附中完善的艺术教育体系。在他的主持下，在程远、王如骏的倾力协助下，在高年级学长的带动下，清华附中美术组迎来一批又一批少年才俊。他们经过严谨的基础训练，在素描、色彩、创作、设计方面有了长足的进步及全新的视野，同时也为他们将来的大学学习打好坚实的基础，对他们即将开启的职业生涯指明了方向。重要的是：孩子们在那个年代找到人生的目标，感悟出生命的意义，开始了对梦想的追逐。

美术小组的孩子们一刻也不曾松懈，他们将命运紧紧地抓在自己手里。胡洁、钟铃、关道询、卢元和小伙伴们充满激情，他们为梦想而奋斗。他们把为梦想而奋斗的热情化为每一天的努力，化作每一帧素描、每一张速写、每一幅色彩写生。正是由于这种执着，使他们在后来的学习和工作实践中，不断地超越自我，追求卓越，力争达到更高的境界。清华附中美术小组，先后培育了众多优秀弟子。这里面有20世纪70年代走出的程远、王如骏、曾千之、程凤、毛振明、柴小乐、余大宁、杨晓泉、朱幼宣、朱少宣、余梅、张文燕、胡洁、钟铃、关道询、李军、张燕、苏力、高飞、卢元、李瑱、黄铱、洪福生、马琳、廖丹等同学。后续还有潘强、姚永和、吴华、胡满泉、童岩、魏祥、张新莱、黄海涛、苗青、林洁等同学。他们之中的佼佼者卓尔不群，成为在艺术教育、城市规划设计、城市生态及景观设计、建筑设计、室内设计等各个行业领域的优秀人材。

几十年过去了，每当这些昔日的美术小组成员聚在一起的时候，他们都会回想起在清华附中所度过的那些闪亮的日子，他们深切地怀念母校，怀念恩师吴承露老先生。

作者简介

胡洁：男，1960年出生在清华园。父：胡允敬，母：杨秋华，都是建筑师。1979年考入重庆建筑工程学院建筑系，1983年考入北京林业大学园林学院，1986年获风景园林硕士学位。1988年考入美国伊利诺伊大学香槟-厄巴纳分校，于1990年获得第二个风景园林硕士学位，并留任伊利诺伊大学担任校园规划师。1995年进入美国SASAKI公司工作，2003年回国加入清华大学新成立的景观学系执教，同年受聘于北京清华同衡规划设计研究院工作至今，现担任副院长和风景园林研究中心主任。

作者简介

钟铃：男，毕业于中央工艺美术学院（清华大学美术学院）特艺系。曾任北京
　　　水彩画学会会长、北京水彩画艺委会主任。现为北京建筑大学副教授。
　　　钟铃在水彩画、油画、水墨、书法等领域里不断耕耘探索。他的作品既
　　　具东方传统笔墨意境又兼西方现代绘画的抽象表现力，多次在国内外美
　　　术作品大展中获奖，多幅作品被中国美术馆收藏。出版画集《亚洲水彩
　　　画名家丛书——钟铃》《水彩写生日志》。他是一位集艺术家、教育家、
　　　演员、健身家于一身的多才多艺的清华子弟。父亲是清华大学外语系副
　　　教授，母亲是清华附小教师。

张燕：女，一级注册建筑师。1960年出生在北京大学。1977年始居清华。
　　　1983年毕业于西安建筑科技大学建筑学专业学士。1990年考入柏林艺
　　　术大学建筑系，后硕士毕业。自1983年起曾在北京、柏林、珠海工作
　　　三十余年。从事工业与民用建筑设计及建筑教育。目前就职于吉林大学
　　　珠海学院建筑系任副教授。父亲张正权为清华中文系研究员。

我的一家与清华

孔祥琮

一、我的父亲孔繁霱

2015年从清华附小的老师处得知我的父亲孔繁霱曾是早期成志学校的董事会董事，而且把参加董事会的记录原件复制给了我。我既高兴又感到吃惊不小：原来自己的父亲还担任过这样一个职务！可1936年才来到这个世界的我，那时还不知在何处呐！因为是我的父亲，所以我应当向人们介绍一下这位董事。

我的父亲孔繁霱（在撰写文章时也用他的字云卿署名）在留学美欧第11个年头的1927年，清华正在蒋廷黻、刘崇鋐等主导下倡导"中外历史兼重""考据与综合兼重""历史与其他社会科学兼重"的办系理念时刻，得到清华大学陈寅恪教授的推荐，直接被聘为清华大学历史系教授，当年即回国任教。成为当时历史学系仅有的蒋廷黻（兼主任）、刘崇鋐、孔繁霱三位教授。北京大学撰写的墓碑碑文称"先生（指孔繁霱）为我国世界史学界前辈，专精欧洲中古史，造诣极深。又精通欧洲古今文学……"他凭借深厚的中国文史基础，

图 1　清华历史学会 1936 年合影，前排右第二人孔繁霱，右三刘崇鋐

对欧洲史的渊博知识以及对英、法、德、意、拉丁及希腊等七国语言文字的精深造诣（在"清华人文人物——孔云卿"一文中说：孔先生的学识是很渊博的，曾在美国和德国研究了八九年，精通七八国语言……你如果在课外到孔先生家里去问些功课，那时才会真正感受到孔先生的学识之精到。他诚诚恳恳、引经据典地讲给你听，那种材料和见地都不是普通书里所能看到的），又精通欧洲古今文学（陈寅恪先生借书附记三里记载着孔繁霱借书清单中有：一、拉丁古典法文对译 数十册；二、法国文学史……。摘自陈寅恪遗墨 133 页）。他毫不犹豫地承担起在清华大学教授"史学原理""西洋中古史""史学方法论"等课程，并且以他对中外史学的研究所形成的 "史无目的，治史专为史，不必有为而为，有为必失真，失真则非史"的史学观，影响到了新一代史家成长。他鼓励留学外国的学生要"探取西洋史家的治史方法，于回国后，用来治中国史"。他的众多成才学生有如：中国社会科学院荣誉高级研究员（相当于院士），由于其学术贡献巨大，曾于 1975—1976 年被会员公推为美国亚洲研究学会会长、中国台湾"中央研究院"院士和美国艺文及科学院院士的何炳棣；解放前任国立中央大学历史系主任、史学研究所所长，在国际史坛有相当影响的张贵永；江西南昌大学历史系主任、南开大学副研究导师的谷霁光；著名历史学家吴晗；史学家黎东方与作家曹禺等。

留美期间，他还担任南开留美同学会会长和山东留美同学会书记工作。

在解放初期，中华人民共和国成立后有大量的外交工作需要开展，因此急需外交人员的培养，外交部辗转找到了孔繁霱，委托他翻译英国人萨道义著的《外交实践指南》一书（有许多涉及希腊、拉丁语言文字的内容），他接受并按时按质地完成《外交实践指南》有关部分的翻译，为此外交部赠送给了他一本有他参与翻译的内部读物《外交实践指南》。我至今仍然保存着这一珍贵物品。

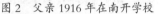
图2　父亲1916年在南开学校　　图3　父亲1947年在清华胜因院

　　孔繁霱在1915年到1917年在南开学校求学。他在学校是一名非常活跃的青年，学习成绩也非常优秀。在学校进行的英语与语文比赛中，他经常获得第一名。父亲与敬爱的周恩来总理、冯柳猗（南开大学图书馆馆长）、黄钰生（天津图书馆馆长）称得上是挚友，他们一起办南开学校《敬业》（南开校刊虽然名称变换频繁，如《励学》《校风》《星期报》等，但始终是这同一批人坚持办下来）等南开校刊。《敬业》发刊词就是孔繁霱撰写的。周恩来任校刊经理部总经理，孔繁霱任校刊编辑部总编辑。他们一直合作到南开学校毕业公费赴美国留学为止（此后在各自的岗位上仍有信函交流意见）。根据南开大学档案和出版的有关周恩来总理、冯柳猗与黄钰生的有关书籍资料中就能查阅到很多珍贵的历史资料。周总理和孔繁霱都为校刊撰写过大量有正义感，有血气的文章，有时还会分别以"拙"（孔繁霱的笔名）与"飞"（周恩来的笔名）合作撰写文章。这些文章中包括不同文体的作品，有政论性、时事类、评论性、警钟、游记、散文、诗歌等。这些文章就是现在看起来依然有教育意义。

二、我家与清华成志学校的缘分

　　我家六个兄弟姐妹除一人外都是成志学校校友。

　　大哥孔祥璧和大姐孔祥兰同是1927年的成志学校的学生。那时因学生比较少，所以上课时是不同班级学生混合上。因为孔祥璧成绩优异，获得了时任校长马约翰的特别奖励（刻有奖品字样的约十厘米见方的黄铜制墨盒和一

块火车头牌怀表，"文革"期间抄家时皆被抄走），而且让孔祥莹协助老师带班上课。他们俩与杨振宁教授是同班同学。

孔祥莹中学从南开中学毕业，大学先在南开大学，后因"七七事变"转在北京燕京大学经济系毕业。抗战期间与孔祥兰一起（后来两人走散）因为英语好，担任过驻我国美军的英语翻译官。解放后是北京农学院与北京大学图书馆馆员。他身体很好，会花样滑冰，会玩火棒，也是网球高手。1971年在北京大学鲤鱼洲农场，因患急性中毒性痢疾未得到及时医治而去世，年仅52岁。

孔祥兰在成志学校毕业后，1942年进入北京辅仁大学社会学系，与王光美同志是同学，1987年辅仁大学六十周年校庆返校时，两人得以见面并合影留念。她多才多艺，既会弹吉他，也会拉锯琴。已经是三个孩子的妈妈时，还获得山东平原县运动会的铅球冠军。她后来因为随中国民航科研所的不断搬迁，在不同省市的中学担任高中语文和英语教师，一直是位优秀的教师，直到退休。2015年95岁时，病逝于四川成都中国民航学校宿舍。

我的二姐孔祥荃和二哥孔祥珹都是1934年前后成志学校的毕业生。成志毕业后，孔祥荃就读和毕业于北京崇慈女子中学（后来的第十一女子中学，现在是北京156中学）。大学考入北京医学院，在即将毕业时，响应国家的号召，离校参加了南下工作团，之后进入南京军事学院，再转入人民海军医院，担任化验员。转业后进入中科院微生物所，担任《微生物学报》编辑部编辑，直到退休。在"文化大革命"中也遭受了不小的冲击。她一生坎坷，受过许多磨难。好在性格开朗乐观且健谈，虽九十高龄，但身体仍然健康，还可游山玩水，喜爱唱歌，弹弹电子琴，到处拍拍照片，生活得愉快幸福！我的二姐夫毕业于清华大学，在北京农学院任教授，是我国薯类研究专家。培育了多个紫薯品种，得到农民的好评，并且都已经在农业生产上得到广泛应用。不幸的是在他九十高龄时因车祸离世。

孔祥珹就读和毕业于当时的北京崇实男中（现在的北京第二十一中学），后来考进北京辅仁大学学习，在即将毕业时参加了南下工作团，之后参加了中国人民解放军空军。因为有大学基础，文化水平比较高，个人又勤奋好学，工作上刻苦努力认真钻研，成为人民空军的特别设备工程师（特设师），专为我国国家领导人乘坐的飞机进行维护测试试飞工作。后来被抽调进我国原子弹试验基地，参加了我国第一颗原子弹试制试验的工作（这是极其保密的任务，和外界的联络基本杜绝），直接参加了第一颗原子弹的爆炸试验。他在"文革"中也受到了冲击而被迫离开基地，转业到了中国医科大学基础医学研究所担任副所长，直至离休。现在已经九十多岁高龄，由于年轻时喜欢运动而养成了比较好的体质，现在正自由自在地享受幸福的生活。

三、我的成长经历

我是家里的老疙瘩（最小的）。1936 年 2 月 25 日出生在清华大学，当时我家住在新林院 31 号。1937 年抗日战争全面爆发，人们心里极度恐慌。为躲避危险，刚一岁的我被大姐孔祥兰抱在怀里，跑向清华大学图书馆地下室父亲的专用房间。在途中怕我哭泣（人们的心里就感到孩子的哭声会被鬼子兵听到，而遭不测），不停地往嘴里塞饼干，刚一岁的我根本消化不了，结果可怜地一直拉肚子。这时又赶上清华大学南迁，而父亲因病重无法随校南迁。没过几天，全家也就从清华新林院搬往城里，租住在鼓楼后赵府街 44 号一段姓家的房子里。这时虽然没工作，失去经济来源，父亲却得以安心的养病。但养病中间曾两次病危，万幸的是父亲都挺过来了。后来在身体允许的情况下为了生计，就在私立的中国大学授课（当时所有公立大学皆被日寇控制，父亲拒绝为日本人办事），获得少许薪水及配给的粮食来维持一家人的生计。那时租房的租金是每月一袋面粉，此房一直租住了十年。抗战胜利后，父亲接到来自清华大学与南开大学同时发来的聘书，父亲决定还是接受清华大学聘请，全家就迁回了清华大学，住在胜因院 19 号。

图 4　成志学校小学部 1949 年毕业照

成长经历

201

在城里居住时，我是私立直钧小学的学生。抗战胜利全家迁回清华大学后，我上成志学校四年级直到 1949 年毕业，后来直升清华大学附属中学，是清华附中的首届毕业生（1953 年），毕业时是三好生（获得了吴承露老师亲自设计的制有"优"字的三好生奖牌，直至现在仍被我珍藏着），直升北京育英中学（后改为北京二十五中）。到高二结束，当时规定学习期满的高二学生全部转入新建北京六十五中学，高三毕业时被评为五好生，1956 年被保送进五年制的北京农业机械化学院（即现在的中国农业大学）学习。1961 年大学毕业后，我主动要求分配到祖国最艰苦、最需要的地方，被分配到了天气寒冷、时常刮大风沙的内蒙古自治区锡林郭勒盟草原腹地的牧业机械化学校任教，一干就是十六年，后因身体不能适应寒冷地区工作，于 1976 年底调回母校北京农业机械化学院又任教二十年，1982 年加入了中国共产党，1996 年光荣退休。

我在三十多年的教学工作期间，受到父亲潜心于教育事业精神的影响，一直兢兢业业、认认真真地完成教学工作，曾在任职的学校担任过校务委员会委员、专业学科主任、教研室主任、系教学副主任、系技术职称评审委员会委员等，获得过部级先进教师称号，享受政府特殊津贴待遇。我没有辜负家里父母以及哥哥姐姐们的希望，没有辜负教育我的各级学校老师们的培养教导，从只知哭闹的娃娃逐渐长大懂事，慢慢成长为成熟自立的大学教师。

作者简介

孔祥琮：男，1936 年生于北京清华大学，1947—1953 年在成志学校小学部和清华附中读书，1956—1961 年在原北京农业机械化学院学习。1961—1976 年在内蒙古自治区锡林郭勒盟工作，1976 年后在北京农业机械化学院工作。1996 年退休。

梦回清华

李文玲

接到《梦萦清华园》征稿的信息，心中如打翻了五味瓶，久久不能平静。多少年过去了，梦萦清华园，又何尝不是呢！

1952 年全国高校院系调整，家父由燕京大学调入清华大学。我随父亲由燕大附小转入清华附小，那年我八岁。秋天，一辆马车载着我们的全部家当，一路上风尘仆仆，由燕大蔚秀园搬迁至清华北院。"风尘仆仆"是因为那时清华北大校园之间多为土路，何时变为水泥板块，进而变成柏油铺路那都是后话……

家住北院，注定我的上学之路就是一个穿越清华园的全过程。每天上学，我要经过大图书馆、三院（夜校），过一个桥，再经过大礼堂、清华学堂、二校门、照澜院、胜因院、新林院，最后到达普吉院旁的学校。那时，二区、三区的大片平房还没有修建，一路上东张西望，周围的一切都是那么的新鲜。就是这漫漫的上学之路，比起秀美的燕园，略显空旷的清华园恰恰给了正值年少、精力旺盛的我们提供了再好不过的成长天地。

我们无拘无束地放养在清华园中。"放了学直接回家"这句叮嘱的话，对于我们这些孩子来说永远是"耳旁风"。只要一踏出家门便如脱了缰绳的野马，外面的世界实在精彩，哪能错过！

一日，初来乍到的我，放学后不知不觉随着一队敲锣打鼓"欢迎志愿军归国"的队伍来到了清华园火车站。待满载归国志愿军英雄的列车到达离去后，欢迎队伍便自行解散了。在夜色中找不到北的我急得大哭，幸而一位阿姨记得这孩子是随着队伍从学校中走出来的。阿姨边安慰我边拉着我往回走，来的时候是满心的高兴，回的路上却如此的沮丧。阿姨想要把我交送"校卫队"，在二校门遇到了急得满头大汗出来找寻我的父亲……一场虚惊过后，我知道了清华南门外有一个叫"清华园"的火车站。再后来，跟随母亲去八达岭春游、参加学校组织的下乡劳动，多次在清华园火车站上下过火车。一个甲子过去了，随着我们国家高铁事业的突飞猛进，"清华园火车站"完成了它的历史使命，可是它在我心里是永远停留的一站。

清华大学作为高等学府，师生们的业余生活是相当丰富的。时常会有些名人来演出，比如：舒绣文的《骆驼祥子》、新凤霞的《刘巧儿》、小白玉霜的《刘三姐告状》、侯宝林的相声等。这些演出大多数都是由学校工会组织的，是师生的福利，商业演出很少。即便是商业演出，票价也是很低的。我正儿八经地第一次观看话剧，就是在大礼堂看人艺董行佶的《悭吝人》。董老师把莫里哀笔下的吝啬鬼阿巴贡演绎得活灵活现，堪称经典。其中有一场戏让我至今难忘。阿巴贡高声呼唤下人："雅克"。朱旭老师应声而出，"雅克到！主人，您是叫厨师雅克还是叫车夫雅克？"阿巴贡高傲地回复道："有什么不同吗？"朱旭老师油嘴滑舌地回道："主人，您如果是叫厨师雅克，我便要穿上大师傅的围裙；您如果是叫车夫雅克，我便要手上拿着马鞭。"台下观众一片哄笑，短短两句台词就生动地刻画出主人公阿巴贡吝啬的本性，连使唤的仆人都要"身兼两职"，绝不放过。大礼堂对于那时幼小的我来说就是一个充满魔力的地方，一台台丰富多彩的演出浇灌了我心中的艺术萌芽。一般情况下，我们都很守规矩凭票入场。可是，真碰到特别想看又实在搞不到票的演出，大礼堂对于我们这些小孩儿来说就是一座"不设防"的城堡。透露一个小秘密，大礼堂半地下厕所的窗户就是我们小朋友的秘密通道。反正，我是钻过的……

一天放学后，我看见大礼堂的门虚掩着，便好奇地进去探个究竟。只见一个身穿长裙的白人女子钢琴伴奏，一个高大黑人男子扶琴吟唱。歌声低沉而婉转。歌声停止后全场报以雷鸣般的掌声……后来我才知道，这是美国著名男低音歌唱家罗伯逊来清华演出。当时的演出已经接近尾声，门口也就没有人看管了，成就了我一个小屁孩儿目睹世界级巨星风采的机会。

还有一次，得知母亲要带我去看京剧，我喜出望外，那可是梅兰芳先生的《贵妃醉酒》啊！不料七岁的三妹执意要一起去，而且一直哭闹着尾随在后不肯放弃，母亲和我无论如何也摆脱不了。就这样，三妹一直追到大礼堂后面的西桥头，母亲拿出几毛钱连哄带骗地总算让三妹高兴地回家。当我和母亲慌张进入礼堂时，戏已经开演了许久，那年我十三岁。如今，梅大师倾情演出《贵妃醉酒》的旋律早已被淡忘，反而是三妹哭闹着要同去看戏的一幕在我的记忆中清晰可现。每次大家当作笑谈聊及此事，头发已经花白的三妹也是会心一笑，往事如烟。

家住北院，让我有了比平常人更多与"大操场"亲密接触的机会。每到下午，大操场上都是一派热闹场面。常常见到马约翰先生穿着白色短裤、白色长袜现场指导学生们做运动的场景。不知道是不是潜移默化，反正我十岁的时候就会掏裆骑父亲的二八男式自行车，能在义务劳动时大家动手挖的游泳池里面扑腾玩儿水。现在我在健身房泳池里游泳的那两下子还是当年清华园成就的"童子功"。我练过体操，能爬上大饭厅外的桑树上吃又大又甜的桑葚儿。因为胆大好动，我的膝盖也总是旧疤落了换新疤，从来就没好过。

每到夏季，大操场上频频放映电影。放映前，都会张贴出告示。操场上拉出一根绳索，交纳五分钱便可观看，这总是我最快乐的时光。我会催促着母亲，早早地吃过晚饭，然后带着弟弟妹妹们拿着小板凳去操场银幕前占座儿。《一江春水向东流》《天仙配》《上甘岭》《彼得大帝》《雾都孤儿》……几乎场场不落。那会儿，孩子们看电影都似懂非懂，但是我对外国影片中的"中国话"倒是印象深刻。后来，我知道了这叫"译制片"。没有想到的是，若干年以后，我在北京电视艺术中心译制导演的位置上坐了十几年，经过我导演、译配的中外影视片达到了上千部集。

放养在清华园中的我们就是在这样的氛围中不知不觉地长大了。初中时，北院西侧增添了几栋临时教室，无意中发现"大学话剧团"的排练场就在这其中一间的临时教室中，让我有幸近距离地观看到话剧排练。演员们拿着剧本对台词，一个中年男人喊"停"，然后给一位叫"四凤"的姑娘讲着什么。这位"四凤"姐姐长得眉清目秀，戴着一副眼镜更显知性。听周围的人说，那位中年男人是来自专业话剧剧团的导演。我立即心生敬意，目不转睛看着他们的一举一动，别提多羡慕了。第二天，我又跑到那个排练教室，可是他们不在里面了，心里顿时觉着空落落的。一连几天，我一见到那个空教室，就会觉着闷闷不乐的。我平生第一次接触到的戏剧排演就是以这样的"悲剧"形式落幕了。

正如高晓松回忆的那样：在清华，你随便敲开哪家人的门，没准儿在外面都是响当当的人物。我家在北院十一号，十号是陈仲颐的家（后来的台盟主席），九号便是曾经的清华副校长解培基的家。我常常到解家去，求教解副校长的弟弟解叔叔（我在解家好像基本没有见到过解副校长本人，可见做清华的副校长有多忙）。解副校长的弟弟身残志坚，博览群书，十分刻苦。他常年卧病在床，却十分乐观。无论何时，只要遇到难题去求教解叔叔，他都会有求必应非常耐心地给我讲解。记得解叔叔曾经推荐给我一本苏联出版的书《有趣的图画》，非常好看，我订阅了很多年，至今难忘那些陶冶人性情的生动画面。前面提到的高晓松，他是我清华附中同学张克群的儿子。我曾经和张克群演过一个节目——《懒惰的杜妮娅》。高晓松的妈妈张克群饰演杜妮娅。

少年时的我多次在照澜院附近看见穿着极为普通，骑着一辆旧自行车匆匆而过的蒋南翔校长。听大人们说，蒋校长是一个大孝子，常替母亲买菜。那时，照澜院南边有个综合"合作社"，类似现在的超市，所以在那儿能常常见到这位大校长的身影。建筑大师梁思成先生的腿脚不利索，我们经常见他挂着那根儿从不离身的小文明棍，步履匆忙地从胜因院出来奔向二校门方向。梁先生从不会耽误学生们的课，风雨无阻。在我眼里，"人间四月天"的女神林徽因，常坐在自家小院里晒太阳，面色苍白、弱不禁风。现在想来，当时的林女士已经病势沉重了。

1960年，没有任何文艺特长、大白丁一个的我考入了北京电影学院表演系，开启了我人生的新篇章，那年我十六岁。从八岁到十六岁，我在清华园里真真切切生活了八年。这八年，是绚丽多彩的八年，是青春年少的八年，是无忧无虑的八年。

清华园给予了我太多太多，有形的、无形的，值得一辈子珍惜和怀念。我感恩清华园对我润物无声的些许浸染。古稀之年，重新捡拾起这些飘散在水木清华各个角落的记忆碎片，也为的是激励自己在崎岖的人生道路上继续努力前行！

图1　作者全家在颐和园万寿山前合影　　图2　作者全家在清华园北院家门口合影
　　　（左三居中为作者）

图 3　学生时代留影（下排右一为作者）　　图 4　北京电影学院表演系 60 乙班合影
（前排右三着深色上衣者为作者）

图 5　作者荣获第八届金鼎国
际创意节"终身成就奖"

作者简介

李文玲：女，1944 年 10 月出生，1952—
1965 年居住在清华园北院。1966
年毕业于北京电影学院表演系。从
事演艺工作，并执导、译配过上千
部集中外影视作品。其主演的主要
作品：电视连续剧《四世同堂》《好
大一个家》《好先生》《情满四合
院》等。2016 年荣获第八届金鼎
国际创意节"终身成就奖"。

成长经历

我的吊诡人生

李昕

和青年人聊天，我知道自己还没到摆老资格的年龄。但谈起一件事，我的口气总是让青年人吃惊。我说自己半个世纪前得过一场癌症。

半世纪前？那是 20 世纪 60 年代，"文化大革命"刚刚开始时！

癌症，就是恶性肿瘤，几十年来发病率一直在提升。最新统计，全球癌症发病率在 10 万分之 200 到 300 之间，成了多发病和常见病，这可能和医疗手段进步、检出率提高以及人口老龄化有关，当然也和环境因素变化有关。记得 50 年前，肿瘤专家告诉我，那时全球癌症发病率只有 10 万分之 6！而我却成为其中不幸的一员。

我的数学不好，不大懂得概率问题。只能根据经验判断自己"触霉头"的运气。近两年知道北京小客车摇号中签率大约为 1:800，大体相当于 10 万分之 125，算来这概率比起我患淋巴癌的概率还要高出约 20 倍，而我连续摇了 5 年在几十次机会中都没有中签。由此说来，我罹患此病，大概只有和中六合彩大奖的运气相提并论了。

问题还在于长期生存的概率。恶性肿瘤是异常凶险的疾病，据《中国保险报》2015 年统计，在中国，癌症病人 5 年存活率只有 30.9%。50 年存活，基本是不可奢求的事情。试想半世纪前，在那个特殊的"革命"时代，不幸进入了"10 万分之 6"的人们，如今尚有几人健在？而我却侥幸逃出死神魔爪。这运气，真是拿六合彩大奖都不换的。

一

1966 年，我在北大附中读初一。这年夏天，因为遭遇"文革"，学校停课，校园里掌权的变成了一批主张"老子英雄儿好汉"的红卫兵。我因为出身于"资产阶级知识分子"家庭，在学校得不到参与"革命"的机会，于是索性当了"逍遥派"，回到家里，整天以安装半导体收音机消磨时间。

图 1　作者儿时与母亲合影，
摄于清华"二校门"

组装半导体是我从小学三四年级开始就养成的业余爱好。最初是装矿石收音机，后来采用晶体管，从 1 管 2 管，到 4 管 6 管，最后一直做到 8 管超外差 2 波段，采用的是当时北京无线电厂生产的袖珍型品牌机"牡丹 8402"的线路。我已经记不清 1966 年夏天自己在尝试安装哪一种型号的收音机，印象中可能是超外差 6 管中波机，线路颇有一些复杂。作为初中生，我并不懂得多少理论，只是按照书上的线路图，将各种元件一一焊接而已。以前也都是这样做，只要线路接对了，一般不会有问题。但是这一次，全部安装完成后，接通电池，打开开关，却不响。反复检查，也看不出毛病。身边无人请教，于是想买本书来看看。

那时书店里有些指导安装半导体收音机的书，蛮实用的。

我家住在清华园里。清华的书店位于工字厅和古月堂之间，是一座花园洋房改建的。我骑上自行车，到静斋门前的岔路口，准备向书店方向拐弯，忽然觉得自己左腋窝里有什么东西，把胳膊硌了一下。我伸手一摸，把自己吓了一跳：那里长起一个鼓包，有鸡蛋大小，硬硬的。捏一捏，并不疼，所以我一直没有发现它的存在；但是从这时开始，只要左胳膊一动，便立即可以察觉腋下有个异物。

第二天，母亲带我去清华大学校医院。我穿着短袖衫，医生一眼便看到我左小臂上有一条柳叶形的伤疤。问我这是怎么搞的？我说是焊接半导体时，被电烙铁烫的。医生又问，烫完以后是怎么治疗的？我说没有治疗，开始伤口渗出了一些黏黏的液体，后来这些液体自己干了，就结疤了。医生说，就是这个伤口感染，引起腋下淋巴结肿大，是典型的淋巴腺炎。于是给我开了不少消炎药。

那时的清华大学校医院只能看些简单的病，医生给我开药只凭问诊，居然连血象都没有化验。两个星期以后，药吃完了，病却未见好转。腋下那个

成长经历

鼓包依然故我，既未长大也未缩小。于是清华的医生给我开了转院单，让我到北医三院去诊治。

北医三院给我验了血，白细胞和中性细胞都正常，说明没有炎症。但是血沉有些快。医生根据经验，诊断为淋巴结核。其实引起血沉加快的疾病很多，其中包括淋巴结核，也包括各种肿瘤。可能是医生看我的年龄只有 14 岁，不愿轻易往肿瘤上面去想吧。

于是又吃雷米封，又打链霉素，折腾了一两个月。母亲性急，每天问我，好点没有？我也每天摸一摸，腋下那个鼓包，一直没有变化。母亲觉得不能再拖，要找更好的医院和医生。说来，她在这方面是颇有些办法的。母亲出身于医学世家，她刚刚病故的父亲、我的外祖父刘瑞华是北京协和医院耳鼻喉科的开山祖师，她的伯父刘瑞恒作为中国现代外科医学的奠基人之一，还曾经是协和医院的首任华人院长，而她的弟弟、我的大舅刘国振，现在就在协和医院泌尿外科，也是专家级的医生。

母亲让大舅帮忙在医院挂了号，便带着我去了协和。一通化验之后，医生说，这些都不可靠，最有效的方法是做活检。我问什么是活检？医生笑着说，就是从你腋下的肿块上取下一点细胞组织做化验，在显微镜下看看它究竟是什么东西，这样检查还能不准确吗？

九月下旬，我在协和医院动了手术。因为是做活检，所以用的是局部麻醉，整个手术过程我知道得清清楚楚。操刀的医生是大舅请来的，他是后来担任过北京医院名誉院长和邓小平医疗保健组组长的著名外科专家吴蔚然，他和大舅是老友。手术时，大舅也亲自在场，穿一件白大褂站在手术台旁。我则被蒙着脸躺在手术台上，眼睛什么都看不见，但可以清晰地听到手术器械咯吱咯吱作响，以及医生和大舅的对话。刀口切开以后，只听吴医生说，"就是这个，应该从这里取样。"这时大舅插话说，"干脆把它整个拿出来吧。"吴医生说，"那好，就整个切下来。"

一个多小时以后，手术结束。我从手术台上坐起来，看到吴蔚然医生手里拿着一个玻璃瓶子，瓶里有一个淡红色的肉球，鸡蛋大小，四周长着很多茸茸的长毛，像是一条条的血丝。他把玻璃瓶在我眼前晃了晃，微笑着说，"看到了吧？这是你的，等着病理检查结果吧。"

一个星期以后，我去协和医院，拆线并领取病理报告。父母与我同往，但我跑得快，一路走在前面。等我进入诊室看到医生的时候，已经把父母落在后面老远。我问医生，我的活检结果出来了吗？医生并不回答，只问我，你爸爸、妈妈来了吗？等我父母进了屋，医生又对我说，你先到外面去等一会。这时我才预感到，事情可能有些不妙。

十几分钟后，父母从诊室出来。我问，我得的究竟是什么病？母亲骗我说，就是一般的淋巴结肿大，没什么。我不信，一再追问，他们只是闪烁其词。正好那几天我刚要到 14 岁生日，父亲便说，你过生日，我请你吃烤鸭，便硬拉着我来到协和医院西门前的全聚德烤鸭店。

三人坐定，烤鸭端上来，父亲一个劲儿往我碗里夹。我就是不动筷，说，你们如果不讲实话，今天的饭我就不吃了。父亲无奈，

图 2 作者在胜因院 34 号旧宅前
（1970 年）

看了看母亲，说，咱们还是告诉他吧。现在不说，做放疗时也得说。听说还要做放疗，我心里似乎意识到什么，一下明白了许多。

父亲压低声音，尽量用平静的语气告诉我，切片化验证明，我患的是淋巴母细胞瘤，属于恶性肿瘤。过去清华校医院和北医三院的诊断，都是误诊。这个病不好治，但是医生说，放疗会有很好的效果。

顿时，我心头一紧，空气似乎凝固，时间也好像停止了。过了好一会，我才问，不是已经切除了吗，为什么还要做放疗？

父亲说，吴蔚然医生切开刀口时看到，我腋下的肿块除了一个大的以外，还有两个小的。因为我做的手术只是"活检"，事前不知道是长了肿瘤，所以不是做"肿瘤清扫术"。吴医生应大舅的要求，顺手把最大的肿瘤切下来，已经是给我们很大的人情了。其实，即使他把另外两个小的肿瘤也清扫了，因为淋巴系统的肿瘤极易转移，手术之后也仍然需要做放疗。

下面的问题就是放疗在哪里做？诊断在协和，治疗也在协和，顺理成章。

二

1966 年 10 月中旬，父母为我联系好了协和医院放射科，准备开始用 X 射线对肿瘤进行深度照射治疗。那里看病的人不多，治疗几乎不需等待。我去的第一天，登记姓名后就被直接请上了一台乳白色的大机器，那机器下面

是一张床，护士让我躺在上面，只见头顶上有一只巨大的臂膀带着 X 光放射镜头上下左右转动，最后一直伸展到我的胸前。这时，一位面容清秀、语气和蔼的中年女医生出现了，她一边将放射镜头固定在我的腋下，一边和我聊天。

"你家住清华吗？"她问。

"是呀。"我答。

"你知道谢某某吗？"

"当然知道，清华园里有名的老教授呀。"

"他现在怎么样？"

她这一问，可把话题勾引起来了。因为此时清华园里红卫兵正在造反。批斗、游街、抄家和劳改是校领导和老教授们几乎都经历过的。谢某某教授就住在我家前院，不久前刚刚被抄家。

我说："他前些天被抄家了。那天我们都去看，大院子围满了人。我们看见屋里的柜子、沙发、桌椅都被搬到屋外，书也被一堆堆扔到院子里，红卫兵说是要找手枪和发报机，不知找到没有，但是肯定找到了蒋介石的大照片，藏在一本大画册里面。大家说他反动透顶！"

在今天看来，从民国版的图书中找出几张蒋介石的照片，该是正常之极的事。但是在"文革"中，谁家"私藏"了蒋介石像，那可是反革命的证据，就像说地主偷偷留着地契渴望变天一样。女医生听我这样一说，笑盈盈的脸顿时就阴沉下来。她默默给我做治疗，从此没有再说话。

当天晚上，母亲问我治疗的情况，我讲到这位女医生。母亲和谢某某教授一家很熟，她大惊失色，说："你怎么能和她说这些？她是谢某某的儿媳妇呀！"

于是母亲内心纠结了。她害怕我一番话把女医生得罪了，怕女医生把我也当成造反的红卫兵，不给我好好治疗。

我的放射治疗，按医院要求，开始后就要连续做，每周五次。可是母亲因为心里犯嘀咕，第二天她便不让我再去协和。几天以后，她带我去了日坛医院（今中国医学科学院肿瘤医院），这是当时中国最权威的肿瘤专科医院。

我带着协和的诊断报告，转到日坛医院去做放疗。接诊的医生叫秦德兴，四十岁左右，是医院的青年骨干（他后来成为国内著名的肿瘤专家，担任过中国医学科学院肿瘤医院的副院长）。从这时起，一连七八年，他都是我的主治医生。

我的病，虽然是协和做的权威病理诊断，秦医生仍然不肯轻信。他要对此进行复核。记得曾经有一天他带着我从建国门外的日坛医院向西走，穿过一条条狭窄的街道和胡同，一直走到位于东单的协和医院，取回我的病理切片，为的是再次为我确诊。

我母亲还有一个堂兄，名叫刘国聪，当时是北京朝阳医院的病理科主任，也是一位老专家。他听说我年仅 14 岁便患了癌症，颇有些不敢相信，说会不会张冠李戴了？他也要"眼见为实"。于是他也找到协和医院病理科，亲自调走我的病理切片研究一番，最后得到确认："人家没有弄错。"

三家大医院做出一致结论，我的病是板上钉钉了。但我那时好像没有考虑过死亡的问题。当然是不懂，对此病的严重性和预后情况基本无知。然而懂了也没有太当回事。记得有一天我到邻居家里去玩，看到人家书架上有一套精装图书，每一本都厚厚的，是《苏联大百科全书》。我随手抽出《医学卷》，找到"淋巴母细胞瘤"词条。云里雾里地看过整条解释之后，我注意到最后有一句话，"一般生存时限为 4 至 6 年"。读后居然有几分兴奋，指着书对邻家叔叔说，"书里讲的，这种瘤子在体内只能存活 4 至 6 年，然后病就会好。"那叔叔说话倒也爽直，他看了看书，便对我说，"你看懂了吗？这是说你只能活 4 到 6 年！"我大吃一惊，此后几天茶饭无心。然而几天后就把此事忘记了，该干什么还是照样干。那时清华园的孩子聚在一起，练打拳，学摔跤，我也跟着，有时还和别人打架呢。

秦医生确定的治疗程序也是每周五次进行 X 光深部照射，每个疗程 3 个月，但是他告诉我，至少要连续做 3 个疗程，9 个月。不能住院，要每天往返。问题是路远，交通不便。我家住的清华园位于北京西北角，而日坛医院在北京东南角，每天要换乘三四次公交车，斜穿整个北京城。那时正是红卫兵大串联高峰，公交车一律不要钱，外地串联学生喊着叫着狂拥乱挤。他们是来北京等候毛主席接见的，一个个都那么兴奋而激动。我每天便默默地加入这样的人流，做的却是和大家完全不同的事，内心的沮丧和凄楚，不言自明。

此时，我知道自己中学的同学们也都纷纷到外地串联去了，他们戴着红袖章，坐上火车到全国各地点燃"革命"之火，有的上了井冈山，有的去朝拜革命圣地延安，还有的打着红旗背上背包重走长征路。一个个都好神气，令我羡慕不已，心向往之。

还是既来之则安之吧，那时父母反复用这句话安慰我。有病就要安心治疗。毕竟，他们可以为我创造相当优越的医疗条件，最好的医院和最好的医生都能找到。日坛医院确实比协和医院在治疗肿瘤方面更加专业，治疗方案也更为周详。秦医生对我做了全身检查，发现我身上多个部位都有不同程度的淋巴结肿大。考虑到淋巴癌容易扩散，为了保险起见，决定在我的双侧腋下和双侧颌骨下（连同耳后）4个部位同时做X光深部照射。四管齐下，治疗和防扩散的效果可能更显著，然而对身体损伤也更大。尽管每次放疗时间很短，只一两分钟，不痛不痒，但是如果连续治疗一周，它就会杀死血液里一半以上的白细胞；如果坚持做一个疗程，它就会把皮肤都烤得乌黑焦糊。腋下皮肤糊了没人看见，但我左右两侧颌骨后面留下两个名片大小的褐色方框，多年以后才渐渐褪去，那是很显眼的，常被人盯着看。同时，体内的器官也跟着受损。此后几十年我每次患感冒看病，医生检查我的喉咙，便会问我，你的扁桃腺切除了吧？我为了避免解释，便点头称是。其实，我从未动过这样的手术，我的扁桃腺是活活被放疗杀死的。这也可以算是放疗的副作用之一。

癌症患者的心情，是影响康复的重要因素。放疗本身没有带给我什么痛苦，我接受治疗的过程，心情平静，波澜不起。但是，肿瘤的治疗环境却让我无法适应。首先是医生为我画的治疗标记令我难堪。为了在每一次放疗中将X光放射机镜头对准治疗部位，医生需要用紫红色的油墨在该部位画上一个方框。那油墨是不怕水洗的，一旦画上，经久不褪色。对我来说，画在腋下倒是无妨，但是画在颌骨后面，等于直接画在脸上，影响美观不说，而且它是人人可识别的癌症病人标记，就像古代犯人脸上被刺字一样。这是我很难正视的，在很长一段时间里，我几乎不敢照镜子，还最怕被人问起此事。幸好很快到了冬天，在室外，我可以戴上羊剪绒的帽子，把护耳放下来，将脖子以上的部位盖住，但是回到屋里，帽子一摘，还是无法遮丑，这令我几乎生出做贼后担心被人捉住的感觉；其次，是日坛医院的就诊环境不佳。虽然那里的医疗设备都很先进，但是由于医院狭小拥挤，而危重患者多，成天病床担架出出进进，病人的呻吟声，家属的喊叫声连成一片，就是那些默坐候诊的患者，也大多面容枯槁憔悴，有些脸上还画着红框。我每见此情此景，便觉心口发堵，不禁把脸别向一边。

更令我心情压抑和苦闷的事发生在家里。

清华园是"文革"的重灾区，群众运动搞得异常激烈。我父亲作为外语系教授，原本在1957年挨过整，此时又被作为"漏网右派"，接连被扣上"资产阶级反动学术权威""苏联特务""间谍"等大帽子。1966年8月以后，我家连续被抄家两次，屋里的白墙上贴满大字报。父亲则多次被揪斗，在批判会上认罪。

这一切，使我的家庭气氛变得很糟。那时我的两个姐姐都不在家，只有我一人面对成天唉声叹气的父母，面对墙上那些"打倒"我父亲的大字标语。虽然我并不相信父亲是坏人、有罪，但是在这样的家庭里出出入入，我不由自主地受到牵连，被人当作"资产阶级狗崽子"和"黑五类"子弟，处处遭人白眼受人歧视不说，甚至清华园里我的小学同学知道我父亲挨整，也戴上"红卫兵"袖章，跑来我家门前喊口号，扬言要抄我的家，使我的自尊心受到极大伤害。

幸好，我是在北大附中上学，那里的同学并不了解清华园发生的一切。我在自己的学校里，心情相对轻松。运动之初，一批以干部子弟为首的老红卫兵把持权力，打击排斥"黑五类"子弟，不让我们参与"革命"，我因此而回到家中，但是几个月过去，有同学跑到家里来告诉我，说现在情况已经发生变化，学校又成立了其他红卫兵组织，比如"井冈山兵团"等，家庭出身不好的同学也可以参加了，他自己就是"狗崽子"，现在还居然担任了"井冈山"红卫兵的小头头，每天领着同学们写大批判稿，组织各种形式的斗争会、批判会、辩论会。他的话让我感到兴奋和激动，为我带来无限憧憬，于是我开始向往返回学校参加"文化大革命"运动。

今天的人们可能难以理解，那时的我们是怎样地热衷于"革命"。

在大讲阶级斗争的年代，人的价值是以政治身份显示的。"革命"是一个关键性标签。如果没有这个标签，人的存在简直都没有了意义，因为我们从小所受的全部教育都围绕着这一点：要听毛主席的话，做革命人。但"革命"是要用每个人的言论和行动来证明的，它意味着必须亲身参与并在其中显示自己的坚定立场。在那时的我看来，当一场遍及全国的轰轰烈烈的革命运动来临之时，自己偏居一隅，做一个旁观者，无论以什么理由解释，都是不可接受的。道理很清楚：在激情燃烧的革命运动中，谁能不热血沸腾，难道他是冷血动物吗？

到革命洪流中去，是时代的呼唤，也是我们这些一心要革命的青年的心声。

那时是 1967 年 3 月，我放疗的第二个疗程进行到一半。按医生的要求，至少要完成三个疗程，还需要四五个月时间，而后观察疗效，决定是否再开更多的疗程。可是我等不及了，我心急如焚，我要尽快回到学校。当然，我知道，自己的病没有痊愈，突然中断治疗，是在拿生命冒险。也许，这一下就决定了我的命运，是个生死选择。但我不愿意多想这些。因为到学校去参加革命运动，这实在太有诱惑力了。在"革命"的感召面前，谁顾得了那么多？

此时我家住在清华西院，家门前有一棵百年树龄的大杨树，"文革"期间，清华造反派挂在树上的高音喇叭，成天对着我们吵吵嚷嚷，讲完话就唱歌，没完没了。有一派红卫兵组织创作的"红卫兵战歌"，更是一天不知要播出多少遍，它的歌词用的是林彪语录，内容是这样的：

在需要牺牲的时候，要敢于牺牲，包括牺牲自己在内，完蛋就完蛋！上战场，枪一响，老子下定决心，今天就死在这个战场上！

这首歌男女声齐唱，很有些悲壮意味。特别是"完蛋就完蛋"一句唱完以后，还要齐声高喊"完蛋就完蛋"！歌词以一种不惜玉碎的绝决示人，令人印象深刻，故而被戏称为"完蛋歌"。

我当时反复听这支歌，不知不觉受它的感染和鼓舞。心里也想，要革命，还怕完蛋吗？完蛋就完蛋！想到这里，便觉热血沸腾，胸中升起一种浩然之气，自己忽然间变成了视死如归的勇士。

于是我把日坛医院的病历本扔在一边，瞒着家人，偷偷回学校参加"文革"去了。

1967年的五一劳动节，一家人都放假在家。母亲让我把衣服换换，她给我洗。

过了一会儿，母亲手里拿着一个信封走到我跟前，厉言正色地问："你老实告诉我，这些天你没去医院，跑哪里去了？"

我知道事情露馅了。原来，前两天我接到日坛医院随诊组的一封信，询问我一个多月未去医院做放疗，是怎么回事？我把这封信顺手揣在裤兜里面，母亲在洗衣服时看到了。

我只得讲出实情。

母亲大发雷霆，对我咆哮："你不要命了吗？你知不知道这是要死人的事！"我无言以对。

假期结束，母亲决定亲自押送我回医院就医。虽然不情不愿，但是母命终不可违。记得我曾挣扎地表示不想再去医院，气得母亲真的动手揪我的耳朵。于是我只能低头跟着她走。

偏巧前几天，母亲也收到一封信，是上海的二舅寄来的。二舅刘国捷是上海华东医院的外科专家，他与北京日坛医院的肿瘤专家关曾文是好友。来信是想请关医生照顾我。于是母亲拿着这封信，带我直接去见关医生。

关医生很认真，立即找来秦德兴医生和孙燕医生一起为我会诊。孙燕在肿瘤学科上的造诣极深，后来被选为中国工程院院士，当时已经是日坛医院的头牌专家、学术权威。三位医生研究后对母亲和我说，我的病的主要危险在于肿瘤复发和扩散。前一阶段四个多月的治疗，疗效还不能确定，尚需观察。目前左腋下尚存的两个小肿瘤，直径都在1cm左右。如果不长大，应该不会引起什么麻烦。但是它们一旦长大，就属于复发，需要立即治疗，防止癌细胞沿着淋巴系统全身扩散。所以他们要求我经常在腋下摸摸，检查肿块的大小有无改变。而且，也需要经常回日坛医院复查，最好每半年一次。

至于被我擅自停止的放疗，他们说可以暂不恢复，观察后再决定。我听了欣喜若狂，感到自己被解放了，仍然可以回学校"继续革命"。

但是几位医生反复叮嘱我，还是要静养，不能劳累，这种病极易复发，复发时一旦癌细胞扩散，便很难治疗。秦医生还举了一个例子，讲的是一个十几岁的青年人，患上与我相同的病，经他的手治疗效果不错，病情得到控制，但是病人自己不注意，跟着红卫兵一起到外地"大串联"一个多月，因为过度劳累，引起全身性复发，再来日坛医院时，两只耳朵后面鼓起大包，整个头部都变形了。现在刚过几个月，此人已经不在人世。

我当时只觉得秦医生是危言耸听，我的心思早已飞回了学校。临走时，秦医生给我开了一张盖有公章的医院证明，上面写着："因此病治疗后易复发，请予该学生五年免体免劳。"

此后，我名正言顺地回到学校参加"文革"运动，不必再瞒着父母了。几天后发现因为学校停课搞运动，同学中不少住校生已经长期不露面了。宿舍楼里有大量空床，有的热心于政治运动的走读生擅自住了进去。反正现在整个学校处在无人管理的状态，住宿也不要钱。我一直是走读生，此时见此景也动了心，索性搬着铺盖卷到学校住宿，和红卫兵的同学们同吃同住同"革命"，每到周末才回家一次。这使我心情变得非常好，不仅因为脱离了父母的管束，精神比较放松，而且还因为远离了令我郁闷的家庭。前面已经说过，与父母在一起，我是另有一番苦衷的。

"文革"进入派性斗争阶段，父亲在清华挨整更厉害了，每每被折腾得精疲力尽。父亲此时已经患有高血压、冠心病，担心身体扛不住，万一摔倒，很可能引发脑梗、心梗。所以父亲每天回家，都会面对墙壁屈俯身体站立一两个小时，以此锻炼挨斗的适应能力。那时我家面积已经很小，过去住的清华胜因院别墅型大房子在红卫兵"勒令"之下一让再让，最后全家彻底从中迁出，搬到西院两间加起来不到 20 平方米的东厢房。这房子，四口人住十分拥挤，除了床铺以外，已摆不下什么家具，只在屋子当中架一只煤饼炉子供做饭用，墙边有饭桌、几把椅子和几只箱子。父亲这个大学教授，连自己的书桌和书柜都扔掉了，我内心的苦痛难以言说。作为知识分子子弟，我性格中自幼形成的清高和矜持，以及我前段通过在学校参加革命运动所获得的自尊和自信，在这样的境况面前立即全部化为乌有。更要命的是，那些日子，清华园里自杀成风。很多教师不堪忍受造反派红卫兵的迫害，上吊的、吃安眠药的、投河的接连不断。清华有游泳池，还有朱自清写过《荷塘月色》的荷花池，都离我家很近，距离不过 300 米。此时这些地方成了自沉者的理想之地，沉落过不少冤魂。而我和母亲每每听到某某人沉湖自杀的消息，心惊肉跳之时，看到父亲挨整过后那张阴郁苍白的脸，便不禁生出万分的担心：真害怕他走那条路呀！

这样的环境令我窒息，我的精神几乎要崩溃。住到学校里去，冠冕堂皇的理由是去参加"文革"运动，是去"革命"，而在我内心深处的潜在理由，是要逃出这个不光彩的家，远离这个令我难堪的清华园，躲开这个倒霉的父亲！因为一旦回到学校，我便可以放下沉重的家庭包袱，内心的一切纠结和困扰都不复存在，立刻变得神清气爽，找回自己作为一个"革命人"的全部感觉。

时间过得很快。就这样，我在学校宿舍里住了将近两年，交了一大批红卫兵朋友。1968 年底，毛主席号召"知识青年到农村去，接受贫下中农再教育"，我的朋友们大多下乡插队了。我本人也面临选择，是留在北京当工人还是去农村做知青？母亲让我把医院开具的"五年免体免劳证明"给校革委会的领导看。那领导说，你这样的身体条件，要想留在北京进工厂根本不可能，因为体检你就通不过。去农村插队不需要体检，你能去吗？按理说，让你"免体免劳"，你就什么事情都不能干，只能在家待着。

让我在家待着？我是追求革命的青年呀，怎能做游手好闲之徒？于是我和负责学生分配的老师好一顿蘑菇。

终于有一个老师动了慈悲心，说他可以试试，争取在北京给我安排个适合的工作。几天以后，那位老师通知我说已经联系好了，让我去颐和园当园丁。

如此顺利就把事情办妥，这是因为当时我们北大附中和颐和园有合作关系。"文革"前夕，学校已在进行教育改革，这包括"开门办学"，学生参加"支工""支农"劳动等。我在北大附中读书一年，曾两次到颐和园去劳动，每次两周，去了就是当园丁、做清洁工。整天左手提着一个长把手的洋铁簸箕，右手拿着一把扫帚，在楼台亭榭、假山假石中间转来转去做清扫。这工作有个专业术语，叫做"剃山石"。因为在园里路跑得多，我对颐和园说得上是熟悉，从南到北、从东到西、一楼一寓、一草一木都能叫出名字。记得我"开门办学"劳动回来以后，曾对母亲吹牛说："颐和园里，除了女厕所，我都去过了。"

但现在面临的选择不同。让我一辈子去"剃山石"，我不情愿。主要还不是看不起清洁工，首先是因为去那里工作，连一个伴儿都没有，注定太孤独。我最要好的几个朋友都下乡了，他们是为了在"广阔天地"，可以"大有作为"。其次，我也一向觉得，革命青年一定要有理想、有抱负、有雄心、有追求，这样才能施展才华、"干一番事业"。如果在颐和园里静悄悄地"养起来"，能干什么大事？岂不成了"关在笼中的金丝雀"？这在那个革命的年代，是受人鄙夷的。因为革命事业总是轰轰烈烈的嘛！再者，也是非常重要的一点：假如留在北京颐和园工作，我就又要每天回家住宿，又要经常面对被打成阶级敌人的父亲，难道我还要去重温做"狗崽子"的感觉吗？

回答当然是明确的。我毫不犹豫地选择了下乡，到吉林省白城地区去插队。这事我不敢和家里商量，因为我预料他们绝对不会同意。我只能在既成事实之后，再向他们宣布我的决定！

我并不是没有考虑过自己疾病的风险，但在这时必须豁出去，为了心目中的"革命"事业拼了。我也想到过父母，他们都已渐入老年，且患有多种疾病，根据当时国家制定的"身边可以留一个子女"的政策，我在两个姐姐都已离开北京的情况下，即使不出具医院证明，也是可以留下照顾父母的。他们也确有这种需要。然而，我的叛逆之心在此时占了上风，更多想到的是自己不愿再受父亲的拖累。在这一刻，我做了绝情的决定。

我知道家里的户口本在一个没有上锁的小抽屉里。我将它偷偷拿出来，独自到五道口派出所办理了户口迁移手续。几分钟工夫，一个红色印章盖上，我的北京户口就变成了吉林省的农村户口。

晚上回到家，我拿着刚开具的户口证明，告诉父母自己要去插队了。

母亲大吃一惊，她瞪大眼睛问我：

"你怎么连招呼都不打，就自己把户口转走了？你知道你的病会让你死在那里吗？"

母亲愤怒了，她扬起手要揍我，但是她随即便痛哭起来，哭声很响，很凄惨，很悲凉。我从小到大，从没有见母亲这样哭过，那是一种哀嚎。边哭还边自责，连说："我怎么忘记把户口本藏起来呀！"

此情此景，几十年来一直牢固地烙在我的脑海里。一旦浮现出来，就让我深感心痛。我内疚，觉得自己当初少不经事，完全不了解母亲的爱子之心。我的鲁莽和草率，我的反叛和自以为是，让母亲心碎了！

后来我也常常反思，自己做这样的决定是不是个错误？由于这个决定和我吊诡的癌症经历搅在一起，使我无法做出理智判断。但从情感上，我很惭愧，无法原谅自己当初的自私和对父母的绝情，置他们的老弱之身于不顾，孤身一人逃亡到千里之外的东北农村。

此时父母应该也很纠结。特别是父亲，对我执意离家出走，他一定懂得我的心思。但他被扣着一堆政治帽子受审查，也不便阻拦儿子要求"革命"，只能无奈地接受现实。临行前，父母特意带我去了趟王府井百货大楼。母亲提议为我买长毛的羊皮大衣，父亲赶快提议为我买长筒羊毛靴。他们大概认为，自己力所能及的，只是让我在东北的冰天雪地里穿暖一些，其他的都管不了。

1969年4月，我与北大附中的30名同学一起，来到吉林省白城地区洮安县农村。今天的人们未必能理解，我们当初都是把这当做一项革命事业来参与的，可谓豪情满怀，壮志凌云。虽然，毛主席说要我们去农村"接受贫下中农的再教育"，但是我们记得，毛主席也说过，"你们青年人朝气蓬勃，就像早晨八九点钟的太阳，希望寄托在你们身上"，他认为我们在农村可以"大有作为"，这就意味着要靠我们来改造和建设社会主义新农村。所以我们下乡，是怀着强大的责任感和使命感，有一种"我们不说谁说，我们不干谁干"的劲头，一心要"扎根农村，干一辈子革命"。因而干起活来总是拼尽全力，冲锋在前，无论多脏多累，都争先恐后，"一不怕苦，

图3 作者在公社的拖拉机上（1971年）

二不怕死"是当时的口头禅。

　　刚下乡时，我写信向母亲报告情况，讲到自己在农村如何"与天斗其乐无穷，与地斗其乐无穷"，一下就把母亲讲毛了。我的淋巴癌本来就没有痊愈，母亲害怕如此的高强度劳动引起肿瘤爆发，造成不可收拾的结果。于是她便给我下乡的公社、大队领导写信，要求人家对我加以照顾。

　　但是，在生产队干农活、挣工分，也有一定之规。你拿成人的工分（10分），如果净干轻活儿，那对其他社员不公平。所以生产队长知道我的病情以后，就对我说，"没有那么多轻活给你派。你身体不好，少干两天就是了，干一天休息一天，少挣几个工分得了。"可我生性好强，不是为了工分，而是不愿被人轻视、被人讥笑，当做东北人所谓"病秧子""街溜子"，所以累了也不休息，一直在苦苦坚持。在农村五年半，庄稼院里的农活没有什么是没碰过的。播种施肥，铲地割地，垛墙盖房，脱坯垒炕，刨粪积肥，放牧看青，割草搂柴，打谷扬场，修渠打井，跟车送粮，可谓十八般武艺都学过干过。最考验体力的是给公社粮库送公粮，要扛着180斤的粮食麻包踏上一尺来宽的狭长跳板，一路颤颤巍巍地走到两三层楼高的粮垛前，扯开麻包的一角，身子一斜，肩膀一抖，将粮食唰的一下倒入粮垛中。我记得自己在跳板上两腿曾经不由自主地颤抖，几次因重心不稳险些跌落。然而硬挺着过来了，还很有几分成就感。

　　在农村，精神自由，空气新鲜，心情大好。每天享受着明媚的阳光，欣赏着蓝天白云，青山绿水，与老乡们一同在田地里劳作，边聊天边嬉戏，时间久了，便让我把自己患病的事丢在脑后。该怎么干活，怎么生活，一切都和健康人没有区别。只有母亲来信，还在时时提醒我、告诫我：要注意、要小心、别太累、别拼命。我则基本是当做耳旁风。除此之外，还有日坛医院的随诊组，他们也

图 4　作者在知青集体户门前喂猪（1972 年）

成长经历

221

是不断勾起我这一段伤心历史记忆的人，我曾对他们极其厌烦，但是他们的责任心确实令我感动和敬佩。自从我 1967 年 5 月离开医院以后，他们坚持每年两次给我写信，询问我的病情发展，并寄来专用体检表，让我在当地医院复查时填写，然后再给他们寄回。这项工作，他们至少坚持了 20 年，我不搭理他们，他们依旧如影随形地跟踪着我；我每走到一处，他们就跟到一处，想甩都甩不掉，也不知他们是怎样得到我的联系方式。直到 20 世纪 80 年代后期，我早已回到北京，在人民文学出版社工作多年以后，我反复告诉他们我的病已痊愈，要求他们停止随访，他们才不再来信。

当然那些年，我一旦回到家里，母亲定会督促我去日坛医院复查。因为下乡在东北，冬天寒冷，没有农活干，农民们都在"猫冬"，我们这些知青自然就会回北京。所以我年年冬天都会去医院找秦德兴医生。去了也不用挂号，秦医生在哪里，我就找到哪里。有时在诊室，有时在病房，有时在实验室，只要看见我，他便就地给我检查。一直到 1974 年，这时距我淋巴癌发病已有 8 年，秦医生在给我做了一次全面体检之后对我说，"你以后不用再来了。你的病已经完全好了。"他又摸了摸我左腋下两个小小的肿块说，"我相信这里的癌细胞已经死光了"。

真是一个令人难以置信的结果。恶性肿瘤在我逃避治疗之后竟然痊愈了。

四

50 年过去了。今天，我把自己的癌症故事讲给年轻人听，他们会觉得难以置信，匪夷所思。

有病不治还去下乡，是不怕死吗？

我没有那么高的思想境界。其实不是不怕死，而是没有想到死。

尽管母亲总有不祥的感觉，时时提醒我是身患重病的人，必须处处当心。但是因为它并没有引起我的全身性症状，不痛不痒不发烧，我自己没当回事，只以为母亲是危言耸听，吓唬人。

直到不久前，出于好奇心，我查阅了一些医学论文和研究资料才发现，当年我患的"淋巴母细胞淋巴瘤"，竟然是一种恶性程度很高的肿瘤，在诸多类型的淋巴癌中是最为凶险的，患者死亡率也最高。

例如《新疆医科大学学报》2014 年第 7 期，有文章对 28 例儿童及青少年淋巴母细胞淋巴瘤做了临床治疗及预后分析，作者跟踪两年的结果是，28 人中存活 13 人，死亡 15 人，占 54%，死亡原因是疾病进展和复发。至于两年之后，5 年和 10 年的死亡数字，作者未做统计，但已可想而知。

再如《白血病·淋巴瘤》杂志 2012 年第 11 期，一篇论文谈到有医生对 105 例淋巴母细胞淋巴瘤患者进行跟踪随访，发现患者普遍发病快，死亡也快，中位生存期仅为 36 个月，1、2 及 3 年生存率分别为 66.67%、48.81% 以及 20.69%。

又如《中国癌症》杂志 2003 年第 2 期，有文章讲到医生对 36 例淋巴母细胞淋巴瘤患者跟踪随访 12 年后，已有 30 人死亡，生存率仅为 16.6%。

这大体可以代表 21 世纪初期的现代医学对这种癌症的治疗水平。相信在我国半个世纪前的医疗和诊治条件下，此病患者的死亡率要更高些。这不能不令我感到触目惊心。想到自己当初的冒险行为，不禁有些后怕。

当然，这些论文在谈到此病"预后较差"的同时，也说它对放疗、化疗较敏感，一些病人能得到"缓解"甚至"完全缓解"，但它又"极易复发"，还有相当高比例的病人"合并白血病"。同时，青少年患者的预后比成年患者要好，有少数患者可以痊愈。

看来，我就是那少数的幸运者之一。但是，为什么幸运之神会关照我呢？

回顾这段死里逃生的经历，我试图找出其中的逻辑关系。

我之所以会罹患此病，当时医生是说不清的，只以"病因不明"四字回答。但是现在的医学科学研究，认为细菌和病毒感染都有可能引发淋巴系统的肿瘤。我在 1966 年 6 月左小臂被电烙铁烫伤导致感染，这很可能是我左腋下生出肿瘤的诱因。

如果是这样，那么我的治疗还算及时。虽然最初也经历误诊，但是协和医院在 3 个月后以病理化验为我确诊，使我立即转入了对症治疗（放疗）。也要特别感谢吴蔚然医生和我的大舅，他们在活检手术中临时决定切除肿瘤，去除了我体内最大的隐患。如果当初只是活检，那么以后的治疗就会复杂得多，结果也就难以预料。记得事后我大舅说，他作为协和医院的医生一向是反对给病人做活检的。已经开了刀，见到肿物不切除，只是取出一点细胞组织去化验，这种方法风险很高。因为如果肿物是坏东西，你用活检刺激它一下，可能导致它爆发性增长，或者扩散。所以他才坚决要求吴医生为我将肿物切除。

接下来的放疗是针对左腋下未被切除的两个较小肿瘤和其他部位可能存在的肿瘤。3 个疗程我做了一半，中途逃跑，现在看来，也未必是错。记得那时放疗对我的白细胞杀伤极大。每周一去医院放疗前都要先验血，白细胞通常在6000以上,到周五经过5次放疗以后再一验血,白细胞就只剩不足3000了。周末要回家补充营养,休息两天,下周一再来做放疗。我猜测,如此连续治疗,让白细胞数量总是大起大落,是很容易激发白血病的。为什么有的医学报告显示,此病患者合并白血病的比例甚高,是不是与放疗杀伤白细胞有关,值得研究。因为当代医学科学已经证明大剂量的X射线在人体上的应用,是引发白血病的原因之一。而我的放疗治疗使用的正是X射线。所以,我少做了一个半疗程大约4个多月的放射治疗,大量降低了X射线的辐射,这或许也是我幸免于白血病的原因。真是塞翁失马,焉知非福?

至于我的放疗效果,以秦德兴医生的经验判断,一是有效,二是治疗不彻底。因为以往同类病人放疗至少要做3个疗程9个月,而我却半途而废,这样肯定不能把癌细胞斩尽杀绝。所以我确信自己在一个时期之内,是属于带癌生存,因为我左腋窝里一直有两个直径1cm左右的肿瘤,随时伸手都能摸到,它们的性质应该和被切除的肿瘤相同,这是我在协和做活检时,吴蔚然医生和我大舅都亲眼证实了的。它们是两个活生生的癌肿。当然,即使没有这样的肿块,也不能说病已痊愈。根据近年来的研究报告,患者即使做了手术和彻底的放疗、化疗,此病也仍然有很高的复发率,多数死亡者是因为复发。而复发大都出现在治疗后的五年之内,所以医院给我开出"五年免体免劳"的证明。

然而,我却以回到学校参加"文革"运动和到农村从事重体力劳动度过了这个危险时期,简直似有神助,令人费解。思来想去,我以为自己转危为安的根本原因在于精神因素。

病愈多年以后,我读到一本书,作者是美国《星期六文学评论》总编辑诺曼·卡森斯,他的著作原题为《病的解剖》(Anatomy of an Illness),于1979年出版,中译本改题为《笑是治病的良药》。卡森斯在书里讲他自己1964年曾患有绝症,医生认为治愈的可能只有千分之二。于是他拒绝治

图5 作者病愈后考入武汉大学(1978年)

图6 作者在清华大学大礼堂门前（1985年）

疗，搬到一家廉价旅馆，每天吃大量维生素C，观看娱乐节目，让自己哈哈大笑。后来他的病竟然神奇地不治而愈。此后，他继续从事反对核武器、宣传世界和平的活动，曾获得1971年的联合国和平奖章。卡森斯坚信积极正面的人生观，充满希望和乐观的生活态度，可以抵御疾病的困扰。他将自己的经历发表在权威的《新英格兰医学杂志》上，1984年，好莱坞还据此拍成电影。这个故事一经发表，立刻引起了全世界的轰动，来自十几个国家的3000多名医生写信与他交流。他们认为卡森斯为现代医学开启了一扇窗，让人们重新认识到了身体的自愈能力。卡森斯后来还被加利福尼亚大学聘请为医学院教授，专门研究人类情绪抗病的生化作用。

这个故事表明，积极情绪是开启身体自愈系统的钥匙，绝症患者要康复，先要摒除内心的负面情绪。联系我当年的情况来说，逃离家庭，回到学校是我摆脱思想苦闷，克服内心焦虑的第一步；及时地加入"革命"队伍，这是针对我当时心病的一剂良方。我相信身体的自愈也是从此时就开始了。但是，此时毕竟处在"文革"中，我作为"黑五类"的"狗崽子"尽管没有遭到打击迫害，也还是有一团阴影笼罩在头顶久久不散。真正让我获得心灵解放的是下乡插队。到了农村，天地变了，人的价值观也发生变化。农村的老乡们不懂政治，不搞阶级斗争。知青们来了，管他什么家庭成分，只要"任干"（干活肯出力），就是"好家伙"（好样的）。在那里，一个人对于所谓"革命事业"的价值，不是靠"红五类"家庭出身，也不是靠高喊革命口号，而是用努力干活来证明的。老乡们懵懂、无知，但是善良、包容。他们看到我们这些北京来的学生老实正派，理所当然地认为我们都是"好人家的孩子"，即使知道有些人的父母在挨整，也全不介意。在这样的环境里，我的思想负担完全卸下，虽然终日劳动身体劳累，但是精神轻松，心情舒畅，生活快乐，笑口常开。回想过去，我迫不及待回学校参加"文革"，无非是想要证明自己"革命"的社会价值，但因为总被"红五类"轻视，还是难免郁闷，如今在农村，几乎不靠政治表现，这种价值却被毫不费力地证明了。因为积极上进，我受到公社和大队领导的重视，竟然接连获得提拔重用。1972年我在尚未入团的情况下，居然先已被乌龙地任命为大队团总支委员，然后再补办入团手续；1973年我又被任命为公社团委副书记、大队革委会副主任，成了知青的头头、农村的干部。获得这样的社会肯定，令我的精神很自然地转入振作和兴奋的状态，消极情绪被扫除一空。从那时开始，我的心态变了，乐观积极的人生态度一直在我的心中常驻。

同时，我以为在农村从事体力劳动是一种"有氧运动"，这对我疾病的康复也是有益的。卡森斯用笑来治病，理由之一是他强调康复需要一定的运动，而大笑可以增加人体的运动量。的确，现代医学研究已经证明运动能提高自身免疫力，抵抗癌症的侵袭。

不过，从今天的立场来看，当年的所谓"革命"成了我的救命稻草，是带有几分可悲和滑稽的。诚然，青年时代的激情和理想，作为一种昂然向上的进取精神和社会担当，有其值得珍视之处，这或许是支配我一生的动力之一。但我那时对于"革命"的理解却十分无知和偏狭。就拿当初抱着"完蛋就完蛋"的心情回校参加政治运动来说，自己在其中刻意追求、无限热衷的东西，例如期望做一个"文革"中的坚定革命派，这种价值认同随着历史变迁，已显示出荒谬和可笑。但是，我需要老老实实地承认，正是这些夹杂着无知、偏狭、荒谬和可笑的激情与理想，竟然支持着我与病魔周旋多年，直到助我死里逃生。

人生真是吊诡，造化真是弄人。

作者简介

李昕：男，1952年出生在清华园，在园内居住至1969年，作为知青赴吉林省洮安县插队。1982年大学毕业后返回清华园居住，至1988年搬离。从事出版工作，曾任人民文学出版社社长助理兼编辑室主任，三联书店（香港）有限公司总编辑，生活、读书、新知三联书店总编辑，2014年退休。为中国作家协会会员。

我在清华园长大

庞琳

作为一个年过花甲之人，虽然我并不是什么成功人士，但是作为成长在特殊年代的人，我对自己所拥有的事业和生活还是满意的。细细想来，这应该归功于我有幸生长在清华园。

应该是在我出生后不久，我们就随着父亲从城里搬到了清华园。开始住在一公寓，我们更喜欢称为灰公寓。那时候太小，记忆也是星星点点，只记得在一、二公寓之间有个食堂，我们经常在那里吃饭。按照母亲的说法，我是吃百家饭长大的，一到食堂，经常是这个叔叔叫，那个阿姨唤，到处蹭吃蹭喝。不怵生人的性格可能就是这样培养出来的。

没几年，在学校的西部拔地盖起了三座高楼——15、16、17公寓，好漂亮的白楼啊，直耸云天。我们很快又搬进了17公寓。那时我还在清华幼儿园，清华园的小社会是十分安全的。开始是家里人接送上学，后来到了幼儿园大班，很多孩子都自己上下学，我也是其中之一。

图1　现在的一公寓，我家在最西边的单元　　　图2　17公寓306号曾经是我的家

之所以要特别写这一点，是因为那时在我身上发生了一件事，使我终身受益。我们班有一位女生，不知道从什么时候怎么开始的，她成为我们班的孩子王，全班孩子都得听她的。倒不单纯是她每天带着大家玩，而是大家每天都得给她带好吃的好玩的，什么事都得让着她，我也是这样。她住西院，我们几个住在白楼的小同学经常在家午睡后，沿着楼后的一条小路经过一座小石桥和西院的同学们汇合，约在一起去上学。她特爱生吃胡萝卜，经常跟我要，我就会跟家里照顾我们的张妈要胡萝卜带着路上给她吃。慢慢地，有些小朋友就不高兴了，可是谁也不敢拒绝她。我是不吃生胡萝卜的，久而久之，

张妈就奇怪了，我也只能违心地说我爱吃。可时间一长就露馅了。有一天我忽然想，为什么我们不情愿却还一定要给她东西，而她理所当然地向大家要东西却从不给别人东西呢？如果不给会怎么样？我们都是一样的，没有谁高谁低啊！于是把我的想法跟几个经常在一起的小朋友说了，我们决定第二天谁都不给她带东西！第二天见面时，她十分诧异地看着我们两手空空来上学，那眼神……就这样，一切都风平浪静地成为过去，它让我第一次通过思考找到了一个大真理，让我明白并不是合理的事情就一定会合理地存在，许多时候真理、平等、人的权利等是需要去追求、去争取、去维护的！

三年严重困难时期的大饥饿给那个时代的人留下深深的记忆。我清楚地记得母亲为了我们几个孩子能多吃几口，最后自己饿得严重浮肿而住院了。而在我幼小的心灵里，并没有留下深深的挨饿的印象，只是记得每天母亲或是张妈都会带着我们去野地里挖野菜：灰灰菜、马齿苋、荠菜、榆树钱、槐树花……摘回来的野菜母亲会做成好吃的拌菜或面食，我们还觉得挺好吃的。也是从那时候开始，很多人家开始在楼后开垦出一片片自留地。我们17公寓地理位置比较好，孤零零地立在最西边，楼前楼后都是荒地。但是楼后的荒地十几二十米范围内还行，再往远就沉下一两米深，一直延到一条小河边，还有很多树，夏天雨水多了就会被淹。我们家动手不算晚，坡上还能开出一小片荒地，但还是不够，又在坡下开了一片，先后种了花生、白薯、豆角、老玉米、向日葵什么的，补充食物的短缺。那时每天在地里帮助大人种地、拔草、施肥、收获也是我们的一种娱乐项目，而那一片青纱帐又是我们戏耍的乐园。严重困难时期过去了，自留地却一直保留下来，而且楼前也逐渐被开垦出来了。我那时已经深深地爱上了土地，和母亲一起开出了方方正正的一大片地，应该是当时那片土地的第二大地主了。母亲因为要上班，所以日常土地管理的工作主要是我在完成。争强好胜的劲头可能也是那时候培养的，浇水、施肥，长出来的庄稼一定不能比别人的差。最高兴的是收获季节，由于肥水充足，收获的向日葵花盘有脸盆大，白马牙的老玉米一尺多长，高粱穗子坠低了头，还意外地收获过两个小西瓜。额外的副产品还有"甜杆"，就是老玉米杆或高粱杆，齐地砍下后，靠近根部的杆是甜的。收割时一群好朋友都会凑到一起，随收割随吃，比着看谁找到的甜杆甜，那劲头比得上吃甘蔗。

很长时间里，从17公寓到照澜院（按现在的叫法应该是商业中心）要向东经过一条笔直的没有铺沥青或水泥的碎石子路，到达现在的熙春路，然后穿过胜因院的小树林才能到达。经过的胜因院第一家是一对老夫妇，每逢周末，他们会在家里开设咖啡吧：自制的小西点、自研的咖啡使房间里充满浓郁的香气。父母有时带我们来这里品咖啡会朋友。那时我还挺小的，每次走在那条长长的石子路上感觉是那么长那么长，可还是非常期盼那幸福的时光，这是最早对我西方文化的启蒙教育。

上小学留下的印象没有多少与学习有关，学习不是问题，那时没有太大的学习压力，按部就班地学就没有落在后面过。到了三年级，我们一些同学被学校从各班抽调出来另组织了一个实验班——三六班，加快学习进程，把四年级的课程分配到三年级和五年级，直接把小学阶段压缩成五年制。当然，也不是所有课程都压缩进上下两个学年，而是精简了一些课程，比如地理和历史。现在看来这两门看似副科的课程的缺失对我的影响是巨大的，直到现在，哪个朝代在前，哪个朝代在后，我还是经常会搞不清。这还不是太要紧，顶多是闹些笑话，可是对地理知识的缺失影响就很大了。以至于到现在，只能用行千里路的方法，通过一地一地的自由行，才逐渐对一些地方的地理兼历史的知识进行一些恶补。这是题外话。小学印象深刻的一点是开放式的培养教育方法，为我们全面能力的培养起到很大作用。记得三年级时，各班都配备了一名清华大学的学生作为课外辅导员。我们班的辅导员是一位大哥哥，个子高高的，浓眉大眼，对我们这些小弟弟小妹妹非常友好，人也特别聪明，知道很多有趣的事情。在课外辅导时，会给我们讲一些物理方面的知识，做一些有趣的实验，还教我们怎么发报，怎么打旗语，会带我们到公园里组织"抓特务"活动，传授一些野外活动的常识。这些看似很好玩的活动其实对培养我们的动脑能力、相互间团结协作的能力、运动能力、身体协调能力等都是起了积极作用。记得一次在颐和园万寿山组织捉特务活动，大家在假山之间相互追逐。我一个没跳过去，差点掉进壕涧里，当时一个紧急反应，一把抱住壕涧上小亭子的座位横梁。人是没掉下去，左手无名指戳在梁上，指甲的1/3立马翻了过来，当即尝到十指连心的滋味。那时好强，没跟任何人说，一直坚持到回清华园，然后邀了两位闺蜜去校医院。大夫一看也有点紧张，两个闺蜜更是只看一眼就再也不敢看了。大夫说，不好办，只能拔甲。我一听，那不动静大了？家长肯定得知道了，心一横，不拔！一闭眼，一咬牙，自己就把指甲给翻回来了，看来那时就表现出当医生的素质了。看看现在学校的培养方式，孩子们只知道读书、做题、考试，即使家长增加了一些课外辅导班，无一不是为了考试、升级、择校，完全不是一种能力的培养。有些孩子基本上不会动脑筋想问题，更不要说读书以外的能力了。

　　说起在清华的童年，其实最受益的是培养了那种团体协作的理念；那种不服输、不惧艰险、挑战难关、斗智斗勇的精神；那种细致入微、精工细作的能力……这些不是来自家长老师的严厉管教，而是孕育于丰富多彩的课余生活。那时候，光住在白楼的从我往上到共和国同龄人的孩子就有二三十个，每天一放学就在17公寓楼下集结，有时甚至顾不上回家，书包往旁边一放，就加入进来。人少的时候，拽包、跳房子、踢锅电报；女孩子就跳皮筋、撒棍儿、欻拐；男孩子拍洋画、弹球……，练的都是精细活，手底下得利落。男孩女孩在一起时，特别是人多时，集体跳绳、红绿灯、攻城、捉迷藏、摸瞎子……练的是如何团结协作、斗智斗勇、快速敏捷、克敌制胜。冬天滑冰、夏天游泳，在这群孩子里几乎没有不会的。我在这群孩子里年龄算小的，又是女的，在这些大哥哥大姐姐的带领下，真长本事，可以有男孩子的反应速度、运动强度，又有女孩子的动作技巧、观察能力。那些大男孩们还会玩更高级的，做收音机啊，扎风筝啊，做各种飞机、军舰的模型，让我长了不少知识。白楼除了有开阔的周边活动环境，还有一个得天独厚的好地方，就是楼顶的大晒台，宽敞得足以让孩子们跑来跑去，三个楼洞在楼顶上的开口处是三个小房子，又可以让孩子们爬来爬去，上蹿下跳，那里是我们最好的捉迷藏的场所。记得有一次，男孩子们玩疯了，居然在晒台护栏外面的排水沟沿上跑起来，比着看谁胆大，那个排水沟沿只有一尺宽啊！那可是在5层楼的楼顶上啊！当时正好赶上家长们下班回家，抬头一看，无不大惊失色，想喊又不敢喊，怕孩子们一害怕反而掉下来了。

图3　17公寓顶层大晒台　　　　图4　15岁进工厂成为一名产业工人

　　那时候，我们常常在夏日夜晚或在楼下，或在楼顶，聚在一起聊天、唱歌、看星星，聊我们长大了会做什么，和大人们学会了看星座，还有很多好玩的事情。有一次我说，等我们长到 80 岁，还要来这里相聚，这句话被一些好朋友一直记着，那情那景恍如昨日。

然而，一切美好都突然被终止在一个噩梦般的时代。从那时起，下乡的下乡，去工厂的去工厂，十几岁的发小们就各奔东西了。一晃几十年过去了，我们中的有些人已经奔 70 岁了，有的已经去寻找另一种幸福了，不知 80 岁还有多少朋友能够回到儿时的地方再聚首？我怀念儿时的地域时光，它培养了我的性格、能力、道德标准，给予我无尽的精神食粮，高等学府的浓厚文化氛围，父母的严格要求，使身为工厂童工的我一直也没有中断文化学习，终于有幸在恢复高考后一举改变了我的人生轨迹，并且一步步走到文化最高层。我庆幸能够在清华园长大。

图 5　在研究生毕业答辩会上与恩师合影留念

作者简介

庞琳：女，清华附中 1970 届毕业生，毕业后分配到工厂。1978 年恢复高考后考入北京医科大学本科，后又攻读了博士学位。大学毕业后在北京大学第一医院工作，现为主任医师。在工厂和上学期间是集体生活，仅在周末回清华居住，1985 年末至 1995 年间搬离清华，之后又回到清华居住，到 2002 年再度搬离清华至今。

成长经历

青春的浪花

滕启

说起我与清华的渊源，还要从我父亲滕继舜先生说起。父亲1921年至1970年，除了抗战八年未随清华南迁外，一生均在清华工作。1921年他16岁时，考上了清华生物系的练习生（实验员）。工作期间他在夜校继续学习财务等课程，后调入总务处负责教职工的工资发放。同时兼任学校工会万泉河以南分会的第三把手，因精明能干、常出一些好点子又体型瘦小，被同事冠以"小诸葛"的雅称。1937年至1946年清华南迁昆明，因家里拖累未能同行。1946年清华复校，父亲又被昔日领导招回继续前时工作。1950年代初的某个春节，时任副校长刘仙洲专请二十几位老教职工，即学校的元老召开座谈会，给他们拜年，并一一握手，赠送礼物，父亲每当回忆起此事，都甚为感动。"反右"后期父亲按要求给副科长写不痛不痒的小字报，而被遣到锅炉房"改造"近一年。1970年在65岁高龄时，被发送江西鲤鱼洲清华农场劳动，次年患中风返京，后有幸基本治愈。1975年离休，可谓为清华工作服务了一辈子。我从小在这样的家庭长大，对清华充满深深的感情和眷恋。

多年来，我家一直住在校外的蓝旗营和海淀镇租住的民房里，1947年方搬入清华在海淀镇购买的四所房产之一，即军机处胡同一号。那时清华在海淀镇、西门外的喇嘛庙以及西城新文化街都有校产房，我们住在校外，可谓是"清华飞地"的居民吧。

1958年初因北京大学南扩，将我们的胡同占据，自

图1　清华附中59届乙班欢送两位同学参军（1959年初）
教学楼前（在清华附小院内），前排中间为校领导和老师，
后排左一为本人

此我家于 1958 年 4 月搬入校内二区甲 84 号（现东楼所在地）。随之我提前于 3 月转到清华附中初二乙班就读，1959 年 7 月毕业。虽然我在附中学习只有短短的五百天，但在我的人生中留下了极为美好的回忆，并为我此后近一个甲子的岁月里，奠定了良好的事业和人生的基础。

一、生动活泼的教学

我们在校时学校的全称为"清华大学附设中学"，而不是一般的附属中学。一字之差反映了当时由于生源较少，故清华、北大两校合办，校址设在清华故得此名。校中北大、清华子弟约各占四成，周边成府、蓝旗营等处居民子弟约占两成。

由于生源的知识背景和教师的学历均较高，即教师大都具有本科毕业的学历，这在当时北京的初中部里是不多见的。再加上两校的支持和帮助，以及相应学术氛围的熏陶和影响，使附中的教学早就具有了素质教育的内涵。

1. 物理课

任此课的是刚从大学毕业来校的张能光老师，他还曾代理过一段我们初三乙班的班主任，他教学生动活泼，同时又能和学生们打成一片，深受大家的欢迎。

他在讲电学课后，让我们每人自制一台微型电动机或称小电扇。开始大家对此都觉得很神秘，并认为是不可能完成的课外作业。但老师一再鼓励，并发给我们每人一套材料：几米漆包线、铁皮、大的钢针轴等，还详细讲如何应用电磁感应原理，进而具体指导如何制作的细节。

此后男生大都做得较快，尤其是陆家声等同学，做得质量较高，做好后用两节一号电池接上，小电扇马上就转了起来，太神奇了，我们都高兴地跳了起来！还有一两位同学，又做了一个三相的电风扇，均受到老师的好评。

此项并非课程规定的实验，但张老师为提高我们的动手能力，为深刻理解教学的理论，他额外付出了多少心血呀！

2. 化学课

此课同样由张老师教。他不仅让我们多去实验室做实验，还引入了大学的质疑及愉快教学法。如记元素符号时，老师制作了几十张，有多一半扑克牌大小的卡片，一面写元素符号，反面写上相应的中文名。在我们上自习课时，分别叫全体或部分学生到办公室去提问。卡片铺在桌面上，随机选五张，让被提问的学生回答，随之翻过来看是否对。有时是看中文名说出元素符号，有时相反。最后记一次平时成绩。此做法很有趣味性，教学效果很好，深受我们欢迎。此后，有的学生家长或学生自己也效仿此学习方法，不仅化学课，还扩展到其他课程。

3. 生物课

廖庆芝老师担任这门课的教学，她性格内向、教学严谨。因为此课讲的是我们最喜欢的动物、植物，再加上他弟弟廖庆天就在我们班就读，所以大家对此课更加重视。

其中，最让我们难忘的是几次小动物解剖实验课，每次实验三四人分一组，有时解剖一只青蛙，有时解剖一只鹌鹑，这种自己动手的直观教学印象着实深刻，几十年不忘。我们有的同学之后还买了鹌鹑自己饲养，还下了蛋，非常高兴。另外在植物教学方面，我还做过桃树的嫁接等。受此影响，高三时我一度非常想报考北京农业大学。

4. 音乐课

教音乐课的王玉田老师，比我们也就大五六岁。他是一位自学成才的歌曲作家，大约创作了百余首以青少年内容为主的歌曲。他的"海淀是个好地方"这首歌，深受我们喜爱，并在全海淀区广为传唱。他除了完成正常的教学外，还教我们学习五线谱，讲如何作曲，并留作业。让我们每人创作一段曲子，然后交上来挑选优秀的他来演奏，由作者视唱。由此为我们揭开了作曲神秘的面纱。

其间我的好友韩国梁的作品，受到了王老师的特别嘉奖。他因此受到很大鼓舞，以至于在人大附中读高中时，尽管学习很忙，且又超出了初学乐器的最佳年龄，依然学会了小提琴。后"文革"期间在唐山铁道学院读书，参加了文艺宣传队，并有幸结识了一位女专业琵琶手，以音乐结缘成为伉俪。

再有张韵璇同学初中毕业后，考上了中国音乐学院附中，继续读到该大学，后任中国音乐学院作曲系教授。姚锦珠同学在大学担任校文工团的乐手，退休后又学钢琴。王英达同学在之后人生中，成了音乐的发烧友，并一直参加北京科技会堂的合唱团。另外丙班的毕可纫同学一直受到王老师的多方鼓励、指导和栽培，此后她出色地担任着清华附小的音乐老师，1994年带领附小紫光合唱团荣获北京市一等奖、第一名，还被评为北京市美育先进工作者。以上虽只是个例，但他们乃至全体同学，无不受益于王老师创新式的音乐教育和具体的帮助。

图2 贺年与谢师，清华附中59届乙班于清华澜园（2013年）

还有韩家鳌校长、张秀贞校长、谢德芳主任、数学王家椿老师、语文高恬惠老师、体育赵晓东老师，以及教过和没教过我们的各位老师们，他们对我们1959届学生所付出的辛勤劳动和汗水，所付出的无微不至的关爱，是我们永生难忘的！

二、与生产劳动结合

学校每周安排有半天的劳动课，主要在校西南仅一墙之隔的菜园学农，或到校办工厂学工。另外有时还集中一两天乃至一周组织劳动，如挖清华大学西湖游泳池、大炼钢铁及下乡劳动等。

1. 炼钢烧焦

1958年全国正处在大跃进的激情中，清华附中也不例外。可能因为初三学生要准备中考，于是大炼钢铁的任务就落在了我们初二学生的头上。在学校西边、水沟东岸、废弃猪圈旁的一块空地上，在大学师生的指导下，在本校老师的具体组织下，修建了简易炼钢炉。大队长顾志坚和老师一起买来坩埚，用同学们捡来的废铁放在坩埚中，有时是用我们生产的焦炭烧炼，称之为炒钢。

我们第四小组在徐咏经组长的带领下，挖地建造约直径 1.5m、深 0.4m 的坑，下面放上木柴，点火后上面放上几层烟煤。待一定时间后再在上面轻轻地撒上湿土，并留有进出气的孔道。再等两个多小时就把焦炭烧成了。当时正值晚上，其他组的同学也围拢过来，我们看着从焦炉上冒着的烟和火苗，那个高兴劲儿就甭提了！以前一直感到很神奇的冶炼，竟在我们初二学生手中实现了，真是太不可思议了！

此活动大概停课一周。后来获知，在这场轰轰烈烈的全民大炼钢铁运动中，给国家造成人力、物力、财力的极大浪费。

2. 下乡劳动

1958 年秋约十月，我们带着行李到西苑北面的肖家河村劳动，住在村里小学的教室里。到田里收庄稼，到场院为玉米脱粒等。晚上我们打着手电到村另一头的老乡家教婶子、大娘识字，做扫盲工作，同时还参观了集体食堂，听社队干部讲话（课）。

下乡锻炼了我们吃苦耐劳的精神和独立的生活能力，认识了各种庄稼，学习了有关农活，还增强了集体主义精神和同学之间的友谊和感情。

3. 种高产小麦

在大跃进庄稼产量放卫星的年代，我们下乡秋收归来，初三的三个班，在校墙南大菜园的西侧，每班分得一、两分的地，种高产小麦。听说深翻土地可以使粮食产量翻几番。于是大家深翻土地达一人深。为了不误农时赶进度，廖庆天同学因家住胜因院 52 号，距学校很近，晚饭后就一个人默默地去挖土。后来大家知道他的苦干行为，都为他的奉献精神而感动。

之后我们将割来的草作底肥，把拾来的粪分铺在上层，与此同时播撒了大量密植的种子并浇水。当看到绿油油的麦苗长出来时，我们非常高兴。可到了次年麦收时节，由于庄稼种植过密，又技术不佳，小麦也只收回了种子。

4. 工厂学徒

初三第二学期，利用清华有校办工厂的便利条件，学校安排我们到设备厂学工，大约十五周、每周半天，具体有三个工种可选：钳工、木工、铸工。分配工种前，我到好友亦近邻韩国梁家，征求担任实验室工程师的韩大叔的意见，他建议我们学钳工。大学毕业后我被分到邯郸市钢铁厂工作，方知师傅们对各工种评价的口头禅：车钳铣没法比、铆电焊凑合干、叫我去翻砂夹着铺盖就回家。这说明钳工是最好的工种。

我们三分之一的钳工组同学，在周师傅的指导下，先学钳工的锯、锉、凿等基本功。其间在用锤子、边铲凿断 3mm 厚的铁皮时，我们几位均将左手手背和指甲砸青了，大家都全然不顾。而后师傅分配每人制作一个小锤子和一个薄铁皮做的水杯。锤子主要用锉刀锉。水杯是用一个木板将薄铁皮拍砸出来的，其工艺与以往家居烧煤时，所用烟筒的加工法类似，最后大家包括女同学都完成了这两件活，厂领导发给我们每人一张一级徒工证书以资鼓励。

三、情感教育的摇篮

情绪商数，简称"情商"（EQ），是一种自我情绪控制能力的指数，由美国心理学家彼德·萨洛维于 1991 年创立，属于发展心理学范畴。与此相关的"智商"（IQ），即智力商数，由法国人比奈发明，包括观察、记忆、想象、分析判断、思维等。智商很大程度取决于先天，而情商则主要是后天学习和训练而来的。

现经多年研究发现，一个人在事业及生活上是否成功，主要取决于情商的高低。清华附中在情感教育方面，应该说是较为突出的。

1. 围剿麻雀

1958 年 4 月 19 日至 21 日，北京市三百万人停课停产，围剿并消灭了 45 万只麻雀，即"四害"之一。我们年级被分配在西院的万泉河南岸到校围墙，约三十米宽的狭长地带。此处平时很少有人来，高大的白杨、核桃树及灌木和野草均长得非常茂盛，自然是鸟类难得的栖息地。我们全班正是在此，从天明到落日分批的摇旗呐喊，敲锣打鼓放鞭炮。有的男生还爬到树上摇晃，不让麻雀落枝休息，还有的用弹弓打和下毒饵等。开始有个别淘气的同学将累死的麻雀用泥包好在火中烧，随后食之。后听说有毒死的，吓得够呛。

对于全民参与的"除四害"运动，当时感觉像过节一样，同学们又唱又跳、又打又闹，好不开心！没想到第二年全国大城市的树林遭受严重的虫害，农村也出现遍地的害虫、造成农业的减产。真是自酿苦果呀！

2. 夏令营

1958 年夏，少先队举行活动，在颐和园北宫门外，大有庄的西南角空场上。我们支起两座较大的帐篷，举行篝火晚会。同学们围着熊熊烈火跳舞唱歌，在火中烤着食品。之后男女生各占一个帐篷，偷营、喊叫、追逐。少男少女们尽情演奏着青春的旋律，展示着青春的绚丽，编织着青春的梦。另外之所以能组织这一活动，可见当时的社会治安和道德修养是多么好啊。

3. 体育运动

文体活动无疑是学校对情商培养的重要环节。清华附中同样秉承了清华大学的好传统，对体育一贯非常重视。除重视课内教学外，还继续倡导组织各种比赛及单项的提高活动。如赵霞（赵侠）同学的冰球、王传裕同学的体操均已达到较高水平。赵霞（赵侠）后来还被邀请担任北京青少年体校的冰球教练。

另外，果大索同学和家在香港的黄金叶同学，教我们男生练举重和拳击，其基本动作至今记忆犹新。有一次在教室练拳时被班主任田文慧老师见到，她像慈母那样心痛地说："别打了！别打了！"

在 20 世纪 50 年代末，全国群众性的体育运动蓬勃开展，还编制了各种运动员标准和不同年龄段的体育项目达标标准，当时被称作"劳卫制"。每年都举办学校、区级运动会，有的同学还达到了少年或三级运动员标准。如唐永生同学的跳高，记得就达到了三级运动员的水平。各班组还展开竞赛，争先全体达标。我们组的王英达同学，人小体弱，手榴弹和爬绳怎么也通不过，我们几个体育好的同学利用课后帮他练习，有时到天黑，最后终于达标。

竞争意识、奋斗吃苦精神、互相帮助的品德和集体荣誉感，就是在体育运动比赛中培养和发展起来的。

4. 贺年班会

每逢 12 月底，均是学生组织贺年活动的日子，在 1959 年元旦迎新年班会中，交换礼物的活动至今记忆犹新。具体是每人准备一件里面留有姓名的礼物，包好后交给班长及文艺委员，他们在保密的情况下进行编号，而后全班同学随机有序地抽取。因事先对所能抽到的对象及礼物全然不知，故具有很大的悬念。在抽的过程中，教室里不时发出欢笑和惊喜。如果男女生互相抽到时，会引发起哄的场面。抽到满意的礼物自然很高兴，差一些的也深感礼轻情义重。据说此活动是从苏联的学校学来的，极大地增添了节日气氛，加深了同学的友情。

当年新年联欢会是几位文艺人才大显身手的时机，李文玲、阎卓历的舞蹈，使迎新年班会掀起了又一次高潮。正是在清华园的文化氛围里，在附中的摇篮中，李文玲同学之后考上了北京电影学院附中，随之考上该大学。她至今依然活跃在影视领域，久负盛名，为学校和同学赢得了很大荣誉。

还有很多美好的回忆，一桩桩、一件件、时时处处在我心中浮现，把我一次次地带回到清华园，始终情系着生我养我的清华园。

作者简介

滕启：男，1944 年 9 月出生，曾住海淀镇军机处胡同一号清华职工宿舍、清华二区甲 48 号。1959 年清华附中初中毕业，1968 年清华大学水利系毕业，曾在河北邯郸市钢铁厂、华北水电学院、北京信息科技大学工作，现已退休。父亲滕继舜在清华总务处任会计。

战胜苏联留学生冰球联队的小英雄

陶中源

图 1　清华附小少年冰球队
前排左起：施壮飞、李午阳、吴持敏、万士昌、陶中源；
后排左起：赵霞（赵侠）、黄自成、田俊启、孙泰来、周力、胡强（吴柳生教授拍摄）

拿着这张有些褪色的黑白照片，一群快乐的少年影像跃然眼前，一张张掩饰不住内心喜悦的笑脸，记录了一件有趣的往事。那是1958年的冬天，我12岁。

想当年，清华大学冰球队是华北地区冠军，大学队冰球教练李文俊和清华附小的关培超老师在附小成立了少年冰球队。两位教练用对专业队的要求严格训练，精心调教我们，很快，我们这群顽童就成了冰球场上一支骁勇的战斗队了。海淀区体委给我们配置了全套护具，北京市少年体校的教练也常常来训练我们，我们这些清华子弟兵更是越练越有劲，越打越认真。这群冰上的孩子，成了清华园的一道风景线。每天，我们在冰上的训练，总是能引来许多观众。到1958年，我们已经是成立3年的老球队了，在北京也小有名气，并引起了一些成人队对我们的关注。

有一天，关老师告诉我们，"八大学院"的苏联留学生冰球联队星期天要和我们比赛。听到这个消息大家都很兴奋，我们还没有真正地和成人队比赛过，更别说外国队了。而且"八大学院"联队水平不低，这对于我们少年队来说绝对是一个挑战。两位教练专门就这场比赛给我们开了分析会，还做了战术配合练习。

星期天，我们早早地在冰球场集合，开始了赛前准备。比赛地点就在如今的荷花池南边、零零阁西边坡下、1926级纪念亭旁边的那片冰上。9点钟左右，先来了一支苏联女大学生组成的啦啦队，她们扛着几捆冰球杆，穿着五颜六色的冬装，一个个金发碧眼、人高马大，浩浩荡荡地往那儿一站，像一排五彩的屏风，在灰色的北京的冬天特别扎眼。马上引来了许多人，这片我们平常的训练场上来了这支特殊的队伍，让好多人充满了好奇心。

10点，比赛正式开始。入场式就引起了一片笑声，两支队伍对比悬殊。留学生联队个个高大、英俊，他们漂亮鲜艳的运动服在阳光下格外耀眼，他们胸口最明亮的颜色正好对着我们的眼睛，晃得我们眼都睁不开，梳理整齐的浅色头发在阳光下闪光，白里透红的脸上挂着灿烂的笑；而我们比他们几乎矮了一半，身高刚刚超过他们的腰，身穿紫红色印有白色号码的运动衣，穿着比自己脚大的球刀鞋，举着锯短了的冰球杆，高昂着一个个毛茸茸的小脑袋，激动得红红的小脸上满是倔强的笑。当我们两队拉着对方的手，举着冰球杆滑进场，顿时笑声、掌声一片。

我们队上场的有赵霞（赵侠）、施壮飞、吴持敏、田俊启、万士昌、李午阳、周力、胡强、黄自成还有我，教练是李先生和关老师。

开始比赛，留学生联队并没有把我们放在眼里，守门员连护胸都不穿，只穿了护腿就上场了。他们有的说说笑笑，有的哼着歌曲。我们可是非常认真，按照教练的意图，第一拨上场的 5 个队员像 5 只小兔子，"嗖"的一下，迅速到位。开局，争球我们没有优势，联队仗着人高马大，上来就控制了球。可是田俊启从他们胳肢窝下穿过去，一下就把球断下，然后把球传给斜插上来的吴持敏，造成二打一的局面，使对方陷于被动。球很快逼近对方的球门，吴持敏大力挥杆，联队守门员还没有反应过来，我们的球就已经进了他们的球门，得分了！联队所有队员都保持着进球瞬间的那个姿势愣在原地，场上出现了片刻的静默，也许他们根本没有想到那么快就让我们得了第一分。但这并没有引起他们的重视，我们可是信心倍增。在两位教练的巧妙指挥下，穿梭往来，交叉换位，留球回传，配合默契。我们 5 个一拨地轮流上场，在场上像 5 只旋转的走马灯，越打越猛，传球，射门，打得有模有样，连连进球。有好几次，留学生联队组织进攻，他们绕到门后，下底传中，门前接应，发力攻门。我们的守门员施壮飞眼疾手快，把一个个险球用守门员球杆铲出去，用胳膊将飞来的高球挡出门外，守住了我们的球门。施壮飞这次比赛以后，得到了一个称号——"钢门"。之后，联队队员攻门攻不进，我们进攻他们的球门又防不住。他们越打越紧张，5 人轮换时，个个汗流浃背，阴沉着脸，嘴里还嘀里咕噜的。第 1 局还没有结束，联队守门员就把护胸穿戴好了，唱歌的也不唱了，脸上没有了笑模样。我们越打情绪越高涨，第 1 局就进了 3 个球，他们一球未进。岸边叫好声此起彼伏，就是没有听到他们漂亮的啦啦队的声音。第 2 局、第 3 局，我们越战越勇，配合得更好了，在球场上快速地移动着。此时，只听球场上空，飞扬着稚气的童声和响亮的俄语，这是两个队在组织进攻中的相互呼应。球场上不时发出双方冰球杆碰撞的"喀喀"声，冰刀在阳光下闪着银光，急停时铲出的冰花四溅，双方都积极地打着配合。可能是因为我们太矮小，联队难对我们的动向做出判断，所以比赛始终被我们牵着鼻子走，疲于奔命。到第 3 局，我们已经 11:0 领先了，再看看他们，一个个脸都绿了，头发也因为出汗而粘在脑门上。更有一名联队队员急得大冬天把厚球衣都脱了，穿着单薄的海军衫上场了，在场上跑起来，后背的披风好像一面小旗子在风中飘动。我们几个小伙伴凑到一起，坏笑着商量了一下，决定让他们一个球，他们终于进了一个球，如释重负。比赛最终以 12:1 结束，我们大获全胜！我们十几个孩子禁不住围着教练欢呼雀跃。

比赛结束了，我们才发现赛场边里三层、外三层全是人。大家议论纷纷，笑声阵阵，他们在为我们这些孩子加油助威，谈论着这场实力悬殊的比赛。啦啦队的苏联姑娘，后来也在为我们出色的表现加油了。

图 2　作者近照

"八大院校"联队到底是大人，比赛结束，虽然输了球，却仍然很有风度，他们摸着我们的头，拉着我们的手，直夸我们"马拉才"（好样的）。啦啦队的姑娘还直亲我们，臊得我们脸都红了，真不好意思。

这场球赛，当时轰动了清华园周围的大、中、小学校，我们自己也津津乐道了好久。

图 1 这张照片就是在那次比赛后不久拍的，那取得了胜利的笑容还清楚地挂在我们的脸上！

后来，我们清华附小冰球队中，施壮飞、吴持敏、黄自成和我成为了清华大学冰球队队员。我和赵霞（赵侠）、何解放还进入了北京冰球队，参加过几次全国比赛。

如今，几十年过去了，当年的清华附小少年冰球队员都已经 70 多岁了，天南海北难得碰头。可是，冰球仍然是我们大家的挚爱，我们也都十分怀念当年在清华附小学习生活的美好时光。

作者简介

陶中源：男，1946 年出生，曾住清华园胜因院、16 公寓。清华附小、清华附中毕业，在清华大学工作。父亲陶葆楷，清华大学一级教授，母亲孙宜，家庭妇女。

我的成长轶事

王伊宁

一、一区趣事

1956 年初我 4 岁的时候，兄妹 3 人与姥姥随着母亲从江苏常州迁来北京，与父亲团聚。父亲已于两年前来到北京，在清华大学教基础课高等数学。我们的家安顿在清华园一区 64 号。那是两间不大的平房，有厨房和卫生间，门前有一小块空地，用来堆放煤球和杂物，这块空地只能勉强称其为院子吧。我家位于一区最南面，院子紧邻小路，用铁丝网隔开小路。

我在一区住到幼儿园毕业和上小学一年级。由于年纪小，记不得当年学习上的事儿，只记得怎么玩。

当时住在一区、二区的，都是普通教师和高级技工家庭，紧挨着的三区、四区工人家庭多。那个年月，多数家庭都有好几个孩子，疯玩起来也没有男孩与女孩的概念。小时候，最大的快乐就是一大帮孩子分成两拨玩"打仗"，孩子们拿着树枝条冲锋陷阵，相互扔土坷垃。记忆中似乎没有短兵相接的时刻，常常是几个胆子大的孩子朝另一拨孩子大喊"冲啊……"再挥舞着树枝条比划几下，另一拨孩子就望风而逃了。当然，溃逃的孩子还会返回来继续战斗，用相同的战术对付"敌人"，拉锯战要持续好几个回合，直到家长招呼孩子们回家吃饭才会散去。那时候没有伤害，没听说谁家的孩子因为玩"打仗"而受伤的，倒是常有孩子自己在奔跑中摔倒，把膝盖摔得淌血，回家抹点紫药水就完事了。

记忆最深的玩法还有挖甜根、捡铜钱、粘蜻蜓和藏猫猫等。

那时一区东边，有一条废旧的铁路，已经很少过火车了，向北就是一条河。河边有一面土坡，那个年代还没有时兴做护坡及种草，对于小孩子来说，这里是挖甜根的好地方。所谓"甜根"，其实就是一种草根，细长、白嫩，像竹子一样一节一节的，深埋在土里。孩子们用树棍和小手拼命地挖，挖出来后抹去上面的泥，就放进嘴里吃掉了。那时各家都不宽裕，小孩子没有啥糖果和玩具，吃草根也觉得很清甜。记得有一次我和武佩祥一起挖甜根，挖着挖着就挖出来一只癞蛤蟆，把我俩吓了一大跳。那时候，我总和武佩祥一起玩，他长得黑胖，看上去很憨厚，外号叫做"傻祥子"。他打小口吃，说起话来磕磕巴巴的，我老和他在一起玩，受他影响也成了结巴磕子。几年以后，我和他同班，我学习好，老师就叫我和他结对子、帮助他。不用说，我对他尽心尽力，常常一道题给他讲许多遍，以至于我的好朋友赵景圆至今还说，伊宁小时候对武佩祥可好了，帮助他特别有耐心。半个世纪过去了，有一次小学同学聚会，还有一位男生对我说，小时候我曾经帮助过他，给他补习过功课。真没想到，时隔多年他还记得，我感到很有趣、很快乐。

那时候还有一个去处，就是河的东北面——现在清华大学主楼的位置，那里曾经是一片刚刚平整好的坟地。小孩子们去那里是为了捡铜钱，拿回来做毽子。用两、三枚铜钱做坠子，再插上几根鸡毛，用布和线缠好，这样做

图 1 我们兄妹 4 人小时候的照片

成的毽子特别好踢。坟地很荒凉，很少见到人，铜钱也不容易拾到，经常碰到的是破碎的棺木片、钉棺木的铁钉和几块枯骨。我和大妹加宁一起去过，有幸捡到过几枚铜钱。其中有一枚质地很好，铜钱很亮，上面刻着"开元通宝"四个字。父亲说，就这枚铜钱有些价值，是唐朝时期的。那时候也没有收藏的概念，就缝在毽子里乱踢，直到把这枚铜钱玩丢了。

上小学以后，到了夏季，由于天气炎热并且白昼很长，为了保证学生们下午能以饱满的精神上课，学校安排了午睡时间。可是小孩子怎么会老老实实午睡呢？我常常跟着哥哥一起去粘蜻蜓。20 世纪 50 年代末，现在的东大操场位置还是一大片水泡子，周围长满了芦苇。有许多红头绿翅膀及黑头灰翅膀的大蜻蜓在水泡边盘旋，它们时而起飞，时而落在苇尖上。当它们停留时，我们就悄悄地走过去，用一根头部抹了胶的细竹竿靠近蜻蜓，让胶粘住蜻蜓的翅膀，然后捉住它。那时高级的胶不好找，只有从修自行车的人那里想办法。小孩子从废旧的轮胎上剪下一块，放在铁盒里用煤炉烤化当胶用。中午太阳暴晒，池边水汽蒸腾，我们一个个晒得满脸通红。但只是偶尔有收获，被我们逮住的蜻蜓很好看，大大的头、鼓鼓的眼睛、薄薄的羽翼、细长的身体，现在的孩子大概很难见到了。

后来我家又住过 13 公寓、北院，并于 1963 年底搬到二公寓 33 号。我们在二公寓一直住到"文革"结束、西区公寓建成。

我家住北院的时光，正是三年严重困难期间，由于吃不饱肚子、营养匮乏，爸爸、妈妈、哥哥、我和大妹都得了肝炎，不久以后小妹又得了肾炎。跑出去玩的时间少了，有关户外活动的记忆就断片了。

二、我与象棋

我写这个标题，清华园的发小一定知道我是在模仿郑清诒学长的文章标题《我与围棋》。当然我下象棋的水平远远不能与郑大哥的围棋技艺相比，但象棋也曾陪伴我度过童年和青年时光。

从小学二、三年级开始，父亲就开始在周六晚上，带着我和哥哥到清华大学的俱乐部去玩。我们曾经去过一公寓食堂、荷花池食堂的教工俱乐部。周末的晚饭后，饭堂把餐桌推开，亮起金黄色的灯光，有一部分教师跳交际舞，还有一部分教师在棋牌区下棋和打桥牌，父亲就在那里教我和哥哥下象棋和五子棋。在家里还教我们兄妹打桥牌。所以，我们小时候很少玩"过家家"，也没有洋娃娃，在寒暑假期间经常以棋牌作为娱乐活动。我们兄妹常常围在小饭桌旁边，下象棋、军棋、五子棋和跳棋，还和父亲一起打桥牌。久而久之，我的象棋水平在同龄人中就算较好的了。

记得五年级期末，清华附小组织课外小组的竞技比赛，其中就有象棋这一项。争夺第 2 名与第 3 名发生在我和程远之间。程远是我的同班同学，那时候男女生基本不说话，和他交手，我感到很意外，因为我不知道他也喜欢下象棋。我俩的角逐十分激烈，最后每人只剩下三个子，我记得自己剩下的是老将、一个车和一个相，他剩下老将、一个车和一个炮，按说应该和棋了，可是我一不小心与他的老将对脸了，于是他就赢了。程远获胜后，摇晃着脑袋非常得意，而我则很气恼，于心不甘。一年以后，我俩同时考入清华附中初 651 班，再次成为同窗；几十年后，程远通过艰苦奋斗，已成为清华大学建筑学院美术研究所的教授，在绘画方面很有造诣。近年来，我与他多次交往与共事，进一步感受到他为人的开朗与仗义，现在我们已经成了朋友。

长大以后，在插队期间天下雨不能出工时，我和集体户的男生下过象棋；工作后还跟男同事下过象棋。他们都觉得我下棋很不错，还有人挺佩服我的呢。

三、爸妈的教诲

我的父亲王载舆、母亲高耀玥，都出生于书香门第，由于家道中落，从小过着清贫的生活，赶上抗日战争以后，求学之路更加艰苦，但他们凭借自身的努力，都读完了大学。

我的父母对工作非常认真

图 2　爸爸妈妈年轻时

负责，对子女的教育也抓得很紧。

妈妈在北大附中当语文老师，她每天早上不到 7 点就出门上班，晚上 7 点后才能到家，回来时还常常拎着一大摞学生的作业。我们半夜醒来，总能看到父母房中的灯光，他们经常工作到深夜。

妈妈是一名优秀的语文教师，特别擅长教学生写作文。我家的书架上有从初一到高三的全部语文教材，里面有魏巍写的《谁是最可爱的人》、莫泊桑的《项链》、巴尔扎克的《欧也妮·葛朗台》的片段、赵树理的《小二黑结婚》等文章，还有大量经典的古文及诗词。也许妈妈认为《木兰辞》特别适合孩童诵读，在我们很小的时候，就教我们背诵《木兰辞》：唧唧复唧唧，木兰当户织。不闻机杼声，唯闻女叹息。……万里赴戎机，关山度若飞。朔气传金柝，寒光照铁衣。将军百战死，壮士十年归。……

像这样具有优美韵律、饱含家国情怀的古诗词，不仅提高了我们的文学素养，还培养了我们的爱国主义情怀。

有空的时候，妈妈也给我们改作文。她对我们说，写作文要立意明确，要有真情实感，语言要丰富、精练，写出来的文章读起来要朗朗上口。妈妈还曾编写过《学生写作词语类编》《常用标点符号》等书，书中举了许多例子，用来指导学生在写作时如何恰当地使用词语和标点符号。所以从小我们作文中的错别字就很少，标点符号也运用得比较得当。

然而少年时期，在兄妹中，我也许是作文最为吃力的，每次搜肠刮肚，都写不出语言优美、生动活泼的文章。考入清华附中之后，班里有好几位同学文笔出众，更加衬托出我作文水平之平庸，我竟然整整一学年作文成绩都是"4-"，这使我认定自己不是学文科的料。上山下乡以后，尽管我从第二年开始就自学数理化课程，但繁重的劳动使我提笔忘字，握锄把的手写出来的字歪歪扭扭，文思几近枯竭，连家书都快写不出来了。

是妈妈的教诲拯救了我。20 岁时，我被招工进了吉林省镇赉县化纤厂当工人，这时的我已经出落成一个亭亭玉立的大姑娘。回京探亲的某一天，妈妈看着我说，"伊宁，什么时候你写出的字，能像你人一样漂亮就好了"。这句话让我顿时警醒了，认识到自己再也不能凭借一手烂字混迹于世了，于是我下决心练习钢笔书法。在工厂的宿舍里，我常常站在放杂物的条案前用钢笔临摹字帖，最多的是临摹柳体。经过几个月的刻苦练习，我的字终于有了很大改观，变得清秀起来。

1979 年春天，我考入洛阳市重工局职工大学，全脱产读了 3 年半机械制造专业，毕业后留校当了老师。这时，妈妈从小给我们辅导作文的教诲开始浮现于心，曾经跑到爪哇国的文学细胞也悄悄潜回了体内。我在备课中十分注意语言的提炼，写出的教案简明扼要、通俗易懂；每当站立在讲台上，就是我神采奕奕的时刻，能把看似难解的定理用自己的语言清晰地表达出来，不仅板书工整，还能在黑板上徒手画出漂亮的剖视图。

我的父亲也很注重子女的教育。除了教我们下棋，还经常教我们趣味数学，买各种课外书籍给我们看。小时候，我家有全套的历史故事单行本，从"周幽王烽火戏诸侯"到明清各代历史故事书，只要书店有卖，父亲就买回来给我们看。

自从下乡以后，我一直在外地，父亲觉得他多年以来没有机会在学习方面帮助过我，心里常感不安。1985年开始，教育部委托全国几所重点大学举办高等学校助教进修班，为各地高校培养青年教师，我得知消息后就报了清华大学精密仪器系机械原理助教进修班。父亲立刻从书店买了两本高等数学习题集寄给我，并叮嘱我说，一定要把习题集中的题全部做完。父亲热切地盼望我能抓住这次深造的机会。

四、再圆清华梦

作为一个老三届知青、当年的初一女生，尽管我在学习方面一直很努力，但由于在最好时光失去了读书的机会，后来所学到的知识往往不系统、不深入。为了尽快提高自己的专业水平，我采取了以教促学的方式，即主动、大胆地承接新课。

在留校的第一年，我校缺少高等数学辅导教师，我便主动承接了这项教学任务。当时，职工大学也主要依靠电视大学的资源来补充师资，因此所有的基础课程都跟着电视大学走。受到教学环境的局限，课后辅导的工作量很大。我每周要为学生讲2次、每次2课时的辅导课。为了完成教学任务，我做了樊映川习题集上的所有习题，苦苦思考数学定律，并认真给学生批改作业，在办公室几乎没有抬头与人闲话的工夫。我的刻苦精神感动了学员，所以绝大多数学员都很努力，使我校在河南省职工大学高等数学统考中取得第三名的好成绩。

留校的第二年，学校要开设"机械原理"课了，希望从本校培养出师资，于是我又主动承接了这门课程。为了培养我，学校送我到洛阳工学院进修一年，主修"机械原理"和"机械零件"课程。那时我已经有了身孕，为了进修，要挤公共汽车穿越大半个城市，我一直坚持听课、做实验，直到快要临产为止。

但凡学过机械制造专业的人都知道，机械原理是一门技术基础课，讲好它既需要扎实的力学、机械动力学知识，还需要丰富的实践经验。为了上好这门课，我透支了自己的健康。那时，女儿只有半岁，还没有完全断奶，我得先把她哄睡着才能备课。所以，我几乎每天晚上都是在9点半以后开始备课，一直到深夜。如果第二天要讲课，我甚至凌晨5点就起床，继续写教案。在我刚留校的时候，洛阳工学院的蒋老师曾经语重心长地对我说，作为一位新教师，要想讲好课，就应当把课堂上说的每一句话都写在教案纸上。他的这番话，竟使我信奉终生。我像我的父母一样，不论是新课还是熟课，每次上课前，都重新编写教案。

当年为学员上课，仅用挂图是不行的，常常需要在黑板上徒手画图。为了使矢量图形不至于超出黑板边界，我在备课时都要在纸上先画一遍，所以，那个时候，我每上一次课，就得手写大约10页纸的教案。一个学期下来，我的体重减轻了十几斤，变得十分消瘦。

1985年春天，我开始复习功课，备考清华大学助教进修班。学校为了照顾我，把回京购买教学挂图的任务交给了我，使我有了十几天的复习时间。我考察了清华大学多个教学楼，最后把复习功课的地点选在了清华学堂。清华学堂建筑的外观既端庄又典雅，教室里面木制的桌椅比其他教室的宽大些，阳光穿过树冠从南窗照进教室，洒下几片柔和的金光，很是恬静。我的学习显然是高效的，没过几天就把父亲给我的习题集做了一半，但这时身体却顶不住了。我已连续多日胸闷喘不上气，嘴唇发紫，自己能够感觉到心脏在胸腔内缓慢而沉重地咚咚跳着。到了校医院一检查，结论是由于疲劳过度引起植物神经紊乱，心动过缓，每分钟只有60次。回家以后，妈妈看到我的嘴唇已变成绀紫色，就哭了，她说，你是咱们家最健康的孩子，现在也累病了，你不要考了吧。我想，要是再这样用功下去，也许真的不行了，不如先回洛阳休息两天再说吧。

然而，能到清华大学进修是我梦寐以求的事。在刚入厂当青工时，我就曾经说过"如果让我读3年书，我宁可少活10年！"话音落地时，众人皆惊，接下来便寂静无声了，因为我的话戳中了在场知识青年内心的痛点，"我要读书！"是那个年代我们青春生命中最强烈的呐喊。现在机会来了，我怎能放弃呢？

休息几天后，症状缓解，我又开始刻苦复习了。那时候，教育部为高教助教班的考试安排了全国统考时间，河南省教育厅将考场设在了郑州市。为了防止考试时再出现心动过缓，我在每场考试前都吃一片阿托品，坚持完成了3场、每场3小时的考试。

一个多月后，我收到了清华大学助教进修班的录取通知书，圆了清华梦。

在清华大学助教进修班学习期间，在精密仪器系唐锡宽、金德闻、应用数学系刘晓遇、陈宝林等诸位名师指导下，我学完了本专业的硕士研究生课程。这段经历，不仅提高了我的专业水平，还打开了我的视野、开阔了心胸、塑造了人格。

我毕业时，父亲感到了由衷的欣慰，他觉得这个离家最远的孩子，终于在逆境中又迈上了一个大台阶，为自己打开了前程。

图3　清华大学精密仪器系机械原理助教进修班部分学员与班主任的合影
后排左5为班主任张老师，后排左4为作者

五、我们的教师之家

值得一提的是，我从清华助教班毕业以后，曾在洛阳拖拉机制造厂建筑机械分厂压实机械研究所工作过5年，其中4年从事计算机辅助设计工作。我独立开发过数套工程数据库管理系统、设计出压实机械实验数据计算处理程序并投入应用；1993年，我调入洛阳拖拉机制造厂的职工大学，再次执教机械原理、机械零件等课程，并同时教授计算机应用技术。这些经历为我后来在北京市海淀区从事中小学信息技术教研工作奠定了基础。

1995年9月，我调入海淀区教师进修学校计算机教研组，任信息技术专职教研员。2000年教研室并入海淀区教育信息中心，我担任高中教研员、教研室主任，后来被评为海淀区中学的学科带头人，是名师工作站专家组成员。

如今，父母已远在天国，但他们留下的聪明、勤奋的基因没有失传，我们兄妹4人都秉承了父母工作认真负责、踏实细致的作风，成为业务精良的教师。

我的哥哥王卫平1982年从清华大学分校毕业，留校教授电子技术方面的课程，他主编了十几本电子工艺技术方面的教材，成为清华、电子、高教出版社的畅销书，在业内享有很高的声誉；我的大妹王加宁在清华二附中、清华附中教音乐，1992年被北京市破格提升为中学高级教师，她的教科研论文、音乐创作、指导的学生合唱团多次受到国家、北京市、海淀区的嘉奖，1993年12月《人民日报》第一版曾以新闻特写的方式报道她讲授的"欣赏《黄河大合唱》"一课；我的小妹王卫宁，1983年从首都师范大学物理系毕业，留校从事实验物理和激光物理教学，以及光物理、太赫兹波谱技术与应用领域的科学研究，在国内外核心刊物发表学术论文60余篇。

像我家这样，一家人历经了社会动荡和艰苦磨难，全都成为教师的并不多见。

在父母的墓碑上，哥哥代表我们兄妹，泣泪写下了如下碑文：

教一辈子学生，育一家子教师

这正是我们父母一生真实的写照！

作者简介

王伊宁：女，1951年10月出生于江苏省常州市，1956—1969年居住于清华园，后作为知青赴吉林省洮安县插队。1995年回京在清华园居住至2000年。从事教育工作，曾任洛阳拖拉机制造厂技术员、工程师、洛阳拖拉机制造厂拖拉机学院讲师；北京市海淀区教师进修学校（后教育信息中心）专职教研员、教研室主任；中学高级教师职称。2011年初退休。父亲王载奥，清华大学应用数学系副教授；母亲高耀玥，北大附中语文教师。

我在清华园的几段成长经历

杨帆（杨巾卯）

看到"梦萦清华园"这几个字，我的思绪一下飞回到 1957 年我们家从海淀镇老虎洞搬进清华胜因院那天，在清华体育部工作的父亲杨道崇与母亲高梅痴忙着招呼前来帮忙搬家的同事和师傅，顾不上我们这些孩子。6 岁的我紧跟着哥哥姐姐进入 18 号院由松树围成墙的小花园。一条用碎石砌成的小径直通到房前，迎面是三扇能照出影子的大玻璃门。我愣愣地看着玻璃门上自己的影子，晃了晃头觉得很好玩儿，还想做几个怪样时，哥哥一声招呼，我紧随其后忙不迭地跑进了大门！从此我成了名符其实的清华园孩子。

一年的清华幼儿园生活很快就结束了，1958 年我进入清华附小开始了全新的学习。六年的小学生活有欢乐、有挫折，就因为有了下面几段经历，给我后来的成长打下了不怕吃苦、迎难而上的基础。

上五年级的时候，我和几位同学被学校推荐去海淀区少年之家参加文艺队的考试，能考上的同学都是海淀区各学校的文艺骨干，是为学校荣誉增光添彩的事情。那时海淀区少年之家位于海淀镇，离清华比较远，由于交通不便，大家都是步行去，大约要走 40~50 分钟。考试那天我们在老师的带领下进入了各自的考场，经过自选舞蹈和模仿动作的两轮测试，我有幸被舞蹈队录取，开始了近乎于残酷的、严格的、正规的训练。

半年后我们舞蹈队的节目通过层层选拔，被批准进入中南海向中央首长做汇报演出。其中：我们的舞剧《刘文学》是入选的唯一少儿节目，大家兴奋不已，随之而来是更加严格与刻苦的排练，每次都要练到晚上八九点钟。第一次训练结束后，走出教室我傻眼了。外边一片漆黑，住在中关园的同学都搭伴回家了，只有我一人住在清华园。正在我不知所措时，还在锁门的陈老师告诉我说："你别担心！以后每次排练完，我都送你回家。"我感动地流下了眼泪。

盼望已久的汇报演出终于到来了！那是一个炎热的夏天中午，我们在海淀少年之家换好服装，抱着头一天做好的鲜花道具，坐上大轿车来到了党中央的所在地——中南海！梦想中的神殿令大家目不暇接，趴在车窗上指点着外面仙境般的景观，叽叽喳喳交流着自己的新发现。轿车在不知不觉中停下，我怀着忐忑的心情走进了怀仁堂，顿时感觉周围的空气都凝固了。大殿里的摆设与清华大礼堂完全不同，观众席摆了很多排的靠背椅，最靠近舞台是一排宽大的沙发，沙发前面是一张长长的茶几。一位同学很内行地附在我耳边说：那是首长席。先于我们到达的大人演员陆续就坐，工作人员安排我们这些小演员赶快坐好，没一会儿首长们从侧门走了进来。那时中央首长在剧场看演出没有现在这种隆重的欢迎仪式，主持人只说让我们起立欢迎，首长们招招手就坐下了。汇报演出按照事先安排好的顺序进行。我们的节目是倒数第二个，大家互相鼓着劲走上了舞台，以最美丽的舞姿、最饱满的情感把少年刘文学英勇的一生完美地演示出来，落幕后我深深地沉浸在剧情中。演出结束后首长上台与全体演员合影。非常遗憾的是这张珍贵的历史照片在那场运动中被销毁了。我们的成功演出得到海淀区的嘉奖，我由此打下的舞蹈基本功的底子，在后来的工作学习中起到了很好的作用。

1963年北京电影制片厂导演崔嵬执导的电影《小兵张嘎》剧组到清华附小挑选小演员，我被选中。之后我与其他十几名被选中的小学生来到北影厂进行剧情小品的训练。看着从城里各个学校选出来的男孩和女孩，大大方方地扮装成小嘎子和小玉英，结对表演电影情节中的片段，而我始终进入不了角色。最后导演让我和一名女孩合作演出了一个生活小品，总算过关。接下来的一天，副导演张莹带着我们来到崔嵬导演家的四合院串门，进到屋里，我突然发现一只大白猫卧在他家被垛上，瞪着两种颜色的眼睛看着我，着实吓了一跳。崔嵬导演抚摸着我的头说："别害怕，这是波斯猫，你看它多乖巧，多可爱！你过去摸摸它。"我壮着胆子上前摸了一下就赶快跑了。张莹副导演不断地给我们讲解表演的技巧，他苦口婆心地说："你们虽然是演戏，但要求你们在做动作时要真看、真听、真做……"之后轰着我们在四合院里尽情地疯跑，尽情地玩耍，后来才知道导演们是在观察小演员的表现能力。最后经过筛选，女主角的候选人留下我和李小燕，与扮演男主角的候选人嘎子和胖墩一起训练，最终因我的形象与剧情人物的生长环境有距离而落选。但是这段经历，让我见识了清华园以外丰富的世界，学到了过去从未接触过的表演技能，培养了我多方面的素质，受益匪浅！

图1 当年入选《小兵张嘎》候选人的照片

上小学六年级的时候，我在清华附小运动会上获得了跳远第一名。为筹备参加海淀区运动会，学校组织了一批有夺冠希望的同学去北京体育学院接受培训，每周日下午2点在专业教练的指导下进行系统训练。我荣幸地加入了这个队伍，依稀记得有围着跑道边一圈放着锯末的凹槽练习单腿蹦，增强弹跳力等。

那时我刚学会骑自行车，家里只有一辆28式男车，作为初学者我只会掏裆骑（就是把右腿从大梁下面伸过去踩在右脚蹬子上）。因为每次大家集体骑车去时，都有女生用女车和我换骑，我没觉得骑车会遇到什么困难，没想到有一天我午睡错过了集合时间，当我赶到集合地点时，大家都走了。我匆匆忙忙赶紧跨上自行车追赶，由于是掏裆骑，还没骑到清华附中就累得气喘吁吁，我只好蹬几下，坐在车梁上休息一下，让车随着惯性往前溜一段距离，心里那个着急呀！真应了"叫天天不应，叫地地不灵！"那句话。突然无意中，我一抬腿迈过了大梁，稳稳地坐在了车座上，脚也踏在了脚蹬上……啊！我能骑大车了！我激动地不相信又上下了好几次，就这样一直骑到了体育学院。经过这次"急中生智"的历练后，我增强了自信心，感觉没有什么不能克服的困难。以后在走入社会后，在复杂的工作环境中，我始终保持着一股永不服输的劲头。

按照清华大学为教职工子女设计的"一条龙"教育模式，1965年我考入了清华附中，一门心思就想好好学习，争取考上清华大学。没想到遇到了那场运动，我的文艺特长得到了发挥。1967—1968年期间，我参加了清华附中王玉田老师创办的以中学生为主体的《抗大之歌》宣传队。童年磨练的舞蹈基本功派上了用场，北影训练的表演技能得到了发挥，那股永不服输的劲头使我成为宣传队的骨干，承担了比较重要的角色，到军队、工厂、学校进行轮回演出。我还幸运地回到了清华园，在大礼堂连演了三天，用自己的特长为培养我的老师和一起读书的同学服务，感到特别兴奋！

图2 《抗大之歌》中射击

图3 20世纪60年代全家福照片

1969 年，我依依不舍离开了培育我成长的清华园，来到祖国的南疆云南西双版纳，加入了宣传队，靠着在清华园练就文艺特长，开始为兵团战士和贫下中农服务。1976 年我正式调回北京，在进入企业工作的 20 年中，我发扬了清华人自强不息的精神，报名参加了清华外语教研室举办的长达一年的日语培训班学习，在北京市贸促会举办的"日本医疗仪器展览会"上担任了日语翻译和技术讲解工作。1980 年代后期我通过考试，进入了北京市科干局和档案局联合组织的三年培训班，边工作、边照顾孩子，边刻苦学习，取得了北京联合大学文法学院颁发的档案专业证书。

最近看到那些曾经与自己一起成长的清华小伙伴，都在积极地撰写珍贵的回忆文章，深受启发，我也想把自己几段有趣的成长经历写出来与朋友们分享，也算不枉为清华园的孩子。

图 4　参加云南建设兵团文艺演出　　图 5　1982 年在京举办的"日本医疗仪器展览会"
上担任日语翻译和技术讲解

作者简介

杨帆：原名杨巾卯，女，1952 年出生，清华体育部杨道崇教授小女儿。曾居住胜因院 11 公寓、西 44 楼。1969 年去云南兵团，1976 年回北京进企业工作，1982 年担任过日语翻译。1991 年取得北京联合大学档案专业证书，1996 年取得专业会计资格证书。从事技术管理工作至退休。

如梦如烟的清华印象

杨锐

图1　作者与爸爸妈妈在清华二区家门前（1954年）

每个人或多或少都会有一些终身难忘的往事回忆，我很怀念无忧无虑、如梦如烟的快活童年和恬淡往事。

我家先后在清华大学二区、13公寓、西南13楼、高2楼、蓝旗营小区7号楼住过。我的孩童时期主要在13公寓度过，一些往事至今记忆犹新。有道是"做旧要如旧、叙史须尊史"，现在客观地回忆，当时的感觉真就是一个充满阳光、不识愁滋味的年代。我在清华附小百年校庆文集《世纪情愫》中曾有一篇3000字的《清华附小忆事》，讲述了小学生活中我们难忘的老师、入队前后、心爱图书、动手制作、集邮爱好等往事，这里不再赘述，只讲点儿那时自认为好玩儿的一些其他往事。

一、托幼园片段

说起童年的事儿，我大概晚熟，好多托儿所、幼儿园的事情别人不提，自己都不记得了。当然，有历史记载的除外，比如我两岁多那年，在进幼儿园前的托儿所时，就在1955年6月4日的第94期《新清华》校刊上出过一次镜，也是唯一的一次出镜。这期校刊被细心的妈妈保留下来，至今它也已经年逾花甲了。

照片是1955年六一儿童节照的，从其他照片看，那天是汤惠英副园长（汤园长的儿子沈以力小名大五儿，跟我是发小）带的我们。照片登在那期校刊的报眼儿上，下面的说明文字是："在党

图2　1955年6月《新清华》校刊

和国家无微不至的关怀下，新中国儿童的智慧得到不断发展。看！本校托儿所这两位'未来的共产主义建设的工程师'正在专心进行他们的设计和施工呢。"而另外的这位"未来的女工程师"是谁，我至今也不知道。

我对在清华古月堂上幼儿园大班时，提前学过的一些一年级拼音课文，至今还有印象。如："孙悟空，孙悟空，大闹天宫显威风。如今工农坐天下，赛过当年孙悟空。孙悟空，不服气，要和我们比高低。打个跟头十万八千里，还没翻出公社的小麦地。"还有一些儿歌现在还能唱起来："社里有条清水河，河边是个小山坡。社员在坡上挖红薯，闹闹嚷嚷笑呵呵。忽听河里一声响，河水溅起了一丈多，吓得我呀大声喊：谁不小心掉下河！大家一听笑呵呵，姐姐笑着告诉我：不是有人掉下河，是个红薯呀滚下坡……""小斑鸠，咕咕咕，我家来了个好姑姑。和我吃的一锅饭，同我住的一个屋。白天下地忙生产，回家扫地又喂猪。有空教我学文化，还帮妈妈缝衣服。妈妈问她苦不苦，她说：不苦不苦很幸福！要问她是哪一个，她是下放的好干部。"

因为幼儿园大班提前学完了小学一年级的功课，后来我们小学只上了5年就提前毕业了，当时被称为"实验班"。初一时我们比同年级同学小1岁。

■、童年拾零

我家刚搬到13公寓时，西边还没有后来称之为新公寓的15、16、17公寓。13公寓楼前是一片菜地，再往北就是贯穿清华的万泉河南支流河。小时候菜地里种的是洋白菜，蝴蝶飞舞，煞是好看。后来才知道洋白菜里的绿虫子就是童年的蝴蝶——那时的菜叶里经常都是虫眼儿和虫屎，每次发现一只虫子，我都会起鸡皮疙瘩。后来地荒了，长了一人多高的蒿草（现在想想，是那时我们个儿矮），我们在草丛里玩儿"藏闷闷儿""地道战"，蹲在草丛里一动不动，找你的人从你藏身地一两米远处过去，都发现不了你。那时作业下午都能做完，吃完晚饭就是出去疯玩儿。最吓人的还是把手电别在衣服前领子里，从下巴向上打亮，手里再摇两枝蓖麻叶子，听着有人走过来，突然从墙拐角儿跳出来，还真能把过路人吓一跳。

穿过菜地，万泉河支流上有一个石板桥通往马路对面的游泳池。小时候的万泉河水很清，生态也很好，有鱼有蟹，这大约与上游西苑一带是大片的稻田有关。我们经常晚上到河边逮螃蟹，只要突然打开手电照到趴在泥滩上的螃蟹，它有几秒钟是不动的，这时用扑蝶网一扣一个准，其他的螃蟹就纷纷快速横行、跳水而逃了，你就静等下一拨儿螃蟹爬上泥滩吧。1963年北京下暴雨，万泉河水淹没了清华西门内的马路，我们拿着脸盆到马路上扣鱼，非常开心。后来西门外的化工五厂把河水搞得红一天、黄一天、绿一天的，就再也见不到鱼蟹了。

那时，夏天晚上纱窗上经常会爬着好几只蝎勒虎子（即壁虎），或者在窗框边露出白白的半圆形下巴，甚或整个儿爬在纱窗上，白白的肚皮朝着纱窗里面，一动不动地守株待兔，不时一伸头儿，就突袭着一只趋光而来、扑腾到身边儿的蛾子。我曾经站在椅子上，隔着纱窗用手指头一弹，歇了虎子就不知爬哪儿去了，不过很快它又会回来的。有的小伙伴说他们用滴滴涕喷、用缝衣针快速穿刺，我可下不去这个手。男孩儿淘气的糗事儿还有不少，把逮着的蜻蜓尾巴揪下插根狗尾巴草放飞、用放大镜聚光到洞口儿烧蚂蚁、把钢镚儿放在铁轨上压扁片儿……

那时大到乒乓球、篮球、跳皮筋儿、拽包儿、踢锅电报、木头人、摸瞎等就不说了，小到歘（chuǎ）拐、翻绳儿、剁刀儿、摔锅儿等游戏也不少。有一种比谁心细手巧的"撒棍儿"游戏，这是把两头儿尖的细棍儿杵在桌面儿上一把撒开，当然撒开的态势好不好很重要，然后就通过按压尖头儿使棍儿翘起来，轻轻取走。还可以采用拨、挑等手法把棍儿一根一根捡取出来，但过程中如果其他棍儿被触动了，则撒取权易手对方。棍儿两头儿刷有不同颜色，可积不同分数，最后分儿多者为胜。

那时男孩儿还爱玩儿拍三角、拍洋画、歘马赛克。玩儿歘马赛克的时候，双方各出一定数量的马赛克，十几块儿五颜六色的小马赛克要从手心翻到手背上，有时还允许用食指和无名指夹住若干块儿，颠巴颠巴分分距离，然后高抛成一条几近垂直的一竖绺儿，再飞快地按比赛的约定，分儿下歘到手心里，以一个不掉者为赢，花色奇缺的马赛克也在这个过程中，被赢进了一方的囊中。我最多歘三下，我见过歘五下的，而且最后一下已经很接近地面了。听着"歘、歘、歘~"的声音（最后一声儿一般略长），马赛克一个不带掉地的都搂到手心里，真是一种艺术（不仅是技术）享受！还有难度更高的花式歘法，有一种"捏"的歘法，是捏住第一枚再歘其余的；另一种"弹"的歘法，是食指和无名指先夹牢一块马赛克，在抬手歘第一把马赛克的瞬间，把夹着的那块马赛克弹起再歘。我们还用食堂的"眼儿币"歘过呢——感觉太轻发飘，而且声音不是"歘"，是带金属音的"镲（cā）"声儿，不过瘾。

三、颐和园情结

图3　作者少年时照片（1963年）

那时的颐和园，就是清华孩子们的后花园。从清华疯骑自行车，十来分钟就到了。要免费进园子南墙有的是豁口儿，而且南湖边儿的苇子里经常有弃船，可能是押金超时或几经转手，总之是不打算交船挨罚的丢弃的。记得我们最多时，同时弄着过两条船。玩够了可以再藏，没被工作人员发现收走前能玩儿好长一段儿时间。

那时我们经常划着船，去排云殿下面湖边儿的小卖部后面，把成箱码放的汽水整箱偷拽下湖里，以后就能时不常儿的再到水里摸汽水喝了。直到有一天，一个同学被水下的碎瓶子玻璃片儿把脚底板儿划了个大口子，才不敢这么干了。

再有就是到南湖龙王岛沿岛边上的石缝儿里摸虾。这要用手指头儿伸到水下二十公分以下的石头缝儿里探触，碰到虾时它会弓身一弹，弹出石缝儿，正好落入手心儿（但他们说石缝儿里也有水蝎子，说得怪瘆人的，不过谁都没被蜇过）。专门去摸的话，一两个小时摸个一二两的半大虾是没问题的。

还有就是六月份划到西堤西边的西湖中间有个"南山岛"，偷岛上的桃儿吃。那时南湖、西湖都很荒，没什么人去，也没什么人知道岛上种桃儿，有个老头儿看桃儿。老头儿警惕性很高，有船接近时盯得很紧。单船偷桃儿难度很大，有两条船的时候成功率就比较高了。一条正面晃荡吸引老头儿，一条从背后悄悄登岛，摘个够吃就行，一般都不会往家带。一来老头儿不易发现丢桃了，二来怕大人追问哪儿来的，那会儿谁都没有零花钱啊。

当然，藏的船也有没了的时候，于是再找，期待着下一条……

四、难忘父训

在我们眼里，爸爸一直很平凡，平凡到照大合影时总爱站在后面的人缝中，也从没觉得他做出过什么大事儿来。他在上海交通大学求学期间就关心国家民族命运，积极投身反内战的学生运动。他在回

图 4　1951 年爸爸杨福生和妈妈陈郁钟的结婚照

忆文章中写道："经过 60 年的风风雨雨，当我们这些老同学聚会在一起时，尽管感慨万千，但是大家谈起来仍深有青春无悔的感情。就是说，在当时的政治、社会条件下，结合自己当时的认识水平，我们选择的道路并没有错。如果历史能重演，我们仍会做出同样的选择。" 妈妈也在上海交通大学上学，1949 年毕业参军，当过解放军华东服务团二大队三中队八小队队长。生活中我们常听爸爸说，"我这辈子就是一个教书匠"，他从来没有向我们炫耀过他的工作成绩和荣誉。系里召开他的追思会时，我第一次看到他那么多的获奖证书，也听到了大家对他的评价，才知道他的一生是那么平凡而又不平凡。

低调友善，鞠躬尽瘁。爸爸经常以"认认真真做事，清清白白做人"来勉励他的学生，这是他特别喜欢的电影《舞台姐妹》中的一句台词"认认真真唱戏，清清白白做人"的翻版。他也经常用这句台词来勉励我们，这的确是一代人民教师鞠躬尽瘁，死而后已的春蚕、蜡炬精神的生动写照。他为人低调、友善，还经常爱用这样一些语句教育我们："高标准做事，低调做人""吃得苦中苦，方为人上人""岂能尽如人意，但求无愧我心"等等。作为子女，可以说是这些教导，伴随我们努力学习，认真工作，走过坎坷，走到今天。

敏而好学，不断追新。爸爸对新事物总是充满浓厚的兴趣，善于在工作中、生活中捕捉时代信息，接受新事物，然后抓住契机，就孜孜不倦地追求，不达目标，决不罢休。记得二十世纪五六十年代，他就自己动手做电子管收音机、示波器、万用表、晶体管收音机，也鼓励、指导我们提高动手能力。"文革"后不知他从哪儿弄来了大量的外文书籍资料，自己鼓捣着开始琢磨建立生物医学工程学科。他干起他的专业时通常是专注得什么都听不见、不知道了，我印象中他能干的家务活儿主要就是烧水和洗碗，而且烧坏了不知多少把壶，

成长经历

259

妈妈专门给他买了不少把带哨儿声的壶也没有用。20 世纪 90 年代初，他又开始学习使用电脑，学习使用 PCTOOLS、UCDOS，家里的 5 英寸大软盘一盒一盒的。令人感慨的是，直到去世前，他的电脑用的是 Windows 10 操作系统，我打开都一头雾水。他 90 岁的高龄还在使用 iPad，并且向孙子请教遇到的问题，笔记本上密密麻麻记满了各种操作步骤，他参加了我们家庭的微信群，还与不少老师、朋友都是用微信进行沟通和交流。

诲人不倦，下自成蹊。记得我小时候经常见爸爸在家里踱来踱去，问他干什么，说是在"备课"。那时家里住房紧张，他备课和我睡觉是一个房间，我一觉醒来、夜深人静的时候，他那印在墙上的备课身影至今都历历在目。后来我问他为什么天天备课，他说"要想做一名称职的老师，把自己的知识较好地传授给学生，自己的知识存储量至少需要是所讲内容的三倍，而且讲授一定要按照自己的理解，系统来讲，决不要照本宣科"，并说他不当"温故而'支薪'"的老师，这大约就是他诲人不倦、精益求精治学精神的动力源泉。爸爸就这样日复一日、年复一年，兢兢业业、一丝不苟，用他的品格和行动深深影响着我们，也终成他今天桃李满天下。

热爱生活，乐观向上。爸爸给人的印象一贯是和蔼可亲，讲课循循善诱，不以物喜，不以己悲（连住院护士都很喜欢他成天笑眯眯的样子，说老爷子喜兴、亲切、可爱；保姆说他与众不同，说话特别理解人、关心人）。他是个慈父，从不喝斥我们，总是循循说理；但又很有威严。我们敢跟妈妈顶嘴，却从不敢跟他顶嘴。他喜爱文化艺术，兴趣广泛，有一幅拉斐尔的《西斯廷圣母》，长年压在他的书桌玻璃板下面，后来我觉得，他是在从中不断汲取借宗教文化所表达的人文主义思想。还有一幅列宾的《伏尔加河上的纤夫》，长年挂在墙上，我想，他也是在不断提示自己肩负的重任，用以净化和升华自己的灵魂和境界。他很崇尚音乐修身养性、提高品味的功能，高兴起来经常会哼歌、吟诗，最喜欢的音乐有巴赫的《圣母颂》、舒伯特的《小夜曲》，以及李叔同的《送别》、贝多芬的《命运交响曲》《欢乐颂》、俄罗斯民歌《伏尔加船夫曲》《草原》《囚徒歌》、前苏联歌曲《小路》，等等；当然，每年欢快向上、振奋人心的维也纳新年音乐会，是他的必看节目。他用这些人类文明的精华享受恬静，陶冶性情，提高修养，激励和锻造他的人生信念。

虽然今天我们只能在梦中与他相会，但他的音容笑貌、严慈教诲永远萦绕在我们的脑海。

作者简介

杨锐：男，生于 1953 年 1 月；父亲杨福生，清华大学电机系教授，获国务院特殊津贴；母亲陈郁钟，清华附中英语高级教师，离休人员。先后居住过清华二区、13 公寓、西南 13 楼、高 2 楼等。1968 年至 1977 年在陕西延川关庄公社打则坪大队插队。1977 年考入北京中医学院（现北京中医药大学）学习。1982 年毕业留校工作。1987 年调入国家中医药管理局，历任干部、处长、司长。2014 年退休。现任中国药膳研究会会长。

我和围棋

郑清诒

■■、初识围棋

我开始学围棋并没有一个确定的时间点。上小学时期，在清华二员工食堂（三、四公寓之间）旁边，清华工会拨出一部分房间当成教工俱乐部。小学四年级前后，路过那儿发现是个娱乐的地方，走了进去。见到有下围棋的，就好奇地站在一旁看。看了许久也不明白是怎么回事。据说，很多围棋大师入门都是不需要人教的，大人对弈时在一旁看几次就明白是怎么回事了。可见我和天才的距离是非常大的。

暑假里，荷花池食堂前边广场上晚饭后有"绿园"，备有各种书报杂志、文娱活动器具，也有围棋。因为环境嘈杂、蚊虫叮咬，大人不在那儿下棋。只有和我一般年龄的半大孩子借来瞎玩。这给我提供了围棋入门学习的机会。几个低年级同学，年龄虽小，却懂围棋的基本规则。在我请求下，其中一个给我从零开始讲述最基本的围棋知识：连接、气、死活、怎么算输赢，等等。他毕竟年龄小，热心但缺乏耐心，三言两语就完了。他们去玩别的，我就对着棋盘想他刚才说的……想着想着，在几分钟里，我一下就完成了"围棋是怎么回事"这入门的一步。都说围棋"易学难精"，至少"易学"算是体会到了。当然谈不上什么水平，但这相当于站在了围棋艺术台阶面前，由此开

成长经历

图1 初学围棋时候的我
（左）和同班同学夏雨生（右）

始可以抬腿往上走了，令我感到兴奋。

当时高手的棋我还看不了，差距太大。看看比我稍强的同学下棋能有收获。看了几次，我就试着和同样刚入门的同学下。这个阶段的主要收获是我找到了围棋的乐趣。国手江铸久说，学围棋的一个关键是独立思考。只有独立思考才能发现围棋的奥妙和乐趣，一步步找到其中的规律和技巧。看来围棋这玩意儿比较符合我的性格。要说我迟钝也不尽然。围棋入门中"直三"中间点一子可杀死，不是人家教的，是我自己想出来的。几次类似的惊喜之后，我便被围棋俘虏了。

尽管"开窍"、入门了，但谈不上对围棋着迷。一是因为年龄小，拓展知识和分类的能力差。另外物质条件不足，除了那个离家比较远，难有时间去的工会俱乐部，没有其他机会让我能更多接触围棋。

二、误事的围棋

小学毕业后我上了北大附中。整个初中我都在玩儿命读书，没往围棋上放心思。

1964年我上了高中，还是北大附中。国家经济走出"三年困难时期"，老百姓吃饱了肚子，业余时间里娱乐活动渐渐多了起来。清华工会俱乐部从三公寓食堂挪到了16公寓食堂，明堂瓦舍，内容也比以前丰富，去的人也多了。特别是下围棋的人比以前多多了。和我年龄相近的同学围棋水平也都有所提高。

那段时间，我有一位经常对弈的同龄棋友。几乎每个周末我们都下上几盘，热心的叔叔伯伯一旁看了，还不时指点几步，帮助我们提高水平。几个月后的某一天，不知怎么这位棋友不辞而别，一下就"蒸发了"，再也没露面了。他家似乎不在清华园里，没法去找他。小我几岁的棋友孙立哲（原名孙立喆）告诉我，那位应该是隔墙北大的子弟，估计俱乐部管理的人知道了，不让他进来了。但那段时间，和他下棋让我的围棋水平多少提高了些。

除了下棋，我也看棋。在我观战过的高手中，顶尖水平的是工物系的许纯儒老师和教我们体育的关培超老师。偶尔对弈过的大人，有籍传恕的父亲等不多几位。进入高中，我的围棋水平提高很多。当然，还远谈不上成为高手。

围棋水平的提高，和其他领域的学习规律一样，早期水平提高很快。进入中高级后，缺乏和高水平棋手对弈从中得到提高的机会，再进步一点都很难。

高中时期，我不幸"重度"迷上了围棋。高中是考大学的关键准备时期呀。明知如此，我还是没法摆脱围棋的诱惑。这简直如同吸毒上瘾，麻烦了！后来"文化大革命"开始了，没有考大学这一说了。以这种方式躲过高考关，令人哭笑不得。

三、围棋小屋

1966年夏天，"文化大革命"爆发，几个月后，社会上大部分中学生逐渐当了逍遥派。为了维护校园内的治安秩序，在清华教工住宅区，校卫队和居委会将我们这些教工子弟组成治安联防队，协助校卫队维持清华家属区的治安。头几个月还有些事情可做，后来社会治安逐渐回归正常，我们又逍遥没事儿干了。这帮清华子弟开始找各种消遣的事儿解闷儿。那段时间大家一块儿学围棋、打乒乓球、学乐器、学摄影，以及其他将来可能有用的各种技能。

围棋是那会儿清华子弟们参与人数最多的活动。最开始，只有以前小学教体育的关培超老师、孙立哲和我三人之间下围棋。后来陆续加入一些人，其中想在围棋上有些提高的人还有两位，陈小悦和张克澄。多数人下围棋只是找个乐儿打发时间而已。

关老师是围棋高手，高出我们太多，他和我们下有些乏味。但当时关老师以前在俱乐部中结识的教工棋友多半顾不上下棋了。没办法，他只能和我们下，聊胜于无吧。靠后些时候，当时还是小不点儿的常振明也加入了我们的队伍。我们随着他家里，叫他"家伙儿"。这俩字儿的发音有点儿特别。不是简单的儿话音，得念成双重音——'家'伙儿。

当时我住家里后门旁的小屋。小屋的位置，适合邀棋友来对弈——对家里其他人干扰小。房间小，两人对弈正好。再来一个，勉强可以加个凳子观战。再多一个，就得站着了。开始来的最多的是关老师和孙立哲。关老师多半白天来，孙立哲晚上来。

关老师下午来我家，的确是下棋来了，特别认真。因为水平差距，关老师让我两子。晚上来的发小儿们一半是下棋，一半是饭后串门。来了以后，下棋、看棋、聊天。开始孙立哲一人，后来增加了上边说的几位棋友。除了常振明小些，其他棋友都是家在清华园里的老三届中学生。

图 2 "文革"早期我家（11公寓）后屋是棋友们常来下棋的地方

只有两人的时候下棋比较好，可以专心到棋局中。人多了就是瞎聊天。那时候大家心里想的更多的是将来自己的前途和生活，这是大家内心最焦虑的事。虽然大家对此都心知肚明，可谁也不碰这个话题。下围棋有几分像借酒浇愁。可是我觉得下围棋还是高雅娱乐，比喝闷酒好。

在找到更好的下围棋学围棋的地方之前，这个围棋小屋一直是我们几个"高级成员"聚会下棋的地方。晚上下棋到很晚时间，孙立哲、陈小悦、常振明和其他同学摸黑回家。战战兢兢，怕遭打劫或流氓袭击。特别是走过八公寓和浴室漆黑的夹道附近，更是心里发颤。对此现在人们可能会觉得不可思议——这是清华教工住宅区，不至于吧？可那段时间社会治安不佳，在这段小路摸黑走，有身高体壮的陈小悦结伴还行，没他在一起的时候，其他同学难免心惊胆战。我在家里不动窝，当然不跟他们走那段路。他们次日晚饭后过来，经常给我讲前一天晚上那段路的恐怖和惊险。

有一天，大家把常振明送回九公寓他家里。几人继续前行，一过八公寓和学校围墙拐角，张铁良和陈小悦、孙立哲两位就分两路各自朝不同方向走去。分开才十几秒钟，就听见铁良恐怖的嘶喊声"救命啊……"。陈小悦闻声把孙立哲撇下，拔腿就向声音传来的方向冲去。到地方看见张铁良站在小路中间，对着紧张跑来的陈小悦嘻嘻发笑。陈小悦对这种玩笑兴趣不大，见没什么事，埋怨了几句就回去拉着吓得说不出话的孙立哲走了。

第二天他们来到我家，自然第一时间开讲这段有意思的故事。陈小悦说"别的没什么，就是把立哲吓得够呛"。我转头望向孙立哲，他对我说："哪儿是浑身发抖呀，我吓得嘴唇都哆嗦起来了。"然后用手在嘴唇边扇着"以姿势助说话"。见昨晚演出效果如此之好，张铁良笑得前仰后合。孙立哲气得找不出合适的话说他，只能半结巴着重复同样的话"……真的、真的，我嘴唇直哆嗦"。

当时下围棋逍遥娱乐的人很多，要是那么多人同时到我家来，小屋当然装不下。公寓的那些单元门前的水泥台阶上、其他棋友家里（大人不在时候）、楼顶平台……都是我们聚会下棋的场所。孙立哲起头，把这种露天边吹牛聊天边下围棋叫"抢棋"。邀请对方下一盘，就说"来抢一盘呀？"双方都气势十足地把玻璃棋子用力拍到铺在石头台阶的塑料棋盘上，以示"我不怕你"。

那些可怜的玻璃棋子经常被我们在花岗岩台阶上拍成两半。能用的棋子越来越少，到去上山下乡分手时，我们各自的围棋子都不够下完一盘棋了。我们把三副棋子倒在一起，凑成两副。我的那副棋带到了农村、铁路、大学……一直伴随我到现在。

四、与国手对弈

下起棋来水平接近才能有意思，我家那个围棋小屋的选手水平不够高。关老师动脑筋利用他的社会关系找路子提高我们的水平。关老师认识的棋手多，除了清华教工中的围棋爱好者，还有一群清华在校的大学生。清华大学当时在校学生中，水平最高的是电机系的余昌民和建筑系的金柏苓。这两位不只围棋下得好，琴棋书画、社会交往、组织策划，方方面面都是高手。有一天，关老师带着我们到学生宿舍七号楼找到金柏苓。当时那片学生宿舍中，有不少大学生跟着金柏苓学围棋，甚至还有北京其他大学慕名远道而来的围棋高手。

头几个月，我围棋水平的提高主要源自于金柏苓的传授。最开始，他可以让我四子。只两三个月，他就只能让我先了。可见学棋中高手指点的作用是非常大的。现在有互联网，条件和以前大不相同，互联网上有很多围棋网站，除了图文教授围棋技艺，还有各种对弈软件。任何人随时都可以找到和自己水平相当的棋手对弈。所以现在即使缩在交通不便的山旮旯里，要提高围棋水平也不很难。

这段时间里有很多值得回忆、有意思的故事，有兴趣的可以上网找余昌民的回忆文章《清华围棋纪事》看看。他写的非常精彩。我这儿补充些我自己角度看的亮点。

图 3　我的围棋老师、中国古建筑专家金柏苓　图 4　早期经常一起下围棋的部分清华发小和清华大学生（摄于 1968 年）

图4左起前排：马迅、余昌民、常振明、庞沄、杨士元；中排：史清、丁琢如、常振工、张铁良。后排：姜彦福、胡晓明、方胜、郑清治、孙立哲。

那段时间里，最值得记忆的是和国家队的围棋国手对弈。金柏苓的弟弟当时在北京13中学就读，是1965年北京中学生围棋冠军。他和北京棋社以及国家队的专业棋手有些交往（地理位置上，13中学和北京棋社是邻居）。通过这层关系以及金柏苓他们的活动，我们联系上国家围棋队，到他们集训的宿舍进行过好多次围棋交流。有机会和当时全国最高水平的专业棋手们对弈，是非常荣幸的。

我前后和当时的全国冠军陈祖德下过三盘棋。第一盘他让我五子，后边两盘让我四子。三盘棋我都赢了。可是陈祖德对我的棋评价并不很高。不是说我围棋的技术水平不行，而是对我的棋风评价不高。比如"你胆子太小了。这个局面下，你只要这样、这样……不出十步我差不多就得认输了。"他的意思很明白：那几步走法并不复杂，以我的水平应该看得出来。没那么走，只能归结为在高手面前畏缩。我虽然只是听着，不说什么，可是这话对我的触动很大。

其实，陈祖德对我棋风的评价，我自己并非没数。我很明白我这个自身的弱点，这个弱点不止体现在围棋上，还体现在我其他方面。我的问题是心理上过不了那道坎儿。从那次开始，我在心里开始酝酿针对自己这个弱点的挑战计划。

除了和陈祖德下棋，我还和其他几位国手下过好多盘。其中对弈最多的是黄进先四段。现在一般人不大知道黄进先。他入国家队前是广西省的围棋冠军、1965年全国个人比赛第五。"文化大革命"中国家围棋队解散后，黄进先成为河南省围棋队的总教练。他门下的弟子有著名九段周鹤洋、王檄、刘小光、汪见虹等人。黄进先的棋以凶猛复杂的攻杀为特点。那段时间和黄进先的对弈使我水平提高很多。

经过一段时间的训练，一天，关老师、金柏苓对大伙儿说："我们这个小俱乐部举办个内部比赛吧。大学生凑一个队，教工和子弟算一队。"这两个人群的范围里，当时大学生里高水平的余昌民，教工和子弟这边最高水平的许纯儒没有参加，成色略差。有些遗憾，可也无奈。

两队水平差距是明显的，大学生队平均水平比我们高不少。双方各出五人，关老师、孙立哲、陈小悦、常振明和我是这边的阵容。这是照顾我们，要是每队六人，我们还真找不出有一定水平的第六位了。尽管如此，比赛结果出人意料，我们教工和子弟队居然赢了。大家高兴得几乎一夜没睡。

最激动的大概是我。鉴于友谊比赛的规则，关老师和金柏苓商量排阵我打第一台，我的对手是我的围棋老师金柏苓。布局过后我一直稍许不利，苦苦追赶。开始收官时，我点空知道大致落后两目。虽然算不清楚，但我感觉他空里边需要补一手。虽说如此，即便他补一手，我还是落后。金柏苓似乎没点清楚空，他咬牙就是不肯补那一手。在最后几步我艰难地发现了他的破绽。在我走出关键一步的时候，金柏苓望着棋盘笑了起来，"坏了、坏了……"消息传到另一个宿舍，已经结束比赛的孙立哲跑了过来，兴奋地拍着自己的腿，对着金柏苓开心大笑"哈，我让你不补，我让你不补……"

五、上山下乡

那次内部比赛后不久，大家上山下乡、分配工作，各奔东西了。北京中学生去的地方主要是内蒙古、东北、山西、陕北。而清华、北大子弟很多都尽量往后赖。实在赖不下去了，最后在 1968、1969 年陆续去了山西和陕北。我们结交的那些大学生棋友也分配工作到全国各地。国家围棋队还没动，但也面临解散。当然，清华大学教工中围棋爱好者还在，年龄不在老三届范围的清华子弟也还在。之后清华围棋活动一直延续下去。

下乡一年后的 1969 年冬天，我从陕北回北京。老三届上山下乡期间，知青被当成社会不稳定因素之一。所以第一年冬天，上边要求知青不回家，留在农村接受贫下中农的再教育。北京地区的派出所、居委会还动员回家探亲的知青赶回插队的地方去过"革命化春节"。北京站下火车后，我拉低帽檐悄悄溜进清华校园。不料我的行踪还是被认识的人发现了。到家后我依旧住在后门旁边的小屋。傍晚躺在床上休息，脑子里想着清华里还有没有围棋活动？以前的棋友现在在哪儿呢？直接敲门去找他们是不是有些冒失？……想着想着，小屋旁边的后门突然响起凶猛的砸门声。腾的一下我就坐了起来：抓知青来了？！现在假装屋里没人已经不行了。冬天天黑得早，屋里已经亮灯了。我小心询问"谁呀？"门外吼叫着"查户口！有知识青年没有？"……声音虽然严厉，但稚嫩的孩子声却掩饰不住。我放下心来"家伙儿吧？别装啦，听出来啦。"随着一阵哄笑，涌进一大群孩子。除了常振明，其他的虽然叫不出名字，也都是熟脸儿。

1969 年冬天，我这个围棋小屋不再作为对局室了。那个冬天，很多之前下围棋学围棋的人都回到北京。其中还有已经分配工作到大西北西宁市的金柏苓。大家也下了几盘棋,甚至还去了次国家围棋队(他们也面临解散)宿舍。大家的状态基本都不怎么好。虽说都是乐呵呵的,但都没了下棋的心思。

六、又回到清华园

上山下乡四年,在铁路局当工人五年,时间流逝很快。其间也断断续续下着围棋,1977年恢复高考,我考取了南京工学院的无线电系。毕业后又在清华大学无线电系读研究生,之后留校工作。十几年转了一圈,又回到了清华园。

在清华念研究生的两年最为艰苦,学业家业两头都不能放。尽管疲于奔命,围棋也没有放弃。清华在启动开展学生围棋活动之前,举办了研究生范围的围棋赛,我拿到了冠军。这是我这辈子第一个,也是唯一一个围棋冠军。

图5这张照片是三院教室早年照片。现在已拆除改建为图书馆新馆。

紧随清华研究生围棋赛,北京大学研究生也举办了围棋赛。于是热心人张罗起清华北大研究生围棋比赛,清华这边的那位热心人跑到北大观看他们的比赛,回来告诉我,除了前两台和北大有一拼,我们这边其他人估计不是北大那边的对手。果然,比赛结果二比八,我军大败。不过,比赛双方十对十,共二十人,很多后来成了社会各领域成功人士。比如比赛中我的对手章必功,他后来是深圳大学校长。

图5　1983年我在清华读研期间,清华北大研究生围棋赛在三院教室进行。

留校工作后,生活稳定,下棋的机会多了起来。那段时间我的主要对手是邻居刘红阳。刘红阳年龄比我小一截。他没和我们一起学棋,他是后来和常振明的哥哥常振工一起学棋的。刘红阳后来下棋成为高手,全盛时期水平达到业余5段,是全国晚报杯围棋赛北京队队员。记得我把在清华北大研究生赛中我打第一台和对方校冠军章必功的棋谱（我对这盘棋的质量还是有些小得意）演示给他看。刘红阳边看边指出我的棋质量不佳，甚至错误地方。他一番评论深入浅出，让我清楚地看到我和业余顶尖棋手之间的差距。惭愧！

和刘红阳下，一开始我只有输的份儿。大致十盘棋中，竭尽全力我只能赢一两盘。虽然如此，差距还没大到天上地下，机会还是有的，只是我很难抓得住。这是我进入较高水平后，围棋技能提高最多的一段时间。

当时我爱人、孩子都调回北京，三口人挤在以前那个围棋小屋里。开门就是床，没法邀人来下棋了。刘红阳一般晚饭后就拉我到他家下棋。他父亲刘冰当时在甘肃省工作，家里偌大房子，空荡荡的只有刘红阳和他哥刘春阳一家住。晚饭后我们在楼下下棋，虽然尽量少说话，可是棋子落到棋盘上的叮叮咚咚声，还是影响刘春阳一家休息。对弈过程中，不时传来楼上刘春阳的抗议声。专心于棋局中的刘红阳随口应付几句，继续下棋讨论。回想起来，我到现在还是觉得不好意思。

除了和刘红阳下棋，还有幸和取得"第一届新体育杯比赛"第三名的常振明下过一盘。"文革"初期一起学棋时候，他还是个小不点儿。取得全国比赛第三名时，常振明已然是个高大的小伙子了。只是身材有些瘦，这和以前相仿。我们之间围棋水平上的差距是不言而喻的。当时他的水平有业余7段，我的水平大致有业余3段。但他还是说："就这么下吧。"那盘棋下到近180手，盘面上差距已近十目，我就认输了。我问他这盘棋我的主要问题在哪儿。还记得他当时盘算怎么遣词回答我时的神态，和他小时候一模一样，挺有意思。他指着我的一步棋说"你这步棋不错，同时兼顾三个方面，让我很为难"，有意思的棋评。

清华工作几年，我以清华教工围棋队队员身份参加过几次校际比赛，胜负参半，对手有强有弱。有一次北京几个大学举行围棋团体对抗赛，清华大学和北京师范大学之间的比赛，抽签后得知我的对手是何香涛，这让我稍感紧张。以前我听说过何教授，那是在我读大学时候，看到围棋杂志登载的一则新闻，说北师大天文系教授何香涛在英国格林威治天文台当访问学者，抽空参加了那年的欧洲围棋锦标赛，获得第二名。现在我面前的对手就是天文学家、教授兼欧洲围棋亚军何香涛。

我们下得挺认真，棋局进展缓慢。到中午休息时，才下了百多手。说是对抗赛，实际友谊比赛的气氛更浓。随便下，也没有设置时间限制。但是我们这盘棋也太慢了。整个比赛安排在两天里结束，本该上下午各一盘。午休时候，除我们这盘没下完，几个队其他棋局早已结束。

裁判找到我们说，这样下整个比赛没法在预定时间内结束。要求我们取消午休读秒下完。当时我已经掌握了主动。何教授对此显然也清楚，所以我在心理上占了上风。读秒过程中，我还做出一副比赛经验丰富的样儿，读秒到最后一刻，才不慌不忙将棋子稳稳落下。这更增加了他心理上的压力。差距很快拉大，他爽快地认输了。

一旁看棋的关老师当着观战人群的面笑着对我说"你早就知道能拿下来了吧？赢就赢了呗，干吗还端出那个劲儿？"立时弄了我一个大红脸。关老师有时候嘴挺厉害的。没辙，谁让他是我老师呢。

七、出国以后

1989 年我出国读书、工作，围棋环境一下就没了。而且那些年我也的确没有更多时间和精力下棋。没有下棋的文化环境，兴趣也随之慢慢淡了。现在基本只是在网上看围棋比赛。我更喜爱的是看一些国手对围棋史上高手名局的视频讲解。

下围棋容易上瘾。古时候有一派人因此说围棋误事，不是好东西。也有人说围棋是高雅动脑游戏，锻炼人的思维。围棋对个人的作用，还是看人的把握。正、反作用在我身上都存在过。

上边我的故事里就讲过，我到高中迷上了围棋，耽误了学习。而我在上山下乡后当工人时候，努力自学拼搏。那段时间有一些水平不错的棋友找我下棋。但这并没有让我的主要努力方向受什么影响。相反，围棋的思维方式在我人生中给了我很多帮助。有时在一些领域，见到行业顶尖专家的评说："这个领域的思维方式和规律比较独特，下围棋的人比较适合。"这话让我听了很舒服。

除了这些有普遍意义的地方，围棋还给了我一些特别的帮助。下围棋让我结识了一些对我有很大帮助的朋友，帮助我学会在社会中正确摆放自己的位置，让自己有良好的心态在社会中前行。

作者简介

郑清诒：男，1948 年 5 月出生于清华园。曾居住在北院、新林院、胜因院、11 公寓、16 公寓和蓝旗营小区。曾就读于南京工学院（本科），清华大学（硕士生），美国密西西比州立大学（博士生）。担任过教师（清华无线电系），在中、美若干公司从事通信算法工程师、芯片系统设计技术总监。2016 年退休。父亲郑林庆，清华大学精密仪器系教授。母亲张履芳，北京石油学院教授。

清华园岁月

钟道新

欢乐、幸福、文化这些美好的东西，给人的信号强度，远不如灾难来得强烈。时至今日，回忆起在清华园中度过的岁月，印象最深的当属 1966 年的五、六、七、八四个月。

因为对文史的强烈兴趣，我对报纸上的文章，尤其是《北京晚报》上的文章很是喜欢。当然，不光是我喜欢，父亲钟士模和老 C、老 T 等也非常喜欢。他们虽然都是从国外的著名学府留学回来的，但骨子里却国粹得很。举个例子，他们白天在课堂上，讲很西方的理论。比方父亲就讲维纳的控制论，在美国麻省理工学院时，他就和这位控制论的创始人相识。但轮到兴致好的时候，就会约上老 T、老 C 等人，从油腻非凡的胡琴包中取出京胡唱上半宿，装京胡的口袋，必须油腻，就和古董上必须有绿锈一样，非此不能显得资深。某次，母亲给他缝了个新的，他大发雷霆，幸亏旧的没丢，否则不知道会出什么乱子。他们多唱《空城计》《二进宫》之类的老生戏，并自誉为"谭派"。但以我辨音力不好的耳朵来听，叫"痰派"还差不多。

"痰派"成员们在夏天的晚上散步时遇到，总喜欢议论邓拓的《燕山夜话》之类的文章。以现在的观点来看，邓拓的文章并不能算是上品，但在文化醇味中，带点讽刺味道的确实不多，所以很能引起这些观察力极强的人的兴趣。

受他们的影响，我对《燕山夜话》也很注意，它分册出的时候，我都买下了。记得在上小学五年级交寒假作业时，我误把《燕山夜话》第四册夹带其中了。从来热衷于批评我的马教师发现后问是否我读的。我说是，他不相信地问了

成长经历

我好几个问题，我都答了上来，从此他就对我另眼相看了。马教师是教算术的，而他总爱说自己是教数学的。一次我对父亲说起，父亲以他大知识分子特有的不经心的傲慢说，小学里哪来的什么数学，小学只有算术。我吃冰棍拉冰棍，不加消化地把这话在班上宣扬，从此我就成了马教师的第一批评对象，更何况，我也总能给他提供批评的素材，我的算术作业以乱著称，经常被当做反面教材，贴在墙壁上。讲个笑话，我很少关心孩子的学习，1987 年姐姐来我家，临时充当了阵家庭教师。她临走时我问她，儿子的作业完成得如何？她想了想后说："比你小时候的还要乱一倍。"我当时就说："比我还要乱一倍？"这叫什么话啊，好像我就是高斯、伏特、欧姆，成了乱的量纲。

有此背景，我对于报上关于《燕山夜话》《李秀成》等的论文很关心，把有关的文章都剪贴起来。4 月中，我忽发奇想，欲写篇文章给报纸，发表一下我的见解。我把这个意向通知了父亲，他坚决反对。可 15 岁的孩子，逆反心理最强烈，我私下里写了一稿，等准备写第二稿时，父亲开始对我的功课进行全面的监管，使得我不得空闲。

到了 6 月份各家都开始烧东西。

父亲烧的东西首先是相片。别的人物我不知道，反正有和胡适、梅贻琦等人的相片。"我的朋友胡适之"曾经是旧时候文人极大的荣耀，和他照的相，哪怕在第 5 排最边上一个也不得了，可这会儿却成了罪证。梅贻琦则是台湾清华大学的校长，更是反动人物。另外还有一些和美国军人照的相片。我问老爹是不是和中央情报局的人照的？他愤怒地说："中央情报局的人是文职。"我看着他的脸色，不敢再问。但在我的头脑里有个根深蒂固的观念：戴笠是国民党的特务头子，他是军人。而国民党学的是美国的建制，美国的特务头子也应该是军人才对。多年之后，哥哥说那是和美国海军足球队比赛的合影。父亲曾经是麻省理工足球队的中锋。

有些东西是烧不了的，比方奖杯，比方作为博士标识的金钥匙。父亲只好委托我去扔。"上阵还须父子兵"，中国千古不变的。西谚"血浓于水"也是同理：血缘关系是没什么能取代的。换句话说，能取代的就不是血缘关系。一次我的岳父对我说："女婿顶半个儿子。"我心里说：你哄小女婿去吧，半个儿子？四分之一个儿子也顶不了。我对拥有美国学位的姐夫也讲过这个道理："咱们不是什么正经亲戚。因为你和我姐姐一离婚，咱们就什么关系也没了。这在控制论上称作不稳定结构，因为可以置换。"

我和小 T、小 C 等分别把自己从家里拿出来扔的东西放在一起比较。出自名门的小 T 的东西质量高。他有一幅字，因强调老 T 让找个可靠的地方存一阵，所以我们摊开研究了一下。上面写的什么我现在已经忘了，只是觉得那字写得不怎么样。字的后面分别有两方章，小的是"长素"，大的则是"维新百日出亡二十年，三周大地，历遍五大洲，经二十国，行四十万里。"

我们谁也不知道"长素"何许人，小 C 说了一句："管他是谁，反正这孙子去过不少地方。"许多年之后，我才知道这是康有为。

这幅字我们藏到王国维的墓地了。这是我们孩提时代喜欢藏东西的地方。可大家想一想，破四旧能不破为清朝殉葬的王国维吗？随着新会梁思成设计、义宁陈寅恪撰文的碑被推倒，字也不知去向了。碑被推倒后，我们还害怕了一阵，怕红卫兵们照着字上的题款找到老 T 处。我们白担心了。现在想来，从年代推算，这字是送给老 T 的。而老 T 则和康有为又叫"长素""南海"一样，有着无穷的"番号"，对和我们一样文化的红卫兵来讲，"能懂度"几乎等于零。

那时我们这些从国外留学回来的教授子弟没有参加革命的资格，我们也不想参加，因为革来革去，革的都是些叫叔叔、伯伯的人。阶级分析无处不在。所以我们在 1967 年就开始进入逍遥。

若想逍遥，必须得有逍遥之道。除去看书，下围棋外，音乐也是重要的组成部分。

我们听音乐，开始时主要是听蒯大富为首的井冈山派演奏的《井冈山的道路》。这是一部以大型音乐舞蹈史诗《东方红》为蓝本创作的音乐舞蹈剧——当时它是一部称之为最彻底的革命音乐，为时两个小时，几乎囊括了清华所有的艺术尖子。换言之，这其中有不少出身不太好的人参与演奏。音乐这东西和功课不一样，光凭用功是学不好的。记得父亲开始拉京胡时，先买了把七十多块钱的京胡，可他的教师——据说和谭富英的琴师一起学过艺——试了试就说不行。后来他买了把一百多的。那琴师还是这毛病那毛病的挑了一大堆。等父亲有了些进步后，买了一把三百多的，以为这下子到位了。谁知琴师来"啦，咪，啦，咪"拉了几下后仍然以不屑的口吻说："拉拉清唱还差不多。"京胡尚且如此，更不要说大、小提琴，黑管、小号了。

我们看《井冈山的道路》，就和勃列日涅夫在回忆录中说起他陪外宾看《天鹅湖》一样，最少也看过二十遍，终于看烦了。没有一件艺术品，能经得住这么连续看。所谓的百看不厌，除去夸张的意思外，每一看和每一看之间应该有间隔。

现实艺术没有可欣赏的了。我们只好到古典艺术中去寻找。我的音乐欣赏力不高，只喜欢听《外国民歌二百首》中的歌。一次偶然的机会，我在一个朋友家里，听到了《梁祝》，立刻就喜欢上了。我向朋友借这张胶木的唱片，他说什么也不肯。最后，我只好不经他允许，偷偷地拿走了。这张片子，我带到插队的地方，直到把它听平了为止。

图1　作者在山西太原家中

图2　与家人在丙所旁
后排左一父亲钟士模，左二作者；中排
左二母亲芮华（1970 年冬）

图3　与家人在颐和园
佛香阁下
作者前排中（1962 年）

图4　清华图书馆前
（1970 年冬）

图5　与家人在新林院2号前
作者后排中（1970 年冬）

作者简介

钟道新：(1951—2007年)，男，出生在清华园新林院。"文革"期间山西昔阳插队，后就职于神头第一发电厂。1980年开始文学创作，1989年调入山西省作家协会，后任山西省作家协会副主席，山西省第七届、第八届、第九届政协委员。获颁国务院政府特殊津贴。代表作有短篇小说《风烛残年》《继承》等；中篇小说《股票市场的迷走神经》《超导》等；长篇小说《权力的界面》《非常档案》等；影视剧本作品《黑冰》《天之云，地之雾》《叶挺将军》等。父亲钟士模，清华自动控制系和计算机系创始人，二级教授。

鲤鱼洲——清华"五七"农场的少年往事

朱思泽

总想化作奶奶手中的针线，缠绕那如风的清华少年往事。

我少年时曾经在南昌鄱阳湖边一个叫鲤鱼洲的地方生活过，有过一段奇特而难忘的经历。1969年10月，我这个刚满12岁的孩子，跟着在清华大学教书的父亲朱季诃、在清华校医院当护士长的母亲莫荷华和70多岁的奶奶唐月珍，拉上幼小的弟弟莫为泽、妹妹朱梅，全家走上了光辉的"五七"道路，从北京的清华园来到了位于江西鲤鱼洲的清华大学"五七"试验农场，当起了一个小"老表"（当地话，意为老乡）。

离开北京的心情，被清华西院里钉木箱的声音击碎，也不知那些大大的木箱会把家里的什么东西装走，只知道奶奶和我养的那几只芦花鸡，是不会和我们家一起去远了。在我的心里，江西是个很远很热的地方，也是一个很近很亲的地方，因为妈妈已经作为清华大学第一批赴江西鲤鱼洲试验农场的人在那里了，分别五个月了，我就要见到妈妈了。

翌日清晨，从北京站驶向南昌方面的火车轮声，把我所有的心事覆盖。窗外的景色如同电影般地从眼前晃过，仿佛要把我带入另一个世界，我久久地盯着车窗外……这是一趟装满清华教职工、家属和孩子的专列，我们驶过黄河，跃过长江，在上海站停留不走了。允许我们在南京路上晃荡玩耍一天之后，火车再继续向南昌前进。上海街头那碗阳春面里的细面条、酱油汤、

图 1　去鲤鱼洲前全家在清华校园合影

小葱花，已经满是江南的味道了。

1969 年 10 月 29 日夜里，南昌火车站外，驶出了好长好长的清华农场来接站的卡车队伍。我的小脑袋瓜，不停地向上伸着，向后面的车队长龙望去。黑黑的夜晚，亮亮的车灯；颠颠的土路，星星的天空；隆隆的马达声，默默的车里人，让我幼小的心第一次有了家在何方的迷茫。好在，妈妈就在不远的前方！

两个半小时后，我终于可以从卡车上跳下，在位于南昌东部的鲤鱼洲大地上着陆了。我们在鲤鱼洲的家，居然是两家人同居在一间不大的土坯草房里，一个大通铺上，不管是老老少少，还是男男女女，大家拉上布帘凑合着住。到了如此地步，没有什么好不好意思的。

终于见到我妈妈莫荷华了，太高兴了。可是她脸黑黑的，那是鲤鱼洲的太阳毒呀，把美丽的妈妈搞得黑不溜秋的。其实，后来我们的脸比妈妈还要黑。脸不黑，怎么能成为小"五七"战士。脸黑不要紧，咱心红志坚就好！

刚到鲤鱼洲的头几天，我老是感觉眼前的所有东西都在动，那是连续几天坐火车看火车窗外太久了吧。等到头不晕了，才弄清楚我们群居的地方叫"五点半"。为什么叫这个名字，因为清华鲤鱼洲"五七"农场，总体上称为团，设有团部，下面以连为建制，将清华大学的各系改称为各连，一个连为一个点。我们住在五连与六连之间，所以就称为了"五点半"。我妈妈工作的农场医院就位于这个地方。

"五点半"一排排土坯房的后面，就是鄱阳湖边那长长高高的大堤了。攀登上大堤，大堤两边都是万顷一碧，一派苍茫。大堤的一边是宽广无垠的湖面，几只船儿在眼皮底下到地平线之间移动着，偶尔也会有一头江猪（其实我们也不知那是什么东西）在水面忽忽悠悠地浮现。大堤的另一边是一望无际的清华大学"五七"农场的稻田。天尽头处，据说是归北京大学"五七"农场和江西建设兵团九团分别管理的地方。

多少年过去了，我心中总是有一个愿望，做一名专治血吸虫的医生，彻底除掉盘踞鲤鱼洲的血吸虫瘟神。善良的人们，谁能够想到，如此肥沃的土地，如此美好的水乡，居然有血吸虫的存在。

图 2　清华试验农场示意图

为了防止血吸虫钻进身体，大人们每天下水田前，都要往腿上抹一种叫"二丁脂"的乳白色液体，让它在腿上形成一层保护膜。我们这些小孩也学着大人的模样，往腿上涂抹起来了，跟着大人们下地插秧、锄草、收割。鲤鱼洲，属于江南，一年可以种三季稻。当然，最后的一季稻，我们都懒得再插秧了，站在水田边，直接把秧苗往田里乱扔一气，随其自然生长。如此这番，倒也是挺爽、挺爽的！但是，让人揪心的消息就没有断过，得血吸虫病的大人，一个接着一个……妈妈也得了。所有得此病的人都要到南昌住院打一种叫"锑剂"的药，要一下子打好几十针。此药打入人的身体后，心脏会快速急跳，对身体很是不好。不知得病的妈妈是怎么煎熬过来的。

多少年过去了，总是梦见鄱阳湖边长满大树，为鲤鱼洲这片热土遮挡阳光和风雨。当年的鲤鱼洲，除了烈日，就是下雨。我一个小屁孩喜欢在雨中疯跑，让脚下的烂泥漫过脚面，再挣脱而出，继续向前。如今想来，那一步步地跑，一步步地颠，是不让父母的沉闷感在我的心头存在与蔓延；还是让老天洗刷去那些大字报上的黑黑墨迹？都不是，只是一个孩子的疯跑而已。

鲤鱼洲的腥风怪雨总是有的，不知爸爸朱季讷在他那个四连里说了什么话（妈妈后来告诉我，爸爸只不过在私下说了一句：这地方待不过两年。事实证明：教高等数学的老爸，说的话是相当准的），被人揭发后当众狠狠批判了一场。劳动之苦，苦了身体也就罢了，还要心儿受到摧残，日子艰难呀。我幼小的心灵深处，不懂那是为什么，只懂得那是生我养的父母。父亲插秧累弯了腰，弓着身子从"四点"走回我们"五点半"家的样子，永远定格在我的鲤鱼洲记忆里。后来的一天，那是 1970 年的 8 月 7 号，鲤鱼洲，下了一场大暴雨，清华野史称为"八七"风暴，大雨瓢泼，狂风大作，房屋歪斜，险情不断。我躲在床上的蚊帐里，听着大风大雨的嚎叫，突然想起了小人书上高尔基的话：让暴风雨来得更猛烈些吧！

多少年过去了，我似乎仍守着那鄱阳湖大堤，天真无邪地望着湖内外的

成长经历

天地。在鲤鱼洲的岁月里，大人们没日没夜地干农活和搞运动，风里雨里的革命斗争、泥里浆里的下田劳作，让我们的那些伯伯、爷爷——清华大学的老教授们，一个个破衣烂衫，蓬头垢面，草绳系腰，赤脚行走，被改造和整治得没了一丝斯文，只有沾满泥浆的眼镜后面的双眼，还是那么善良，是那么地坚定。他们最喜欢听我们叫一声：伯伯、爷爷。是呀，那时孩子的亲切呼唤，是最珍贵的呀！而我们这些孩子还是以玩耍为主业，打闹是常事。白天，我们会爬上大堤，在高处躺下，然后从大堤的斜坡上一滚而下，在天地旋转当中，身体有时会压到一块石头，疼痛一下；会压到一条草蛇，惊吓一下。晚上，我们会潜到大堤上，看看湖面上有没有阶级敌人放信号弹，因为毛主席说过，千万不要忘记阶级斗争！还真的有一晚，看到了冉冉升起的信号弹，让我们大吃一惊！后来才搞明白了，那是斜对面的生产建设兵团在搞演习。

多少年过去了，我是多么愿意听我妹妹朱梅再说一句："就是我吧哈。"在鲤鱼洲的那段日子，我妹妹还是一个六七岁的小姑娘，大热天，穿着小背心，无忧无虑地跟在我奶奶身旁玩耍。她那时每次开口说的第一句话，不是什么革命语录，总是"就是我吧哈"。可爱漂亮的小妹，给那种艰苦环境中的父母带来了多少快乐，难得的快乐呀！对于鲤鱼洲的那些烈日，那些暴雨；那些咸菜头，那些萝卜汤；那些茅草房，那些土坯房……如今我也会说："就是我吧哈，无所谓了哈。"妹妹现在美国，已是三个孩子的母亲了，她还记得当年她那句口头禅吗。是否会说给她的孩子们听听，也再说给我这个大哥听听："就是我吧哈"，"我吧哈"。是呀！一切似乎都可以在哈哈一笑中"哈哈"了，一切似乎也不可能在哈哈一笑中"哈哈"了。

图3　妈妈莫荷华（左一）
和弟弟莫为泽（左二）在潘阳湖

多少年过去了，总是记得鄱阳湖边那离别的泪水。70多岁的奶奶唐月珍和我们一起来到这艰苦的鲤鱼洲，待了一年多之后，她要回江苏宜兴老家了。大堤码头上，全家人去送奶奶，我止不住地流泪。我从小就是奶奶带大的，我和奶奶最亲。奶奶对我最好，小时候，在北京清华家里，她为了让我多吃点，总是把饭锅给我，让我用勺子去刮锅里的最后一点锅巴；我不愿意上幼儿园，每次奶奶送我去，常常是我在幼儿园里哭，奶奶在外面流泪。奶奶很会做饭烧菜，到了鲤鱼洲，全家人吃食堂了，奶奶仍然想方设法给我们做些吃的。一次，奶奶做了米酒给我们吃，也给隔壁的王老师家送去了一碗。但后来听说他家里一个和我差不多大的女孩说，她家是北方人，没有见过米酒，也没听懂我奶奶的南方话，不知道碗里是什么。她妈妈闻了半天说：老奶奶怎么给咱们送来一碗馊米粥呀。就没敢给她们姐弟吃。第二天她妈妈和连里的其他老师说起此事，才知道那是米酒。

奶奶要回老家了，她从清华农场的小店里扯上几尺"老表"布，准备带走。"老表"布，是当地作坊生产的一种如同麻袋片似的再生布，是鲤鱼洲的大人们下田时，披在身上防止烈日暴晒用的。如此粗糙的布，不知奶奶要带给老家的谁。我要是这块布多好，跟着奶奶去远方。清华农场 2 号船旁，奶奶见我流泪，拉着我的手，说了很多话，我只记住了一句老话：男儿有泪不轻弹。是呀，我这个小男儿在鲤鱼洲头哭过吗，仅此一次而已。

图 4　奶奶唐月珍

多少年过去了，我是多么希望在鲤鱼洲的广阔天地里再上一堂体育课。离开北京时，我正在清华附小上六年级。到了鲤鱼洲，清华农场为我们这些子弟办起了"五七"学校，教师全是清华大学的老师。所以我们这些人自小就是很厉害的，从小学六年级到中学初一的所有课程，都是清华教授亲自来教的。记得那时数学课教的因式分解，老师讲得非常透彻。到了后来回北京，清华附中的数学老师都认为我的因式分解学得最好，让我当了班里的数学课代表。此外，那时农场还请了一个岁数很大，操着浓重南方口音的老人教我们英语，说来说去，有没有口音，其实不重要，能够说出那个音，发出那个声来就行。我最愿意上的还是体育课，六年级时，我们在农场"五点半"学校，跟着一个体育老师学体操，我们自己立起了单杠和双杠，没事就在上面吊着，还不时靠着墙倒立、拿大顶，找个平地练个侧空翻。后来到了初中，我们就离开父母，集中在农场的"五七"中学上学了。中学时，清华的一位举重健将和一位足球健将先后给我们上过体育课。那个举重健将姓林，个子不高，浑身的腱子肉，可惜我没有跟他好好练练，否则，我后来去延庆插队，就是一个特棒劳力；那个足球健将，乒乓球打得也不错，个子高大，横握球拍，我的乒乓球技术在他的指导下，有了些提高。

"五七"中学的同学，男女分开住，各挤在一个大屋的一个大通铺上。大家同吃、同住、同劳动、同学习。紧张时，半夜三更，被一阵紧急集合的哨声惊醒，赶紧叠被子，打背包，跑出屋子列队出发，在茫茫黑夜里拉练；农忙时，大家集体出动在大田里干活，天真的我们不知什么是累，只感觉我们身上稻子的味道越来越浓了；闲了时，几个同学结伴去不远处的天子庙，到那里的小店买点笔和零食；恼了时，男同学们也曾经和"五七"中学西边那块地方的江西建设兵团九团的小知青们，狠狠打上一架……

当年，解放军向清华大学派了不少军代表，称之为军宣队。"五七"中学的军代表，来自海军，叫张东昌。他组织我们"五七"中学师生，坐清华农场的卡车去井冈山革命圣地参观，听黄洋界炮声；乘清华农场的2号船到九江，再从九江徒步攀登庐山，看含鄱口的风云；背背包走路拉练到南昌县的塘南，了解抗日战争期间日本鬼子在塘南大屠杀村民的历史；还坐车前往江西共产主义大学，学习

图5 "五七"中学在庐山的含鄱口亭子留影
第二排右一是作者

新的革命教育方式。那些活动，那些日子，那些课程，那些劳动……宛如昨天。

那些同学，那些容貌……王慕芳、吴晓、吴红、刘俊、王恒、凌歌、耿之轩、张平、冯钢、何跃、靳清秀、李琪、楼宇才、冷安立、张乃庄、朱险峰、孙立谦……一个个与我同年级的同学，都在记忆中。那时，学校要求同学之间搞"一帮一，一对红"，我似乎和王慕芳搞过"一帮一，一对红"，谁叫我是清华教师子弟，人家是清华工人子弟，我理所应当是要被帮助的，否则我如何能够红得起来。尽管，1971年10月，江西鲤鱼洲清华"五七"农场撤销，我们全家又从南昌回到了北京。那短短一两年的同学情谊，也是终生难忘的。只是有些同学已经四十多年没有再见过面了，想呀！

多少年过去了，也许我不会再说一句南昌当地的话，但我仍是那个小"五七"战士，也永远是半个江西老表（老乡）。鲤鱼洲的少年时期，我们经常上台演出一些自编自演的"三句半"节目，通常是别人说前三句，我说剩下的"半句"，从打谷场、大食堂，一直说到了清华农场广播里。我们还排演京剧《沙家浜》中"坚守芦苇荡"那场戏，我演那个昏过去的小战士，也算是光荣地当了一次"十八棵青松"。是呀！在那个年头跟着父母去过"五七"干校，当然是小"五七"战士了，也称得上是红色年代的松树苗儿。

不知也不管清华的父辈们对"五七"干校怎么看，怎么想。反正，我的鲤鱼洲头，我的清华农场，在岁月的长河里，是流不尽的感慨与沧桑，抹不去的踪影与痕迹。这里没有什么荣誉，没有什么辉煌，但那些记忆，那些往事；那些磨难，那些风雨；那些伤痕痛苦，那些无畏精神，给了我从少年走向成熟的力量，我的皮肤里永远渗透着鲤鱼洲太阳的光芒。我是幸福安康的，我的血液里没有带走一条可恶的血吸虫；我是不断收获的，从鲤鱼洲带走了伴随我一生的一季又一季江南稻花香。

总是想念奶奶在鲤鱼洲时给我做的米酒酿，有了那点甜，还怕什么大苦大难吗？苦中寻乐，苦尽甜来，人生不过如此！我会继续用心缠绕那如风的清华少年往事。

图6 从江西回到北京后，全家在颐和园合影

多少次深情地遥望

刻骨铭心的鲤鱼洲农场

离开了四十多年

我的童心是否还在茅草房

湖边的那条长堤

篆刻着记忆篇章

几分回忆几分忧伤

黝黑黑的小脸庞

还有那大暴雨的疯狂

伙伴，同伴，儿时的念想

洲头，田头，艰辛的地方

多少次深情地遥望

刻骨铭心的鲤鱼洲农场

离开了四十多年

我的肩膀是否找回扁担筐

心中的那条长堤

珍藏着少年时光

多少感慨多少力量

味浓浓的南瓜汤

还有那奶奶做的酒酿

父亲，母亲，永远的念想

故乡，家乡，难忘的地方

作者简介

朱思泽：男，1957 年 10 月生于清华园，父亲朱季讷在清华大学基础课数学教研室工作，母亲莫荷华在清华校医院工作。先后在清华一区、西院、13 公寓和中二楼住过。在清华附小，江西鲤鱼洲清华农场"五七学校"和清华附中上学。1976 年去延庆农村插队，1978 年考上中央财政金融学院（现中央财经大学），毕业后在财政部、三峡总公司和全国总工会等单位工作。

永远的回忆

朱维欣

我经常会和朋友们讲起，我的童年及少年时期那一段段难以忘怀的往事，还有那难以割舍的亲情、友情……

我 1942 年出生在云南昆明，1946 年秋天随在清华大学工作的父亲朱荫章、母亲许承敏和哥哥朱维同，从昆明的国立西南联合大学一路辗转回到北平的清华园，回到了离开八年多的西院 22 号旧址。

我的父亲朱荫章（1903—1960 年），1927 年在燕京大学经济系学习了三年，终因家境贫寒辍学，成为清华大学的一名职员。他一辈子在清华大学从事学校的教务方面的工作，如学生注册、毕业证签发、排课表、招生等。大概是这份工作来之不易，在我的印象里，父亲对工作总是认真、负责、兢兢业业。每年他拿回优秀工作者的奖状，就是见证吧！父亲生前是北京市人大代表、海淀区人民法院人民陪审员、清华校务委员、工会副主席，历任清华大学、西南联大教务处注册组主任、教学行政科科长。

我家住的西院 22 号院是一个温馨的小院。北面是正房三间，向东走是厕所和厨房，往西走有

图 1　1946 年冬在西院 22 号院内全家照

一南一北两个小房间，挨着院门口有一间西厢房。那时候（旧）西院都是独门独院，每个院子都有一个木制的大红色的院门。平时，各家都是在门里面用木制插板插上门，到了晚上，不但要插上插板，还要用木制的大门栓把门拴好。

我的母亲许承敏（1908—1983年），在昆明时，为了躲避日军飞机轰炸，带着哥哥去了昆明附近的呈贡县，在那里的教会学校——私立恩光学校，任小学老师（妈妈是保定女子师范的学生，因我外祖母去世得早，家庭困难而肄业）。回到北京后，曾经在清华大学职工业余学校任总务员，在清华附小校外辅导站工作过。母亲很能干，在家里做饭，洗衣，给我们做衣服、做鞋等。我们家的院子像小花园一样，那也是母亲的功劳。院子里陆续种了杏树、桃树、石榴和一架葡萄。杏树结的黄黄的大杏，成熟时脆脆的，从树上掉下来就会摔裂，可那杏好看不好吃，咬上一口酸得合不上牙。我把吃完的水蜜桃的桃核，种到院子里，长出一棵小桃树。"桃三杏四"是说桃树三年、杏树四年能结果子，我和哥哥用"植物课"上学到的嫁接方法，分别给杏树、桃树做了嫁接，杏树没有嫁接成功，黄杏依旧是那么酸；桃树可是果实累累，结的桃子漂亮，皮薄可以用手撕掉，肉细、多汁还离核儿，提起那香甜的美味，至今都留在我的脑海里。秋天那架葡萄结了不少串葡萄，但味道酸酸的不好吃，妈妈想了许多办法改良它，也没能改变葡萄的味道。哥哥说这种小粒的酸味的葡萄是酿酒用的，就找了个大玻璃瓶，洗干净后装满葡萄密封好，学着自己酿葡萄酒。放了些日子，瓶子里的葡萄就发霉长毛了，酒也没做成。葡萄架里还有马蜂窝，常有马蜂出来蜇人，所以养了几年只好刨掉，母亲在那儿补栽了两棵柿子树、两棵黑枣树、两棵花椒树。院子里的两棵石榴树，花开得像红色的绒团，很漂亮！可是从不结果，只能当花看。我在院子里还插了木槿树枝，很快就长大了，到夏天木槿树开花，紫色的、白色的，很好看，花期很长。院里还有一小片空地，母亲每年都种上一畦畦的小旱黄瓜、小奶西红柿、架豆角和韭菜，还种上几棵南瓜、角瓜等。院子里还种些小花，什么太阳花、五色梅、万寿菊、石竹、玉簪花等，小小的院子俨然一个小花园。

图2　1956年全家照

我的哥哥朱维同，1946 年 12 月成志学校复课，他就开始上学了。1950年从成志学校毕业，考入城里的北京市第一中学读高中，1953 年考入哈尔滨军事工程学院。这里还有一段插曲呢。哥哥最先被清华大学建筑系录取，那时父亲是清华大学招生办的负责人。然而没过几天，军委和哈军工负责招生的同志来到清华，希望招生办"支援"他们几名优秀的考生，在已经录取的清华考生中挑走了几名，其中就有我的哥哥。从此中国少了一名建筑学教授，多了一名享受国务院政府特殊津贴的火炮专家。

说到哥哥，让我想起小时候的一件趣事。1950 年夏天某日晚饭后，哥哥给我一个布口袋，说带我去捉青蛙，我可高兴啦！看他拿了个竹竿，竹竿的头上拴了条细绳，手里还拿了个小口袋，我们俩出门后，直奔西院四十几号对面的那片稻田。"呱呱呱"听那蛙声此起彼伏，我忍不住说："哎呀！这么多青蛙。"顷刻间青蛙就没声了。哥哥告诉我："别说话，青蛙听见声音就不叫了，我们就抓不到它们了。"慢慢的，蛙声又响起来，只见哥哥拿出小口袋，掏出了一段蚯蚓，挂在细绳头上的小钩上，之后把小钩放到有蛙叫声的地方，那蚯蚓像只飞虫，悠了过去，一只青蛙跳起来咬了上去，只见哥哥一收竿，一只绿色的大青蛙被绳子带到我们面前，我高兴地叫起来："抓到了！抓到了！"哥哥把青蛙拿下来，放进我们的布袋子里，嘱咐我抓紧袋口别让青蛙跑了。就这样我们抓到好几只青蛙。天黑回到家中，哥哥挽起袖子收拾那几只青蛙。真不知道他怎么那么能干，还会收拾青蛙，估计是在"生物课"上学到的解剖知识吧！第二天妈妈给我们炒了盘田鸡腿，真香啊！

图 3　1947 年在西院 22 号院内
　　　我和哥哥的照片

图 4　2015 年在哥哥家中合影

图 5　1948 年入学照

我比哥哥小七岁。他都上中学了，我才上成志学校小学一年级。那是 1948 年的夏秋季节，我快六岁了，一天早上妈妈精心地把我打扮一番，梳好小辫子，哥哥带我去成志学校，参加入学考试。开始有位老师问了姓名，家庭成员等，好像还问了几道算术问题什么的，我已经不记得了，只记得给我一张白纸画画。我画了一个带把的杯子，当时自认为画得还不错，所以至今记忆犹新。

当年成志学校每一位新入学的学生，学校都给拍一张照片。我们大家坐在教室外的一排小椅子上，一个个地照相。这是学校给我拍的入学照片（图 5）。

在小学的学习生活中，老师中印象最深的是施宝贞老师。施宝贞老师是我们四年级的班主任，她虽然只教了我们一年多的时间，却给我和同学们留下很深的印象。她高高的个子，仪表大方，年轻漂亮，和蔼可亲是同学们一致的感觉。她课讲得好，也从不大声训斥同学，所以大家都很喜欢她。记得有一次在她的课上，我低着头，摸着手里的弹弓，脑子里想着：放学后，去试试这弹弓，看能不能打个鸟什么的。突然感觉教室里寂静无声，猛然抬头，只见施老师已经站在我的身旁，我慌忙把弹弓塞进了课桌里，站了起来，脸一下就红了，只见施老师把手伸出来，我只好把弹弓交给她。施老师只说句让我注意听讲，转身回到讲台，继续讲课。下课后施老师把我叫到办公室，动之以情、晓之以理地批评了我，最后还把弹弓还给了我，让我心服口服。据我哥哥说，施老师教学经验丰富，曾经是他在昆明西南联大附小五年级的语文老师。

五年级时，一天下午下了体育课，我回到教室，见几个男生一边哭一边说着什么，原来是学校安排施老师去带毕业班，不教我们了，我一听鼻子一酸，眼泪也下来了，同学们都舍不得施老师离开。

最后再说说我的童年小伙伴，我和他们是在玩耍中长大的。那时没有双休日，只是星期天休息。上午做完功课，吃完午饭，我告诉妈妈去"洋井"刷鞋，就拎着鞋，拿块肥皂头和刷子到"洋井"，把东西往井台上一放，先去井旁的石志文家玩。石妈妈身体不好，常年躺在床上，石志文是家里的老大，在家里要干许多活，洗菜、做饭，还要照顾两个年幼的弟弟。我们有时一起刷鞋，有时一起跳"房子"，有时一块在"洋井"下面的小溪里，采水生菜拿回家去做菜吃。

住在西院44号的刘桂凝，是我小学、中学九年的同班同学，我们经常一起放学回家。记得某年为了参加学校"六一"儿童节活动，我们都穿了白衬衫，戴着红领巾。活动结束时路过一棵大桑树，树上结了许多桑葚，紫色的、红色的、绿色的。我们经不住诱惑，踮起脚尖摘桑葚吃，后来够不着了，刘桂凝就爬上桑树坐在树上吃，我费了半天劲也没爬上去，她就摘给我吃，结果我们俩的白衬衫上沾了许多紫色的汁液，回家洗也洗不掉，被大人骂了一顿。还有某年夏天周六中午放学回家，天下着小雨，我们俩的鞋都被雨水淋湿了，索性就蹚着雨水走，玩高兴了，我又从书包的草稿本里撕了张纸，叠了只小船，放到小水沟里，让它顺水慢慢地漂流，小船碰到了石头和草棍不走，我俩就找小棍扒拉它走，越玩越开心，忘记了回家的时间，让家人四处寻找，晚上回家挨了一顿揍。

刘桂凝家的院子里种了许多东西，印象最深的是洋姜，俗称"鬼子姜"，这种植物生命力极强，今年种了几块，明年就长成一大片。它的花不怎么好看，可是黄色的花朵一开就是一片，也是一景。它地下部分的块茎可以炒菜吃，也可以腌咸菜吃，味道不错。刘桂凝的父亲刘大夫很能干，在他们家屋里的墙角，用铁丝网隔出了一个三角形的地方，里面放上像胳膊一样粗的树干，树干上的枝杈挂了许多鸟窝，养了很多的鹦鹉。每次我都要去看看那些鹦鹉，它们的羽毛有白色的、蓝色的、绿色的、黄色的，可好看了，叽叽喳喳的叫声也很好听。她家还养了一条猎犬，金黄色的长毛洋狗好像叫"布兰迪"，很听话，叫它坐下，它马上就坐在那儿不动，扔个球它就跑过去追，之后再叼回来，我们都很喜欢它。

住在新西院27号的毕可绣，也是我小学、中学九年的同班同学。巧合的是，她二哥毕可松和我哥也是同班同学，因此两家人很熟。说到毕可松，我想起哥哥说过的趣事。大概是1948、1949年的时候，毕可松家还住在西院12号，小哥俩为了一起上学，就约定了一个暗号，毕可松上学要出门时，就在院子里开始唱歌："丰衣足食，好呀么好喜欢……"我哥一听见，就和母亲说："我上学去啦！"出门向北拐，到12号和毕可松汇合，两人一起去上学。

北平刚刚解放时，清华西门外水磨村里，特别是要过年的时候，经常搭上戏台子，晚上唱戏，我与毕可绣还有四五个孩子结伴一起去看戏。那时演的是"刘巧儿""小二黑结婚""春草闯堂"……大多是评剧，曲调好听，对白比较好懂，所以每次我们都看到终场才回家。寒暑假时，我最喜欢找毕可绣玩，她家姐妹多，玩的热闹还开心。有一次我去找毕可绣，她不在家，她二姐毕可丝教我用山东话说："鹅不吃鹅蛋鹅变鹅"，像说绕口令似的。我抻着脖子学着"鹅""鹅""鹅"那怪样子，逗得大家哈哈笑了半天。还有一次过年，晚上我提着个纸灯笼，里面点了个小蜡烛，跑去找毕可绣玩，她又不在家，我就和她妹妹毕可纫拿着灯笼在新西院跑了一大圈，找了石志文、段秀华……

说起西院的发小，真是有说不完的故事，有说不完的情结。像住在西院23号的张逸、李明、李智，住在14号的何骏，还有比我小的段秀华、唐绍琪、王琛……我常常想起她们，我们现在还常常联系。

作者简介

朱维欣：女，1942年出生在云南昆明。1946年与父母从昆明西南联大返回清华大学，曾住西院、二区。1964年大学毕业，分配到企业技工学校任教。获有高级工程师和高级讲师资质，任副校长，从事教学和教学管理工作至退休。父亲朱蔭章曾任清华校务委员、教务处教学行政科科长。

怀念师友

清华附小的老师们

胡晨

清华附小——清华大学附属小学（1960 年正式更为此名），是我们一家三口接受最初正规教育的地方，我们所受到的基础教育都是从这里开始的。清华附小一代又一代的老师们教书育人、为人师表、因势利导、循循善诱、立人为本、成志于学，将"为聪慧与高尚人生奠基"的办学理念延续至今。上善若水，恩师难忘。谨以此文表达我们对老师们的感激之情。

■一、王雅琴老师——我们一家三口的启蒙老师

图 1　王雅琴老师近照
（2018 年）

在清华园里，一家两代人甚至三代人都毕业于清华附小的比比皆是，算不上是什么新闻，并且一家三口全是清华附小毕业生的也大有人在，但是像我家这样，一家两代三口人的小学一年级班主任为同一位老师的，似乎并不多见。

我和丈夫是小学的同班同学。1961 年当我们步入清华附小时，遇到的第一位班主任就是王雅琴老师。1984 年我的儿子出生。记得是在 1985 年的初夏，我们一家三口在清华园里散步时遇到王老师，得知老师尚未退休还在做班主任时，丈夫当即对老师说：真希望在儿子上小学时能赶上王老师带一年级。结果希望成真，当 1990 年 9 月儿子进入清华附小读一年级时，王老师正好轮到带一年级，而我儿子又非常幸运地分在了王老师的班里。就这样，王雅琴老师便成为我们一家三口共同的启蒙老师。

记得当年我刚入附小初见王老师时，感觉她与幼儿园的老师相比脸上多了很多严肃，有时甚至是严厉，使人不由地对她肃然起敬，心里有些小小的害怕。那时的我胆子比较小，几乎不敢主动同老师讲话。王老师很能看清学生们各自的心理特点，在一次点名让我站起来回答问题后，她微笑着鼓励我"回答得很好，声音也足够大"，这使我增加了自信。从此我积极举手主动要求

回答提问，并且在回答时用尽可能大的声音，使班里的同学们都能听得到。与老师交往多了，觉得老师其实是很和善的。

小时候我的身体不是很好，一年级才读了没几天就生病住院了。等我病愈恢复上学时，学期已经过半。由于是大病初愈，为避免复发医生要求我每日只能上半天课。因为生病已经落下了很多功课，回到学校下午的课也没办法上，我很担心，我还能跟得上同学们的学习进度吗？没想到，这些事情王老师早就替我安排好了。我恢复上课的第一天中午放学时，老师将我叫到她的办公室，耐心地告诉我各门功课已经教到了哪里，当天下午将会讲哪些内容、要点在哪里、会留什么作业。老师要我下午在家里先自学下午课的内容并将作业写好，然后再按照计划将之前落下的功课逐步补上。就这样，在我恢复全日读书之前，每天中午放学时，王老师都要叫我到她的办公室，检查我前一日自学补课的学习情况，布置新的学习内容。在老师的悉心帮助下，虽然我这一学期缺课时间很多，但是最终期末考试，我仍然取得了双百分的好成绩。不仅如此，老师的认真辅导，还使我获得了较强的自学能力，为我后来能够考上大学奠定了基础。

我读一年级和二年级时的班主任都是王老师。那时的语文、数学两科都是由班主任老师一人承担，不像现在分科目教学，老师的辛苦可想而知。

到儿子上小学时，老师们已经分科目教学，王老师为语文专业教师，而且成为学科带头人。儿子读到二年级时，王老师因病无法继续做班主任了。在王老师一年时间的教导下，儿子已经从幼儿园小朋友成长为合格的小学生了。大概他将王老师作为了语文老师的典范，后来教过他的几任语文老师，在他看来都似乎有些许的瑕疵。

二、陈德馨老师——让我过把批改作业的瘾

我读三年级时的班主任是陈德馨老师。这时语文、数学仍是由班主任一人承担，当时老师经常来不及在学校批改作业，需要将同学们的作业本抱回家，所以当时我们的语文、数学作业本都是两套，轮换着交作业。不记得是何时开始的，陈老师经常会让我在自习课时间到她的办公室去，起先只是帮她登记同学们的成绩，后来还替她批改同学们的数学作业。老师先把我的作业判好，作为标准答案，让我对照，再告诉我评分的标准，然后我就像老师那样在同学们的作业本上用红色的蘸水笔打勾、画叉、评分，这对我一个三年级的学生来说，好不开心！当年三班的同学们，你们知道那时有很多的数学作业其

图2　清华附小老师合影，
第二排右三是班主任陈德馨、右八是珠算老师王郁芳（1965年）

实是我判的吗？多数情况下，我的作业答题是完全正确的，偶尔也会有出现错误的情况，答题完全正确时，自是高高兴兴甚至有些得意地给别人打勾、画叉；遇到自己有题目做错了的时候，便会觉得有些沮丧，然后会分析出错的原因，告诫自己下次不要重蹈覆辙。大约是喜欢高高兴兴地给别人打勾、画叉、评分的感觉，我自己答题出错的情况也越来越少了。

　　我们班上的课堂纪律自三年级起就时好时坏，有时陈老师情急之下，就会差我去校长办公室请安孟林校长到班里来。安校长每次来了总是先问违反了课堂纪律的都是谁，然后操着浓浓河南口音说道："XXX、XX、XXX……出来、出来，站成一排，齐步走，跟我来！"然后……然后发生的事情我就不知道了，因为没有跟着去过。另外也不知当年被安校长带走的同学中有没有记恨我的，在此恳请你们千万别记恨我啊，我也是没有办法，陈老师的命令我是不敢不从啊！也请去过的同学们讲一讲之后发生了什么，让我们也了解了解，呵呵。

三、张瑞浦老师、李曼女老师——刚毕业的新老师

　　读到四年级的时候，陈老师结核病复发不得不回家休养。恰在此时附小来了一批刚从高中毕业的新老师。接替陈老师的就是两位新老师：教语文的

张瑞浦老师和教数学的李曼女老师。两位老师中李老师更年轻一些。

记得两位新老师刚开始接管我们班的时候，班里纪律不好的情况时有发生。安校长也时时地在班里出现，遇到安校长不能来时还请来过赵恩宪老师。现在想想，当时两位新老师也够难的，好像李老师还被同学气哭过，当时的我们也真够不懂事的。真心希望老师们早已忘却了因我们的幼稚而带给你们的不愉快。

自从张老师、李老师任教以后，每位老师只教一门课，这使得老师们可以在教学中集中精力、精益求精。记得就是从这时起，老师们分别开办了语文、数学兴趣班，利用假期及课余时间为学有余力的同学开些小灶。这让很多同学受益匪浅。

四、张国蕙老师——五年级时的数学老师

到五年级时，数学老师换成了张国蕙老师。印象最深的当属张老师在课余开办的数学兴趣班。在兴趣班上，老师讲述的是与数学相关的一些常识性、趣味性知识以及一些计算过程中的小窍门。当时我总感觉听得意犹未尽，于是去书店买了《十万个为什么》数学分册、《算得快》等相关的书籍来读，这让我在数学学习中颇有收获。

1970年初中毕业后，我被分配到郊区公社的供销社卖菜。菜都是几角几分一斤，一捆或一个的重量都是几斤几两的。这类两位数乘两位数的计算，时时刻刻都会碰到。当年张老师在兴趣班上讲的小窍门，《十万个为什么》《算得快》等书中讲述的相关知识，在这时统统派上了用场。用了这些知识和窍门，算起账来是既快又准，基本上做到"一口清"，令同事们瞠目。

我儿子识字以后，我把《十万个为什么》《算得快》等书放到了他的书柜中，闲聊时也会向他"倒卖"一些当年从张老师那里学来的东西。在他读小学的过程中，一次偶遇他的数学老师。老师特别提到，儿子在解题的过程中常常会有他自己的既快又准确解法。我想，这应该与他读了这些书以及间接地得到了张老师的教诲不无关系吧。

五、王郁芳老师——我们的珠算课老师

在附小时学习过的还有一门课，在我日后的工作中起到了很大的作用，

这就是珠算课。教珠算课的是一位高高胖胖的年纪有些大的女老师——王郁芳老师。每次来上课时，她都会提来一个大大的算盘，为了方便给大家演示，穿着算盘珠的立柱做成像毛刷子一样，很是好玩。使用算盘进行计算时，会用到一系列的口诀，王老师每次讲课时都会教几个口诀，而且要求我们把它背下来。这门课学完了，口诀也就全部背下来了。我初中毕业后分配到郊区供销社工作，那时没有计算器，经常要用到算盘，口诀早已熟记在心，打起算盘来自然得心应手。每到这时，都会不由地想起那位高高胖胖的王老师。即便是在很少会有人使用算盘的今天，也还是经常可以在各种场合听到诸如：三下五除二、管它三七二十一……之类的由珠算口诀演变而来的成语。而每当听到这些成语，自然会想到珠算并联想起王老师。

记得王老师在教我们珠算课之前，还教过我们手工课。想来是因为当时的师资力量比较紧张，需要老师们多才多艺吧。上手工课时会要用到剪刀、胶水等物品，记得王老师会细心地叮嘱大家"要小心地把剪刀收好、放好，不要随便拿出来玩儿，以免发生危险"，"胶水瓶的盖子要盖好、拧紧，以免胶水流出来弄脏了书本"。到了儿子上手工课时，需要带剪刀、胶水等物品，王老师当年叮嘱我们的话，从我的嘴里脱口而出，我想这应该就是"润物细无声"吧。

王老师的孩子中有两个与我年龄相仿的女儿，大的长我一岁，小的少我两岁。我与她们既不是同年级更不是同班，又从未住过邻居，也想不出有过什么交集，只是同在附小读书而已。但是我却与她们非常熟识，虽然多年来大家各奔东西，一旦见面仍然亲切万分。这或许就是传说中的缘分吧，是因王老师那母亲般的教导而结下的缘分。

六、三位音乐课老师

共有三位老师对我进行了音乐方面的教育。

第一位是刘秉钟老师。说来真是不好意思，当时我竟然不知道刘老师的名字，只知道附小的两位刘姓男老师，教音乐的刘老师个子高高的，被称为大刘老师，而教体育的刘维孝老师个子稍矮，所以被大家称呼为小刘老师；这里面也不知道是不是还有年龄上的原因。大刘老师虽然个子较高、体型较壮，说起话来却是柔声细语，讲起歌曲满脸陶醉的表情。大刘老师隔段时间就会将同学分别叫到风琴旁（那时在附小的小音乐教室上音乐课，好像还没有钢琴，只有风琴）视唱练耳，一个个来，谁也别想滥竽充数。每到这时，因为担心唱不好，心里还真是有些小紧张。印象最深的是大刘老师好像嗓子不舒服经常有痰，他从来都是从衣服口袋里掏出一方叠得整整齐齐的手帕，将痰吐在手帕中。

第二位是毕可绉老师。毕老师是在大音乐教室给我们上课的。我与毕老师接触得比较多，是因为从二年级还是三年级开始，我参加了学校的"跳皮筋队"活动。毕老师身兼领队、教练、编导、配乐、伴奏、表演服装设计等数职于一身，带领队里的同学们在课余时间排练，到区里去参加比赛。记得那时在比赛时穿过老师用白色纱布做成的多层百褶裙，裙子上面还贴上了绿色电光纸剪成的小圆片，非常漂亮；还穿过从高年级谢玫同学家里借来的更加漂亮的彩色连衣裙。记得我们参加过好几次区里的比赛，到现在还能想起比赛时的热闹场面，也记得当时很兴奋很开心，可却怎么也想不起我们的比赛成绩了。不知其他同学是不是记得呢？看来我当年真是重在参与了。

四年级时，我们班来了一位清华大学电机系的叫刘宝廷的男生做辅导员，他与毕老师一起创作编排了"葵花舞"，记得我们班的女生全都参加了表演。舞蹈结束时，毕老师手持一把用彩色电光纸装饰成葵花花心图案的雨伞站在中间，我们围绕在周围，用每人手持的两把自制的用纸糊成的半圆形扇子摆成葵花的花瓣图案，一朵硕大的葵花呈现在舞台上，煞是好看！这个舞蹈我们表演了很多场，还在颐和园排云殿前的广场演出过。由于在排云殿前广场的表演场地是四面通透的，有一组摆花瓣的同学一时搞错了方向，站错了位置，结果出现了类似"一边儿一个、一边儿仨"的情况，其他同学赶快提醒，及时纠正了过来。可惜限于当年的条件，没有能留下照片，可此情此景至今犹记心中。

第三位是李文英老师。李老师个子小小的，当年年纪好像也不大，大家都称她小李老师。直到今天，我们这些同学依然称呼她：小李老师。没办法，看来小李老师在我们这些同学的眼中是长不大啦。

小李老师也是多才多艺，脸上总挂着笑，就算是严肃起来也感觉不到她的厉害。李老师指挥我们排练过大合唱，也为"跳皮筋队"做过动作、队形编排指导，手风琴伴奏等等。虽然已经过去了将近50年了，但还是清楚地记得当年与我们个子差不多高的小李老师激情满满地指挥我们大合唱。看到她在歌曲的高潮部分不仅仅手向上挥动，连脚下都踮起脚尖，我们大家也在她的指挥下，将能量全部释放唱出我们的最强音。我们在跳皮筋排练时，有时顾了队形顾不上动作、顾了动作又跟不上乐曲的节奏，而且越着急越出错。这时，小李老师就会或用手打节拍或做动作、嘴里大声唱着曲调、身体和眼神指引队形走位，很快我们就能走出慌乱状态，做到队形有序、动作合拍了。

图3 清华附小老师集体郊游。第一排左三是音乐老师毕可礽、左六是体育老师关永长；第二排左一是数学老师张国蕙（20世纪60年代初）

七、三位体育课老师

清华附小非常重视同学们的体育锻炼活动，有三位教体育课的老师，分别是：负责低年级教学的小关老师——关永长，负责中年级教学的小刘老师——刘维孝，以及负责高年级教学的大关老师——关培超。附小开展体育活动的条件得天独厚，有一个令其他学校眼热的超级大操场。三位老师相互配合，把学校的体育活动开展得有声有色。记得学校每年都会召开全校运动会，成绩优秀的同学还有机会去参加区里的体育比赛。运动会开幕式上，会请来清华大学的马约翰教授讲话，老先生上身穿白色衬衫打着领结，下身穿系着背带的半长短裤，长筒白袜、皮鞋，记不清他老人家讲的其他的话了，只记得他非常激动地大喊："要动！要动！"学校还举行过跳绳比赛，我们班集体跑圈跳绳的成绩不错，曾经代表学校到区里参加过比赛。在老师们的辛勤教导下，同学们不仅学到了体育方面的知识、技能，而且身体素质也得到了锻炼提高。我原本体质较弱，刚入一年级就大病一场，经过在附小五年时间的学习，体质增强了很多，印象中自一年级第二学期以后就再也没有生过什么大病，连感冒都很少发生。

附小体育方面的课外活动也有不少，当时还曾经有北京师范学院体育系及北京体育学院的学生来附小做实习老师，对我们进行辅导。记得北京体育学院来的实习老师还在周末带我们这个课外活动组去体育学院参观并做训练活动。

图4　20世纪50年代关培超老师与清华附小技巧队的孩子们　　图5　20世纪60年代清华附小操场上的大榕树陪伴过一届届的校友

时光荏苒、白驹过隙，不觉之间离开附小已经将近50年了。仔细想想，其实附小一直就在心中，从来都没有真正离开过，随便什么时候不经意间就会想起与附小相关的人和事。

回首往事，作为清华附小的毕业生，我们是非常幸运的。我们一路走来所仰仗的，正是由附小多年以来始终坚持的办学理念，以及老师们的辛勤付出，为我们在"德、智、体、美、劳"诸方面所奠定的坚实良好基础。感谢清华附小，感谢各位老师，祝愿我们的母校继续发扬百年老校的优良传统，为培养更多的国家栋梁做出更大的贡献！

作者简介

胡晨：女，1954年3月出生，高级工程师。曾在清华北院、13公寓、二公寓居住。1982年毕业于北京钢铁学院（现名北京科技大学），从事金属加工工艺及冶金设备的研究、设计工作。曾获得冶金部科技进步三等奖。已退休。父亲胡祖炽是北京大学数学力学系教授（系1952年自清华大学调入），母亲陈英琼是清华大学校医院主治医师。

怀念师友

谷兆祺叔叔

马小莹

长辈对晚辈常常喜欢说：我是看着你长大的。毫不夸张地说，谷兆祺叔叔就是看着我长大的。看着我从一个少不更事的一年级小学生，直到长大成人，走向社会。

20世纪60年代后期和70年代，谷叔叔家和我家同住在清华校园里的教师公寓，是楼上楼下的老邻居。那时，谷叔叔教水利工程，我父亲教数学。谷叔叔和陈方阿姨的两个女儿谷承、谷丹，是我的"发小"。上小学和中学时，我经常上楼去找谷承、谷丹玩。有一阵子，我简直成了谷家的一分子。每天，吃过晚饭，抹抹嘴就往楼上跑，门也不敲，推开就进。如果赶上他们家正在吃饭，陈阿姨总会说："小莹要不要再吃点？"即使不吃，只要有水果，总有我的一份。常常玩得兴致盎然，流连忘返，等到我父亲在楼道里拖着长音喊我的名字，我还会从楼上探出头要求父亲允许我再玩十分钟，父亲只好无可奈何地应允。谷叔叔常会笑着说："小莹就像长在我们家，是我们家的第三个女儿。"谷叔叔和陈阿姨待人宽厚和善，"幼吾幼以及人之幼"。现在我已年届花甲，每每回想起来那些快乐时光，心头便会发热。

那场运动中，我母亲被打成"现行反革命"，遣送干校劳改，一去四年。当时，我父亲身体不好，政治上又被审查，除了照顾我的日常生活，没有更多的精力来陪伴我。在那段日子里，谷叔叔和陈阿姨给了我很多的照顾。谷叔叔家去颐和园游泳会带上我；谷叔叔教会我骑自行车；谷叔叔给我看他的集邮册，给我讲它们的故事……记得一次，谷叔叔买了个飞机模型，带我和谷承去楼前放飞。那是个木头做的小飞机，用橡皮筋可将其弹飞几十米。我放飞时，飞机撞到一位路人身上，她抓住小飞机，绷着脸说"飞机没收了"。我吓愣了，不知所措，谷叔叔笑吟吟地走到那位女士面前，替我向她道谦说："对不起，小孩子没看见你，下次一定注意。"那女士听罢，便笑着将飞机还给了我。

1971年冬，父亲从江西鲤鱼洲农场返回清华后，又被遣到建筑工地去绑钢筋。那时，他已患上肝硬化，觉得很累很难受。而母亲在干校劳改，两个月才允许回一次家。某天早上，我和谷丹走在去清华附小的路上，有个同学赶上来对我说，"你快回家吧，你爸出大事了，吐血了！"我和谷丹拔腿就往家跑。赶到家时，父亲已在陈阿姨和别的邻居帮助下被送进了医院。当时，父亲出门上工时觉得不适，想坐在楼梯上喘口气，突然，大口吐起血来，是肝硬化引起的门静脉破裂所致。救护车到达之前，邻居们从我家里拿了一床被子让父亲靠着，我到家时，没见到父亲，看到的是那条沾满父亲血迹的被子。又是陈阿姨从我家抱走了这床被子，她要趁母亲赶回家之前把它拆洗干净。每念于此，母亲和我总是心存感激。

还有一件让人难以忘怀的事，是谷叔叔在我们搬家时所给予的帮助。80年代初，清华给教师盖了新楼，我们家第一批搬入新居。当时，父亲抱恙，无力操办。又是谷叔叔，主动帮助我们家打理。那个年代，施工不规范，房屋交付使用时单元门前的土堆还没清理干净。数九寒天，谷叔叔借来镐和锹，先去铲平门前的土堆，然后丈量尺寸，设计家具的摆放。谷叔叔还用坐标纸画了平面图，红蓝两色，工整漂亮。搬家那天，谷叔叔跑前跑后，指挥着来帮忙的父亲的同事，把我们家安置妥当。母亲每当向我提起这些往事，常常会说上一句："谷叔叔家对我们家有恩。"

我对水利工程方面的基础知识，是谷叔叔启蒙的。80年代初，母亲在家里为我和几个朋友举办过几次"讲座"，请她的同事好友给我们长点知识，开开眼界。谷叔叔应邀为我们讲过中国的水利工程。他在墙上打出幻灯片，讲解水利工程的作用和设计。让我记住了水利工程涉及的五大功能：防洪、发电、灌溉、航运和旅游。给我印象最深的是，谷叔叔在谈到水利工程设计的优劣和重要性时，举了三门峡和都江堰的例子，说在这两个工程的设计上，"20世纪60年代的设计理念，还不如两千年前的老祖宗。"

无论做学问，还是做人，都能让我从谷叔叔身上学到很多东西。让我感悟至深的是谷叔叔对"快乐"的诠释，简单而深刻。谷承在谷叔叔去世后的追思会上讲到，她刚参加工作时，谷叔叔告诫她说，你如果想快乐，做到"三个乐"就行了，即"知足常乐，助人为乐，自娱自乐"。谷叔叔自己的一生就是践行了他对快乐的理解，他是我见过的最快乐的人，无悔一生。

自从80年代末我出国学习和工作后，就很少有机会再见到谷叔叔和陈阿姨了。最后一次见到谷叔叔是2015年的端午节，陈阿姨邀请我去他们家里吃晚餐。那天的饭菜十分丰盛，一家人围在一起边吃边聊，此情此景，又让我想起小时候在他们家曾经度过的愉快时光。看着坐在沙发上、因病行动不便的谷叔叔，我走到他身边，抱着他，头靠着他的头。谷叔叔神情安详，面含微笑，在我的手背上轻轻地拍了三下……我好像又听到他说："小莹就像长在我们家，是我们家的第三个女儿。"

听到谷叔叔去世的消息，我如同失去了亲人，泪如泉涌，不能自已。谷叔叔虽然远行，但他留在我心里头的，永远是那种父辈的宽容与爱护。一想起谷叔叔的音容笑貌，总让我感到温暖和亲切，带来无尽的思念。

图1　谷兆祺在河流边　　　图2　谷兆祺在查看地图　　　图3　谷兆祺在工作中

背景资料（编者注）

谷兆祺：清华大学水利系教授，中国水利水电工程专家。1952年大学毕业后，一直在清华水利系任教，从事水利水电及岩土工程的教学、科研与生产工作，不仅桃李满天下，还先后参与密云水库工程、引滦入津工程、三峡工程、南水北调工程、黄河三门峡、万家寨、小浪底、二滩、龙滩、东风、新疆石门子等上百个大中型水利水电工程的设计、审查、评估及咨询工作。2016年捐款百万元，在清华校友总会建立"清华校友——谷兆祺励学基金"。

作者简介

马小莹：（1958—2018年），女，出生于1958年。家曾住清华13公寓3单元205号。1972年清华附小毕业。1976年101中高中毕业。1977年初下乡插队。1977年考入北京师范大学地理系。1997年获美国斯坦福大学环境工程博士学位。毕业后在亚洲开发银行工作至退休。父亲马良，清华大学数学专业教授。母亲刘秀莹，曾任北京四中校长。

忆同窗发小陈小悦

石宏敏

　　同窗发小陈小悦离开我们将近十年了，当年噩耗传来时，我正在贵州的大山里。是日，在黔南的盘山公路上，我接到朋友胡康健的电话，让我代表清华子弟为小悦写一副挽联，要得很急。我从未写过挽联，但当时我想都没想，就一口应承了下来，因为这是我能为小悦做的最后的事情了。望着车窗外飞驰而过的山林、农田，想起与小悦相识近 60 年来的一幕幕往事，泪水不禁模糊了我的双眼。在颠簸的汽车中，草就一首五绝：

绵绵手足情，

同沐清华风。

萦萦英气在，

永为吾辈雄。

　　文字之苍白，无法表达我对小悦的无限哀思。

　　我与小悦自幼儿园起就是同学，情同手足。

　　幼儿园时的记忆已变得模模糊糊，只记得他是一个个子高高的、腼腆的小男孩，他总是瞪着一双好奇的眼睛，默默地注视着周围的一切。小悦后来被同学们起了个外号"大茄子"，形容他的"蔫儿"，他的蔫儿劲从幼儿园时就开始了。

图 1　1954 年幼儿园毕业照。后排左 4 为陈小悦，第二排右 6 为作者

怀念师友

301

小学低年级，印象最深的是，他和同学张美怡牵着手一起上学时的情景。那时还是懵懵懂懂的年龄，只见他俩背着小书包，两小无猜，手拉着手，蹦蹦跳跳地走在新林院的土路上。阳光透过树梢，斑斑点点洒在他们身上，宛如一幅色彩斑斓的印象派油画。也许我是受画家母亲的影响，从小就喜欢把一些印象深刻的情景定格在图画上，所以至今这幅动人的画面还是鲜活的。

小学高年级，小悦日益凸显的全面发展使他在一群小伙伴中脱颖而出。最令我们这些发小自豪的是他那骄人的体育运动成绩，在小学五年级那年的全区小学生田径运动会上，小悦破天荒地一举获得跳高、跳远、4×60米接力三项冠军，他成了全校同学心目中的英雄。

中学时代，他已成为全校德智体全面发展的标兵。在学习上，他有着惊人的智慧和能力。记得一次语文课，主题是如何分析主题思想、如何分段、如何总结段落大意，老师朗读了课文，语音刚落，许多同学还未回过神来，小悦已举手，将主题思想、分段、段落大意回答得一清二楚，思维之敏捷、分析能力之强，令语文老师也惊叹不已。

在运动场上，他永远是我们班夺冠的绝对主力，他那脚踩弹簧般的助跑，他那爆发力极强的踏跳，他那俯卧式过竿的优美弧线，总是最吸引人们眼球的。小悦不论做什么，都要做到极致，他的体育天赋加之刻苦训练，使他成为勇夺北京市中学生田径运动会跳高冠军的人。

图2 1965年小悦在北京市中学生运动会上跳高夺冠

小悦还擅长钢笔画，这恐怕很少有人知道了。我见过他的钢笔速写，线条极为流畅，寥寥数笔，就能勾勒出一个生动的形象。我也喜欢画画，还与他切磋过。我见到的他的画都是画在练习本空页上的，现在恐怕不会留下什么了，但他画的那些树、那些房子、那些小人儿，至今还历历在目。

小悦不愧是全才，无论在哪方面都是那么优秀，他是我们班的骄傲，也是全校的骄傲。但他依然像大茄子一样蔫蔫的，从未见到他张扬过，每逢老师、同学夸奖他，他总是报以最经典的表情——谦和地嘿嘿一笑。

他个子高，坐在教室的最后一排。上自习我不经意回头时，见到的小悦多是一个样子：手持钢笔，下巴微扬，眉头稍蹙，目光仿佛游离到了另外一个世界，像是在沉思，又像在是冥想，他的思绪一定是在随着梦想而飞翔。

是啊，清华附中是小悦成长的摇篮，清华附中为小悦插上了展翅翱翔的翅膀，清华附中是小悦起飞的地方。

一场"文化大革命"使小悦受到了巨大的磨难。先是被打成"修正主义苗子"，后扒车去北大荒，拼命地干活儿，却被退了回来。我也是"修正主义苗子"，我也是报名北大荒未被批准，小悦心中的悲辛，我能不理解吗？后来我去了内蒙古，小悦去了陕北，从此天各一方。

"四人帮"垮台后，班上的许多同学都成了77级大学生，小悦进了清华，我则在四川读医学院。1983年初我回北京探亲，2月1日班上的同学在王府井萃华楼聚会，这是在"文革"后的一次同学大聚会，彼此间感到格外亲切。岁月的雪雨风霜似乎没有改变小悦的样子，他依然身体健壮、笑声朗朗。

那次聚会有两件事让我记忆犹新。一是小悦的饭量，他一来就说："我吃得多，我交两份钱。"惹得同学们哈哈大笑，没想到随后大家便傻了眼，小悦吃的何止是两份，简直是横扫千军、风卷残云，我是第一次领略小悦的大胃口。

二是小悦在我的小本子上写的诗。那天我带去了一个巴掌大小的本子，递给了小悦，说："给我写首诗吧。"记得当时他略作思考，便一气呵成写就这首诗：

图3　1983年小悦在清华大学汽车系读书

> 阔别十载又重逢，相会曾在梦魂中。
>
> 蓬莱路远催青鸟，儿女情深盼秋鸿。
>
> 京华聚首终酬愿，天海分隔又西东。
>
> 忆昔当年携手处，桃李依然笑东风。

我只知道小悦的文章写得好，不知道他的古体诗词也写得这么好，而且还把李商隐的诗句巧妙地融汇其中。这是我第一次窥探到小悦心灵的一角，惊奇地发现，他那钢铁般坚强的身躯里，还深藏着一个如此柔情的角落。

1987 年底我调回了北京。1988 年初，我参加了清华新入校教工的培训。在进行清华传统教育时，我惊喜地发现，正在播放的一个专题片是介绍清华汽车系博士生陈小悦，内容居然还是德智体全面发展！一个已不再年轻、被大学同学称为"老陈"的小悦，在精英荟萃、才子云集的清华大学，一如既往地出类拔萃，真令吾辈引以为豪。看着电视片中小悦矫健敏捷的身影，举手投足中透着的成熟与干练，我感慨万分，在清华这块沃土之上，小悦已长成了参天大树，已成为国家的栋梁之才，"自强不息，厚德载物"的清华精神已深深融入了他的血脉。

我回清华后，按理与小悦见面的机会应该多了，因为同住清华，同在清华工作。其实不然，他是一个大忙人，很难见到他，最多是通个电话。1988年夏天，记不清为什么事要找他，被约到了晚上 9 点多去他家，因为他只有那时才能从实验室回来。这是我第一次去 17 公寓他的家，当时他与父母住在一起。穿过灯光很暗的走廊，走进他住的房间，满目狼藉，到处都是书，只能站着与他说话。他从一堆书中抓拉出一个装花生的盘子，抓起一把花生吃了起来，一问，是没吃晚饭，以花生充饥。他说，要干的事太多，接连几顿不吃饭是常事，一吃就吃很多（他这种不良的饮食习惯也是他日后得病的因素之一吧）。管中窥豹，时见一斑，这就是小悦做学问、干事业的拼命劲儿。

但他留给我最深的印象不是他学识的渊博与事业的辉煌，而是他发自内心的"穷理求真、振兴中华"的责任感与为人的真诚宽厚。那是 1989 年春，小悦获清华汽车工程专业博士学位不满一年。以他的功底，本可以在汽车专业上有所发展和建树，但他以中国社会发展的急需为己任，毅然改学经济专业，并担任了清华经济管理学院党委副书记、院长助理。那时是他最忙、最困难的时候，他居然挤出时间，借来三轮平板车，亲自帮我搬家。不会蹬三轮儿的小悦不仅累得满头大汗，还剐蹭了别人的汽车，一时纠缠不清，不得脱围，而我连饭都没有请他吃一口，想想真是后悔！

大约是 1995 年的一天，我无意中打开电视，画面中竟出现了小悦的身影。这是一部反映知青生活的电视片，片名为《老三届札记》（后来得知这部电视片是清华附中同学霍秀等人摄制的），小悦被编入了"爱情篇"，这是我没有想到的，因为在同学们的记忆中，小悦的爱情故事是最少的。电视片中，讲述了小悦在陕北插队期间住在一个老乡家中，房东大伯和他的女儿都将小悦视为上门女婿，而小悦突然一天离开了这个村庄。电视片放映到此时，响起了加拿大民歌《红河谷》的歌声"人们说你就要离开村庄，要离开热爱你的姑娘，为什么不让她和你同去？为什么把她留在村庄？"在不久后的一次同学聚会上，说起了这件事，大家拿小悦开玩笑，这时的小悦已经是清华大学经济管理学院的副院长了，他不置可否地嘿嘿笑着，但谁都知道，即使在当年，小悦的"爱情篇"也不会发生在陕北的偏僻农村中。

　　1999 年 2 月 21 日，我们班的同学在西苑吴家花园大聚会。时值小悦走马上任新成立的国家会计学院副院长的前夕，他忙得不可开交，可还是分身来和同学们聚会。我又掏出了那个小本子，递给了小悦，说："再给我写首诗吧。"小悦二话没说，就接过了本子。当时屋子里嘈杂一片，有说的有笑的，只有小悦静静地坐在角落的椅子上，一会儿仰头构思，一会儿埋头疾书，没用多长时间，一气写了两首，小悦总是这样创造着神奇。我至今还记得小悦写诗时那副专注的样子，其神态之生动，完全可以入画的。两首诗词是这样的：

（一）

七律

无端神矢透灵台，杜鹃啼血泣声哀。
茫茫河汉迷津渡，渺渺巫峰蔽云霭。
湘妃有情洒泪去，宓姬无意濯发来。
落花流水两未识，南柯太守枉缘槐。

（二）

寒窗雪，
游子埋项书千页。

书千页，
两鬓已霜，

天涯伤别。

面壁十年图破壁，

悟性难参大千界。

大千界，

阿弥陀佛，

灵犀一现。

　　我读罢小悦这两首诗词，再次为他的文学功底和辞章修养所折服，更为他的直抒胸臆所惊诧。小悦是个将自己的内心包裹得很严的人，而"七律"分明是首情诗，它要传递的是什么呢？我不知道他诗中"洒泪而去的湘妃"指的是谁，有人问过我，指的是你吗？我肯定地说：不是。实在是没有任何感觉。我也曾想当面问小悦，解除心中之谜，但随着他病情的日益加重，我最终打消了这个念头。这首诗对我来说，已成为永远的谜。我只知道他除了有过人的智慧、渊博的学识、坚毅的性格、宽厚包容的胸怀以外，还有鲜为人知的丰富的情感世界。他有时活得真累。

　　2006 年 8 月 30 日，清华大学借用国家会计学院的会场召开学校中层干部会，我当时在清华校医院工作，也出席了这次会议。此时的小悦已是国家会计学院院长了。我得知小悦的院长室与我所在的小组讨论室是在同一层楼，就悄悄溜号，敲开了院长室。推开门，只见宽敞明亮的办公室居然还是乱七八糟，举目都是书，办公桌上、书架上、沙发旁、地板上……走进偌大的院长室，竟有跨越障碍物的感觉。我不禁问他："你难道是让国外同行坐在书堆里与你对话吗？为什么不让工作人员收拾一下呢？"他连连摆手说："不能收拾，越收拾越乱，一收拾书就找不到了。"原来如此啊。这时的小悦已是著名的经济学教授、会计学专家，满屋的书籍让我看到了"寒窗雪，游子埋项书千页"的日日夜夜。刚毅坚卓、敏而好学造就了今天的小悦。只是有一件事让我担心，那就是小悦说话时不时冒出的几句"国骂"，出现在正式场合怎么办。

图 4　作者和小悦在国家会计学院院长室

　　2007 年春日的一天，我接

到小悦的电话，他说，他满 60 岁了，已经从国家会计学院院长的位子上下来了，回到清华大学经管学院继续担任会计研究所所长。我说："好啊，见面的机会多了，有什么需要帮忙的地方只管说。"其实，哪里有什么见面的机会，印象中，只有他要看牙医的时候找过我。他的牙齿不好，太爱吃零食（是他长期不按时吃饭所造成的），尤其爱吃瓜子，磕出的瓜子皮堆得像小山，以致门牙磨损，出现了瓜子样的大缺口。我找校医院的牙医帮他补了牙，补得很好，他很满意，一个劲儿说治疗费太便宜了，若在国外要花很多钱。他执意请那位牙医吃了顿饭，小悦任何时候待人都是这样的宽厚和真诚。

2008 年 7 月，突然接到小悦的电话，告诉我，他刚刚做了 B 超检查，发现下腹部有个十多公分大小的肿物，腹部不舒服有些日子了。我着急地问："有些日子了，怎么才去检查？"他说，早些时候有例行的身体检查，他没去。接着在电话中又对我说道："老同学，我真的很难受，晚上几乎无法睡觉，不到 1 个小时就要上趟厕所，可又解不出尿来，肚子很胀。"我是个医生，一听就知道不妙，这是肿物压迫所致；再者，小悦是个刚强的人，不是难以忍受的病痛，他是不会轻易对别人说这些话的。当我听到他说，还在雷打不动地打篮球时，几乎向他嚷了起来："你不要命了，还不赶紧住院，诊断治疗越早越好！"

2008 年 8 月 13 日，我和孙立哲、解重庆、郑祥身及小悦夫人郭凤梅等人陪小悦在北京健宫医院做腹腔肿物摘除术，这是他的第一次手术。清晨，小悦进手术室前，捧着隆起的肚子，笑着对我们说："我要去生孩子去了！"他那坚强自信的笑语感染着我们每一个人，我拉着小悦的手说："没事的，我们等着你！"在手术室外等候的时间真难捱。几个小时后，健宫医院的赵院长托着盛放切下的肿物的托盘出来了，肿物是黄色的，足月胎儿大小，形态怪异。我的心立刻紧缩起来，情况不妙啊。又过了半个多小时，赵院长再次从手术室出来报告情况："冰冻切片结果出来了，是少见的脂肪肉瘤，不易转移，但极易复发，恶性程度很高。"呜呼，天妒英才啊！怎么会是这样的结果？小悦遭受的磨难还不够吗！

和赵院长、孙立哲、郭凤梅等人当场商量，为了小悦的术后恢复，对小悦本人及外界一律说是"良性的脂肪瘤"。小悦是何等聪明的人，他对这个诊断结果将信将疑，不久他在电话中对我说："我肚子里没有那么多脂肪。"我对他说了真实的谎言："人体的脂肪组织到处都是，肠系膜上的脂肪就多得很。"从这以后，有很长时间未见到小悦，但我一直密切地关注着他的情况。

听说他又把工作日程排得满满的，当然又去打篮球了。

最后一次与小悦见面，是在 2009 年 2 月 1 日。当时我做了腰椎大手术刚一个月，行动不便，小悦提出要来我家中看我。那天他是和解重庆、马云香等几个同学一起来的，还带来了云南的普洱茶送给我，一块生茶、一块熟茶。他边打开包装，边向我讲解它们不同的制作工艺和不同的功效，像做学问一样地认真。至今这两块茶饼还被我珍藏着，遇到要好的同学和朋友来了，才舍得拿出来，和大家一起分享。

记得那天，小悦很仔细地把我的钉有钢板、钢钉的腰椎片看了又看，连说了几遍："你的手术真够生猛的！"调侃中透着由衷的关心，说得我差一点儿流出眼泪。要知道，小悦自己做了第一次大手术还不到半年，巨大的危险在他体内潜伏着，一次凶猛无比的肿瘤复发即将来临，一次性命攸关的更大的手术正在等着他，真正接受生猛手术和治疗的应是小悦，他却处处关心着别人，这正是小悦的人格魅力所在。

他拖着病体来看我，腰板还是那么直，脸上还是灿烂的微笑。当时他的病情还瞒着，别人都以为是良性的脂肪瘤，但我是知道他的实际病情的。他在疾病之初就遭受了巨大的痛苦，随着病魔的日益猖獗，他承受着炼狱一般愈来愈巨的折磨。但是他有着过人的坚强毅力，强忍着疾病的痛苦，在同学朋友面前依然是那么阳光。那天我是带着护腰和小悦及同学们照的像，我的手很自然地挽着小悦的臂膀，术后的腰板从来没有挺过这么直，因为伟岸的小悦就在我身旁。

许多人不解，小悦在疾病的晚期，还在讲课、开会、爬山，甚至做俯卧撑，有必要吗？我知道，他是不肯向病魔低头，是在向世人展示他不屈的精神力量。

2010 年 1 月 13 日，接到小悦从云南打来的电话，告诉我近期可能回北京治疗，问候一下，还充满自信地说："我原定的目标是活到今年

图 5　小悦到作者家中看望

图6　2009年9月9日小悦在国家会计学院的最后一课

春节，看来能够实现了，我新的目标是活到今年8月。"我从电话中又一次听到小悦特有的朗朗笑声，哪里像一个病人，分明是一个强者对死神的挑战。2月14日大年初一，收到小悦的拜年短信，一句"宏敏，虎年好！"竟让我一时忘记了他在重病中。3月15日我临去贵州前，最后一次听到小悦的声音，他在电话中很虚弱地对我说："宏敏，我离死很近了。"我说："你瞎说吧，我还要去看你呢。"因为与立哲联系过，告诉我小悦还能挺住一些日子。

3月19日晚8时许，我在黔南再次与立哲联系，我想最后见小悦一面，立哲说："你别来了，来了也见不到，我和郭凤梅现在都在病房外面隔着玻璃看小悦，他的伤口全裂开了，肠子外露，唉，也顾不得这些了，血压都下来了……"我顿时感到一阵彻骨的痛，小悦是清醒着承受这一切的，实是在是太悲壮、太惨烈了。我想对小悦说："你是一息尚存，拼搏不已啊，你太累了，歇歇吧！"3月20日凌晨，接到小悦秘书余飞的短信，告诉我，"小悦走了……"我遥望南国，任凭眼泪在脸上纵流，耳边响起了与小悦一同唱过的他喜爱的苏联歌曲《小路》的旋律："一条小路曲曲弯弯细又长，一直通向迷雾的远方……"小悦乘着歌声的翅膀渐渐远去了。

几年来，我总有种错觉，那就是小悦并没有走。过去因为他的忙，一年中见不到他一两次，总觉得他说不定在哪次同学聚会时，又背着大书包，嘿嘿乐着出现了。但当我重又翻开我和钟虎、庞泛共同编著的《清华之子——陈小悦》一书，看到他的同学、同事、亲朋好友及学生追思他的一篇篇文章和诗词中，那些充溢在字里行间的无尽思念，却又明明白白地告诉我，小悦真的走了。

在百年清华的历史上，小悦是极少的从幼儿园、小学、中学、大学本科直到博士都在清华受教育的人。谨以此文捻作一炷心香，祭奠在小悦的灵前。烟篆淡写中，小悦含笑回眸。他的身影其实并没有走远，他连接着我们的过去、現在和未来，他身上折射出的历经百年锤炼所形成的清华精神永存！

作者简介

石宏敏：女，1947年6月出生。毕业于重庆医科大学，曾任清华大学医院书记、副院长，退休医师。父亲石介如，生前为首都师范大学音乐教师。母亲华宜玉，生前为清华大学建筑学院教授。曾住清华西院。

新林院四少

孙立博

这是发生在二十世纪五六十年代，清华园内新林院四位少年，演绎的既荒唐又真实的儿童故事。

尽管故事的主人公是四位少不更事的少年，但故事中涉及的人员远非这四位少年。

如同狮子老虎各有自己的活动领地那样，那时清华园内的孩子们，也都有相对固定的区域和玩伴。按现在时兴说法叫"帮派"吧。

"新林院四少"由四位十岁上下的少年组成。成员有：孙立博、华光、陈小悦和吴文北（文中简称立博、华光、小悦、文北）。我们互为邻居，年岁相仿，兴趣相投，经常快活地厮混在一起。这里我岁数最大，华光小我一岁，小悦和文北最小，比我小两至三岁。别看只有一两岁的差别，在那时，足够让我当上帮派的小头目了。

最后加入四少的是文北。文北小时候身体矮小，又瘦，头发黑中偏黄，一脸雀斑。和我们玩嫌他小，不太欢迎他。可他是诚心诚意要加入，他辩说跑得快。为了表现勇敢，他敢吃吊死鬼（一种青虫），这把我们都震了。很快和我们打成了一片。

图 1 清华大学校园图南区局部,新林院原住宅建筑尚存 26 栋(此图为 1970 年代末示意图)
A: 华光家原址,现已拆除修建幼儿园
B: 小悦家,新林院 23 号甲
C: 立博家,新林院 32 号甲
D: 文北家原址, 现已拆除修建幼儿园
E: 原科学院数学所旧址

新林院的房子形式几乎完全相同(除 33 号外),一座座独立而互不相连,每座分为甲、乙两户,东半为甲,西半为乙。尖房顶上面铺的是青石板,每座房子顶上都有几个砖砌的烟筒,后院有低矮的砖院墙。各家之间是密密的柏树组成的松墙,每年有工人修剪,整齐又好看。每家院内,都有数棵树木,或毛桃,或刺梅,我家院前,则有一棵高耸的松树。密密的松墙,沥青灰渣铺成的带有护边(俗称马路牙子)的马路,和路旁整齐的洋槐树是这里的特殊景色。每当夏日来临,洋槐树上会有一串串垂下的吊死鬼,可以捉来喂鸡。

清华的孩子都在附小上学。那时的附小,是普吉院西边几座平房,房南有个小操场,房北有个大操场。小操场里有两座转伞,课间十分钟那里排着长长的队伍。那时的附中,则是附小南面两座二层小楼里。

■、快乐的少年

每天放学以后,四少就常在一起玩。我们最常去的地方,是华光家门前,小悦家东,文北家西的小操场,那里有中国科学院数学研究所(简称数学所)的一个篮球场和一片绿草地。操场的东边,是几棵我们常爬的阔叶树,树名不知道,但知道树上结一串串空心的小灯笼,里面是小黑豆,不能吃。再东面,是一排整齐的平房,那是数学所宿舍,住着全国闻名的数学家们,文北的家就在那里。那时的数学所,是一座不起眼的红砖两层小楼。每天早上,可以看到一位先生，手端一杯茶，以特有的步伐，沿草场边的小路向数学所缓缓走去，那就是华光的爸爸华罗庚，世界有名的数学家，也是数学所的所长。

四少们白天上附小，放学以后玩什么呢？那时和现在不同，学校没有什么有组织的课外活动，"小喇叭开始广播啦"的收音机节目也是后来才有的，更没有电视。放学以后，海阔天空，我们那时玩的可就野了。

我们玩的内容主要是：

拍洋画、扇烟盒、弹弓打鸟、弹玻璃球、顶蜗牛、粘知了、招蜻蜓（夏天烈日下，你看到短衣短裤的男孩，在水边，手里摇着一根短竿带一段绳子，绳头拴有一只蜻蜓，口中有说有唱念念有词，把其他蜻蜓吸引来抓住，那就是在招蜻蜓）、养鸽子、上房、爬树。

二、小悦不能再和立博玩

小悦爱玩弹球和拍洋画。到底是年纪小一点，技术有限，再加上紧张了手会抖，洋画和玻璃球输光了。还想玩，怎么办？我向他传授了经验。"母亲的包里有钱包，拿一两张出来，不会被发现。"（可惜我没说清楚，要从一叠毛票里拿一两张。）小悦心领神会。几天后，小悦手拿一张崭新的五元大票来找我，吓了我一跳。我们随后直奔成府海淀，买了洋画和玻璃球以后，还剩不少，又买了江米条、花生蘸、糖球等一大堆，两个小肚子吃个溜圆，满意地回家了。几天无事。

一个星期六的下午，小悦来我家。这次和往常不同，不是进门大叫"立博，立博"，而是默默地进来，留下一句话"我妈请你和孙伯母明天上午到我家来"，又姗姗地走了。

第二天，我妈和我如期赴约。小悦的母亲，我叫"陈伯母"，但大家后来更常叫她"高老师"。高老师是谁？那是清华附中知名的语文老师高恬惠，清华附中的特级教师。她端坐在沙发上，仔细地向我妈介绍了小悦如何如何偷偷拿钱，如何出去买洋画玻璃球，后来又如何大吃大喝把钱花了。特别是，小悦交代了"是立博教的"。

我当时就恨没有个耗子洞钻进去。

小悦当时也就七八岁，犯错误属于无知，立博就不同，大了两岁，已经有意识了，是教唆。为了防止小悦继续学坏，高老师宣布："以后小悦和立博不能在一起玩。"

这个宣布是无期的，没说以后什么时候可以解禁。我当时真正的活思想现在还记得：我怎么能扳得住不去找小悦，他又怎么能扳得住不来找我？

事后一两个礼拜，我们确实做到了互相不找，见面不理，有点异样地隔生。但华光和文北不知此事，玩时仍把我们找到一起，慢慢这个禁令在集体游玩中被打破了。再后来，我大大方方地在小悦家和他一起看书（小孩子看书学习永远是受到鼓励的），陈伯母看到，没说什么，默许了，我们慢慢又恢复了原来的关系。

三、和猫作斗争

在和母亲软磨硬泡之后，她终于批准我在后院养鸽子了。

于是我到照澜院合作社买来几十根竹竿，又找来一块油毡，在后院墙角搭了一个鸽子笼。这是一个一人多高的结构，以两面墙角为依托，竹杆竖着围成一个方形，油毡搭在上面作为防雨的棚顶，一个门可以让人直着身子出入。竹竿笼是自己用铁丝绑的，凭良心讲算结实，靠墙用砖头木板做了几个格子，算鸽子窝，万事具备。

鸽子是从海淀鸽子市买来的，一块五一对，黑点子，有点杂毛，但很欢实。放进鸽子笼，我就开始为它们的吃忙活了。大米家里就有，但是不能多吃，会拉稀的，要吃糙米。鸽子不吃虫，最好的食物是高粱米，而且是带壳未脱粒的那种。

几天以后，我发现鸽子笼的地上有散落的白色鸽子毛。再过几天，一只鸽子歪歪地躺在地上发抖，翅膀已经脱落，洁白的羽毛上有斑斑的血迹。

我们已经发现，邻居家的猫在我家后院墙上出没，当时没有当回事，这下全明白了：猫扒开竹竿的间隙，钻进鸽子笼后把鸽子扑倒了。

邻居家这只猫身体强壮，动作敏捷，上房上树如走平地。从这以后，我随身带弹弓，见到它就打，以解心头之恨。

有一天，真让我抓住了一只猫。我虽然没有证据它就是罪魁，但是猫类已成为我的敌人。我们把它用绳子吊在树上，上刑，再用凉水浇，折腾了半个时辰。看它不怎么动了，怕把它弄死，就把绳子解开了。哪知道它一落地，打个滚，飞也似地跑了。

四、黄鼠狼把鸽子拖走了

徐朔经家住新林院 72 号。前院窗前有一片罕见的竹林，后院院墙内修建了一个颇具规模的鸽子笼，里面养着十多只各种各样的鸽子。

一天，他发现鸽子少了一只，鸽笼内地上有碎毛和挣扎的痕迹。跟着痕迹走，来到 100 米开外的一个废弃的干井前，痕迹消失了。

这是天大的发现。

猫有时到鸽子笼里捣乱，但猫胆子小，常是用爪子把鸽子抓伤，随后自己也跑掉，从来不吃，更不会拖走。我们判断，能把鸽子拖走这么远的，一定是黄鼠狼。

那个干井只有半人深，井底有横向导出的陶制下水道管，看来是过去盖房子时留下的。井的侧面是砖砌成，砖缝剥落处，还有剩余的食物，这一定是黄鼠狼窝了。离这个干井几十米外，有另一个干井，结构类似。从下水道管的走向看，这两个井应当是相通的。

研究以后，几个孩子做了周密的部署，收集废纸、柴草、树枝，拿来一个大面口袋、绳子、火柴，又到合作社买来一包辣椒面，从家里拿来几把扇子，要活捉那只黄鼠狼。

上午十点左右，战斗开始了。口袋绑在出口，柴草堆在入口，点火。井底是平的，火烟却不往洞里钻，只是密集地向上，把几个点火扇风的小伙伴熏得够呛，加入辣椒面以后，就更加难忍了。点了半天，出口仍然没有动静。我鬼使神差地就把口袋拉开了，握紧棍子，认为出来了也能拿棍子打它一气。突然，一个黄色东西钻出来，立即在井底沿九十度的另一个下水道管钻进去消失了。我们脑海里只留下了清晰的两只尖耳朵的一瞬。跑了！我懊恼得没法说，战斗以失败结束。

五、立博从树上掉下来了

我们玩的空地，东边是几棵大树。那是一个夏日的下午，我和文北在树下玩。不知为什么我突发奇想，要到树上去看看，几下就爬上去了。在大约两丈高处，我踩到一枝看来结实、实则已空乏的枯枝。一歪就掉到地上，当时就昏过去了。过一会儿我醒了，看到身边的文北，说了一句"别告诉我妈"，挣扎爬起来，自己一个人歪歪扭扭地往家走。回家以后，也不说话，一头倒在自己床上睡觉。

一会儿，文北来了，小声告诉我妈"立博从树上掉下来了"。我妈不信，说他刚回来，不是好好的吗？我从下午一觉睡到第二天早上，她才信了，送我到医院，没有外伤，诊断是轻微脑震荡。

后来我又到那树下看，才感到后怕：我落地的地方，旁边有好几块大石头，如果落歪一点，那后果不敢想。

1956 年我到北京 101 中学上初中。1959 年，我和小悦从新林院搬家到新建的 17 公寓；华光、文北也先后搬家搬出清华园。从那以后，新林院四少很难再相会，我们的故事中断了很多年。

六、四少重聚

大约是 1968 年的秋天，分别十多年的四少又聚在一起。这时的四少，都已经是二十岁上下的小伙子了。

在过去的十多年间，四少成员间个别时有见面，但四个人重聚一起，这是绝后的唯一的一次。

当时，我们四人的命运都面临分配：或下乡、或下厂、或不知所去、或即将远离北京，前途未知而渺茫。也是心有灵犀，我们四个不约而同决定要到香山一游。那天，各自带了面包、香肠、苹果、鸭梨，背上水壶，四辆自行车出清华西门，向香山方向驶去。说是四人，其实那天是五人同游：立博有了女朋友——谢成榕，这是她第一次和立博的少儿玩伴们见面，大家用自行车轮流带她。当然，上长坡时，主要是由身体强壮的小悦和文北代劳，那时对自行车骑车带人管制不严，一路上也没有遇到警察。

路过颐和园，我们都下了车，在门口溜了一圈，算是到此一游，接着继续向西北飞驰。路上车子不多，四少有说有笑。看到路旁这熟悉的风景，或许即成过去，不知何时再来；面对儿时玩伴，今日近在眼前，明日不知何时再相见，四少们十分珍视这难得的快活时光。

135 小相机留下了青春的影子。

图 2　文北和华光（右）　　　　　　　图 3　谢成榕

图 4　小悦和华光（右）　　　　　　　图 5　小悦和文北（右）

图 6　小悦和立博（右）　　　　　　　图 7　文北

　　在香山门口存车处每辆 2 分钱存好车，背上书包，开始爬鬼见愁，那是香山的最高点。山路是崎岖的，但那时年轻气盛，没当回事，一步不停上了山顶。野餐是丰富的。四少和儿时一样，互相谦让着，共享了带来的食物。水足饭饱，该下山了。

　　香山下山的路是长下坡。四辆自行车飞驰，耳边风声呼呼作响，任凭两侧的树木迎面扑来又依次远去，美好的记忆永远留在了脑海里。

七、四少分手

这次聚会以后不久，四少真的就远远地分开了。

立博分配到东北沈阳，在一个叫东北有色金属机械修配厂的铸造车间做大炉工；

小悦闯了关东，独自到东北黑龙江干上了真正的体力活。后来又到陕西延川县插队，当起了自食其力的农民；后来发奋读书，还当上了清华大学经济管理学院教授。可惜，英年早逝！

华光随着中国科学技术大学到安徽，历尽艰辛若干年后又随科大办研究生院，回到北京玉泉路，当上了干部，为国效力；

而文北则不幸数年后提前到天堂报到，我们只能在梦里见到他了。

后记

这不是文学，只是记忆在脑海的几颗珠子，写出来供友人共同回忆那曾有的日子。文中涉及的人与事，若与事实有出入，只能怪本人记忆失误。

记忆中的新林院，是干净、漂亮、整洁的住宅区，对得起清华大学这个名牌和它近百年的历史和文化。访问世界著名学府，或哈佛麻工，或牛津剑桥，历经数百年的校园，依旧开放，并无围墙。其校区内建筑虽老，保留原始模样，维修使之长新；道路树木花草，整洁干净，笼罩着一种肃穆，令人起敬；无论多大的教授，若要住在校内，房屋便只能租住，离校退房；校园永远是校园，传统代代继承。

几年前，我带着不可抑制的思乡心情，回到新林院，企图寻找那遥远的记忆。然而，此新林院已不是彼新林院了，松墙已经败落，道路已成平地，房屋年久失修，院内充斥违章建筑。不要说去和国外校园的住宅区比了，就是在清华校内，这里也算得上是最脏乱的角落。

呜呼！新林院只能到记忆里寻找了。

怀念师友

作者简介

孙立博：男，1944 年出生于昆明，曾住清华大学北院、新林院、17 公寓等地。清华附小 6 年，北京 101 中学 6 年，中国科学技术大学 6 年。1968 年在沈阳当铸造工人，1978 年考入中科院研究生，1982 年出国赴美留学，1987 年获得应用物理博士学位，1987 创办美国桑瑞斯公司运营至今。现已退休，留居美国。

程远的精神食粮

王如骏

20 世纪 70 年代初，北京的年轻人有很多圈子，有关心时政起伏变化的、写诗的、学乐器练声乐的和画画的。

我和程远相约一起学画，那时他刚从陕北回城，我在中学里教书，属于中学毕业教中学的"小老师"。我们求师从清华附中吴承露先生开始，之后转益多师，基本还是在清华园里。和我们一起学画的也以当时在校的美术组学生为主，所以相对于各个区文化馆和东城、西城的不同群体来说，算是比较闭塞，也是比较单纯的。

白天上班，业余时间除了画画，就是到程远的小屋侃大山。

程远的小屋在清华北门路边的一幢小楼的一层，下大雨时被水灌，冬天还没暖气。不过这里有的是年轻人过盛的精力和热情，什么吃的喝的都没有我们也能像过年一样快活！到他小屋来的鱼龙混杂，插队回京的朋友、老高三的饱学之士、除了大把的时间什么也没有的无业青年，还有其他业余学画圈子里来访的不速之客，等等。而他的屋子实在没多大，放下一张单人床，一个小桌子和凳子，剩下的就是开门的那点地儿了。人多的时候，床上坐一排，门背后站着的全是人。

在程远这里我有幸看到他父亲旧藏的西方油画雕塑印刷品、素描和水彩教材，还有各种过手的书籍，如朱光潜的《西方美学史》，王朝闻的美学，意大利文艺复兴活页文选等。我白天工作，业余时间则狂聊俄国巡回画派，聊天过程中眼前会展现出列宾描绘的十二月党人，伊凡杀子，苏里科夫的禁卫军临刑之死，谢洛夫的少女和桃子，米开朗基罗的大卫王，这种双重思想境界的生活刺激了我对西方艺术世界的想象。

好朋友出于信任和我分享他的私藏画册以及过手的书籍，我则守口如瓶，不事声张，心中充满了无法和现实世界交流的幸福，于父母和工作单位之外在生活中又多了一个维度，吃饭、工作、睡觉之外还有另一个世界。

我们高谈阔论，开怀大笑，讲着只有我们那个时候才激动不已的各种话题，简直就像列宾作品哥萨克酋长给莫斯科大公的一封信里的人物那么疯狂。我们梦想着有朝一日可以摆脱俗务，成为专业画家。然而现实生活中却是一筹莫展。好在我们互相激励，没有什么能阻止我们继续编织奇异的梦想。看不到博物馆里的原作，出版物严重缺乏，从极其有限的信息中我们想象着无比美好的艺术世界。

那时书店里没有想看的书，只有一些著作；商店里供应奇缺，买白菜都排队，买什么都凭票，连过年过节买花生瓜子都凭票；八小时工作之后还组织政治学习，留给个人自由支配的时间都是有限的，控制可谓无处不在。普遍流行的口号是：全国学习解放军。用现在的话说，其实就是实行军事化管理。在这样的大环境下但凡有点个人的追求和不同的价值观，不仅需要高人指点和智慧，更要依靠强大的内心诉求和精神寄托。

苦闷中人们会幻想，在一个我们生存的环境之外，一定还有一个不一样的世界，一个真正适合于我的地方。在这样的幻想里不能自拔的，就成了生活在他处的人。不如意时，也有迷恋未来的，终日沉浸在对未来的憧憬之中。现实和理想充满了矛盾，埋头画画帮我们调和了这个巨大的反差，画画成了我们的精神食粮，画画寄托了我们全部美好的愿望。生活中有太多不如意，何以解忧？唯有画画！

大概认识程远的人都会感受到他那无可救药的乐观主义，以及他永不枯竭的热情。无论谁遇到恋爱的苦恼，或是流年不利命中犯小人，第一想到的就是找程远倾诉。我们这一代的文化基础和知识结构是很混乱的，公开场合学马列，《哥达纲领批判》《反杜林论》，私下里谈论《约翰·克里斯朵夫》，王国维的人生三境界。到了程远这里，一切都化成个人奋斗的口号，要振作！要奋起！最后简化成：起！要"起"呀！

记得程远很豪迈地背诵诗人雪莱的名句：冬天到了，春天还会远吗？

终于等到了1977年恢复高考。从中央戏剧学院考完试出来，我和程远决定到交道口的康乐餐厅搓一顿。一上来他就从菜单上点了"蚂蚁上树"，说，这菜好！你看，咱们吭哧吭哧费那么大劲，从清华骑车到这儿，考到昏天黑地再往回骑，要是上帝看见了，不就跟蚂蚁上树一样吗？怎么着？咱们够虔诚了吧？上帝一定会保佑我们成功！

之后我们各自考入了不同的大学，我们的专业也各自不同，可是我们的交流仍不失以往的热度。一升啤酒三毛钱肠，就能让我们像在程远的小屋里一样热烈地议论，从个人情感到天下大事。

程远的生活里总是充满了诱人的念想，即使是最平凡的日子，他也能让你感动和受到鼓舞。我们各自结婚成家之后，有一次我问他，怎么开始一天？他说去小树林。去那里干什么？他回答道，摞树啊。看着我一脸茫然，他解释说，就是找一棵顺眼的树，横叉不高不低，别太粗，也不能太细，我双手往上一摞，全身挂在那儿，看着阳光射进树林，呼吸早晨的新鲜空气，听着鸟叫。然后呢？程远拍着胸脯给我示范他的全套咒语，我肺没病！再拍腰部，我肝没病！肾没病！我的心脏好极了！想着一个一米八的大老爷们儿，在树林里像大猩猩一样和树过不去，真的很好玩。我认识习武之人和懂养生之道的，早晨起来先在床上练一套才下地的，但绝对没有程远来得自然而有感觉。

程远的童心也免不了受到时代大潮的冲击。80年代末我到他在清华平斋的画室，这次访问的亮点是他的新梦想。他说，你想过没有，突然有一天，进来一个人，给你一百万！我问你，那你怎么办啊？我回答，千恩万谢？他不屑地撇撇嘴；我又说，周游世界？他也不以为然。程远似乎还沉浸在这个激动人心的想象的奇遇之中，扬着眉，张着嘴，重复着：一百万，一百万啊！

程远在清华建筑学院教书硕果累累，多次被评为最受欢迎的教师。我相信他不仅以自己多年习艺的真实感受教导他的学生，更是以他对生活的热爱去感动有幸接触到他的人。学生有好事者在网上编了程老师语录，引两条如下：

"你画得好了，对你的兄弟姐妹好，对你的父母好，对你们全家好，也对我好，对系里好，对中国好，对联合国好，对全世界都好……最后还是对你自己好。"

"……天上掉馅饼的事是没有的，什么外国忽然来一个人给你一大笔遗产啊，什么忽然有人给你一大笔钱呀，这些都是不太可能的；我也经常梦想有人给我一亿块钱——哪怕一百万也好啊——可是没有——可我还在等……"

注意，他已经把梦想提高到一个亿了！

到了耳顺之年，我们都明白，一辈子其实做不了几件事。要想做好一件事就不容易。我知道程远聚会喜欢人多，画画也爱尺寸大。但是看到他勤奋不减当年，画了那么多大画，还是被震住了。小时候画画不需要理由，当画画和谋生相关时，也就当是求生存。可是如今程远画画，既不卖，也不急着开展览，可见那个支撑他奋斗的精神食粮真管用啊！要起，要起啊！

我喜欢程远画的老玉米。也许这和我们小时候对苦难的记忆有关，粗粝、厚重、单调的色彩唤起对黄土地和辛苦劳作的联想。这个农家院落里常见的内容经过程远的处理，充满了音乐一样的震撼力，又如节庆里的礼花，临空怒放；比秦腔高亢，比唢呐尖利，比繁茂的树冠还细密；扑面而来，丰硕而敦实，拥挤而快乐。一幅幅老玉米看下来，你会感到生命的喜悦和辛勤劳动之后的充实。

看完画，程远让我提点意见，我建议有的部分玉米豆可以抠细点，部分地方用多层画法，甚至堆积厚一点，应该不会影响他的画风。程远抱着手，指上夹着香烟，若有所思地瞄着他的宝贝老玉米，又转过来，瞪大眼睛跟我说，你可别害我啊？

程远喜欢引经据典，有一次我们在美国相聚，举杯痛饮之时他和我说，人生四喜我们都赶上了：久旱逢甘露，他乡遇故知，洞房花烛夜，金榜题名时。还应该再加一个，长命百岁！转而一想，不行，不押韵啊！他在等我帮他完善这句子……

我想，天天这样画画，这样生活，加一喜不是难事。

图 1　王如骏近照（2017 年）

图 2　王如骏、程远初学画（20 世纪 70 年代）

怀念师友

321

图3　左起：王如骏、吴承露、
程远（20世纪70年代）

图4　王如骏、程远等在吴承露老
师指导下学画（20世纪70年代）

图5　王如骏、程远在程远画室的巨画前（2017年）

作者简介

王如骏：男，1956年出生在清华园，在园内居住至1989年。上大学之前曾经在清华附中工作6年。业余时间跟随吴承露、王廼壮、于学信诸先生学习水彩、素描和油画。考入中央戏剧学院舞台美术系77级，毕业后就职于中央电视台，担任布景设计。1992年获得伊利诺伊大学香槟-厄版纳分校戏剧系布景设计MFA学位，同年受聘于耶鲁大学戏剧学院工作至今，教授人体素描和绘景课，并担任耶鲁常设剧院的剧目和戏剧学院学生演出绘景主管。父亲王补宣，清华大学能源与动力工程系教授；母亲顾葆慈，清华大学校医院药剂士。

忆我的老师潘瑞珍

吴文荧

潘瑞珍老师，我的启蒙恩师。40多年前，她用慈母般的爱心和循循善诱的师德引领着我——一个残疾儿童，在清华附小开始了真正的人生。

清华附小百年华诞前夕，我的长笛独奏《乘着歌声的翅膀》荣幸入选了庆典的节目。为了向母校展示一个残疾学友自强自立的精神风貌，也为了向潘瑞珍老师汇报，我在半个月前就加倍练习了。

2015年10月18日是百年华诞庆典的日子。我起了个大早，不到七点就从香山家中出发了，真想早点赶到阔别40多年的母校啊。八点不到，当我赶到清华南门时，已有不少人先到了。我只好尾随着从南门到附小东门的近千米人流缓缓步行，而心情却与大家一样，恨不得尽快目睹母校今日的芳容啊！

离学校大门百米远时，穿着蓝白相间校服的学弟学妹们，在老师的带领下，早已站在路边迎候了。原清华附小、附中的前身：成志学校的大门模型，矗立在路的中间，供人们拍照留念。"喜迎校友回家"，"欢迎校友观摩指导"等大字横幅比比皆是，路的两旁摆满了鲜花，树与树之间插上了彩旗，树枝上挂上了大红的灯笼；彩光纸做的拉花在阳光下闪着光辉，烘托着喜庆的节日气氛。当我兴奋地迈进了学校的大门时，就被眼前景象惊呆了。四十多年前的清华附小早已没了影子。低年级的平房和高年级的二层楼都不见了，映入眼帘的是既古朴典雅，又不失现代化气息的新校园；一座座灰色的庭院式教学楼有回廊环绕；大红漆的木柱光华耀眼，廊檐下的彩绘雕梁画栋，游走在里面，仿佛置身于颐和园的长廊中；楼与楼之间有过街楼相连，把这些庭院连成了一个有机的整体；校园的西南是一个能容纳几百人的现代化多功能阶梯教室；校园的北面是一座有着红色塑胶跑道的田径场；田径场的西南矗立着马约翰先生的半身铜像。目睹此景，我思绪万千，记忆的闸门把我带回到50多年前，我来附小报到的第一天的场景。

那时，由于我患有先天性白内障，视力不足0.1，因而我比同龄人晚上学一年。1963年的9月1号，我终于上学了，被分在清华附小一年级三班。一年级的教室是一排平房，坐落在学校的西北角。我还清楚地记得，那天父亲领着我来到了一（三）班的教室门口。站在门口迎接我们的是一位两鬓花白的女教师。父亲同老师小声地交谈了几句，就匆匆忙忙地赶去上班了。老师拉着我的手，把我领进了教室，来到了讲台边对我说："我姓潘，以后你就叫我潘老师。你先在这里站一会儿，等新同学都到齐了，我对大家说几句话，再领你到你的座位上，你看好吗？"我点了点头，潘老师就出去迎接新的同学了。过了一会儿上课铃响了，老师走回到讲台前面说道："从今天开始你们就是一名学生了，你们的任务就是要好好学习"，潘老师又说："站在我旁边的这位同学叫吴文荧，他的眼睛不好。我们班是一个整体，大家都要互相关心、互相爱护、互相帮助，让我们同他一起共同完成这六年的学业。"老师讲完话后，把我领到了面对讲台正中间的那个空座位上坐下，然后又对大家说："你们大家听好：这个在讲台中间最前面的位置永远是他的，你们换座位他也不动，就是我不能教到你们小学毕业，你们也一定要和下一任班主任说这件座位的事儿。"同学们都点头，表示同意。

作为一位老教师，她的教学经验非常丰富，对我更是格外关照。上语文课时，她把 26 个汉语拼音字母分别抄在 16 开的 26 张硬纸板上。知道我看不清，抽出一张来先让我看，然后举起来，让大家和我一起读那个字母的发音。学汉字时，她把着我的手在田字格本上先写一个示范，然后让我照着那个写好的字再抄几遍，好加深记忆。上数学课时，她知道我在头一排也看不清她写的数学题，她就允许我离开座位，站在她的身后，看她在黑板上写例题。但这样一来，时常挡住了同学们的视线，同学们也从来没有过怨言，现在想起来仍觉得怪对不住全班同学的。下课后，老师还叫一些学习好的同学，帮助我巩固学过的课程。

放寒假了，潘老师第一天就来我家家访。她对父亲说："你的孩子第一个学期学习挺努力的，但这只是刚刚开始，后面的学习对他来说就更困难了。我们第二个学期的语文课就要有课文了，这样语文书上的汉字相应的就小了许多。为了让他学起来更方便，我们共同给他抄一本大字的语文书，你看好吗？"父亲连说："谢谢！您对这孩子在学习中的每一个环节想得真细，孩子有您这样的老师来做他的班主任，真是他的福气。我们全家一定全力地配合您的工作。"就这样，当第二个学期的第一天开学时，我的书包里比别的同学多了一本语文书。这就是潘老师和我的父亲，为我用小楷毛笔抄的大字本语文书。这已是半个多世纪前的往事了，每每想起此事，潘老师带领我们全班同学那朗朗的读书声，仿佛还萦绕在耳畔。"秋天来了，天气凉了，一群大雁往南飞……"

图1　20世纪60年代潘瑞珍老师　　图2　清华附小老师集体照、第二排左二是潘瑞珍

　　眨眼一学年过去了。暑假开始那天，父亲领着我去看望潘老师。我们两家住的不太远，同住在清华大学的教师公寓楼。潘老师把我们迎进门，拉着我的手对父亲说："下一个学期我就不教他们班了，清华要调一批骨干教师去支援厦门大学，我和我爱人一同去，他们班是我在北京教的最后一个班。我对这个班的印象很好，对这孩子的印象更深，虽然他眼睛不好，学习成绩也一般，但他很努力也很要强，这一点让我非常欣慰。我把他托付给下一任班主任秦老师，他答应继续给这孩子抄语文书。他家住在北大七公寓，您往后要和他多沟通。"父亲点点头。潘老师又转过脸来对我说："下个学期我就要走了，我想送咱们全班同学一百本小人书留作纪念，这里我特别送给你一本，16开，大字体，带汉语拼音注释的彩色画册《刘胡兰》。"她接着又说："你要和咱们班的同学搞好关系。昨天我还特意告诉了咱们班的班长和课代表，让他们在学习上和生活上多关照你。你虽然生活在清华大学校园里，附小也在其中，但上学放学也要注意安全。"我一直忍着，没让眼泪掉下来，正因如此，老师中间说的一些话我都没听清楚说的是什么，但潘老师最后说的一段话，我终生也不会忘记的："你现在是一个学生，主要的任务是好好的学习。你的眼睛不好，学习中遇到的困难一定会比同学们多，但你要坚持，不定什么时候就可以派上用场。将来长大了，找一份适合你的工作，做一个能自食其力的人。你要是能做到这样，爸爸妈妈和老师就放心了。这就是老师对你的临别赠言。"老师的话，我当时还似懂非懂，但还是用力地点了点头。没有想到潘老师的话竟一语成谶，那次见面竟成了我们的永别。

图 3　作者吴文荧

图 4　作者全家福，
前排（左）大哥吴文昭、作者、二哥吴征（吴文郎）
后排（左）母亲张家兰、父亲吴明德（20 世纪 50 年代）

　　1975 年的夏末，父亲从镇江开学术讨论会回来对我说，这次开会我见到了咱们邻居麦叔叔，他现在是厦门大学的副校长。他和我提起教你们一年级的班主任潘老师。麦叔叔说，每当我在学校遇上潘老师她都念叨你们家那个眼睛不好的孩子，还总是放心不下，只可惜去年潘老师因突发脑出血已经去世了。刚开始知道潘老师已病逝消息，我还总不愿相信。因为潘老师在我身上花费的时间和精力，要比别的同学多得多，所以我对潘老师的印象和感情也特别深，有很长一段时间我都没能摆脱这个阴影。随着时间的推移，我的心情也慢慢地好了起来。但老师的音容笑貌和临别赠言，始终没有随着时光岁月的流逝而淡忘。

　　催场的高音喇叭打断了我多年尘封在心底的记忆。我走到了舞台的台口，用我那模糊的视力望着台下挤满了田径场那黑压压的人群，不免有些发虚，因为我还从来没有在几千人的注目下吹独奏的经验。但当我又想到台下的观众不是别人，是教过我的老师，并肩学习过的同学和小字辈儿的老师和学弟学妹们。他们在等待着我向他们汇报一个残疾学友热爱生活的精神面貌。想到此，我信心倍增，缓步地走向了舞台中间吹响了第一个音符，当我如释重负地完成了《乘着歌声的翅膀》全曲四分多钟的演奏时，台下观众响起了热烈的掌声。节目在一个个地继续着，不论是专程从海外赶回来为母校百年华诞助兴的舞者，还是在专业文艺团体工作过的首席提琴的独奏，无不反映出他们在艺术方面的极高水准。演出高潮迭起。当老校友，也是央视的节目主持人报出下一个节目，由老校友合唱团，在校学生合唱团和老校友舞蹈队联合演出时，场下立刻沸腾了。人们纷纷从座位上站了起来，和着音乐的节奏鼓起了掌。同时上千只白鸽腾空而起，向着那高远的蓝天展翅飞翔，把这台热情而欢乐的演出气氛推向了顶峰。演出在欢乐的气氛中慢慢地落下了帷幕。

随着人们的退场，欢乐的笑颜也慢慢地静了下来。人们三三两两在校园中漫步，他们好像在回忆着当年的场景，又好像感叹新校园的容颜。音乐室、舞蹈练功房、电教室、实验室等现代化设施应有尽有。校友们参观后都无不为之感叹，母校的快速发展早已超过他们的想象了。见到此情此景我就更加想念您，我人生中的第一位班主任——潘老师。我真想大声地对您说，老师我回来了，回到您呕心沥血付出大半生的学校了。我要向您诉说，按照您指出的目标我是如何一步一步地走过来的，我想您在天堂一定能听到的。1969年我升入了清华附中，当时的文化课学习不像现在这样紧张。现在想来可能是因家庭和周边学习环境非常浓所致。在父母和家人的支持下，我利用课余时间和毕业后等待分配的那几年，又学了体育、音乐、美术等学科的专项课程，为我参加工作后在各方面都有所发展打下了一定的基础。

1978年，我参加了工作，来到了一家盲人工厂，成为一名真正意义上的自食其力者。1985年起，我连续三届在北京市残疾人运动会上取得了3000米的冠军。从20世纪90年代初开始，我在一些报纸、杂志和电台发表我的作品，向大众介绍我们盲人在工作、学习和生活上是如何拼搏的，其中包括文章、摄影、绘画等种类。我还在北京电台主办的《音乐和我》征文大赛中获得银奖的好成绩。2006年北京市残联为我举办了个人画展。2008年我们家被北京市文化局评为"百佳艺术家庭"的光荣称号。2014年由中国科学院心理研究所录制了一套名为《同在蓝天下——身障人士阳光心态系列讲座》的光盘向全国推广。每一个讲座向人们介绍一户在全国有影响力的残疾家庭，我们这个家庭也是其中的一个章节。

就在我准备参加清华附小百周年校庆的前两天，残联同意为我出一本16开、带中英文大字体、盲人画盲人画册。在某种意义上说，这也是世界上第一本盲人介绍盲人的画册，为了这一天的到来我用了十多年的时间，发动发小、同学、同事和家人找国内外有影响力的盲人照片，把它们收集整理改编，绘成粉笔画，向世人介绍他们的风采。土耳其有一句很著名的格言——"一只笨鸟背后总有一个母亲，为这只笨鸟挑选一个矮树枝。"潘老师和我的父母，就是为我挑选树枝的人。我画的画很不专业，也有不少缺点，但它真实地反映了我们盲人中有代表性的人物。人们常说不忘初心，我们盲人是一个小众的群体，也是在学习工作生活中困难最多的一个群体。我们这个群体中，有许多人克服了常人难以想象的困难，走出了他们精彩的人生。把他们的事迹发扬光大，这就是我的初衷。

潘老师，刚才我看了咱们的校史展览，那么多大师泰斗级人物，如，冯友兰、叶企孙、马约翰、朱自清等都是咱们校董事会的成员，所以才能带出有严谨学风和高素质的教师队伍，才能培养出像诺贝尔物理学奖得主杨振宁、两弹元勋邓稼先、跳水皇后施廷懋等一批又一批具有国际水平的人才。

潘老师，咱们学校教学设备先进，教师的文化水准也相当高；他们大多是研究生学历，因此咱们学校在北京市的排名总是名列前茅。咱们学校还在北京市的远郊区县办了好几个分校，用咱们学校教育资源的优势帮助提高他们的教学质量，为北京市的小学教育提到一个新的高度而努力着。

一晃，我离开母校已经有40多年了，但校训我永远铭刻在心里。成志于学，立人为本。您们把它作为教书的宗旨，我们把它当成学习的动力。做人要诚实，还要有诚信，既要有志气，也要有志向。这次校庆演出，教我们音乐的毕可纫老师是总导演，我对她提起了潘老师给我抄语文书的事。她说："潘老师这个人非常热情，她既是我的老师也是我的同事。我上小学时，她教我们美术课。"其实毕老师不说，我也能猜出十之八九，潘老师您的书法功力那么深厚，非一般人可比。况且书画本身是一家嘛，只可惜"文革"当中我把用过的书本都烧掉了，没有留下您的墨宝，这是我终身最大的遗憾。

潘老师，今天我就和您说到这儿吧，因为太晚了，看门的大爷，哦不对，我说错了，是看门的大哥（因为我也是要上60岁的人了），他都轰了我两回了，我在这位兄长的引领下走出了学校。

回头望去，落日的余晖已把校园染成了金黄色。此时老师您带领我们全班同学诵读时那朗朗的读书声仿佛又萦绕在耳畔。"秋天来了，天气凉了，一群大雁往南飞……"

作者简介

吴文荧：男，1955年10月12日生，清华附小1963届学生。退休前工作单位：北京市香山橡胶制品厂。残疾类别：视障。特长：音乐、美术。父亲：吴明德，清华大学力学系教授；母亲：张家兰，原清华园中学校长。

大院旧事

清华园记忆

白钢

一、清华主楼

在几十年前，站在海淀保福寺这一带，抬眼就能看见清华大学的主楼，在当时，绝对是属于地标性建筑。它之所以称为主楼，自然也是清华的门面。

主楼坐北面南，前面就是清华东门，门外以前是一大片菜地，也就是现在主楼前广场、建筑设计院这一带。出了东门，只有一条往东去的小马路，过了铁道就是北京林学院了。说也奇怪，清华园的校门，只有这个门，说是东门，但不冲着东开。

小时候，想进主楼里玩耍，绝对是一种奢望，很难混得进去，一定要想尽各种办法才行。

在清华里，有电梯的高楼，就只有九零零三跟主楼了。对于我们小孩来说，要是能坐一趟电梯玩儿，睡觉做梦都能乐醒。为了能进主楼玩儿，经常要趁着门卫大爷打瞌睡时，从值班室的窗台儿下面爬进去，或者是尾随在大人后面，拉着大人衣襟儿假装是跟大人一起来的。好不容易混进去了，电梯有时还不开。只能爬十层楼梯，跑楼顶上看远处农田，望冒着白烟的火车。经常被楼里的大人们发现，一把给薅出去。

图1 清华主楼（2018年）

主楼后厅，是招待外宾的地方。听进去过的大孩子讲：招待大厅里面的沙发扶手上，都有暗藏的烟盒，一按按钮，香烟自己就点着了弹出来。小孩子关注的不是香烟，而是香烟盒儿。但最终也没混进去过，更不知道这高级玩意儿到底有没有。

香烟盒儿，是我们小时候的最爱，几乎所有男孩子都爱攒烟盒。主楼后边的西侧，有个垃圾间，上面直通的就是垃圾道，是清华校园里一个著名的能捡到好烟盒儿的地方，平时老锁着门。门上有个小方窗户，有本事的孩子都能翻进去捡烟盒儿。有一次我刚爬进去，正赶上上面倒垃圾，哗啦一下子全扣脑袋上了，以前的垃圾倒是没有现在的脏，无非就是些废纸烟头。抖落抖落头，继续捡，没准儿就能捡到张"中华""牡丹"什么的。

小时候学骑自行车，刚开始都是掏裆骑，只能蹬半圈儿。偷偷把家里的二八大车推出来，先由主楼东侧的大斜坡骑着往上猛蹬，等冲上大台阶，再往后轱辘上别一块硬纸壳儿，就顺着西边儿的大下坡冲下去了，车条打在硬纸壳儿上"达达达达"的，就跟骑着摩托车一样，那叫一个美。

主楼曾是清华人的诺亚方舟。都说这老建筑能抵抗八级地震。在唐山大地震的时候，余震不断，人心惶惶，学校领导就让家属都去主楼里避难，每天还发馒头、榨菜疙瘩。那几天，我们可没少在里面折腾，终于可以理直气壮地进去玩儿啦。

主楼，据说最早设计的是 14 层，后来正赶上三年困难时期，没钱了，只盖了 9 层。20 世纪 90 年代初期，又加高了两层，是典型的苏联式建筑。现在虽然东门外五道口这一带高楼林立，这个具有五六十年代建筑风格的老楼，反倒更显得突出、醒目。

前几天回清华办事，恰由东门进去，其结果可想而之，怎奈何一个"堵"字了得，直让人进退两难。清华，已不再是那个"景昃鸣禽集，水木湛清华"的清华园了。

二、打汽水

以前，每到盛夏，作为防暑降温的福利，清华后勤都会给教职工提供自制的汽水儿解渴。生产汽水儿的车间，就在主楼后的东侧。各系、厂都会领来一沓子汽水票，每天中午派人去主楼打汽水儿。

天气最热的时候，也恰逢暑假，放假在家的孩子们也都拎着家里的暖壶、大把儿缸子什么的，顶着烈日沿着二校门儿到主楼的路边儿上劫着去。

凡见到拉着大保温桶的三轮车、手推车过来，就一口一个叔叔阿姨地叫，嘴一定要甜，要让人看着可怜，就好像今天喝不上这口汽水儿就活不下去了似的。大人们一般都能给一些，咕咚咕咚几口就喝没了，那时候也不怕凉。喝完继续接着再要。

有时，我们也跑到主楼后半地下室的汽水车间去蹭水喝。在当时，那可是全清华最凉快的地方，讨不着汽水儿喝，解解凉儿也不错。好像记得管事儿的叔叔姓刁，留着小分头，穿一双锃亮的皮鞋。个子不高，脸色有些苍白，也许是长期在潮湿地方工作的缘故。每天跑到他这儿磨着蒙汽水儿喝的孩子众多，但很少有能得逞的。有一次边儿上没人，他居然答应了让我打汽水儿，高兴得我嗖的一下跑过去接了满满一暖壶，又趴在水管子上喝了个肚歪，这才拎着暖壶往家跑，刚到一区后边的大沟时，由于太得意了，脚底下一滑，啪唧，摔了个大跟头，暖壶摔得粉碎了，好不容易求来的汽水儿瞬间都喂了油葫芦。完了，暖壶没了，回家怎么交代啊？后来还是邻居燕东子，从他爸单位帮我顺了一个暖水瓶出来，我才敢提着回家，那时候的暖瓶，长得都一模样儿。

细一想想，当时所谓的汽水，也就是用自来水儿兑点儿糖精、香精之类的，再冷冻一下的凉水。大人小孩没有不爱喝的，一口下去，透心儿的凉。直到现在，清华自制土汽水儿的味道，依然还是我舌尖上的一缕记忆。

三、照澜院

小时候的清华，总觉得比现在大。每天上学，由照澜院儿到清华附小，要走很远，又是过桥、又要下沟的，总是迟到。

图 2　清华照澜院

打我记事儿起，我就住在照澜院九号，那是一个口字形状的大院子，有三个大门儿。照澜院的名字，据说是由朱自清起的，曾经住过不少名人。

但我只记得钱伟长家，平时老关着大门。夏秋葡萄刚有甜味儿，时常从房上爬到他家院子里偷葡萄，有一次从葡萄架上掉了下来，给钱先生逮着了，先生说："以后想吃就从大门进来，别摔坏了。"后来，就再也没去过。

我们院儿还有个"名人"，就是14号院负责取牛奶的全老太太她家养的猴儿，每天下午取牛奶的时间，满是孩子围着猴子嚷嚷，猴儿基本是不理不看，很是清高。

照澜院，是最靠近校园中心的家属区，从一号院的门口过去，就是二校门了。夏天每到傍晚，清华的孩子，基本都在这一块儿折腾。

图 3　清华二校门（2000 年）

照澜院的南门外面，就是清华人的生活中心——照澜院商店了。这个商店的名字，也得益于照澜院。

离我家最近的，就是食品店。我现在见什么吃的东西都觉得香，老婆说我"一定是小时候亏嘴"，我觉得有道理，你想啊，那时候的家长，很少给孩子钱花，整天守着满是好吃的东西的食品店，能不馋吗？

大院旧事

到了春节前,学校都放寒假了,我妈就把今天要排队买的东西都写在纸上,夹在副食本儿里,当然还有钱;以及这票那票的。照澜院商店,分散在几个院子里,有百货部、副食部、食品部、日杂部、菜店,还有一个早晚服务部。

你买什么东西,就要在相应的地方排队,往往是要买的东西还没拉来,队伍都排得老长了。基本都是孩子和老人。每次快排到我时,都会四处张望,总是希望能看到班上漂亮的女同学,好让她们来加塞儿。那个时候的人,都懂得排队,很守规矩。

照澜院的中间,据说以前是个网球场,三年困难时期的时候,为了吃饱肚子,就改种白薯了。院儿里的孩子们,天天都盯着白薯秧子,只要下面的土裂开了,就说明有白薯长出来了,能吃了。好日子一直能过到秋天刨白薯。

我记得这块地属于动能系管理,开刨时,格外热闹,大人喊孩子叫,小孩儿都来捡白薯,说是捡,其实跟抢没什么区别,大人们也是睁一只眼闭一只眼,收获季节嘛,大家都高兴。

在白薯地的南边儿,有两棵毛桃树,不管是春夏秋冬,街坊四邻的孩子们,基本没事儿就往树上爬。这树,不管我们怎么折腾它,总是长得很茂盛。不知这两棵树现在还在不在?

我一直认为,这几十年能有如此的生存能力,都是小时候的清华园给予的,这里有山、有湖、有树林儿、有农田,取之不尽的河鲜野果儿,数不清的花鸟鱼虫,春播秋食,自然循环。

现在,这一切都离我们这么远!

四、我们小时候,那才叫过年呢!

20世纪70年代初期,清华附小放寒假以后,孩子们都要早早地把春节这些天的家庭作业赶完,剩下就是盼着过年了。

剪剪纸、刻窗花儿,都是手到擒来的事儿,大家都会。一般都跑到百货部,买上几张彩色的电光纸,一把小竖刀儿,看谁的剪纸图案漂亮,就用铅笔拓下来,回家慢慢刻。我记得当时刻得最多的就是雷锋头像,还有毛主席语录了。手艺好的,还能拿到班里贴在玻璃窗上,让同学羡慕。

从腊月二十三这天开始,家长交代的任务也开始多了起来。买年货,是最艰巨的任务,但也是我们喜欢干的,因为这都跟"吃"有关。

过去那个年代,不像现在,平时想吃什么就吃什么。馋了一年的鸡鸭鱼肉，也只有过年才能吃上，而且还限量。年货都是按人口供应的，比如：大块儿的冻猪肉、猪肘子、冻带鱼、豆制品、花生油、芝麻酱、烟酒，就连花生瓜子儿都不让敞开吃，每人才半斤花生，二两瓜子儿。花生是一毛钱一两，瓜子儿八分一两。

节前那几天，每天从早上八点半开始，就揣着副食本儿、购货本儿，把我妈给的钱藏在里兜，去照澜院合作社开始排队。一般都先去买带鱼，每天就来那么十几大冰坨子，去晚了就买不到。带鱼分几个档次的：有一毛八、两毛五、三毛八，最好的就是四毛七一斤的了。那可都是真正的舟山带鱼。一般总会有一二百人在排队，还会有自发维持秩序的人，还发号儿，就是一张写着数字的破纸片儿，你可别小看这张号纸，有了它一般都能买到鱼。有时搞不好也会排出两个队来，等开卖时就麻烦了，两队拼一队，大人喊、孩子叫，谁也不让谁，那叫一个乱。带鱼是按人口供应，不让多买，我们家五口人，买三毛八一斤的也就是五、六条，冻得梆梆硬，用马莲草捆着提溜回家。

那时候没有冰箱，都靠自然冷冻，还要挂到高处，要是叫猫给叼走了，年三十儿可就大眼儿瞪小眼了。

买完带鱼，还要排队买横菜，也就是平时吃不到的蒜苗、黄瓜、芹菜、韭黄什么的，一个队、一个队的，且排呢。一般过年时，政府还会凭本儿，卖每家两瓶洋河大曲，几盒凤凰烟。这烟，不能偷着抽，味儿太香。

小孩儿过年，当然最不能少的就是鞭炮了。浏阳小鞭儿，二毛一，100响。这可是所有孩子必备的。

能买得起钢鞭、麻雷子、炮打双灯儿的，都是有钱人家的孩子。我家里舅舅、姨特多，一年能收几十块的压岁钱，我一般都用来买炮仗了。

离春节还有十几天，每天都会放几个，拆开一包儿，往兜里一揣，满清华乱崩去。经常是年三十还没到，小鞭儿就放没有了。只能再想办法跟我妈淘换钱接着买鞭炮。

鞭炮，是在山货部里卖（就是卖菜的边儿上），经常没货，街坊四邻的孩子就会结伴儿去海淀老虎洞儿，或者直接去五道口商场买浏阳河牌的鞭炮，那时的五道口可是大地方儿，虽然离清华不远，但是一年也去不了几次。买完鞭炮，如果还有余下的钱，也会去五道口饭馆买包子吃，一毛钱一两，给三个，想吃上还要排特长的队。这儿的包子，是我这辈子吃过的最香的，富强粉，贼白，一口下去满嘴流油。

过节的前两天，家长都会催着孩子去三区澡堂子或者公寓浴室洗澡，澡票儿钱是三分，基本都是单位发的。

洗个澡，实在是太费劲了，里面儿人挨人，放衣服的地儿都没有。池子里面的水，基本都是灰色的，蹲满了孩子，有打水仗的、有潜水的，还有哭的，也有往池子里撒尿的。我最怕洗头，打上满脑袋的肥皂沫子，还要等喷头，眼睛给迷得生疼。好不容易洗完了，还要到处找衣服。胡乱穿好了，就往家跑，往往是还没到家，头发就冻成冰溜子了。

当然了，过节前家长一定会给买双新棉鞋，那时候孩子们穿鞋，大人都说"跟吃鞋"一样，穿不了几个月，就给踢飞了。我妈给我买棉鞋时，都会带着我去百货部试鞋，小孩儿都喜欢要黑条绒面儿、白塑料底儿的，不愿意穿轮胎底的。这两种鞋，价格差好几毛，轮胎底的鞋结实，大人都希望给买这个。可孩子都好臭美，愿意穿白底儿的，我们一般都要哭闹一阵子，家长才会妥协。出了商店，手里抱着新鞋，脸上粘着大鼻涕花儿，笑着往家跑。

以前，大家没嫌过生活有多苦，过节时能吃上顿好的，就很快乐。什么事情都是自己动手做，比如：腌雪里红、积酸菜、蒸馒头。我们家春节一定必会做几样年菜，有：米粉肉、卤馅儿饺子、炸素丸子、炸排叉儿、豆儿酱、芥末菜，还要蒸豆包儿，我最爱干的就是往刚出锅的豆包上点红点儿，热气腾腾的，特有年味儿。直到现在，过年时，这几样菜我也是必做的！

年三十这天，早早起来，都会穿上新衣新鞋，看着我妈炸排叉儿。听见门口有炮仗响，趁着我妈不注意，抓起一把刚从油锅里捞出来的排叉儿就往外跑，马上就围上一帮孩子，眼睛滴溜溜地盯着我手里的吃的，没办法，分了吧！其实心里也舍不得给他们吃。

抖空竹，也是院儿里孩子拿手的活儿，空竹买回来，要想声音响亮，就要用猪皮膘胶熬化了灌缝儿，这样也不容易摔坏了。这一天，学校里到处都是嗡嗡的空竹声跟噼里啪啦的鞭炮响儿。小孩儿们兜里都会揣着花生瓜子儿，也许还有几块马上就化了的大白兔奶糖。新衣服，还没到晚上，就都脏成泥猴儿啦。

年，是真的来了！

现在，虽已年过半百，越来越开始怀念儿时过年的光景，那时候，吃得香、睡得着，无忧无虑。放假也不用被逼着上这个班儿那个班儿的，简单、快乐，特有人情味儿。

作者简介

白钢：男，1962 年出生于清华园，土生土长的清华二代，曾住照澜院，现住
　　　胜因院。毕业于清华大学附属幼儿园，起步虽高，可惜后劲不足。虽流
　　　落市井，常以清华人自居，令外校人羡慕不已。没事儿时往二校门一带
　　　遛遛，碰上眼拙的游人，也能混上几声"老师！"的称呼。

难忘清华一公寓

——儿时记忆四则

陈立元

　　一、二公寓是中华人民共和国成立后清华大学建造的第一所公寓式教师宿舍，它的建造是清华的教师住宅从原来的别墅和平房小院向单元楼房方式转变的初次探索。一、二公寓都是三层的灰色楼房，各有四个门洞（单元），每个门洞六户人家，房间内部结构与蓝旗营路口西南侧的北大一公寓完全相同，因此可推断其应是由原北大工学院建筑系设计。

　　我作为生在清华园的孩子，有幸成了一公寓第一批的居民，在这里度过了无忧的童年时代和懵懂的少年时代，并在此留下了诸多难以磨灭的记忆。

一、公寓球场

一公寓北面是条马路。

　　50 多年前，在路北侧 13 公寓东边是一片荒地，其中还有些断垣残壁，据说原来是座土地庙，但留在我们记忆中的只有那些夏末秋初在碎砖底下长鸣的蛐蛐儿。大约在 1965 年底，学校清理平整了这片土地，辟为露天球场，这令公寓区和胜因院的孩子们生活方式发生了根

图 1　无忧无虑的一家
（摄于 1956 年秋）

本性的改变。

原来去荒岛招蜻蜓或到东坑钓鱼等活动在一夜之间乐趣大减，几乎所有人都义无反顾地投身到时尚的户外运动中。一、二公寓和13公寓90%的孩子在短短两周内学会了骑自行车，三个月后已成长起数支不同年龄、不同地域的业余篮球队……

这片球场带给我们的快乐远不止这些，首先是大家有了一处公共聚集场所。那时大多数人家里没有电视，晚饭后的时间显得比较漫长，球场正好可以容纳多人在一起闲聊，参与者有的坐在压住篮球架的条石上，有的骑跨在自行车上，没有家长的干扰，一起天南海北地闲扯着大家感兴趣的话题。其次是在夏天放映过为数不多的几场露天电影，和去新林院操场看电影相比，一、二公寓的孩子们在占座上第一次有了先天的优势。而真正给大家带来惊喜的却是从国庆20周年庆典开始的燃放礼花！

和城里的孩子不同，清华园里的居民原来对于礼花的认知仅限于天安门方向空中的一片片红光，而从这次开始，有了近距离观看礼花的优厚待遇。1969年"十一"那天吃过晚餐，一、二公寓的居民，不分老幼，不约而同地来到楼顶的露台上，孩子们则是依仗灵活的身手占据了各门洞出入口的门楼，共同等待观看燃放礼花。晚上八点整，绚丽多彩的礼花开始升空，几乎就在我们的头顶绽放，大家生平第一次看到各种颜色、各种形状的礼花划破夜空，

耳边鸣响着各种哨声和噼噼啪啪的爆裂声，悬挂着彩色灯笼的降落伞也从附近翩然飘过，由于距燃放点太近，孩子们早早预备的竹竿一点没派上用场，大家只能眼睁睁的望"伞"兴叹。燃放结束礼花部队撤离后，大家一股脑儿兴致盎然地去球场上察看施放的痕迹，从礼花炮筒因后坐力陷入地面留下的坑洞体验炮筒口径。从次日开始，包含礼花由钢炮发射，礼花弹是球形的，点火方式是用磷片摩擦引信，同步信号由电话铃声传播等内容的礼花施放技术讲座开始在校园内普及，

图2　家门口儿（20世纪60年代初）
一公寓发小儿提供

教学活动持续达一周左右，最具权威性的主讲当然是一、二公寓楼顶上的小观察员喽。燃放礼花大约持续了五六年的时间，观察员们的观测结果越发细致入微，讲座的技术水平自然也逐年提高。

从 20 世纪 70 年代中期开始，随着清华教学活动的恢复和发展，在这片场地上建起了中区教工宿舍，附近的孩子们也都陆续升学、就业离开了校园。这片球场的存在算来大约前后不足十年的时间，但却为我们这些在清华园内长大的"50 后"和"60 后"留下了一段永久的记忆。

二、楼顶儿

对于住过一公寓的孩子们而言，楼顶儿是指全楼居民公用的大天台。天台的面积和公寓楼的占地面积相同，四周环绕着一圈一米多高的女儿墙。四个门洞的入口各有一座青砖砌的门楼，地面是沥青油毡防水层上撒着一层蚕豆大小的卵石。那时北京的空气质量很好，站在天台上能清楚地看到颐和园的佛香阁和玉泉山的宝塔，朦胧的背景是更远处的西山。

在 60 年代，楼顶儿是居民重要的生活辅助设施，年轻的父母可以带孩子晒太阳、骑小车、打板羽球。几个门楼之间拉着 8 号铅丝，供各家晾衣物，那时人们都很谦让，从来没有因争夺晾晒的次序起过争执。即使是春秋季节晒棉衣和被子，大人们也像有默契一样，总能穿插着合理利用有限的场地。大约是 1967 年春季，校内兴起了一阵打鸡血的热潮。许多家长满怀为党健康工作50 年的热忱参与其中，于是楼顶儿又成了养鸡的绝佳场所。每天早上此起彼伏的公鸡打鸣声也成了校园一景。

图 3　楼顶儿上（20 世纪 60 年代末）
毛爱华提供

楼顶儿更是孩子们的乐园，一公寓的发小儿们谁没在楼顶照过几张以西山为背景的合影呢？大家是否记得在楼下"藏猫儿"的时候，总会有几个脑子特别灵活的孩子会以楼顶儿为通道溜进其他门洞，最终引发是否属于耍赖的争执。当孩子们在楼下玩得烦闷时，某人的一句"上楼顶儿"会立刻得到大家的热烈响应。一公寓的楼顶儿还充当过与二公寓的孩子们对峙的阵地,满地的卵石就是最好的弹弓子弹。

全楼居民上楼顶儿非得有大事发生的时候才会出现。如果说每逢国庆时观看燃放礼花是固定节目,观看"东方红一号"人造卫星就属于欢庆盛典了。1970年4月24日,我国在酒泉发射中心发射了我国第一颗人造卫星。25日晚上,根据当时遍布校园的高音喇叭提示,一公寓全体居民上了一次楼顶儿,共同见证"东方红一号"卫星穿越北京上空的时刻。不知是哪位细心的家长还带了一部当时罕见的全波段半导体收音机,接收卫星发出的"东方红"音乐。1970年北京的夜空还是满天繁星,楼顶上无论大人还是孩子都扬着头,睁大眼睛,在璀璨的星空中寻找移动的卫星。忽然不知是谁高喊了一声"找到了",所有人都精神一振,沿着黑暗中的一只手臂的方向遥望着天际。陆续大家都看到了,一个橙红色的光点在无数人的注目礼中一闪一闪地从东向西缓缓走过苍穹,这时所有大人的心中都涌动着因祖国强盛、科技发展而产生的民族自豪感,而当时我的注意力则全部集中在一次关于人造卫星与流星差异的认知进步上。

三、食堂

听长辈说20世纪50年代初期建一、二公寓的初衷是为安置新结婚的青年教师,所以没设计厨房而是在两座公寓楼之间建了二员工食堂,解决那些年轻双职工的一日三餐。

即使以现在的标准看,二员工食堂仍然属于颇为气派的,在当年更是内外环境优雅、设施整齐先进,很多经营性的餐馆都没有这样的条件。几年后学校盖了3—8公寓,二员工食堂增加了为单身青年教师服务的功能,并在原来餐厅的北侧为一、二公寓的住户开设了小食堂。小食堂为一、二公寓的双职工提供了更体贴的服务,比如"大跃进"时期家长加班,孩子可以自己就餐,餐费定期结算。但我却始终对其充满敬畏,

图4 二员工食堂西侧
(1965年春)黄铱提供

原因是每次去都被一位大眼睛的炊事员刘师傅半开玩笑、半恶作剧地索要"入伙证"。

1960年底前后，随着俗称"大白楼"的15—17公寓建成，二员工食堂转为单身职工专用，新建的公寓食堂成为整个西南部家属区居民的生活依托。俗话说"穷人的孩子早当家"，当时学校的双职工与普通市民相比经济上未必拮据，但时间绝不富裕，于是孩子们理所当然地承担了去食堂打饭的重任，由于那时的菜品和主食都不能保证充分供应，想买到价格、品种、口味都令人满意的餐食不仅需要充分发挥自己的运筹、预测能力，还需要随机应变，适时组建临时的合作团队实现购餐目标。

那时住在各公寓上小学高年级和初中的孩子，如果家里没有老人负责做饭，基本都要担负到食堂买饭的任务。通常每天中午放学回家放下书包，第一件事就是拿着事先准备好的容器直奔食堂。公寓食堂的大门向西，进入食堂后穿过餐厅是一排水磨石的售货档位。从北向南依次是凉菜、冷荤档口、热菜档口和主食档口。冷荤档口由一位姓薛的厨师主理，薛师傅自述原来曾在粤菜名店大三元学艺，其自制的叉烧、熏鱼、米粉肉绝佳；热菜档口每餐大约可提供六七种炒菜，每份价格从4分到2角5不等，大体分为甲、乙、丙三类，其中甲菜中滑溜里脊、氽丸子、酱爆鸡丁和乙菜的肉片烧茄子、腊肠扒白菜、西红柿炒鸡蛋都是热销品种；主食档口米饭、馒头、窝头凭专用饭票敞开供应，但包子、肉龙、糖三角和发糕来晚了是绝对买不上的。

当年食堂执行的也是计划供应体系，餐券要凭入伙证兑换，按家长的定量、粮店发的米票、面票和粮票兑换食堂的主食餐券，兑换副食餐券（菜票）也有一定的钱数限制。所以对于负责买饭的孩子，首先要把全月的钱、粮收支做好计划，再大体分摊到每天、每餐，然后再根据每天食堂供应的食品确定所需的品种。一般来讲如果主食是粗粮时，副食需要相对丰盛；若主食是细粮或包子、肉龙等花样时，副食则应该相对简单。而在食堂排队的过程中，则需把这些计划落到实处，这时就是互助组大显身手的时候了。我排在热菜队里今天要给家里买氽丸子，同时还想买点薛师傅自制的粉肠；如果恰好同班的小胖在冷荤档排队买叉烧，正在为眼看买不到肉片烧茄子发愁，那我们两人合作就属于绝配了。由于食堂的菜谱是提前公布的，所以这种互助组通常已提前组织好并交换了容器，食堂开门后大家分别按事先的分工各司其职去排队，等圆满完成任务后再一起结算菜票。由于各家各户每天的需求不同，这种互助组通常在等候食堂开门的时候临时商定，组合的对象可以是同学，也可以是住邻居的玩伴，不在同一个玩耍的圈子或年龄差上几岁都不是障碍。正是这种频繁的临时组合，让无数孩子为忙于工作的家长解决了后顾之忧，下班回家后能吃上一顿可口的饭菜，孩子们也会因此得到家长的夸赞。

当年的公寓食堂对我们这些孩子不啻是比拼能力和人脉的战场，我们不仅在每天买饭的过程中学会了如何计划、调剂、安排家人的生活，同时也在运用自己聪明才智的过程中得到了无尽的乐趣。

四、放学回家的路

这一生走过不少路，也曾颇为自豪对人说自己的足迹几乎遍及全国，但留下印象最为深刻的，还是幼年放学回家的路。

从清华附小放学回一公寓有两条路，一条是出附小西侧门，经胜因院、10—12公寓、原西南小门，然后穿过三至七公寓之间的核桃园、经二员工食堂东侧回家。如果是与住在新公寓、二公寓、13公寓的同学结伴同行通常会选择这条道路，若碰巧哪个小伙伴兜里有几分零钱，能在八公寓前的小合作社买上一包米花或几颗水果糖一起分食，回家的过程就超级精彩了。

大多数一公寓的孩子放学后会选择另一条更近也更有趣的路，即从附小的校门出来后先穿过操场向北，在操场上的大柳树旁稍作逗留，和小伙伴们玩一会儿"弹球"或"剁刀"，然后向北走下一条"大沟"。

沟底有条小溪，从西向东再转向北方，经过照澜院西侧在二校门前注入从西门外流进校园的河里。溪流不宽，平时学生们可以轻易跨过去，如果是雨后则需踩着按一定间隔放置的石块通过。溪水边是孩子们的乐园，沿着被溪流润泽的岸边很容易拔到水葱，运气好的偶尔还能挖到"铁梨"，在那个物质匮乏的年代这成了孩子们额外的零食。溪边还零星散着野生的花草，翩翩飞舞的蝴蝶成为女孩子们追逐的目标；顽皮的男孩子则喜欢出其不意地把"土坷垃"丢在跨越溪水的小伙伴脚下，然后在被溅湿衣服的同学的怒吼声中一溜烟儿地跑掉。

攀上沟的北岸有个网球场，这种当年颇为小众的运动场地从某个侧面

图5　无忧无虑的童年（20世纪50年代）丁钢提供

说明了清华对体育运动的重视程度。继续穿过胜因院的两排房子，就进入了回家的最后一段路程，这条路西侧由南向北依次是七至三公寓，东侧是胜因院的数座小楼，路边种着两排白杨树。孩子们夏季常在树上摘蝉蜕、捉"季鸟"，深秋时节，大家会精心挑选肥壮的杨树叶梗比拼"拔根"，从中获取无穷的乐趣。那些年路边总是种着许多蓖麻，孩子们竞相摘取连梗的蓖麻叶子，再把大部分叶子撕掉，只留铜板大的一点连在梗上，然后就可利用蓖麻梗和叶片之间的弯曲处在食指或铅笔上旋转出各种花样。到秋天蓖麻子成熟后，每个孩子都会在裤子口袋里装上一把，时不时每人摸出一粒，两人相对把蓖麻子的胚芽相扣后较力，谁的蓖麻子胚芽被剋掉就算输了一局。

时光飞逝，转瞬之间已过了半个世纪，这条路有了个好听的名字叫熙春路，沿途已完全变了样子。原来的深沟在附小操场扩建时被填平，大柳树也被砍掉了。在沟的西半部盖起了西南小区17—20号楼，网球场旁建起了老年活动中心。每天放学时分，走在这条路上的已是我们的孙辈。他们一拨拨戴着小黄帽，排好路队回家，脸上则已不再有我们儿时那种悠闲自在的神情和无忧无虑的笑容。

作者简介

陈立元：男，1953年10月生于北京市。原住在一公寓26号，1979年搬到西南小区。初中毕业后到工厂谋生，1978年参加高考得以受高等教育，大学毕业后到某中央机关工作，后转入直属事业单位，2013年退休。

四区的那些事

高秋萍

1958年8月我从北京师范学校毕业分配到清华附小任教，1961年搬到清华四区居住了10年。虽然早就搬进了楼房，但是仍然怀念住在四区的那些日子，留恋平房的老街坊，留恋那些年的那些事，浓浓的亲情、深深的挚爱，印证了那句老话"远亲不如近邻"。

一、我们的邻居

1961 年我先生周识超从清华水利系分配到一套住房——四区 13 号，全家人感到无比的幸福！此前我们祖孙三代住在八公寓一间屋里，属于集体户口，能分配到家属区享有独立的居室和户口簿，是我们家人梦寐以求的愿望，这意味着我们从此可以享受北京市居民的待遇，领取每月的各种福利：粮票、肉票、油票、布票、节日补助票……尽管两个房间的面积不足 20 平方米，无厨房、无厕所，前面有个小煤棚，但是我们已经感到无比满足，兴奋的心情难以言表。

我们的住房是四区中间独立的两排，特别是我们这排房地势低洼，房前是一块大空场，平时大人们坐在这里聊天纳凉，孩子们在这里追逐玩耍。马路边是清华大学南门的磅房，每年全校上万人供暖的冬煤需要在此过秤，是清华货物进出的重要关口。北边坡上有一个四面透风、极其简陋、无门有帘的公共厕所，夏天厕所里臭气哄哄，味儿经常随风飘进家里；冬天晚上北风呼啸，一只忽明忽暗的 15 度灯泡悬挂在高高的电线杆上，不停地闪烁，很是吓人。如果赶上厕所里的灯泡全坏了，还必须由家人打着手电筒陪同着去……这样的环境我们都不在乎，慢慢就适应了。

很快我们与左邻右舍的邻居们都熟悉了：11 号熊舒音家，12 号王永山家七口人，14 号陈士发家。坡上东边一排房住户依次是：第一户刘顺祖孙三代七口人，第二户是武继和，第三户刘崇杰，最后一户是裴全。为什么家家户户那么小的房间也能住下七、八口人呢？秘密就在于：里间屋一进有个大炕，可以容得六、七个人同时躺下，晚上一人拉一床被子，倒头就睡。

中华人民共和国成立初期，住房条件虽然差些，人们都能理解，能体谅国家和学校的困难。一家人能平平安安地生活一起，正常地过好日子就是最大的幸福了。

图 1　四区 11-15 号五家男士们合影（1966 年）
左起：周识超、陈士发、王永山、熊舒音、刘顺

二、困难吓不倒我们

20 世纪 60 年代初是国家经济最困难的时期，粮票就是每家的命根子，但是与国家共渡难关又是我们老百姓的共同信念，大家相信我们的国家会好起来，我们的日子也一定会好起来。粮食供应紧张满足不了需求，我们就想各种办法自己解决，困难吓不倒英雄汉。

在每月发放的粮票中，有 40% 的细粮可以买米和面，有 60% 的粗粮只能买玉米面，玉米面蒸的窝头扛饿，人口多的家庭就设法与人口少的家庭或南方人用细粮票兑换粗粮票，双方都高兴。我婆婆是广西人，除了兑换粮票外，还常把家里结余的粮票接济邻居。

有一天我回家看见院子里有一堆洋白菜叶子，婆婆告诉我说：东升公社（位置在清华东门外）的农民收割洋白菜，外边的大帮子都不要了，允许捡回家来，她和几个大嫂子一块去捡的，回家把菜叶洗干净剁成馅包成菜团子，这就是当时我们几家的美食。

秋天农民刨白薯，大人孩子就在刨过的地里再翻一遍，能捡到落下的半截和一些不要的小须子，我们几家屋外面都有大柴锅，回来炜上一锅，香喷喷的，没捡到的也能分到煮熟的热红薯，大人孩子都喜洋洋的！

不能放过的时令天然食材还包括榆钱、槐花等，这些都能在巧妇大妈们的手中做出各种美食，补充食物的不足。

困难是暂时的，我们战胜困难的决心是永恒的！那个年代大人孩子对"锄禾日当午，汗滴禾下土，谁知盘中餐，粒粒皆辛苦"有着深刻的体会，都懂得：谁要浪费粮食就是极大的犯罪，勤俭节约才是美德！

三、过冬的当家菜——大白菜

20 世纪 60 年代，入冬前购买冬储大白菜是家家户户的头等大事！要先到居委会登记数量，谁家也不少买，1000—2000 斤都不算多，我家四口人还买过 800 斤呢。储存白菜的前提条件是菜窖必须提前挖好，有的家菜窖挖得很讲究，大而深，用木梯上下，里面有通气孔，外面盖上稻草或者破棉被，确保窖里的恒温，储存菜多，时间又长，马虎不得。一个菜窖建好了能用好几年。

每年 11 月 1 日，国营商店就开始集中供应大白菜 10 天，不零售，几分钱一斤，过了供应时间就是一毛多钱一斤了。清华合作社提前用汽车和马车到地里拉回白菜，码放在销售点的空地上（现在南五楼前的活动中心当时是粮店，也是白菜供应点），农民砍下的白菜连头带帮子，每棵都是十几斤重，分不出好还是不好，能买着就行了。

周日是双职工买白菜的高峰，60 年代的冬天出奇得冷，为了早点买到白菜，有人早上 4 点就去排队拿号，天还黑咕隆咚的，北风呼呼地吼着，家里人轮流出来排队。看吧！每个人都全副武装，犹如上战场，能御寒的棉服都套上，脖子还要深缩到领子里，站一会儿就冻得直跺脚，扎心的冷啊！我先生也是队伍中一员，外边套着皮大衣，戴着棉帽子，脚踏靴子，觉得不错了，过段时间也冻得受不了，就这样人们都自觉地排队，聊着天，讲着笑话，也有讲奇事的，一片祥和的气氛，从未有走后门先买或者加塞代买的不良行为。尽管天冷排队时间很长，人们心态平静如水，一切按部就班，耐心等待开卖。

开始卖菜了，人们马上精神起来，天好像也变暖和了。瞧！各家的运输工具都派上了用场：平板车、三轮车、小孩竹车、二八型的自行车后边加一块板、还有自制的小拉车……买到菜的人家不用发愁怎么运菜啦！各家的大人孩子也都聚齐了，先把菜搬到大磅秤上过重量，再一棵棵搬到小型运输工具上，1000—2000 斤的白菜在众人的帮助下纷纷运往各家。送完第一家再忙着送第二家，从没有出过差错，有时主人还没到家，菜都堆在家门口了。看着胖嘟嘟的大白菜，冬储菜有着落了，心里高兴得就剩下乐了！邻里之间互相帮助，人多力量大，忙碌中透着老街坊浓浓的真情。

晒白菜也是道美丽的风景，1000—2000 斤的白菜要先晒蔫了才能入菜窖储存，于是各家各户的煤棚上，房前的平地上都整整齐齐地码着大白菜，白帮绿叶，一棵棵的，在我们眼里就是绿叶翡翠，是那么的可爱和珍贵，它在整个冬天是我们不可或缺的美味佳肴，我就是那时跟大嫂们学会了几样积酸菜的手艺，吃起来香喷喷的，大大改善了家里的伙食。

没有任何力量能够阻挡大家乐观地生活和战胜困难的决心！

四、屋里的鞋漂起来了

四区的房子简陋，冬天不保暖，夏天太阳晒透房顶。有一年夏季，连着下了几天瓢泼大雨，大家见势头不好，齐心协力提前用石头泥土把门口堵住、填高，心想水进不了屋，都放心睡觉了。

半夜不知谁喊"快起来，水进屋了！"打开灯一看，嘿！我家的鞋子都漂在水面上，由于睡得香，我们一点都不知道。原来屋后的墙缝是泥抹的，被水一浸泡就漏了，屋里就进水了。于是四家男士全副武装，通力合作，扛着铁锹去后墙堵漏洞，各家女士赶紧用各种盛水的盆瓢快速地往外淘水，折腾了大半夜。第二天早上大家见面，都把自家昨晚漂在水中的物品当成笑话说给大家听，听完都哈哈大笑。真是稀罕，明明是惨事，却变成了乐事！老天也挡不住我们雨中取乐的生活情趣。

五、小屁孩骑二八大男车

我婆婆是广西人，管女孩叫"妹"，管男孩叫"弟"，所以邻居都管我的女儿周在群叫"小妹"。小妹出生3个月住进了四区，长到5—6岁就有了一帮年龄相仿的小伙伴：亚荣、小五、前线、小义、玉梅、燕燕、蜡头等。最有趣并令人吃惊的是，他们学骑车都无师自通，一群小屁孩儿不知怎么着，家长没教就学会了骑二八大男车。

开始看他们轮流推着车玩，个子只比大车高一头，推着都费劲，没过多久有的孩子就能溜车了，没容大人关心，所有的孩子都能溜车了。再过一段时间，更热闹了，等大人一下班，自行车就成为孩子们的专用工具，只见这群学龄前儿童（7岁上学），推着大车在四区中间的空场上，先是溜车，突然就右腿掏过大梁，踏着脚蹬，双手扶把，歪着身子，屁股一扭一扭地使劲儿，就像飞翔的小鹰，绕着空场撒欢儿似的你追我赶，喊着叫着，尽情地享受着童年的快乐。

我既是老师又是妈妈，何尝不担心孩子们的安全，有时提心吊胆的，但是看到他们那股初生牛犊不怕虎的劲头，由衷地高兴与佩服，为之骄傲！孩子们，你们都是有出息的好苗子，是共产主义的接班人！

图 2　我们的家园（1966 年）
前排（左起）：周在群、刘玉梅、熊前线、
陈建华
后排（左起）：王亚荣、刘雪梅、白文义、
徐清华、陈建平

图 3　送别广西来的周识超弟弟（1966 年）
前排（左起）：孙铁康（铁康）、王双利（小
利）、王源悌（大四儿）、刘建华（二乖）
后排（左起）：王金龙（大龙）、刘春华（春
华子）、周德超（大个儿）、王全有（老
虎）、孙立军（二牛）、王源志（三庆）

六、快乐的王永山大哥

　　王永山老大哥在高压锅炉房上班，劳动强度大，一天下来真是够累的，但他是个乐天派的老工人，看见街坊的小孩都要逗一逗，这也是他解除疲劳的一个方式吧。

　　我儿子周在文 1967 年出生在四区，是在邻居大爷大妈的呵护和众多哥哥姐姐的爱护下长大的。刚会走路，话还没说利落就到处串门，最熟门熟路的就是王大爷家了，经常能听到爷儿俩逗乐式的对话："你是谁呀？""文！""你不是文，是武！""文！""武！"声调高八度地喊："文！""武！"无结果的对话过去了。看见王大爷盘腿坐在八仙桌旁，就问："你干吗呢？""你过来给你

图4　王永山的爱人"王嫂"，
五个孩子的妈妈，照片中她抱着
1岁的周在文玩耍

好吃的！"于是在文就张着大嘴走了过去，王大爷用筷子头在酒杯里蘸一下，往孩子嘴里点一下，辣得孩子调头就跑。逗得我们几个大人哈哈大笑，孩子就是我们的开心果，为我们的生活增添了无限的乐趣。

老王大哥就这么点小嗜好，喝口小酒，每天就一点，有块咸菜就着就不错，要是有把花生米就算奢侈了，多么憨厚乐观的工人老大哥，哼着小曲，酒中取乐，笑对人生。

七、查午睡

清华大学有个响亮的口号：为祖国健康工作50年。为保证全校教职员工能够劳逸结合，学校安排了中午两小时的午休时间。为确保校园安静，清华附小就要管好自己的学生，中午不能让他们出来乱跑，更不能大喊大叫，这就有了查午睡的制度。当时附小老师分片负责，我住在四区，就担当了每天查午睡的值班工作。

四区多数是双职工，家里为了保证大人休息好，哪有孩子午休的一席之地？于是学生们（多数是男孩）就和我玩捉迷藏，有几个人躲在一个旮旯里小心翼翼地拍洋画，有几个人蔫不出溜地拍三角或弹球……我也深知他们的家庭状况，巡视一圈，外边没有学生，也就睁一眼闭一眼让他们"自由自由"吧。可有的学生胆大，不满意这种无声无息的玩法，干脆拿着弹弓到林子里去打鸟，到水边捞鱼玩水，不知不觉玩忘了时间，到下午快上课的时候使劲跑到班级门口喊报告。老师问："为什么迟到？""睡过梭儿了！"惹得全班同学哈哈大笑，谁不明白是怎么回事啊！

还别说，那时清华校园里中午就是安静！

八、感恩邻居大嫂

我在四区住了十年，那是我人生中重要的、难以忘怀的一段时间。当时我是年轻的小学教师，也是初为人母，受到邻居们很多的关照和恩惠，我从

图5　作者夫妇与四区邻居熊舒音(中)
（2018年）

他们身上学到了许多人生的哲理，学会了许多过日子的技能。特别是一家有事大家帮忙，一家有好吃的大家分享……我怀念和大家一起相处的那些日日夜夜。

在那个年代，职工家里人口多、收入少，但是任何困难都难不倒我的邻居大嫂们，她们有强烈的自力更生精神，又有心灵手巧的各项技能，使一家人吃得饱、穿得暖，体体面面地上班、上学去。她们什么活都自己动手做，家里收拾得干净整洁，是她们教会我踩缝纫机，教会我做大人和小孩的衣服，还手把手地教我用旧衣服打布壳、搓麻绳、纳鞋底，做五眼棉鞋，我们家孩子每年都能穿上暖和的新棉衣、新棉裤、新棉鞋。印象最深的是她们教我做男士的假领子，我先生戴上后以假乱真，好像穿上了一件漂亮的新衬衣，让我很自豪。我们就是在这种物资匮乏的条件下，学会把日子过得快快乐乐、有滋有味。这更让我体会到，幸福就是靠勤劳的双手创造出来的，在困难面前，只有奋勇向前，排除万难，才能取得胜利。

常言道"远亲不如近邻"，至今我都怀着感恩之心，感谢照顾我十年的邻居大嫂们！

作者简介

高秋萍：女，1938年生人，1958—1993年在清华附小任教，工作36年一直战斗在教学第一线，小教高级。1993年退休。退休后多年为附小退休教工做服务工作，曾任清华附小退休教工党支部书记，担任清华大学老年柔力球队队长12年。先生周识超，水利系副处级调研员。

清华白楼的童年记忆

黄培

科技的发展使世界的空间变小、距离缩短。清华白楼发小庞沄和庞琳兄妹俩利用互联网的功能，把分散在世界各地、有着不同经历、不同职业、不同年龄的清华发小聚集在"清华园的发小们／清华园的孩子们"微信群下，大家畅聊小时候的美好回忆，讲述发生在特殊年代的故事……勾起了我对清华白楼的回忆。

■、清华白楼的住户

"文化大革命"前，清华大学的教职工宿舍分为多个住宅区。如解放前不同历史时期修建的教师宿舍北院、西院、照澜院、普吉院、胜因院、新林院，解放初期学苏联修建的教工宿舍一到八公寓，为校级领导和高级教授修建的9—12公寓，特立独行的13公寓，20世纪50年代为教职工修建的连排平房一区至六区，20世纪60年代初为教授修建的15—17公寓……其中，15—17公寓因其外观涂有白色水刷石面层而被称为白楼。

我家是1961年从照澜院搬到清华白楼的。那时虽然都住在清华园，但是由于住在不同的家属区，受文化氛围和家庭环境的影响，不同住宅区的孩子还是能看出来的。有件事使我记住了白楼孩子的与众不同。那是"文化大革命"前"山雨欲来风满楼"的时候，清华主楼建筑群已经竣工但是尚未投入使用，因为我父亲黄熊（土木工程和结构力学专家）参与了主楼的建筑设计，所以我对那座宏伟壮观的建筑充满了好奇心，非常想进去看看。清华主楼高10层，当时是北京最高的建筑物，加上东西两个配楼，总面积有7万多平方米，从1956年开始建造，至1966年完工，建造的标准和质量直到20世纪末仍然保持着同时期建筑的较高水平。在我们这群孩子的眼里，当年的主楼相当于清华的人民大会堂，神圣而庄严。

一天我与几个同学央求看门的大爷允许进去看看。大爷问我："你家住哪儿呀？"我说："白楼。"大爷脸色立刻大变，呵斥道："住白楼的孩子还想进主楼看看？没门！告诉你，这里的装修还没你们白楼好呢！你要想看就回家去看吧！滚！"我真不知道自己哪句话惹怒了他？但是我记住了：以后不要随便告诉陌生人我家住在白楼。

清华白楼坐落在清华校园的西区，毗邻清华西门，一条不到十米宽的万泉河将它与学校主干道清华路隔开，环境清幽典雅。万泉河源自海淀万泉庄西，流入清河，那时河上仅有一座可容一人通过的没有桥栏的钢筋水泥桥，外人不轻易走，所以在孩子们眼里，白楼更像是世外桃源。

小时候听我父亲讲，清华大学师生自己设计的白楼，最初是为苏联专家设计的。20世纪50年代中苏关系还好的时候，清华不但聘请了苏联列宁格勒土建学院的萨多维奇专家担任校长顾问，还陆续聘请了60多位苏联及东欧专家来校指导教学改革工作。因此白楼的设计模仿了苏联建筑，每家窗台前都设计了摆放鲜花的花坛，防震级别采用了当时国家最高级别的防震标准，内部装修生活设施齐备，供应热水和暖气。因为苏联人喜欢晒太阳，所以楼顶特意设计为宽敞明亮的平顶露天晒台，白天可以清楚地看到颐和园佛香阁和玉泉山塔。

白楼交付使用后，根据上级指示，学校将新房分配给了本校的教授、副教授以及学校中层以上的领导干部居住，因此那时清华人都称白楼为教授楼。

图1　清华白楼　　　　　　图2　作者全家在17公寓楼顶（1968年）

白楼房屋的户型设计每栋不同，分配对象也不同，主要是按照教授级别和行政级别分配的。16公寓大多数住的是三级以上教授和校级领导干部，15公寓和17公寓大多数住的是六级以上教授、副教授和学校中层领导干部。另外，从居住环境来讲，白楼一层比其他楼层门前面多了一个小花园，可以种植花草树木。为了照顾从国外留学回来的教授和西南联大时期的教授，一层住宅全部分配给了这批人，他们大多数属于清华的"108将"，也是清华教师中的宝贵财富。

清华 "108 将" 的称呼来自蒋南翔校长的讲话。蒋南翔在清华工作期间，对于知识分子一直抱着真诚团结的愿望。当时，清华教师中有副教授职称以上的教师 108 人，蒋南翔就经常讲 "108 将是学校的稳定因素"。他还多次谈道：高等学校最宝贵的财富，不是巍峨的高楼大厦和贵重的仪器设备，而是富有科学知识和教学经验的教师——教授和副教授。团结老教师，充分发挥他们的作用，是办好高等学校最重大的问题之一。他引用梅贻琦校长的话："大学者，非大楼之谓也，乃大师之谓也。"[①]

关于清华 "108 将" 的由来，1953 年主持参加这项工作的前清华大学副校长陈士骅回忆到："1952 年院系调整后，教师定级定薪工作，时为 1953 年年初。由钱伟长主持。北大方面来的人，由陈士骅基本拍板。按年资、学历、著作、发明定。博士是教授，副博士（硕士、特许工程师）为副教授。年资，在学校一年算一年，在校外三年算一年，到了十年头，就可以为教授了。定级定薪先以某系为标兵，纵向排队，横向比较，调整而定。最初定了 103 人，在工字厅，陈士骅对蒋南翔说：还差 5 人就是 108 将了。蒋十分得意，就同意加 5 人，就成了 108 将了。" 当年清华大学被评为一级教授的有 14 人，包括刘仙洲、张子高、陈士骅、钱伟长、张维、陶葆楷、孟昭英、赵访熊、马约翰、梁思成、章名涛、张光斗、施嘉炀和谢祖培。一级教授黄文熙是 1956 年从外单位调入的，所以那时清华一级教授有 15 人（此段由陈士骅之子陈冲提供）。

1955 年随 "中国科学院学部" 的成立，中国科学院产生了第一批院士（学部委员），清华大学有 7 人名列其中，包括刘仙洲、钱伟长、张维、孟昭英、梁思成、章名涛和张光斗（此段由张光斗之女张美怡提供）。

国内著名的排水工程与环境工程专家陶葆楷教授，中国科学院院士（学部委员）、电子学家、物理学家、教育家孟昭英，中国科学院院士、国际知名焊接专家潘际銮教授等，那时都住在白楼。中国科学院院士（学部委员）、电机工程专家与电机工程教育家、朱镕基总理的老师章名涛教授在 "文化大革命" 初期也搬进了白楼。

那时清华新房分配是按照单位进行的，不像现在是按照个人学历和资历计算总分排序分配的，因此白楼各系教师居住地点相对比较集中。以我家居

---

① 方惠坚 . 蒋南翔传 [M]. 北京：清华大学出版社 .2005.

住的17公寓一门洞为例，除一层居住的是两位外系教授外（101号是留美博士、电机工程系教授童诗白家，102号是留美博士、水力工程系教授陈椟生家），其他各层住的全部是土建系（那时土木工程系和建筑工程系合并）教授、副教授和归国华侨。如201号是系党支部书记刘小石家，202号是邝守仁教授和江丕权教授两家，203号是莫宗江教授家，301号是朱畅中教授家，302号是黄熊教授家（我家），303号是胡允敬教授家，401号是吴增飞教授家，402号是康寿山教授与关肇邺教授两家，403号是罗福午教授家，501号是赵炳时教授家，502号是楼庆西教授家，503号是李承祚教授家。二门洞也住有土建系教授，如304号是汪国瑜教授家。其中，莫宗江教授、胡允敬教授、汪国瑜教授以及住在16公寓401号的张昌龄教授，与梁思成教授共同参与了中华人民共和国国徽和国旗的设计，他们的贡献被载入史册。其他各位教授都参与过国家重大建筑工程的设计，对社会主义建设的发展做出过重要的贡献。住在这种文化氛围浓厚的环境中，我们所听、所看、所接触的事物肯定与众不同，对我们成长中潜移默化的影响是不言而喻的。

单位同事宅邸相对集中的好处是商量工作方便，小时候我常拿着父亲写的字条或者图书等，送到楼上或楼下的某位教授家，所以与各家的大人和小孩都比较熟悉。坏处是在"文化大革命"中才体验出来的。"文化大革命"期间，哪位家长受到冲击或者政治上受到当权派的怀疑，外系的大人可能还不清楚，门洞里的孩子就都知道了，住不住在白楼是衡量家长有无"政治问题"的风向标。那时清华房管处的人政治嗅觉非常灵敏，政治立场非常坚定，如果有谁受到"政治审查"，即使性质未定，也必须搬出白楼。白楼发小滕运先生在《清华校园往事》中写道："'文革'前父亲作为校党委委员、化工系主要负责人，我家住在16公寓……'文革'初期搬到了17公寓……后来又搬到西院……"也就是说，随着他父亲滕藤先生政治命运的起伏，他家的居住条件从4居室搬到2居室，后来又搬到平房……"文化大革命"期间，清华大学各派政治势力斗争激烈，知识分子成为"臭老九"，被各派随意批斗，有的白楼人家即使没有搬出白楼，也被搬进一家工人或者造反派，24小时监控其一言一行，完全没有个人隐私。如白楼发小王如骐家从16公寓4居室搬到15公寓3居室，最后还是逃脱不了合住的命运，家庭最起码的私密性全无。我家也因无法忍受这种"政治"待遇，于1972年搬出了白楼，搬进了由我父亲参与设计和建造的新林楼。

三、白楼 17 公寓发小的故事

发小，是北京地区方言中的一个词，就是指从小一起长大，大了还能在一起玩的朋友，一般不分男女，相当于南方的"开裆裤朋友"或东北的"光腚娃娃"。

清华发小与北京胡同发小的最大区别，一是父辈大多数是共事多年的同事，家长与家长、家长与孩子之间都比较熟悉；二是在成长过程中，学生生涯从幼儿园起、小学、中学都是同学，有的即使不是同班同学，也是住在同一家属区的邻居，大家从小儿一起跳皮筋，一起钻青纱帐捉迷藏，一起趴在草丛里逮蛐蛐，一起在邻居家看书或看电视，一起做"坏事"被抓住受惩罚……即使几十年没有联系，通过"清华园"这根纽带，就能轻而易举地找到联系线索，恢复交往。

2015 年 10 月，清华附小百年校庆，为纪念附小百年诞辰，清华附小从历年毕业的 15800 名校友中，根据各个历史时期和各个年代的特点，从各行各业中挑选出 20 位优秀毕业生进行表彰，他们都是事业有成、具有代表性的榜样校友。其中，陈小悦、孙立哲、汪又绚、周正宇和胡洁榜上有名。20 世纪 60 年代他们都住在 17 公寓，是我的邻居，我有幸与他们一起成长。

陈小悦

陈小悦，经济学家，1969—1977 年在陕西延安下乡插队，1978—1988 年在清华大学汽车工程系就读本科、研究生、博士生。1988—2000 年任清华大学经济管理学院副院长（时任国务院总理朱镕基任清华经管学院院长）、会计系主任，2000 年起兼任清华大学会计研究所所长，2003 年任北京国家会计学院院长，曾担任中国资产评估协会副会长等职务，是"清华一条龙"教育的典型代表。

小悦大哥的父亲叫陈樑生，1948 年美国哈佛大学毕业后到清华大学任教授，建立了我国北方地区第一个土工试验室，1952 年建立了清华工程地质及土力学基础工程教研组，培养了新中国最早的一批岩土工程学科的研究生。

那时小悦大哥家住 17 公寓 102 号，我家住在 302 号，因住同一门洞，碰面的机会比较多。"文化大革命"前中国是世界闻名的礼仪之邦，见面时不管男女老幼都要相互称呼或者问候，小悦大哥见到小他 5 岁的我，经常是抿嘴一笑，算是打招呼了。小悦大哥是清华附小 1960 届毕业生，清华附中 1966 届高中毕业生。无论在小学还是在中学，他都是德智体全面发展的三好学生，是学校树立的楷模与标杆。记得在清华附小上学的时候，老师就多次告诫我们：远学英雄，近学榜样，向陈小悦学习。因为姐姐黄坤与小悦妹妹陈小林是同学，小时候我多次跟着姐姐去陈家玩。记得有一次我傻乎乎地问小悦大哥："怎么学习才能使成绩不断提高呀？"小悦大哥笑着回答说："用心学习才行呀！"那时我虽不理解这句话的含义，但是默默地记住了"用心学习"四个字，并受益匪浅。"文化大革命"期间学校停课闹革命，傍晚的时候，全楼孩子都喜欢聚集在小悦大哥家窗户下玩，我们总能透过玻璃窗看见他在看书或者写东西。即使清华大学百日大武斗，造反派的高音喇叭整天对着 17 公寓大喊大叫，他也不受干扰地继续学习，这就是"文化大革命"后小悦大哥能脱颖而出的原因之一。

孙立哲

孙立哲，原名孙立喆，出版家、企业家、学者。1964 年考入清华附中，是著名作家史铁生的清华附中同级同学、终生挚友。1969 年初与史铁生一起到延安地区插队成为赤脚医生。1979 年考入北京第二医学院读研究生，1982 年赴澳洲留学，1983 年赴美留学，先后在美国麻省理工学院、哈佛医学院、芝加哥大学法学院等多所院校获得多学科硕士、博士和博士后学位。1986 年在美国创办万国图文电脑出版公司，1991 年回国创业。现为华章出版公司董事长、万国集团董事长和万千、万水、万生心语、美迪亚等公司董事长，是欧洲法律研究中心医学与法律研究院共同院长、美国临床肿瘤学会专业会士，曾先后在东北财经大学、清华大学等高校任兼职教授。20 世纪 90 年代初至今，通过其公司向国内引进、翻译、开发和出版了万余种图书。他是《生命——民间记忆史铁生》一书的编辑委员会主任。

孙立哲的父亲叫孙绍先，1945 年获麻省理工学院硕士学位，曾为美国电机工程学会会员，1947 年回国任清华大学电工系教授，电机工程学家、电力网电力系统专家。

那时孙立哲家住 17 公寓 105 号，我们年龄相差无几，是清华幼儿园同学，当时他就显得与众不同，主要是善于团结同学和不欺负女孩。一年夏天我们在楼下玩捉迷藏，立哲被对方抓住，我就把小辫子放在他头上进行伪装，对方误以为被抓的是我，我们因此胜利。这是 2015 年聚会时立哲告诉我的。立哲小时候就有女孩儿缘，当我们跳皮筋儿缺少人的时候，就跑到他家求助，即使他正在做功课也不会拒绝，跑出来用腿撑着猴皮筋儿让我们跳，所以他在陕北插队时受到多位女孩的喜欢。立哲还有一个特点就是聪明伶俐、胆子大，敢于担当别人不敢做的事情。他曾自告奋勇捅掉了我们门洞的马蜂窝，结果他被马蜂蜇得满头大包。20世纪70年代立哲在陕西延安地区为缺医少药的贫下中农做手术，多次抢救危重病人，成为传奇式的知青人物，我不感到意外，因为他从小就有那种敢做敢为、勇于开拓的精神。

汪又绚

汪又绚，著名服装设计师。那时汪又绚家住17公寓304号，是17公寓女孩儿的主心骨之一，小时候我们经常在一起玩。她现在是中国国家话剧院国家一级服装设计师，第29届奥运会文化活动部专家编导组服装总设计师，文化部高级职称评审委员会委员，国家艺术基金专家评委。主要服装设计涉及话剧、歌剧、舞剧、京剧等多个领域。曾获得：国家五个一工程奖三次，国家精品工程奖两次，文化部服装设计金奖三次；中国舞美学会专业奖八次……现任北京舞蹈学院艺术设计系导师。

汪又绚事业上取得的成就，与她的家庭环境是分不开的。她父亲汪国瑜，清华大学建筑学院教授，建筑教育家、建筑学家，1945年毕业于重庆大学建筑系，1946年在东北大学工作，后被梁思成教授聘请到清华大学新组建的营建系工作，1950年作为清华大学国徽设计小组成员之一，完成了中华人民共和国国徽设计，曾参与国家剧院、中国美术馆等重要建筑的设计工作。

记得我们还在懵懵懂懂的时候，汪又绚已经开始阅读她父亲的建筑艺术类藏书了。"文化大革命"期间，学生有学不能上，她经常一个人静静地坐在家里的储藏室里看那些砖头厚的藏书。大量的阅读使她获得了知识，开阔了视野，增长了才干。记得一次我们去中山公园照相，我拿起相机就拍，似乎只要有人影就行了。汪又绚告诉我，摄影一定要注意构图，拍摄同样的一张照片，不同的角度就有不同的构图，不同的构图就产生了不同的画面效果……她还具体指导我，拍摄人物时最好应用"她在丛中笑"的构图，拍摄风景时上方最好有树叶或云彩衬托……当时我就感觉她在艺术上的悟性要比同龄人高很多。

周正宇和胡洁

周正宇和胡洁是清华附小20世纪70年代毕业生，年龄比我小很多，严格来说应该不能算作我的发小，是我弟弟的发小，但毕竟在一个楼里住了至少10年，他们的成长经历一直有所耳闻，因此也简单介绍一下。

周正宇，小时候家住在 17 公寓 508 号，是清华附小 1972 届的毕业生。他现任北京市交通委员会党组书记、主任，教授级高级工程师，主持和参与了北京市各主要高速公路、奥运道路、京津冀联络线等重要交通基础设施的建设工作，组织完成了奥运会、国庆 60 周年庆典、APEC 会议、抗战胜利 70 周年庆典等重大活动的交通保障工作，发明"地铁施工桥梁预顶升技术"并获国家专利。我们之间没有过多的交往，只是在清华附小同学聚会上见过面。

胡洁，小时候家住 17 公寓 303 号，与我家一墙之隔，是清华附小 1974届的毕业生。现在是著名的风景园林工程师，美国风景园林师协会成员，中国风景园林学会理事，北京奥林匹克森林公园主设计师，人称"北京奥林匹克森林公园之父"，荣获过国际风景园林奖、中国最具创新力（2011）风云人物、科学中国人（2010）年度人物。现担任清华城市规划设计研究院风景园林规划设计研究所所长，清华大学建筑学院副教授。

童蔚

17 公寓一门洞 1954 年以后出生的孩子有 20 多位，被我们称作小字辈，他们的头儿是胡洁的姐姐胡林、罗燕(家住 403 号)以及我弟弟。他们年龄相仿，兴趣爱好相同，共同语言更多。千万别小看这些小字辈，他们长大后都成为各行各业的佼佼者。其中在社会上最有名气的是家住 101 号的童蔚，她是中国"九叶派"诗人郑敏的女儿，从 20 世纪 80 年代开始创作诗歌，1985 年起在《秋水》《诗双月刊》《人民文学》《十月》《山花》《诗潮》《诗网络》《翼·女性诗刊》《香港文学》等内地及港台文学刊物上发表诗作。1988 年出版个人诗集《马回转头来》、2011 年出版《嗜梦者的制裁——童蔚诗选》、2016 年出版《脑电波灯塔童蔚诗选（2011—2015）》。曾参加过国际诗歌节。部分作品译成英文出版。除诗歌创作外，亦写作文化专栏。2013 年开始绘画创作，参加过中韩艺术家画展。

庞沄

我最熟悉且目前联系最多的 17 公寓发小，就是当年家住 306 号的庞沄。庞沄是清华附小 1965 届毕业生，清华附中 1968 届毕业生，1969 年到陕西延安地区延川县关庄公社插队，1978 年考上北京科技大学，后留校工作任职副教授，曾获国家科技进步一等奖。现任《写作之夜》丛书编委会常务编委，主编过《守望记忆》《清华之子——陈小悦》《延川插队往事》等书，是 20集电视连续剧《回首黄土地》的第一策划人和责任编辑，2018 年担任电影《走过青春》的责任编辑并参与了拍摄。

我们两家走动比较多的原因，是因为我父亲黄熊与庞沄父亲庞家驹是北大工学院的同事，1952年全国院系调整一起到了清华。几年后我母亲郑晏与庞沄父亲又成为教务处同事。庞沄父亲是个双肩挑干部，既是教授又兼任教务处的行政领导，主抓我母亲他们科的工作。具体地讲，就是庞伯伯上午11点以前去给学生上课，11点以后回教务处处理行政性工作。"文化大革命"前，蒋南翔校长非常重视清华大学的教学科研工作，他认为只有抓好学校的教学组织管理，才能把清华办成世界一流的大学，所以教务处创新工作层出不穷，永远有办不完的事。如在教学工作中，倡导教授们用英文给学生授课，事先我母亲与庞伯伯为具体事宜讨论了很久。

17公寓孩子们玩儿的时候不分男女，经常是一家兄弟姐妹带动一群孩子们玩。我与庞沄接触更多是进入清华附小校友会之后。庞沄是个全才，虽是理工男，但文学水平毫不逊色，写作、绘画、摄影、编辑样样在行。他具有很强的亲和力，在编辑《世纪情愫》和《清华附小校友名录》的过程中，善于团结人，助人为乐，任劳任怨。经常加班加点不睡觉，被称为拼命三郎，大家都喜欢他那开朗随和的性格。

三、离别前的最后合影

我上中学以后，17公寓的孩子开始进入青春期，男孩儿女孩儿扎堆一起玩耍的机会逐渐减少。但是由于各家都有性别不同的孩子，所以信息交流仍然是畅通的。比如男孩儿开展什么活动，第二天女孩儿就知道了。如果女孩儿认为男孩儿的活动方式好，就立刻仿效，反之亦然。

1968年清华大学的大学生开始陆续分配工作，即将离开北京。家住17公寓的孙立哲、庞沄、张铁良、方胜和家住9公寓的常振工、常振明、史青，以及家住胜因院的马迅等人，因喜好围棋与清华大学学生余昌民等人成为好朋友。眼看着棋友们即将流散于祖国的四面八方，在余昌民的建议下，这些围棋爱好者集体去照相馆照了张照片。多年后，随着孙立哲（知识青年典型人物）、常振明（中信集团公司董事长）等人成为社会名人，此照片在清华园和社会上开始流传，他们的围棋故事也载入了围棋的历史史册。

清华园里还流传着一张"恰同学少年、风华正茂"的照片，清一色的男孩，主角是住在白楼、甲级公寓（那时9—12公寓的统称）和胜因院的孩子。

当时社会上相传中学生马上就要毕业分配，男孩儿们意识到无忧无虑的生活马上就要结束。恰好陈冲 20 岁生日那天要去五道口照相馆照相，男孩们捧场，呼啦一下去了十几个人，留下了当年的风采。

图 3　白楼男孩（1968 年）

照片左起前排：陈冲、马迅、范子恒、庞沄、李子壮、吴持敏；
中排：莫京、史清、师勤、赵志平、张克澄、陈小苗、刘春阳；
后排：储齐人、方胜、李小清、籍传恕、胡晓明、孙立哲、常振工。

男孩儿拍集体照的消息传到女孩儿当中，女孩儿们也商量尽快组织拍个集体照，但是去哪儿照相成为争论的焦点。去照相馆？女孩儿担心男孩儿会嘲笑她们"没有创造力、只会模仿"；去天安门照？许多家长又担心女孩儿们的安全问题，当时白楼某女孩被"拍婆子"的消息传得沸沸扬扬。

最后坚决去天安门照相的只有 17 公寓七个情投意合的女孩儿。骑车出发前，庞荧和庞琳的母亲何阿姨决定亲自把我们送到目的地，并在天安门广场给我们拍了一张集体照。之后我们又去中山公园玩了一整天，拍了多张照片，留下了离别前的最后合影，也留下了我们的芳华。现在照片中的每个人都事业有成。

图 4　白楼女孩（1968 年）前排左起：张秋琳、汪又红、黄培
后排左起：汪又绚、庞琳、方进、庞荧

四、白楼 16 公寓发小的故事

当年住在 16 公寓的发小中，我们 1965 届学生不少，比如住在 102 号的卫小红、103 号的辜家华、201 号的艾平、205 号的李秾、302 号的王如骥、303 号的郭励清和郭励强、305 号的李子壮、401 号的张建、402 号的徐浩，先后入住 505 号的宗和、任爱民、任爱华，以及 506 号的陈虎等。大家一起上学、一起放学、一起学习、一起玩耍，彼此互相学习、互相影响、共同成长，度过了自己少年时代最幸福的时光。

徐浩和张建

在所有这些同学中，当年我去徐浩家的次数最多，从幼儿园起到小学毕业，我们不但是同班同学，还是最好的朋友。在男生眼里，徐浩与我形影不离，他们甚至还给我们编了顺口溜，清华附小百年校庆聚会时还有人提起。

徐浩的父亲叫徐亦庄，清华大学教授，物理教育家、光学家。解放初期，在美国取得博士学位后，不顾美国当局的阻挠，克服重重障碍，与同在芝加哥大学的好友邓稼先、汤定元等一起回国，到清华大学物理系任教（1952 年全国高校院系调整，清华大学物理系调整为物理教研组，1982 年恢复建制），教书育人 40 多年，是我国新型激光器件研究的开拓者之一。

徐浩家与我家是照澜院的老邻居，两家在 1961 年搬到白楼之前，都住在照澜院。当时徐浩家住 5 号，我家住 19 号，遥遥相望。上幼儿园的时候，徐浩的爷爷还在工作，担任上海市轻工业局领导以及中国武术协会副会长。每当他来北京出差，出生在上海的徐浩都强烈地要求与老人一起回上海生活。家长不同意，她就放声大哭，还抱住老人的大腿不放。徐家最有效的解决办法就是"快去喊黄培来！"反正我一到徐浩家，她就不哭了。徐浩不止一次为回上海哭闹，我这个救兵也被她家搬去多次。

徐浩不但是我们班的大队委，还是我们学习小组的组长。每天下午学校放学，我们都要去她家做作业。我们小组的成员有程安（住 15 公寓 309 号）、阮忠慈（住胜因院）和我。学习地点是老师指定的，一般是选择有老人的家庭，这样老人在看管自己孩子的同时也看管了其他孩子，老师和家长都放心。

徐浩的婆婆（奶奶）是上海人，那时她虽年事已高，但照看我们成为她义不容辞的责任，除了督促我们完成作业外，还经常叮嘱我们什么可以玩、什么不能玩，给我们新课外书看……如果婆婆高兴，偶尔还奖赏每人一块上海奶糖以资鼓励。要知道上海奶糖在三年困难时期是个稀罕物，比学校发的三好生奖状更有激励作用，以致这么多年来我们都记得徐家奶糖的味道。

张建也是我最好的朋友之一。张建父亲张昌龄是清华土木建筑系教授。20 世纪 50 年代初，张伯伯参与了清华大学一公寓、二公寓，一员工食堂、二员工食堂和西大饭厅的设计与施工。那时候国家穷，建房一没钱、二没建筑材料，为解决大食堂屋顶跨度大的问题，张伯伯想出的方法是将屋顶设计为一个个小拱形，这在当年是个创举，现在这些食堂的建筑结构还保持完好。"文化大革命"后期，清华在江西鲤鱼洲干校的人员陆续撤回北京，为了解决教职工的住房问题，张伯伯、我父亲以及土建系的多位教授，一起参与了建造新林楼的工程，张伯伯因为施工经验丰富，还担任了砌砖盖房的指导老师。

20 世纪 60 年代，清华有电视的家庭很少，张建家因为有电视成为吸引孩子的地方。据多位发小回忆，他们都去张家看过电视。张家有许多动物标本，都是张伯伯自己制作的。那时她家有辆摩托车，张伯伯经常骑着去郊外打猎，凡打到的猎物皮毛完整就制成标本陈列在书房里，那些老鹰、小鸟、小动物栩栩如生、活灵活现，我们常怀着好奇的心情观赏那些标本，这在其他同学家里是看不到的。

图 5　清华附小毕业留念（1965 年）　　图 6　王如骐全家福（20 世纪 60 年代）
左起：徐浩、黄培、张建

王如骐

当年家住 16 公寓 302 号的王如骐是我的好朋友，她大弟王如骥是我同年级同学。王如骐和王如骥的父亲叫王补宣，清华大学教授，中国著名热工学、传热传质学、工程热力学学者和教育家、工程热物理学科的开拓者，中国科学院院士，美国纽约科学院院士。曾荣获全球能源学会"人类利用能源"大奖，"何梁何利"科技进步奖，在第九届亚洲热物性国际会议上被授予终身成就奖。

在搬白楼之前我与王如骐就熟悉，那时她家在照澜院 10 号，我家在照澜院 19 号。建于 1921 年的照澜院由 10 所西式丹顶洋房和 10 所中式四合院组成，我们分别住在西式洋房与中式四合院中，那时我们喜欢在不同类型的老房子里捉迷藏。王伯伯和王伯母与我父亲是北大工学院同事，听王如骐说，王伯母调到工学院是我父亲面试后录用的，所以他们一家人都感谢我父亲。感恩是清华老一辈知识分子的特点。

记得小学四五年级的时候，有个周末我去找徐浩和张建玩，她们告诉我一会儿到王如骐家包饺子。原来三家联合开展了"包饺子"教学活动。包饺子的总指挥是王家保姆"大大"，指导教师是徐家赵阿姨，参加活动的孩子有王如骐、王如骥、王如骏、徐浩、徐弘、张建、张宪和我共 8 人。为培养孩子们的集体合作精神和动手能力，每人有明确的分工，有揉面的、揪剂的、擀皮的、捏饺子的……大家玩耍的兴趣超过了干活本身，调皮捣蛋的事件不断发生，大人们也睁一眼闭一眼让我们瞎折腾。饺子的味道我已经记不住了，但包饺子的过程却让我永远牢记。

上述片段只是我与王如骐友谊的开始。1975 年我从内蒙古兵团退回北京

大院旧事

等待分配工作，在王如骐的劝说下，我与江小东（住胜因院）一起去了她所在的单位海淀汽车场工作，我们成为同事。到中央机关工作以后，虽然我们不是一个工作单位，但是都在国家计委（现为国家发改委）大楼上班，经常见面。后来我单位盖了新办公楼，我们见面的机会少了，但是工作中的联系保持了近20年。退休以后，为清华附小百年校庆出版《世纪情愫》，我们再次携手合作。友谊地久天长！

艾平

艾平是清华附小1965届毕业生，在清华附小百年校庆活动中被评为成志榜样校友。"文化大革命"前，艾平的父亲艾知生是清华大学党委副书记，由于是校级领导，我们这群孩子怕影响他父亲的工作，很少去他家玩。加之他与弟弟艾民从小就酷爱读书，很少与我们一起在楼下打闹、侃山等，我与他面对面接触的机会不多。只记得小学阶段，老师拿着他的作文当作范文朗读的情景。

小学五年级的时候，我们开始学习如何写议论文，此前小学生的作文类型大多数是记叙文。虽然老师一再告诉我们："议论文比记叙文好写。""写议论文的时候只要记住议论的三要素：论点、论据和论证就行了。"可我们还是一头雾水，感觉太抽象了，无从下笔。老师就给我们念艾平的议论文，之后还大加赞赏："你们听，人家的议论文是怎么写的？基本结构那么清楚，提出问题、分析问题和解决问题的三方面都写到了。年龄这么小文章就写得那么好，长大一定有出息。"

1965年艾平考入清华附中，我考入北大附中，之后我们之间的接触几乎为零，但他的成长历程我还是有所耳闻的。他1969年去陕西省延川县插队，1973年进入北京外语学院学习，1977年到中共中央对外联络部工作。其间，1979年赴加拿大留学，取得研究生学历。2001—2004年任中国驻埃塞俄比亚特命全权大使。2010年起任中共中央对外联络部副部长。2013年任中国人民政治协商会议第十二届全国委员会外事委员会委员。2014年任清华附小校友会名誉副会长。为庆祝清华附小百年校庆，我们共同为学校的活动出谋划策，为庆典活动圆满举办付出了努力。

辜家华

我与辜家华的友谊，在我小学日记里就有记载。那时我们喜欢猜谜语，其中比较有兴趣的猜谜游戏就是猜猜各家孩子名字的由来或者寓意。记得辜家华四姐妹的名字比较有意思，这是他父亲土建系教授辜传诲先生按照孩子出生的国家或者地区起的。如辜家老大叫辜家曼，出生在英国的曼彻斯特；辜家老二叫辜家英，出生在英国；辜家老三叫辜家华，出生在中华人民共和国；辜家老四叫辜家冀，出生在河北。五年级我们有地理课了，老师布置同学记地名，中国地名和外国地名一大堆，不少地名是必须记住的。我们在记忆英国和河北省简称的时候，一下子就记住了，是辜家四姐妹的名字给了我们启迪。我们以此类推，把许多"一成不变"的地名换成了"活灵活现"的地名来记忆，事半功倍，记住了很多国家、首都和城市的名字。

1996 年秋季我受单位委派去美国经济分析局学习西方统计学。其间，访问纽约市政府与联合国统计司一周。在纽约期间恰好赶上周末，我在辜家华的陪同下，参观游览了自由女神像、世界贸易中心以及曼哈顿第五大道。

五、白楼 15 公寓宋新一家人的故事

20 世纪 60 年代，我也经常去 15 公寓玩，那儿住了不少清华附小 1965 届毕业生。如家住 101 号的宋新一、201 号的庄人东，203 号的郑宁、206 号的裴东亮、301 号的苏蓟、303 号的楼明明、309 号的程安和程刚、506 号的郭新等。另外，家住 303 号的楼光光、407 号的师诚是我幼儿园同学，中班结束后他俩跳班提前进入清华附小学习。

非常遗憾的是，目前我脑海里只留下了宋新一家人和师诚家人的故事。

白楼刚建成的时候，宋新一的家住在 15 公寓 101 号，"文化大革命"期间他家由 3 居室调整为 2 居室，搬到了 15 公寓 302 号。而我讲述的故事大部分发生在 101 号，那时生活是美好的……

宋新一与我是幼儿园和小学同学，在搬到白楼之前，他家住在照澜院 2 号，我家住在照澜院 19 号，而 19 号原来的主人就是宋家。清华照澜院建筑群总体设计像一个"口"字形，门牌号从 1 到 20。从数字上看，2 号与 19 号相差很远，但实际距离很近，穿过一条小马路走几步就到了。那时我的姐姐黄坤与宋新一的姐姐宋京一是幼儿园同学，年龄相差无几，脾气也比较投缘，两人关系很好，两家走动也多。据我母亲讲，上幼儿园之前我特别爱哭，哭起来总是没完没了，经常是哭声惊动了宋伯母，她就让宋京一和宋新一到我家来领人，把我带到宋家去玩。我上幼儿园以后变化很大，宋伯母夸奖说：黄培活泼开朗，人也比较能干，没有女孩子那种胆小和娇气的毛病。所以他们

一家人都很喜欢我，对待我就像对自家孩子一样。几年前宋新一发给我几张弥足珍贵的老照片，记录着我在照澜院与宋家几个孩子玩耍、做作业的画面，我感谢宋家用摄影镜头记录了我幸福的童年。

图 7　黄培、宋京一、宋新一、黄坤　　　　图 8　宋新一全家福
（20 世纪 50 年代）　　　　　　　　（20 世纪 50 年代照澜院）

宋新一的父亲叫宋镜瀛，清华大学教授，国内著名的汽车工程专家、汽车工程教育家，中国汽车工业的开拓者和奠基人。抗战胜利后，宋伯伯到英国伦敦帝国理工学院攻读研究生，毕业后在待遇优厚的英国国际燃烧公司工作。1948 年接到母校清华大学教授刘仙洲和李辑祥的亲笔信，毅然回国任教，创建了清华大学汽车专业，建立了汽车实验室，并任清华大学动力机械系副主任、中国公路学会客车学会理事长等职务，教书育人 40 多年，为发展中国汽车工业和培养汽车设计制造人才做出了贡献。

宋新一的母亲叫张聿丽，浙江绍兴人，大家闺秀。宋伯母年轻时不但长得漂亮，还是位非常自信、自强又能干的人。1937 年抗日战争爆发，16 岁的宋伯母带着她弟弟以及七八个十几岁的孩子，从沦陷的上海经历千辛万苦辗转到昆明，在路上，她不仅要负责大家的安全，还要想方设法寻找食物让大家生存下去，战乱时期其艰难程度可想而知。到达昆明后，她在当时的"中国红十字总会"下属的战地医院工作。那时宋伯伯在西南联大念书，为抗日救国在"红十字总会"救护总队任汽车队长，两人在共同的抗日救国运动中相识并结为伉俪。解放后宋伯母从上海调到北京在中央卫生研究院和某医院工作，后因患心脏病和照顾 4 个年幼的孩子，辞职回家当了全职太太，从此宋家成为我周末或寒暑假常去的地方。

我懂事以后，母亲不止一次告诉我："你小时候是在宋伯母的关照下长大的，你要记住宋伯母。"在我记忆中，宋伯母气质优雅，平易近人，对孩子充满亲和力，没有教授太太那种盛气凌人的架子。宋伯母的与众不同在于她出身于书香之家，她父亲张梓生是鲁迅先生的好友，1919年鲁迅移居北京时曾将部分藏书存放在张梓生处。后来绍兴的鲁迅纪念馆成立，征集文物时，张梓生将当年鲁迅家寄存的三箱藏书全部捐献给纪念馆。1934年张梓生任《申报》"自由谈"主编时，著有《国难的二年》一书，鲁迅多篇文章都是在张梓生主编的刊物上发表的。受家庭影响，宋伯母读了很多书，也喜欢与他人分享，她家总是聚集了许多不同年龄段的孩子（都是她四个孩子的同学）。宋伯母经常与那些高年龄段的孩子讨论一些问题，他们看待问题的方法和分析问题的角度，使对社会一无所知的我开拓了眼界。"文化大革命"期间，宋伯母知道我是双职工孩子没人管，怕我去大礼堂看武斗受到伤害，隔三差五叫我去她家看书，教我玩益智游戏扑克21点……宋伯母用心良苦，我现在想来非常感动。工宣队进校以后，宋伯伯因在云南抗战救国的事情遭难，宋伯母亦受牵连，精神受到压抑，很快就病倒了。在1969年的"上山下乡"热潮中，宋家已经有三个孩子去边疆或农村插队了，工宣队不肯善罢甘休，仍然每天到宋家做动员工作，强迫宋家最后一个孩子去农村插队，精神上的折磨使宋伯母病情加重。在宋新一离开北京去黑龙江兵团的那天，宋伯母不能远送，只能挣扎地走到自家窗户旁边与孩子挥手告别……"别时容易见时难，流水落花春去也，天上人间。"这句诗词最能反映当时宋伯母与孩子离别时的心境。

1973年我从内蒙古兵团回北京探亲，母亲告诉我，宋伯母病得很厉害，并嘱咐我一定要去看看。但是宋家并不欢迎外人去，我第一次违背了宋家的意愿走进了宋伯母的房间。宋伯母看见我以后很高兴，拉住我的手问她是不是变样了？我告诉她："你没有变样，还是像年轻时那样漂亮！"宋伯母会心地笑了……这么多年过去了，我仍然记得宋伯母年轻美貌的样子，记得她心地善良的为人，记得她对孩子们慈母般的关爱……在宋伯母的开明教育下，宋家四个孩子性格开朗、心胸开阔、自立能力强，善于思考，学有所成。

宋新一有两个哥哥和一个姐姐。大哥叫宋楚强，清华附小1955届毕业生。宋大哥上高中的时候，因为个子高以及身体素质好，被选拔为"国防体育"跳伞运动员。每当周末他回家的时候，我看见他脚蹬半高腰伞兵靴，身穿伞兵服，腰间还挎着一把锋利的伞兵专用刀，神气十足，非常羡慕。后来宋大哥考取了清华大学自动控制系，曾作为清华大学游泳运动员、舢板运动员、航海队总队长、排球运动员，为清华大学体育事业的发展做出过贡献。那时宋大哥的几位大学同学，包括张美怡的哥哥张元正，都喜欢聚集在宋家聊天，具体聊什么内容我根本听不懂，但是也喜欢凑在边上听，他们谈论的大学生活使我无限地想往，并暗暗下定决心长大以后像他们一样上大学。2014年清华附小校友会拟出版《世纪情愫》，在征稿阶段由于1955届毕业生的征文太少，我就向他求助。一个月后宋大哥发来了文章，详细介绍了他在清华附小的学习生活情况，令我非常感动。

宋新一的二哥叫宋渝吉，因为我和宋家关系很熟，我也随他们称其为"小哥哥"。小哥哥是清华附小1958届毕业生，他上有哥哥，下有弟妹，在家排行老二，跟我比较相似。大概是老二关照老二吧，他对我格外宽容，有求必应。20世纪50年代，宋伯伯从苏联和捷克斯洛伐克留学回国的时候，带来一台幻灯机和许多幻灯片，包括《长鼻子的匹诺曹》《好兵帅克》《小美人鱼》《小红帽的故事》等，这些片子在那个年代属于稀罕物，也是我了解世界的窗口。那时小哥哥已经上中学了，每天功课很多，我经常在周末请他给我们播放幻灯片，他讲故事的时候声情并茂，引人入胜。记得一次模仿《彼得和狼》里的大灰狼讲话，由于声音逼真，愣是把一个小朋友吓哭了，可见之精彩。小哥哥动手能力极强，尤其擅长无线电技术。住在照澜院的时候，他经常带着我们几个小孩去科学院电子所门口的垃圾站淘宝。我们的任务就是将那些废弃的、带有正负极、外表没有破损、体型完整的电阻、电容、小变压器之类的电子元件捡回来。到家之后，小哥哥就用万能表测试每个元件，把测试数据逐一记录在纸上，再把电子元件分门别类摆放好。虽然我对他做的事情根本不感兴趣，但小哥哥对事物认真的态度以及刻苦钻研的精神对我影响很大。现在小哥哥还在中国科学院从事着他热爱的科学研究工作，他研究设计的一种小流量、高扬程、节能高效的旋喷泵弥补了中国泵业生产方面的空白，获得了北京市自主创新科学奖，已转化为生产力并批量生产，为国家节能环保事业做出了重要贡献。

宋新一的姐姐叫宋京一，清华附小1963届毕业生，与我姐姐黄坤是好朋友。那时姐姐常去宋家与一群清华附中的女孩儿辜家曼、李牛牛、高进、黄友农、王晶等畅聊国家大事。在我眼里，她们年龄大，思想比较成熟，看问题角度不偏激，议论问题深入客观，谈天说地的层次高，非常喜欢旁听。记得某天我兴致勃勃地踏入宋家的大门，看见这群女孩儿正坐在沙发上流泪，可把我吓懵了，不知道如何是好，仔细一打听，原来是宋京一正在讲抗美援越的故事，主人翁是她们同学的哥哥，也是清华附小校友，在越南战场打击美国侵略者时壮烈牺牲，战斗非常惨烈，烈士的遗物刚被送回家……通过她们议论，我才知道，在和平年代，中国人民还要为越南人民的战争流血牺牲……也理解了"子弹是不长眼睛的"这句话的含义。

宋京一是宋家的掌上明珠，不但长得漂亮，而且聪明伶俐、性格开朗、待人诚恳、乖巧听话，是个人见人爱的孩子。宋京一从小就学习跳舞、练习钢琴，听她弹奏钢琴练习曲，为我了解西洋音乐打开了大门。1968 年末"上山下乡"运动开始，宋京一随着清华附中同学到山西插队，她所在的村庄坐落在山上，生活用水十分困难，要用毛驴到十几里地以外的地方拉水，艰苦的生活锤炼了她坚强的意志，艰辛的劳动塑造了她藐视一切困难的勇气。20 世纪 70 年代初宋京一回到北京，曾在国际俱乐部当了几年服务员。那时涉外工作让人羡慕，不仅能经常接触到那些有身份、有地位的国内高官和国际友人，还能开阔视野、享受较好的生活福利待遇。但宋京一不甘心如此下去，一边工作一边自学英文（中学学的俄文），家庭环境的熏陶加上自己的勤学苦练，不久她就能用英语与客人流利地交谈了。由于她性格开朗，善于团结协作，业务熟练，在服务员中的声望很高，被推荐到外交学院学习。1986 年宋京一以优异的成绩被美国某大学录取并获得全额奖学金，后获得美国历史博士学位。宋京一现为美国纽约州立大学终身教授、历史系主任，她撰写的为海外华人英雄事迹树碑立传的两本书已经出版发行。

宋新一在家最小，排行老四，清华附小 1965 届毕业生，与我同级同学。宋新一从小就不太爱学习，特别是不爱做家庭作业，宋伯母让我到宋家做功课的目的就是监督宋新一，可他蔫淘，经常做完作业一溜烟就跑出去玩，我与他接触的机会还不如与宋伯母多。

宋伯母教育孩子有方，虽然宋家生活条件非常好，"文化大革命"前还有保姆，但她说："孩子的生活自理能力必须从小培养。"所以宋新一从小就受到生活技能方面的培训。1969 年宋新一被分配到黑龙江兵团，曾经从事过各种艰苦的劳动，包括养鹿、放马、赶大车、割麦子、打草、开拖拉机、伐木、挖煤、打井……其中，时间最长的工作就是给各连队和当地老百姓打水井；危险系数最大的工作就是在双鸭山煤矿挖煤。20 世纪 70 年代，许多年轻矿工宁可不挣钱也不愿意冒着生命危险下井干活，宋新一在下井劳动最大的愿望就是能够安全返回地面……艰苦的生活、艰辛的磨难、曲折的经历使宋新一逐步成长起来，虽然他从事过各种最苦、最累的劳动，但每从事一项新工作，他都能很快地掌握劳动技巧并且干得又快又好，多次受到表彰，其吃苦耐劳的精神不亚于当地的老职工，一点也看不出来是在教授家庭长大的老疙瘩。改革开放以后宋新一考上了大学，毕业后分配在外经贸部工作。现在是一家外贸公司的经理，从事着自己喜欢的事业。

六、白楼 15 公寓师诚家人的故事

20 世纪 60 年代白楼盖好后，师诚一家就搬进了 15 公寓 407 号。此前她家住在照澜院 1 号甲，诸多关于清华园照澜院的风光照片，都是以她家为背景的。师诚家兄弟姐妹四人，哥哥师勤是清华附小 1963 届毕业生，她是清华附小 1964 届毕业生，妹妹师环是清华附小 1967 届毕业生，弟弟师俭是清华附小 1972 届毕业生。

师诚的父亲叫师克宽，是清华大学自动化系教授，在清华大学教书育人一辈子，桃李满天下。师家是书香门第，教育世家。师诚说，他们家从她算起往上倒五代，职业都与教师有关。她太爷爷的父亲是个乡村的私塾先生；太爷爷是保定军校校长；爷爷是个商人教师，曾在北京大学兼过职。到了父母这一代，父亲师克宽毕业于北京大学工学院，刚解放就参加了工作，1952年随着全国院系调整进入清华大学工作，一辈子勤勤恳恳、认认真真地教书，直至离休。母亲谢令德是清华附小德高望重的老师，白楼许多孩子都是她的学生，我也是她的学生，当年谢老师教过我图画课；她父母辈的许多亲戚也都从事着教师工作。

到了师诚这一代人，她是小学老师，从事教师工作 28 年，曾经荣获过河北省优秀辅导员、北京市优秀辅导员等荣誉称号；弟弟师俭是北京大学医学部的教师，弟妹是体校的教师，嫂子是教古筝的音乐教师。目前在清华园里，像师诚家这么多人还在从事教师工作的，为数不多。

图 9　师诚全家福（20 世纪 50 年代）

图 10　谢令德老师给学生讲课
（20 世纪 60 年代）

上幼儿园的时候，我与师诚同班，她年龄比我大，主意比我多，经常想出一些别出心裁的鬼主意，令我佩服。由于有我这个忠实的粉丝像跟屁虫一样追随，本来胆子就大的她，做起事来更是无所顾忌（实际是不知道后果和危险）。记得在中班的时候，有一天我与师诚为争抢皮球打了起来，老师为了惩戒我们，让我俩在教室里罚站。小孩儿打架一会儿就好了，看见老师不在，我俩就闲聊起来，师诚出主意说："既然老师不要咱们了，干脆咱们逃离幼儿园回家吧。"我立刻赞同了她的建议。那时清华幼儿园设在甲所里，离二校门很近，我俩悄悄地溜出后门，翻过小山坡，从校卫队边上走过，来到了二校门。二校门是清华最热闹的地方，大人很多，我们不敢多停留，玩了一会儿就走过白桥溜进了照澜院。那时我家住在照澜院，师诚家住在二区，我知道擅自逃离幼儿园是不对的，就与师诚商量去她家玩。正在这时，我们看到老师飞快地朝着照澜院跑来，我俩急中生智赶紧躲进旁边一家的大门，可能是我们人小目标小，看见老师从我们面前跑过还没有抓住我们，心里特别高兴。当我俩晃晃悠悠地走到师诚家附近，看见老师正在与师奶奶比划着说什么，我俩掉头就跑，不幸被一条大黄狗拦住了去路，"汪汪"地冲着我们直叫，吓得我们也不敢动，只好束手就擒。现在回忆起这个惊心动魄的逃离幼儿园的故事，仍然感觉非常可笑。

我与师诚关系好的另外一个原因，就是我们两家还有一点儿远房亲戚的关系，那就是谢老师的干妈是我舅妈的舅妈。小时候我总被这层亲戚关系绕糊涂。

师诚和师勤称谢老师的干妈为干姥姥。干姥姥丈夫一家与谢老师一家的关系可以往上追溯几代人。到了干姥姥这代，干姥姥丈夫不幸早年去世，谢老师看见干姥姥一个人孤苦伶仃又无儿无女，就把她请到清华，照看年幼的师诚和师勤，还打算给干姥姥养老送终。干姥姥对待两个孩子就像自己的亲孙子，十分喜爱。师诚和师勤长大以后，干姥姥就不想住在清华了，非要到我舅妈家看孩子，并搬到了复兴门汽车局一机部宿舍。"文化大革命"前每逢过年的时候，谢老师、谢家亲戚、师诚、师勤还要去汽车局看望干姥姥，送些糕点、水果和零花钱等。我舅妈家的人来清华，也让我带他们去师诚家看望谢老师和谢姥姥等亲属，彼此联系一直没断。

1968年末"上山下乡"运动开始，清华白楼的绝大多数发小都被分配到老少边穷地区插队落户了。1969年10月清华白楼的大部分教师也被下放到江西鲤鱼洲干校，曾经热热闹闹的白楼顿时变得冷冷清清。师家由于还有谢老师、师奶奶在家照顾着师环和师俭，那里后来成为白楼知青和鲤鱼洲子弟的落脚地方。尤其那些在山西、陕西插队的白楼发小，第一年探亲回到清华，父母都去干校了，家里空空如也，遇到生活困难没有办法解决，最先想到的就是去师家求助。师俭记得，哥哥插队以后，有时还有哥哥的同学站在家门口喊着师勤的名字，原来他们从农村回来又没地方吃饭，只好厚着脸皮敲开师家的大门。每当这个时候，师奶奶赶紧开灶做饭，用可口的饭菜招待这些"没爹娘照顾"的孩子……师环也记得，1970年3月一批清华子弟从江西鲤鱼洲干校返回北京等待分配工作，白楼子弟李颖和张秋琳，因为父母双双下放到江西鲤鱼洲，家里除了家具什么也没有，最后就搬到师家住了一段时间。现在她们回想起那段生活，从心底里感谢当年谢老师和师奶奶的照顾。这就是那个年代白楼人之间的情谊。

少年乐新知，衰暮思故友。回忆幸福的童年生活，感谢这座拥有厚德载物历史文化的清华园，为我们的成长提供了通识教育的基础，让我们拥有了应付复杂生活的本领和实现自我价值的信心，让我们为实现人生的目标而发奋图强永不停息。我们是与新中国共命运的一代人，每个人的成就都托举着、装点着永远的清华园。

作者简介

黄培：女，1952年2月出生，同年随父母入住清华园，曾居住在照澜院、17公寓。大学就读于北京经济学院。从事统计工作，高级统计师。曾任国家统计局调研员，《中国统计年鉴》《中国统计摘要》编辑部主任，为国务院领导同志提供统计信息咨询服务，现已退休。父亲黄熊，清华大学土木工程系教授；母亲郑晏，清华大学教务处副处级职员。

二校门前有条河

——追忆似水流年的清华往事

金笠铭

二校门前有条小河，她静静地流淌着，既无声响，又无波澜；既不炫耀，也不虚张。她平静的水面下，不知隐藏着多少不为人知的历史瞬间；她平缓的河岸旁，年复一年演奏着大自然的四季乐章。

图 1　二校门前的小河

我从童年到青年的大部分时光，都与这条小河有不解之缘。20 世纪 50 年代初，我家从城里搬到小河南岸的照澜院 18 号乙。照澜院建成于 1921 年，由 10 所西式丹顶洋房和 10 所中式四合院组成，是清华以前的教授住宅群，当时称为南院，1934 年以后改称旧南院。1945 年抗战胜利清华园复校后，由朱自清提议将"旧南院"的称呼按照谐音改称字面文雅的"照澜院"。先后在这里居住过的著名人士有赵元任、梅贻琦、俞平伯、马约翰、钱伟长等。可以说在这些灰色老房子里藏匿着清华厚重的历史与文化的底蕴。

钱伟长先生的家就在 16 号，与我家隔了一个院子，现在是清华纪念品服务部。我家院门朝西，正对着通往二校门前的马路，出家门不远，就来到了河旁。

大院旧事

那时的河水清澈见底，河旁长满了奇花异草，成了我和小伙伴们经常光顾的乐园。春日里，我喜欢去河边看着小蝌蚪在水中游窜；夏日里，又常常伴着河边聒噪的蛙声进入梦乡；秋日里，我们几个小伙伴会在傍晚借着手电的光亮，到河岸边的水草和石缝中去领略摸到小螃蟹的刺激；冬日里，我们又会坐在自制的小冰车上在河面上疯狂追逐。静静流淌的小河带给了我们太多的乐趣。

小河流淌着，勾连起我从小到大难以忘怀的记忆。我们几个淘气包想尽了法子，在小河边玩耍。用瓦片打水漂，吓唬在河边钓鱼的人；用弹弓打麻雀，常打破照澜院某家人的玻璃窗；用树胶粘知了，再把知了带到学校，塞进女生的课桌……连小猫小狗见了我们都躲得老远。一天，我们又来到桥头淘气，我一个恍惚，落到了河中。我二哥金砚铭和其他小伙伴们急呼救人。一位身穿大褂的大学生二话不说，几个箭步飞奔过来并跳入了河中，在齐胸深的河中把我抱起，这时我已不省人事，醒来时已躺在了家里的大床上。妈妈竟忘了问那位大学生的姓名，这成了我一直耿耿于怀的遗憾。

小河流淌着，相似的险情多次再现，但遇险的换成别的孩子，救助者仍多为路过的大学生和教职工，他们也常常是不留姓名的普通人。但是，在我的幼小心灵中，却再也抹不掉这些普通人的义举，那时的大学生成了我们既羡慕又崇敬的一群高人和善人了。

小河流淌着，沿着小河溯流而上，在老校区东侧的电机馆（20世纪50年代初曾为航空系馆），临河处有个露天的飞机陈列场，有一架美式飞机成了我们最喜欢摆弄的大玩具。这架飞机似乎是国民党嫡系部队从北平逃跑时被解放军迫降的。1949年初，我家还住在与东单飞机场毗邻的江擦胡同。一日，我大哥金竟铭和六哥金壁铭曾背着我，目睹了国民党中央军乘飞机仓皇逃跑时的一幕。那些残兵败将拼命往飞机上爬，机舱内容不下，一些人甚至爬到了飞机翅膀上，可见其狼狈不堪，而他们乘的美式飞机正是陈列在清华航空系场地上的那种机型。

我放学后时常坐在院门外的台阶上，好奇地注视着匆匆而过的各种路人和外面的成人世界。当时正值"抗美援朝"时期，号召各行各业捐献飞机大炮，河南的豫剧名角常香玉捐了一架战斗机。我妈也张罗了几位教授太太做了点贡献，她自小受到开餐馆的父亲影响，会做非常可口的烧饼、麻花、油条。她们就每天起个大早，做好了几脸盆在二校门小桥头卖早点，卖的钱全部捐献给国家，常常一端出去，不到半个时辰就会被路人抢光。我是眼巴巴看着让人垂涎欲滴的丰盛早餐却难尝上一口。妈妈总安慰我："以后我会单独做给你的。"但等我长大了，也未能享受这种口福啊！那时的清华园里，教授太太卖早餐，教授太太扫大街并不稀罕。人们之间真诚相见，平等如常，彼此之间并不在意你的身份和地位。

由于我家临近二校门，家父金希武又是当时清华大学九三学社召集人。一旦开会，小院里就会汇聚了清华园内各路"神仙"（当时开这种会叫"神仙会"）。我则成了门童，为各种"神仙"开门。给我印象最深的是位"女神仙"张守仪，她举止大方端庄，极有气质和修养。每当我去给她开门时，她总会摸摸我的头，并给我一个逗孩子的鬼脸，还开玩笑叫我"小金先生"。后来听我父亲介绍：她是留学美国伊利诺伊大学的建筑学者，为当时国内不多的住宅设计女专家。说来真是机缘注定，30年后的1978年，我有幸考上了"文革"后清华大学的首届研究生，张守仪先生恰恰成了我的导师。

1963年，我从一名小河旁的小顽童成了清华大学建筑系的大学生，心中总忘不了当初把我从小河中救起的那位穿大褂的大学生，梦想着能成长为像他那样的人。没想到1966年，在一个阴沉的秋末冬初的日子里，清华园的标志性建筑二校门硬被拽倒了。在二校门轰然倒地的一瞬间，那条静静流淌的小河似乎也被震怒了，从来不发声不浑浊的河水也发出了嘶嘶哀鸣并涌起了黑浪，如此有悖天理的一幕竟然会发生在这个文明高雅的知识圣地！

1978年深秋，在阔别了清华园十年之后，我又重新徜徉在二校门前的小河旁。我在既熟悉又陌生的二校门旧址前停下了脚步，身边匆匆走过的行人们已经怀揣着新的梦想，迎接一个新的时代，我却不禁又回想起那位素不相识的身穿大褂的大学生，他那双朴实有力的大手，抢救和温暖着一个幼小的心灵，这些都不会随着岁月流逝而淡忘的。

小河流淌，时光飞转，20世纪90年代初，我终于重回清华园工作，看到了重建后的二校门。尽管是座仿制品，但说明了改革开放后国家又回到了文明的正道上。

小河流淌着，流淌着我从小到大的岁月，流淌着世间人们的喜怒哀乐，也流淌着光明与黑暗的历史瞬间。今天，每当我路过这条小河，在留恋河旁美丽的景色时，更会陷入对那逝去往事的追忆和深思之中。一条小河承载了太多不能忘怀的历史，但她总会静静地流淌着，去见证更多美好的人间故事和历史传奇。

图 2　清华附小毕业留念（1957 年）
前排左起：冯燕林、郑建智、张从、施壮飞；
后排左起：吴持敏、金笠铭、丁春恒、周友桐、
　　　　　薛福

　　（仅以此文献给我的父母兄姐和与我在清华园中一起成长的发小：张从、张比、陈书祥、郑建智、吴持敏、施壮飞、冯燕林、丁春恒、胡刚、吴明等。）

作者简介

金笠铭：男，回族，1944 年 10 月 20 日生；1949 年至 1968 年，先后就读清华幼儿园、清华附小、清华附中、清华大学；后于 1994 年至 2005 年，任教清华大学建筑学院，教授；父亲金希武，原清华大学精仪系主任，教授；母亲李颖卓，家庭妇女，原清华家属委员会副主任。曾住清华照澜院。

清华的西院

刘震

　　20 世纪 70 年代初的清华西院依旧笼罩在浓重的政治氛围中，一事当前看路线，大是大非分得清。在那些见了"燕巴虎儿"都能诗兴大发的日子里，孩子们顶着寒风啃着生白薯徒步上学去。

　　已近三月，呼啦啦的风中明显透出了几丝暖意。西院儿的周边，干巴了一个冬天的地壳上开始出现一团团泛湿的土壤，每天中午，被太阳晒暖了的老墙皮上，总有不少性急的草蜘蛛竞相攀爬着……

西院的东边是一块整整齐齐的实验麦田，空荡荡的天地之间，静悄悄飘摇着两只用旧报纸糊成的"屁帘儿"风筝；田埂上，几个灰不溜秋的小孩儿抬脸望着，时不时用亮晶晶的袖口再蹭两下鼻涕。

西院是清华最靠西端的四合院式居民区，历经百年，也曾名人汇居。南北长，东西短，分成东西相靠、南北延伸的排列组合。正中央有一条贯通南北的大胡同，两端均有出入口，由于南口靠近清华西门，俗称"大口儿"。北口仅隔一条小土路就是一片小树林，北临高墙，墙外便是水磨生产大队。从15号到45号的东西方向两分，又把整个西院分成了"旧西院和新西院"两种形态，区别就是新西院门前的那一排长长的松墙。新旧西院的25号和26号之间有一条东西向小路，往东十几米，穿过一片小树林就是著名的荷花池。春寒料峭时，水面的清波里映衬着湛蓝蓝的天，鸭毛杆儿做的鱼漂儿一动不动，稍一打愣神儿，耳边颤颤巍巍传来了高亢嘹亮的女高音："一道道滴那个山来哟一道道水……"

图1　清华西院（20世纪70年代）

图2　西院东侧的小河

图3　西院儿最南面的"大口儿"

随着第一场春雨的到来，空气中的草腥味儿便立刻升腾起来。西院约有百十户人家，每到这个季节家家都会闷声不语地串联着互赠一些小黑米粒儿大小的蚕籽，放到空火柴盒儿里拿到窗台上晒几天，就能看到披着一身黑色绒毛的蚕宝宝们破壳而出了，并且开始啃食起残茶剩片和早春的榆树芽。半个月左右，黑色绒毛褪去，便会显现出灰白色的小可爱模样儿。

一夜黄风,刮昏了一个早晨。出门一看,日如白饼,无奈而惨淡地挂在天角。出行的人们呼吸着混有浓烈土腥味儿的空气。不消三日,明媚的清晨太阳再度照耀,小柳权儿们欢快地在刚刚吐绿的枝条间飞来蹦去,随后在一场暖似一场的春风召唤下,燕雀儿、黄雀儿、太平鸟儿等一拨儿又一拨儿鸣鸟先后莅临,西院的春天因此愈加鸟语花香。男孩子们总要耐着性子等着柳树的枝条都发了嫩芽之后,才迫不及待地施展一门小手艺:掐一小段柳枝,两手指抓紧一拧,迫使柳枝的皮杆滑脱,拉出空皮管儿之后,用小竖刀切齐一端,再轻轻刮去一端头部的外皮,用手稍加捏扁一些,就急不可耐地放进嘴里吹着。一声声柳笛高低错落,似乎可以把压抑在心底整整一个冬天的闷气全部放飞。

旧西院 23 号的院子里,有一棵非常壮硕的老油桑树,盛产着养蚕的极品桑叶。可惜院里的主人却十分吝啬,外人很难染指,需满脸堆笑、点头哈腰数次之后,才板着脸允许你爬上去采那么一小捧。无奈之下,只好围着西院周边的小树林里去寻觅,心里却闷闷不乐,于是就在一个月黑风高的夜晚,用加了松汁的浓墨把这家的窗户从外面全部刷黑!弄得人家六口儿老小一直酣睡到第二天中午才摩挲着起了床,叼着牙刷开门一看,烈日当顶!赶紧嘴里喷着白沫扭头冲回屋里再看窗户,阳光穿过墨汁缝倒呈现出满天星斗的景象。其结果是:闯了祸的孩子头儿被家长用鸡毛掸子抽屁股的时候才被告知原来记错院子了……

暖洋洋的四月里,蚕的食量大增,也是蚕生长最快的时节,小伙伴们放学后就挨家挨户地串门儿,对比着谁家的蚕长得快,相互推算着自家蚕吐丝的准确时间。

印着最高指示的红卡片是军用小吉普里散发的,背诵之后,坏小子们的心灵显然雄壮了一段时间,除了做梦的时候都会高喊"我也要当五好战士"之外,见到鬼鬼祟祟的野猫也一定会跺着脚大喝一声:"站住!不许动!干什么的?口令"!每天上学的路上,总是会习惯性地绕个弯儿来到苇子坑边,看看芦苇的芽头儿又蹿高了多少。礼拜天,用大头针做的鱼钩,拴在缝纫机线上,再揉一小团面食去钓鱼。如果运气好,半天的时间也能钓到十几条小鱼,赶紧咧着嘴儿颠儿巴着回到家里洗干净之后裹上面粉用油炸,香味飘过的地方,总会有几位过路的行人驻足、闭眼、提着鼻子做迷醉的深呼吸状。大人们的鱼竿比较专业,长杆短线,可以伸到离岸较远的苇塘深处打个好窝子,架好竿儿,点上根儿烟,频繁地踮着脚查看鱼漂动态。黄昏之前,总能钓到几条半斤以上的大鲫鱼瓜子。

图 4　西院的孩子们玩弹球儿（20世纪60年代）

五月初，盎然的生机早已浓浓地铺满了整个清华。西院中间的大胡同长过百米，宽数丈，是孩子们玩耍游戏的最佳场所。各种游戏如踩宝、拽包儿、踢包儿、跳猴皮筋儿、欻马赛克、扇烟盒、弹球儿、摔胶泥、踢锅电报、打弹弓、崩枪、线轴尺子螺旋桨、勾玻璃丝绳子、抽汉奸、打杂杂等等，直玩儿得如醉如痴，酣畅淋漓，直到被一泡屎憋得频扭屁股时，才依依不舍地在一阵阵南腔北调儿的唤子用膳声中散伙。

那时候的日子真是清苦得很，但人们的精神面貌却在踏出家门的那一瞬间变得像打了鸡血一样神气。心情大悦的时候，迈进厕所门槛的一刹那都会"咔"地蹬直一条腿来个李玉和式的亮相。回想起来，百姓生活中的唯一靓色应该就是刻剪纸，用一张彩色电光纸，反铺在一张刻好的剪纸图案上，用修得长长的铅笔侧着拓出图案，再用竖刀或半片刮胡子刀片一点一点地刻出来。谁要是有几个线条超细的"白毛女"或"红色娘子军"作品，都会像珍宝一样小心翼翼地夹在书里保存起来，要是被谁借走了等还回来的时候发现断了一根线，灭了他的心都有。

临近六月的一到两周之内，入夜或清晨，周边总能听到一声声悦耳的布谷鸟啼叫，似乎是早早拉开的夏天序幕。直到哪一天突然间惊喜地发现了第一只蜻蜓，才确定了夏天的来临。

西院37号院子里有一棵参天的大杨树，茂密的树冠能遮盖住树下两三个大院子，临近顶部的树杈间有个喜鹊窝，有一年几个胆大的淘气包儿竟然爬了上去掏了整窝的喜鹊蛋，树下的几个大男孩打开一张床单来试图接住从高空抛下来的喜鹊蛋，结果都碎了，绿莹莹的蛋清飞溅得到处都是。然而，最得意的还是居住在阴凉的树荫下那几个神秘院

图 5　西院37号院的参天大杨树

子里的人们，不仅可以纳凉，还可以在一年当中清晰地听到珍稀的黄鹂鸟儿仅有的那么几次令人销魂的长鸣！黄鹂鸟，只落在风水宝地最高的树梢间，但闻其声，难觅其影。

六月，蚕的身体已经白花花地超过两寸，西院周围的所有桑树都能从很远的地方就被发现，那是因为树中部和下部的叶子几乎被薅光，只有树尖儿上还仅存着一些。于是就催生了一项运动：爬树。经常能在回家的小路上看见被绳子吊在树干上或卡住的采桑人，嘴里嘿儿嘿儿笑着招手让你帮忙解救。果然，蚕再吃了这最后几顿大餐之后，身体开始呈现出一节节半透明的粉红色，那就是即将要吐丝的重要标志。赶紧在窗台上铺几张旧报纸，把半透明的蚕放上去，不一会儿，蚕就会一左一右地甩着大头开始缓慢而有节奏地吐丝了。一般的人家也就养几十只，一两个礼拜之后，等蚕吐丝结束，就会缩成一团等待着化蛹成蝶。蚕丝片儿最多的用途是折叠起来垫砚台盒做底衬，据说是不臭墨。也听说过有那么几个豪放的无产阶级革命家庭，居然能养几百上千条蚕，据说吐的丝可以做棉猴儿，又轻又暖和。

进入到六月下旬，突然可以听到小黑知了刺耳的鸣叫，暑热日渐加剧。然而男孩子们所等的却不是这个品种，因为只要再一两个星期，就可以听到大马季猴儿那破喇叭般的嘶鸣了，每到午后，万蝉一心，轰轰烈烈，震耳欲聋。

七月槐花香，闷热的傍晚，西院的孩子们就开始从大口儿前的小河边那一排坐柳挨着个儿地摸大马季猴儿。打着手电筒的很容易捉到数十只；摸着黑儿瞎找的则全凭经验，运气好的时候，也会有十几只收获，回家用盐水泡了，第二天一早，在炉子上放上铁锅，倒点儿油，开始炸大马季猴儿。那可真是一种极佳的解馋美味！入口酥嫩，满嘴流油，高蛋白低脂肪，滋养着极度营养匮乏的身心。

此时节，旧西院东边的小麦田里已经换成了水稻，沁人肺腑的稻香一阵阵随风袭来，令人迷醉。一大清早儿，可以沿着湿漉漉的稻田埂，用竹竿头蘸点"鼻涕牛儿"就能粘小蜻蜓。稻田里的"小红儿"和"小黄儿"最多，很容易粘到，属于入门级别。而稍后的上下午，满西院的天空中几乎都成了"大黄儿"和"大红儿"的天下，飞累了，就落在老玉米穗上静静地休息。仅在西院儿的周边，就能叫出许多品类不同的蜻蜓名称，并且习性各有不同。"小红儿"和"小黄儿"最爱水稻田或杂草，飞少落多；"大黄儿"和"大红儿"则相反，飞多落少。油乎乎的"老麦穗儿"偏爱老墙头，它的配偶"蓝儿"则时刻寻觅着，发现"老麦穗儿"后就会急火火地扑上去交配起来。

盛夏的荷花池里，满身通红的"红黏胶"专爱落在老荷花或者荷叶上；"灰儿"是一种满身灰蓝色的蜻蜓，专门溜边儿找蚊虫吃。"老架包"的尾巴尖上有个车轱辘似的装饰物，专挑河边的枯枝落上去，翘着尾巴高傲地小憩。"黑锅底""白锅底"和"黄锅底"的尾巴上都有不同的色段，喜欢围在半高的树梢间游历。"黑老婆儿"的翅膀很松大，飞起来也很优雅，忽闪忽闪的，居无定所。最神秘的则是难得一见的"天蓝杆儿"和"天蓝籽儿"，似乎是超高空的精灵，低空中难觅踪迹。傍晚的草地上，"夜籽儿"开始超低空觅食，接近黎明才随便找个树枝抓住然后沉沉大睡。我当年就在一个有雾的清晨拿着根小竹竿儿转悠到新西院 36 号的松墙前，万分惊喜地发现了一只落在低矮处松枝上正在酣睡的"老籽儿"！由于近在咫尺，那精美绝伦的身体结构令我叹为观止，竟然不敢用手去捏，赶紧哆里哆嗦地掏出胶盒，打开后将里面所有的胶都蘸在了竹梢上，足足有乒乓球大小，然后举着竹竿颤颤巍巍地将大胶球瓷瓷实实捅在了它的翅膀上，捉到手里的那一瞬间，热血喷涌竟然涨红了脸！放着嘟噜屁跑回家养在纱窗上，准备着下午去荷花池来一场期待已久"招老杆儿"……

燥热的午后，荷花池里飘逸荡漾着热腾腾的浓郁的荷香。水面上此时已经聚集了大量的"老杆儿"，一只只都等红了眼巡视着池塘中每一处幽静的角落！此时只需要把拴好了短绳儿的"老籽儿"一放手，就立刻会有一朵"老杆儿"恶狠狠地扑过来抱住做交配状，见此，大脑一阵狂喜，鸡皮疙瘩乱蹦，立即将另一只手顺绳儿捋过去抓住，摘开，再美滋儿滋儿地将其双翅并拢夹在手指之间。不到一个小时，两只手居然会夹得满满的，扑扑棱棱，胸中荡漾着一股富豪情怀。

捉蜻蜓，在 20 世纪 70 年代是男孩子们夏天里最销魂的游戏，方法也很多。熬胶，分高中低三档，最低档是用废弃的自行车内胎，用剪子剪碎，放进空的雪花膏铁盒儿里，放到火炉子上熬制。这种胶，黏度不高，臭烘烘的，也很难掌握火候；中档次的胶，是用猴皮筋儿熬成的，黏度适中，味道也好闻了一些；最高级的胶是用透明皮胶管熬成的，有一种特殊的香味儿，黏度也很大，甚至能粘鸟儿！用这种胶粘"籽儿排"往往十拿九稳。所谓"籽儿排"就是配对成功的"老杆儿"和"老籽儿"，公在前母在后，飞起来形成一前一后的排列，这可是难得一见的情景。曾见到一个小男孩崴了脚，一瘸一拐，还身残志不残地围着荷花池狂追一架"籽儿排"十几圈儿也没捉到。急得哭哭咧咧，满嘴国骂，大汗淋漓，嘴歪眼斜。还有一种捉蜻蜓的方式就是套蜘蛛网。西院的房子都很老，墙角屋檐下，有不少五分钱钢镚儿大小的老蜘蛛，吐出的网很大，又粗又黏。轻轻套在一个铁丝圈儿上，一层套一层，就能在空中挥舞着将各种飞着的蜻蜓粘在网上，不会伤到蜻蜓的一根毫毛。那时候捉来的蜻蜓和知了大多都拿回家去喂鸡或喂猫，说来也奇怪，这些昆虫居然在我们无度的滥捕中一年比一年多，品种也不见衰减。然而今天，孩子们都没有了这般兴致，但从清华的蜻蜓和知了种群数量上看，不如当年的十分之一！足见滥捕的后果和环保不利之惨状，令人空手抓挠儿长叹。

"伏天儿"一叫，酷热难耐。几场透雨过后，西院的夜晚就会笼罩在一片声如牛吼的"规儿呱"蛤蟆吵嚷声中，数万之众，整齐划一得蛙鸣能持续到后半夜，直到天光渐亮才逐渐偃旗息鼓。新西院的东侧是一片低洼地，几棵粗大的老柳树被积水浸泡了根部，形成了如同热带雨林一般的景致。傍晚时分，蹚着温乎乎的水靠近柳树去捉低处的小知了，身边的灌木杂草中还有萤火虫忽闪忽闪的，白色和金黄色的蛾子曼舞着，如童话世界一般的静谧。

暑假中的西院到处生机勃勃，家家院子的自留地里都种着鬼子姜、老玉米、向日葵、西红柿、豆角、丝瓜、茄子等作物，女孩子们聚集在葡萄架下欻着高级的羊拐，或拉开阵势高唱着"江姐江姐好江姐，你为革命洒鲜血"。跳猴皮筋儿，另一种规则是从"小细"开始逐一上升过关：小粗、大细、大粗、脖子、小举、大举。能完成"大举"的，则被视为顶级高手。男孩子们则仨一群俩一伙地啃着老玉米杆儿的甜棒，开始到野地、砖堆里去捉蛐蛐儿。

清华盛产名虫儿，至少我是这么认为的。用废纱窗做个蛐蛐罩，废报纸卷几个纸筒儿，循着叫声，兴致勃勃地蹑足潜踪。要是运气好，捉到一只油黄黄或黑乎乎的大家伙，足以兴奋得彻夜难眠。蛐蛐儿草很巧合地在这个时候成型，劈开长长的叶茎之后轻轻一拉，杆儿的顶端就会留下一小撮细毛毛，正好挑逗蛐蛐儿。

蛐蛐儿自古就有品级之说，上等的蛐蛐儿一般是不会乱叫的，往往只在半夜才铿锵有力地叫上几声。蛐蛐儿越厉害，陪伴它的三眼儿越小、越多。

逗蛐蛐儿一般都是相约而至的，自家床底下都是一拉溜十几个罐头瓶、把儿缸子等五花八门的器皿装着，自己先逗弄一番，根据蛐蛐儿的厉害程度分出老大、老二、老三等高低将领。来掐架的要按照规矩先亮出带来的蛐蛐儿给对方审视一番，对方就会根据自己的判断决定是由老大直接上阵还是先派老三试试对方的牙口儿。

上等的蛐蛐儿在决斗的时候会稳如泰山，不踢腿、不捋须，身体只是前后有节奏地颤动几下，就会迎着对手直咧开大牙扑上去，施展开浑身解数：戳底、侧掰、冲撞、扭攻。少则一两口，多则几十个回合，战败的一方就被追得满罐儿乱跑，胜利的蛐蛐儿则振翅高鸣！再看蛐蛐儿各自的主人，一个抓出蛐蛐儿滴答着眼泪地抡圆了巴掌将其拍死，另一个则笑吟吟地盖好盖儿，伸手拿走赌注：一小罐儿铁砂。

八月养，九月斗。蛐蛐儿如果驯养得当，一直可以持续到国庆节后才偃旗息鼓。秋艳正酣时分，田野中到处弥漫着一股焦熟的"苏子"味道，明知道这是一种喂鸟儿的作物，但馋嘴的孩子们还是忍不住大口嚼食，咽下之后，偶觉得嗓子眼儿发痒，就干脆学几声鸟儿叫，顿时缓解。"油黄儿"是一种晚秋仅存的的蜻蜓品种，浑身上下像浸透了油，因此得名。草棵子里的油葫芦"呦呦呦"的鸣叫声，更增添了几分秋天的凄凉感。闲来没事，挖几根粗蚯蚓，用细线穿起来攒成一个蚯蚓球儿，绑在竹竿上就可以在稻田里"蹲青蛙"。一高一低，反复逗引，黑斑蛙此时正肥，下嘴也狠，咬住蚯蚓球儿就不愿撒嘴，感觉到手头发沉，轻轻抬杆儿，一只硕大的黑斑蛙就划拉着四肢悬在空中。仅仅一个下午，就能钓到几十只，拿回家，或炒或炖，是当时家家户户最解馋的野味之一！

一场大风降温过后，万物萧条。午后的野地里飘荡起焦熟的味道，干巴疵咧的"老油黄儿"趴在暖洋洋的墙头上晒着膀儿，野鸟儿们也开始争先恐后地参与秋收。"老须子"抓在老玉米上用粗壮的嘴撕开外皮叼食着玉米豆，苇子坑里茂密的芦苇间窜蹦着"苇咋子"，偶尔还能见到一种叫"水骆驼"的水鸟，细脖儿长腿，很是奇特。西院里有几个喜欢捉鸟的大男孩儿，拉横大网能捉到成群的野鸟儿；用胶尺子能粘到稀有的好鸟儿；用拉网扣，是捉"老家贼"的绝招；还有一种用捕笼儿诱鸟的，边上放一只养熟了的、很爱叫唤的"油子"，专靠妖媚的鸟语来诱捕好色的野鸟踩翻踏板儿入笼。

大杨树的叶子终究逃不过季节的宿命，每天的清晨，西院都在一片片的落叶中开启。小孩子们于是又开始了"拔根儿"的游戏，专门找那种大叶杨树叶，粗壮者为佳，如果捡到的时候还没老熟，就把叶茎揪下来放进鞋子里捂几天，直到它变成咖啡色，才臭烘烘地掏出来吹一吹，凑到大家面前参战，一对一地在手里窝成 U 型穿插起来用力向后拽，谁的断了就算谁输，然后换一根儿继续战斗。然而就是这种单纯的游戏，居然也会有一些天生骨子里拥有"造假基因"的人把钢丝穿在其中参与战斗，直到其"打败天下无敌手"令人无限咋舌和愣磕儿的时候，见其"胜不足喜"时才恍然大悟。

一场秋雨一场寒，整个西院似乎都在呼啸的西北风中束手无策。院子里枣树光秃秃的枝上零零散散地多出了几只灰色的螳螂籽，外墙角处的瓜蒌高高地悬挂在干瘪的秧间随风晃荡着，荷花池中心的荒岛杂树枝上传来"嗞嗞嘿儿"的叫声，下水偷藕的人被戴着红箍的联防队追得光着泥屁股围着荒岛绕大圈儿，终因寡不敌众夹紧了双腿就擒，高举着藕，磕牙打颤，才猛然意识到：冬天来了。

大白菜仿佛一夜之间就堆满了大街小巷，家家也都提前整理好了自己的菜窖，标准的四口之家，买一千斤大白菜的绝不稀奇。白薯在当时都算是"水果"级别的食物，以至于班里一位人穷志短的哥们儿因为上课捣乱被老师轰出教室的时候，还不忘回个头得意洋洋地气老师："回家吃白薯"！那个年月家里都用煤球炉子，入冬之前，安烟筒、糊窗缝、备柴火、团煤球，感觉和农村的生活相差无几。

十一月初，西院那成排成列的灰瓦屋顶上整齐地冒起了袅袅的炊烟，看着天上成群结队飞过去的老鸹，几乎所有的孩子都会立刻用双手拢着嘴仰天高喊："关城门儿喽、关城门儿喽……"据说老鸹们能够听懂，会越聚越多，旋而不散。

也许是这个季节别无他求，也可能是一种约定俗成，男孩子们都在这个时候玩儿烟盒。将烟盒叠成统一的三角状，可一对一，也可以群战，先用弹打比远近的方式分出先后顺序，就可以把自己的烟盒三角铺在地上由进攻者用力去拍扇，只要把地上的烟盒三角扇翻过来，就可以占为己有了。这些烟盒都是平时扒垃圾堆捡来的，说来也怪，整天都会徒手翻弄垃圾堆，回家吃饭前顶多在脸盆里伸出三根手指涮涮就抓起窝头狂啃，却个顶个儿的身体倍儿棒，居然有几位后来参军体检结果全是甲级甲！平日里男孩子们能炫耀的就是烟盒的种类和数量，一些极为少见的偏远牌子都被视若珍宝，输急眼了的时候也都横眉立目，眼泪汪汪的。

由于清华的生态环境比较好，整个北京也都没有现在的大都市热岛效应，夏天雨水很多，冬天的雪也下得比较频繁。当如约而至的雪花漫天飞舞的时候，荷花池里也开始结冰。

冬天的早晨，屋里炉子上的水壶"吱吱吱"地冒了一整夜的热气，玻璃窗上也就结满了美丽的冰花。揉开了沾满"眵目糊"的眼睛推门一看，从院子到野外的雪地上布满了大大小小的猫脚印儿，赶紧穿上厚厚的棉猴儿，脚蹬高帮雨鞋，就拿着根棍子去侦察野猫的踪迹了。凡是见到一块貌似"打斗"

过的杂乱痕迹时，小哥儿几个就会蹲下身仔细分析，推论着案发的经过。等到地上的雪被太阳晒得软和一些了，打雪仗才可以完美地进行：找一根长竹片，抡起来对着雪堆打一下，竹片的顶端就会粘上一小团雪，这时抬起鞋底，把竹片朝鞋底一磕，雪团就会飞出去！一时间，雪团乱飞，人仰马翻。

　　年底的荷花池已经冻上了厚厚的冰，孩子们各自都会有自己的冰车，简单的是单层，木板下钉两根粗铁丝就可以坐在上面用冰锥子撑划起来；专业一点的，是多层木板纵横分布的，最下面一层用冰鞋的刀片，划起来飞快无比，呼呼挂风。任凭两行清鼻涕丝儿逆着光随风飘舞，那回眸的得意神情也足以笑傲江湖。

　　过了元旦，空气中就开始陆续飘散着鞭炮硝烟的味道，男孩子们也开始拼命攒钱买鞭炮。两毛钱100头的小红鞭炮最为普遍，这种小鞭儿，捻儿被点燃之后燃烧速度适中，很容易掐算出手的时间节点，虽然很便宜，但都舍不得整挂地放，将其全部拆散，放进兜里，点燃一根长长的小线儿，跑到街上一个一个地拿出来，在手里点燃后扔到高空中炸响。后来又出来了一种一毛钱一小挂蓝绿色小鞭儿，捻儿燃得太快，只能整挂燃放听响儿。至于那些三毛多钱以上100头的电光炮则属于奢侈品了，只能捡到几个没有炸响的漏网之鱼过过瘾了。家境好一些的孩子还可以放一些"二踢脚""三响花"之类的高级品种，那在当时绝对是富豪阶层了。穷孩子们就站在远处免费观赏着，成帮结队地捡着没响的残炮仗，回家扒开皮取出黑色药面儿，伴着米汤做一个火药煤球儿，反复观察确认"仇家"每天晚上搓一簸箕煤球封火的习惯位置，第二天傍晚，将火药煤球儿放在那个位置上，偷看着人家搓回屋里去，一般等不了几分钟，仇家的屋子里就会发出"噗"的一声闷响！一家老小带着浓烟破门而出，惊恐万分，附近的暗处也会适时传出几声捂不住嘴的窃笑。

　　过年时的孩子们才有解馋的机会，攒两毛钱二员工食堂的硬币，就能在数九寒冬的季节里买到一个鲜嫩嫩的西红柿，孕育了两个多月的"嘬汁儿、细嚼慢咽"规定情景却在抓到手之后变成了3秒钟囫囵吞下，打个冷嗝儿之后才回过神儿来纳闷儿……啥滋味儿来着？花生和瓜子都是按人头凭本儿计量供应的，三十儿晚上使劲儿忍着，盘算着明天一大早就开始嗑瓜子，攒着十几粒儿来个"一口香"！却被几只耗子悄然无息地来了个"夜袭高家庄"弄得只剩下了瓜子皮和花生壳，从此便埋下了仇恨的种子，以至于每当听到李铁梅唱段"仇恨入心要发芽"时就特有共鸣。

　　哩哩啦啦的鞭炮声从进入腊月开始，一直可以持续整个正月。等到孩子们举着纸灯笼趁着夜色满街嬉闹的元宵节过了之后，西院的四季也就此完成了一次愉快轮回。人们在欢笑声中又迎来了充满希望的新开始，一轮又一轮，生生不息。

如今，破衣服轮回成了时髦货，狗啃式发型引领了个性，见到地上的一块钱都懒得猫腰去捡，鸡鸭鱼肉见了就反胃，大马季猴儿也金贵为滋补佳品，夏秋两季的蜻蜓和蛐蛐儿屡弱地强调着存在感，荷花池和苇子坑边石砌的围岸和"禁止钓鱼"的牌子让野趣不复存在，大口儿早已被封堵，西院冷冷清清的老街和院子里杂乱的违建找寻不到半点生气。一项项古老的游戏早已经过岁月的更迭被潜移默化成记忆中的留恋，浓浓的人情与朴素的生活形态也都只留下了一声声相聚之后的叹息。

清华的西院，不仅仅是我们童年时代的快乐伊甸园，也映射出一个时代与另一个时代的百姓心态，在传统与现代之间，变迁着精神和物质领域的宿命哲学，无论对与错，唯有喜和乐。

作者简介

刘震：男，1962年生于清华园，曾住清华大学旧西院25号。1990年创办三维图像制作所，开始从事广告行业。1995年北京电影学院影视导演专业毕业，一直以独立导演身份拍摄广告片、企业宣传片近500余部，多次获得同行业各类奖项，2010年荣获中国影视广告年度最佳导演（年度5佳）奖。2011年加盟上海龙韵广告传播股份有限公司，担任首席导演。近年来多次担任中国4A广告最高奖"金印奖"评委工作。

让我魂牵梦萦的清华园

沈以力

对我这个出生在清华园，并且历经了清华60多载变迁的老住户来讲，对校内各种景观是最熟悉不过了。曾几何时，有些记忆，总让你温暖一生；有些画面，总会影响你一生；有些时间，总让你隐痛一生；有些离别，总让你怀念一生。其实，我们都不能要求昨日怎么样，但明天一定会来，或许这就是人生。

图 1　清华大学一公寓　　　　　　图 2　一公寓南面全景

■、儿时居住过的一公寓

　　一公寓在硕大的清华园里论起相貌，可以说是毫不起眼，按如今的居住标准来评判，它就是一座简易住宅楼。据说它是解放后1952年修建的楼房，其灰色清癯的外表显得有些过于庄重，其实它是一栋再普通不过的家属楼了。三层小楼的顶端是个大大的露台，上面有通往楼下的四座门洞小屋，屋顶端有黄绿相间的琉璃瓦做陪衬，这个装饰算不上是飞阁流丹的缩影，但至少是楼台亭阁的建筑样式。楼宇门洞东西两端的只朝北开，而位于中间的两个则是南北通透，每个门洞的楼道供6家住户使用，全楼共住24户人家。一公寓的西边是它的姊妹楼二公寓，两栋楼中间是二员工食堂，三栋建筑之间有仿古牌坊相连接。

　　邻里房屋的建筑布局大同小异，大房间一律朝南，北面是小房间和卫生间，中间夹着一个木制推拉门的储物柜，当年这里最大的缺点是没有独立的厨房供人们烧水做饭，所有住户都只能是在自家门口狭窄的楼道里安放煤炉来生火烧水做饭。两层楼梯之间拐弯的角落处是囤放各家蜂窝煤饼的场地，这让上下楼梯的住户感觉很不方便，狭路相逢时不得不侧身避让或是退回寒舍，长年烟熏火燎的楼道显得格外黝黑，楼道里的照明灯泡即便是开着也犹如昏暗的烛光。

　　每户人家居住的大房间都视自家人口而定，有两个以上孩子的或者一家三代有老人的，父母通常居住在朝北的小房间里，而家中只有一个孩子的就换过来住，我跟随父母在一公寓二门洞25号住了整整10年。提起我们居住的门牌号码倒是一个颇有意思的话题，也不知是谁当初给定下的规矩，一公寓这栋楼各家的门牌号码由小到大是逐层由西向东顺序排列的，而按照一般

大院旧事

的生活习惯，都是由东向西分别标为一至四单元，每单元内依次逐层排序。为此，这件事时至今日都拧不过来呢！

那时一公寓南北两侧的道路都是用碎煤渣压实后铺就的简易土路，楼宇南侧路边种有一行阔叶的法国梧桐树，每到盛夏时节便能给难耐暑热的人们提供乘凉的理想环境。住在一楼的人家都用树枝圈起了围挡的栅栏，在这巴掌大的土地上种些瓜果蔬菜或搭建起葡萄架。朝南敞开的门洞两边种有丁香树，花开时节令人赏心悦目，整个楼宇被扑鼻的馨香所浸透。公寓北边隔着碎石土路有几行高大的柳树，每逢夏日，闹心的知了叫声不绝于耳，再往北就是大片的荒地和杂草了，蛐蛐和青蛙的鸣叫声响彻云天，蜻蜓和蝴蝶等昆虫比比皆是，这些物种的存在构成了史诗般的生活乐园。

由于各家都没有自己独立的阳台，于是楼顶的大露台就成了二三楼住户晾晒衣物和被褥的首选之地。楼顶上铺有起隔热作用的很厚的碎石粒，人走在上面，便哗哗作响，而这些比黄豆粒稍大的石子则成为我们这些孩子的玩物，抓起一把从楼顶朝下随手一扬，抛落的石子砸在树叶上那如雨打芭蕉般的响声很是悦耳动听，而一旦砸在过往的行人和骑车人身上就会遭到怒骂与呵斥。

记得那时，各家的大人全都忙于政治运动或投身于工作事业，根本无暇照顾孩子。而孩子们都心无芥蒂一门心思扑在终日的玩耍上，单纯的男孩女孩常常在一起玩各种游戏，学习上也很轻松，学校老师布置的课后作业，回家后三下五除二地一划拉就完成了，根本没有学业上的精神负担。对孩子们来讲，最开心莫过于学校放寒暑假了，每天从日出到日落，除了吃饭和睡觉外，都可以撒开了尽情地玩耍。当然，淘气到没边没沿儿的时候，也会受到家长的训斥，甚至是挨顿臭揍，结局往往都以哭鼻子抹眼泪而告终。

当年，孩子年纪无论大小都要替大人干家务活，搬煤饼、倒垃圾、倒腾大白菜……清扫环境搞卫生都积极参与，成年累月日复一日地围着一公寓周边转，学雷锋做好事蔚然成风。寒暑假期间，大点的孩子们就去二员工食堂帮忙，跟着大师傅摘菜、帮厨、打下手，还帮助卖饭菜、算钱、收饭票。闲暇时孩子们传递借阅小人书堪称一种时尚，若是哪个家长给孩子买了本新的小人书，都会让别的孩子羡慕死，整天连跑带颠地追着人家屁股后边央求着一睹为快。故事书里的情节影响过我们整整一代人！

各家的自行车都搁置在门洞里，二六式、二八式男女自行车从里到外摆放整齐。那时校园里没有公交车可以搭乘，出门办事、上班、买菜大人都骑自行车。只有到了傍晚，自行车才能落到孩子们的手中。于是伴着暮色降临，总能在空场地上看到孩子们学骑自行车的身影，既有歪歪扭扭歪着身子掏裆骑车的，还有紧跟在车后跌跌撞撞追赶奔跑的，即便是摔倒磕碰得鼻青脸肿，也没谁会真当回事，乐此不疲的童心童趣每天都能演绎出儿时的喜剧。

■、嬉戏在清华万泉河

早年，凡是到过清华园的人都会对二校门前的这条小河有些印象，土堤的斜坡河道并不算宽，常年流淌的河水并不算多，有时缓缓流淌的河水几乎是静止不动。它从西门外穿墙破洞而来，流经到西院就开始分道扬镳，一支向东延伸而去，另一支却向北另辟蹊径。这两条蜿蜒的河水让静谧的校园成为尺树寸泓之地，也平添了一些神秘感。

这条叫做万泉河的小河，是长年累月凭借雨水冲刷自然形成的排水沟渠，河沟两岸是斜坡，土质松散的岸旁栽种着许多粗壮的垂柳，垂柳的细丝坠入水面轻柔地漂浮摆动着。沿着河道放置了多张用整块石料雕凿而成的靠椅，坐在椅上观赏悄无声息的河水缓缓地从眼前流过，给人一种时空在湖光山色中移动的错觉。

小时候，我常爱和小伙伴们在一起，用细铁丝把塑料窗纱捆扎在长竹竿上制作成捕鱼工具，沿着岸边青草覆盖的湿滑小径去捉鱼捞虾。孩子们那一双双滴流乱转的大眼睛，总是紧盯着浑浊的河面，希望能从水中捞起几条像模像样的活鱼鲜虾。那时我还不会游泳，也不知道这河水的深浅，但贪玩起来心里头一点都不发憷，根本就没想到，万一掉到河水里应该向谁求救这回事，真可谓无知者无畏呀！

每次伸杆下网时，总能在泥水里捞起几条活蹦乱跳的小鱼小虾，而捕获到最多的就是被孩子们称之为"不理鱼"或是"扑楞鱼"的小鱼，别看小鱼相貌和肤色不佳，离水后却有着极强的生命力。要是赶巧了还能捕捞到体形扁硕被大人称之为"王八"的小甲鱼。再有就是那相貌丑陋，浑身滑不溜秋的泥鳅，将泥鳅放在空的玻璃水果罐头瓶里，搁在自家窗台上查看变天时泥鳅上蹿下跳的样子，非常惬意。碰上那劲头大能折腾的泥鳅，就会由瓶口里跳出落到地上不停地打滚，若是想用手去拿捏，根本没门，泥鳅总能从你手指间的缝隙里滑溜逃脱掉，弄得满手都是那滑不溜丢的黏液。尽管有时被捕获的小鱼虾都不再进食了，天真无邪的孩子们仍会坚持不懈地用饭粒或馒头渣来喂食自己的宠物，有时会在同情心的驱使下从河中捞几根碧绿色毛茸茸的水草放在瓶里，形成一个小的生态系统。

永远记得那次我跟小伙伴一起去河边玩耍，地点在二校门前不远的 T 字形河道交汇处。那天恰逢是夏季大雨过后，河道比平时宽出许多，上游冲泻下来的泥水一波波扑面而来，各种漂浮物在急流中奔驰而过，往日宁静的河水发出低沉的吼声。我穿着塑料凉鞋在湿滑的岸边捞鱼，一个猝不及防就被一股强劲的水流冲进河水里，身子不由自主地在水里漂浮起来，头浸在水里眼前浑浊一片，根本就张不开嘴来呼救，甚至听不到近在咫尺的那两个小伙伴的呼叫声。缘于求生的本能，我拼命的手脚并用地胡乱抓挠。可能是上苍垂怜的缘故吧？我竟然在胡乱的挣扎中用脚触到了河岸泥土，赶紧用手揪住了岸边一缕青草。我拼命地揪住这唯一的救命稻草，连滚带爬地上了河岸，虽说是满身泥浆却侥幸逃脱了被淹死的大难，我默默地祈祷：大难不死必有后福！

浑身湿透的衣衫经小凉风一吹，裸露的皮肤上立即就布满了鸡皮疙瘩，可能是惊吓的缘故，自己的手臂和腿肚子都不由自主地打颤，身上的泥汤与杂草从上往下一个劲地流淌，小伙伴们都被眼前发生的一幕给吓懵了，大家相互望着谁都不知该怎么办，穿着这身湿透的脏衣服回家，一顿臭揍是无论如何也躲不过去的。我们几个人就像是做了错事不敢见人的小逃犯，回家的路上都溜着墙边走，耷拉着脑袋一声不吭。结果是我父母二人联手施教一顿痛打，家中仅有的一把扫帚都被揍散了样儿。打那以后，好长一段时间我再也不敢到河边去捕捉鱼虾了。

从此，我深深认识到，外表看似平缓、好似具有亲和力的陌生水域，一旦犯起那喜怒无常的性子来，对不熟识水性的人来说，可能会潜藏着不为常人所知的玄机，落难时任何挣扎几乎都是徒劳无功的。如今，清华园里再淘气的孩子也不会到河道里去玩耍嬉戏了，这条重新整治后的河道终日细水长流，只是遗失了旧日颇有情趣的童年时光。

三、初学游泳话儿时

游泳是孩子们的最爱，而校园里的游泳池曾是我小时候的嬉水乐园，那里回荡过我们充满激情的欢笑声，许多在清华园里长大的孩子都在那儿学会了游泳。

记得 20 世纪 60 年代初，也就是我刚上小学七八岁那会儿，暑假每天在家划拉完那例行的功课后便无所事事了。生性好动的我难耐寂寞，于是就打定主意跟几个年龄相仿的小伙伴去游泳，这种胆大妄为的行动绝对是要瞒着家里大人的。其实那时说去学游泳，最多也就是穿着裤衩到水池子里浸泡一下身子。

那时学校西湖游泳池刚刚建成，用现在的标准衡量那就是不合格。除了一大圈不规则的水泥砖头堆砌而成的池沿外，就只有泳池周边水泥桩上带刺的铁丝网了，其雏形就是一个蓄满水的天然大泥塘。尽管条件这样简陋，也没有阻挡住前来戏水的人们，池水中浸泡着许多素不相识的大人和孩子，嬉戏打闹、撩水打仗、嘻嘻哈哈的笑声不绝于耳。泳池的西边是专供儿童游泳的浅水区，淘气的孩子常用手抠起脚下的淤泥来投掷，泥巴汤子散发着一股恶臭在池塘里四处乱飞，随即招惹来大人们的呵斥，惹事的孩子就像是水田里那黏滑的泥鳅立即淹没在浑浊的泥浆池里，任凭是谁都别想捉拿到他。

我学游泳完全是无师自通，没有任何人教过正确的泳姿。什么是合理的憋气和换气，正确的动作又该怎么去做，全凭自己蹲在齐腰深的水里看着别人游泳的动作跟着模仿，经常是按下葫芦浮起个瓢，顾头不顾腚，借着水的浮力用脚在淤泥里胡乱踩踏，生怕头淹没到水里呛着。偷师学艺没少让我吃苦头，那看似最简单的游泳换气没少让我喝脏水，令人作呕的味道时至今日在脑海里也挥之不去。直到今日我也没搞明白，那令人作呕的泥汤水落肚后为什么没闹肚子？

当母亲得知我经常和熟悉的小伴们一起学游泳后，用家中并不宽裕的生活费给我买了一条真正的游泳裤，她有时会站在泳池铁丝网外看我在水里瞎折腾。逞强好胜的我为了急于表现自己的能耐，闭着眼睛憋一口长气半浮半潜的在泥水里划拉一通，直到看见母亲满意的笑容和鼓掌时，我才确信自己终于敢在水里瞎扑腾了。游泳的诱惑对生性好动的孩子来讲是无法让人抗拒的。

此后我游泳的胆子突然大了许多，甚至敢站在岸边的石台上往较深的水里跳"深水炸弹"了，能够凭借自身三划拉两划拉的动作游到对岸抓住池沿喘息了。后来我经常跟一些大孩子在水中做游戏，从惧怕水到游刃有余地在水中驾轻就熟地嬉戏玩耍，活像一只河狸，把与生俱来的一种潜能发挥到极限。再后来我开始努力学习更多的泳姿，逐渐掌握了蛙泳、侧泳、仰泳和潜泳的各种技巧，游泳给我带来了许多从未有过的欢快体验。

大概过了两个年头，学校对游泳池进行了彻底地改造，在东侧建起了一个标准赛道的泳池，在西侧建起了一个浅水区，两个池底都铺设了水泥预制板，水质清澈见底，泳池条件比过去有了很大的提升。泳池南侧的土山最高处盖了间办公室，高音喇叭除了播放音乐，就是叫喊着制止孩子们打闹的叱责声。

更衣室安装了淋浴的喷头，泳池出入口修建了施放漂白粉的涮脚池。为了安全，游泳者下水前需要淋浴，而孩子们谁也不愿被冷水激一下，总是溜边妄图躲避淋浴或者绕过带有刺鼻气味的涮脚池，没少挨管理人员的训斥和数落。

自打游泳池开放盛夏避暑的晚场后，我和小伙伴们几乎是早、中、晚场场不落地在水中嬉戏作乐。时至今日，我仍旧感恩清华园的游泳池，使我体验到难得的欢快，在强身健体中受益颇多。每当回想起这些令人难忘的一幕幕往事，一段段欢乐的时光，都让我情不自禁地笑逐颜开。游泳使我终身受用，给了我自信与自尊，也给了我探索未来的勇气。

图 4　荷花池冰场　　　　　　　　图 5 荷花池冬日景像

四、冰封的荷花池往事

到了冰封大地的严寒冬季，缩在家里无所事事的孩子们都爱到荷花池去滑冰。虽然，自制的简易冰车有些老土，却从没有让我们感到过失落，冰车滑过那如同水银般的冰面，留下了歪歪扭扭的行行轨迹，印证了多少孩子们的初心。

几十年前的儿时，我从小学的自然常识课本里获取了冰的有关知识，知道水在零摄氏度以下会由液态凝结为固态。而真正和冰接触，还是在荷花池玩耍趣味滑冰时。自制的简陋冰车就是用几根粗细不均的木条钉起来的长方形板子，尺寸让孩子们盘腿坐着感到费劲，用双膝跪在上面反而会舒服些。板子下面捆绑着不同级别的冰刀，所谓的初级冰刀不过是两根粗铅丝，中级冰刀是抹了斜角开刃后的角钢，高级冰刀则是用成人冰鞋上淘汰的旧跑刀做成的。再有就是两根必不可少的冰杵子，圆木短柄给钉成 T 字形，下端嵌有带尖的钢筋棍，孩子们奋力挥动着双臂，灵巧的身形就像是被牢牢地钉在了这方寸之间的木制冰车上。冰车承载了孩子们冬季的成长历程，伴随着我度过人生那段幸福的时光。

最充满情趣的童年到青年之间似乎没有明显的界限，20世纪70年代中期，工作后的我终于积攒出购买一双最正宗冰鞋的钱，急不可耐地赶到王府井利生体育用品商店，购得了一副黑龙江出品的双龙牌跑刀冰鞋。自从有了自己专属的冰鞋后，每逢冬天我都着急上火地盼望湖面赶快结冰，好在冰封的湖面上一显身手。

初学滑冰的人哪有不挨摔的，双脚绑紧冰鞋后人可就身不由己了，先是脚腕发软不听使唤站立不住，紧跟着迈步走道打趔趄，前扑后仰的一劲摔跟头，赶上那会儿胳膊腰腿还算灵便，再加上全身上下、从里到外都穿得厚实，所以没摔出个好歹，但也被磕碰得浑身青一块紫一块的，即便这样也架不住滑冰带来的那份激情和诱惑。滑跑刀绕8字形讲究的是蹲身甩臂一种潇洒劲头子，双脚蹬冰、单脚急刹铲起飞溅的冰沫子猛然呈扇面散开时，绝对是鬼斧神工也难雕凿出的优美瞬间，是我们自己演绎出来的精美绝伦的舞姿。

记得那时荷花池溜冰场人工养护得非常好，湖岸四周用大张的秫秸杆编织成的席子围挡住风沙，工人用大铁壶浇水弥合开裂的冰缝，使冰面光滑平整，驰骋在上面犹如飘然于世外仙境。夜晚加装了照明用的白炽光太阳灯，夜空似藏青色的帷幕，天上的穹顶点缀着闪闪繁星，让人不由深深地沉醉在夜色如浓稠的墨砚中，深沉得有些难以化开了。

滑过冰的人都体验到把握平衡的重要性，运动时不仅身体需要掌控平衡，心态也需要把握平衡。滑冰与地面行走和骑车给人的感觉完全不同，要在速度、角度和人体重心的变化中不断协调，绝不能顾此失彼，一头重一头轻。如不因势利导及时修正，其结果就会导致失控而摔跟头。滑冰的体验用于工作和生活中也同出一辙，面对人生中的各种困境都要把握住自身心态的平衡，学会坦然接受和欣然面对，用平和的心态来对待，敢于直面应对人生历程中的各种挑战。

现如今，我望着人头攒动久违的荷花池冰场，眼前似乎总能浮现出过去自己滑冰时的一幕幕景象。人生过得真是太快了些，还没来得及去细细把握和品味就已是稍纵即逝了。

五、冬天里的炉火

如今的人们再不必为生火、做饭、烧水和取暖而发愁了，也不会因烟熏火燎而灰头垢面，不会因煤烟将人呛得连咳嗽带喘、眼泪止不住的往下流了……这些都已成为了过去。

出生在二十世纪五六十年代的人，对于点火生炉子这些琐碎事都不会陌生。各家各户都指望着炉火来过日子呢，即便是生活上过得很拮据的人家也少不了炉火，尤其是每当严寒冬季来临时，人们都会把往日摆放在室外的炉子挪到自家屋里，并把铁皮烟囱给组装好。为了怕冷风倒灌时从烟囱接口的缝隙中跑煤气，有条件的人家会用绝缘胶布，将它一圈圈紧密地缠绕在烟囱的接口处，并从朝南的玻璃窗上取下一块玻璃安装上自制的安全风斗。对于"煤气中毒"这档子事，谁家也不敢掉以轻心糊弄自己。有些更仔细的人家，还会把探出窗伸到室外的烟囱口下面挂上一个废旧的铁皮罐头盒，防止烟油子滴落下来弄到身上不好洗刷。

作为各家的半大孩子到那时都要帮助父母打下手，这些被大人称作"小帮工"的孩子仗着腿脚灵便，把搬桌椅、搭台子、爬上爬下的活都承揽起来。用面粉熬成浆糊拿来刷木质窗框，把旧报纸裁成条并细致地贴在缝隙处，免得西北风往屋子里吹。有些家庭还把破旧的自行车内胎剪成胶条，用废弃的硬纸板做压胶条的紧固件，再用锃光闪亮的大头钉镶嵌在自家的门口下，开关门时胶条与地面摩擦便会发出"唰唰"的声响，这些严实的门窗对防寒保温有着不可或缺的重要作用。燃煤视各家情况不同也别具特色，既有烧蜂窝煤饼的，也有烧自制煤球的，还有烧煤块和捡拾来的煤核儿的。作为引火用的劈柴烂木头和枯树枝大伙用的基本相同，生火时各家相互拆借点劈柴和废旧报纸都是常有的事，有的人家还拆借一块邻居家炉火上烧红的煤饼做底火，不但便捷省事，又不必让家人忍受起火时的烟熏火燎，不过多数人会还给人家一整块儿的蜂窝煤作为补偿。

再说这掌控炉子的火候应该算作技术活，那时谁家都会有个专职的"司炉工"，最难的就数过夜封火这项操作技术了。大圈小圈环环相扣的压火盖儿，封得太严火着不上来，煤饼烧到半截子就灭了，大半夜的冻得全家人在被窝里跟睡在冰窖似的直哆嗦；如果压火盖用煤渣子溜缝，开口稍大些的话，炉火不等天亮就耗尽了，早上起来它就像一个冰凉的铸铁疙瘩。为了早起能给全家人弄口热乎的早餐，各家老人情愿自己辛苦些，一晚上起夜多少回查看炉火也绝无怨言，整个冬季里伺候着家里的炉火，没睡过几个安稳的踏实觉。

想当年，我们这些半大不小的男孩女孩都干过搬运蜂窝煤饼和倒煤渣的力气活，谁家要是有一两个能顶事的男孩子那都是福啊！这冬天里燃烧的炉火，不光烧的是木柴和煤炭，点燃的是每个人心中的光和热，是希望和力量。

　　生活就像是一首歌，吟唱着人生的节奏和旋律；生活就像是一条路，延伸着人生的足迹和希望；生活就像是一杯酒，饱含着人生的清醇与忧愁；生活就像是一团麻，交织着人生的烦恼与快乐；生活就像是一幅画，描绘着人生经历的红绿蓝；生活是一团火，燃烧着人生的憧憬和梦想。生活的真谛在于传承与创新，生活的理想在于远大，生活的艺术在于选择，生活的步履在于踏实，生活的乐趣在于追求，生活的安逸在于平淡。我的快乐生活就在那个让我终生魂牵梦绕的清华园里。

图 5　作者近照

作者简介

沈以力：男，1954 年 5 月生，自幼跟随父母居住在清华园里，曾住二区、一公寓、16 公寓和西八楼，现住照澜院旁的东区。曾在清华附属托儿所、幼儿园、小学和中学就读，毕业分配到工厂，上过计算机学院，之后在校企紫光从事外贸进出口工作多达二十几年，后工作于浦华环保控股有限公司，现已退休。

磅房的故事

王源庆

　　二十世纪五六十年代，清华园靠近南门的马路边上，即四区与新林院之间，有一个磅房。

往清华运送需要计重的物资，就要进南门，进来后在此称重。

当时，运送物资的，主要是马车，偶尔还有骆驼队。

磅房建于何时，未见记载。我估计建于 20 世纪 30 年代，最大可能是 1933 年。那年清华扩建，向西扩至现在的西门，向南扩至现在的南门，原来的校门"清华门"不再承担校门的作用，从此改称"二校门"。

光阴荏苒，斗转星移。磅房早已完成历史使命，不知什么时候被拆除了。

磅房存在的时候，成年人全都忙着上班，磅房跟他们没有一点儿关系。他们不会关注这个马路边上平时总锁着门孤孤单单平平淡淡冷冷清清的小房子。

而时隔半个多世纪，至今聊起它来还津津有味的，是当年住在附近的孩子们。

磅房长得什么样？

我手里没有照片，只能凭着模糊的记忆，将它画出来。

图 1　磅房

在我印象中，当年的大人们，都很少闲逛，基本是出门上班，回家吃饭。磅房这里鲜见成年人。

可是，这里却是我们的天堂！

从四五岁到十二三岁的孩子，都是这里的常客。

就因为这里没有大人，没有老师，我们可以大声地喊、专心地玩儿、尽情地闹，直到大人喊回家吃饭才散去。

磅房，是小伙伴们的集结地。

磅房前面地磅的两旁，有水泥砌成的护墩。护墩上面平平的，四根圆柱子支撑着顶棚。而这平平的护墩，就成了我们玩耍的极好场地。

小伙伴们最常玩儿的是拍洋画儿、弹球儿、抽汉奸、欻拐、逗蛐蛐儿……

图 2　拍洋画

洋画，一种硬纸小画片，孩子们十分喜爱，玩儿的方法也很多。

两个以上人玩儿，背着手出洋画，按各人出的数量多少决定先后顺序，把各人出的洋画合在一起，在水泥平台上放好，一掌拍下，气浪将洋画掀翻，翻过的那部分就赢走了。如果还有剩下的，则按顺序继续玩儿。

更复杂一点儿的玩儿法，则要数一数翻过部分的数量，根据单双数决定取舍。

大院旧事

像弹球儿一样，家长们很反对孩子拍洋画，因为太不卫生。

抽汉奸其实就是抽陀螺。估计"抽汉奸"这个游戏名字是日本投降那年有的。人们痛恨鬼子，更痛恨汉奸！

使劲抽它！

逗蛐蛐儿，是我之最爱！蛐蛐儿，学名蟋蟀，《聊斋》里称作"促织儿"。先说怎么逮它就挺有意思。

用铁丝和漆包线，精心制作一个像捞面条的笊篱似的小扣网，用它扣蛐蛐儿以防弄伤它，为的是要"全须全尾儿"（此处的"尾"要读作"yi"）。

捉蛐蛐儿主要到两种地方：一个是乱石堆。蛐蛐儿爱在石头缝儿里藏身，细细地翻动石头块儿，指不定什么时候，突然蹦出一只蛐蛐儿，你要瞬间迅速判别是二尾儿还是三尾儿。如果是二尾儿（雄性，生性好斗），你眼快还需手疾，通常小东西三蹦两蹦又钻入石缝，那你还得重新翻动好多石头。倘若蹦出来的是三尾儿（我们管它叫三尾儿大扎枪，雌性，似被"三从四德"束缚颇深，从不参与争斗），那么可以断定：此处肯定还有一只二尾儿！只要耐心、细心，乱石堆里常有斩获。

再有便是荒草丛。在草丛中捉蛐蛐儿，你就得轻手轻脚，寻着它的琴声找到它家门口，通常是一个小拇指粗细的洞，用一根草棍往洞里探，它就会出来。也有定力十足的主儿，任你把它的洞府搅得天翻地覆就是不出来，那就只好用绝招了，一泡尿进洞，黑亮的小脑袋必会慌慌地出来，两根长长的须子还不断地抖动，想抖掉刚才从天而降的什么东西。当然不到万不得已时不用此法。

捉住的蛐蛐儿，放进准备好的小纸筒。注意：时间稍长，小东西会咬破纸筒逃之夭夭。

回到家，把蛐蛐儿放进垫了泥的罐子，盖上带透气孔的盖子，放几粒毛豆，养起来。

最精彩的当然还是"斗蛐蛐"。把一只蛐蛐儿放进另一只的罐子里，无需训练，无需挑逗，也无可协商，无可谈判，两个汉子绝对是不共戴天，即刻便要拼个你死我活！

战败者通常是大牙被扭歪，伤重者往往大腿被咬掉。胜者趾高气扬，张开双翅"嘟嘟嘟嘟"叫个不停，不时还要冲过去再咬几下，将手下败将逐出罐子为止。

一般来说，一旦交手失败，战败者就废了，失去自信心后，永不再开牙。

它的生命就到了尽头。

其实，本是势均力敌，每次交手，胜负都有偶然性。

世上许多事，不都是这样吗？

磅房的后面，有几棵高大的杨树，在我的眼里，它们简直是高耸入云！

夏天，我们在树下乘凉。记得有一段时间这里堆了小山似的一大堆石子，我常在这儿挑选大小合适的石子做绷弓子的子弹。

清华的小孩儿，语言多受老北京的传承，比如把弹弓叫"绷弓子"；把蝉叫"季鸟"；把蜻蜓叫"老飐飐"；把壁虎叫"蝎勒虎子"；蝙蝠呢，叫"夜矲虎儿"……

我特别爱捉季鸟和老飐飐。

找一根够长的竹竿，尖部再插上一根细杆，抹上胶。

粘季鸟的胶有4种，最好的是用透明皮筋熬的，其次是用自行车内带剪碎后熬的，这两样都没有的时候，就只好用蜘蛛网团成的小球或者桃树老干流出的桃胶，这两种远不如前两种黏，在没辙时凑合使。

磅房旁边有一条马路，马路的西边是一大片小杨树林，这片林子就是粘捕季鸟的好猎场。

季鸟很机警，稍有动静便飞走了，临飞走时还经常撒一泡尿，正全神贯

图3　斗蛐蛐

图4　粘季鸟

图 5　捉蜻蜓

注仰面朝天的你根本躲闪不及，只好擦擦脸悻悻地走开。

一天，我正在林子里转悠，寻着叫声发现一只，可是它太高，竹竿够不着。凭经验，往树干上端两脚，把它惊飞，盯住它看它落在哪里，若是稍低，就有机会了。

可是这回我惨了！

谁知道树上有个马蜂窝！刚端了两脚，就听见"轰"的一声炸响，我还不知所以，头上却早降下一群天兵天将，几只大马蜂狠叮我几口，顿时，眼前金光万道，疼的那叫一个无法形容！扔了竹竿儿撒丫子就跑！只恨少生几条腿！

抱头拼命跑出树林子就是磅房，一群小伙伴正在那儿聚精会神拍洋画儿，见我疯了一般跑过来，还没弄明白怎么回事，就也跟我一样吱哇乱叫着四散逃命！

原来是我把一群马蜂整个拉进了小伙伴儿们的"清华磅房群"！我给他们几个每人头上发了几个"大红包"。

粘季鸟主要是在磅房西边的小树林，因为季鸟通常都是在树上。而捉蜻蜓是在澡堂子后边，那里是一大片荒野。

蜻蜓的品种可就更多了。大个儿的有蓝绿可人的"老骱儿"、精美黑纹的"老孖儿"、尾巴上带俩轮子的"推轱辘车"等。中个儿的有"麦穗儿""灰儿""大头蚊子""红秦椒"等。小个儿的有"小黄儿"等。

上初一的时候，我还很喜欢捉蜻蜓。一天上学的路上，逮住一只平时难得的"老骱儿"，没法儿带到学校去，又舍不得放掉，路过校卫队后面的小山包时，就找块石头压住藏了起来。等我

图 6　大杨树

放学兴冲冲跑来时，看到的是一大群蚂蚁正在此大快朵颐！

磅房后面几棵高耸入云的大杨树，给我留下了深刻的印象。

每逢秋天，孩子们在树下挑拣个头大的落叶，为的是要那个叶柄。用这个叶柄拉勾，比谁的更结实，被对方拉断的就输了。其实这个比赛不赢房子也不赢地，但是我们都极认真地对待。

我们研究了各种方法来增加叶柄的强度韧度，也不知哪儿来的思路，有用酱油泡的，有放在土里埋一段时间的，还有在叶柄里穿一根细铁丝的，当然这算出老千，谁敢这样做会受到大家一致的批评。

那会儿，还有很多好玩儿的。

比如说"打杀杀儿""跳房子""剁刀子""拽包儿""扇三角"等等。

捉迷藏是那会儿常玩儿的游戏。我记忆最深、最得意同时也是最没趣儿的一次是趁天黑蹲在磅房后边的树丛里藏得太密，一直没被发现，等我作为胜利者挠着被蚊子叮的满身大包走出树丛时，已是万籁俱寂，小伙伴儿们早都回家了。

爱在磅房玩是从四五岁开始，小学时达到高峰，上了中学以后就不怎么在这里玩儿了。

学龄前，经常一起玩儿的是跟我一般大的同伴毛毛和竹青。

小学时，常和同班的阎在国在一块儿，都爱画画儿，我俩常在磅房护墩上，翻开小人儿书，找着关羽、岳飞等英雄，连人带马照着画。

郑清诒是我一个特殊的朋友。我俩从不在一起玩儿，因为都爱看书又都有不少书，就互相换书看，我们管这叫"书朋友"。书朋友一直维持到小学毕业，初中以后再没见面，后来得知他去了北大附中。

爱玩儿爱闹不是坏事，丰富的游戏伴随着小伙伴儿们的健康成长。

清华附小毕业，我以满分成绩考入清华附中。

上中学了，不知不觉与磅房就疏远了。

再后来，偶有闲暇想去看看磅房，却，却再也寻它不着。

作者简介

王源庆：男，1948 年 9 月出生，1955—1961 年清华附小学生，1961—1965 年清华附中学生，1965—1969 年北京航校学生，1969—1993 年 503 厂政工干部，1993—2008 年北京长空工业有限公司党委书记。曾住地：20 世纪 50 年代住四区 10 号，20 世纪 60 年代住新林院 3 号。父亲王宗保，清华大学商店财务负责人；母亲许佩娟，家庭主妇。

大院旧事

万泉河中流淌出的记忆

吴玮

一、13 公寓的金色时光

清华 13 公寓位于清华园西区东边的咽喉要道上。20 世纪 60 年代，这座有 3 层红砖坡屋顶、5 个单元门、30 家住户的小楼坐南朝北，扼守着北侧通往白楼（15 公寓至 17 公寓）的渣土路。越过渣土路是一片开阔地及小树林、一条宽宽的浅沟、几棵高耸的大杨树、小松林以及万泉河汇入清华园的小河。楼的南侧有一小坎坡，与坡上的灰楼二公寓共同扼守着另一条通向白楼的要道。楼东侧小路边种了不少蓖麻，再往东有个小篮球场，楼西侧为一片荒草地，之后是锅炉房的大煤堆。

13 公寓地理位置得天独厚，与周边其他公寓最大的不同就是相邻没有姊妹楼。排号在前的 9—12 公寓位于清华园西南区，14 公寓空缺，15—17 公寓位于西区，均远离 13 公寓。这就使得该楼周边享有宽广的空间，为在这座楼居住的孩子们提供了清华园里难得的、可以尽情玩耍的活动天地。这样的地理位置及周边环境造就了 13 公寓孩子们的性格：心胸开阔、举止大方、集体主义观念深厚，因为我们从小就有地方可以疯，就有足够的空间玩，能够一呼百应地组织起各种集体性游戏，是一个满满的正能量的少儿群体。

曾经的 13 公寓，30 户正值壮年的父辈居住于此，他们日后或成为清华的学术精英，或成为清华的行政楷模。壮年生活于此必然子嗣繁多，因而这座楼的孩子大约有六七十个，年龄相差不大，出生年份相对集中，客观上为开展集体活动提供了必备条件。我们几十个孩子无论寒冬酷暑、无论清晨傍晚，总是结伴上学，结伴在校园里嬉戏打闹，彼此不分你我他。

住在 13 公寓的那几年，是我玩心最旺盛、最热闹、最欢乐的几年，又是国运转折天翻地覆的几年。在 13 公寓，我从童年无忌、懵懵懂懂到少年不知愁滋味，到展翅飞翔与起锚远航……每每想起这段时光，都让我无限地留恋。在那儿，我完成了一个从儿童向少年的成长转变，不经意又完成了跨向第二性征的心理转变。在搬离 13 公寓时，长大的我深情地向那段永远难忘的金色时光告别。

图1　13公寓周末环境卫生大打扫（1964年前后）

二、道歉与感谢

也许因为13公寓一单元到三单元的路程在孩子的度量尺中显得略远，又没有与我同年的同学，所以我与一单元交集较少，唯独101室杨家始终不能被我忘怀，主要因为两件事。

其一：杨家主人杨福生伯伯与我父亲是老电机系同事，小时候总听母亲说起杨伯伯，所以印象深刻。父母亲是在清华电机系相识相恋的，好像杨伯伯是他们当初的牵线搭桥人之一或是促成者之一，所以父母亲心存感激，加上杨伯伯天生是个乐天派，总是笑眯眯的，估计在同事间人缘儿还不错。

其二：杨福生伯伯有3个孩子，长子杨锐、长女杨蕊、次子杨镭，个个皮肤白皙，杏核大眼，尤其杨蕊和杨镭更像是一个模子刻出来的，只是性别不同而已。杨锐哥哥高我几届，"文革"开始时是红卫兵发源地清华附中的精英。印象里那时他总是匆匆忙忙、意气风发的样子，他身上总有种白面书生、风流倜傥的味道。以后想起来总会冒出个念头，那时的杨锐如果换上明朝文人的服饰，那气质、俊美劲儿活脱脱就是唐伯虎啊。杨蕊与大多数女孩不同，不扎小辫或刷子，总是梳个短发，小锛儿头下深陷的眼窝里一双大而明亮的眼睛，眼睫毛长而上翻，一副聪明样。杨镭与姐姐极为相像，只不过头型更圆，聪明样表现在一脸的淘气像上。

一日中午，我妹妹吴曼丽（因"文革"开始后说她名字像女特务，所以

大院旧事

住在 13 公寓时改名吴红）忘了因何事哭着跟我说遭了杨镭欺负，好像是拉扯或有拳脚程度的事，当时就气得我火冒三丈，撂下饭碗就奔一单元去了。杨镭还在单元门口玩儿呢，我大吼一声叫住他，质问他为何欺负吴曼丽，当时杨镭个头才到我腰部左右，我心想我这大他许多又泰山压顶的样子，还不一下就震住他了，赶紧讨饶呗，哪知他非但没有任何惧怕的样子，反而对我斜楞着眼睛，昂着小脑袋，扯着脆脆的嗓子冲我尖利地嚎叫。一下子我愣住了，完全没想到他敢跟我抗衡，下不来台的我血液往脑袋上涌，举手一个巴掌抽在了他脸上，小杨镭非但没有退缩，反而因个子小而不住地跳起来还击，简直气疯我了！连着重重的七八下打在他脸上，终于他不说话哭了，看着他脸上通红的，我也因为从没有打过人而心慌意乱地逃走了。几天后看见到他，脸已退去红肿，但仍见 5 个指印留在脸上，一周后才下去。此时我心里已满是歉意，下手太重了。以后我家搬走了，再没有机会向他道歉说声对不起。

几十年过去了，每想起此事总有深深的歉疚。上次念红回京聚会时见到杨锐大哥，方知杨镭现在定居美国，托他带去一声道歉不知带到没有？当年我的鲁莽，不知道给小小年纪的杨镭心理上造成什么影响？现在通过微信群，我给远在大洋彼岸的杨镭道歉，说声"对不起！"

以上是道歉的事，更有感谢的事，故事要从 1969 年说起。

1969 年 10 月清华大学在江西南昌鲤鱼洲建了五七干校，各系教职员工轮流过去改造锻炼。鲤鱼洲位于全国第一大淡水湖鄱阳湖边，自南昌沿一条赣江支流经 90 公里可达，对岸就是著名的江西共产主义劳动大学，这里原是劳改农场，干校选址时中央拨给清华、北大、中共中央办公厅建"五七农场"。这地方本来没有地种，因鄱阳湖作为长江的季节性来水调节湖，丰水期满水、枯水期退水，人们就将退水后的湖底建起大堤圈地造田，用大堤将来年丰水期的湖水挡在外面。

同年 8 月，我父亲、杨伯伯等已随部分清华教职员工先期抵达鲤鱼洲，10 月底根据清华军宣队和工宣队的命令，我家被选为第一批赴鲤鱼洲的家属，坐了三天两夜的硬座火车，终于在 10 月 29 号抵达南昌，后又转乘轮船抵达清华干校。那时大部分家属都带着沉重的家具和四季衣物等行李，拟在鲤鱼洲扎根安家落户。

11 月，我、艾民、靳青河、张秋琳等 15 位同学密谋偷跑回北京，被军宣队发现，将我们分散到各自父亲所在的连队，谎称我们已被分配到清华工作，每月工资 18 元，在连队与成年人同吃同住，实际上是劳动改造。那时鲤鱼洲的房子就是竹条子编的，与蝈蝈笼子完全一样，夏天四面透风凉快，冬天竹条外糊上掺上稻草的泥巴。睡的是两层砖码成的地铺，上面铺上厚厚的稻草做褥子隔潮，天气晴朗时拿出来晒晒干。

记得那时杨伯伯被军宣队宣布是叛徒嫌疑，睡觉被安排在靠近屋角最不好的位置，我与其他大人都不熟悉，就主动选择睡在杨伯伯旁边，即使在那个不公正的政治环境里，他也总是笑眯眯的，与在13公寓一样。周围几乎没人跟他说话，收工后躺在地铺上他总能给我讲一些故事和笑话，让我了解大千世界。不久就有人提醒我少跟杨伯伯接近，说他是特务。对此我不以为然，我一个小孩子也没人跟我较真儿。

12月中接到紧急通知，说经气象研究发现，第二年长江水量将大大高于往年，所以鄱阳湖也要承受较大的蓄水压力，各围湖造田的人工大堤要加固加高，我们开始昼夜劳动，先要将8米高大堤上的砖垛转移。没有别的运输工具，只能肩挑人扛，我那年14岁，用南方的竹扁担每次挑砖24块，标准干砖一块重约5斤，24块重约120斤，南方潮湿多雨，湿乎乎的砖头实际重量超过120斤，一天下来累得我腰都直不起来了。旁边的大人还鼓励我说："小吴，加油！下定决心，不怕牺牲……"眼睁着太阳一点点西下，真恨不得它一下子就从西边掉下去。

12月18号，我与父亲两人倒班干活，我父亲上白班，我和杨伯伯等十多人上夜班。凌晨3点半，最后一批砖装上了拖拉机后斗。由于大堤高8米，下堤的路较陡，平常砖斗车只运砖不让上人。但那晚是最后一趟活了，又干到了凌晨，大家都很累，就全都爬上了砖斗车，准备收工回队。

悲剧发生了，漆黑的夜晚看不清路，拖拉机开到一个坡陡弯大处，斗车一下侧倾翻倒，大部分人滑下了车，半车砖头翻扣了过来。漆黑中只听见有人大叫，大家赶紧用手电照射，是半车砖埋住了杨伯伯的胳膊，大家七手八脚把杨伯伯的胳膊扒了出来，发现砖堆里面还有一只脚！黑暗中赶紧排队清点人数，发现少了我。"学生埋在砖里了！"这下大人们都着急起来，不知哪来的劲儿，用4根大毛竹竿将尚有半车砖的斗车愣是杠了起来，扒开砖堆把我从里面拖了出来。

后面发生的事都是我苏醒后听说的。在把我送往南昌就医的路上，已几乎摸不到我的脉搏了，王钟惠大夫赶紧给我打了一针强心针和止血针才缓过来。到了江西最好的外科医院，确诊为颅底骨折、脑干挫伤、七窍出血，医院不收。清华军宣队也急了，因为第一批家属到鲤鱼洲还不到两个月，就出了这么大的事，会影响后面陆续到达的家属们情绪。军宣队准备跟军队要飞机送我到上海抢救，医院说人还没运到上海就可能完了，最后双方妥协，均不签字，放在走道里观察。三天后我脱离全昏迷，医院看到有缓，才批准我入院治疗。据说在北京清华大礼堂，军宣队负责人张主任表扬说我昏迷中还念着毛主席语录"下定决心……去争取胜利！"到出院时，与我同病房的几位患者都已经陆续见阎王爷去了，仅我一人活下来，医生说脑伤的死亡率是98%，全仗着我14岁正在发育期，生命力旺盛，否则今天也没机会写这洋洋洒洒的文章了。

48年过去了，回想那天我一定是因为年龄太小又劳累过度上车就睡着了。在那个没有月亮、没有灯光的暗夜里，我与杨伯伯是鄱阳湖大堤上拖拉机翻车事故的仅有受伤者，我又是唯一的死里逃生幸存者，是杨伯伯的胳膊指引了大人及时救出我来，所以我在这里向杨福生伯伯衷心地道一声："感谢您！"

三、母亲与小河

我睡不着，窗外三九天风声呼啸，屋子里漆黑一片，脑海里转着吴一楠的散文《小河流过我门前》中的文字，唤起我与母亲在万泉河边的那一幕幕……

进入清华园西门后沿万泉河走不远，西区通往小河北岸、曾经光秃秃的石板桥处，如今跨着一座普普通通的白色石桥，桥下曾经滋润一方泥土的小河河槽早已被改造成钢筋水泥的河槽了。

石桥是河道的景观分界，南北走向的小桥东侧是半干半湿的河道，河道两壁直挺挺、硬愣愣地立着水泥石墙，没给你留下半点亲近它的可能。

小桥西侧靠近闸门的南岸，改造时则特意设计了一段跌水岸坡，逢年过节时放出的清水在跌水台阶上蹦跳着溅出水花，人造出山涧溪水叠垂的景象，为往日毫无生气的河坡增添了灵性。靠近石桥的一小段则过渡为旱坡，有台阶直抵河面，与过去由泥土自然形成的河岸有些相仿。

小河被改造为水泥河道后，我从未完整地循着岸边走过，目力所及的河段内似乎从未看到有这样接近过去的、自然河坡的设计，更未曾给人留下能亲近河水的通道。

短短的能亲水的这段河堤边，经常见到一些小孩子和家长拿着小小的抄网，乐此不疲地捞着偶见的小鱼，河边荡起欢声笑语。每遇及此，就有种回到儿时的感觉。

河坡之上的南岸边，坐南朝北间隔摆放着两个靠背木椅。我脑海中浮现的画面就定格在这里。

图 2　河边的靠背木椅　　　　　　图 3　石桥西侧的叠水台阶

木椅坐南朝北，母亲天天坐在这里。

老母亲大前年走了，96 岁高龄。

她是个坚信多走路会有益于健康的人，走起路来脚下生风又轻飘飘的无声无响，我遗传自她走路也快。90 岁以后她腿脚不济走不远了，但每天也要出来走一走坐一坐。

冬天她会走到公寓食堂斜对面、西区居委会东侧的小空场边，那是这一片居住区冬季唯一的既背风又阳光充足的地方。

其他的季节只要天气允许，她就会在保姆的帮助下，每天上午走到小河边石桥西侧的第一个靠背木椅，端坐在上面。

那时我每周至少两次回清华园看望她。她知道我周末会来，总在家里候着我，哪儿也不去。非周末时间我回清华看看工作安排，随机的说不好哪天，经常会到家扑空见不到她。久而久之，知道了她的习惯，若是上午家里没人，只要去小河边一定会在那个木椅上找到她。

第一次找到那里，只见她一个人端坐着，保姆把她安置在木椅上，早就不知跑到哪儿去聊天了。我不想打扰她只在不远处望着，她神情专注、安静地看着坡岸下的河水，偶尔抬起头望向河对岸的游泳池或是西边的小树林，就那样一动不动。悄悄地我走到木椅的后面，轻轻拍拍她的肩膀，她抬起头来见到是我，总是欣喜异常，见到儿子是她暮年最愉快的事情。

不忍心总让她一个人呆坐在那里，我会尽量安排好时间，在上午十点前赶到清华，自己搀扶她从家里慢慢走到河边。晚年她已不怎么说话，拉着我的手就像是小孩子一样。每次遇到井盖她都会绕着走，小声重复着，像是自言自语又像是对我说："出来走，你爸爸嘱咐我不要踩到井盖上，他怕我掉进井里去。"父亲已经走了几年，她仍牢牢地记着老伴的叮嘱。每次听到都好似是第一遍，心弦会被强烈地拨弄一下，这就是相濡以沫吧。

一次我来晚了，陪她到小河边的时间比往常迟了些。走到木椅那儿，一位老先生已坐在上面。母亲的脑子明显衰老了，一生都礼让别人的她，嘟嘟囔囔的不高兴，意思是人家占了她的地方。大概天天那个时间都是她坐在木椅上，她就认为那是她的地方。

我经常会陪她坐在木椅上，拉着她的手，她总是更多地注视着河水，似乎若有所思，默默无语。有时会在嘴角现出一丝微笑，有时会饶有兴趣地看着小孩子在水边捞鱼。

母亲的记忆力愈来愈差，往往见面已认不出熟人来，后来见到我都要想半天。一次我到晚了，她已坐在了河边，见到我一时认不出来。经过我的不断启发和她努力地思寻，突然，好似决堤一样，刚刚还愣愣的眼神一下就变了，竟"咯咯咯"惊喜地笑出了声，眼中似乎满含歉意，好像在说："妈怎么把你都忘了？"那副表情啊，我一辈子都忘不了！

我发现，越近的事情她越记不起来。坐在河边的木椅上，我开始经常刻意地提起旧事。每到这时她就有了兴趣，似乎望着河水时她刚巧正在往事中徜徉，顺势就搭上了我的话题似的。每到这时她呆滞的脸上就轻松了许多，愣愣的眼神中闪烁出火花，身体也放松地靠在了椅背上，换了一副安详恬静的模样。我就这样拉着她的手，不紧不慢地东一句西一句地扯着，时间好似凝固了一样，那是我最难忘的一幕。

图 4　作者与母亲

渐渐地她忘记了一切，唯独这条小河，是每天认定要去的地方。我也曾经考虑过：那里坐南朝北，后面就是那片"黑松林"，是个背阴儿、完全见不到阳光的地方。老人宜多晒太阳，建议过她寻一处向阳处，她不置可否，只是仍然坚持每天坐到老地方。

如今，时过境迁，斯人已去。不知什么缘故，每次路过小河边的石桥，我都会不自觉地将目光投向那个木椅，却十有八九都是空空荡荡的。也许，是人们知道那里每天都会准时坐着位老太太，给她留着位置？或许是没多少人愿意长时间坐在那个背阴儿、迎风的地方。

母亲如此喜欢坐在那段有岸坡的小河边，也许就是喜欢借助与往昔相像的、能令她想起什么的小河坡，在目送缓缓而流的河水中慢慢咀嚼着她的过往。浅浅的小河流水中承载着她的青年、中年及至老年的步履和生命。大约只要坐到那里，她就能在脑海里搜集、梳理、撰写自己的回忆录吧。

或许，她数十年如一日、执着地坐在小河边的原因真谛，就如吴一楠文中所写，父母是在这里"誓重盟坚，双星渡河，结为秦晋，偕老百年"的？

我相信，小河一定与母亲有着什么不解之缘。如今回想起来，庆幸当初我所做的一切。

我庆幸没有阻止她天天坐在那个背阴儿又见不到阳光的河坡边。

我庆幸陪她坐在河边时曾寻找出无数的往日话题与她攀谈。

我庆幸河道设计者为小河留下了一段人性的岸坡。

我庆幸七年里没有出过远门而是始终陪伴着她。

我庆幸陪母亲向小河做了最后的告别。

我庆幸——这一切是在无意间……

作者简介

吴玮：男，高级工程师。1955 年出生在清华园，曾住 13 公寓和胜因院。1982 年到北京市建筑设计院工作，后在多家公司任职，曾参与亚运工程、清华荷清苑小区、清华科技大厦等工程建设，荣获多项北京市和建设部颁发的工程与设计奖。父亲吴白纯，自动化系教师。母亲任元敬，原在电机系工作，后离职。

小河流过我门前

吴一楠

我家门前不远处，是一条小河。河面不宽，坡岸斜长。我的童年和少年时光，都是在这清华园内小河边的公寓楼里度过的。小河由西向东，流过校园。走过正前方简易的石板桥，河对岸的西侧是著名的近春园荷塘，东面一片短松岗，掩映着旧时王府，现今的学校行政中枢。

图 1　清华西门内小河（1981 年，清华大学建筑系教授汪国瑜先生画作）

徐志摩先生说，康桥的灵性全在一条康河上。这话用于清华园的小河，也同样妥帖。古时河出图，洛出书。灵动的流水，向来是智慧的源泉。我小时同学的父亲汪国瑜伯伯，是清华大学营造系（即后来的建筑系）教授，曾参与梁思成教授、林徽因教授主持的中华人民共和国国徽设计工作。在他的画作集中，就有一帧，描绘了这简朴隽秀的小河。从清华园中走出的文化泰斗、理工巨擘，在事业里、心灵中，无不留存着小河的印记。

弯曲的小河，两岸杨树，几处垂柳，描画出园中时序的变化美。而我最喜欢的是小河的春天和夏日。

在早春，河水清澈见底。蓦然出现的淡绿坡草和嫩黄柳梢，让委顿一冬的人们精神振作。随而后发的杨树叶，翠绿欲滴。晚春，空中飞来的团团柳絮，浮在河面，大些的像从天上下凡的云彩，小些的像女郎鬓上的头花。流水在这昔日王府中款款前行，有如碧玉小家女，来见汝南王，令人生出无尽遐想。

夏天到了，一溪碧水，浩浩洋洋。垂柳枝密叶浓，近可着地；河岸坡草，更加茂盛，争着立起身来，拥抱杨柳枝条。夜晚的蛙雷，午后的蝉鸣，伴随清华园小朋友度过火热欢快的季节。那时常见一些割草人，顶着日晒，在河岸辛勤劳作。他们或用背筐、或拉板车，把青草送到收购站，换取1分钱1斤的收入。那打下的青草，堆垛得有三四个背筐高，用麻绳缚在肩上。远远看去，只见高高一垛草慢慢移动，遮没了负重的割草人，在我心里刻下不可磨灭的印象。

作为小河的邻居，我和小伙伴们把河边当作最中意的游戏场。带着自制的渔网，站在几块石头上，向河心处捞鱼；在岸边追逐蜻蜓；在草丛中寻觅灰褐色的大蚱蜢和油绿色的"纺织娘"；在向阳坡面挖蝴蝶蛹，还喜欢向河中打水漂。

靠我家一侧的河岸边，有一片低矮的松树林，松树都有年纪了，针叶常年呈黯墨色，我们叫它黑松林。松林边还有几排杨树，形成幽隐空间。清晨，一些人来黑松林练声、拉琴。晚间，我们小孩子爱在这里捉迷藏。成年人也喜欢河边这片隐秘的地方，常常成对成双，坐在树林中的长椅上，对着小河，诗情画意。

那天傍晚擦黑儿时，我们当中一个身手灵活的预先趴在长椅下，其他人藏在暗处。不多时，一个青年，身穿不带领章的军装，臂上戴着红袖标，和一个女大学生模样的人，坐进了长椅。正在偎玉倚香、卿卿我我之际，椅子下的伙伴忽的一声怪叫，腾身而起，一溜烟跑进黑暗中。在不知何处发出的哄笑声里，青年惊化作羞，羞变为恼，起身想追，却被女友拉住了。

长大后渐渐明白：奉献溶溶的溪水、长长的岸草、幽幽的树林、绵绵的长椅，小河是在做红娘啊。《诗》三百篇，《关雎》为首。多少有情人，在此初次相会，继以深谈，月光作证，河水为媒；如其誓重盟坚，则双星渡河，结为秦晋，偕老百年。细算起来，小河是许多清华园孩子生命旅程的起点呢。

一天，帮我家做家务的成府街王阿姨送给我和弟弟两只刚孵出的小鸭子，红红的扁嘴，黄黄的绒毛，可爱极了。养了几个星期，小鸭的双翅和尾巴上长出几根硬羽。我们把小鸭子带到河边，小鸭一见水，就跳进河中，无师自通地游起来。从此小鸭和小河结下不解之缘。几个月后，小鸭长成了不是很漂亮的小麻鸭。每天傍晚，一声呼叫，小麻鸭就一前一后，一跛一颠地返回家。它们艰难地爬上三层楼梯，安静地睡进我搭建的鸭窝里。早晨，窝门一开，麻鸭轻车熟路，蹚下楼梯，先仁义地在土路旁解个大手，然后扇起两只大翅膀，头也不回地向小河奔去。

这世上绝没有无缘无故的爱。水兵爱大海，麻鸭恋小河。这是因为小河为鸭子提供了理想的悠游和觅食环境。当时的小河，河水清澈，水生动植物自在地繁育生息。岸边水中，水草青苔，隐隐现现；用手就能拦截到身体透明的小虾小鱼，河底能捞到扁扁的河蚌和圆圆的螺蛳，岸泥下有泥鳅和鲇鱼；在石头和树枝形成的次生环境里，水流不惊，有黑色的蝌蚪、红色的鱼虫、和上蹿下跳的孑孓；水面，有时动时静的水蜘蛛；低空里，有点水的蜻蜓和吸血的马蝇。有时一铲下去，能挖到一堆聚在一起的空贝壳和螺蛳壳。小河就像一个称职的保姆，用她的水流精心护卫着这水中世界。

当年的清华园，整体也是一派良性循环的优质生态。园内溪湖晶莹，岗峦瑰玮。树木有松柏榆槐、杨柳桑竹；花木有紫荆海棠、桃杏丁香、木槿合欢；小鸟小兽，遍布园中。走在路上，时时会撞上从树间挂下来的大肉青虫，俗称"吊死鬼"（那时树上很少喷药）；经常雨天过后，从楼拐角就能抱个小刺猬回家。那时的清华园真是仰观人杰之茂，俯察品类之盛，物竞天选，洋洋大观。

回过来再说小麻鸭。幸福总是短暂的。1969 年，清华组建四川绵阳分校，我家在一周内必须清退住房，全家搬迁。万般无奈，计出下策，我家临行的餐桌上，多了一碗鸭汤。可怜的小麻鸭，当你们在天国的夜晚，枕着鸭绒枕，盖着鸭绒被，进入黑甜之乡时，拜托只带上那让你们魂牵梦萦的小河，我兄弟做过的对不住你们的事，就不要念念在心了！

谁都会拥有自己最美好的一刻。小河衣妆朴素地履行着自己的职责，终于也迎来了属于自己的荣光。

紧邻我家东侧，是三个并排的篮球场，不少教工在此锻炼。1966 年至1976 年间，党中央接连两次把北京国庆礼花的区域燃放点安排在清华园，地点就在这三个篮球场形成的空场。国庆前几天，礼花部队的工兵先来整理场地。十一当晚，海淀区的各处人流，向清华园汇集。我家楼外可说是万头攒动，孩子们兴奋得在人堆中乱蹦乱跳，钻进钻出。炮兵头戴钢盔，神气威严。吉时一到，夜空中万朵花开。看过几轮燃放，我追逐一支烟花中坠下的降落伞，不知不觉跑到小河旁。这里也有不少看花人，在观看天上的烟花和水中的倒影。我走到近前，不觉惊呆了：小河中倒映着的画面，像极了一位婚礼中的新娘！

只见在夜色里流淌的河水，把不断升空的礼花的倒影轻轻搅动。略为散碎的河波，凑成一幅幅绝美的拼图：

天空中白色的莲花，在河水中宛如新娘娇媚的脸颊；

天空中黄色的雏菊，在河水中恰似新娘头顶的凤冠；

天空中绽放的红绣球，在河水中像新娘肩上的彩披；

又是一次万紫千红的齐放，在河水中给新娘戴上满头鲜花；

天空中飘落的将要熄灭的烟烬，在河水中像花童撒向新娘的彩色纸屑……

啊小河，在隆隆的礼炮声里，你就这样，把自己嫁了？

…………

大凡物盛极必衰，而兆头在早些时就已呈现。

20 世纪 60 年代后期，我和小伙伴在河边玩耍时，突然发现，原来碧绿的河水变成暗红色，水量也增大了。小孩家不懂事，就跟着大伙儿起哄式地乱喊：杀猪啦！杀猪啦！起先还真以为是杀猪了，几天后发现河水又变黑了，再过些时，河水恢复了绿色，但一些油脂样厚重的东西，覆盖在部分河面，上面像彩虹似的，在阳光照射下，发出七色光。七色光很好看，但人人都知道这不是好朕兆。渐渐地，河水散发出奇怪的气味，河水变色也愈加频繁了。

原来，在清华园西校门外和北京大学东校门之间，那座四层楼房及附属建筑，是北京市化工五厂。化工五厂建于 20 世纪 50 年代，有 1500 多名职工，主要生产化工试剂。生产中产生的废水就排入流经北大和清华的小河。因为清华在下游，所以受害最大。那红色液体，就是高浓度的高锰酸钾。后来，更多的消息被披露。小河上游，还有多处污染源。海淀西大街造纸厂、挂甲屯的酱油厂，都向小河排放污水。有人统计，在这条 9.5 公里长的河流上，各种排污口竟有 60 多个！难以启齿的是，最后我居住的公寓区，也把生活污物的排放管，铺向河堤……这时候，环境污染的制造者和受害者，已经彼我不分了。小河委屈无奈地带着一身毒疮污秽，蹒跚而行。

然而，对小河致命的一击还在后面。20 世纪 70 年代初，华北大旱。京郊的农田浇不上水。我所在的中央部属工厂，根据上级指示，部分停工，节约下工业用电，支援农村打井抽水抗旱。龙江颂的优美唱段响彻全国，而北京的地下水位无可挽救地降了下去。

清华园小河是京西万泉河水系的一条支流，水源主要来自玉泉山和水系流域的泉水。自古京西多泉，泉水甘美。众多的泉眼形成溪流湖泊，养育出著名的京西稻，装点着西郊几处王府和皇家夏宫——圆明园。内中一条支流，从海淀镇，经北京大学西墙和北墙，向东进入清华园。我小时骑车，西去颐和园游泳，到北大北墙，北京 101 中学对面时，总能见两处泉眼，经年地突突冒着泉水。泉边是个养鸭场，百十只雪白的北京鸭游在河中，是那里有名的景观。北京地下水位下降，泉眼消失了。整个支流，渐渐变成枯水河。

20世纪80年代，改革潮起，出国风兴。一时间，五千貂锦丧胡尘。我如同一片孤叶，随风辗转，飘落在美国的密西西比河畔。每次看着那不舍昼夜的逝水，联樯而过的货船，心里挂记的，还是家乡门前的小河。20世纪90年代后，为防止河床彻底壅塞，小河被改造成水泥河床，人造护栏。

又是多年过后，在一个夏日，我从国外回到故园河边。现在的小河，河身也已取直，坡岸与河底都是混凝土砌成。河底几乎没有水，只有浅浅的淤泥和一些枯枝落叶。听说一般每年只在4月底校庆时放一次水。岸边是高高的汉白玉护栏，只要稍稍走远几步，就看不到河身了，也再不能走下河坡，真是"可远观而不可亵玩"。现在的孩子，到哪里去游戏呢？

下午的阳光，为远处青灰色的西山镶上一条金色的轮廓线。近旁清华园西校门，大批游人涌入校区。只见众多访客，挈子携亲，呼群唤友，奇妆艳服，短炮长枪，一时只听游人笑。他们大多由导游指引，匆匆地在新建的几个雕像前照张像，就急着赶往荷塘、古月堂、水木清华、清华学堂和大礼堂草坪等景点了。对小河，他们几乎没看一眼。

只有我，还呆立在河边，任思绪飘荡。

图2　作者吴一楠、弟弟吴一枫和父亲母亲（1958年）

图3　作者吴一楠（后左）、弟弟吴一枫和父亲母亲在清华大学罗姆楼电子工程系馆（2010年）

作者简介

吴一楠：男，1955年生，曾住清华北院、二区、13公寓。1970年起北京南口机车车辆厂工人。1978年起中国人民大学贸易经济系学生。1982年起在中国海洋石油总公司工作。现任职于美国田纳西州孟菲斯市的医疗企业。父亲吴佑寿，曾任清华大学无线电系教授、系主任、研究生院院长。母亲李佩环，曾任中医研究院西苑医院妇产科副主任。

在胜因院 18 号的日子

——我的童年回忆

杨巾农

　　父亲杨道崇是 1946 年抗战胜利后进入清华大学工作的。我家住地也几经搬迁，最后于 20 世纪 50 年代末从清华大学校外宿舍搬入清华园内，住进校内的第一处房子是胜因院 18 号。新居是一座美的你怎么想也不会过分的花园别墅，那一年我刚好七岁，上清华附小一年级，姐姐和哥哥们分别上了对应的年级，妹妹则进了清华幼儿园，从此我们开始了家住清华园的生活。

　　后来知道清华当时的住房是按级别分配的，各系都有教授住在这里。20世纪 50 年代清华大学全校在职教授（副教授）只有 108 名，俗称 108 将，父亲当时名列其中。以往在胜因院居住过的名人很多，像刘仙洲、汤佩松、吴景超、费孝通、金岳霖等名教授。有资料记载建筑设计大师梁思成和林徽因夫妇也曾经在这里住过。还听大人讲胜因院始建于 1946 年，取名胜因院，大概是因为西南联大期间，清华曾租用昆明胜因寺为校舍，且建造于抗战胜利不久，取双重寓意以纪念。

图 1　1957—1966 年儿时记忆的胜因院 18 号——作者绘

　　我家整栋房子坐落在由半人高的松墙围起来的院落里（见图1），约占一亩多地。与邻家院落之间除了松墙还有树木作为分界，树木多为槐树和榆树，听老人讲槐树木质坚硬在居家众树中品位最高，镇宅很有权威性，而房后有榆则象征着吉利。院子西南角还有一棵加拿大枫树，秋天时火红的叶子很是显眼。有人说枫叶象征高洁、友谊、思念和奋进，更有唐代诗人杜牧"霜叶红于二月花"的精美赞叹，后来父亲的画家朋友曾将其做成字画赠予他以贺八十寿诞。

　　花园正面出入口处，一边一棵高大的圆松，像两个守护卫士矗立在那儿。脚下有一条半米多宽由灰蓝石子拼图铺设的甬道穿过整个花园，一直通往房子正门前约两米宽的青石阶。石阶前方两侧各有一株白色的丁香和紫色的丁香，每到开花季节香味怡人。小路两旁空地上长满了绿色小草，草坪中央长着一丛金红色高挑儿可爱的长瓣花朵。踏上两级长长的青石阶来到屋前的平地，左边有一面高一米、长一米二的红砖矮墙与右边窗台呼应，矮墙外是齐高的方型花坛，竹竿搭成的方格花架爬满绿叶枝条和白色的刺梅。正面便是与平地同宽的三扇并联落地玻璃门窗了，推开中间的一扇玻璃门及里面的纱门，进入棕红色木地板铺就的大厅。精致的阶梯型长吧台把约30平方米的大厅自然隔成客厅、餐厅及书房，透过书房宽敞的大玻璃窗可以看到几乎整个花园。客厅内墙建有壁炉，因为没有木炭，过道墙上两个加燃料的黑色小铁门也变成了摆设。冬天，一般人家都会在厅里和卧室生起一人高的烧煤取暖炉，白天火烧得很旺，整个房间都暖暖的，夜晚多加些煤，调整好炉门可以封上火不灭，直到第二天早上打开继续使用。但这是个技术活，只有爸爸会，温度能控制得最好。我们小孩儿则负责每天把煤块从小院搬进房间加到炉子里，再把炉灰倒到离家100米外的垃圾站，几个人轮流值班，煤的用量大，一天好几十公斤要分几次才能搬够，这也是我们小时候最重的家务劳动了。

　　绕过餐厅，向右进入一个三面有门的小过厅，铺着花瓷砖。这里直通两个卧室和卫生间，与卫生间右侧毗邻的是一个客房。我们小孩儿第一次有了自己的房间，兴奋不已，经常跑得地板砰砰作响而遭到母亲的制止。每个卧室里都设有墙柜，很高很深，可以叠罗好几只大木箱，人还可以站在里面，后来成了和小朋友们玩儿捉迷藏游戏时我最爱躲藏的地方。卫生间内靠墙设有白瓷砖砌成的洗澡盆，并加装了高位喷头，靠窗一侧有装着冷热水龙头的洗脸盆，由自家厨灶烧热水，可随时供应。洗脸盆的右边是一个抽水马桶，水箱高高地挂在墙上，一侧垂下一根带把的抽水链。这一整套设施，在当时已经算是很奢华的了。

穿过餐厅，向后推开一道门，进入一个细长的封闭过道，途经一个杂物间，在尽头右侧有一扇门通往厨房。进入厨房第一眼看到的就是靠墙砌成的一米见方的深灰色台子，和一个一人来高包着白灰的大罐子。后来听大人说这是厨灶热水综合利用系统。厨灶设计得很好，是可以烧煤球和蜂窝煤的两用厨灶；厨灶上方有烟筒直通屋外，向上抽风，火力很冲；共有两个火眼，可同时炒菜和做饭，灶的下方是烤箱，侧面有储水煲。烧菜时，炉膛内的大火会同时将水煲内的水烧热，热水被引入立于灶旁的圆柱形金属热水罐（那个包着白灰色保温层的大罐子），再通过管道输送到厨房和卫生间就能用热水洗手洗澡了。

出了厨房的侧门可到达三面由红砖墙围起，一面和房屋相连的二十几平方米的小院。院里边有一个棚屋和一个简易卫生间及一片空地。我们搬来后用两层砖靠墙圈出一块地，堆放着像小山一样高的煤块，那是家里一冬取暖需要的燃煤，旁边摆放着运输小车。而棚屋里存放着煤球、煤饼和供花园种植修整使用的铁锨、大扫帚和浇水用的胶皮管等劳动工具和杂物。

前门左侧的花坛旁边有一道铁栅栏门也可进入这个小院，这里可谓园中之院。花坛前面有一条小路通往花园的另一个出入口，路旁种有一棵枣树，一到秋天枝头上挂着虽然不多但诱人的大红枣。记得后来哥哥不知从哪听说在树干上割一圈树皮可以让它多结果，就做了试验，结果转年真的收了一饭盆大枣。但不知该归功于果树结果实有大小年儿的自然规律还是他试验的成果。

我们搬入后不久，第一个和我们交往的邻居是住在斜后院的杜崇敏老师，我们都叫她李伯母。她是原水利系二级教授李丕济教授的夫人，来我家拜访时说她家里有一个女孩欢迎我们经常去跟她一起玩。女孩和妹妹一般年龄但个子比她高，待人友好。她有一辆从国外带回来的两轮小自行车，当时国内还没有售卖，恐怕整个清华园内也仅此一辆，她经常邀请我们过去一起骑车。妹妹和我很快就学会了，我们每晚沿着胜因院花园之间的小路轮流练习骑行，乐此不疲。每每回想此景，感觉七八岁小孩时的生活真好，轻松快活。若干年后北京电视台对杜崇敏老师的健康生活进行过采访，她在女儿的精心照料下喜寿超过105岁，创了清华园长寿者的纪录。

空闲时，父亲除了看书和吟诗填词，偶尔会教哥哥下围棋，还会带领我们在园子里劳动。在靠窗的空地植了两架葡萄，还为它搭起高高的架子；在甬路旁栽了一棵桃树，给它培起蓄水的土坯圈。每天放学后从家里引出长长的胶皮管浇水、扫院子、修理花草是我们小孩额外的"家庭作业"。冬天来临之前还要把葡萄枝从架子上拆下、盘好用土埋上，第二年春天再挖出上架。三年困难时期时，粮食紧张，父亲带领我们响应号召在园内翻地、刨垄种上学校提供的白薯秧、西红柿秧，撒上菠菜籽，像农民那样为生长中的白薯翻秧、为西红柿搭架。一直在城市生活的母亲还在园中养了两只小鸡（一只灰色芦花鸡、一只白色来亨鸡）。我们经常跟着母亲学剁菜叶拌鸡食，很快就有鸡蛋可收获了，我每天会到鸡窝看两三遍，生怕漏掉被它自己给碰碎吃掉。园子里那棵桃树开始结果了，1、2、3……我们天天去数，桃子快熟时还学着人家给每一个桃套上纸套，怕鸟来啄吃。一天午睡后，我突然发现三个桃子不翼而飞了。问过母亲家里没人采摘，这才回想起在午饭后曾看到有两个路过的小孩在松墙外对着桃树指指点点……

秋天到了，我们在园子里几个月的劳动也逐渐有了成果，第一次吃到自己种的白薯、西红柿、菠菜和葡萄，母亲用家产的鸡蛋给我们蒸了一大碗蛋羹，好香啊！自己动手不仅学会劳动本领又改善了生活，那一刻全家的喜悦我至今难忘。

记得当年母亲除了做家务还要去教课。学校为不认识字的家属办起扫盲学习班，请母亲和几位住在胜因院的教授夫人做义务教员，所以在教课中结识了许多工人家属。母亲有多年教师的经验，讲课耐心，待人和气，与大家关系非常融洽。三年困难时期，当母亲了解到她们的生活有困难时，就把家里省下的粮票拿一些给她们，并让她们到园子里自己刨白薯或摘蔬菜吃。

父亲从小培养我们动手能力和吃苦耐劳的精神，除了带领我们做家务劳动还体现在他总能把我们弄坏的东西神奇般地修整起来继续使用。所以每当他修理自行车等居家用品时我总是跟在旁边看，打下手，观察他怎样因陋就简地用巧妙的方法把东西修好，这让我终身受益。特别是在我走上工作岗位后，在很多课题实验中我都能因陋就简解决实际问题，时常给领导和同事们小惊喜。他们怎么也不能想象像我这么瘦弱的一个女子能有那么多的劳动技能。记得在我工作的清华核研院有一次假日加班做一项重要实验，试验台架上一台测量仪表的一米长的玻璃水位显示管吊装时被打破，当时没有备用，商店休息也无处可买。我在实验室里到处寻找替代品，找到一根灌水用的半透明塑料管儿，目测直径正好与仪器显示管相仿，于是和工人师傅一起想办法接到了仪器上，不但试验顺利完成，这个替代的塑料管还不易碰坏，索性就让它正式上岗了。同事都说这个方法看似简单，但是用简单的方法解决突发问题并不是所有的人都能那么快想到。听到这样的夸赞我心里美滋滋的。从那以后领导除了让我承担设计工作外，做试验时，他们也经常喜欢叫上我。几次下来我不再是过去大家眼中的设计小姐，而是名副其实能干活的工程师了。

清华附小里我们同年级的许多小伙伴家也曾住在胜因院，就住在离我家不远的几栋房子里。其中有我们班的李牛牛（现名李楠）、辜家曼、高进，还有其他班的王冬、张海韵、马宁等同学。记得上小学二年级时，学校选中我和妹妹及同年级二班王冬扮演附小刘秉钟等老师编导的歌舞剧《宇宙的骏马》中的玉兔，姐姐扮演桂花仙子，哥哥出演吴刚老人。俗话说打虎亲兄弟，上阵父子兵，排练时我们家小孩齐上阵，哥哥扮演的吴刚老人一举一动让老师同学笑翻天。后来我们参加海淀区小学的文艺汇演，玉兔需要穿一身白色棉毛衣服，王冬的妈妈王伯母为她赶制服装时，得知我缺少白上衣，便多做了一件供我演出用。我们附小的班主任，上了年纪的潘瑞珍老师和其他班的谢令德老师专门为我们缝制了竖立着两只耳朵的白色兔帽。第一次登台表演，我们学校获了奖，演出效果空前好。我非常感谢王冬和她妈妈及全体辅导帮助我们的老师，真诚的道一声辛苦！是她们巨大的付出给了我们荣誉和快乐，用现在的话说就是圆了我们的"童星梦"。

1959年上小学三年级，在毛主席"发展体育运动，增强人民体质"伟大号召下，北京体育学院（即现在的北京体育大学）来附小挑选少年业余体操班学员，得到当时学校领导的大力支持，并为我们创造各种学习条件。请体育教研组委派大学的陈蒂侨等体操专业老师辅导我们，还批准我们每周两次在下午自习课时间去体院参加训练，胜因院的几个小伙伴也都入选了。当时从清华园到体院还没有大路和公交车，只有小路，教练经常骑车接送我们。小伙伴中马宁（马约翰教授的孙女）首先学会了带人，便由她从胜因院骑车带我去体院（我个子小够不着二八车脚蹬），后来我学会站着骑车带人，也终于能带她了。暑假我们还会住到体院集训，开始有几十个小孩参加训练，两年后能学下来的只有七八个了，且大多数是家住胜因院的小伙伴。我们这些坚持参加训练的小学员不但体质有了改变，意志坚强了，学习成绩提高了，胆子也大了，体育成绩更有了长足进步：短跑从落后跃居到班里的前几名，连走路姿态也优美起来，充满自信。过去在上学的路上我们连跨跃宽一点儿的沟都害怕，后来在三公寓旁那条主道上敢连续打好几个带助跑的侧手翻。一张老照片（图2）则记录了学校组织小同学们春游颐和园时的欢乐场面，这群快乐的小姑娘大部分家住胜因院且大都是后来体院业余体操班优秀的小学员，也多是清华附小当年的三好学生。虽在小学却也实时体会了一把"无体育，不清华"的氛围。

图 2　清华附小业余体操班部分小学员

照片左三戴着小队长标志的是当年的我，穿着母亲为我和妹妹特别设计制作的花色连衣裙和红色镶边小马甲，刚刚加入少先队幸福挂满脸颊；左二是辜家曼，优美的丁字舞步站姿，背着手很有专业风范；站在我身后的是王冬，腼腆而含蓄；右二是一脸严肃正在思索的马宁；右一是可爱的像邻家小妹的董洁华；拿着老式的方盒子照相机，聚精会神拍照的那位身材高大的同学应该是何眉或张海韵。真诚地感谢摄影者抓拍到这幅极具时代感的生动画面，让我们将这一历史难忘时刻深深印在心里并与读者分享。

那时晚饭后，我们偶尔也会凑到谁家一起谈天说地，碰到爱和我们聊天儿的家长更是能学到不少知识、大开眼界。记得有一回我们在高进家的院子里玩耍，她父亲高景德伯伯（电机系教授、中科院院士，后来任清华大学校长）见到我们，不但询问我们学习情况，还和我们进行了科普问答（例如为什么早上的太阳看上去比中午要大？等等），当他得知我们都是三好学生时，鼓励我们要继续努力学习，长大要用我们的双手去建设好祖国这个大家园，要做对党和人民事业有用的人。这些语重心长的话我都记住了。

1963 年我在小学毕业考试作文里写下了"我的理想"，我们小学那届毕业班总人数近 200 人，只有 13 人考入了当时已全市招生的清华附中，当属佼佼者。在开学典礼迎新会上，受学校邀请我和同班的辜家曼用所学的体操舞蹈动作，串编了一段模仿天鹅的《燕舞》为大家表演，没想到开学后几乎全校都知道初631班从附小新录取了两个会跳舞的家住清华园的小姑娘。

一年后，在人生的前进路上，我遇到了第一道难关。上初二时我因患病要休学几个月。不及时补上课程将无法参加期末考试，就会留在下一个年级。而下一个年级外语全部为英语班（我们班是学俄语的，如果留级可想其中的困难）。和我同班的高进是我们班的学习委员，她聪明、老实、学习好，主动承担了为我补课的任务。每天放学后她都会到我家来把老师讲课的笔记和留的作业带给我，帮我讲解，第二天早上再把我做完的作业本儿取走交给老师。那时正值寒冬腊月，她天天辛苦如此。同班的李牛牛（家住胜因院20号，是时任清华大学副校长、党委副书记李寿慈的女儿）是班里团组织委员，也经常和我谈心鼓励我要战胜病魔。在她们的帮助下，我终于通过考试，如愿以偿的按届升到了初三。时隔半个世纪，今日回想起来，补课谈心的场景仍历历在目。这是我少时最难忘的、让我珍惜一生的友谊，伴随我从胜因院的童年走向实现人生远大理想的奋斗历程。

要实现人生远大理想的愿望激励了我一生。1966年那场史无前例的运动使我中断了学业进工厂参加工作，1979年恢复高考后才得以上大学。毕业以后，由于我有在工厂工作和上学的双重经历，1986年被清华大学核反应堆控制棒专家吴元强教授选中，在老师的指导下有幸参加了由清华大学主管核能所设计建造的、世界第一座具有固有安全性的5兆瓦低温核供热反应堆控制系统重要部件的设计与实验任务。三年后，1989年11月3日，反应堆首次临界试运行获得成功。

从那时起至2017年我一直从事反应堆装备设计与实验研究工作，始终坚持工作在第一线。在不同历史时期我还亲眼见证了清华园部分60后、70后子弟和我们一道参加了国防重大项目的设计和实验，并取得了阶段性的成果。由于现在还没有进入公示阶段，所以这里无法给出更多介绍，甚至无法提及他们的名字，但我可以骄傲地说，在这些重大国防项目中也有我们清华园子弟的无私奉献！而所有取得的成绩都离不开党的教育和清华父辈优良传统的代代相传与熏陶，离不开各个阶段学校老师遵循党的教育方针，在我们童年和人生起步之时给与我们自强不息、顽强拼搏精神的教育和培养，教我们怎样读书做人、励志做事！

图 3　修建后的胜因院 18 号（2017 年）

图 4　故地重游，思绪万千（臧明昌拍摄）

图 5　当年的老树（2017 年）

　　工作后我有无数次开车从胜因院经过，看到它的变化但从未驻足，不敢细看那既熟悉又陌生的院落，或许是希望把儿时对胜因院的美好记忆永远留在心中。如今像父辈那样为祖国健康工作走进 50 年的我，终于鼓起勇气旧地重游（图 4）。在雨中，我漫步在儿时曾经生活了十年的胜因院感慨万千。胜因院原有的 40 套住房有半数因各种原因被拆除了，取而代之的是全新的建筑。原来的松墙和草坪没有了，枫树和丁香没有了，3 扇玻璃门、花坛和园中院也没有了。但我高兴的发现胜因院 18 号还在（图 3、4、5），院内那棵见证我们童年成长全过程的老树还在，那梦就在……

附：本文中提到的曾住胜因院的 5 位小朋友近况简介

（1）高进：曾住胜因院 24 号，原清华大学校长、中科院院士、电机工程专家高景德教授的女儿。1968 年赴山西太谷插队、山西大学毕业，退休前为北京联合大学副教授。

（2）李牛牛（李楠）：曾住胜因院 20 号，原清华大学副校长、党委副书记李寿慈的女儿。1968 年赴山西太谷插队，后上大学。退休前为中国农业大学教授，博士生导师。

（3）马宁：曾住胜因院 31 号，清华大学马约翰教授的孙女、清华大学外语系陆慈教授和北京体育大学马启伟教授的女儿。1968 年赴内蒙古插队，后考入长影乐团，工作后被送到中央音乐学院进修，主科小提琴，1984 年考入美国麻省音乐学院获博士学位，任国家爱乐乐团成员，创建了青年交响乐团并任艺术总监，开办了自己的小提琴教学工作室，现定居美国。

（4）辜家曼：曾住胜因院 24 号，清华大学土建系辜传诲教授的女儿，1968 年进工厂，1979 年调入中国有色冶金设计院，后移居英国工作至退休。

（5）王冬：曾住胜因院 19 号，清华大学土建系王兆霖教授的女儿，1968 年赴山西绛县插队，1976 年进工厂参加工作，恢复高考后考入北京师范学院（现首都师范大学）历史系，大学毕业分配到北京 101 中学教历史，直至退休。现返聘负责校史资料的收集整理，协助离退休办公室工作。

作者简介

杨巾农：女，1950 年出生，反应堆实验工程高级工程师。原清华附小、清华附中学生，曾随父母在胜因院、11 公寓等地居住。1968 年进工厂参加工作，1979 年恢复高考后上大学，主修机械工程专业。1986 年进入清华大学核研院至 2017 年一直从事反应堆装备设计与实验研究工作，曾获得多项国家发明专利和科技成果奖。近年在国防重大项目中，取得了阶段性成果。父亲杨道崇为清华体育部教授。

清华公寓小楼的老邻居们

张美怡

说起"文革"前清华校园里教职工宿舍的分区，大家都习惯把9—12公寓放在同一个住宅区，并常被称为"为校级领导和高级教授修建的公寓区"。由于我对9公寓的一些住户不大熟悉，故此文只根据我的点滴回忆介绍10—12公寓的第一批住户。为了便于区分，文中把10—12公寓称为"公寓小楼"，基于这是清华园里至今为止唯一的两层公寓楼区，称为"公寓小楼"似乎更为形象。

公寓小楼距清华现在的西南门仅数百米，建在紧靠西校墙的一块高坡上。共三排，楼之间修有窄小的步行小路，组成一个相对独立的小区。这些楼是20世纪50年代后期由清华建筑系专家设计、清华建造的，吸收了苏联的住宅建筑风格。每排4个单元，共12个单元。每个单元都是独门独户上下两层，设有客厅、餐厅、书房、3个卧室、保姆房（或小卧房）。每个单元还配设了厨房、浴室、楼上楼下各一个厕所，以及一个大壁橱，一个箱子间和二楼阳台。每个单元有篱笆围起来的前花园和后院，相对独立，后院还建了个储藏室。加上这里还是清华第一批有暖气和热水供应的住宅，故在20世纪50年代是清华居住条件最好的住房，这点似无疑问。

公寓小楼的第一批住户，是当时的校级领导和名教授，包括校长蒋南翔，副校长刘仙洲、陈士骅和张维，以及1955年清华被评为第一批学部委员（中科院院士）的7位教授中的5位，包括刘仙洲、张维、章名涛、张光斗和梁思成（按门牌号排序）。另外两位学部委员钱伟长和孟昭英在1957年被错划为右派，降了级，我猜，这可能是他们没搬入9—12公寓的原因。

公寓小楼单元排序是从11号到14号。第一批住户共10家：

10公寓11号机械工程学家刘仙洲（1890—1975），12号校长蒋南翔（1913—1988），14号工程力学专家张维（1913—2001）。

11公寓11号电机工程专家章名涛（1907—1985），12号水利工程专家张光斗（1912—2013），14号物理学家、高真空技术专家何增禄（1898—1979）。

图1　1955年张光斗和夫人钱玫荫，儿子张元正，女儿张美怡摄于胜因院11号门前

12公寓11号水利工程学家陈士骅（1905—1973），12号机械和冶金专家李酉山（1905—1968），13号建筑学家梁思成（1901—1972），14号物理学家谢毓章（1915—2011）。

10公寓13号是校长秘书住所兼校长会议室，11公寓13号是苏联专家招待所。

当年的公寓小楼，今日看来，也许可算是清华一块圣地。

我们家是1958年初从胜因院搬入11公寓的。当时我父亲正在列宁格勒全苏水利研究院学习。我母亲患有肺结核，苦于在胜因院住冬天要生煤球炉取暖，"自作主张"搬进了有暖气的公寓小楼。我只记得搬家的那天特别冷，搬家的马车把前院压出了一个大坑，马撒的尿和土混在一起，把地面冻得硬邦邦的。我们家在11公寓一住47年，直到2005年才搬到荷清苑小区。

那时小楼的伯伯们很少互相串门。我的哥哥张元正外号张大头，他精力充沛无处发泄，所以就到处淘气，经常恶作剧，而单纯得有些傻气的我却很得周围伯伯、伯母们的疼爱，我也很喜欢走家串户，成了我们家的"亲善大使"，公寓小楼的大多数人家我都去过。虽然小楼里的伯伯、伯母们现在都已作古，但那些有趣和温馨的生活记忆时时浮现在我的脑海中。1957年和我们家一起从胜因院搬到公寓小楼的还有梁思成伯伯和张维伯伯两家老邻居，我就从他们两家聊起吧。

与梁思成伯伯做邻居

我们家1953年从新林院53号搬到胜因院11号，与住在胜因院12号的梁思成伯伯和林徽因伯母做了邻居，那是两座以松墙相隔的独栋平房。梁思成和林徽因都是中国著名的建筑历史学家和建筑师，毕生致力于中国古代建筑的研究和保护。我们搬入那年，梁伯母已病得很重，卧床不起，闭门不出。记得刚搬去不久的一天我在院子里玩，听到隔壁传出梁伯母向保姆发脾气的喧闹声，我吓得赶快跑去向妈妈报告。妈妈说梁伯母病得很重，她很痛，要我不要去打扰。从此我不敢进梁家院子，连走过梁家门口都蹑手蹑脚的。其

大院旧事

实那年林徽因才刚 50 出头，但在我这个幼儿园孩子的心目中，想象着隔壁住着一位可怕的"老太太"。直到长大后，我才了解到林徽因是一位如此美丽聪慧的才女，著名的建筑师、诗人和作家，人民英雄纪念碑和中华人民共和国国徽深化方案的设计者之一，我很惋惜当年虽比邻而居，但我从未有机会见到她。说句题外话，林徽因和梁思成曾于 1925 年到美国康奈尔大学选修暑期课程，60 年后的 1985 年我也到美国康奈尔大学化学系读博士，不知这算不算是一种缘分。

1955 年梁伯母过世后，我和哥哥才开始出入梁家的院子。记得有一年梁家修房子，搭了脚手架，我哥哥竟然爬到了梁家的屋顶上，被梁伯伯从窗户里看到，但没敢喊他下来，怕惊着他摔下来，只是去告诉我妈妈。哥哥后来被妈妈教训了一顿。

1958 年梁思成家和我们家前后脚搬到 12 公寓 13 号和 11 公寓 12 号，梁家的后门斜对着我们家的前门，我在二楼卧室书桌前做功课时，常常从窗户里看到梁伯伯拄着拐杖走过楼间的小路，那时梁伯伯的背已经驼得很厉害了，他因脊椎疾病多年来一直穿着铁背心作为脊背支撑。梁伯伯的儿子梁从诫长期在昆明工作，梁伯伯的女儿梁再冰周日常带孩子来看梁伯伯，我就会去梁伯伯家串门和梁伯伯的外孙玩。每次见到梁伯伯，他总是和蔼地称我为张小妹。记得 1959 年庄则栋获得斯堪的纳维亚国际乒乓球比赛单打冠军，成为我们心目中的大英雄。梁伯伯的外孙在我们面前"炫耀"说，庄则栋的爸爸给他看过病，他见过庄则栋，让我羡慕不已。

1962 年，在林徽因过世 7 年后，梁家发生了一件轰动清华园的大事，妈妈再一次不许我去梁家串门。那一年梁思成与比他小 28 岁的清华建筑系资料室资料员林洙结婚了。这桩婚姻遭到梁家上下的一致反对，以致梁家人集体和梁思成断绝了往来[1]，连梁伯伯的女儿都不再上门。清华园里更是传言满天飞，不过梁思成可不为这些压力和流言而畏缩，他大大方方地带着林洙出席各种社交活动。记得有一次我父亲回家说，梁伯伯带着林洙出席人大会堂的一个活动，父亲看到大家都回避和他们夫妇打招呼，就主动过去问好，母亲听了很生气，还和父亲吵了一架。在大人的影响之下，孩子们也对林洙自己的一对儿女很不友善，淘气的孩子们还往他们家窗户扔石子。我卧室斜对着的那扇梁家后窗玻璃就被打破，钉上了木条保护窗户。我虽不被允许再去梁家，但在路上遇到梁伯伯我还是会恭恭敬敬地问好，梁伯伯也依然亲切地叫我张小妹。

注①：吴荔明，2009，《梁启超和他的儿女们》，北京：北京大学出版社.

"文革"开始后梁家被赶出了小楼区，我就再也没见过梁伯伯了。后来从林洙的回忆录中了解到梁伯伯在"文革"中遭到批斗、抄家和殴打，遭遇很惨，林洙与梁思成共同度过了苦难的岁月。梁思成工资被扣，存款被冻结，林洙以自己微薄的收入支撑这个5口之家（林徽因的母亲也与他们同住）。大家都说，如果没有林洙，梁思成挺不到1972年。梁思成去世后，林洙继续为林徽因的母亲养老送终，她还在整理梁思成遗稿的过程中做出了很大的贡献，出版了多本书籍。林洙用自己的行动证明了她和梁思成之间的真挚爱情。

"文革"后梁家人对林洙充满感激，视她为梁家又一位贤惠大嫂。清华园里的这些大知识分子们也纷纷检讨自己当年愧对梁思成和林洙夫妇。这段历史让我想到，即便是这些留学欧美的大知识分子也常常难免有世俗之见。

回忆张维伯伯和陆士嘉伯母二三事

张维伯伯家曾住在胜因院23号，和我们家隔着几户，是一座独门独院的两层小楼。张家有一儿一女，女儿张克群，儿子张克澄，因为我与张克澄在幼儿园同班，故常来常往。那个时期记忆中最深刻的一件事是我父亲和张伯母陆士嘉骑车相撞的事。我刚上幼儿园时，父亲每天骑车接送我上幼儿园，他车技很差，不会上下车，摔过我好几次。当时幼儿园设在清华丙所。一天父亲骑车接我从幼儿园回家，路过二校门时遇到张伯母骑车带着张克澄从对面过来。两个人的车技都比较差，互相躲避不及撞车了。坐在父亲车的大梁上的我被压在两辆自行车的下面，坐在张伯母车后座的张克澄也摔了下来，所幸我们俩都只是碰破了点皮，但这可把张伯母吓坏了，据说自那以后张伯母再也没有骑过自行车。

1958年张维伯伯一家搬入了10公寓14号，在我们家后面一排。张维伯伯时任清华副校长，他是中国著名的工程力学家和教育家。张伯伯喜欢体育，常打网球，注意锻炼身体。我爸却是位体育盲，什么球类都不会，游泳不会换气，骑车不会上下车。记得20世纪60年代初，张维和其他几位伯伯早上一起在楼间小路上打太极拳，邀我父亲一起参加。我父亲只去了一次，回家练习时把太极拳打成"耍猴戏"，让我和哥哥嘲笑了一顿，他也就没有再坚持。

张伯母陆士嘉是中国著名的流体力学专家，北京航空学院教授。父亲总是要我以陆士嘉先生为榜样，将来也要成为一名女科学家。记得父亲曾讲过一件趣闻，说是有一次陆士嘉接到一张会议请帖，上面写道"恭请陆士嘉及其夫人出席"，以此说明陆士嘉的名气有多大。但在我眼中，张维和陆士嘉就是一对非常和蔼可亲的伯父伯母。小学和中学张克澄都是先上清华附小和清华附中后又转去他校，加上平时住校，所以见到他的机会不多，但我还是喜欢去张家串门，喜欢听张伯伯和张伯母说笑话，喜欢那种轻松、快乐、幽默的家庭气氛。张伯伯和张伯母对我也非常亲切，好几次我从海淀少年之家步行回家，路上遇到张伯伯的车，张伯伯总会让司机停车，载我一程。每次去张家串门，张伯母总会拿出糖果和点心招待我。我至今清楚地记得张伯母讲话的声音，她是那样的和蔼，那样的平易近人，没有一丝一毫名教授和大专家的架子。

张伯母工作很忙，难得有闲时会和我母亲钱玫荫一起欢笑聊天。写到这里，想起一件我母亲和张伯母种花生的趣事。母亲虽是在上海长大，但1938年追随我父亲去了四川万县山沟里修建水电站，学会了种菜养羊的本事。三年困难时期，粮食和副食供应限量，大人孩子都营养不良，中小学都只上半天课。此时，母亲在农村学会的本事派上了大用场，她收集槐树花和杨树籽，用来养鸡、养鸭、养兔子，再用鸡粪种花生。她在小院里种了玉米、茄子、豆角、西红柿等蔬菜，还带着我到附小院子里采集野苋菜和荠菜。那个时期母亲能保证哥哥和我每天每人有一个鸡蛋吃，餐桌上还能偶尔见到鸭肉和兔子肉。我哥哥张元正患有血液凝固功能疾病，略有磕碰就会造成内出血，当时国内对这个病了解很少，不能确诊，更谈不上治疗。母亲就用土办法，吃生花生皮止血。困难时期市面上买不到花生，母亲就把后院换上沙土地，种上花生，每年秋天总能收获一大筐花生。张伯母看到了，觉得种花生管理简单，也种了花生，但家里的保姆浇水太多，花生苗长得很高，母亲提醒保姆不要浇太多的水，保姆却说她们家的花生苗比我们家长得壮。其实花生是地上开花、地下结果，等花枯萎以后，原来开花的地方会出现几条根须插入泥土里，在泥土里结花生。张伯母家那年种的花生，因为秧长得过高，开花后的须插入不到泥土里，结果颗粒无收。

1986年，我出国读书后的第二年，接到家信说张伯母因肾衰竭过世，我感到很突然，也非常难过，出国前张伯母还好好的，怎么一下子就走了，真是世事难料啊。2001年，一向身体很健康，刚出国访问回国的张维伯伯也突患急病过世。张维伯伯的突然过世给我父亲很大震动，说张维都没来得及安排任何后事。于是父亲马上和水利系联系，请系里派人来整理他多年保存的水利工程建设和教育的书籍和期刊，有价值的都捐给了系图书馆。父亲说这下他可以走的安心了。

与章名涛伯伯一家交往的一些趣事

在公寓小楼的邻居家，我去的最多的就是隔壁的章名涛伯伯家了。章伯母姜涓长和我母亲是几十年的挚友，章伯母对章伯伯的尊重和无微不至的关心照顾，给童年的我留下极深的印象。虽然"文革"中章家被迫移居六宿舍，但章伯母和我母亲的友谊一直维系到 2004 年我母亲过世前。1985 年我出国后，每次回国探亲，我母亲都要我陪她去 17 公寓看望章伯母。章伯母老年坐轮椅，不方便出门，但每年都要托人送来自己培育的盆花给我母亲。

1958 年中国生产出第一台黑白电视，并成立了电视广播中心。章伯伯家率先购置了一台黑白电视，对我有极大的吸引力。章名涛伯伯是中国著名的电机工程专家和电机工程教育家，每天晚上都伏案备课、工作，家里电视很少开，但几乎只要章家电视一开，我就会去看。我发现章伯伯和我父亲有同一个习惯，就是特别注意节电，大概章伯伯和电打了一辈子交道，我父亲和水利发电打了一辈子交道，他们深知电的价值。常听他们说中国缺电，总嘱咐孩子们随手关灯，这个家庭传统一直传到我的女儿那里，她从小就跟在大人后面关灯。

章伯伯家有三个儿子，章扬忠、章扬恕和章扬惠。其中老二章扬恕比我小 1 岁，我常去和扬恕玩。扬恕从小就慢条斯理，酷爱读书，天生的学者型性格，我们经常互相交换图书看。记得当年最让我母亲和章伯母头痛的就是总是找不到从工会图书馆借的书，我总推托说借给扬恕了，扬恕又推托说借给我了，结果两家都找不到，只好被罚款。

说起章扬恕的慢条斯理，还记起一件趣事。清华二校门前有一条横穿校园的万泉河，男孩子们喜欢去河边捞鱼虫或者蛤蟆、蝌蚪，很多孩子都有不小心滑进河里的经历。有一次扬恕的弟弟扬惠掉到河里，扬恕回家叫大人，但他一到家就把弟弟掉河里的事忘了，玩了好一会儿才想起来告诉母亲。章伯母急得不得了，赶到河边，幸好扬惠早已被其他人救了上来。

清华园里有一种夸张的说法，说是清华男孩中十个有九个都掉入过万泉河，但女孩掉河里的不知是否只有我。我 10 岁那年，长我 4 岁的哥哥张元正教我骑车，用的是家里的二八男车，我个子小，坐在车座上够不着脚蹬子，就斜挎着，站着蹬车。哥哥先在胜因院施嘉炀伯伯家后面的坡路练车，他在坡顶上把我扶上车，我就自己顺坡滑下去，到坡底自己从车上跳下来，几小时就学会骑车。当天下午，哥哥又从朋友家借了一辆二八男车，带着我各骑一辆车在校园里逛。我们到了公寓白楼后面的万泉河边，那时河上只有一座三脚架木料搭起的临时木桥，宽度只能过两辆自行车，哥哥问我敢不敢过，不知天高地厚的我回答说"敢过"。哥哥在前面顺利地过了桥，我却撞到了桥前的木栏杆，就头朝下一头栽下河去。幸好那是初春时节，河边还有一层厚厚的冰，我的头撞在冰上，撞了个大包，身体转了个儿，脚朝下掉入河里。几位大学生正准备下河救我，我发现河边的水深只到我的腰部，我自己就爬上了岸。我头上顶着个大包，裤子冻成冰柱子，冻得浑身哆嗦，哭着自己回家了，也不知道还不到 14 岁的哥哥是怎样把两辆二八男车弄回家的。母亲给我喝了姜糖水，让我裹着被子躺在床上。我掉进万泉河里的新闻一下就在小朋友们中传开了，来看望我的小朋友络绎不绝。记得我哥哥又惊又吓，还感到惭愧，特地去买了山楂片慰问我。

与谢毓章伯伯家两代人的友谊

1958 年春，12 公寓 14 号搬进了一家新邻居，是刚从美国回国的谢毓章和寇淑勤夫妇。谢伯伯是清华物理系 36 届的，和钱三强与何泽慧夫妇是同班同学，是中国液晶物理学的开拓者。1957 年谢伯伯从美国威奇塔州立大学（Whichita State University）辞职，举家回国。谢伯伯在物理系任教，谢伯母的专业是经济学，但因清华没有经济系，她改行教英文。他们的独生女谢玫比我小五六岁，但因为小楼区和我年龄相仿的孩子很少，谢玫又从美国带来很多好玩的玩具，我就经常去谢家和谢玫玩。记忆最深刻的是那个叫做"Jack-In-the-box"的玩具盒，谢玫让我举着盒子，她一摇，盒子里突然蹦出一个小丑，吓了我一大跳。谢伯伯不仅是一位物理学家，还烧得一手好菜，是小楼区里最善于做家务的伯伯。谢玫出生在美国，又是独生女，很受父母宠爱。小时候谢伯伯上班时，常听见谢玫大声喊着："爸爸早点回来。"

"文革"期间住房压缩，校医院的王钟惠大夫一家三代搬进了谢家的楼上，两家人同住在一个屋檐下。王钟惠的夫人倪御琴在清华印刷厂当会计，谢玫"文革"后也分到印刷厂工作，她们成了同事。加上 1976 年我和王大夫的儿子王大成结婚，这几层关系让我和谢家走得更近了。20 世纪 80 年代，谢玫和我先后到美国留学。记得我在康奈尔大学读书期间，有一天谢伯母突然来敲我们家的门，惊讶之中得知谢伯母来芝加哥探望谢玫一家，抽空到康奈尔大学看老朋友，住的公寓与我们住的研究生家属区相邻。这天谢伯母外出散步，

图 2　谢毓章的女儿谢玫在 12 公寓前骑车（1958 年春，谢玫提供）

在我们社区门口遇到一位中国留学生，恰好是清华毕业的，谢伯母打听到我们家，就来做客了。在异国他乡见到谢伯母真是喜出望外，记得我们还带着谢伯母参观了谢冰心曾经就读暑期学校的伊萨卡学院（Ithaca College）。

1990 年代初，谢玫一家和我们都搬到了新泽西，谢伯母也搬来和谢玫同住，我们两家经常来往。当年娇滴滴的独生女谢玫到美国后能干得让我吃惊，她做了三个孩子的母亲，相夫教子，还要照顾妈妈和婆婆。她会做一手好菜，种了一院子的瓜菜，三个孩子都培养得很优秀，各个健康、开朗、学业有成。2009 年 7 月谢伯母过世，我们去参加追思会，三个孙辈主持会议，他们兄妹三人回忆姥姥对他们的照顾和教育的小故事，让我非常感动。2011 年谢伯伯在北京过世，享年 96 岁。

到李酉山伯伯和谢桂芳伯母家串门

著名的机械冶金专家李酉山教授一家住在 12 公寓 12 号，在我们家正前方。李伯母谢桂芳和我母亲都喜欢养花种草，她们常在一起聊家常，交流怎样养花、烧菜，有时还搭伴去校外的成府买东西。那时候我们家院子里种的玫瑰香葡萄和大枣都是我母亲从圆明园附近的苗圃淘来的优良品种，味道非常甜美，邻居们多次来剪葡萄枝压枝，但都没能成活。母亲还种了中国玫瑰，用花瓣腌制玫瑰糖来做糕点。让我最留恋的是母亲种的那一院子的月季花，花瓣粉中带黄，花朵很大，味道非常香甜，春天每棵花树上开满几十朵大花，满院子都飘散着月季花香。美国人把月季统称为玫瑰，我母亲的英文名字就是玫瑰（Rose），玫瑰花成了我们家的"家花"，我女儿直到现在都记着外婆家的玫瑰花，几十年来，我们无论走到哪里，院子里都要种上玫瑰，好像这才有家的味道。

李伯伯的大女儿李平夫妇长期在驻外使馆工作，长外孙女袁红一出生就住在李伯伯家。虽然袁红小我十来岁，但小楼区里没有和袁红年龄相仿的女孩，李伯母就常邀请我去家里和袁红玩，每次都给我们准备可口的小点心。袁红的爸妈偶尔回国休假，在我的眼中她爸妈漂亮得像

图 3　20 世纪 80 年代中期，几位伯母重逢在清华园。右一章名涛夫人姜涓长，右二作者母亲钱玫荫，右三李酉山夫人谢桂芳，中立者李酉山女儿李中。

王子和公主。记得有一段时间李伯伯的二女儿李中在家养病，她虽然比我年长十几岁，但非常和蔼可亲，喜欢和我这个小学生聊天，我也很喜欢她，觉得她长得很美，后来李中夫妇也去国外工作了。"文革"开始后李伯伯一家被勒令搬到北院，1968年李伯伯去世，李伯母搬出了清华，住到女儿家，我就没有再见过她。

最怕见的何增禄伯父和伯母

小楼区的邻居中，唯一让我害怕的是住在11公寓14号的物理学家、高真空技术专家何增禄伯伯的夫人。何伯母裹着小脚，说一口福建话，我从来听不懂她的话。害怕她的原因是哥哥和我淘气闯的一个祸。

我天性胆小，本是个挺文静的女孩，但我哥哥是清华园里出名的淘气包，因为哥哥有病，不能磕碰，母亲就总让我跟着他，我就参与了不少哥哥他们那拨大男孩们的恶作剧，比如跟着住在九公寓的赵南元后面爬房堵人家的烟筒，参与住在白楼的郭励弘组织的自行车相撞活动。一次郭励弘组织了两队男孩骑自行车在胜因院施嘉炀伯伯家坡下的路上从两个方向互相撞，两车相撞时，人跳出车，车倒在路上，一辆落在一辆上，一大片落在一起的自行车把道路都堵塞了，为此一些老师还去学校反映情况。撞车的男孩子群里只有我这一位小女孩，我的胳膊腿上也总是伤痕累累。我哥和赵南元这些淘气男孩从小就被学校老师视为问题学生，很晚才批准加入少先队。其实这批男孩是因为聪明，能量大到没处用才淘气，他们长大了都挺有出息的。我哥和赵南元等人日后都考上了清华大学，郭励弘大学考入哈工大，后为清华大学经济管理系技术经济专业1980级硕士研究生。

我们家刚搬进11公寓时，房子下的地下管道还没有完工，在章名涛伯伯家房子下面的外墙上有一个开口，孩子可以爬进去。一天我哥哥说要带我去探险，他带着我进了开口，爬进了装有地下管道的通道，这条通道贯穿整个楼，在各家一楼的厨房有个出口，但当时前三个单元厨房出口的盖子都盖上了。通道里很狭窄，也很闷热，哥哥打着

图4　何增禄夫妇（前左、前右）与在浙江大学任教时的学生（20世纪70年代末，摄于11公寓14号前）（照片来自《新浪博客》石兆佳文章"父亲的导师何增禄及学友邹国兴教授"）

手电照亮，我跟在他后面爬行，衣服上和脸上蹭满了红砖粉末和泥土。爬呀爬呀，好不容易头顶见到了亮光，我俩以为到了通道的另一头，就站了起来，万万没想到这亮光其实来自何伯伯家的厨房，他们家厨房通道的盖子不知为什么还没盖。何伯母正在厨房做饭，冷不丁从地底下钻出两个脏兮兮的小鬼脸，吓得她把锅扔到了地下，大声地惊叫。哥哥一看大事不好，马上带着我跳回了通道，快速爬行逃了出去。但是何伯母还是认出了我们兄妹俩，马上去我们家告状。回到家哥哥挨了打，我被罚站，从此我见到何伯母就躲着走。

和蔼风趣的陈士骅伯伯和陈伯母邢其惠

印象里，住在12公寓11号的陈士骅伯伯和陈伯母邢其惠非常和蔼风趣，每次见到我都是笑容可掬的样子。陈伯伯和我父亲曾同在清华水利系任职，是水利工程学家和水利工程教育家。听父亲谈起，陈伯伯家世渊源，世代书香，因而熟知诗书。陈伯伯一直担任校级领导，家里来访客人很多，陈伯伯谈吐幽默风趣，常能听见他们家传出的谈笑声。陈伯伯和陈伯母育有两儿两女，长子陈浩，小儿子陈冲，两个女儿陈瀰和陈沅都比我年长，和我没有什么交集。小儿子陈冲虽和我年龄相仿，但他是清华园里有名的淘气包，比我哥哥他们那拨男孩又小几岁，不在一起玩。听说他总是和白楼里的一拨男孩一起淘气，有很多故事。

谈到陈家，让我想起我做过的一件"愚蠢"事。20世纪60年代初，陈冲的大姐陈瀰从外地调回北京，到清华附中当老师。陈瀰姐姐总穿着漂亮的连衣裙，讲话声音娇滴滴的，但不知怎么就没入了我这个初中小女孩的眼。有一天我初中的数学老师王锡祥问我，是不是和陈家住邻居，对陈瀰印象如何。年轻的王老师大学一毕业就来附中教书，在我们这些初中小女孩的眼中，他是一位英俊有魅力的男老师。我不知怎么就说起了陈瀰姐姐的"坏话"，说对她印象不好，觉得她像娇小姐。谁知过了没多久，突然看到王老师和陈瀰姐姐在陈家出双入对的，可把我尴尬坏了，见到王老师都躲着走，好在王老师并不在乎我讲的坏话，照样对我很友好。那时我还想，陈冲这个淘气包遇到王老师这个姐夫，不知会不会受到约束了。

与刘仙洲伯伯的"忘年之交"

住在10公寓11号的刘仙洲伯伯那时担任清华第一副校长，是中国著名的机械工程学家和教育家。刘伯伯年长我父亲22岁，按辈分我其实应当称他为刘爷爷。刘伯伯早年曾担任过留法勤工俭学高等工艺预备班的机械学教员，国家领导人刘少奇、李富春、李维汉都曾是这个留法班的学生。记得有一次，时任国家主席的刘少奇专门来 10 公寓 11 号看望刘仙洲伯伯,那天小楼区旁的路上停了好多车,刘家门口来了很多人,让我记住了刘伯伯曾是刘少奇的老师。

刘伯伯很平易近人,他有饭后在楼前小路散步的习惯,我每每遇到,都会和他走一段,刘伯伯会和蔼地与我聊天,有时还会请我到他家里玩。记得那时刘伯伯的小儿子一家和他住在一起,小儿媳长得很漂亮,生了三个漂亮的孩子,两男一女。刘伯伯对我的学业很关心,常向我母亲问询我的学习情况。我初中毕业时获得了北京市颁发的金质奖章,刘伯伯非常高兴,还特地来祝贺我。后来听到我进了清华附中预科班,刘伯伯说我将来进了清华大学,一定会有出息。1966 年"文化大革命"开始了,我失去了上大学的机会,到内蒙古插队当知青。1970 年代初高校开始招收工农兵学员,病重的刘伯伯还特地把我母亲请过去,嘱咐她一定要让我有机会继续求学。1985 年初,我接到美国康奈尔大学化学系博士生的录取通知书时,我父亲母亲比我还激动。母亲提起刘仙洲伯伯当年的嘱咐,说刘伯伯地下有知一定会很高兴。

后记

自从 1968 年 8 月离开公寓小楼,我下过乡,又漂洋过海,走过远近的许多地方,但无论我走到哪里,公寓小楼对我来说永远是家。这些在我的记忆里和蔼可亲、普普通通的老邻居们,从小就对我有着潜移默化的影响,他们的精神无论在哪里,无论在何时,永远是我最宝贵的精神财富。而在这些名师们身边长大的我,从小就对科学技术有极大的兴趣,日后也走上了科研之路。

作者简介

张美怡:女,1947 年 2 月生于南京。1949 年随父母搬入清华园,曾就读清华幼儿园、清华附小和清华附中。1968 年赴内蒙古突泉插队。1976 年毕业于吉林大学,进入中科院北京化学所任助理研究员。1990 年获美国康奈尔大学化学博士学位,并继续博士后学业,师从国际著名有机化学家 Fred McLafferty 教授。1992 年进入大型跨国医药公司从事新药研发工作直至退休,退休前担任主任科学家,曾发表学术论文百余篇。父亲为清华大学水利系教授张光斗。

清华的邻居们

张韵璇

我的父亲张结珊1949年调进清华大学外语系教俄语，母亲袁霭春也在清华水利系图书馆工作多年，我家兄弟姐妹6人都是在清华园长大的。20世纪50年代初，我们家刚从苏联回来，姊妹3人总是穿着同样的衣服、扎着同样的蝴蝶结、提着同样款式的苏联皮质小书包、骑着3辆红色的儿童自行车在清华园里钻来钻去的，那可真是一个无忧无虑的童年啊！1958年我父亲被错划成右派并到京郊参加劳动改造，自此我们的家庭生活发生了巨大的变化。20世纪70年代末，父亲的历史问题得到了改正，我们也渐渐地走出了人生低谷。往后几十年走南闯北，清华园渐渐淡出了我们的视野，但铭刻于心的

图1 1948年父亲赴清华任教前夕。左起：袁霭春（母）、张力、张丽雯、张结珊（父）、张健萍、张韵璇

清华情结却从来不曾淡忘，而且越到老年，越是思念孩提时代的清华园。

我家在清华住过3个地方，1949—1953年，北院13号；1953—1958年，胜因院28号；15岁以后我虽然到城里读书去了，可全家在喇嘛庙（清华家属院）又住了大约10年。本文说说我家在清华的邻居们。

一、北院

北院坐落在清华图书馆北面的小山角下，东面一排灰色砖瓦的平房与北面一排平房对应着，中间形成了一块近似方形的场地，这是北院的小广场。

20世纪50年代初在这里居住的科学家有叶企孙、华罗庚、王竹溪、宁晃等；文学家有朱自清、吕淑湘、浦江清、王瑶等；还有从德国回来的语言学家杨业治、建筑学家周卜颐、小提琴家陆以循等。每个教授家里都充满了书卷之气，

但书房和斋院却又都别具一格。留洋回来的摆着钢琴、留声机、洋娃娃；研究中国古典文学和历史的，书柜顶天立地，放的都是线装书。教授夫人们虽然大多学历不浅，但料理家务、照看孩子却也个个精道，亲力亲为。住在北院16号的朱自清夫人陈竹隐，以她沉静、高贵的气质给我留下了深刻的印象。其实在我们家住进北院的前一年，朱自清先生就因病去世了，但是他那独立的人格、不朽的文字以及追求民主的思想早已成为中国广大知识分子心目中的丰碑；而如今耸立在清华园水木清华的朱自清雕像，也早已成为"清华精神"的化身。长大了以后，我才真正了解了当年住在北院的伯伯叔叔们是一批多么了不起的国宝，他们在各自的学科领域都是精英中的精英，一生淡泊权势、淡泊金钱，为科学献身，他们才是真正意义的"精神贵族"，我为此生有幸结识他们而感到荣幸。

那时的我只有五六岁，完全生活在儿童世界里，不知什么是忧愁。每天总是期盼着黄昏时刻能在小广场与大家聚会。先生们在此高谈阔论、无拘无束；太太们则你家、我家，丈夫、孩子，尽享天伦；最高兴的还是小朋友，他们早已约好在此爬山、踢球、捉迷藏……这时的北院更像是一个大家庭，它的温馨、优雅，它的真诚、仁爱永远留存在每一个北院人的心中，永生难忘。每到大年三十，我总是相约几个小朋友挨家去拜年，进门又作揖又下跪，口中念念有词，其实就是借机讨零食吃。伯父伯母们在谈笑间把大把的花生、瓜子及糖果塞进我们的小书包，那真是一年中最开心的日子！

也许是命运使然，不懂音乐的父母居然为我请了一位钢琴老师，她是小提琴家陆以循先生的夫人，叫李雅妹，也住在北院南排平房中。平时我去上钢琴课，父母从不陪同，练琴也是我独自一人步行到清华西边的音乐室去练，这对刚上初小还年幼的我来说真是一件很不情愿的事情。记得一次上课的路上下起了瓢泼大雨，红黄色拼接的油布雨伞被风吹翻了，瞬间，我的身上、书包里浇透了雨水。后来我以患麻疹为由，求父母别再让我学钢琴了，至此，我人生中第一次学钢琴就这样搁浅了。

图2　1951年兄弟姐妹照。前排左张丽雯、右张力；后排左张韵璇、右张健萍

其实父母不知内情，我真正抗拒学琴的原因是因为我一直没学会识谱。五线谱的音高是"线"与"间"的位置所决定的（间是两线之间的空位），所以能否分辨出各条线和各个间是识别音高的关键。老师用粗大的手指点着乐谱上的"哆、唻、咪"时，我浑然不知她到底指的是哪个音！几十年后，当我从事音乐教学教初学者识谱时，都会特别注重点拨学生去分辨"线"上或"间"里的音符。记得有一次李老师为学生举办钢琴演奏会，住在北院11号、比我大几岁的杨行璧姐姐在演奏结束时运用了一个十分精彩的刮键动作（即用右手背的指甲尖从钢琴最低音到最高音极速的滑奏），这一特技让我第一次领略和感受到了钢琴的高难度技巧和美妙的音响，也许这就是我日后选择音乐为职业的最初感动吧！杨行璧后来成了中央音乐学院的钢琴教授，20世纪80年代后期移居奥地利。多年以后，当我得知音乐美学界那本深奥抽象的《论音乐的美》一书是杨姐姐的父亲杨业治伯伯翻译的，我对杨伯伯的敬佩之情油然而生。

2015年清华附小、附中百年校庆期间，我读到了一篇原住在北院10号浦汉昕先生写的文章《心中的北院》，此文信息量很大，感情真挚、文字隽秀，文中谈到几位北院曾经的邻居，如叶企孙、王竹溪等大学问家（高校院系调整时调到北大）在"文革"前后受到的不公正待遇时，作者浦先生所给予的人文关怀，特别使人感动。文中也谈到了我父亲的遭遇，还提到了"张家三个女儿三朵花，不知今日在何方……"由衷地感谢这位大不了我们几岁且相处不多的昔日邻居小哥哥，竟会如此关心和同情我们姊妹三人的境遇和命运。父母若在天有知也会感激涕零的。

二、胜因院

1953年院系调整以后，我们家搬到了胜因院28号（现清华校友会会址），那是一座有很多间房子的两层尖顶独栋小楼，它坐落在胜因院坡下一群教授楼的南端。张维、马约翰、俄国籍安德烈夫夫妇是我们家前后左右的邻居，坡上的施嘉炀、赵访熊、梁思成、张光斗、陈士骅等先生；坡下的刘仙洲、王宗淦、吴柳生、庄前鼎等先生也都与我们家近在咫尺。在那里我们又生活了5年。

清华体育教育的开拓者——马约翰先生当年住胜因院31号，他家是一幢平房，就在我家正前方。从我家二楼可以直接看到他家的客厅、厨房和过道。

大院旧事

那时我们经常看到他在自家客厅里与他的孙女马宁、孙子马迅做游戏。马先生那时已经 70 多岁了，仍然鹤发童颜，声如洪钟。他冬天从不穿棉袄，经典套装是白衬衫、毛背心和马裤，夏天则配以白色的西装短裤。他经常的动作是高举双臂，口中有节奏地发出"锻炼！锻炼！"的呼声。我们小孩子们都很喜欢他，私下叫他"圣诞老人"。马先生是一位基督徒，他为人善良、幽默，脾气极好，对自己从事的体育事业有着圣徒般的虔诚和敬业精神，连我们小孩儿都知道他家盛产"运动健将""体育教授"和"国际裁判"，至今清华园里也还流传着马先生的许多感人故事。

我家东边的邻居是清华外语系外聘的俄国籍教授安德烈夫夫妇，安伯伯的妈妈，一位慈祥可亲的"巴布什卡"老奶奶住在楼上。安伯伯大腹便便，剃着光头，对人从来都是笑容可掬，风趣幽默。他常常拉着咖啡色的小狗"雷惹"在楼宇间的小路上遛来遛去，当年这在胜因院是一道独特的风景线。安德烈夫没有小孩，所以他格外地喜欢我们家的孩子，甚至提出过要将刚出生不久的小弟弟过继给他当儿子，母亲当然舍不得。住在楼上的老奶奶也很爱我们，她亲自为我们姊妹三人剪裁缝制了三件十分可身的"布拉基"（连衣裙），完全做成苏联儿童当时流行的样式。有一段时间，每逢周日上午，安太太都要给我们姊妹三人上俄语课，地点在安伯伯家一楼的主厅。课余，她会故意大声喊着我们三个人的苏联名字："米拉""斯维达""诺娜"，叫我们吃她事先准备好的食品。我们家搬走多年以后，安伯伯还会偶尔在我小弟弟过生日那天送一些好吃的给他。"文革"初时，安伯伯一家受到了很大的冲击，不久全家就移民到澳洲了。

在胜因院度过的几年时间，正是我读高小和初中的阶段，功课压力不大，印象中课外活动极为丰富多彩。每天做完功课我都会和邻居小朋友们一起去玩"踢锅电报""逮特务"、自行车溜坡，到同学家吃糖拌芝麻酱，到荒岛湿地去挖"鬼子姜"等。张克群、李文玲、李惠、郑嘉明、陈秀兰、陈沉等都是我少年时代的玩伴。

有一阵子我迷上了滑冰，水利系黄万里先生的小女儿黄肖路主动提出教我。开始时我没有冰鞋，她就让我每天中午到她家门口等着，黄先生住在新林院西头，与住在胜因院东头的我家只隔着一条能够一脚迈过去的小水沟。黄肖路总是趁她父母睡午觉的时候，从窗口递给我一双冰鞋，我们俩就跑步去荒岛滑冰。很快我就学会了倒八字、单腿后举等花样滑冰技巧，父母看我真的很喜欢滑冰，就带我到隆福寺人民市场买了一双二手冰鞋，从此以后我再也不用去趴黄伯伯家的窗口了。日后，黄伯伯的遭遇几乎全清华尽人皆知，且不说他二十几年右派生涯忍辱负重，到了晚年还为了三峡工程的千秋大计、为了炎黄子孙的根本利益，他不顾自己的安危多次上书中央，仗义执言。他的无私、他的气节感天动地！

三、喇嘛庙

1958 年以后，我们家搬出清华园，住进了圆明园里面的喇嘛庙，那是清华校外的一个家属区，住着清华的一些职工。第二年，我进城上学并住了校，自此，家中主要靠弟弟妹妹们与母亲朝夕相伴。感谢我那坚强的母亲在困境中把孩子们都拉扯成人，并有尊严地生活和工作在各自的岗位上。

在这里我不想回忆更多的往事，只想谈一件发生在喇嘛庙邻里之间感人至深的真实故事：

"文化大革命"初期，"红卫兵"到处张贴通知告示。一天家人到成府大街粮店去买米，看见店中贴着一个告示，通知所有的地、富、反、坏、右家庭只许买粗粮，不许买细粮。告示并没有明确谁是地、富、反、坏、右分子，粮本上也没有做任何标记，更没有说明该通知的截止时间是哪一天。因为当时的"阶级敌人"到处都是，谁也不知自家的算不算，算哪一类。所以许多人都吓得不敢去买细粮了。我们家似乎是板上钉钉的"专政对象"，当然就更不敢去买细粮了。一天两天，一个月两个月，总不见"红卫兵"取消这个通知，时间一长，大人孩子都有点承受不住了。一天半夜与我家后院相通的邻居、清华大学校卫队的"李大个"半夜来敲我家后门，手上端着一个小孩洗澡用的大盆，里面装满了白面，他一边往我家屋里端，一边说："给孩子们改善改善生活。"此时母亲迎了出来，再三谢谢这位善良的好邻居。弟弟妹妹们也都跑过来了，不住地给李叔叔鞠躬道谢。李大个回自家屋里去了，可是我们全家却再也睡不着了，我们被这巨大的暖流包裹着，激动地讨论着此生如何报答这位好邻居。李叔叔平日的装扮有点像"骆驼祥子"，剃着秃头，穿着免裆裤子，是个普通的不能再普通的小老百姓，可是他却有着一颗金子般善良的心。特别是在那个人人自危的年代，他是冒着风险在帮助我们啊！几年以后，李叔叔的儿子"来顺子"结婚，我们全家竭尽全力也只是买了一个台灯和一支比较好的钢笔做礼物。后来大家多次搬家，逐渐失去了相互的联系。但是在那个特殊年代里，李叔叔给予我们全家的恩德我们将永生不忘。

大院旧事

图3 1960年母亲与兄弟姐妹（左起：张宏、张力、张华、张韵璇、母亲、张丽雯、张健萍）

本文回顾了自己童年和少年时代在清华园经历的许多往事和人情。现在姐姐张健萍已经去世，我想代表退休在家的弟弟妹妹们（张丽雯、张力、张宏、张华）向他们心目中的清华园，向他们童年、少年时代的发小、同学和老师们表达他们心中最真诚的思念和久违了的慰问。水木清华见证了一代一代清华人的成长，我们也为自己曾经是一名小小的"清华人"感到自豪！

作者简介

张韵璇：女，1943年10月26日出生，中国音乐学院作曲系教授，博士生导师。如今退休，仍在返聘中。父亲张结珊，清华大学外语系俄语教师，母亲袁霭春，清华水利系图书馆馆员。曾住清华北院、胜因院、喇嘛庙。

17公寓的回忆

周正宇

我是1959年出生，听父母说我们家是在17公寓盖好后（应该是1960年初）从二区搬来的，住在三门洞508号。那时，15、16、17三个公寓三足鼎立，通体白色，俗称"大白楼"。每座楼高五层，分三个门，每门首层是两户，均是三居室，住老教授，二层以上每层三户，均是两居室。这样一座楼是42户，三座楼就是100多户，是仅次于校领导和大牌教授居住的9～12公寓的校内苏式高级公寓（现在看也不落后），也聚集了一大批学校的骨干和精英。17公寓在最西面，记得楼南侧是马路，马路南侧是荒地，有几块个人开垦的玉米地和菜地，再往南是院墙，墙外是北大宿舍。楼西侧就是清华西院墙，墙外是生产队农民正规耕种的农田，再往西过清华西路就是老化工五厂。楼北侧是一片树林，往北隔着小河和马路就是清华西院。

印象深的几件事：

儿时伙伴

三门洞（那时不叫单元）各家相对孩子多，儿时的伙伴也多，现在还能记得一楼105号是孙家，孙立博、孙立哲、孙立谦；二楼是208号的肖垣，209号的张铁良、张秋琳；三楼是307号的周勤、周明；四楼是408号的韩友朋；五楼是507号的唐华、唐超，509号的文江、文滔。还记得二门洞有温东，一门洞有陈小悦、朱挺、胡洁、娄红等等（实在是挂一漏万，多多包涵）。这一拨孩子基本都生在20世纪50年代或20世纪60年代初，能玩到一块。特别是"文革"那些年，大孩子、小孩子都不上学就是玩，玩的最多是捉迷藏，还有弹球、扔包、跳绳、跳方格、摔三角等等，什么流行就玩什么。也有年龄相差较大的，比如孙立博、孙立哲、陈小悦等从不参加，他们属于老三届，1968年以后就分配工作或去插队了。孙立哲"文革"时插队延安，以赤脚医生闻名全国。

那时清华子弟按清华大学规划都是清华幼儿园、清华附小、清华附中"一条龙"的教育方式，但1972届这拨清华附小毕业的西片住家的学生（大概有50多人）一律去了北京101中学上学，没让上清华附中（好像说是毕业生太多，没地方容纳这么多学生），但仅此一届。我就去了北京101中学，所以论校友，我只是清华附小校友。2015年清华附小百年校庆返校时，正碰上17公寓三门的几位伙伴，一晃50多年了，虽各奔东西，但相见仍然印象很深，看上去好像与小时变化不大，颇为亲切。

图1　左起：周明、唐华、周勤、
张铁良、韩友朋、周正宇等
（2015年）

图2　左起：张铁良、周正宇、张
秋琳、唐超（2015年）

快乐记忆

首先是串门。那时孩子之间去别人家串门如入无人之境，五楼的 507 号和 509 号推门就进，两家都有老人，大人小孩一起聊天，消磨时光。记得两家都爱吃面，东家吃上海阳春面，一定是用猪油和酱油拌面，香！有时也蹭一碗。西家爱吃汤面，早上每人一大碗，看着也香！

再一个快乐记忆就是上楼顶平台。这 3 个公寓一个最大特点就是楼顶有平台，是 3 个门洞贯通的大平台，当时在清华园里也是绝无仅有的高层平台。楼顶视野很开阔，颐和园清晰可见。那时没有空调，天一热全楼老少都上平台乘凉，俗称"上楼顶"，所以每年 5—10 月一到傍晚直至深夜，那上面热闹非凡，聊天的、打闹的、玩耍的、捉迷藏的，像我们孩子还要爬到门楼顶上小平台才过瘾。席子和扇子是上楼顶的必备用品。那个平台五楼住户用得最多，换季时晒被子、晒衣服、晒粮食。但也有痛苦，就是暑天楼顶露天乘凉后，时间也晚了，暑气也消了，身上也凉快了，可是一进楼门，一股热浪扑面而来，特别是五楼，是全楼最热的楼层，所以每次乘凉后下楼回家是最痛苦、最恐惧的。尽管如此，楼顶平台是最值得回忆的，因为别的楼没有平台，但现在的楼顶也没有那番生活景象了。

不太快乐之记忆

一个是合住。我们家开始一个孩子，又无老人，所以是合住。后来添了弟弟，增了人口就不合住了。到好景不长，"文革"来了，硬性分配又合住了。只好将我弟弟周正东送到乡下住（清河北沙滩，那时就是农村）。记得全门洞合住的家庭并不多，合住终归很不方便，很无奈，直到 1974 年搬家到对面 18 公寓住才算解脱。

另一个是看电视。记得全门洞就 207 号有一台电视，天津产的北京牌电视，14 寸，那时真是奢侈的象征。最想看的就是球赛转播，那时宋世雄解说的感染力、吸引力特别大，有比赛光听不过瘾，就想看。可是他们家好像没孩子，都是大人，总是不太欢迎小孩子去，敲一次门让进的成功率也就 20%，想想有多失落。直到 1974 年我家里买了上海飞跃牌的 9 寸电视，才算舒心了。

不管怎样，17 公寓这段儿时生活伴随着快乐、幸福乃至痛苦，所有记忆都非常深刻，也是国家和社会发展变迁的一个侧面写照。

图 3　清华 17 公寓三门洞全景（2018 年）

图 4　清华二校门雪景（2012 年，
从 1 号塔楼最高层拍摄）

图 5　电影《无问西东》中清华二校门，
恢复至二十世纪二三十年代的街景（2012 年 8 月）

作者简介

周正宇：男，1959 年生于北京，曾住清华大学 17 公寓。自 1978 年起先后就
读于北京建工学院、中共中央党校、北京交通大学，博士学位，教授
级高级工程师。现任第十三届北京市政协常委、市政协城建环保委员
会主任。曾任北京市政府副秘书长，北京市交通委党组书记、主任。
自 1982 年起从事北京交通和城市建设与管理工作。父亲周礼杲，清
华大学电机系教授，曾任澳门大学和澳门科技大学校长。母亲范鸣玉，
清华大学自动化系副教授。

梦园随笔

朱天华

位于京郊海淀的清华园，是闻名海内外的中国最高学府——清华大学所在地。如今这里正在成为那些志存高远的莘莘学子们眼中一道亮丽的风景线。每逢周末或政府规定的节假日（其他时间校外人员禁止入内），来自各地的观光大军便蜂拥而至，据说开放日平均参观人数可达两万人以上，只为一睹这座他们心目中向往已久的科学殿堂。于是乎，沉睡百年的清华园不再沉寂，宁静的校园生活节奏被颠覆了。

这是题外话，今天的话题先从清王朝建园说起。

来清华的游客以外地中小学生居多，那座嵌有"清华园"三字的乳白色洋派建筑——二校门，是他们追寻的首选目标。如果不能在拥挤的人流中，力排众人，留下一张珍贵的记忆，那将是一个终生的遗憾。我想，其失落程度起码应不逊于高考落榜的心情吧。抱定这一目标而执着不肯放弃者，彼此互不相让，常常使二校门前的校园主干道拥堵得不堪重负，可见这个建校初期的稀罕物，而今虽然已经退居"二线"，仅作为一种象征意义而存在，却依然具有异乎寻常的吸引力。

平心而论，作为"校门"这种型制的建筑，在早期的欧美公共建筑中是极其普遍的，本身并没有任何特别之处，唯独此门中央门拱正上方那桐所题"清华园"三字楷书，浑然天成，落落大方，足见这位"旗下三才子"之一的内阁大学士，书法功力非同一般，着实为此处门面增色不少。

然而，据说从他的那部有名的、巨细无漏的《那桐日记》可以推测出，这位晚清民国时期蜚声政坛的命臣，官衔名头多得数也数不清的那桐那大

图 1　清华二校门　　　　图 2　清华学堂

人，当时正兼任清华"校长"，却一次也没有踏入过他所任职的清华园，这是十分令人不解的，对此我一直有所置疑。

那大人不仅题写了"清华园"，还为距此不远的清华学堂题名。有意思的是，原本是准备题写"游美肄业馆"5字校名的位置，而且用来镌刻5个字的白色石板已然就位，却因学校更名而改题了"清华学堂"。5个字的位置，临时改为4个字，预留的空间已不可变更，字的间隔自然变大，故而略显失当。虽不十分明显，仔细端详还是可以看出的。

清华园是园名，清华学堂是校名。

由此使人产生一个疑问，"清华园"的源头由何而来呢？大部分初次来清华的人，对此未必十分了解，其实答案就隐藏在离此不远处。

进二校门正北方向，百步开外迤西，过小桥溪流，穿花渡柳，可见一处不大的中式古典庭院，静静地坐落在路旁，青砖黛瓦，对开朱漆大门，门前一对石狮侧目而视，檐下彩绘开窗山水、花鸟、人物、清贡。在经过历次反复修葺后，画面已不复当年风采。唯有步入门廊下光线较暗处，无意中抬头才会发现门楣上方竟藏了一块厚重的巨匾（大得与低矮的门廊有些不相称），乌匾金字"清华园"，咸丰御笔之宝，笔力十足。于是乎疑团顿开，原来眼前这座并不起眼的院落便是"清华园"的出处，稍不留意往往被路人略过。现藏于国家图书馆的《清·熙春园平面图》中标明，此乃大名鼎鼎的清"圆明五园"之一的熙春园所在旧址，而熙春园即是清华园的前身。

自元郭守敬主持帝都水务，引昌平白浮水，再沿西山山麓汇集各路山泉进京后，西郊海淀一带遂成"水木明瑟"之地，丰饶富贵之乡，风光旖旎堪比江南水乡。自此在这片风水宝地上开启了造园之风。至明代一朝，皇亲贵戚的园林私墅规模渐盛。清朝更把这里辟为皇室禁地，一时间大大小小的皇家苑囿、私家名园可谓异彩纷呈。当时的西郊一带河网密布，湖塘星罗，仅京西沿运河一线，就散布着多达近百处御苑名宅，犹如一串闪亮的珍珠，镶嵌在京郊大地之上。闻名中外的畅春园、圆明园等皆建于此，与清华园近在咫尺。熙春园始建于康熙四十六年（1707年），据清宫档案记载，本是康熙帝送给其最为宠爱的皇三子诚亲王胤祉的赐园。雍正登上皇位后，唯恐皇室宗亲觊觎皇位，先后将多位皇子或剪除，或发落。胤祉也未能幸免。

最近，清华的老学长，土木工程出身的苗日新先生，在其开山之作《熙春园·清华园考》中，以一个没有任何文史考古专业背景的纯业余身份，对这段鲜为人知的秘史进行了较为详细的考辨，揭示了许多长久以来被人为掩盖，以致造成严重误解的史实。可谓成绩斐然，令人钦佩。

其中康熙在位期间亲自下旨由诚亲王胤祉主持，福建闽侯人陈梦雷编纂的《古今图书集成》，始于康熙四十年（1701），印制完成于雍正六年（1728），历时 28 年，正文 10000 卷，目录 40 卷，共分为 5020 册，520 函，42 万余筒子页，1 亿 6 千万字（相当于 130 部托翁巨著《战争与和平》），内容分为 6 编、6117 部，按天、地、人、物、事排序，规模宏大、分类细、内容涵盖天文地理、人伦规范、文史哲学、自然艺术、经济政治、教育科举、农桑渔牧、医药良方、百家考工等，图文并茂，包罗万象。被英国的科技史专家李约瑟誉为中国古代的百科全书，因而使其成为从事各学科和科学史研究人员查找古代文献资料最重要的参考书。

《永乐大典》《古今图书集成》与《四库全书》并列为中国古代 3 部皇室巨制，而《古今图书集成》独以其至今完好保存于国家图书馆的雍正版铜活字本，成为现存规模最大、保存最完整的"类书之最"，该书也是中国铜活字印刷有史以来篇幅最巨、印制最为精美的一部旷世之作。据考，清雍正、乾隆两朝出于宫廷权力斗争的需要，曾经精心策划，人为隐匿了这部中华民族重要文化遗产的全部编辑成书过程，并对所集典籍内容进行了大量的篡改。通过海量的搜证所揭示的事实证明，围绕《古今图书集成》从策划、编辑、成书到印制的全过程，都是在清华园内完成的，具体地点就在曾经的近春园（今清华"荒岛"）的古今图书集成馆，而非坊间一直流传的故宫大内武英殿。这一发现不仅是近代考古史上的重大事件，对于清华园来说同样意义重大，它大大提升了作为清华园前身的熙春园在世界文化史上的地位。不仅如此，我们在谈论清华的文化底蕴的时候，绝不能忘记在这片如今人文日新、美丽幽静的校园里，300 年前曾经聚集了一批中华民族最杰出的自然科学、社会科学以及文化艺术人才，催生了一批近代卓越的科研和文化成果，除天文、算学、医学等自然科学成就外，还创作了大量诗词、戏曲（昆曲）作品，目前已确定的，即有乾隆御制诗 85 首、嘉庆御制诗 41 首、惇亲王奕誴园景诗 200 余首、陈梦雷昆曲诗词 30 首及其他诗词 300 余首，合计千余首，简直可以编成一部大部头的"清华园古代诗词戏曲集"了。

此外，随着这一重大历史真相被披露，连同掩盖在这一时期清宫内部皇储之争的神秘面纱被层层揭开，都一再地证明了在康乾盛世的表面光环之下，是怎样一部充满了阴谋与仇杀的、兄弟相残的宫廷史。事实上，围绕这一时期的许多重要历史活动就发生在我们身边，发生在清华园里，从而也使我们看到，小小的清华园不仅见证了康雍以后清王朝由盛及衰的历史进程以及导致这一进程的纷繁复杂的宫廷斗争，同时也是上演这些足以改变我国近代史的历史大戏的直接舞台。而这段极其重要的史实，在雍乾两朝皇室的精心谋划下曾经被刻意大肆篡改得面目全非，以至于在任何清宫档案中都难寻它的历史踪迹了。借助于苗先生以及诸多史学从业者的共同努力和卓越工作，在整整 300 年后，我们才得以一睹历史的本来面目，从这个意义上讲，我们也是幸运的，无论是作为清华人，还是作为"清华客"的我们，这都是一件值得庆幸的事情。

被削去爵位的诚亲王，曾长期幽禁于景山永安亭，直至原因未明地终死禁地，其名下包括熙春园在内的全部家产也尽数被抄没，收归专门管理皇室宗亲事务的宗人府辖下。熙春园自 1760 年建成之日到辛亥革命推翻帝制，前后 150 余年，其间 13 次易主，其中包括乾隆（1767 年）、嘉庆（1796 年）、道光（1821 年）三朝成为皇帝御园，五易其名，先后使用过的名称包括熙春园、云锦园、涵德园、春泽园（西部）、清华园、近春园（西部）。

据说当初熙春园的建筑标准和规模型制绝不逊于圆明园，而且康熙亲自以名讳为熙春园赐名题匾，可见当时熙春园的重要地位，只是到了雍正当朝，圆明园作为雍正帝常驻理政的离宫，才开始大规模扩建，后又经其子乾隆进一步扩园，周围绵延 20 华里，占地面积 6000 余亩，成为包括圆明园 40 景在内的，号称"万园之园"的天下第一园。

为掩饰兄弟相残的内情，雍正、乾隆父子对熙春园的那段历史一直讳莫如深，秘而不宣，而且将清史档案中凡有关的记载全数剔除，只以"熙春园位于畅春园而东"一语带过，其余一概隐去，故世人知之甚少。就连我们这些从小生活在清华园内的"后主"，对这段 300 年前曾经发生在我们身边的历史也是一无所知，听起来未免有些被人愚弄的感觉。

当然为了窃取《古今图书集成》的版权，雍正、乾隆两代父子更是对诚亲王和真正的著作人闽侯人陈梦雷编造各种罪名，无所不用其极地加以治罪、流放、囚禁，前后 28 年的成书过程也被刻意篡改，甚至干脆将原作者陈梦雷的名字抹去，换上了雍正皇帝的近臣蒋廷锡。可以说这是古今中外最大的著作权侵权案。

熙春园旧址，系一坐北朝南、俯视平面呈工字形的府邸，原名"工字殿"后称"工字厅"，两进庭院，东西两侧另辟有几处幽静的内院，遍植玉兰、西府海棠等各类花木。工字厅"文革"前一直是学校行政首脑办公地。最北

图 3　水木清华冬雪

端正厅，为曾经的校长办公室，如今是接待外宾的场所，门楣上毛体行草"为人民服务"赫然在目，在此打下了鲜明的时代烙印，其后厦外廊檐下悬"水木清华"匾，点明清华两字由此而来，两侧廊柱是那幅有名的应景长联："槛外山光历春夏秋冬万千变幻都非凡境　窗中云影任东西南北去来澹荡洵是仙居"，对这里的四季景致极尽溢美之辞。外廊下为一长方形平台，砖石地面，旧时曾作为露天戏台，为前后多位园主人上演了一幕幕天上人间、今世前朝的曲折故事，平台三面的七宝汉白石栏早已被如今的普通青石材所替换。

自平台拾阶而下，即临一湖清波，林木苍翠，水光潋滟。近岸处数棵巨柳，正弯了腰身，将繁密的枝条垂入水中。"水木清华"既得名于此景。而无论是清华园、清华学堂、清华学校，还是清华大学，都借用了这里的"清华"二字，据说清华大学是目前国内唯一一所以园林风景命名的大学。

这里也曾留下我儿时的一段趣事。

一个盛夏的午后，就在水木清华离岸 5 米开外的湖面上，静静地漂浮着两条小舢板，在碧绿的湖水映衬下，洁白的船身显得格外醒目，船身侧面××航海俱乐部的红色锚形标记清晰可见。我记得之前曾经在颐和园昆明湖上见过该航海俱乐部队员划着与眼前同样的划艇在昆明湖中奋力争先的场面，队员个个体魄强悍，动作整齐划一，十几艘船如离弦之箭划破水面，此画面极其壮观，至今印象深刻。

而眼前这两条船，无疑正是这种双人四桨舢板。这类舢板通常用于配备在大型航海舰船之上，悬挂在两侧甲板上方，使用时可自母舰上用吊索快速放下，以执行大型舰艇难以胜任的、较为灵活的作业。

我与邻居小玩伴这时恰巧经过水边，敏锐地发现了这个"可乘"之机，兴奋之余立即行动，从南岸绕到北岸涉水爬上离岸较近的一条。嗬！船身好大，比隔岸远观看起来大多了。船是簇新的，船上还有两个带轮子的、可随着划桨动作前后移动的活动座位。可惜船桨和舵都被船主人取下拿走了。

我们只好以手代桨，靠了四只手，费了九牛二虎之力才将船驶离岸边。正是午睡时间，周围一片寂静，只有蝉声打破了宁静的世界。同伴觉得无趣，也怕被人发现，开始催促我把船划回岸边。我刚起身，脚下突然被什么东西绊了一下，才发现船底有个六角形的凸起，随手轻轻一拧，六角形居然松动了，又拧了几下，一根口杯般粗细的螺栓正从船底露出，当时受好奇心驱使，并未多想，继续沿逆时针方向旋动，直至螺栓全部取下。之后的结果就可想而知了，正所谓"水可载舟，也可覆舟"，猝不及防，"涌泉相报"的湖水刹那间就灌满了半个船身。这下我俩都慌了，惊恐之下，没等船身完全下沉，慌忙弃船而逃，奋力游向岸边，成了两只落汤鸡，一路上心里七上八下，"怦怦"地跳个不停。下午的课自然而然也"泡汤"了。

这是我平生第一次"冒险"，没想到小河沟儿里翻了船。这何止于"太岁头上动土"？而简直可以归为名副其实的天子脚下"兴风作浪"了。虽然事情闹大，内心充满恐惧，但也隐约有一种沾沾自喜的成就感，觉得这样一段经历，非同小可，甚至很有一点特殊的纪念意义。

事后我俩没敢马上回去察看那艘可怜的沉船，这件事我和我的小伙伴指天起誓不向任何人外泄。如今时隔半个多世纪，保密期早过了，那个比我小两岁的伙伴（我始终守约未透露其姓名）早已失联多年，不知去向，我才终于敢在众人面前公开此事，并借此机会正式向可怜的船主表示深深的歉意！

那个炎热的午后所发生的事情，随着少年时代的远去而被逐渐淡忘了，唯有那如宝石般碧绿的湖水，两叶漂亮的不系之舟，还有那连绵不绝的蝉声，像童话般永久地留在了我的记忆里。

言归正传，乾隆时期李斗（字艾塘）所著《扬州画舫录》中有关于那幅水木清华对联和匾额来历的记载：扬州瘦西湖莲花桥南，旧有东园，也称贺园。卷十三"桥西录"记："贺园始于雍正间，为贺君召（字吴村，山西临汾人士）主持修建。内有修然亭、春雨堂、品外第一泉、青川精舍及云山、吕仙二阁。迨乾隆甲子，增建醉烟亭、凝翠轩、梓潼殿、驾鹤楼……丙寅间，以园之醉烟亭、凝翠轩、梓潼殿、驾鹤楼、杏轩、春雨堂……等十二景，征画士袁耀绘图，以游人题壁诗词及园中匾联，汇之成帙，题曰《东园题咏》。"

据说："楹联均为名人雅士撰写，车载斗量达千幅之多，《扬州画舫录》中多有列举，其句皆文辞华美清丽，楚楚可观。"那幅悬挂在"水木清华"匾额下的楹联也位列其中，署名为震泽人沈斌（广文）所撰，题在杏轩，应属原版。而工字厅的对联有两处小误，一是"总非"错为"都非"，二是"南北东西"次序颠倒为"东西南北"。据推测，很可能是书者采自梁章巨所编《楹联丛话》，而未仔细核对《扬州画舫录》中的原文，这一情节至今引得各派争论不休，各持一词，甚至还扯出了字面上的"淡""澹"之争，属于细枝末节。

个人之见，移来名人佳句为我所用，历来多见，习以为常。更何况清华园"水木清华"的园林环境与《扬州画舫录》描述的扬州净香园景致极其相似乃尔。除去上述沈斌的名联外，《扬州画舫录》和《楹联丛话》都同时记录下这样的文字："荷浦熏风①，在虹桥东岸，一名江园。二十七年乾隆赐名净香园。""园门在虹桥东竹树夹道，竹中筑小屋，称为水亭。亭外清华堂。""清华堂临水，荇藻生足下"，有联："芰荷迭映蔚 水木湛清华"。上下联分别由著名山水诗人谢灵运与其族叔，东晋大文学家谢混合璧。

又是清华堂，又是清华联，正是水木清华的写照。看来这是"清华"二字的直接出处应是可以确定的了，言水木之美也。"芰荷迭映蔚"节出自谢灵运的《石壁精舍还湖中作》，"水木湛清华"则选自谢混的《游西池》中"景昃鸣禽集，水木湛清华"一句，从全诗上下文看，似乎是在描写黄昏时分，鸣禽归巢，水映木影，正在失去昼间的光华，词语间流露出些许伤感的情调。玄烨深谙修辞之道，所题"水木清华"，堪称这块"非凡境"地的仿真妙笔，妙如点睛。

之前有些网友的文章不明腠理，过于苛求，对于将"水木湛清华"一句直接搬来用于我校百年纪念活动一事颇有微词，认为与原句所表达的意思不符等等。

对此我也想发表一下个人的见解，其实从引申的意思来讲，"湛"字也有隐藏、埋没的含义，那么"水木湛清华"当然是对我校深藏的悠久文化积淀和传统的一种隐喻赞美之辞，将其用于宣传我校的纪念文字或各种社团、期刊的名称，更是顺理成章的事情，似乎并无不妥。

水木清华的夏季，池中开满粉红一色鲜艳的荷花，与岸上的工字厅协调一体，相映成趣，充分体现出中国古代园林的设计思想。而距离此处西南方向200米开外，隔了一两段矮丘，还有一片面积更大的水面，清华人直呼其名——荷花池，从名称也可看出这里荷花的盛势远超水木清华。

毫无疑问朱自清先生笔下的《荷塘月色》所描写的就是这里的夜景，因为在清末民初相当长的一段时间里，"荷塘"是指现在的荷花池，而当初的"荷

注：①荷浦熏风：扬州瘦西湖二十四景之一，净香园内。

图4 荷花池春色

花池"则是专指工字厅后的水木清华。《荷塘月色》是一篇寄情于景，抒发作者孤独苦闷心情而不露痕迹的好文章，此文曾收入小学课本。因此国人总是把《荷塘月色》与朱自清的名字连在一起。但不知为什么，若干年后竟有人将一座好端端的朱先生白色大理石坐像安在了水木清华的水边，实在令人匪夷所思。我推测，闻一多先生回忆九年清华生活的名篇《回顾》描写的才是彼时的"荷池"，即今天的水木清华。

"……如今到了荷池——寂静的重量正压着池水，连面皮也皱不动——一片死静！……"并引出了"我是全宇宙的王！"的呐喊。

荷塘及中央环岛，今谓之"荒岛"者，地属"近春园"，岛上原有亭台廊榭、各式用房，现均已荡然无存，长久以来的说法是毁于1860年英法联军的大火，但最新的考证纠正了这一说法，由于地处偏隅，烧毁圆明园的大火，并未殃及此地，只因圆明园火患后，清朝国力大衰，已无力支出各处庞大的日常开支和维护管理费用，导致这里的房屋建筑长期闲置、弃用而废，最后终于被同治帝一道圣旨，由内务府拆除，随后更将其建筑材料及室内外家具陈设、山石碑刻等挪作慈禧太后四十大寿和扩建圆明园之用。百年之间这里只留下几块残碑乱石，一派荒芜凄凉。而近在咫尺的工字厅、古月堂两处院落不知什么原因却得以幸存。

记得小学作文课上，老师以"清华园一角"命题，我便胡乱以一篇"荒岛"之上"荒草凄凄落叶洲"的印象勉强应对，其言之无物如同嚼蜡，当然不会有什么怀古幽情。原因也简单，从小到大从来就没听说过这里还曾有过一段可歌可泣的"辉煌"过去。

对照水木清华的自然环境和建筑结构布局：临水厅堂、荷塘秀色、清华诗句、山水长联……均与扬州净香园中诸景极为相似，很难想象纯粹出于偶然的巧合。究竟清华园与扬州的净香园有何渊源呢？

清中叶，扬州这座大运河之城因安徽盐帮而兴起，正值鼎盛。盐商兴建的私家园林遍及各处，景色在保留了苏州园林的清幽秀美之外，更增加了几分北方的厚重古朴，而且在中西结合方面可谓独具匠心，因此深得多次南巡的康熙、乾隆所青睐。受其启发在建造京城的皇家御苑时，刻意模仿扬州园

大院旧事

林的造园手法、风格特点，甚至连名字一起原样照搬，都是当时流行的做法，尤其是清代的造园，大都借鉴了江南名园的造园理念和手法，体现了康乾二帝对汉文化的执着推崇和审美追求。

江春作为一代盐商的代表人物，曾"以布衣上交天子"，成为乾隆的至交。乾隆多次临幸扬州，主要接待事项，均由江春负责。也因此而"家产消乏"，乾隆念其多次接驾之功，特别体恤关照，曾赏银25万"以为养赡之计"。扬州江园之美景，江春接驾之不遗余力，给皇上留下多么深刻的印象，由此可见一斑。

正如万寿山借景杭州西湖，买卖街模仿苏州，园中之园的谐趣园源自无锡寄畅园，圆明园中诸景更是不厌其烦地照搬不误，连名字都难得改动了。走进圆明园遗址公园，这样的例子随处可见，不胜枚举。熙春园模仿扬州净香园建筑格局而建是显而易见的，至少可以说，其设计元素处处可见净香园的影子。

乾隆帝十分喜欢净香园，前后6次南巡到访，不厌其烦地为这座园子题匾赋诗，其中有两句藏头诗："净迎绿坡曲，香待碧波潺。"都是赞美净香园荷花的。清王朝的统治者们对出淤泥而不染、满池清香的荷花情有独钟。无怪乎京城各处皇家园林内，只要有水的地方，全栽满了荷花，几乎到了"无水不荷"的地步。

可惜的是，历史变迁，扬州盐商的宅邸所剩无多，本人曾借出差之机几次前往探访，前面提到的各处园林都已难寻踪迹，多方打听终于找到的净香园旧址，其地已划归如今的瘦西湖公园管辖，早已面目全非，我们再也无从以实景两相对照了。据说扬州市政当局正在实施一项瘦西湖公园扩建工程，逐步推进对园内各处旧景点的修复工作。希望不久的将来，能够使我们再次看到恢复了原貌的净香园。

康熙二十六年在明朝武清侯李伟的清华园旧址上建起了畅春园（现北京大学之西南）。然而彼清华园非此清华园也，两者其实并没有什么直接的"血缘"关系。而仅说明一个问题，以"清华"形容"水木"古已有之。其后建成的圆明园内也有一处叫做"水木清华之阁"的殿宇。咸丰帝1851年即位，1860年英法联军烧毁圆明园前，曾在圆明园长期居住达十年之久，对这处宫殿自然非常熟悉。咸丰帝由于怀念圆明园里同名的殿宇，才会有后来的再题"清华园"匾，这样的推测全在情理之中。

有关于清华园的史实资料，由于战乱、迁徙，再加上"文革"浩劫，损毁散失者即使不是大部，起码不在少数，这是很可惜的。近几年虽有各方文史人士的全力搜集、整理考证，包括远赴欧美各大博物馆、各大学图书馆的艰苦探寻，虽有长足的补进，但仍不足以满足人们的期望。这种状况从有关清华园的历史资料的缺失与混乱不清，以致造成的诸多争议、误解，以及在一些基本历史事实认知上所遭遇的窘境中，便可不言而喻。缺乏实证，互相矛盾，说法不一，这些问题曾经使我们的资料整理工作陷入长期停滞不前的状态。作为一个有百年历史的国际知名大学，理应善待自己的历史，也有责任将一个完整无缺的清华历史呈现在世人面前。"大楼"可以不要，历史焉能丢弃？

久居清华园，这些故园、荒岛、荷塘、古柏……已经自然而然地融入了我们的生活，她陪伴我们经历春夏秋冬，记录下我们的生活印记。

无论因遭受创伤而被迫落难他乡，抑或是痛定之下背弃故土、远渡重洋，你都会时时感受到她的存在，带着温存、爱抚与芬芳，还有一点苦涩。无疑，这里是我们心灵的永恒家园。

我们日复一日徜徉在这水清木华之间，历史的气息扑面而来，仿佛在一个个历史事件中穿行。我们曾经被历史的旋涡所裹挟，我们无需证明什么，我们这一代人面对历史"去来澹荡"。

历史正在前行，我们自身也将定格成为这里的一段历史。

只因不解前朝事，故园一梦三百年。

古今集成②载青史，人文日新著新篇。

园名校名以名传，熙春近春清华园。

几番帝王来又去，水木依旧笑春天。

作者简介

朱天华：男，1948年9月生，1955年小学，1961年初中，1964年高中，1968届高中毕业，同年山西插队。1974年病退，1976年区企，1978年大学，1982年市企，1989年北京体育大学，2015年自北京体育大学任上退休至今。现住清华大学西北16楼。

② 古今集成：指《古今图书集成》一书。③本文插图所采用的照片，均系作者所拍摄。

大院旧事

清华西院旧事

朱晓昆

一、清华西院的路

人的一生走过的路不计其数，但不是每条路都会留下记忆。清华西院的路对于我却不一般，我现虽年逾古稀，经世事变迁，但西院的路却历历在目，犹在身边。

1951 年暑期已过，我们一家随父亲从广西回到故乡北京。因北大医院在西什库，城区车多，交通不便，父亲把我和哥哥寄养在奶奶和叔叔家中上学，也就是清华旧西院 24 号。记得去清华附小办理转学插班手续是奶奶带我们去的，奶奶年事已高又是小脚，且家务很忙，所以次日就请对门何英大姐送我们上学。我自幼逞强好胜，脾气又拧，想着既已经去过学校，自己认路何必烦外人带领。于是我始终自顾自地跑在前面，连运动员出身的何大姐，始终都没能撵上我。我沿西门水泥板路奔二校门，过照澜院往南朝普吉院方向跑到了学校。后面赶来的何英大姐责怪我不该跑那么快，万一跌倒她担不起责任，叮嘱我放学时等她一起回家。看着何英大姐满头大汗，焦虑不安的样子，我没有感激却暗自得意，心想：我认识路，可以自己上学的。待放学回家，何英大姐带我们穿过操场，过个废河床洼地，从胜因院的西边小路，沿虎皮石院墙朝静斋方向，遇万泉河但不过桥向左转继续沿院墙向西走，左边是参天的杨树，树下荆棘丛生，最诱人的是微红的酸枣时隐时现。右边则是清澈的万泉河水潺潺流过，摇曳的水草丛中"小白条"时不时地泛起银花，那景致实在太美了，我不由得想起了桂林医学院的家。在我赏心悦目未尽兴时，跨过小石板桥，西院就映入了眼帘。我惊讶了，原来竟有这么近、这么美的路上学。我真是太鲜闻寡见了。

这件事使我明白了一个简单的道理。达到目标的路，不会是"自古华山一条路"，达标路有多种选择，只有不断探索、开发才能找到最佳捷径。有时前进方向并没有路，披荆斩棘的开拓者就可能创出属于自己的路。

上述说的是从西院上学的路，不是西院的路。西院的主路是贯穿新旧西院南北向的土路，准确地说是雨天不翻浆的煤渣路，这是条再平常不过的路。斗转星移间没有人会去关注它，因它特像操场的跑道，我却对它情有独钟。

清华附小和清华附中在马约翰教授的关怀下、在赵晓东老师的培育下，素有体育名校称谓，享誉海淀区和北京市。我们1955届初中乙班，在各班中更胜一筹。校运动会总拿总分第一，在区运动会上，女子丙组跳高、短跑、跳远、投掷代表更高、更快、更远的标志性项目的桂冠总被我们班的选手包揽，为学校和班级争得了荣誉。作为男生体委我更感骄傲。然而，在区运动会上，我参加的三项全能只得了第六，差点名落孙山。我很为我的无能暗自羞愧，并狠下决心苦练本领为校争光。在赵老师的精心指导下，我借来一双跑鞋回家苦练。于是，西院的路成了我的运动场，我和它较上了劲，结下了不解之缘。每天晚上9点我就在西院的主路上练习跨步跑、高抬膝跑、蹲跳、三级跳，还围着西院做变速跑、起跑、冲刺和长跑等。当皓月当空，月光倾泻洒在西院的路上，宛如银链。这时，我才发现西院的路是那样的美丽。新西院是后建的，有了绿化意识，路两旁种植的刺柏墙，一人多高，翠绿长青，在月光的映衬下更显艳丽。绿墙后间隙栽种的扁叶侧柏，瘦高挺立，像是为各侧院路站岗的卫兵。在旧西院东侧是一排高大的杨树，成为旧西院的树墙。墙东往西门的三角地带是松柏树林和草地。在静谧的夜晚，微风吹过，松涛依旧，远处飘来隐隐的琴声，伴着石桥墩旁的淙淙流水，合成了西院的夜鸣曲，在这幽静的环境中锻炼，真是舒心、畅快，其乐无穷。春天晨练时，鸟语花香，远处荒岛上传来绵远悠长的布谷鸟叫声，使静谧中充满了生气；夏末秋初，这边"伏天"寒蝉叫罢，那边蛙声此起彼伏，加上萤火虫闪闪飞舞，好一派江南夜景，难怪清朝皇帝选址在这里修建清华园、圆明园；冬天叶落草枯，但以松柏为主的西院植被却保持翠绿戎装，初雪过后，粉装玉砌的城堡，翠底银帽的院墙，加上清新沁肺的空气使跑步变得轻盈、舒畅……经过两个寒暑的刻苦磨炼，我的运动成绩虽有所提高，但不见突破，个中缘由我始终不解，毕业体检时，大夫说我有轻微扁平足，道出部分因由。

西院的路印有我无数的脚印，浸润了我无数的汗水，它也见证了我足底起茧磨泡的经历。同时它也使我悟出很多人生的哲理。不是人人都可以得冠军的，在挑战自身极限时，付出与收获不是正比关系。只要你付出了十二分的努力，战胜了自我，你就是自我王国的冠军。不要为不可及的虚荣去烦恼，探索了、奋斗了、斩获了就是成功。名次不是很重要，重要的是求最好、争第一的信念不能丢。西院的路还教会了我在人生的路上，向前、向上走出了无悔的历程。

二、清华西院的洋井

清华西院最出名的一景就是坐落在新西院东北角的洋井。新西院东院墙从南向北延伸，到洋井特意折向东将洋井包裹进来。洋井在墙边的大柳树下，它是个 2 米见方，1 米高的水泥池子，周边是水泥墙体。池中泉涌不断，经年不息；泉水清澈甘甜，寒彻骨髓。我对西院的历史不甚了解，我估计这里可能也是圆明园的一处旧址，西院的选址恐怕与它有关。泉涌之处地下水位肯定很高，为防潮，新旧西院的建筑都建在 60 厘米以上的高台上。

洋井是西院的生活中心。我奶奶洗衣、洗菜都会去洋井。奶奶洗衣不用搓板用棒槌。棒槌 30 厘米左右长，口径足有 5 厘米，硬木材质，很有分量。洗衣时先把衣服、被单扔到洋井中浸泡半小时，然后在池边的大石板上用棒槌折叠反复捶打，将污渍挤压出来，再放到池中清水漂净。在洋井洗衣只用桶装衣物不用盆。尤其洗大件被里、被面、床单、毛巾被和厚重衣物更突显其优越。被里洗完用米汤浆过晒干，然后在家中大槐树下的青石板上用双棒槌反复捶打，使被里平整蓬松，这是独具西院特色的衣被熨烫方法。

洋井是夏天最好的避暑去处，井旁的大柳树树冠很大，烈日暴晒不到洋井，井中池水全年只有 4℃，伏天光脚泡在池中，一会就会凉透心胸，我常把北冰洋汽水镇在池中，喝时打出的嗝从里凉到外，那叫一个爽。冬天，洋井不会结冰，三九天清晨洋井上雾气蒸腾，给严冬平添暖意。雪后的洋井更是美不胜收，池边的石头上积满白雪，下部被泉水融化，像一个个白蘑菇伸出水面，雾气蔼蔼缭绕池上，真有如云中瑶台。

洋井的泉水是我的最爱，甘甜可口，很是解渴。我每天晚上锻炼完毕，都要在洋井洗个泉水澡，定能睡个安稳觉。我高中时到玉泉山练冬浴的习惯大概就是源于洋井。洋井练就了我抗寒暑的品德和韧劲。

三、清华西院的趣事

清华西院的地理位置特殊，铸就了它的趣事不断。

西院西邻清华大学西门，门外近邻有圆明园、喇嘛庙，西院是清华去颐和园最近的处所。万泉河流入清华在西院向东和东北分流，西院是清华水系的源头。西院挨近荒岛，离水木清华也不远，气象台西边的大片桑树林都是孩童嬉戏和出故事的地方。

20世纪50年代刚脱离战乱，百废待兴，国贫家穷，要有个正经足球都是奢望，但西院的小足球队在清华园中小有名气。新旧西院经常在荒岛上捉对厮杀，旧西院的黄自成、黄自然哥俩，何胜利、何解放哥俩，朱晓东、朱晓昆哥俩，还有石宏义都是很强的对手。新西院有石志成、石志瑞、刘博文、张从、张比、万世昌、陆昱亮等。当时黄自成居中，我永远是左边锋，一般守门员都是高个，但我们的守门员却是外号"小不点"的何解放。如果放到今日这么好的条件，大概我们当中定会生出高手，国足也不至如此寒酸。

如今申冬奥成功，冰雪运动今昔相比，不可同日而语。当年清华发小的冰球队堪称国际水平，西院的冰球队在清华也是名列前茅（陶中源的文章《战胜苏联留学生冰球联队的小英雄》中冰球队成员黄自成、万世昌、李午阳、胡强、何解放都是西院的）。因西院比邻荒岛，每年最先上冰的准是西院的小孩。我记得，20世纪50年代前期，荒岛周围种植水稻，入冬只有薄薄一层水面，12月初在岛的西南面树林遮挡的水面就已经结冰，最适宜冰车玩耍，也不必担心落水。后来，变成荷花池并开辟成冰场，水深了，上冰要推迟半个月，也是从西南（岸边是缓坡）、正北（岸边是陡坡）向周边蔓延。试冰的探险者总是由西院的勇者承担。我学滑冰的经历很是坎坷，关键是没有冰鞋。记得堵广顺的父亲是静斋的工友，专门管理冰鞋的借用，我凭这层关系蹭学生冰鞋用。大人的最小号鞋我穿着都大，三年级的我脚小，只有半个鞋大，每次都要在鞋里塞三分之一破袜子和碎布，然后用旧鞋带在外边里三圈外三圈把鞋和脚勒紧。上冰时像个罗圈腿，一拐一拐地总是自绊自地摔倒，十分狼狈。我的滑冰技艺就是这样在跌跌撞撞中学会的。后来我三叔看我们如此爱好滑冰，就把他的冰鞋给我们哥俩用，我们珍惜这双冰鞋，不敢像何解放那样把花样刀磨成平刃，也不敢经常开刃磨刀，打冰球时急刹车十分困难，小转弯时把两面鞋帮磨成八字，磨到了刀托处。花样刀不常开刃，转弯时经常铲出"斜钻被窝"。我们的球杆也是捡来断杆用铅丝加固的再生品。尽管条件如此艰苦，但我们仍乐在其中。滑冰锻炼了我们，使我们学会了没有条件创造条件也要上的精神，懂得了依靠自己的智慧和努力去实现既定的目标。我一生中记忆最深的事，就是四年级我加入少先队时，在大礼堂首次戴上红领巾后，第一件事就是去滑冰。我驰骋在冰面上，寒风略过，红领巾在脸前、耳边飘动，我旁若无人，冰面上以至世界上仿佛只有我一人，那叫一个美呀，永生难忘！

冬天的冰上、夏天的水里永远是西院孩童的最爱。当年要想在清华体育馆游泳实在太难，一要溜进学生浴室，藏好衣物，二要躲过管理员，只有趁管理员不注意，飞步跃进水中，就是被发现也无法阻止。而我们更多的还是暑假去颐和园游泳。这我要感谢家住对门的何汝楫伯伯，若不是他带我们和教我们游泳，我奶奶死活不会放我们去游泳。暑假，西院的发小午饭后结伴步行去颐和园游泳。路途虽远，但大家说笑嬉闹并不觉路远劳顿。我是何伯伯手把手从打水、蹬腿、换气教会的蛙泳，我十分羡慕何伯伯一家，泳技精湛，各种姿势均会，游上游下，游远游近，如浪里白条，还能去深水跳台跳水。尤其何眉小妹，小小年纪泳技超群，深水区来去自由令人羡慕。我们西院的一群孩子，在泳池中称霸一方。在岸边浅水区，一会坛子跳水，一会排队蝶泳比赛，把个泳池扑腾得像开了锅，人们只好远离避让，于是我们在霸占的区域里打水球或比赛，十分惬意。当夕阳西下，我们一人买一个煮玉米，边吃边唱凯旋归家。

西院的水美，地杰人灵，物产丰富。何家的玫瑰香葡萄和新西院18号甲的海棠很有名气。我奶奶在院中自种的玉米软糯香甜，向日葵粒粒饱满，就连大槐树的槐花都格外香甜，尤其是我奶奶用洋井的水制作的黄酱远近闻名。她先把黄豆、红小豆泡发，用玉米面掺白面和到一起发酵蒸成大馒头，然后切片晾晒风干，待表面起曲霉后捣碎，放入院中的大缸中，加入盐和洋井的水，将缸半埋土中，罩上豆包布再用铁锅盖盖严。开春制作初秋起酱，起酱时酱香四溢，新西院都可闻到。街坊四邻都吃过朱老太的酱，清华大学学生食堂的王大厨都上门讨要，可见其味美名扬。

西院南面万泉河的南岸原来是水稻田，每年秋收之后是捉泥鳅的最好季节，先挽好裤腿光脚在滋泥中踩探，发现泥鳅后要双手迅疾掐住，不可有丝毫放松，否则就会让它跑掉。万泉河的水流很急，捉鱼一般都使鱼叉，叉鱼是技术活，准度力度是关键，由于水会折射，鱼顺水游速较快，瞄准要提前量并要偏下，由于我人小力单，往往是斩获甚少，但飞叉的乐趣令人乐此不疲。荒岛荷塘和洋井暗流是捕蛙的最好去处。捕蛙的最好办法是垂钓。杆和绳不宜太长，钓饵用棉花，千万不要使鱼钩。一般蛤蟆是死心眼，吞下猎物是不会轻易撒嘴的，如有鱼钩它会吐掉，钩上后又不易摘下，用棉花可以周转使用，效率又高。捉泥鳅、鱼和田鸡是我们这些不挣钱的顽童为家庭做贡献、改善伙食和改变家长对调皮看法的最佳选择。

西院的趣事多且令人回味：荒岛河开时节的木排荡舟；除四害时的熏烧家雀和煮鸟蛋；春天采桑养蚕，尝紫、白桑椹的美味；夏天摘荷叶、采莲蓬做荷叶粥；去圆明园采蒲棒、芦苇毛，制作雪茄、假发、胡须道具，扮装圣诞老人搞笑；剥核桃搞得水池脸盆青黄一片的挨骂；在跨河渠的小路设陷阱埋地雷（用摔炮）的恶作剧；捉蟋蟀、抓萤火虫、招蜻蜓的乐趣等等，不一而足。至于儿时的游戏，诸如滚铁环、抖空竹、抽汉奸、打宝枽（陀螺）、弹球、拍洋画、扇三角、夹包等等更是举不胜举……忆往昔，味无穷，西院是我童真时代的家园，西院的趣事是我学习生活技能、感悟自然、接触社会、培养品德、锻炼意志的尝试和演练，能在"上善若水，厚德载物"的沃土上成长，使我受益终身。

作者简介

朱晓昆：男，1943 年 4 月出生。清华大学校医院副院长朱耆寿之侄。曾住清华西院 24 号、胜因院 39 号。北京建筑大学毕业，曾任北京住总集团公司副总会计师。专家级高级会计师，中国注册会计师。现已退休。

与清华园有关的日子

朱毓朝（童毓朝）

离开清华园很多年了，每次回到北京，还总想着回去看看；虽然早已离开多年，但还是放不下那一份对清华园的复杂情感。

清华园位于北京西郊，蓝天白云的好天气时可以遥看西山。清华园是清华大学的校园，清华园原来是圆明园的一部分，曾是"圆明五园"之一，工字厅、水木清华、荒岛、古月堂等很多地方还存留着一份皇家园林的气派。以前清华园周围空旷得很，特别是西北方向，从北门出去是清华附中，附中往北是北京体育学院，西边就是寂静萧条的圆明园，稻田和青草灌木中散落着曾经辉煌的琼楼玉宇的遗迹。清华园东边的主楼也曾是孤零零的"一览群雄"，当时主楼门外大部分还是空落落的旷野。只有清华园往南是散落的城镇地带，人口相对集中，从五道口、蓝旗营到成府，清华和北大（原来的燕京校园），再加东边的八大学院和南边的科学院，构成了大名鼎鼎的海淀学术园区，也成就了清华园"贵族"之园的名声。

我是 20 世纪 50 年代出生，在清华园里长大的，从幼儿园到附小，但不到 16 岁就离开北京去东北农村插队，算是对自己少年清华园生活的一个无助的告别。后来母亲和弟弟去了江西南昌鲤鱼洲干校；那时候还住在新林院，正好我回家探亲，送走了他们，看着空荡荡的家，一种萧瑟痛楚感油然而生，好像一下子和什么熟悉的存在断了关系。后来他们又回到了清华，但是在清华园里搬了好几次家，似乎一直不得安定。再后来，1979 年母亲在清华园因车祸突然去世，弟弟随后出国，留下我自己在清华园孤独流连。大学毕业后我回到北京工作，娶妻生子，还在清华园里母亲留下的小公寓里住了几年，直到出国留学、工作、定居，从此似乎与清华园渐行渐远。

说起来，我在清华园的孩子里算是"默默无闻的"，原因有三。一是我父母是 1946 年清华自云南昆明国立西南联合大学回北京复校时上的清华，后来留校任教，在 20 世纪 50 年代算是资历比较浅的清华教师，不是清华的名学者。二是我父亲在 1958 年后入狱，所以我们兄弟俩不像很多清华的孩子，家里是"文革"时才受到冲击，这一切让我从小就比较自卑、敏感，朋友圈子也小。三是 1965 年我从清华附小毕业后，没有像其他很多附小的发小那样考上清华附中，而是上了远在黄庄的北大附中。当年从清华附小上北大附中的只有五六个人，其中比较熟的清华的发小是卢琳、李昕、黄培。这样我就和许多小时候的玩伴"分道扬镳"，朋友圈和生活轨迹自此就不同了。总之因为这些原因，我对清华园的感情自然也比较复杂。

我记事时候起住在一区，就在照澜院附近，没多久就搬到了北院。所以北院的岁月在我的少年时代最清晰。北院在清华园的北部，紧挨着学生宿舍区，特别是学一学二宿舍楼。北院最早是为清华的外籍教师建的，是西式风格的平房，全是地板地、百叶窗，房子不大但很完整，每一套都有几个房间，甚至有给仆人用的小房间，厕所都是坐式马桶，很现代。严格地讲北院不是个院。因为只有三面有住房，朝西的方向是一个清华后勤的洗衣厂和一个小山包，上面还有个碉堡的遗迹，好像是日军占领时期留下来的。据说当时清华抗战初期撤退到大西南后，日军占领了清华园，大操场成了日本骑兵的马场。小时候我们常在小山包上玩，旁边就是白花花的晾出来的床单、被单，感觉上就像是野战医院。北院的西面原来有一片旧教室，后来被拆了。至于现在，北院只剩下了遗址，房子、山包都不在了。

　　人对小时候的居住环境总是有特别的记忆，清华北院就总在我真切的回忆里，我在北院度过了少年时代。我们家住的是北院九号甲一大一小两间，记得小时候躺在床上看百叶窗漏进来的丝丝缕缕的阳光，总觉得很神秘。有一次发高烧，恍惚间感觉自己在房间里飘起来，但百叶窗挡住了我没有飘出去。我们家的报箱是装在外边的，每天报纸和信就扑通一声掉到屋里来，很好玩。因为是老房子，有老鼠，我们家里养了一只猫，是黑白花的，不过它总是懒洋洋的，不怎么抓老鼠，好不容易有一次抓到一只老鼠，很得意地叼了回来让我们看，让我们看够了才慢慢地把老鼠拖到床底下去。不管怎么说，有猫在老鼠就老实了很多。我们在北院住的时候曾经度过大跃进和大饥荒时期，我那时还小，倒是没有太多挨饿的印象，因为当时黑市上还是可以买到粮食的，我和弟弟还小，食量有限，只记得吃过红薯叶子和玉米面做的窝头，味道可想而知。60年代中期以后，情况有了好转，母亲带我和弟弟去过五道口商场的一家西餐厅吃过一顿西餐，至今记忆犹新，那家西餐厅和北京展览馆的莫斯科西餐厅（北京人称之为老莫）类似，是俄式西餐为主，我记得最清楚的是奶油蘑菇汤，实在太鲜美了。可是多少年后我再去老莫吃西餐，再也吃不到那时的味道了。

　　儿童时代的清华园北院时期我有好几个好朋友，走得最近的是李文浩一家，他们住在北院14号。李文浩的父亲李培坤和我母亲朱永淑曾是同事，都是清华大学外语教研组的，他是教俄语的。李伯伯从小在北京某东正教堂学的俄语，字正腔圆。60年代初时李伯伯就被借调到河南开封师范学院了，后来去了洛阳解放军外语学院，所以李文浩家常年就是他母亲带着几个孩子。李文浩的母亲林秀贞是清华三区食堂的工作人员，人胖胖的，看上去挺厉害的，但实际是那种刀子嘴豆腐心的阿姨，对我们这些孩子都很好。李文浩的三个姐姐都长得如花似玉，最引

图1　朱毓朝（右）与李文浩在北京见面（2018年）

人注目的是大姐李文玲，当时在北京电影学院念书，后来也算是中国影视界的著名演员，特别是演了电视剧《四世同堂》里的胖菊子而出名。李文玲当时在北院是名人，她常常飘飘逸逸地骑自行车进出，黑黑的大辫子，姣好的面容，是北院的一道美丽的风景线。李文玲算是中年演员里演艺生涯很好的，现在岁数大了，成了扮演奶奶姥姥的专业户。小时候我和李文浩有一次在清华一教和派出所之间的空地那里玩灭火器捅了大娄子，把白色泡沫喷得到处都是，被清华派出所抓起来了，叫家长来领人，大姐李文玲代表家长来的，民警见到美女马上放人，连教训一顿的事都免了。李文浩的二姐李文瑾端庄文雅，是北大附中的学生，后来我也进了北大附中，念初中时她已经高二了，我常在学校见到她，总是叫她二姐。李文浩的三姐李文琪是他几个姐姐里最漂亮的，上的是我们北大附中对面的人大附中。李文浩的弟弟叫二陶子，大名是李文汉，是个英俊少年。李文浩和我的友谊一直保持到我出国前，算是我的铁磁了。可惜后来李家全家搬到开封去了，只有李文浩的大姐和二姐留在了北京。李文浩后来进了洛阳拖拉机厂当工人。多少年后还带着他的女儿到清华来看我，现在相册里还有她女儿和我儿子在一起骑车的照片，一晃我们就都老了。

北院的邻居中还有一家人也是我的发小，就是卢琳一家。卢琳的父亲卢谦是清华土木系的教授，和我的父母同年进的清华，也算是我们家的老相识了。卢琳家后来搬到了西院。我觉得卢伯伯是我见过的清华老师里面智商最高、知识最丰富的。我还是小孩儿时，记得有一次问他为什么欧洲发展了拼音文字而中国还是象形文字，他给我详细解释了从古埃及文字一直到后来的西方语言发展历史，让我真是佩服得五体投地，因为我拿这个问题问过许多清华的大人，没有一个人能给我满意的解答。卢伯伯在清华大学非常有名，因为在 20 世纪 50 年代曾是清华的学习典型，创造过 30 天掌握俄语的奇迹，比起后来的新东方可厉害多了。后来他被打成右派，人变得很谨慎谦恭。卢伯伯的夫人我们叫她卢阿姨，她并不姓卢，而是幼儿园的李印芝老师；卢阿姨人很瘦，烟酒嗓，非常利落，没事喜欢自己玩扑克牌。卢家的孩子中跟我最熟的是卢琳，我们是发小和好友。卢琳是我所认识的人中最"全乎"的，因为他整好有一个哥哥、一个姐姐、一个弟弟、一个妹妹。卢琳还是我的朋友中蹿个儿最厉害的，本来刚上初中时他和我个子差不太多，后来突然一下子高出我半个头去，变得人高马大。卢琳的哥哥叫卢伟，比我们都大，"文革"前上的是中专北京工业学校，很早就开始工作了。而且在他上学时就半工半读，所以早就经济独立了，还能帮助家里。我和卢琳曾去他学校玩，到附近的水塘里游泳，完了他和同学请我们去小饭馆吃饭，那时我第一次和同龄人下饭馆，吃得不亦乐乎，印象非常深刻。卢伟后来分配到北京的一家机械厂工作，成了工人阶级的一分子。卢琳家后来虽然搬到了西院，但我们从中学到插队时期一直有联系、常走动。在北院的时候还有一家熟人，是当时也从北院搬到西院去的李昕，李昕的父亲李相崇伯伯是我母亲的同事，是清华英语系的栋梁。我们3个都是从清华附小上了北大附中的同学，后来更是一起去吉林插队。

在北院我们还有些特别的邻居，比如朱自清的遗孀陈竹隐。对朱自清我永远有一份敬仰，主要是因为他的散文《荷塘月色》，恬静优雅，是少有的美文，而且清华的荷花池和荒岛是我们小时候经常去玩的地方。北院离清华图书馆很近，再过去就是大礼堂，大礼堂的西边就是科学馆，是老清华的理科楼。科学馆后边隔着一个无名小溪就是工字厅，工字厅的北边有一个小湖，临近的小山上有两个有名的纪念亭——闻亭和自清亭，是纪念两位清华有名的文学教授闻一多和朱自清的。这些地方都是我们小时候经常游玩出没的地方。

北院离清华北门比较近，我们一帮一伙的小伙伴们经常欢天喜地的出北门去玩，北门外就是清华附中，当时孤零零的，四处都空旷的很。清华附中西边过了那条去北京体育学院的马路就是荒芜的圆明园了。我们那时去玩过很多次，开始是去钓青蛙、抓蛐蛐、摘酸枣，后来大了一些才知道去西洋楼、大水法遗址凭吊古迹。那时的圆明园没有围墙，到处都是稻田和池塘，虽郁郁葱葱但也非常荒凉，其实那个荒凉的味道才像是圆明园遗址。圆明园内当时只有几个稀稀落落的小村子。我曾有个中学同学家就住在圆明园里，我们一帮同学曾经去他家折腾过一次，把他家枣树上的枣子一扫而空，也顺带在圆明园里疯玩了一整天。那时圆明园里虽然荒凉，也还是有散来的游客，还能时时见到一些写生的画家或学生。不知从什么时候开始，拍电影的常来圆明园拍外景，直到20世纪80年代香港名导演李翰祥的《火烧圆明园》《垂帘听政》两部电影问世，圆明园才开始火爆起来。80年代中期，我还住在清华园里，我儿子小时候我常骑车带他去圆明园玩，那时当地农民刚开始重修圆明园，游人还可以随意进出，后来修了围墙，封了门，成了西郊有名的遗址公园，但福海和许多仿古的楼亭修建使得旧时遗址的意味全无，荒凉不再，令人感叹。现在周围更是建成了许多住宅小区，圆明园成了现代都市中的仿古的孤岛。

我们家在北院住到1964年，后来搬到新林院一号。新林院离清华附小很近，那时我和弟弟都上清华附小，这样我们就不用由北向南穿过整个清华园上学了。新林院离照澜院也很近，照澜院旁边有清华园里最大的副食店和百

大院旧事

463

货店，我们买菜、打酱油、买火柴肥皂什么的都去那里。照澜院还有一家老的钟表修理店和理发店，在一个四合院里，我和弟弟总在那里理发，理发店的门口有个黑板，来理发的人要写号，等着理发员叫号理发，非常规范。我还记得有一个熟悉的理发员，是长脸的麻子叔叔，他认识我，那时我还叫童毓朝，他总喊我童小朝。照澜院的食品店里面有一个那个年代很少有的冰柜，内有冰棍和冰激凌，一到夏天，冰柜开动，嗡嗡作响，进了小卖部就有一种凉意，虽然吃不起冰激凌，但在冰柜那一站就凉意幽幽，所以记忆犹新。那年回清华园重访故地，那里盖了两个不伦不类的高层住宅，不过照澜院还是清华园里的购物中心，当然规模大多了。

照澜院当时住了不少清华有名的教授，像钱伟长；还有一家是蒙古的格格，两个女儿都挺有贵族派头的；另外有一家养了一只猴子，我们常常扒着他家的门缝看小猴子在院子里抓耳挠腮，但主人不让猴子出院子。直到后来我们在五道口附近的中科院动物所发现了饲养做试验用的猴子后才对照澜院的猴子失去了兴趣。当时去科学院动物所寻开心对我们来说就像是免费去动物园。那里养的猴子和狗最多，我们很会拿这些动物找乐，比如在一张纸里吐口痰，然后用许多层纸把它包起来，扔到猴笼里，诸位猴子就会大打一番，最后抢到纸团的猴子常常会跑到一个角落去偷偷享用它得来不易的战利品，但当猴子发现纸团里什么都没有只有一块令人怀疑的湿迹时，总是显出非常失望的样子，让我们这些坏孩子开心不已。还有一次，我们带了一大堆蒜去猴笼，教猴子剥蒜吃，我们一层层认真剥下去，最后装作满足的样子把蒜瓣吃到嘴里，猴子就模仿我们的行为，最后猴子当然被蒜辣得龇牙咧嘴的，这也让我们哈哈大笑。后来动物所的工作人员发现了我们这些孩子的恶作剧，在猴笼狗舍周围都拉上了栏杆，我们才不能为所欲为地拿猴子和狗寻开心了。

新林院的房子比北院和照澜院的房子新，是20世纪40年代后期建的，又高又大，也是平房，每一栋都像一座今天的别墅，厕所、厨房齐全，我们那栋房子有大小七八间房但有5家人住，我们住的是个套间。新林院一号大家邻里关系还都不错，孩子都在一起玩，我们常在一起踢足球、玩打仗。邻居中有一家叫徐大宏的是美国回来的归国华侨，是搞汽车设计的，他家里有一幅大照片是徐大宏给周恩来总理介绍清华设计的微型汽车。徐家的大儿子叫徐宁，可能是混血的原因，长得很像洋人，高鼻子，大眼睛，我们是好朋友。徐宁家比较特别的是他们家有电视机，那个时候家有电视机的非常之少，所以我们算是比较早就开过眼的人了。不过那时候的电视机是电子管、黑白的，很是笨重，再加上根本没有什么有趣的节目，电视机对我们的吸引力很小。我们那栋房子里的邻居中，除了徐家还有一家从印尼回来的姓林的华侨，"文革"后他们离开了北京到香港定居了。我们家旁边的新林院二号只有两家人，一是吕应中家，吕应中是清华原子能所的所长，也算是中国著名的核专家，他家住在新林院二号的一半，另一半是老教授钟士模家，钟士模是中国著名的电机工程和自动控制工程专家，他的儿子钟道新练过武术，打架很厉害；后来去山西插队，成了有名的作家，2008年因为突发心脏病去世了。钟家有两个男孩子是我们的好朋友，是钟士模的双胞胎孙子，叫德强、德盛，我们常在一起玩耍。

在新林院住的时期，我最好的发小玩伴是唐纬，唐纬的父亲唐统一教授是清华电机系的名教授，曾兼任清华图书馆的副馆长，唐纬的母亲是我母亲的同事。唐纬的哥哥唐虔也是清华附中的毕业生，后来去山西插队，上了山西师院的体育系，他学习能力很厉害，后来考上了体院的研究生，更是"文革"后最早的一批留学北美的公费生，在加拿大的温莎大学拿到博士学位。我到加拿大留学的时候，他已经被调到大使馆做教育一秘，在加拿大后来又见过几次面，特别是1989年，他陪着时任全国人大常务委员会的万里委员长来我校接受荣誉博士学位，那是我们最后一次见面。后来他去了联合国教科文组织当副秘书长，很为清华子弟争光。唐纬是我的好朋友，还曾经拉我和他们一起去陕西插队，我母亲不同意，让我再等等，否则我的生活道路可能大不一样了。唐纬他们去陕西插队离京那天，我们北大附中就在北京站纠察，看着发小们离别北京，百感交集，没想到几个月之后我也是相似的命运，离开清华园去了东北。

我们新林院一号前边是五号，五号住的是另一位名教授黄万里，就是曾任全国人大副委员长，全国政协副主席的黄炎培先生的儿子，中国著名的水利专家，曾被打成右派，少有的铮铮硬骨的知识分子。不过那时候我们小孩子不知道这些，只知道他们家院里有一棵大葡萄树。黄万里有一个儿子有时和我们有点来往，他当时已经是大学生了，似乎是学生物的。有一次我们抓了一条蛇，他还兴致勃勃地帮我们做解剖，把蛇肚子里吞进去的青蛙给弄了出来陈列在阳台上，招了不少苍蝇，被大人骂了一顿。我们一直垂涎于黄万里家的葡萄，但因为是在黄家院内，只能闻到葡萄香甜的味道但是吃不着，内心很是渴望品尝他家葡萄的香甜。

黄万里家搬走后新林院五号搬来一家姓赵的物理系的老师，赵家的3个男孩很快和我们打成一片。他们和我们这帮孩子不同，念书不怎么在意，但是其他的事情比如打架、玩闹精通得很。赵家老大是清华园中学的，也成了我们的老大，他身材魁梧，打架很厉害，而且从来不怵一个人和一帮人单挑。后来我们还和赵氏兄弟一起养鸽子。为了帮鸽子记住自己的家，我们得去找琉璃瓦放在房顶上。那时候琉璃瓦只有颐和园有，我们一帮孩子就去颐和园偷琉璃瓦，那时颐和园里非常破败，游人也很少，在后山很容易找到散扔的琉璃瓦，找到后就有人看风，然后迅速把琉璃瓦装到书包里呼啸而去。我们还养过鸡和兔子，但那都是为了口福，养鸽子是为了玩，性质不同。

1979年我还在天津南开大学上学，一天晚上，母亲开完会回家，在清华园内的路上被工程兵的汽车撞了。清华夜里打电话到我们系里通知我，我回到清华才知道母亲当场就去世了，当时就像天塌下来一样。我母亲从在清华上学到在清华工作一直到因公去世，除了参加抗美援朝的那三年，她的一生都和清华息息相关，可以说是和清华血脉相连。但是母亲和我家庭的不幸也和1949年后的清华命运相联系。我们的清华园岁月，所有的悲欢离合，现在想起来，还是情何以堪的感觉。当然清华园给我的也有温馨的回忆。我母亲的同事们在她突然车祸去世后一直关照我们，张铁良的母亲马宗仁阿姨一直帮我们和清华安排后事，甚至帮我们的儿子上清华幼儿园和附小。小学同学郭励强的父亲郭世康，母亲李萍帆和我母亲抗战期间在昆明就认识，后来我儿子出生，郭伯母送给我们一个大笸箩，就是食堂放馒头的那种大笸箩，我儿子的头两年就是在这个高级的儿童小床里度过的。现在儿子也早已结婚成家，那些小时候关照过他的阿姨叔叔们大都已在天国，和美好部分的清华园一样，成了我回忆中的最温暖部分。

作者简介

朱毓朝：原名童毓朝，男，1953年12月出生。1982年从南开大学毕业进入国家外文局工作。1991年获加拿大里贾纳大学政治学硕士学位，1996年获加拿大女皇大学政治学博士学位。自1999年起在加拿大里贾纳大学任教，现为政治学和国际研究终身教职教授。父亲童以强，1950年清华电机系毕业后留校任教，后在1958年反右运动后因为宗教问题被打成反革命判刑，离开清华，"文革"后恢复公民身份任教于山西太原师范学院一直到退休。母亲朱永淑，1950年清华大学外文系毕业，后参加抗美援朝，在中国人民志愿军的联合国军战俘营工作，回国后一直在清华大学外语教研组任教，于1979年在清华园内因车祸去世。

开启一扇新的窗户

张从

　　提起著名的高等学府清华大学，很多人知道她始建于 1911 年，校训是"自强不息，厚德载物"；也知道著名的国学研究院四大导师之一陈寅恪提出的"独立之精神，自由之思想"对清华几代人的影响。人们最熟悉的老校长梅贻琦的一句话是："所谓大学者，非谓有大楼之谓也，有大师之谓也。"建校以来，清华大学出现过许多赫赫有名的文史哲学和科学技术领域的大师，这些大师如灿烂的群星，为我国的科学教育事业做出了杰出的贡献，并培养出一代接一代的优秀学子。近年来，有关这些大师的事迹，已经出版了许多著作。这些，都是清华历史文化的一部分。但是，清华的历史文化还应有更加丰富的内涵，它不局限于这些大师，还应包括清华广大教职员工对学校的默默奉献，如果没有他们对学校的支撑，庞大的教学科研体系是无法正常运转的，一个几万人的小社会也是无法生存和发展的；此外，清华这个位于北京西郊的学府，还形成了一种特殊的学校文化，百余年来，在清华园里，上演过多少精彩纷呈的戏剧，留下过多少值得传颂的故事？如何全面地体现和继承并发扬清华的这些历史文化遗产，是曾经生活和还在清华园里生活着的人们的历史责任。

　　有这样一个群体，他们出生于二十世纪的四五十年代（个别的出生于 30年代），他们的父母（有的是祖父母）曾经是清华大学的教职员工，长期在清华工作，为学校的建设和发展做出过贡献；而他们自己，从小居住在清华园里，上过幼儿园、附小、附中，有的还上了清华大学，留在清华工作，他们自称为

467

清华的孩子，或清华二代。如今，他们都已年逾古稀或花甲（个别的超过八旬），他们对清华园的生活十分熟悉，对清华怀有十分深厚的感情。前年，他们中的一些人聚集在一起，提出要写一本书，记述自己在清华园里的成长过程，表达对清华园的热爱之情。很快，就有更多的人响应，陆续写出了稿件。我们对这些稿件进行了筛选、编辑，出版了这本《梦萦清华园——清华子女忆清华》，作为对清华大学的献礼，也奉献给广大清华的校友、子弟和关心清华的读者。

本书按照内容分为四个栏目。

第一个栏目为"感恩先辈"。作者们记述了自己的父母（有的是祖父母）在清华工作、生活的经历和对自己的抚育培养，表达了对先辈的怀念和感恩之情。这些先辈中既有著名的大师、教授，例如张岱年、张维、陆士嘉、常迥、童诗白、华宜玉、张三慧等，也有普通的职员、校医院的医生，附中、附小的教师、实验室和奶牛场的技师，还有从20世纪10年代就在清华工作的老工人。特别是曾经担任物理系技术员、叶企孙先生助手的阎裕昌，在抗日战争中进入八路军冀中军区制药厂任技师，制造出大量炸药、雷管和地雷，为消灭日本侵略者做出了贡献。1942年，他不幸为日寇所俘，坚强不屈，英勇牺牲，被追认为革命烈士。和阎裕昌一样，这些先辈不论岗位和职务如何，都为清华和我们的国家，做出了不可磨灭的贡献，他们高贵的品质和自强不息的精神，永远值得我们怀念和学习。

第二个栏目是"成长经历"。在这个栏目里，作者们用饱含深情的笔墨，回顾了自己在清华园里的童年和少年时光，无论是读书学习、劳动，还是游戏（跳皮筋、踢毽子、拍洋画、跳房子、捉迷藏）、画画、游泳、打冰球、下围棋、看露天电影，都充满了乐趣。他们在清华园里得到了长辈的呵护和指导，吮吸着知识的营养，锻炼着自己的体魄，收获了同伴的友情，为自己的健康成长奠定了良好的基础。

第三个栏目"怀念师友"。作者们怀念了培育自己成长的老师和从小一起长大的同学、朋友。其中，残疾人画家吴文荧对慈母般关心爱护他的潘瑞珍老师的回忆，石宏敏对已故同学陈小悦的回忆，都充满了深情，感人至深。

最后一个栏目是"大院旧事"。清华园本身就是一个大院，这个大院不同于北京的街巷胡同，也不同于部队大院和机关大院。清华大院里有许多清朝和民国时期留下的老建筑，如工字厅、古月堂、二校门、清华学堂等，也有20世纪60年代以后建起来的主楼等宏伟的新建筑，还有荷花池、万泉河等湖河水体；大院里分布着许多居住区，如北院、西院、胜因院、照澜院、新林院、普吉院和公寓区以及一区到五区等简易的平房区。本书的作者们在这个大院里生活了几十年，对大院里的一草一木、一砖一瓦、一水一石，都十分熟悉，并充满了感情。在不同的居住区里，作者们和邻居、发小们之间，有一起嬉戏玩耍的快乐，也有互相帮助的情谊，更有说不完的故事，这些故事也可以称之为清华的大院文化。作者们把这些故事记录下来，是对往日生活的回忆和对已故亲人的怀念，也是给后人留下的历史痕迹。例如黄培、张美怡、陈立元、周正宇对公寓生活的回忆，刘震、朱晓昆对西院生活的回忆，杨巾农对胜因院生活的回忆，高秋萍对四区生活的回忆和金笠铭、吴一楠通过万泉河来记述的往事，王源庆用文字与图画描述的磅房的故事，既生动有趣，又充满了深情。这些回忆汇成一股清泉，流淌在我们的心田里。

作为本书的编委之一，本人有幸提前阅读了全部来稿。有的稿件写得深沉有力，让我得知了很多从未知晓的人物、故事，时时被前辈们艰苦奋斗、敬业奉献、诲人不倦的精神所感动，不禁热泪盈眶；有的稿件写得幽默轻松，唤起了自己对逝去童年的回忆，不禁发出会心的微笑。我以为，本书有两个特点，其一是作者的来源广泛，作品的内容丰富，填补了清华历史上一些不为人知的空白，全方位地记述和表现了清华大学厚重的历史文化；其二是本书的内容接地气，贴近清华人的真实生活和感情世界，以清华子女的角度，再现了先辈们的工作和生活，也回忆了自己的童年生活和成长经历，文字质朴，雅俗共赏。本书的出版，将为清华的历史文化开启一扇新的窗户，让更多的读者了解清华。也可作为引玉之砖，吸引更多的作者，以更广阔的视角来忆清华、写清华。

审校、编辑50多万字的文稿，对年逾古稀的老人来讲是一件累事，也是一件乐事。令人欣慰的是，本书的编委始终团结协作，尽职尽责，克服困难，终于完成了全部工作，把本书奉献给广大的读者。

在本书从征稿到审稿、编辑和出版的过程中，得到了各方人士的热情支持、关心和帮助。广大的清华二代踊跃来稿。远在海外的常放、高北刚、孙立博、孙立哲、王如骏、吴一楠、郑清诒、张卫平、朱毓朝等人积极给本书投稿，史际平推荐了马小莹的遗作。除了本书的主编、副主编和编委以外，参与审稿或讨论的还有张比、赵嘉骏、胡晨、陈立元等人，邓斌为本书题写了书名。更让我们感动的是，年逾八旬的原清华大学党委书记贺美英和原清华大学副校长胡显章，欣然为本书撰写了序言。此外，本书还得到了清华大学校友会、中国水利水电出版社有限公司的支持。在此，我谨代表本书编委会向以上单位和个人表示诚挚的感谢。

由于篇幅所限，有一些来稿未能被选入本书，我们也要向这些作者表示深深的歉意。

由于编者和作者的局限性，本书尚有许多不足之处，敬请广大读者批评指正。

2019年6月